KB175698

꿈꾸는 책들의 도시

Die Stadt der Träumenden Bücher

꿈꾸는 책들의 도시

© 들녘 2005

초판 1쇄	2005년 6월 27일	
초판 28쇄	2013년 1월 4일	
중판 1쇄	2014년 8월 4일	
중판 14쇄	2024년 3월 15일	

지은이 　발터 뫼르스
옮긴이 　두행숙

출판책임	박성규	펴낸이	이정원
편집주간	선우미정	펴낸곳	도서출판 들녘
기획이사	이지윤	등록일자	1987년 12월 12일
편집	이동하·이수연·김혜민	등록번호	10-156
디자인	하민우·고유단	주소	경기도 파주시 회동길 198
마케팅	전병우	전화	031-955-7374 (대표)
경영지원	김은주·나수정		031-955-7381 (편집)
제작관리	구법모	팩스	031-955-7393
물류관리	엄철용	이메일	dulnyouk@dulnyouk.co.kr

ISBN 　978-89-7527-629-3 (04850)
　　　978-89-7527-628-6 (세트)

값은 뒤표지에 있습니다. 잘못된 책은 구입하신 곳에서 바꿔드립니다.

차모니아 출신
힐데군스트 폰 미텐메츠의 장편소설

꿈꾸는
책들의 도시

발터 뫼르스가 차모니아어를 옮기고 삽화를 그림
두행숙 옮김

들녘

|차례|

제1부
단첼로트의 유언장

제2부
부흐하임의 지하묘지

힐데군스트 폰 미텐메츠

제1부

단첼로트의 유언장

깊고, 춥고, 텅 빈 곳

그림자 위에 그림자들이 겹치는 곳

오래된 책들이

아직 나무였던 시절을

석탄이 다이아몬드를 낳던 때를

빛도 은총도 모르던 때를

꿈꾸는 곳

그곳이 바로 그림자 제왕이라 불리는

정령이 다스리는 곳이다.

경고

여기서부터 이야기는 시작된다. 이것은 내가 어떻게 해서 그『피비린내 나는 책』을 손에 넣게 되었으며, 어떻게 '오름'을 얻게 되었는지에 관한 이야기이다.

이것은 병약하고 겁 많은 사람들을 위한 이야기가 아니다. 나는 그런 사람들한테는 차라리 이 책을 다시 책 진열대 위에 올려놓고 슬그머니 아동문고 쪽으로 가보라고 권하고 싶다.

휘이, 휘이, 사라져라, 너희처럼 달콤한 허브 차나 마시고 울기 좋아하는 겁쟁이들아, 굴복하기 좋아하는 토끼 같은 겁쟁이들아. 여기서 전개될 이야기는 어느 장소에 대한 것이며, 그것을 읽는 일이야말로 진짜 모험이 될 것이다!

그리고 '모험'이라는 말을 나는『차모니아어 사전』에 따라 다음과 같이 옛날식으로 정의한다.

> 탐구욕이나 자만심에서 무모하게 일을 감행하는 것. 생명에 위협을 주는 상황이나 예상하지 못한 위험들, 그리고 때로는 아주 치명적인 결과를 초래할 수 있음.

그렇다. 나는 독서 행위를 광기로까지 몰고 갈 수 있는 어느 장소에 대해서 이야기할 것이다. 책들이 상처를 주고, 중독시키고, 심지어 생명까지 빼앗을 수도 있는 곳에 대해서 말이다. 이 책을 읽어가는 동안 그 같은 위험을 감수하고 자신의 생명의 위협을 무릅쓰면서까지 내 이야기에 동참하겠다는 각오가 진정 되어 있는 사람만이 나를 따라 이 이야기의 다음 장으로 넘어갈 수 있을 것이다. 그 밖의 모든 사람들에게는, 비겁하지만 몸의 안전을 위해 뒤로 물러서 있기로 결정을 내린 데 대해 나는 축하를 보낸다. 잘 있어라, 겁쟁이들아! 나는 너희들이 오래오래 죽을 때까지 지루하기 짝이 없는 인생을 살기 바라며 이 말을 끝으로 작별을 고한다!

그렇다. 나는 이야기 첫머리에 내 독자들 가운데서 전혀 겁도 없고 대담무쌍한 소수의 독자들만이 동참하도록 제한했으니, 이제는 그분들에게 진심으로 환영한다는 인사를 하고 싶다. 반갑다, 내 용감한 친구들이여. 그대들이야말로 모험을 새길 만한 좋은 재목감이다!

자, 이제 우리는 지체할 시간 없이 모험을 떠나야 한다. 우리는 고서적들을 찾으러 꿈꾸는 책들의 도시인 부흐하임*으로 떠나야 하기 때문이다.

그대들은 신발 끈을 꽉 조여 매어라. 우리는 바위가 많고 거친 땅을 밟으며 오랜 길을 가야 한다. 그 다음에는 허리까지 무성하게 자란 풀들이 칼날처럼 예리하게 몸을 찌르는 단조로운 초원지대를 헤치며 지나가야 한다. 그리고 마지막에는 황량하고 미로처럼 복잡하게 뒤얽힌 위험하고 좁은 길들을 따라서 깊은 지하로 내려가야 한다. 지구의 중심을 향해. 우리들 중 몇 명이 포기하고 되돌아서게 될지 나는 예측할 수 없다. 다만 나는 그대들에게 결코 용기를 잃지 말라고 권할 수 있을 뿐이다. 우리들에게 무슨 일이 일어나든 간에.

그러니 내가 그대들에게 전혀 경고하지 않았다고는 말하지 마라!

---

* '책 마을'이라는 뜻이다.—옮긴이

♪
부흐하임을 향해서

차모니아의 서부 둘스가르트에서 동쪽 방향으로 계속 가다 보면 풀줄기들이 바닷물처럼 물결치는 지역이 나오고, 그곳을 지나면 갑자기 지평선이 드넓게 펼쳐지면서 시선은 평평한 지대 너머로 끝없이 먼 곳까지 미친다. 그 먼 곳이 향기로운 황무지로 들어가는 곳이다. 풀들이 거의 없는 그 황량한 땅을 방랑하다 보면 날씨가 좋고 공기가 희박할 때 작은 점 같은 것을 하나 발견할 수 있다. 그쪽을 향해 계속 걸어가다 보면 그 점은 빠르게 점점 커진다. 그러면서 모서리 진 형태들이 나타나고 뾰족한 지붕들도 보이다가, 마침내 저 '부흐하임'이라는 이름의 전설적인 도시가 모습을 드러낸다.

이미 멀리서부터 그 도시의 냄새를 맡을 수 있다. 그것은 오래된 책들에서 나는 냄새다. 어마어마하게 큰 어느 고서점 안으로 들어가는 문을 활짝 열어젖히면 곧 책 먼지가 거세게 일어나고 그 안에 쌓여 있던 수많은 부패한 대형 서적들에서 곧바로 얼굴을 향해 불어오는 곰팡내와 비슷하다. 이런 냄새를 좋아하지 않는 사람들은 냄새가 코로 스며들자마자 즉시 발길을 돌리기도 한다.

그것이 별로 기분 좋은 냄새가 아니라는 것을 인정한다. 그 냄새는 절망스러울 정도로 케케묵은 것이고, 와해되고 해체되어 무상해지는 것, 게다가 곰팡이 균과 관련된 것이다. 그렇지만 또 거기에는 무엇인가가 있다. 약간은 레몬 향기를 연상하게 하는 시큼한 냄새가 난다. 오래된 가죽 냄새 같은 자극적인 방향(芳香)이기도 하고, 코를 찌르면서도 지적인 느낌을 주는 인쇄용 검정 잉크의 향기이기도 하다. 그리

15

고 끝에 가서는 무엇보다도 마음을 진정시키는 나무 냄새가 난다.

나는 살아 있는 나무에 대해서나 끈적끈적한 수지(樹脂)가 흐르는 나무숲에 대해서, 혹은 싱싱한 소나무의 침엽에 대해서 이야기하고 있는 것이 아니다. 내가 이야기하는 것은 죽어서 껍질이 벗겨지고 빛이 바래고 부스러져 빻아지고 물에 적셔지고 아교가 칠해지고 압착기에 눌리고 가늘게 잘린 나무에 대한 것이다. 간단히 말해 종이에 대해 이야기하고 있다.

아, 그렇다. 지식욕에 불타는 내 친구들이여, 이제는 그대들도 그 냄새를 맡고 있다. 그대들에게 잊혀진 지식과 아주 오래된 수작업의 전통을 상기시키는 향기 말이다. 그러므로 이제 그대들은 가능한 한 빨리 고서적을 한 권 펼쳐보고 싶은 욕구를 거의 억누를 수 없을 것이다. 안 그런가? 그러니 우리의 갈 길을 서두르자! 부흐하임으로 한 걸음 한 걸음 다가갈 때마다 냄새는 더 유혹적으로 강해질 것이다. 박공이 뾰족한 집들을 점점 더 분명하게 구별할 수 있으며, 지붕 위로 솟구친 수백, 수천 개의 가는 굴뚝에서 나오는 끈끈한 검댕들이 하늘을 검게 뒤덮으면서 그곳에 있는 책들에게 또 다른 냄새를 더해 주고 있다. 방금 끓인 커피 냄새 같기도 하고, 구운 빵 냄새, 혹은 야채를 채운 고기가 목탄 위에서 지글지글 끓는 냄새 같은 것 말이다.

우리의 걸음은 또다시 빨라진다. 그리고 책을 한 권 펼쳐보고 싶은 간절한 소망에 계피 넣은 뜨거운 코코아 한 잔과 오븐에서 갓 구운 따뜻한 카스텔라 한 조각을 먹고 싶은 욕구까지 곁들여진다.

더 빨리! 더 빨리 가자!

마침내 우리는 그 도시의 가장자리에 다다른다. 피곤하고 배고프고 갈증이 나고 호기심도 난다. 그러나 조금은 실망하고 만다. 무슨 인상 깊은 성벽도, 보초가 서 있는 성문—만약 우리가 문을 두드리면 삐걱! 하며 열릴 거대한 책 표지 형태 같은 것—따위도 보이지 않는다. 아니, 거기에는 그저 몇 개의 좁은 거리들이 있을 뿐이고, 그 길들을 따라 각기 형태들이 다른 차모니아 주민들이 급한 걸음으로 도시 안으로 들어가거나 혹은 도시를 나와 떠나는 모습만 보일 뿐이다. 그리고 그들 대부분은 팔에 책을 한 더미씩 끼고 걸어가거나, 책을 가득 실은 손수레를 앞에서 끌며 가고 있다. 만약 이런 책들만 아니라면 그곳은 다른 도시들의 모습과 별로 다를 게 없을 것이다.

우리는 그러니까 부흐하임의 불가사의한 경계 지역에 도착했다. 내 용감한 길동무들이여, 여기가 바로 별다른 장엄한 경관도 없이 그 도시가 시작되는 곳이다. 곧 있으면 우리는 그 도시의 보이지 않는 문턱을 넘어서 안으로 발을 들여놓게 될 것이다. 그리고 그 도시 안에서 신비로운 탐험을 하게 될 것이다.

조금만 기다려라.

그렇지만 그에 앞서 나는 잠시 걸음을 멈추고 도대체 무슨 이유에서 내가 여기까지의 길을 재촉하게 되었는지 설명하고 싶다. 어떤 여행이든 그 나름대로 동기가 있듯이, 내 여행의 동기는 권태와 젊은이의 경박함, 일상의 상황을 깨고 인생을 알고 세계를 알고 싶은 소망에서 기인한다. 그 외에도 나는 이미 죽은 어떤 이와의 약속을 이행하고 싶었다. 그리고 또 하나, 나는 매우 흥미로운 비밀 한 가지를 추적하고 있는 중이다. 그러나 친구들이여, 그 이야기들은 하나씩 차례로 하기로 하자.

린트부름 요새에서

만약 린트부름 족의 요새*에 살고 있는 한 젊은 공룡이 글을 읽을 수 있는 나이가 되면, 부모는 그에게 대부시인(代父詩人)을 한 명 정해준다. 대부는 대개 친척 가운데 한 명이 되거나 아니면 가까운 친지들 사이에서 택해지며, 한번 정해지면 그 순간부터 어린 공룡을 작가로 교육시키는 일을 책임지게 된다. 대부시인은 자기 학생에게 읽기와 쓰기를 가르치며 또한 작가가 되기 위해 필요한 '손으로 글을 쓰는 기술'도 가르친다. 그는 학생 자신이 쓴 시를 읽으면 들어주고 그의 어휘를 풍부하게 해주는 등 예술가로 발전하는 데 꼭 필요한 것들을 가르친다.

내 대부시인은 단첼로트 폰 질벤드레히슬러**라는 분이었다. 그가 내 대부가 되기를 허락했을 때 이미 나이가 팔백 살이 넘어 린트부름 요새에서 가장 나이가 많았으며 우리 어머니의 외삼촌뻘 되는 분이었다. 단첼로트 대부는 대단한 야망을 갖고 있던 건실한 운문 작가로, 주로 주문을 받아 축제 때 쓸 찬사의 시를 지어주었다. 그 밖에 테이블 스피치나 장례식 때 쓸 조사를 지어주는 재능 있는 작가

---

* 차모니아의 역사나 문학을 어느 정도 이해하는 사람이라면 린트부름(게르만 전설에 나오는 작은 용과 비슷한 괴물―옮긴이) 요새가 서부 차모니아에 있는 구멍들이 깊게 파인 암석지대라는 것을 안다. 그 암석은 둘스가르트 너머에 있는 거대한 화산 호수 '로흐 로흐에서 멀지 않은 곳에 있다. 그 요새에는 직립보행을 하며 말을 하는 공룡들이 살고 있는데, 그들은 모두가 작가라는 직업을 존중한다. 그곳에는 만 명의 공룡 시인들이 살고 있다. 어떻게 해서 그리 되었는지 모르는 사람들은 다른 지면에서 그에 대한 것을 읽어보기 바란다. 저자가 쓴 다른 책 『엔젤과 크레테』 가운데서 「린트부름 요새에서 블록스베르크까지―힐데군스트 폰 미텐메츠의 절반의 전기」라는 장과 『루모, 기적의 모험도시』를 읽어보면 알 수 있다. 그러나 이러한 참조는 이 책을 계속해서 읽어가는 데 전혀 중요하지 않다.

** '질벤드레히슬러'에는 글자의 '음절들을 모아 세심하게 가공하는 사람'이라는 뜻이 들어 있다.―옮긴이

린트부름 요새

로 알려져 있었다. 사실 그는 작가라기보다는 오히려 독자였고, 저술가라기보다는 문학을 즐기는 분이었다. 그는 수많은 수상 선정위원회의 일원으로 그런 자리에 참석했고, 시 창작 대회들을 조직했는가 하면 프리랜서로 원고 심사 담당자 일도 했었으며, 대필가로 일하기도 했다. 그의 유일한 책으로는 『정원의 즐거움에 대해서』가 있다. 거기에서 그는 꽃양배추의 유지(油脂)를 증식하는 법과 퇴비 만드는 법에 대하여 감동적이고 깊은 언어를 철학적으로 구사했다. 단첼로트 대부는 그의 정원을 문학만큼이나 사랑했으며, 나한테 자연을 길들이는 법과 시 짓는 법 사이에 병행되는 점들을 지칠 줄 모르고 설명해주곤 했다. 그가 직접 가꾼 딸기 덤불은 그에게는 자신이 쓴 시와 똑같이 중요했으며, 아스파라거스들의 수를 세면서 그것을 운율의 도식에다 비유하기도 했다. 퇴비 더미는 철학 에세이와 비교되기도 했다.

인내심 있는 내 친구들이여, 그대들은 내가 이미 절판된 지 오래인 그의 작품 가운데서 한 구절 인용하는 것을 잠시 허락해주었으면 한다. 푸른 꽃양배추에 대한 단첼로트 대부의 묘사는 내가 수천 마디 말로 하는 것보다 오히려 더욱 생생하게 그분에 대한 이미지를 보여준다.

푸른 꽃양배추를 기르는 일은 적잖이 당혹스럽다. 거기에서 손을 봐야 하는 것은 잎의 성장이 아니라 꽃의 변화이다. 정원사는 꽃송이들이 일시적으로 지방과다증이 되도록 한다. 촘촘한 우산 형태로 뭉쳐지는 그 수많은 꽃봉오리들은 줄기들과 더불어 푸르스름하고 형태 없이 비만한 식물 덩어리로 만들어진다. 다시 말해서 푸른 꽃양배추는 개화 도중에 그 꽃 자체 속의 피하 지방에 묻혀 잘못된 꽃, 더 정확히는 수많은 꽃들의 형태가 일그러져 뭉쳐진 것이다. 원 세상에, 어떻게 이 살찐 식물은 피하지방으로 인해 모양이 흉해진 씨방으로 계속 번식을 해나갈까? 그것은 비자연스러움으로 벗어났다가도 다시 자연으로 돌아오는 것이다. 정원사는 물론 양배추에게 그럴 시간을 주지 않는다. 그는 양배추가 그 탈선의 정점에 있을 때, 다시 말해 비만화가 최고이자 가장 맛좋은 상태에 도달해 있을 때, 즉 그 식물의 올챙이배 같은 꽃들이 작은 경단과 맛이 비슷할 때 따기 때문이다. 반면에 씨앗 재배자는 그 푸른 덩어리가 정원의 한구석에서 아무런 방해도 받지 않고 더 나은 형태로 바뀌도록 해준다. 그렇게 삼 주가 지나면 삼 파운드 무게의 식물 덩어리 대신에 벌들과 도깨비불, 딱정벌레들이 윙윙거리며 주위를 맴도는 아주 느슨한 꽃 덤불을 보게 된다. 앞서 부자연스럽게 굵었던 부드러운 파란 줄기들은 길게 바뀌고, 과육질의 꽃줄기들은 이제 그 끝에 가늘게 퍼져나간 수많은 노란 꽃들을 달고 있다. 꽃봉오리들 가운데 망쳐지지 않은 것 몇 개는 파란색으로 변하고 부풀어오르며 피어나 씨앗을 맺는다. 이 작으면서도 꼿꼿이 자연에 순응하는 작은 꽃송이들이 푸른 꽃양배추를 보존해주는 것이다.

그렇다. 이것이 바로 단첼로트 대부가 어떻게 살았는가를 보여주는 글이다. 자연과 친화하고 언어를 사랑하며, 늘 세심한 관찰을 했고 성품은 낙관적이면서도 조금은 뒤틀렸던 분이며, 그의 문학 작업의 대상인 꽃양배추와 관련해서 보면 사실 참 지루한 분이었다.

나는 그분에 대해서 좋은 기억만을 가지고 있다. 린트부름 요새가 수없이 외부로부터 포위 공격을 당했을 때 그중 한 번의 공격에서 투척되어 날아온 돌 탄환에 머리를 맞고 난 후부터 스스로를 '닭지

않은 안경들이 가득 들어 있는 궤짝'이라고 믿게 되기 석 달 전까지
는 그랬다. 그 당시 나는 그분이 미처 빠져들어간 환각의 세계로부
터 다시는 회복되지 못할까 봐 두려웠다. 그러나 그분은 머리에 그렇
게 큰 타격을 입고도 다시 회복되었다. 단첼로트 대부를 오히려 끝
까지 회복하지 못하게 한 것은 감기였다.

단첼로트 대부의 죽음

단첼로트 대부가 팔백팔십 세의 나이에 길고도 충만했던 공룡으
로서의 삶의 마지막 숨을 쉬었을 때, 나는 겨우 방년 일흔일곱 살이
었으며 아직 한 번도 린트부름 요새를 떠나본 적이 없었다. 그분은
사실 별로 심하지 않은 감기에 전염되었다가 그만 그 후유증으로 약
해진 면역 체계가 회복되지 못해서 세상을 떠난 것이다(그것은 면역
체계의 신뢰성에 대한 내 근본적인 회의를 더욱 심화시킨 사건이었다).
그리하여 나는 그 불행한 날에 그분의 임종을 지키면서 그분과
나 사이에 있었던 다음과 같은 대화 내용을 기록했다. 그건 내 대부
시인께서 나보고 당신이 남기는 마지막 말을 기록하라고 지시했기
때문이다. 그 이유는 그분이 임종 전에 내뱉은 탄식을 후세에 남기
고 싶은 허영심에서가 아니라, 내가 관여하게 될 특수한 영역에서 그
것이 나한테 장차 진짜 자료를 찾아갈 수 있는 유일한 기회가 된다
고 믿어서였다. 그렇게 그는 내 대부시인으로서의 의무를 이행하고

세상을 떠났다.

단첼로트 대부: 나는 죽는다, 아들아.

나(눈물을 억제하면서 말 없이): 흐흑······.

단첼로트 대부: 나는 숙명적인 동기라든가 철학자로서 나이가 들어 관대해지는 것을 인정한다든가 하는 것과는 아주 거리가 멀다. 그러나 그런 나도 그런 것에 만족하지 않을 수 없구나. 누구에게나 한 개의 통만 주어진다. 그리고 내가 받은 통은 그 안이 상당히 차 있었다.
 (나중에 가서 나는 그분이 자신을 '속이 꽉 찬 통'으로 비유한 것이 기뻤다. 왜냐하면 그것은 그분의 삶이 풍요롭게 채워졌다는 것을 암시해주기 때문이다. 누군가가 자신의 삶을 빈 통이 아닌 안이 꽉 채워진 통으로 기억한다면 그는 생전에 많은 것을 성취한 셈이다.)

단첼로트 대부: 들어라, 애야. 나는 너한테 유산으로 남겨줄 것이 별로 없구나. 어쨌거나 돈 같은 건 줄 게 없다. 그건 너도 알고 있겠지. 나는 이 린트부름 요새에서 원고료를 자루에 넣어 지하실에 쌓아두는 엄청나게 부유한 작가들 축에는 끼지 못한다. 나는 너한테 내 정원을 유산으로 남겨줄 것이다. 그러나 나는 네가 거기서 채소를 많이 가꿔내지 못하리라는 것을 안다.
 (그 말은 옳았다. 아직 나이 어린 공룡인 나로서는 단첼로트 대부가 꽃양배추와 대황(大黃)에 대해서 찬탄한 말만 갖고는 뭘 해야 할지 몰랐다. 그리고 나 역시 나의 무지를 감추지 않았다. 그 후 몇 년이 지나서야 단첼로트 대부가 뿌린 씨앗이 처음으로 싹을 틔웠다. 그때 나는 직접 정

원을 하나 조성해 푸른 꽃양배추를 심었고 자연을 길들이면서 여러 가지 영감을 얻기도 했다.)

단첼로트 대부: 나는, 그러니까 시간이 별로 없다…….

(마음이 무너질 것 같은 상황에도 불구하고 나는 재채기가 나는 것을 억누를 수 없었다. 그건 대부가 자신의 상태에 대해 시간이 '별로 없다'라는 말을 사용한 것이 어딘지 우스꽝스러웠기 때문이다. 그것은 잘못 사용된 유머로, 만약 내 원고 속에 그런 말이 들어갔다면 대부는 빨간 펜으로 줄을 그었을 것이다. 그러나 내가 휴지 속에다 재채기를 한 것 역시 마치 눈물을 억제하려고 코를 푼 것처럼 넘어갈 수 있었다.)

단첼로트 대부: ……그래서 나는 너에게 물질적인 것은 아무것도 남겨줄 수가 없다.

(나는 눈을 돌리고서 훌쩍거렸다. 이번에는 감동해서였다. 대부는 죽어가는 순간에도 내 미래를 걱정하고 있었다. 그건 감동적이었다.)

단첼로트 대부: 그러나 나는 저기 차모니아에 있는 모든 보물들보다 훨씬 더 값진 뭔가를 소유하고 있다. 적어도 작가에게는 값진 것이다.

(나는 눈물이 가득 찬 눈으로 대부를 쳐다보았다.)

단첼로트 대부: 그래, 아마도 그것은 한 작가가 자신의 삶에서 소유할 수 있는 것들 중에서 '오름'을 제외하고는 가장 값진 것이라고 말할 수 있을 것이다.

(대부는 상당히 긴장된 어투로 말을 했다. 만약 내가 그였다면 필요한

정보를 가능한 한 간단하게 털어놓으려고 애썼을 것이다. 나는 앞으로 몸을 숙였다.)

단첼로트 대부: 나는 차모니아 문학 전체에서 가장 위대한 원고를 소유하고 있다.

('이런, 맙소사'라고 나는 생각했다. 대부는 헛소리를 하기 시작했거나 그게 아니라면 나한테 그의 먼지투성이 도서실을 유산으로 남기려 하고 있었다. 그러면서 그리피우스 폰 오덴호블러*4가 쓴 저 케케묵고 보잘것 없는 책 『기사 헴펠』에 대해 얘기하고 있었다. 대부는 그 책을 작가의 입장에서 아주 모범적인 작품으로 간주했지만 나는 읽기 어려운 책으로 생각하고 있었다.)

나: 그게 무슨 말씀이세요?

단첼로트 대부: 얼마 전에 린트부름 요새 바깥 세계에 사는 어느 젊은 차모니아 시인이 나한테 편지 한 통을 보내왔다. 그 편지에는 그가 쓴 것이 그저 겸허한 습작에 불과하고 제대로 정리가 안 돼 무지를 드러낼 뿐인데, 그래도 혹시 내가 그의 원고를 어떻게 생각하는지 말해줄 수 있느냐는 등의 흔히 그렇듯 수줍게 부탁하는 글과 미리 감사한다는 말이 덧붙여 있었다.

그래서 내 요구도 없이 보내온 그 원고를 읽는 것을 내 의무로 삼았다. 그리고 내가 마땅히 주장할 수 있는 것은 그 원고를 읽는 데 내 생애의 적잖은 시간이 소요되었고 상당한 신경이 쓰였다는 사실이다.

---

* '오덴호블러'에는 '송시들을 세련되게 갈고 닦는 사람'이라는 뜻이 들어 있다.-옮긴이

(단첼로트 대부는 몹시 힘겹게 기침을 해댔다.)

단첼로트 대부: 그러나 그 이야기는 길지 않았다. 그저 몇 페이지에 불과했다. 나는 그날 아침 막 식탁에 앉아 커피를 한 잔 따라 놓고 있었다. 신문은 이미 다 읽은 뒤여서 곧바로 그 편지를 집어 들었다. 너도 이미 알고 있다시피 매일 한 가지씩 좋은 일을 하는 것을 아침 식사 때 하면 안 될 게 뭐가 있겠느냐. 오래 걸리는 일이 아닐 테니 말이다. 나는 오랜 세월 경험을 통해서 문체와 문법, 사랑의 고통, 그리고 세상의 허영을 잡으려고 분투하는 젊은 작가들이 보통 더듬거리며 써 내려가는 어투 따위에는 이미 익숙해 있었다. 그래서 한숨을 쉰 후에 그것을 읽기 시작했다.

(단첼로트 대부의 한숨 소리는 마음이 아플 정도로 서글프게 들렸다. 그래서 나는 그 한숨이 당시 그 원고를 읽을 때 내쉰 한숨을 모방한 것인지 아니면 자신이 곧 숨을 다하리라는 것을 예감하고 내쉰 것인지 알 수 없었다.)

단첼로트 대부: 내가 그것을 읽기 시작해서 세 시간 정도 지나 다시 커피 잔을 들었을 때 그 안에는 아직도 커피가 가득 들어 있었고 이미 차갑게 식어 있었다. 그러나 나는 그 이야기를 읽는 데 세 시간이 걸린 것이 아니다. 오히려 단 오 분도 안 걸렸다. 그 나머지 시간을 나는 꼼짝도 하지 않은 채 그 자리에 그냥 앉아 있어야만 했다. 그 편지를 손에 든 채 예전에 투석기에 맞았을 때 받았을 법한 심한 충격에 사로잡혀서 말이다.

(단첼로트 대부가 자신을 '닦지 않은 안경들이 가득 들어 있는 궤짝'으로 여겼던 시절에 대한 달갑지 않은 기억이 머릿속에 잠시 번뜩 떠올랐

다. 그러자 여기서 고백하지 않을 수 없지만, 그때 내 머릿속에는 무언가 전혀 예기치 않았던 생각이 스쳐갔다.

'그 빌어먹을 편지 속에 무슨 말이 쓰여 있었는지 나한테 설명하기 전에 혹시 대부의 숨이 넘어가지는 않겠지.'

사실 내 머릿속에 맨 먼저 떠오른 생각은 '대부가 돌아가시지 않으면 좋으련만'이라든가 '사셔야 해요, 대부님!' 같은 것이 아니었다. 그래서 나는 오늘날까지도 그 문장 속에 '숨이 넘어가다'라는 말을 썼던 나 자신이 부끄럽다. 단첼로트 대부는 내 손목을 잡더니 마치 나사 바이스처럼 꽉 움켜쥐었다. 그는 상체를 일으키더니 눈을 크게 뜨고 나를 쳐다보았다.)

단첼로트 대부: 죽어가는 자가 남기는 마지막 말이다. 그리고 그자는 너한테 뭔가 대단한 반향을 일으킬 만한 것을 전해주려는 것이다! 바로 그런 기법에 주목해라! 그런 대단한 글을 읽다가 도중에 중단할 수 있는 사람은 아무도 없으니까 말이다! 아무도!

(단첼로트 대부는 죽어가고 있었다. 그런데도 그 순간 그에게는 대목장의 싸구려 예술가들이 쓰는 진부한 기법을 나한테 전수해주는 것보다 더 중요한 일은 없었다. 그로써 대부시인의 역할이 감동적으로 완성되는 것이리라. 나는 감동해서 훌쩍거렸고, 단첼로트 대부는 붙잡고 있던 손을 놓고 다시 베개 속으로 파묻혔다.)

단첼로트 대부: 손으로 쓴 그 원고는 겨우 열 페이지로 내용도 길지 않았다. 그러나 나는 살아생전 그토록 거의 완벽한 글을 읽어본 적이 없었다. 이해하겠느냐?

(단첼로트 대부는 독서광이었다. 아마도 린트부름 요새에서 가장 부지

런한 독서가였을 것이다. 그런 만큼 그가 하는 이 말은 내게 인상적이었다. 내 호기심은 헤아릴 수 없을 만큼 커졌다.)

나: 그 안에 뭐라고 써 있었나요, 단첼로트 대부님?

단첼로트 대부: 들어봐라, 애야. 나는 너한테 그 이야기를 해줄 시간이 없다. 그 이야기는 내가 너한테 내 도서실과 함께 유산으로 남겨주고 싶은 『기사 헴펠』속에 들어 있다.
(나는 그럴 것이라고 예감했다! 내 눈에 다시 눈물이 가득 고였다.)

단첼로트 대부: 나는 네가 이런 보잘것없는 책을 별로 좋아하지 않는 것을 안다. 그러나 작가 오덴호블러가 언젠가는 네 마음에 크게 와 닿을 때가 있을 것이다. 그건 나이가 들어야 가능한 문제다. 기회가 되면 한 번 더 그 책을 읽어보아라.
(나는 씩씩하게 고개를 끄덕이면서 그러겠다고 약속했다.)

단첼로트 대부: 내가 너한테 말하려고 하는 것은, 그 이야기는 너무나 완벽하게 쓰여 있고 너무도 흠잡을 데 없어서 내 삶을 급격히 변화시켰다. 나는 장차 글 쓰는 것을 포기하기로 결심했다. 왜냐하면 나는 결코 그것에 비견할 만한 완벽한 것을 창조해내지 못할 것 같아서였다. 만약 내가 그 원고를 전혀 읽지 않았더라면 여전히 그리피우스 폰 오덴호블러 부류의 문학에 대한 내 불확실한 상상을 계속 좇았을 것이다. 나는 완성된 문학이라는 것이 진정 어떤 모습인지 결코 한 번도 경험하지 못했을 것이다. 그러나 이제 나는 그것을 내 손안에 갖고 있다. 나는 체념했지만 그것은 즐거운 체념이었다. 나는 게

을러서나 두려워서 혹은 그 밖의 다른 이유에서 글쓰기를 포기한 것이 아니라 고귀한 예술성 앞에서 겸허히 물러난 것이다. 나는 내 생애 동안 직접 글을 쓰는 대신에 글 쓰는 기술에 관한 일에 종사하기로 결심했다. 내가 할 수 있는 일에 머물기로 한 것이다. 너도 이미 알고 있겠지만 바로 꽃양배추를 가꾸는 일이었다.

(단첼로트 대부는 오랫동안 말을 멈추었다. 그가 이미 세상을 떠났나 보다고 생각할 때쯤 그는 다시 말을 이었다.)

단첼로트 대부: 그리고 그때 나는 내 생애 가장 큰 실수를 저질렀다. 바로 그 젊은 천재한테 그의 원고를 가지고 부흐하임으로 가라고 권하는 편지를 쓴 일이었다. 거기에 가서 출판업자를 찾으라고 말이다.

(단첼로트 대부는 다시 한 번 무겁게 한숨을 내쉬었다.)

단첼로트 대부: 그것이 우리의 마지막 서신 교환이었다. 나는 더 이상 그에게서 소식을 듣지 못했다. 나는 그가 내 충고에 따라 부흐하임으로 떠났다가 불행한 일을 당했거나, 혹은 노상강도를 만났거나, 아니면 밀밭에 사는 악령한테 습격을 당했을 거라고 생각한다. 나는 차라리 서둘러 그에게 달려가 손수 그를 보호하고 그의 작품을 손에 넣었어야만 했다. 도대체 내가 무슨 일을 한 거냐? 나는 그를 부흐하임으로 가라고, 사자의 소굴로 들어가라고 말한 것이다. 문학으로 돈을 버는 사람들과 인색한 수전노에 비열한 착취를 일삼는 자들로 가득 찬 도시로 그를 보냈다. 출판업자들로 가득 찬 도시 말이다! 나는 마치 그의 목에 방울을 달아 늑대들이 우글거리는 숲 속으로 보낸 거나 다름이 없다!

(대부는 마치 피가 꼬르륵하며 솟구치는 듯한 숨소리를 냈다.)

단첼로트 대부: 나는 내가 그 시인에게 잘못한 모든 것을 네가 다시 원상으로 회복시켜주기를 바란다, 얘야. 나는 안다. 네가 언젠가는 차모니아에서 가장 위대한 작가가 될 소질을 갖고 있다는 것을. 네가 오름에 도달하게 되리라는 것을. 그러니 거기에 도달하기 위해서는 그 이야기를 읽는 것이 너한테 도움이 될 것이다.

(단첼로트 대부는 아직도 '오름'이라는 것에 대한 오래된 믿음을 굳게 지니고 있었다. 오름이란, 많은 시인들에게 최고의 영감의 순간에 그들 몸속으로 뚫고 들어간다는 일종의 신비로운 힘이다. 우리 같은 젊은이들과 계몽된 작가들은 이런 케케묵은 눈속임을 웃어넘겼지만, 대부시인을 존중하는 우리는 그분 앞에서 그것에 대한 냉소적인 언급을 자제하고 있었다. 그렇지만 우리끼리만 있을 때에는 그렇지 않았다. 나는 오름에 대한 수백 가지도 넘는 농담들을 알고 있었다.)

나: 그렇게 하겠습니다, 대부님.

단첼로트 대부: 두려워하지는 말아라! 물론 네가 그 일을 할 때 겪을 충격은 크겠지만 말이다! 네게서 모든 희망이 떨어져나가고, 작가의 길을 포기하고 싶어질지도 모른다. 아마 네 자신을 죽이고 싶은 생각이 들기도 할 것이다.

(헛소리를 하시는 걸까? 이 세상 어떤 원고도 그런 영향을 나한테 줄 수는 없을 텐데.)

단첼로트 대부: 너는 이 위기를 극복해야 한다. 여행을 떠나거라! 차모니아로 가거라! 너의 지평을 넓혀라! 세상을 알아라! 언젠가는 충격이 영감으로 변할 것이다. 너는 너 자신을 이 완전성과 견주고 싶은

소망을 느낄 것이다. 그리고 만약 네가 포기하지 않는다면 어느 날인가는 그것에 도달할 것이다. 너는 네 안에 뭔가를 가지고 있다, 얘야. 우리 꼬룡들이 사는 요새에서 그 누구도 갖지 못한 것을.

(공룡이라고 말하지 않고 '꼬룡'이라니? 대부님의 눈꺼풀이 왜 깜박거리기 시작하는 걸까?)

단첼로트 대부: 하나 또 있다, 얘야. 네가 유념할 것이. 그러니까, 중요한 것은 그 이야기가 어떻게 시작되는가가 아니다. 그리고 그것이 어떻게 끝나는가도 중요하지 않다.

나: 중요하지 않으면요?

단첼로트 대부: 중요한 건 그 사이에 무슨 일이 일어나는가 하는 것이다.

(평생 대부는 그런 진부한 모습을 보인 적이 없었다. 이제 분별력이 몸에서 떠나버린 걸까?)

나: 유념하겠어요, 단첼로트 대부님.

단첼로트 대부: 그런데 왜 이렇게 추우냐?

(그곳은 찌는 듯이 무더웠다. 왜냐하면 여름 더위에도 불구하고 단첼로트 대부를 위해서 벽난로에 불을 피웠기 때문이다. 대부는 축 늘어진 시선으로 나를 쳐다보았다. 그 시선 속에는 이미 죽음의 사자가 승리를 외치는 모습이 비치고 있었다.)

단첼로트 대부: 빌어먹을, 너무 춥구나…… 누가 가서 저 궤짝 문 좀 닫아주겠느냐? 그리고 저기 구석에 있는 저 검정개는 또 뭐하는 거냐? 왜 나를 그렇게 쳐다보느냐? 왜 저 개가 안경을 쓰고 있지? 닦지도 않은 안경을?

(나는 구석을 바라보았다. 거기에 있는 생물이라고는 천장 밑의 거미줄에 매달려 있는 작은 녹색 거미 한 마리가 전부였다. 단첼로트 대부는 천천히 그리고 힘들게 숨을 쉬더니 영원히 눈을 감았다.)

𝕾
한 통의 편지

그 후 며칠 동안 나는 단첼로트 대부의 죽음으로 인해서 생긴 일들과 그가 남긴 유언을 추적하는 일에 너무나 몰두하며 보냈다. 즉, 그를 매장하고 그가 남긴 유고들을 정리하고 장례 의식을 치르는 것이었다. 그의 피후견인인 시인의 자격으로 나는 조사를 써야 했다. 그것은 길이가 무려 백 행이나 되는 알렉산드리아 육각운으로 지은 송시로, 그의 시신을 화장하는 동안 린트부름 요새에 사는 모든 주민들 앞에서 낭송해야 했다.

장례가 끝난 후 나는 화장한 그의 재를 들고 요새 꼭대기로 올라가 사방 허공으로 흩뜨리도록 허락을 받았다. 단첼로트 대부의 잔해는 순식간에 마치 가느다란 회색 베일처럼 허공으로 흩어져 날아갔다. 그러더니 그것은 섬세한 안개 속에 용해되어 천천히 밑으로 가라앉았다가 마침내 완전히 자취를 감추고 말았다.

나는 도서실과 정원을 갖춘 그의 작은 집을 상속받았다. 그래서 마침내 내 부모님의 집을 떠나 그 집으로 옮겨가기로 결심했다. 짐을 옮기는 데 삼사 일이 걸렸다. 나는 마지막으로 책들을 대부의 도서실로 옮겨놓은 다음 그가 남겨놓은 책들과 함께 정리하기 시작했다. 단첼로트 대부가 생전에 아마도 다른 사람들의 호기심 어린 눈을 피해 책들 사이에 몰래 끼워놓았을 원고들이 이따금 책에서 빠져나와 내 몸위로 떨어졌다. 그것들은 메모한 것이나 급하게 스케치한 착상들이었으며 이따금 시들도 있었다. 그중 하나는 다음과 같았다.

나는 검다. 나무로 되어 있고 늘 잠겨 있다.

그들이 던진 돌에 맞은 이후로

내 안에는 수천 개의 흐릿한 렌즈들이 들어 있다.

내 머리가 사라져버린 후로는

어떤 약도 도움이 안 된다.

나는 닦지 않은 안경들이 가득 들어 있는 궤짝이다.

오, 나는 단첼로트 대부가 제정신이 아니었던 시기에도 시를 지었다는 걸 까맣게 모르고 있었다. 나는 그분의 유고 가운데서 이런 평범하기 짝이 없는 시의 흔적을 지우기 위해 그 원고를 없애버릴까 잠깐 생각해보았다. 그러다가 더 나은 생각이 하나 들었다. 시인은 좋은 글을 쓰든 나쁜 글을 쓰든 그 모든 것은 읽는 독자들의 것이라는 사실을 명심해야 한다는 일종의 의무감이었다. 나는 끙끙거리면서 계속해서 대부의 책들을 정리하다가 마침내 알파벳 'O'를 정리하는 데까지 이르렀다. 단첼로트 대부는 그의 장서를 작가들의 이름에 따라 알파벳 순으로 정리해놓고 있었다. 거기에서 오덴호블러가 지은 『기사 헴펠』이 내 손에 들어왔다. 그리고 대부가 임종 때 수수께끼처럼 남긴 말, 즉 "『기사 헴펠』 속에 큰 반향을 일으킬 만한 원고가 숨겨져 있다"는 말이 떠올랐다. 나는 그 책을 펼쳤다.

책의 겉표지와 첫 페이지 사이에 정말로 접힌 편지가 한 통 끼워져 있었다. 열 장의 약간 누런색 종이에 쓰인 것인데 짙은 갈색으로 변색되어 있었다. 이것이 바로 대부가 그토록 열광했던 원고란 말인가? 나는 그것을 꺼내 잠시 동안 손에 들고 흔들어보았다. 대부는 내게 그것에 대한 호기심을 유발시키면서도 동시에 경고했다. 그것을 읽으면 내 삶이 달라질 것이라고 그분은 예언했다. 그의 삶이 달라졌

던 것처럼. 지금 내가 그렇게 되지 말란 법이 어디 있는가! 나는 변화
를 갈망하고 있었다! 나는 이제 겨우 일흔일곱 살이다!

밖에는 태양이 내리쬐고 있었으나 집 안에서는 대부시인이 남긴
흔적들이 여전히 나를 짓누르고 있었다. 그가 무수히 피워댔던 파이
프 담배 냄새, 책상 위에 뭉쳐 던져진 종이나부랭이들, 막 쓰기 시작
하다 만 테이블 스피치, 반쯤 비어 있는 찻잔, 그리고 벽에 걸린 오래
된 그의 젊은 시절 초상화가 나를 뚫어지게 응시하고 있었다.

아직도 모든 것들이 그곳에 남아 있었다. 그러자 밤에 이 집에서
혼자 지내야 한다는 생각이 나를 불안하게 했다. 그래서 나는 밖으
로 나가서 린트부름 요새 안의 어느 성벽으로 올라가 앉아 그 원고
를 하늘 아래 탁 트인 데서 읽기로 마음먹었다. 나는 단첼로트 대부

가 직접 만든 딸기잼을 빵에 발라 그것을 챙겨 길을 떠났다.

　나는 바로 이날을 내 생애에서 결코 잊지 못할 것이다. 태양은 이미 오래전에 하늘 한가운데를 지났지만 여전히 햇살이 따사로웠다. 그래서 린트부름 요새의 대다수 주민들은 야외에 나와 있었다. 길가에는 탁자와 의자들이 놓여 있었고, 요새의 성벽 위에는 햇볕을 목말라하던 공룡들이 씩씩거리면서 카드놀이를 하거나 책을 읽기도 하고 근래의 심경들을 서로에게 토로하기도 했다. 웃음소리와 노랫소리가 곳곳에 퍼졌다. 그 요새에서 전형적으로 볼 수 있는 늦여름의 풍경이었다.

　조용한 장소를 찾는 것은 결코 쉬운 일이 아니었다. 그래서 나는 좁

은 길들을 지나가다가 결국 걸으면서 그 원고를 훑어보기 시작했다.

내게 처음 떠오른 생각은 낱말 하나하나가 모두 적절한 위치에 쓰여 있다는 것이었다. 사실 그런 인상은 전혀 특별한 것이 아니었다. 어떤 원고든 처음 훑어보면 그런 인상을 받기 마련이니까. 그러다 자세히 읽어가게 되면 비로소 여기저기 무언가 맞지 않고 구두점들이 잘못 찍혀 있고, 오자도 있으며, 적절하지 못한 비유들이 사용되고 있는 것이 눈에 띈다. 낱말들이 너무 자주 중복되는가 하면, 글을 써가는 동안 저지를 수 있는 온갖 실수들이 들어 있는 것이다. 그런데 그 원고의 첫 장은 달랐다. 내용을 알지 않고도 흠잡을 데 없는 예술작품이라는 인상을 내게 주었다. 마치 첫눈에 바라보고도 그것이

천박한 작품인지 대가의 작품인지 평가를 내릴 수 있는 회화나 조각과도 같았다. 원고의 첫 장을 전혀 읽어보지도 않았는데 벌써 그런 느낌을 받은 적은 아직까지 한 번도 없었다. 원고는 마치 화가의 손으로 그려진 것 같았다. 글자 하나하나가 탁월한 예술품으로 모습을 드러냈고 기호들은 종이 위에서 마치 발레를 하듯 매혹적인 윤무를 펼치고 있었다. 한참이 지난 후에야 나는 비로소 마음을 휘어잡는 이 전체적인 인상으로부터 벗어나 마침내 읽어가기 시작했다.

여기서는 정말 모든 낱말들이 제 위치에 올바르게 쓰여 있군. 첫 페이지를 읽은 다음에 나는 그렇게 생각했다. 아니, 단지 낱말 하나하나뿐 아니라, 구두점 하나하나, 쉼표 하나하나, 그리고 심지어 낱말들 사이의 여백까지도 없어서는 안 될 중요한 것처럼 느껴졌다. 그 원고는 '호로 바쿠이(horror vacui)', 즉 '빈 종이에 대한 두려움'이라는 상태에 있는 어느 작가의 생각을 다루고 있었다. 절대적인 집필 장애 때문에 심적인 마비 상태에 있고 어떤 문장으로 자신의 이야기를 쓰기 시작해야 할지 절망적으로 고심하고 있는 한 작가에 대한 것이었다.

물론 특별히 독창적인 착상은 아니었다는 것을 시인한다! 작가라는 직업에서 겪을 수 있는 이 같은 고전적이면서도 거의 판에 박힌 듯한 무능 상태에 대해 이미 얼마나 많은 글들이 쓰였던가! 나는 그런 종류의 글을 수십 편도 넘게 알고 있으며 그중 몇 편은 내가 쓴 것이기도 했다. 그런 글들은 대개 작가의 위대함에 대해서 알려주는 것이 아니라 그의 무능함을 폭로한다. 즉, 그에게는 아무것도 떠오르는 것이 없으며, 그래서 그는 자기 머릿속에 아무것도 떠오르지 않는다는 것에 대해 쓰는 것이다. 그것은 마치 음색을 잃어버린 피리 연주자가 단지 연주가 자기 직업이라는 이유로 아무 의미도 없는 곡을 불어대는 것과 같다.

그러나 이 텍스트만은 그 진부한 주제의 착상에도 불구하고 너무나 찬란하고 너무나 풍부한 정신을 담고 있었으며, 너무도 진지하게 파 들어가면서도 동시에 쾌활하게 쓰여 있어서 나는 몇 구절밖에 읽지 않고도 열광하며 기뻐 어쩔 줄 모르는 상태에 빠졌다. 마치 어느 아름다운 공룡 처녀와 함께 춤을 추는 듯한 기분이었고, 포도주를 몇 잔 마셔서 얼떨떨해졌거나 천상의 음악 소리에 취한 듯한 기분이었다. 내 머릿속은 마치 저절로 빙빙 도는 것 같았다. 별똥별들처럼 불꽃을 튀기면서 여러 가지 생각들이 내 머릿속으로 우박처럼 쏟아져 들어오더니 뇌피질 속에서 쉬익쉬익 타오르고 있었다. 그때부터 머릿속이 킥킥거리더니 점점 나를 웃게 만들고 나로 하여금 큰 소리로 그걸 인정하거나 답변을 하도록 자극했다. 지금까지 읽었던 어떤 글도 나로 하여금 이토록 생생한 반응을 보이게 한 적은 없었다.

나는 좁은 길을 걸어가다가 이따금 어깨를 으스대는가 하면 큰 소리를 지르기도 하고, 편지를 손에 들고 마구 흔들어대거나 또 이따금 히스테리 환자처럼 마구 웃어대거나 열광해서 발을 마구 구르기도 했다. 아마 다른 사람들에게 매우 혼란스런 인상을 주었을 것이다. 그러나 린트부름 요새에서는 대중들 앞에서 변덕스러운 행위를 보이는 것은 기품 있는 태도에 속한다. 그래서 나한테 조용히 질서를 지키라고 소리치는 자는 아무도 없었다. 어쩌면 나는 정말이지 주인공이 광기에 빠져드는 연극을 한번 해본 건지도 몰랐다.

나는 계속해서 그 원고를 읽어갔다. 그런 식으로 모든 것이 제대로 아주 완벽하게 쓰여 있어서 나는 눈물이 날 정도였다. 다른 때 같으면 나한테 그런 일은 감동적인 음악을 들었을 때나 일어날 수 있었다. 그것은 정말 대단했으며, 진정으로 지상을 초월하고 있었고

39

그야말로 결정적인 것이었다! 나는 어찌할 바를 모르고 훌쩍거렸고 눈물을 적셔가며 원고를 계속 읽어나가다가, 돌연 한 가지 생각이 떠올라 기분이 너무나 가벼워져서 울던 것을 급히 멈추고 웃다가 경련을 일으켰다. 나는 마치 술에 취한 얼간이처럼 주먹으로 내 무릎을 마구 치면서 마구 거친 소리로 외쳐댔다. 바로 '오름'에 도달했던 것인데 그게 나는 너무나도 우스꽝스러웠기 때문이다! 나는 숨을 헐떡이다 잠시 진정하고 입술을 꽉 물었다. 그러고는 손으로 입을 꽉 막았지만 곧 다시 마구 날카로운 소리를 질러대지 않을 수 없었다. 마치 억지로 끌린 듯이 나는 그 구절을 여러 차례 큰 소리로 반복해 읽지 않을 수 없었고 발작적으로 히스테릭한 웃음이 터져나와

몇 차례나 읽기를 중단하곤 했다. 우와아아! 이거야말로 내가 지금껏 읽은 것 중에서 가장 우스꽝스러운 문장이었다! 특수 계층의 절규이거나 아니면 최고의 유머였다! 이제 내 눈은 너무 웃다 못해 눈물이 맺혔다. 그것들은 틀에 박힌 그런 농담이 아니었다. 아마도 나는 그런 풍부한 정신이나 위트를 꿈에서도 생각해내지 못했을 것이다. 차모니아의 모든 뮤즈의 이름을 걸고 말하건대 그 원고는 내 머리가 어리둥절해질 정도로 탁월했다.

한참 시간이 지난 후에야 비로소 내 마지막 대단했던 웃음이 가라앉았고, 숨을 헐떡거리다가 가냘프게 높은 소리로 울면서 그 원고를 계속 읽어나갈 수 있었다. 그러면서도 여전히 나는 가끔씩 킥킥거리지 않을 수 없었다. 어찌나 훌쩍거렸던지 눈물이 아직도 내 얼굴 위에 흐르고 있었다. 멀리 있던 내 친척 두 명이 다가오더니, 내가 돌아가신 대부시인에 대한 상실감 때문에 슬픔에 빠져 그러는 줄 알고 안됐다는 표정을 지으면서 머리에 쓰고 있던 모자를 조금 쳐들었다. 바로 그 순간 나는 다시 날카로운 소리를 질러대지 않을 수 없었다. 그러자 그들은 내 히스테릭한 웃음에 놀라 서둘러 그 자리를 떴다. 그제야 비로소 다시 진정이 되었다.

다음 페이지에서도 계속 이어지고 있는 진주 같은 착상들은 내게는 마치 아침 이슬처럼 너무나 신선하고, 잔인할 정도로 대단히 독창적이며, 동시에 심오해서, 내가 그때까지 써온 문장들이 모조리 지니고 있는 천박함이 창피할 지경이었다. 마치 햇살이 확 내리쬐는 것처럼 머릿속이 밝아지면서 나는 몇 차례 환성을 지르고 손뼉을 마구 쳤다. 그러면서 동시에 나는 문장 하나하나마다 붉은 펜으로 두 번씩 밑줄을 긋고 '그래! 그래! 이거야!'라고 쓰고 싶을 정도였다. 특히 마음에 들었던 문장들에 들어 있는 낱말 하나하나에 입을 맞추였던 일을 나는 아직도 기억하고 있다.

내가 편지를 손에 들고 요새 안을 춤추고 뛰어다니며 환호성을 질러대자 길 가던 주민들은 머리를 갸우뚱거리면서 내 곁을 지나갔다. 하지만 나는 그들에게 아무런 관심도 주지 않았다. 나를 그야말로 도취 상태에 빠뜨린 것은 종이 위에 쓰인 단순한 기호들이었다. 그 구절들을 누가 썼든 간에 그는 글 쓰는 직업을 지금까지 내게 닫혀 있던 숭고한 영역으로까지 끌어올린 것이었다. 나는 겸허한 마음으로 숨을 헐떡거렸다.

그러자 다시 한 구절이 나타났다. 거기에서는 마치 유리 종처럼 밝고 투명한 전혀 다른 어조가 시작되었다. 낱말들은 돌연 다이아몬드처럼 빛났고 문장들은 금관장식처럼 변했다. 그것들은 정신적으로 최고조로 집중되어 나온 생각들로, 학문적 정확성을 감안해 글귀를 까다롭게 갈고닦은 말들로 마치 수정처럼 완벽한 귀중품에 장식을 새긴 것과 같았다. 그것들은 눈송이가 지닌 정확하고도 고유한 무늬 구조를 연상시켰다. 문장들에서 일종의 냉기가 흘러나와 나를 전율하게 만들었다. 그러나 그것은 지상의 얼음에서 나오는 것 같은 그런 차가움이 아니라 우주에서 나오는 숭고하고 위대하며 영원한 차가움이었다. 그것은 가장 순수한 형태로 생각하고, 쓰고, 시를 짓는 그런 차가움이었다. 나는 지금껏 그토록 흠 하나 없이 쓴 글을 읽은 적이 없었다.

그 원고에서 나는 한 문장만을 인용하려고 한다. 그것은 다름 아닌 원고의 마지막에 쓰인 문장이다. 그것은 집필 장애 때문에 고통받는 시인에게 마침내 그의 작업을 시작할 수 있도록 착상이 떠오르는 구원과도 같은 문장이었다. 그 후로 빈 원고지에 대한 두려움이 엄습할 때면 매번 그 문장을 이용했다. 그 문장은 흠이 없고 효력은 늘 같아서 그것을 읽으면 막혔던 매듭이 갑자기 풀리고, 낱말들이 홍수처럼 하얀 종이 위로 쏟아져 나왔다. 그것은 마법의 주문과도 같았다. 그리고 가끔은 실제로 그렇게 믿기도 했다. 그리고 혹시 그것이 어느 마법사가 지은 작품이 아니라면 적어도 한 시인이 생각해낸 가장 독창적인 문장일 거라고 생각했다. 그것은 다음과 같았다.

여기서부터 이야기는 시작된다.

나는 편지를 떨어뜨렸다. 무릎이 흔들리고 힘이 빠져 길 위에 주저앉고 말았다. 아, 아니, 사실을 말하겠다, 내 친구들이여, 나는 길 위에 큰 대자로 뻗고 말았다. 환희가 내 몸에서 빠져나가고 도취 상태는 어찌할 바를 모르게 무너지고 말았다. 소름끼치는 냉기가 혈관 속을 뚫고 지나갔다. 두려움이 엄습했다. 그렇다. 단첼로트 대부는 예언했던 것이다. 그 편지가 나를 무너뜨리리라는 것을.

나는 죽고 싶었다. 대체 나는 어떻게 지금껏 감히 작가가 되고 싶다는 생각을 했단 말인가? 어떻게 해서 나는 생각을 종이 위에 끼적거리겠다는 아마추어적인 시도를 해왔단 말인가? 바로 지금 내가 목격한 바로 저 마법의 기술을 모방해 뭘 어찌해보겠다고 생각했단 말인가? 어찌 내가 감히 한 번이라도 그러한 높이에까지 도약할 수 있겠는가? 이 편지의 작가가 지니고 있는 이 같은 가장 순수한 영감의 날개 없이 내가 어찌 감히? 나는 다시 흐느끼기 시작했다. 이번에 쏟아지는 눈물은 절망에 잠겨 흘리는 비통한 눈물이었다.

린트부름 요새에 사는 주민들이 내 곁을 비켜 지나쳐갔다. 그들은 걱정스러운 듯이 내 상태를 묻곤 했다. 나는 그들에게 아무런 관심도 두지 않았다. 몇 시간 동안이나 나는 마치 몸이 마비된 것처럼 그곳에 누워 있었다. 그 사이에 밤이 찾아와 내 머리 위에서 별들이 반짝이기 시작했다. 저 위 어딘가에 단첼로트 대부가 있었다. 대부시인께서 미소를 지으면서 나를 내려다보고 있었다.

"단첼로트 대부님!" 나는 별이 가득한 밤하늘을 바라보면서 소리쳤다. "어디 계세요? 대부님이 계신 저 세상으로 나를 데려가세요!"

"입 닥치고 집으로 꺼져라, 주정뱅이야!"

어느 집 창문 밖으로 누군가가 화난 목소리로 외쳤다.

야간순찰대원 두 명이 달려오더니, 아마 나를 집필 위기에 빠진 술 취한 젊은 시인쯤으로 여겼던지—사실 틀린 말은 아니다— 나를 꽉 붙잡고 집까지 끌고 가면서 기분을 북돋워주려는 듯이 "자네는 다시 할 수 있을 거야!", "시간이 지나면 모든 상처는 아물겠지" 따위의 상투어를 늘어놓았다.

집에 도착하자마자 나는 마치 투석기에 맞아 뻗은 것처럼 침대 속으로 나가 떨어졌다. 그러다 깊은 밤이 되어서야 잼을 발라 들고 나갔던 빵이 완전히 뭉개진 채 아직도 손가락 사이에 끼워져 있는 것을 알아차렸다.

다음날 아침, 나는 린트부름 요새를 떠나기로 결심했다. 밤새 내 위기를 극복할 수 있는 여러 가지 대안들—요새의 어디 첨탑에서 뛰어내릴까, 술을 피난처로 삼을까, 아니면 예술가로서의 경력을 모두 버리고 은둔자의 삶을 시작할까, 그것도 아니면 단첼로트 대부의 정원에서 꽃양배추를 기를까 하는 따위—을 곰곰이 생각하고 궁리한 끝에, 나는 대부시인의 충고에 따라 긴 여행을 떠나기로 결심했다. 나는 부모님과 친구들에게 소네트 형식으로 위로의 편지를 한 통 써 보낸 다음, 내가 저축했던 돈을 찾고, 단첼로트 대부가 만들어놓은 잼 두 병과 빵 한 덩어리, 물 한 병을 여행 배낭에 넣었다.

동트기 전에 요새를 떠나 마치 도둑처럼 빈 거리를 걸어 확 트인 곳으로 나왔을 때야 비로소 나는 숨을 돌렸다. 그리고 여러 날 동안 쉼 없이 계속 걸었다. 나에게는 목적지가 있기 때문이었다. 그러니까 나는 그토록 숭고한 곳으로까지 나를 인도한 예술의 장본인, 바로 저 신비에 싸인 시인의 자취를 찾아내기 위해 부흐하임으로 가고 있는 것이었다. 그가 내 대부시인의 빈자리를 메우고 내 스승이 되어 줄 것이라는 젊은이다운 신념을 갖고 있었다. 그의 외모에 대해 전혀 아는 게 없었으며, 그의 이름, 심지어 그의 생존 여부조차 모르고 있었다. 그렇지만 나는 그를 꼭 찾아낼 수 있을 거라는 확신을 가졌으니, 오, 이거야말로 젊은이가 갖는 무한한 신념이 아니고 무엇이겠는가!

그렇게 해서 나는 부흐하임을 향해 떠났다. 그리고 지금 나는, 두려움 없이 이 글을 읽어가는 내 친구인 그대들과 함께 여기에 와 있다! 그리하여 바야흐로 여기, '꿈꾸는 책들의 도시'로 들어가는 경계선에서부터 이야기는 제대로 시작된다.

8
꿈꾸는 책들의 도시

부흐하임의 내부에서 풍겨 나오는 지독한 곰팡내에 익숙해진 자라면, 어디를 가든 난무하는 책 먼지들이 일으키는 알레르기성 재채기 발작을 먼저 견뎌낸 자라면, 그리고 수천 개의 굴뚝에서 뿜어 나오는 눈을 따갑게 하는 매연 때문에 쏟아지던 눈물이 서서히 멈출 때면, 그때야 비로소 도시 안에 있는 무수한 경이로운 것들을 쳐다보고 놀라게 된다.

부흐하임에는 공식적으로 등록된 고서점의 수만 해도 무려 오천 개가 넘었으며, 대충 짐작하기로 완전히 합법적이지는 않은 소규모 서점들의 수도 천여 개는 되었다. 그런 데서는 책 외에도 알코올이 든 음료, 담배, 향료 그리고 마약류의 약초도 팔았다. 그런 것들을

즐기면 독서열이나 집중력이 향상된다고들 했다. 온갖 형태의 인쇄물들을 작은 바퀴가 달린 서가나 작은 차에 담거나, 아니면 등에 메는 자루나 손수레에 담아서 끌고 다니며 싸게 파는 상인들의 숫자는 이루 헤아릴 수도 없이 많았다. 또한 육백 개가 넘는 출판사들과 쉰다섯 개나 되는 인쇄소, 십여 개의 종이공장이 있었고, 납 활자와 인쇄용 검정 잉크의 생산에 주력하는 공장들의 수도 끊임없이 늘어났다. 수천 가지가 넘는 장서표*를 파는 서점들이 있었으며, 책 받침대만을 전문으로 만드는 석공들이 있는가 하면, 독서대와 서가들로 가득 찬 가구점들이 있었다.

독서용 안경과 돋보기를 만들어 파는 안경점들도 있었고 거리 모퉁이마다 찻집이 있었는데, 그곳에서는 보통 하루 이십사 시간 벽난로에 불을 피워놓고 시인들의 작품 낭독회가 열렸다.

나는 부흐하임에 수없이 많은 소방서들이 있는 것을 보았다. 그 소방서들은 모두가 번쩍번쩍할 정도로 잘 정돈되어 있었다. 정문에는 커다란 경고의 종이 매달려 있고 마차들이 고삐에 매여 대기하고 있었다. 그 마차들의 트레일러에는 구리로 만든 물탱크들이 부착되어 있었다. 이미 그 도시에는 다섯 번이나 엄청난 화재가 발생해 도시와 도시 안에 있는 대부분의 책들이 소실되었다. 그래서 부흐하임은 차모니아에서도 가장 화재 위험이 큰 도시로 간주되고 있었다. 도시의 거리에 끊임없이 격렬한 바람이 불어와서 계절에 따라 어떤 때는 선선하고, 어떤 때는 차갑거나 얼음 같은 냉기가 감돌았지만

---

* 장서표는 라틴어로 Ex-Libris라 한다. Ex-Libris는 'from the books of', 즉 '누가 소장하고 있는 책들 가운데 하나'라는 뜻이다. 그 정확한 기원은 확실하지 않지만 보통 어떤 책의 소유자를 나타내는 수단이다. 인쇄술이 본격적으로 보급되기 이전에는 책 주인이 친필로 적어 넣거나 어떤 특정적인 이미지를 그려 넣는 것이 일반적이었다. 이것은 한편으로는 책의 소유권자를 나타내지만 다른 한편으로는 호사가적 취미에서, 혹은 서적광들이 자신의 존재를 드러내고 싶어서 하는 행위일 수도 있다.

따뜻한 적은 결코 없었다. 그래서 주민들은 늘 따뜻하게 난방을 하고 쾌적하게 들어앉아서, 물론 많은 독서를 즐겼다. 계속 가열되어 타오르는 난로에서 뿜어 나오는 작은 불똥들은 그 근처에 있는 불에 타기 쉬운 아주 오래된 책들로 튕겨갔으므로 무언가 불에 타는 일은 늘 지속되었고 이는 언제든 새로운 화재를 불러올 수 있었다.

나는 곧장 그 도시의 가장 좋은 서점으로 뛰어 들어가서 수많은 대형 서적들 속을 마구 헤집고 다니고 싶은 충동을 억제해야만 했다. 만일 그랬다가는 저녁이 되기 전에 다시 빠져나오지 못할 것 같아서였다. 사실 나는 어디든 숙소를 마련해야 했다. 그래서 한동안 눈에 불을 켠 채 특히 기대할 만한 진열품들을 갖춘 서점들을 기억

해두려고 애쓰며 쇼윈도들을 지나쳐갔다.

여기에는 바로 '꿈꾸는 책들'이 있었다. 그 도시에서는 고서적들을 그렇게 불렀다. 왜냐하면 그것들은 장사꾼들의 눈에는 제대로 살아 있는 것도 그렇다고 제대로 죽은 것도 아니고 그 중간인 잠에 빠져 있는 상태에 있었기 때문이다. 그런 책들은 사실상 과거에 존재했다가 이제는 소멸을 앞두고 있었으며, 그래서 꾸벅꾸벅 졸고 있었다. 부흐하임의 모든 책 서가들과 상자들, 지하실들, 지하무덤들 속에는 그렇게 졸고 있는 책들이 백만 권, 아니 수백만 권에 달했다. 오직 무언가를 찾는 수집가의 손에 의해 어떤 책이 발견되어 그 책장이 넘

겨질 때만, 그것을 구입해서 거기에서 들고 나갈 때에만 그 책은 새로이 잠에서 깨어 생명을 얻을 수 있었다. 그리고 여기에 있는 모든 책들이 꿈꾸는 것은 바로 그런 것이었다.

부흐하임 어딘가에는 칼리반 시코락스가 쓴 『털양말을 신은 호랑이』가 있었다. 초판본이었다! 또 어딘가에는 아드라스테아 지노파가 쓴 『면도를 한 혀』가 있었다. 바로 엘리후 비펠이 쓴 유명한 삽화들을 곁들인 책이었다! 또 요들러 반 힌넨이 쓴 유머가 가득한 전설적인 여행안내서 『삶은 신선한 돼지고기 속의 생쥐 호텔』이 흠잡을 데 없는 상태로 진열되어 있었다! 또 팔리자덴-혼코가 지은 『눈송이라 불리는 마을』도 있었는데, 그것은 글을 쓰던 어느 중범죄자가 집필한 자서전으로 대단한 호평을 받았다. 그는 그 책을 아이젠슈타트 시의 어느 지하감옥에서 쓰고 피로 서명을 했다! 『삶은 죽음보다도 더 끔찍하다』라는, PHT 파르체볼의 절망적인 아포리즘과 격언들을 모은 책도 있었다. 그것은 박쥐가죽으로 장정되어 있었다! 판 가이 스터바너의 『개미들의 북』도 있는데, 그것은 거울에 비춰 읽을 수 있도록 왼손으로 쓴 바로 그 전설적인 판본이었다! 또 조디악 글로켄슈라이가 쓴 『투명한 손님』도 있었다! 함포 헹크의 실험적 소설 『오직 어제만 짖는 개』 등, 그야말로 단첼로트 대부가 내 앞에서 열을 올려 찬사를 늘어놓은 후로 내가 그토록 읽고 싶어 꿈꾸어왔던 책들만 진열되어 있었다. 서점 앞을 지날 때마다 나는 쿵쿵거리는 내 코를 꾹 누르면서 마치 술 취한 주정뱅이처럼 쇼윈도의 유리를 만지면서 지나갔다. 그러면서 나는 마치 달팽이 걸음으로 아주 천천히 앞으로 나아갔다. 마침내 나는 마음을 다져 먹고 눈앞에 보이는 책들의 제목을 일일이 눈여겨볼 것이 아니라, 부흐하임 전체가 나에게 미치는 영향을 받아들여야겠다는 결심을 했다.

나는 나무들로 가득 찬 숲을 본 적도 없었으며, 또 순전히 책들로 만 가득 찬 도시에 가본 적도 없었다. 기껏해야 이따금 일시적으로 포위 공격을 당할 때만 오르내리곤 하던 린트부름 요새에서 안락하고 꿈속에 젖은 시인 생활을 즐겼을 뿐이다. 그러던 내가 부흐하임의 거리들을 싸돌아다니다 마치 우박처럼 쏟아지는 수많은 인상을 받게 된 것이다. 그림들, 색채들, 광경들, 소음들, 그리고 냄새들, 이 모든 것들이 새롭게 나를 흥분시켰다. 갖가지 형태로 존재하는 차모니아인들은 각자 낯선 얼굴들을 하고 있었다. 내가 살던 요새에는 늘 똑같이 낯익은 얼굴들, 친척들, 친구들, 이웃들, 지인들만 있었다. 그런데 여기서는 모든 것들이 낯설어 내 호기심을 자극했다.

사실 나는 린트부름 요새에 사는 주민 한두 명과도 우연히 만났다. 그럴 때면 우리는 잠시 걸음을 멈추고 서로 예의바르게 인사를 하면서 몇 마디 내용 없는 말을 주고받은 다음, 즐거운 여행이 되기 바란다는 말을 주고받고 다시 헤어졌다. 그런 식의 만남은 우리가 여행을 하다 보면 자주 갖게 되는데, 그런 소극적인 행동을 취하는 것은 특히 외지로 여행을 떠나는 것이 자기 동향인을 만나기 위해서가 아니기 때문이다.

그러니 이제 계속 돌아다니자, 계속해서. 미지의 것을 탐구하러! 어디를 가나 수척해질 대로 수척해진 작가들이 길에 서서 목청이 터져라 자기 작품들을 선전하고 있었다. 혹시 어떤 출판업자나 엄청나게 돈 많은 후원자가 지나가다가 자기들한테 관심을 돌리지 않을까 하는 희망에서였다. 나는 눈에 띄게 영양 상태가 좋은 몇몇 보행자들이 길에 서 있는 시인들 주위를 어슬렁거리는 것을 관찰했다. 이 뚱뚱한 야생돼지 같은 자들은 주의 깊게 귀를 기울이며 몇 마디 메모를 적기도 했다. 그렇지만 그들은 자비심 많은 후원자들과는 전혀 거리가 먼 문학 에이전트들이었다. 그자들은 절망 상태에 빠져 있는 작가들에게 접근해 그들에게 불리한 계약을 맺도록 억지로 종용한 다음, 그들을 마치 대필 작가들처럼 무자비하게 착취하고, 마침내는 작가들한테 남아 있는 마지막 독창적인 아이디어까지 다 짜내는 그런 작자들이었다. 이것은 단첼로트 대부가 나한테 해준 얘기였다.

나티프토프 족 관리들이 작은 무리를 지어 눈을 부릅뜨고 순찰을 돌면서 나티프토프 허가증을 소지하지 않은 불법상인들이 있는지 수색하고 있었다. 그들이 나타나는 곳에서는 급히 책을 자루나 수레에 쓸어 담고는 자리를 뜨는 자들이 있었다.

살아 있는 신문들—다시 말해 신문기사 조각들을 전통방식으로 발라서 붙인 종이옷을 뒤집어쓴 발 빠른 난쟁이들—은 여기저기 길을 누비고 돌아다니며 문학계에서 나온 최신 삼류 가십들을 선전하다가 지나가는 행인들한테 푼돈을 받으면 그들이 걸친 종이옷 위에 쓰여 있는 기사들을 자세히 읽어주었다.

들으셨어요? 몰리아트 폰 코켄이 그의 단편소설 『레몬 드럼』을 대단한 값을 받고 멜리센 출판사에 팔아치웠대요!

정말 믿기 어렵군. 오그덴 오그덴이 쓴 장편소설 『얇은 반죽 속의 펠리컨』에 대한 출판사의 원고심사가 반 년 더 늦춰졌다던대!

이거야말로 전대미문의 기사입니다. 판토타스 펨이 쓴 소설 『진실을 마시는 자』의 마지막 장은 우글리 푸루델의 소설 『나무와 광기』에서 베낀 거랍니다!

책 사냥꾼들은 이 고서점에서 저 고서점으로 황급히 돌아다니면서 그들이 포획한 물건들을 현금화하거나 새로운 주문들을 받아내려 벼르고 있었다. 바로 책 사냥꾼들이다! 그런 자들은 손에 들고 있는 갱도용 램프나 해파리횃불, 방어하기 좋게 가죽으로 만든 옷, 갑옷 부속품들, 쇠사슬로 짠 긴 셔츠를 걸친 모습과 도끼나 휘어진 검, 뾰족한 쇠고리, 확대경, 밧줄, 매는 실, 물병 같은 도구나 무기들을 보면 알아볼 수 있었다. 어떤 자는 하수구에서 갑자기 튀어나와 내 발치에 모습을 드러내기도 했다. 쇠투구에다 철사로 엮은 마스크를 쓴 아주 무시무시한 인상을 주는 자였다. 그것은 부흐하임 지하에 있는 비밀스러운 세계의 먼지나 위험한 벌레들로부터 자신을 보호하려고 쓰고 있는 것만은 아니었다. 단첼로트 대부가 나한테 해준

얘기에 의하면, 책 사냥꾼들은 지하에서 포획물을 빼앗으려고 서로 싸울 뿐 아니라 그야말로 전쟁을 벌여 심지어 서로 죽이기까지 한다고 했다. 이처럼 온몸을 갑옷으로 휘감은 괴물 같은 존재들이 헐떡거리고 투덜거리면서 땅속에서 튀어나오는 것을 보면 그런 말이 정말 믿어졌다.

그러나 대개의 통행인들은 단순히 꿈꾸는 책들의 도시에 대한 호기심을 갖고 찾아온 관광객들이었다. 그들 가운데 대다수는 소형 마이크를 든 여행 안내인들에 이끌려 떼 지어 좁은 길들을 지나갔다. 안내인들은 그들의 관광 팀에게, 예를 들어 어느 집에서 작가 우리 안 누세크가 『등대들의 골짜기』를 어느 출판업자에게 비싸게 팔아넘겼는가를 소리쳐서 알려주었다. 관광객들은 마치 흥분한 거위들처럼 목을 길게 빼고 수다를 떨었고, 안내인들의 뒤를 따라가면서 아주 천박하고 하찮은 것들을 쳐다보면서도 놀라워했다.

나한테는 어떤 멍청하고 잔인하게 생긴 시골뜨기가 달라붙어 계속해서 길을 가르쳐주면서 내 손에 쪽지를 쥐어주었다. 그 쪽지에는 오늘 저녁에 어떤 시인이 명예롭게도 어느 서점에서 개최하는 숲속의 시간에 자신의 작품을 낭독한다는 내용이 적혀 있었다. 얼마의 시간이 지나서야 나는 이런 식의 노상강도 같은 행위는 그냥 무시해야 한다는 것을 알게 되었다.

어디를 가나 책 같은 것을 다리까지 뒤집어쓴 체구가 작은 족속들이 돌아다니는 것이 보였다. 예를 들면 『찻잔 속의 인어공주』라든가 『딱정벌레의 매장』의 광고판들이 걸어 다니고 있는 것이다. 걸어 다니는 광고판들은 이따금 서로 부딪히곤 했는데, 속이 비어 있는 책 모조품 속에 들어가 있으면 시야가 한정되기 때문이었다. 그들은 서로 부딪히면 요란한 소리를 내며 넘어지고는 대개 웃으면서 두 다리로 다시 일어나려고 끙끙거렸다.

열두 권이나 되는 두꺼운 책들을 아슬아슬하게 던져 올렸다 받는 어느 거리 예술가의 재주를 쳐다보면서 나는 놀라움을 금할 수 없었다. 한 번이라도 책을 공중에 던져 올렸다 다시 받으려고 시도해 본 사람이라면 그것이 얼마나 어려운 일인지 알 것이다. 그런데 내가 한 가지 덧붙일 것은, 그 책을 던지는 곡예사는 네 개의 팔을 갖고 있었다는 사실이다. 또 어떤 거리 예술가들은 대중적으로 인기 있는 차모니아의 문학에 등장하는 인물들로 변장하고 서서 누가 그들에게 약간의 돈을 던져주면 작품들 중에서 그 등장인물에게 해당되는 구절을 암송해 보였다. 어느 교차로에 이르렀을 때 나는 『교활한 자들』에 등장하는 주인공 하이로 슝글리쉬로 변장한 자를 보았으며, 『돌이 눈물을 흘릴 때』에 나오는 오쿠 오크라, 그리고 고피트 레터케를이 쓴 명작 『차닐라와 오리개구리』에 나오는 빈혈증에 시달리는 여주인공 차닐라 후스테쿠헨의 모습도 보았다.

"나는 그저 산에 사는 말라깽이 털북숭이 정령일 뿐이에요." 차닐라 역을 연기하는 그 거리의 배우는 아주 극적인 자세를 취하면서 소리쳤다. "그리고 당신, 내 사랑하는 이여, 당신은 오리개구리예요. 우리는 서로에게 결코 다가가지 못할 거예요. 우리 함께 이 악령들의 계곡에서 벗어나요!"

이 불과 몇 마디의 문장만으로도 내 눈에서 다시 눈물을 쏟아내기에 충분했다. 고피트 레터케를이야말로 천재였다! 나는 거리 연극이 벌어지는 장소에서 마지못해 발길을 돌렸다.

가자! 계속해서 가자! 나는 서점들의 쇼윈도 안에 걸려 있는 포스터들을 주의 깊게 훑어보았다. 거기에는 시 낭송의 밤, 문학 살롱, 책의 첫 출판기념, 그리고 운문 경시대회 따위의 광고가 걸려 있었다.

행상인들은 나를 매번 그런 쇼윈도에서 잡아끌어 그들이 갖고 있는 보잘것없는 책들을 강제로 들이대면서 길목마다 뒤를 쫓아다녔다. 그러고는 목청껏 그들의 허섭스레기 작품들을 낭송하는 것이었다.

이 마구 들이대며 쫓아다니는 작가들로부터 겨우 도망친 나는 어느 검은 페인트로 칠을 한 집 앞을 지나갔는데, 그 집의 문에는 '위험한 책들의 진열실'이라는 나무 팻말이 붙어 있었다. 붉은 벨벳 숄을 걸친 노루와의 잡종으로 보이는 개 하나가 그 앞에서 어슬렁거리면서 지나가는 행인들한테 오싹할 정도로 무시무한 이빨을 드러낸 채 이렇게 속삭이고 있었다.

"위험한 책들의 진열실에 들어가면 각자 알아서 위험을 감수해야 합니다! 아이들과 노인들의 출입은 금합니다! 최악의 경우를 생각하십시오. 여기에는 여러분을 물어뜯을 수 있는 책들이 있으니까요! 여러분들의 생명을 노리는 책들 말입니다! 독이 있고, 목을 조이면서 헐떡거리는 책들요! 모두 진짜입니다. 유령 놀이가 아니라 실제라니까요. 신사 여러분! 여러분은 위험한 책들의 진열실에 발을 들여놓기 전에 미리 유언장을 쓰고 가장 사랑하는 분들에게 입맞춤을 해두십시오!"

옆길에서는 규칙적인 간격을 두고 시트에 덮인 몸뚱이들이 들것에 실려 나왔고, 못질을 해 닫은 그 집 창문들에서는 둔탁한 외침이 들려왔다. 그런데도 아랑곳없이 구경꾼들은 그 진열실 안으로 몰려 들어갔다.

"저건 여행객들을 노린 함정일 뿐입니다." 울긋불긋한 반점이 있는 옷을 입은 난쟁이가 나한테 말을 걸었다. "진짜 위험한 책들의 진열실에 대중이 접근하도록 할 만큼 정신 나간 자는 없을 겁니다. 제가 진짜 뭔가를 가지고 있는데 어떠십니까? 오름 도취에 관심 있으십니까?"

"그게 뭔데요?" 나는 흥분해서 물었다.

그 난쟁이는 겉옷을 펼치더니 그 안에 끼고 있던 열 개 남짓한 작은 병들을 나한테 보여주었다. 그는 신경을 바짝 쓰며 주위를 둘러보더니 겉옷을 다시 닫았다.

"이건 몸속에서 오름이 순환하는 진짜 시인들의 피입니다." 그자는 음모라도 꾸미는 듯이 속삭였다. "이것 한 방울을 포도주 잔에 넣고 마시면 당신은 모든 소설들을 환각처럼 눈앞에서 보게 됩니다! 한 병에 단 오 피라*입니다!"

"아니, 됐어요!" 나는 거절했다. "난 작가예요!"

내가 급히 그곳을 떠나려고 하자 그 난쟁이가 뒤에서 소리쳤다.

"너희 같은 린트부름 요새에 사는 속물들은 자기들이 무슨 대단한 것이라도 되는 양 행세하지! 너희들은 그냥 잉크만 가지고 시를 지을 뿐이야! 그러니 너희들 가운데 오름에 도달하는 자가 거의 없는 거란 말이야!"

---

* 차모니아의 화폐와 도량형은 너무도 복잡한 사안이어서 그것에 대해 쓴다면 거의 한 권 분량이 나올 것이다. 그리고 사실 그런 책은 100권의 봉켈 문고로 나왔다. 거기에서는 드루이트 교도의 수학자이자 국민경제가인 아리스토테우스 폰 봉켈이 차모니아에 있는 모든 제도들을 정밀하게 열거해서 해설하고 있다. 주민들의 크기가 어디서는 강낭콩만큼 작고 어디에서는 나무처럼 길고 어디에서는 거인처럼 큰 그 대륙에서는 다양한 화폐들과 도량형이 존재할 수밖에 없었다. 본사이 소인족이 픽슬(Pixl)이라고 부르는 것을, 거인족들이 사는 뤼벤차르 지역의 주민들은 포르츠라고 부르는데, 만약 내가 그것들을 미터로 번역한다면 둘 다 틀릴 것이다. 본사이 소인족과 뤼벤차르 족은 각각 자신의 신체 크기를 기준으로 해서 서로 다른 길이를 일 미터의 단위로 정하고 있기 때문이다. 린트부름 요새의 주민들과 그들 중 한 명인 힐데군스트 폰 미텐메츠 역시 그들만의 측정 단위를 갖고 있었는데, 그것은 상당히 시적인 경향을 띤 복잡한 육각운, 낙차, 또는 비유 같은 것을 이용해서 계산하는 방법이었다. 어떤 훈족이 사용하는 잔돈은 크기가 이정표만하기도 했다. 그러나 여러 족속들의 '돈'에 대한 관념은 이처럼 서로 달랐음에도 불구하고 아주 작은 피라미드 형태의 은화인 '피라'는 일반적으로 잘 알려진 통화였고, 특히 부흐하임과 같은 상업 도시들에서는 거래할 때 사용되었다. 나는 저자 미텐메츠가 크기 단위나 거리 또는 무게에 대해 이야기할 때마다 독자의 이해를 돕기 위해 차모니아의 단위를 유럽식 단위들로 번역해보려고 시도했지만, 이탈리아 시인 베르길리우스(중세 이탈리아의 유명한 시인)가 살았을 당시에 사용되었던 화폐 단위인 세스테르체에 상당하는 피라는 번역하지 않고 그냥 두기로 했다.

하아, 이런, 나는 부흐하임에서 가장 초라한 어느 구역에 이르게 된 것이 분명했다. 그제야 비로소 나는 여기에는 눈에 띄게 많은 책 사냥꾼들이 돌아다니면서 불분명한 자들과 검은 거래를 하고 다닌 다는 것을 알아챘다. 보석을 박아 장식한 책들을 가죽 자루에서 꺼 내 건넨 다음 피라 은화가 가득 든 묵직한 주머니를 받고 나면 책 소유자가 바뀌는 것이었다. 여기는 무슨 암거래 시장 같은 곳이었는 데 나는 바로 그 소굴에 빠진 것이었다.

"「황금 목록」에 들어 있는 책들에 관심 있습니까?"

머리에서 발끝까지 검은 가죽옷을 뒤집어쓴 어느 책 사냥꾼이 내 게 물었다. 그는 해골 모자이크 무늬의 마스크를 쓰고, 십여 개나 되 는 단도가 매달린 허리띠를 두르고, 장화에는 도끼가 두 개 매달려 있었다.

"저 뒤에 있는 어두운 골목길로 저를 따라오십시오. 그러면 당신 이 지금까지 꿈도 꿔보지 못한 책들을 보여드리겠습니다."

"고맙지만 그런 데 흥미 없습니다!" 나는 급히 먼 데를 쳐다보면 서 외쳤다.

책 사냥꾼은 악마처럼 웃었다.

"물론 나에게 책 같은 것은 없다! 나는 네 목을 비틀어버리고 네 손을 잘라 식초에다 넣어 팔 생각이었다! 린트부름 요새에서 나온 값진 유물들은 부흐하임에서 굉장히 인기 있거든!"

그는 그곳을 떠나는 내 등 뒤에 대고 거칠고 굵은 목소리로 마구 외쳤다.

나는 이 음침한 구역을 벗어나려고 걸음을 재촉했다. 몇 개의 좁 은 길을 지나자 다시 모든 것이 정상으로 되돌아가 무사태평한 관광 객들과, 꼭두각시 인형들을 가지고 유명한 연극들을 공연하는 거리

예술가들의 모습이 보였다. 나는 잠시 숨을 돌렸다. 아마 그 책 사냥 꾼은 그저 음산한 농담을 지껄인 것인지도 몰랐다. 하지만 린트부름 요새 주민들의 몸 일부가 부흐하임에서 미라가 된 다음 시장 가치를 지닌 물건으로 팔린다는 생각을 하자 몸에 소름이 끼쳤다.

나는 다시 행인들의 물결 속으로 휩쓸려 들어갔다. 프헤른하헨 난쟁이족의 어린 학생들이 무리를 지어 수줍게 서로 손을 붙잡고 총총걸음으로 걸어오고 있었다. 그 아이들의 커다란 눈들은 그들이 좋아하는 서정시인들을 쳐다보면서 번뜩거렸다.

"저기다! 저기야! 호지안 라피도 말이야!"

그들은 갑자기 날카로운 소리를 지르면서 흥분하더니 작은 손가락으로 누군가를 가리켰다.

"저기다! 저기야! 감성주의자 카일하르트가 커피를 마시고 있어!"

그럴 때면 아이들 중에서 적어도 한 명은 너무 감격해 반드시 기절하고 말았다.

나는 무작정 걷고 또 걸었다. 하지만 나는 그때 눈으로 본 경이로 웠던 모든 일들을 내 기억 속에 다 담을 수는 없었다고 고백하지 않을 수 없다. 마치 갈수록 더 훌륭한 예술가의 착상이 그려낸 엄청나게 많은 삽화들이 담겨 있는 그림책 속으로 빨려 들어가 산책하는 느낌이었다. 걸어 다니는 문자들과 현대식 인쇄기에 대한 선전들이 난무하고 있었다. 집들의 벽에는 유명한 소설 주인공들의 모습이 그려져 있었다. 시인들의 기념 조각상들도 있었다. 고서점들로부터는 그야말로 보잘것없는 책들이 거리로 넘쳐 나오고 있었다. 책 상자들 속을 뒤집어 헤치면서 차지하려고 서로 싸워대는 모습들이 보였다. 허섭스레기 같은 고서적들로 가득 찬 상자들이 엄청나게 긴 뱀처럼 꼬리를 물고 지나갔으며, 그 사이에 섞여 있는 뤼벤차르 족들은 저속한 작품들을 마차에 가득 담아와 대중에게 쏟아내고 있었다. 이 도시 안에서는 어디서 언제 날아올지 모를 책에 머리를 맞지 않으려면 늘 몸을 굽히고 다녀야만 했다. 나는 그런 극심한 혼란 속에서 불완전한 문장 몇 개만 알아들을 수 있었다. 그러나 모든 대화들은 어떤 형식으로든 책을 주제로 하면서 그 주위를 맴돌고 있는 것 같았다.

"……너는 공포문학으로 나를 늑대인간들이 사는 숲으로 끌어들일 수 있다……."

"……오늘 저녁 '금박칠' 서점에서 '숲속의 시간' 낭독회가 있다……."

"……아우로라 야누스의 두 번째 장편소설의 초판은 서문에 오자가 두 배나 많아 단돈 삼 피라에 팔렸다……."

"……만약 오름을 얻은 자가 있다면, 그는 아마 뵐러리히 히른피들러일 것이다……."

"……그건 인쇄기술 면에서 볼 때 인쇄업 전체에 수치스러운 일이다……."

"……주석을 달 게 아니라 주석에 관한 소설을 써야 할 것이다. 그건 아마도……."

마침내 나는 어느 사거리에 멈춰 서서 몸을 돌려 그곳 내리막길들에 늘어서 있는 서점들의 수를 세어보았다. 무려 일흔한 개나 되었다. 심장 뛰는 소리가 목 위까지 들려오는 것 같았다. 여기서는 생활과 문학이 하나인 것처럼 보였다. 모든 것이 인쇄된 언어의 주위를 맴돌고 있었다. 여기야말로 나의 도시였다. 이곳은 나의 새로운 고향이었다.

공포의 여인숙

나는 무슨 대단한 것이라도 약속하는 듯한 '황금 깃털'이라는 간판이 붙어 있는 작은 여인숙을 발견했다. 그 이름이 기분 좋게 고풍스러워 보여서 아마 성공한 작가가 손으로 쓴 글일 것이라는 생각은 물론 깃털 베개를 베고 조용히 밤을 보낼 수 있을 거라는 생각도 들었다.

나는 잔뜩 기대를 걸고 어슴푸레한 불빛이 비치는 여인숙의 홀로 들어선 다음 곰팡내 나는 카펫을 밟고 나무 카운터 쪽으로 다가갔다. 그러나 아무도 나타나지 않았다. 그래서 나는 구리 초인종을 눌렀다. 초인종에는 스프링이 달려 있어 거기서 나오는 몹시 시끄러운 소리가 홀 안으로 울려 퍼졌다. 나는 몸을 돌려 내리막으로 경사진 복도의 어둠 속에서 누군가 급히 달려오는 이가 있는지 확인하려고 했다. 그러나 아무도 오지 않았다. 그래서 다시 몸을 돌려 카운터 쪽으로 갔다. 그런데 갑자기 놀랍게도 거기에는 마치 금방 땅속에서 솟아나기라도 한 듯 직원이 한 명 서 있었다. 그가 어둡고 추운 네벨하임* 출신이라는 것을 그의 창백한 피부에서 알아낼 수 있었다. 제바크 제리오자의 모범적인 단편소설『구질구질한 사람들』에서 나는 네벨하임 족에 대해 읽은 적이 있었다. 이 어딘가 섬뜩한 차모니아의 족속을 나는 거리에서 이미 여러 차례 만났다.

"예, 무슨 일이세요?"

그가 물었다. 그 목소리는 마치 금방이라도 숨을 거두려는 것처럼 들렸다.

"저는…… 방을 하나 구합니다……."

나는 떨리는 목소리로 대답했다. 그리고 채 오 분도 지나지 않아 나는 아까 그 자리에서 걸음아 날 살려라 하고 도망가지 않은 것을 뼈저리게 후회했다. 내가 쓸 방은—그 카운터 직원이 재촉하는 바람에 나는 방값을 미리 지불해야 했다— 알고 보니 가장 더럽고 초라한 방이었던 것이다. 아마 나는 몽유병자처럼 정신을 놓고 돌아다니다가 부흐하임에서 가장 나쁜 숙소를 찾아낸 것 같았다. 부드러운 깃털로 채운 베개 따위는 흔적도 찾아볼 수 없고, 시큼한 곰팡내가 나는 매트리스 하나에 귀에 거슬리게 바스락 소리를 내는 담요 하나가 전부였다. 그리고 주위에서 몹시 시끄러운 소리가 들려왔다. 그 소음으로 미루어보건대, 옆방에 투숙하고 있는 예티**족 몇 명이 가구들로 음악을 연주하려는지 벽지들이 떨어져 나가는 소리와, 무엇인가가 나무 바닥 아래로 흘러가는 소리가 났다. 내 머리 위의 손이 안 닿을 만큼 높은 천장에는 외눈박이 하얀 박쥐 한 마리가 매달려

---

* '안개 마을'이라는 뜻이다.-옮긴이
** 발자국만 알려져 있을 뿐 정체가 밝혀지지 않은 히말라야의 동물. 보통 눈사나이로 불린다.-옮긴이

있었는데, 마치 내가 잠이 들면 무슨 끔찍한 일이라도 벌이려고 기다리고 있는 것 같았다. 그제야 비로소 나는 창문에 커튼이 쳐져 있지 않은 것을 알아챘다. 장담하건대 여기서는 아마 아침 다섯 시만 돼도 햇살이 무자비하게 안으로 쏟아져 들어올 것이고, 그렇게 되면 나는 잠을 잘 수가 없을 것이다. 조금의 빛만 있어도 나는 잠을 자지 못하기 때문이다. 그렇지만 눈가리개를 쓰는 것은 싫었다. 그것을 쓰고 자본 적이 있었는데, 이튿날 아침에 그것을 쓰고 있다는 것을 잊고 몇 분 동안이나 내가 하룻밤 사이에 장님이 된 거라고 확신하고 공포에 사로잡혔다. 나는 마치 머리 없는 닭처럼 이리저리 마구 뛰어다니다가 의자에 심하게 부딪혀 넘어지는 바람에 어깨 관절을 삐고 말았다.

어쨌거나 나는 이날 밤을 이 여인숙에서 보내고 싶은 생각이 없었다. 나는 배낭을 내려놓고 여행 중에 먼지가 묻은 내 몸을 소금기가 있는 용액으로 씻었다. 지금으로선 이걸로 충분했다. 부흐하임의 고서점들은 이십사 시간 내내 문을 열어놓고 있었다. 나는 배가 고프고 갈증이 났을 뿐 아니라 밤새 이 도시 안의 서점들을 샅샅이 파헤치고 다니며 책들을 구경하고 싶은 충동을 억제할 수 없었다. 나는 박쥐와 옆방의 예티들에게 잘 자라고 빌어주고는 다시 바쁜 활동 속으로 뛰어들었다.

부흐하임은 단 일부, 어쩌면 겨우 십분의 일 정도만이 지상에 드러나 있고 그보다 훨씬 더 많은 부분은 지하에 존재하고 있었다. 그 지하도시에는 음산한 개미소굴처럼 터널망이 여기저기 연결되어 있어 매우 복잡하게 뒤얽힌 갱도, 협곡, 통로, 굴 같은 것들이 땅 밑으로 수 킬로미터나 뻗어 있었다.

현재 이러한 지하동굴 시스템이 언제 어떻게 생겨났는지 말할 수 있는 사람은 아무도 없다. 어떤 학자들은 그런 시스템이 실제로는 선사시대에 살았던 개미 종족이 만든 것에서 유래한다고 주장하기도 했다. 선사시대의 대형 곤충들인 그 종족은 이미 수백만 년 전부터 그들의 거대한 알들을 숨기려고 그런 구조물을 만들었다는 것이다. 또 이 도시의 고서적상들이 주장하는 바로는 그런 터널 시스템은 수천 년 동안 수십 세대에 걸쳐 서적상들이 고서적들을 저장할 창고들을 만들 목적으로 계속해서 밑으로 파 내려간 것이라고 했다. 이는 도시의 표면 밑에 두껍게 도사리고 있는 몇 군데 지하미로 영역과도 관련이 있었다.

그에 대해서는 이런 추측들 말고도 수많은 이론들이 있었다. 나는 개인적으로 원래의 터널은 선사시대의 곤충류가 판 것이고, 그 후 수백 년에서 수천 년을 거쳐오는 동안 문명화된 생물들에 의해 더욱 확장되었다는 혼합 이론을 믿고 있었다. 다만 확실한 것은, 그 세계는 이 도시의 밑에 존재하면서도 오늘날까지도 완전하게 개방되지 않았다는 것이다. 게다가 지하묘지로 내려가면 갈수록 더 오래되고 더 값어치 있는 책들로 가득 차 있다는 사실이다. 그렇게 부흐하임의 좁은 길들을 따라 쏘다니다 보면 잡석으로 포장된 도로 밑으로 뻗어 있는 미로가 머릿속에서 연상되곤 했다.

나는 이 도시에서는 아마도 굶어 죽을 일이 없을 거라는 예상이 들어 기뻤다. 찻집들과 선술집들 말고도 온갖 먹을거리들을 값싸게 파는 거리 좌판대가 수없이 많이 있었기 때문이다. 구운 소시지와 속을 채운 치킨, 찰흙에 구운 책좀벌레, 쥐의 방광, 김이 나는 맥주, 날아다니는 케이크, 뜨거운 땅콩, 차가운 레몬주스 등이 있었다. 작은 불 위에 쇠단지를 올려놓고 치즈를 넣어 끓이고 있는 치즈 조리대가 길게 놓여 있어 얼마 안 되는 돈으로 빵을 사서 그 치즈 단지 속에 적신 다음 먹을 수 있었다.

　나는 빵 한 덩어리를 사 그것을 끓인 치즈 속에 제대로 적신 다음 허겁지겁 입으로 베어 먹으면서 찬 레몬주스 두 잔도 함께 들이켰다. 돌아다니느라 며칠 동안 제대로 먹지 못한 터라 엄청난 양의 먹을 것과 마실 것을 뱃속으로 집어넣다 보니 바라던 대로 포만감은 왔지만, 너무 지나치게 먹어 몸이 불편한 느낌도 들었다. 그래서 한참 동안 얼마나 속이 안 좋던지 혹시 불치병에 걸린 게 아닐까 하는 두려운 생각까지 들었다. 그러다 한 시간 정도 소화를 시키려고 산책을 한 후 심하게 몇 차례 방귀를 뀐 다음에야 속이 편해졌다.

　산책을 하는 동안 나는 구경을 안 한 게 없었다! 여전히 고서점들 안으로 발을 들여놓는 것은 억제하고 있었는데, 그건 책들을 포장한 엄청나게 무거운 묶음들을 들고 끙끙거리며 돌아다니고 싶지 않아서였다. 어디를 가나 어이없이 싼 가격표가 붙은 믿기지 않을 만큼 귀한 책들이 진열되어 있었다. 엑트로 뤼크바서가 쓴 『제방에 둘러싸인 곳』은 작가의 사인이 들어 있는데도 가격은 겨우 오 피라였다! 부흐하임의 미로에 대해 쓴 책으로 굉장한 호평을 받았던 『부흐하임의 지하묘지』는 전설적인 책 사냥꾼이던 콜로포니우스 레겐샤인이 쓴 것인데도 가격이 겨우 삼 피라였다! 우울한 염세주의자였던 후므리 쉬그잘이 쓴 인생 회고록 『그래도 엉겅퀴』의 가격은 말도 안 되는 겨우 육 피라였다!

　나는 작가들의 이상향 속으로 들어와 있었다. 그건 의심할 여지가 없었다. 단첼로트 대부가 나한테 유산으로 남겨준 얼마 안 되는 돈만으로도 나는 여기서 순식간에, 정말이지 린트부름 요새에 사는 주민이라면 누구나 부러워할 만한 도서관 하나쯤 몽땅 살 수 있을 것 같았다. 그러나 우선 그저 이 부근을 따라 돌아다녀보기로 했다.

키비처의 고서점

거리 곳곳의 북적거리는 광경들을 바라보며 놀라던 것에서 어느 정도 진정이 되자 멍청하고 잔인하게 생긴 족속들이 서로 밀치고, 거리 행상인들이 치근대는 모습들이 점차 내 신경에 거슬리기 시작했다. 게다가 어둠이 다가오고 날씨는 점점 서늘해졌으므로 나는 마침내 고서점들을 샅샅이 파헤치며 돌아다니기로 했다. 그러나 어느 서점으로 들어가야 하지? 이런저런 책들을 뒤섞어 파는 대형 서점으로 들어가는 게 더 나을까? 아니면 소형 전문서점부터 찾아가는 게 나을까? 만약 후자 쪽을 택한다면 어떤 전문서점으로 가야 할까? 서정시집들이 있는 서점으로? 탐정소설 쪽으로? 악마가 등장하는 괴기문학 쪽으로? 아니면 그랄준트에서 쓰인 철학서적들이 있는 곳으로? 아니면 플로린트의 바로크 서적들을 찾아서? 달콤한 온갖 문학서적들을 진열해놓고 쇼윈도에 촛불을 밝히고 있는 서점들은 유혹적으로 보였다. 일을 쉽게 하기 위해서 나는 내 발길이 막 닿은 서점으로 결정했다. 그 서점 입구의 문에는 이상한 기호가 하나 새겨져 있었다. 그것은 원이었는데, 원의 안쪽은 다시 세 개의 굽은 선으로 나뉘어 있었다.

그 서점 안은 희미하게 불이 밝혀져 있어서 창가에 진열된 책들의 제목을 제대로 읽을 수 없었다. 그러나 바로 그 때문에 이 거리에 있는 어떤 고서점들 가운데서도 가장 비밀스럽고 가장 유혹적인 서점으로 보였다. 나는 안으로 들어갔다!

서점 안으로 발을 들여놓자 희미하게 초인종 소리가 울렸고 시들

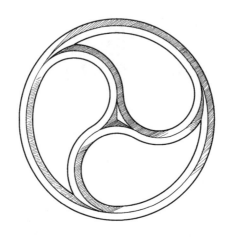

어 보잘것없는 책들에서 나는 낯익은 곰팡내가 쿵쿵거리는 내 콧속
으로 파고 들었다. 잠시 동안 책방 안에 나 혼자 있다는 생각이 들었
다. 내 두 눈은 조금씩 희미한 불빛에 익숙해졌다. 그러다가 서가들에
어른거리는 회색 그림자들 사이에서 등 굽은 형체가 하나 나타나는
것을 발견했다. 훔쳐보는 듯한 그자의 거대한 눈이 어둠 속에서 번뜩
이고 있었다. 리듬처럼 둔탁하게 빠드득거리는 소리가 들렸다.

"무엇을 도와드릴까요?"

거기에서 나타난 난쟁이가 가늘고 힘없는 목소리로 말했다. 마치
무슨 양피지로 된 혀가 말하는 것 같았다.

"압둘 나흐티갈러 교수께서 쓰신 저서에 관심이 있으십니까?"

아니, 이런! 나는 핀스터베르크* 출신의 망상가가 쓴 저서들을 전
문으로 다루는 서점으로 들어와 있었던 것이다. 하필이면! 나는 나
흐티갈러의 작품에 대해서 잘 알지 못했다. 하지만 사물에 대한 그
의 학문적인 시각이 내 시적인 열정과는 거리가 멀다는 것쯤은 충

---

* '암흑의 산'이라는 뜻이다.-옮긴이

분히 알고 있었다.

"그냥 겉으로만 알고 있습니다."

나는 차갑게 대꾸했다. 그냥 단순한 예의를 지키느라 그 읽을 수 없는 하찮은 책들 중 하나를 억지로 강요당하기 전에 빨리 여기서 나가려고 했다.

"겉을 모르면 깊이도 모르지요." 난쟁이가 대답했다. "나흐티갈러가 차모니아의 미로에 대해 연구한 성과를 오즈타판 콜리브릴 박사가 흥미로운 논문으로 썼는데 혹시 그것에 관심이 있지는 않으십니까? 그 사람은 나흐티갈러의 가장 재능 있는 제자였지요. 그리고 그 논문에서 미로에 대한 몇 가지 해답을 얻어낼 수 있다고 제가 주장하더라도 그건 과장이 아닙니다."

"사실 미로에 별로 흥미가 없습니다." 대꾸하고서 나는 돌아서서 나가려고 했다. "서점을 잘못 찾아 들어온 것 같군요."

"오, 당신은 학문에 관심이 없으시다고요? 순수문학을 찾으십니까? 현실도피를 목적으로 하는 이탈문학 말입니까? 장편소설을 찾는다는 말씀이지요? 그렇다면 정말 저희 서점에 발을 잘못 들여놓으신 것 같습니다. 여기에는 실용서적들뿐이랍니다."

그의 목소리에는 전혀 적대감이나 오만함이 섞여 있지 않았다. 그저 예의상 정보를 주는 것처럼 들릴 뿐이었다. 나는 문고리를 잡았다.

"미안합니다!" 나는 수줍게 말하고서 문고리를 밀었다. "이 도시가 처음이거든요."

"린트부름 요새에서 오셨습니까?" 고서적상이 물었다.

나는 멈춰 섰다. 직립 보행을 하는 공룡의 삶에서 변하지 않는 것들 중 하나가 있다면 그건 누구나 그를 처음 보기만 해도 어디에서 태어났는지 맞힐 수 있다는 것이었다. 그것이 과연 장점인지 단점인지는 아직까지 가려내지 못했다.

"금방 알아보시는군요." 내가 대답했다.

"제가 장편소설들을 모두 싸잡아서 좀 폄하하는 발언을 한 것을 용서하십시오. 저는 우리 가게에 들어와서 늘 『칼트불루트 왕자』 같은 장편소설들의 작가 사인이 들어간 초판본만 찾는 관광객들을 떨쳐내기 위해 별 의미 없는 말을 몇 마디 해야 했습니다. 이곳이 비록 순수한 실용서적을 파는 고서점이기는 하지만 저는 이미 린트부름 요새에서 나온 많은 장편소설들을 수집했습니다."

쭈글쭈글한 형상의 그 난쟁이는 책들이 쌓여 있는 탁자 위로 몸을 굽히더니 초 하나에 불을 붙였다.

"그리고 이곳의 불빛 상태가 희미한 것도 죄송합니다. 저는 어둠 속에서 생각이 더 잘 나거든요."

불붙은 양초 심지에서 일렁이는 불꽃이 난쟁이의 얼굴을 드라마틱하게 비춰주었다. 불빛은 처음에는 밝게 비치면서 신경질적으로 춤추더니 점차 약해지면서 누그러졌다. 서점 주인은 장담하지만 분명히 전에 어디에서도 본 적이 없는 아이데트 족 난쟁이였다. 그의 머리는 내가 여러 백과사전을 읽어서 아는 바이지만, 그 어떤 것과도 견줄 수 없는 독특한 형태로 그의 머릿속에는 적어도 세 개의 뇌가 들어 있을 것 같았다. 그리고 이제야 안 것이지만 그 이상스럽게 삐걱거리는 소리도 그의 두개골 속에서 나오는 것이었다. 난쟁이가 생각하는 것을 소리로 들을 수 있었다.

"하흐메드 벤 키비처가 제 이름입니다."

아이데트 족 난쟁이는 말하면서 내게 그의 가느다란 손가락들을 내밀었다. 나는 조심스럽게 그것들을 붙잡고 악수했다.

"힐데군스트 폰 미텐메츠*라고 합니다."

"책을 출판한 적이 있습니까?"

"린트부름 요새에서만요."

"당신의 책들을 아직 읽지 못해 죄송하군요."

나는 어설프게 웃다가 나 자신이 바보천치 같다는 생각이 들었다. 나는 아무것도 쓰여 있지 않은 백지와 같았다.

"그러나 이미 말씀드렸듯이 저는 제 생의 많은 시간을 린트부름 요새 주민들의 문학에 몰두했습니다. 저는 문학작품을 쓰는 대형 도마뱀들의 몸속을 흐르는 냉혈 신진대사가 문체의 우아함에 어떤 영향을 미치는지에 대해 박사학위 논문을 썼지요."

"아, 그래요?" 나는 마치 그가 하려는 얘기가 무엇인지 아는 것처럼 말했다. "그래서 어떤 결과에 도달했습니까?"

"냉혈 신진대사가 시문학의 균형과 조화에 전적으로 유익하다는 결론을 얻었습니다."

"대단히 그럴듯하게 들리는군요."

"저는 실제로 그 도마뱀 종은 순전히 몸의 조직상 다름 아닌 작가로서의 작업을 영위하기 적당하게 만들어져 있다고 생각합니다. 오래 사는 것은 수작업이 익숙해지기 위해서는 중요합니다. 세 개의 손가락 끝에 달린 손톱은 필기도구를 쥐는 데 이상적입니다. 도마뱀의 두꺼운 피부조직은 악의적인 비판들을 막아주는 가장 좋은 수단이고요."

아이데트 난쟁이는 킥킥거렸다.

"린트부름 요새는 차모니아의 문학사에 남을 최고의 장편소설들

---

* 이 이름에는 '이야기들을 잘라 꾸며내는 사람'이라는 뜻이 암시되어 있다.–옮긴이

을 몇 권 내놓았습니다. 사르토리우스 폰 얌벤트레크슬러가 지은 『행복이 없는 공간』, 하르트하임 폰 라임기서의 『달빛으로 가득 찬 자들』이 그런 것들이지요! 힐디아 폰 드라멘게르버의 『플라밍고 자세』도 있습니다! 『운율을 맞추지 못한 밤』은 어떻고요! 『굴의 노래』를 보십시오! 『수줍은 미끼』도요! 게다가 그리피우스 폰 오덴호블러가 쓴 『기사 헴펠』은 잊을 수가 없습니다!"

"『기사 헴펠』을 아십니까?"

"물론입니다! 그 기사가 안경을 갑옷 속으로 떨어뜨리는 바람에 거의 장님이 된 상태에서 창 시합을 해야 하는 대목을 기억하시지요? 또 그의 아래턱뼈가 곤봉에 맞아 으깨져서 소설 속의 한 장(章) 내내 그가 수화법으로만 의사 전달을 하는 대목은 어떻고요? 나는 얼마나 웃었는지 모릅니다! 그야말로 슈퍼 코미디 작품입니다!"

나는 그렇게까지 깊이 그 소설에 몰입한 적이 없었다. 단첼로트 대부가 그 지루한 책을 내게 들이밀었을 때, 거의 창 다루는 법에 관한 내용만으로 채워져 있는 백 페이지 정도를 읽다가 참지 못해 구석에다 처박아두었다.

"물론이지요." 나는 거짓말을 했다. "그 아래턱, 정말 재미있었지요!"

"처음 백여 페이지는 창 다루는 법에 대해 읽어야 하기 때문에 고통스러웠을 겁니다." 키비처가 말했다. "하지만 바로 그 다음부터 제대로 이야기가 진행됩니다. 그 작가가 백오십 페이지 내내 E라는 글자 없이 서술해가는 그 장(章)은, 바로 어떤 글자를 일부러 빼고 글을 쓰는 기발한 문법적 발상입니다!"

아이데트 난쟁이는 헛기침을 하더니 다음과 같이 인용했다.

수탉이 식탁으로 오르더니
말하기를,
수탉이 제시간에 맞춰
식탁에 오를 때
그곳에 행복이 있네!

나는 그 구절을 안다는 듯이 미소를 지었다.
"예, 그래요. 기발한 발상입니다."
내가 말했다. 사실은 읽은 적이 없었다. 헛소리였다!
"그러나 장편소설만이 아닙니다!" 키비처는 활기가 넘치면서 외쳤다. "린트부름 요새에서 나온 것 중에는 뛰어난 실용서적도 한 권 있답니다. 예를 들면 『정원의 즐거움에 대해서』가 그것이지요. 길들여진 자연의 묘사에 대한 지침서입니다."
나는 당황했다.
"당신은 단첼로트 폰 질벤드레히슬러를 아십니까?"
말하면서 나는 마침내 잡고 있던 문손잡이를 놓았다.
"당신도 그를 아십니까? 설마 농담이시겠죠. 저는 그가 쓴 글을 잠자면서도 외울 수 있습니다."

그러니 우리를 진정시킬 수 있는 것은 오로지 자연뿐이다. 거의 본능적으로 우리는 실외로, 바깥의 정원으로 발을 옮긴다. 나무들이 소슬거리는 데서 그리고 별들 아래서 우리는 더욱 자유롭게 호흡한다. 그곳에서 우리의 마음은 더욱 가벼워진다. 우리는 별에서 와서 별로 간다. 삶이란 그저 낯선 곳으로의 여행일 뿐이다.

이 왜소한 난쟁이는 단첼로트 대부에 대해서 나보다도 더 잘 알고 있었다. 내 왼쪽 눈에서 눈물방울이 데구루루 흘러내렸다.

"당신도 나와 마찬가지로 그를 높이 평가하는군요! 그의 작품에서 겨우 한 구절을 인용했는데도 그 정도로 격정적인 영향을 당신에게 끼치는 것을 보니 말입니다. 그것으로 당신의 『기사 헴펠』에 대한 무지는 만회되었습니다."

그가 말했다. 나의 어깨가 움찔거렸다. 빌어먹을, 아이데트 난쟁이는 남의 생각까지도 읽는다는 것을 잊고 있었던 것이다! 이제부터 좀 더 조심해서 생각해야 할 것 같았다.

"말하는 것을 억누를 때처럼 자기 생각을 억누를 수는 없지요." 키비처는 미소 지었다. "그렇지만 당신은 억지로 애쓸 필요가 없습니다. 이제 저는 당신에 대해서 알 만큼 알았으니 당신 생각을 읽으려 하지 않아도 될 것 같습니다. 당신은 단첼로트를 잘 알고 있지요, 맞습니까?"

"그분은 나의 대부시인이었습니다. 얼마 전에 돌아가셨어요."

"오, 정말입니까? 제가 생각 없이 물어봐서 죄송합니다! 진심으로 조의를 표합니다. 그분은 천재였지요."

"고마워요. 그분은 결코 그걸 주장한 적이 없지만요."

"그것이 그분을 더욱 뛰어나게 해주는 점이지요. 그분의 『정원의 즐거움에 대해서』가 암시하듯이 그만한 잠재력을 가진 분이 책 한 권을 쓰는 일로 그쳤다니, 그것이야말로 진정한 위대함입니다."

단첼로트 대부가 생전에 이 말을 들었더라면 하는 생각이 들자 다시 눈에서 눈물이 흘렀다.

"자, 좀 앉으시지요! 린트부름 요새에서 그 먼 길을 오셨다면 지치셨을 겁니다. 모카커피 한 잔 드시겠습니까?"

고서적상은 한쪽 책꽂이 위에 놓여 있는 커피 주전자 쪽으로 비틀거리면서 걸어갔다.

돌연 내 몸의 팔다리가 무거워졌다. 나는 아침 동이 틀 때부터 계속 걸어 다녔으며 여인숙에 들어가 거의 쉴 틈도 없이 다시 몇 시간 동안이나 도시 안을 헤매고 돌아다녔던 것이다. 그의 말을 듣자 내가 얼마나 피곤한지가 의식되었다. 나는 의자에 걸터앉아 흐르는 눈물을 닦았다.

"두려워하지 마십시오. 나는 정말이지 더 이상 당신의 생각을 읽지 않겠습니다." 키비처는 내게 아주 매혹적인 향기를 풍기는 커피 한 잔을 내밀며 말했다. "다만 아주 의례적인 질문인데, 당신이 왜 부흐하임에 오게 되었는지 물어봐도 되겠습니까? 제가 이렇게 묻는 것은 호기심 때문이 아니라 혹시 도움이 될까 해서……."

그는 다정하게 미소를 지으면서 나를 쳐다보았다.

어쩌면 하늘의 섭리가 나를 이 서점 안으로 이끌었는지도 모른다. 내가 여기서 단첼로트 대부의 문학 애호가를 발견한 것을 보면 말이다. 내가 찾는 것을 이 난쟁이한테서부터 시작하지 말란 법은 없지 않은가?

"어떤 작가를 찾고 있습니다."

"그렇다면 공동묘지가 있는 둘스가르트의 습지보다는 부흐하임이 더 낫지요."

그렇게 말하고서 웃어대는 그의 웃음소리는 마치 천식발작처럼 들렸다. 나는 원고를 배낭에서 끄집어냈다.

"한번 읽어보시겠습니까? 내가 찾고 있는 작가가 쓴 겁니다. 나는 그의 이름도 얼굴도 그가 아직 살아 있는지조차도 모릅니다."

"유령을 찾고 있는 겁니까?" 난쟁이가 히죽 웃으며 말했다. "좋아요, 그럼 어디 한번 봅시다."

고서적상은 먼저 손가락 끝으로 원고의 종이 한 장을 쥐더니 비비면서 종이의 질을 살펴보았다. 그건 고서적상이 직업상 보이는 전형적인 손 움직임이었다.

"흠, 그랄준트에서 생산된 아주 고질의 수작업 종이로군요." 그가 중얼거렸다. "옵홀츠 종이공장에서 만들어졌습니다. 무게가 이백 그램입니다."

그는 종이에다 코를 대고 킁킁거렸다.

"산을 좀 많이 넣었군요. 연분홍 색조에 자작나무와 솔잎 향기가 납니다. 표백제가 너무 많이 들어갔군요. 종이 가장자리가 약간 거칩니다."

길가의 행상인들처럼 부흐하임의 고서적상들이 지껄여대는 이런 말들을 나로서는 알아듣기가 힘들었다.

키비처는 집게손가락으로 종이 위를 쓸었다.

"자름새가 불안해요. 오 밀리미터마다 금이 간 것이 보이는군요. 아주 오래된 기계를 쓴 것 같습니다. 아마도 556년산 섬유절단기를 썼나 봅니다. 선을 긋는 데는 낙지 먹물을 쓴 것 같습니다. 그것으로 결론 지어보면……"

"그냥 내용을 보시면 안 되겠습니까?" 나는 용기를 내어 그의 말을 막았다.

"흠?"

그는 마치 최면 상태에서 깨어난 듯이 원고의 첫 페이지를 오랫동안 쳐다보았다. 분명 그는 내가 그랬듯이 그 원고 위에 쓰인 아름다운 문구에 놀라고 있는 것 같았다.

얼마의 시간이 지나자 그는 마치 악보를 보며 흥얼거리듯이 문장들을 읽어 내려가기 시작했다. 마치 내가 곁에 없는 듯. 그는 그렇게 행동하면서 여러 차례 잠긴 목소리로 웃더니 외쳤다.

"예! 예! 바로 이겁니다!"

그는 매우 흥분해 있었다. 그 후에 일어난 일은 마치 내가 린트부름 요새에서 그 편지를 처음 읽었을 때 보였던 반응을 그대로 모방하는 것처럼 보였다.

그는 거의 쉴 새 없이 발작적으로 웃음을 터뜨리다가는 이내 눈물을 쏟아내기도 하고, 숨이 막혀 헐떡거리는가 하면 손바닥으로 이마를 쳤다가 다시 동의하고 열광하는 소리를 토해내기도 했다.

"그래 맞아! 그래! 이거야 말로 최고야! 정말이지…… 완벽해!"

그러더니 그는 그 종이들을 떨어뜨리고는 몇 분 동안이나 말없이 의자에 앉은 채 어둠 속을 응시했다.

나는 용기를 내어 헛기침을 했다. 키비처는 깜짝 놀라더니 커다랗게 번뜩거리는 눈으로 나를 쳐다보았다. 그 눈의 호박색 동공이 떨렸다.

"그래서요? 그 작가를 아십니까?" 내가 물었다.

"이건 엄청난 일입니다." 키비처가 중얼거렸다.

"나도 알아요. 그것을 쓴 사람이라면 누구든 대단한 인물이지요."

키비처는 내게 그 원고를 돌려주더니 눈을 가늘게 떴다. 서점 안 전체가 더 어두워졌다.

"부흐하임을 떠나십시오." 그가 속삭였다. "당신은 큰 위험에 처해 있습니다."

"뭐라고요?"

"제발, 저희 가게에서 나가주십시오! 즉시 린트부름 요새로 돌아가세요! 아니면, 어디로든. 하지만 어쨌든 이 도시에서 사라지십시오! 절대 어떤 호텔로도 들어가지 마세요! 누구에게도 그 원고를 보여주지 마십시오! 아—무—에—게도요! 알겠습니까? 그것을 없애버려요! 부흐하임에서 도망치십시오. 그것도 가능한 한 빨리요!"

그의 충고들은 원래 내가 계획했던 목표와는 정반대 방향의 것이었다. 첫째, 나는 이 서점 안에 더 머물면서 친절한 아이데트 난쟁이와 좀 더 수다를 떨고 싶었다. 둘째, 나는 마침내 린트부름 요새에 등을 돌릴 수 있게 되어 몹시 기뻤기 때문에 그곳으로 되돌아가는 짓 따위는 결코 하지 않을 셈이었다. 셋째, 나는 당연히 언젠가는 내가 머무는 여인숙으로 되돌아갈 생각이었다. 거기에 내 소지품들이 있었기 때문이다. 넷째, 나는 원하는 사람이 있다면 누구에게나 그 원고를 보여주고 싶었다. 다섯째, 물론 나는 내가 지금껏 본 것들 중 가장 흠잡을 데 없는 이 문학작품을 결코 폐기하지는 않을 것이다. 그리고 마지막 여섯 번째로, 나는 내 모든 꿈들을 실현시켜줄 것 같은 이 위대한 도시를 절대로 떠나고 싶지 않았다. 그런데 내가 미처 반박하기도 전에 그 난쟁이는 나를 서점 밖으로 밀어냈다.

"제발 내 충고를 들으십시오!" 그는 나를 문밖으로 밀어내면서 속삭였다. "가장 빠른 길을 찾아 이 도시를 떠나십시오! 다시 봅시다. 아니, 다시는 보지 맙시다! 도망쳐요! 가능하면요! 그리고 삼원(三圓)을 피하십시오!"

그는 꽝! 하고 문을 닫더니 안에서 잠근 다음 창문에다가 '닫혔음'이라는 팻말을 내걸었다. 서점 안은 온통 어둠뿐이었다.

부흐하임의 지하묘지

혼란스러워진 나는 그 주변의 골목길들을 쏘다녔다. 지금처럼 감정이 완전히 뒤바뀐 데다 내가 속해 있던 고향을 떠나 심신이 지쳐버린 상태에서는 너무 가혹한 일이었다. 아, 내 충실한 친구들이여. 먼저 단첼로트 대부에 대한 고통스러운 기억이 내 머릿속에 떠올랐고, 그 후 서점상 키비처가 나를 친절히 대해주다가 아주 거칠게 나를 몰아낸 일을 생각하니…… 이 무슨 돼먹지 않은 일이란 말인가!

나는 고서적상들—특히 부흐하임의 상인들—이 괴벽스런 취향들을 갖고 있다는 것을 알고 있었다. 그것은 그들의 직업에 대한 자존심이기도 했다. 그런데 삼원을 피하라니, 그건 또 무슨 뜻인가? 키비처는 자신의 서점 문 앞에 걸려 있던 그 삼원의 표지를 말한 것일까? 아마도 그는 정서가 불안정하고 혼란스러우며 괴팍한 자인지도 몰랐다. 압둘 나흐티갈러 교수가 쓴 미치광이 책들을 계속해서 읽다 보면 그렇게 될 수밖에 없을 테니 놀랄 일도 아니다!

나는 계속해서 할 일들을 머릿속에 계획하면서 앞서 일어났던 돌발 사건에 대한 기억을 털어버리려고 애썼다. 우선 이 도시와, 이 도시의 불문법에 대해서 더 많은 지식을 쌓을 필요가 있었다. 그러기 위해서는 이 도시의 여행안내서와 지도가 필요했으며, 어쩌면 고서점들을 방문할 때 지켜야 할 태도 같은 것을 적은 책자를 살펴봐야 할지도 몰랐다. 나도 모르는 사이에 오직 여기에서만 유효한 어떤 규칙 같은 것을 위반한 것일 수도 있으니까.

이런 생각을 하고 있을 때 콜로포니우스 레겐샤인이 쓴 『부흐하임의 지하묘지』를 쇼윈도에 진열했던 서점이 떠올랐다. 그 책은 이 도시가 지니고 있는 비밀들에 접근해 파헤쳤다고 알려진 작품이었다. 나는 그 책을 구입해서 난방이 잘 되는 찻집에 들어가 커피를 몇 잔 마시며 기분 좋게 읽어보고 싶었다. 그렇게 하면 하룻밤 사이에 부흐하임에 대한 전문가가 될 것이며, 또 이 도시에 대한 견문도 넓힐 수 있을 것이다. 그러면 '황금 깃털' 여인숙의 방 천장에 매달려 있는 흰 박쥐들과 시끄럽게 법석대는 예티 족 같은 의심스러운 무리들 사이에서 지낼 필요가 없을 것이다. 그리고 다음 날 아침 나는 내 소지품을 챙겨 그 숙소를 떠나면 되는 것이다.

이런 생각을 하는 사이에 나는 그 고서점을 다시 찾아냈고 그 책은 아직도 창가에 놓여 있었다. 나는 어처구니없이 싼 값으로 책을 샀고 덧붙여 시내 지도와 고서점들 안내책자도 한 권 산 다음, 내 소유가 된 그 귀중한 물건들을 갖고 근처에 있는 어느 찻집으로 들어갔다. 그 찻집에서는 막 밤의 시 낭독회가 열리고 있었다. 낭독회는 반시간마다 가난하고 초라한 시인들이 차례대로 탁자 위로 올라가 자기가 쓴 시를 읽는 것인데, 만약 린트부름 요새에서 그런 일을 했다가는 몸에 타르가 칠해진 다음에 지붕 첨탑에서 밑으로 떨어뜨리는 형벌을 받을 게 뻔했다.

놀란 눈으로 나는 갖가지 맛있는 요리 이름들을 백묵으로 쓴 메뉴판을 오랫동안 쳐다보았다. 문학적인 명칭들에서 딴 음식들이 가득 쓰여 있어서 나는 혼란에 빠졌다. '먹물 포도주'니 '삼류소설 커피'니 하는 요리가 있는가 하면, 위에다 글을 쓸 수 있는 달콤한 식용 종이도 있었다. 또 '뮤즈의 키스 코코아'와 '착상의 물'(실제로 이것은 아주 알코올 농도가 높은 소주였다), '괴기 초콜릿 봉봉'도 있었다 (그 안은 공포소설의 내용 일부나, 식초, 간유 또는 말린 개미들로 채워져 있었다). 또 각기 다른 고전적인 대시인들의 이름을 딴 열일곱 종류의 비스킷들도 있었다. 예를 들면 '오얀-골고-판-폰트베크-달팽이'라든가 '될러리히-히른피들러-비스킷' 같은 것이었다. '칼트블루트 왕자 파스타' 또는 '카이노마츠 국수'처럼 인기 있는 대중소설 주인공들이나 작가들의 이름을 딴 요리들은 식욕을 만족시켜주기에 충분했다. 그런가 하면 문자 형태의 국수나 트럼나팔 모양의 버섯으로 만든 '음절 샐러드'도 보였다. 나는 머리가 빙빙 돌 지경이었다.

마침내 나는 정신을 가다듬고 '영감'이라는 이름이 붙은 바닐라 밀크 커피를 엄청 큰 잔으로 하나 시킨 다음 '시인의 유혹'이라는 단과자를 주문했다. 그러고는 가게의 바깥쪽 구석으로 가서 불길이 후드득거리며 타고 있는 난로 옆의 한 탁자 앞에 웅크리고 앉았다. 나는 커피와 맛좋은 '시인의 유혹'을 먹으며 『부흐하임의 지하묘지』를 읽기 시작했다.

그때 막 어느 난쟁이가 수영 혐오증에 관해 쓴 자신의 에세이를 기분 나쁘게 높은 가성으로 낭독하고 있었지만, 내가 책에 집중하는 데는 거의 방해가 되지 못했다. 나는 한번 책을 읽는 데 빠지면 아무리 나쁜 조건하에서도 상관없이 읽을 수 있었다.

게다가 『부흐하임의 지하묘지』는 여러모로 내 기대 이상이었다. 그 책은 정보를 제공할 뿐만 아니라 실용 도서로서는 드물게 매혹적인 문체로 쓰여 있어서 문학적인 수준까지 갖추고 있었다. 몇 구절을 읽고 나자 벌써 끔찍하게 들려오는 낭독 소리는 마치 새가 지저귀는 것처럼 나한테는 아무런 방해가 안 되는 배경음악일 뿐이었다. 그리하여 나는 부흐하임에서 최고의 책 사냥꾼이자 영웅이었던 콜로포니우스 레겐샤인의 뒤를 바짝 따라서 절망적으로 뒤얽힌 그 도시의 미로 속에 얽혀 있는 놀라운 비밀들을 밝혀내기 위해 책 속으로 빠져들어갔다.

내 충실한 친구들이여, 사실 콜로포니우스 레겐샤인은 부흐하임에서 항상 최고의 책 사냥꾼은 아니었다. 오, 아니, 심지어 그가 레겐샤인이라는 이름으로 불리지 않았던 시절도 있었다. 그는 듣기 좋은 그럴듯한 가명을 쓰던 책 사냥꾼이라는 직업에 종사하면서도 처음부터 비호전적으로 들리는 레겐샤인이라는 이름을 택한 것이 그의 동료들과의 차이점이었다.

그의 원래 이름은 타론 트레코였다. 게다가 그는 여기저기 떠돌아다니다 우연히 꿈꾸는 책들의 도시로 들어온 뜨내기 노루개였다. 그렇다. 그 당시 그는 문학에 대해 전혀 아는 것이 없었다. 그런데 대부분의 노루개들처럼 타론 트레코도 대단한 기억력을 지니고 있어서 그의 많은 동료들이 그랬듯이 그도 이 재능을 숫자놀이 곡예사가 되어 술집들을 전전하며 돈을 버는 데 사용했다. 그는 날계란들을 공중으로 던져 굴리는 곡예를 하면서 동시에 머릿속에서 백 자리 단위의 숫자들을 곱할 수 있었다. 그러나 그가 부흐하임에 발을 들여놓았을 당시는 막 차모니아의 근원수학과 드루이트 족의 산술 사이에 논쟁이 불붙었을 때였다. 그 논쟁은 차모니아의 주민 전체를 서로 화해 불가능한 두 진영으로 갈라놓았기 때문에, 어떤 숫자 곡예사라도 섣불리 이 도시에 발을 들여놓았다가는 거의 군중들한테 몰매를 맞는 것으로 끝나기 일쑤였다. 또한 그 어떤 노루개가 함부로 술집 문 안으로 주둥이를 들이밀었다가는 술집 주인이 던진 단지에 코가 깨지기 십상이었다.

타론 트레코는 거의 굶어 죽을 지경에 이르렀다. 그것도 음식점들과 재미를 보려는 인파가 그토록 붐비는 도시의 한가운데서 말이다. 그러나 그는 부흐하임에서 주정꾼들을 위해 숫자 곡예사로 사는 것보다 훨씬 더 돈을 잘 벌 수 있는 방법을 고안해 곧 그런 상황에서 벗어났다. 다름 아닌 희귀한 책들로 돈을 버는 것이었다. 거기까지 가는 데는 어떤 재주도 필요 없었다. 이곳에서는 거의 누구나 할 것 없이 책을 팔았기 때문이다. 그러나 항상 수요가 큰, 특별히 진귀한 책들이 있었다. 그것들은 바로 「황금 목록」에 들어 있었다. 이 목록에 올라 있는 책들은 부흐하임의 어느 고서점에서도 살 수 없는 것들이었다. 어쩌다 아주 드물게 그 목록 위에 있는 책이 한 권이라도 나타나면 그 즉시 어느 부유한 책 소장가가 나타나 경매에 부쳐졌다. 그것들은 도처에서 소유욕을 불러일으키는 전설적인 물건이 되었으며, 린트부름 요새에서 진귀한 것으로 간주되는 거대한 다이아몬드와도 비교될 수 없었다. 『피비린내 나는 책』이 그중 하나였고, 노키모 노르켄이 지은 『악마들의 저주』나 『위험한 동작들의 모음』이 있었으며 그 밖에도 수백 가지의 책 제목들이 더 있었다.

특별히 운이 좋은 기사(騎士)들—그들은 책 사냥꾼이라고 불렸다—은 부흐하임의 심장부를 뒤져 이런 값진 작품들을 발견해 세상에 내놓는 데 전문가들이었다. 책 소장가들이나 서적상들에 의해 고용되는 책 사냥꾼들도 많았지만 독자적으로 찾아 나서는 사냥꾼들도 많았다. 「황금 목록」에 들어 있는 책들을 구해냈을 때 지불되는 보상은 그야말로 천문학적이어서 한 권만 찾아내도 책 사냥꾼은 벼락부자가 될 수 있었다.

그것은 위험한 직업이었다. 부흐하임 전체에서 가장 위험했다. 용감하게 나를 따라나선 독자 여러분은 사라진 책들을 찾아 나서는 일이야말로 멍청한 고서적상들이나 몰두하는 지루하기 짝이 없는 오락거리에 불과한 짓이라고 생각할지 모른다. 그러나 비밀에 싸인 이 도시의 지하 깊은 곳에서는, 악령들의 계곡에 있는 유리동굴들 속에서 수정 전갈들을 사냥할 때의 위험보다 더 큰 모험을 맛볼 수 있으며 그것을 위해 생명의 위협까지 감수해야 한다. 그 이유는 부흐하임의 지하묘지에는 아주 독특한 위험들이 득실거리기 때문이다.

미로는 저 지하세계, 즉 차모니아의 지하에 뻗어 있는 비밀스럽고 사악한 왕국과 연결되어 있다는 소문이 있었다. 레겐샤인의 책에는 이 도시 밑의 어둠 속에 도사리고 있는 위험들을 단지 허황된 소문이라고 무시하기에는 너무나도 구체적이고 위험스럽게 묘사되어 있었다.

최초의 책 사냥꾼이 언제 어두운 지하로 내려갔는지에 대해서는 현재 밝혀진 것이 전혀 없다. 추측하건대 아마도 부흐하임에서 직업적인 고서적업이 생겨났을 때와 같은 시기가 아니었을까 한다. 수백 년 넘게, 정말 수천 년 넘게 이 도시는 차모니아 전체에서 이루어지는 서적 유통의 관문이었다. 최초로 필사본 책들이 나타난 시대부터 엄청난 양의 책이 생산되고 있는 오늘날까지도 그랬다.

아주 일찍부터 이미 사람들은 미로 속의 건조한 기후 상태가 종이를 보관하는 데 이상적이라는 것을 알고 있었다. 모든 국립도서관이 그리로 옮겨졌으며 영주들은 그들의 문학적인 보물들을, 책 약탈꾼들은 약탈한 물건들을, 책 상인들은 그들이 손에 넣은 초판본들을, 출판사들은 재고 서적들을 숨겨놓았다.

처음에 부흐하임은 단지 지하에 존재했을 뿐 지상에 제대로 형성된 도시가 아니었다. 주민들은 지하동굴들 속에서 살았는데 그들은 인공 터널, 갱도, 지하통로, 계단들을 통해 점점 가까이 연결되어갔으며, 그 안으로 지하도시의 여러 족속들이 옮겨가 살았다. 처음 지상에는 그저 동굴 입구들과 몇 개의 오두막들이 있었지만 시간이 지나면서 비로소 지상 도시가 생겨났고 마침내 오늘날과 같은 규모에 이르게 된 것이다.

부흐하임의 역사를 돌아보면 광포했던 무정부시대도 있었다. 법도 질서도 없었던 그 시대에는 미로에서 습격과 약탈, 살인과 구타 등, 값진 장서를 차지하기 위한 전쟁들이 다반사로 일어났다. 전쟁을 수행하는 영주들과 무자비한 책 약탈꾼들이 지하묘지를 지배하면서 서로 피를 흘리며 싸웠고 서로에게서 보물들을 빼앗는 일을 반복했다. 책들은 몰래 지하로 운반되어 숨겨졌는데, 모든 소장품을 약탈꾼들로부터 보호하기 위해 일부러 그곳에 매장하는 경우도 있었다. 부유한 서적 상인들은 사후에 자신들을 미라로 만들어서 그들의 값진 귀중품들과 함께 매장하도록 했다. 단 몇 권의 책 때문에 미로 전체가 생명을 위협할 만한 함정으로 개조되기도 했다. 움직이는 벽들, 창들이 꽂혀 있는 함정 갱도들, 부주의한 약탈자들의 몸을 꿰뚫거나 목을 베어버릴 수 있는 자동 칼날들이 숨겨져 있는가 하면, 발을 잘못 디뎌 철사 하나를 건드렸다가는 터널이 순식간에 물이나 흙으로 채워질 수 있는 곳도 있었다. 혹은 밑으로 떨어지는 천장 대들보에 깔려 뭉개져버릴 수도 있었다. 어떤 통로에는 위험한 곤충들과 짐승들이 우글거리고 있었는데 이것들은 아무런 통제도 받지 않고 마구 번식하면서 지하묘지들을 더욱 위험하게 만들었다. 연금술 취미를 가진 서적상들의 비밀 결사인 책 연금술사들은 지하에서 말로 형용할 수 없는 비밀 의식들을 벌였다. 사람들은 '위험한 책들'이 바로 이 무법의 시대에 생겨났다고 믿고 있었다.

그러자 뒤이어 전염병과 자연 재해, 지진 그리고 화산 폭발 등이 연달아 일어나 이성을 지닌 생물들을 지하의 미로에서 모두 몰아내고 말았으며, 결국 고집 세고 반항심이 강한 족속들만 남게 되었다.

이것이 부흐하임의 문명 생활이 시작된 실제 모습이었고, 전문적인 고서적업이 시작된 계기였다. 이로 인해 많은 보물들이 햇빛을 보게 되었으며, 서점들과 주택들이 생겨났고 조합들이 창설되었으며, 법이 제정되어 범죄를 축출하고 세금을 징수했다. 지하세계로 통하는 일부 통로 위에 건물들이 세워졌고, 또 다른 통로들은 아예 막아버리기도 했으며, 나머지 통로들에는 문이나 뚜껑을 설치해 폐쇄한 채 엄격히 감시했다. 이후로 오직 측량과 지도 제작을 거쳐 안전이 검증된 미로 영역으로만 발을 들여놓을 수 있었다. 그것도 출입허가를 받은 고서적상들만 들어갈 수 있었다. 그들에게는 허가받은 터널 안을 마음대로 헤집고 다닌 후 거기서 찾아낸 책들을 가져와 판매할 책임이 주어졌다. 또 더 깊은 지하 영역으로까지 파고 들어가 탐험할 자유도 주어졌다. 그러나 용감하게 시도했던 자들 중 대부분은 돌아오지 못하거나 죽어서야 돌아왔고, 그 후로는 아무도 더 이상 용감하게 그런 일에 나서지 않았다. 이런 이유로 최초의 책 사냥꾼들이 출현하게 된 것이다.

고서적상들이나 책 소장가들, 그리고 희귀한 책들을 찾아 나서겠다는 협약을 한 자들은 대담무쌍한 모험가들이었다. 그 당시에는 아직 「황금 목록」이 존재하지 않았지만 가장 희귀한 책들에 대한 전설은 생겨나기 시작했다. 처음에 책 사냥꾼들은 지하에 깊이 묻혀 있는 책들일수록 더 오래되고 더 값비싼 책들일 거라는 단순한 판단에 따라 종종 가리지 않고 더 깊은 땅속으로 내려갔다. 그 사냥꾼들 대개는 전에 용병이었거나 범죄자였던 자들로, 거칠고 감수성이라고는 찾아볼 수 없었으며, 모두 문학이나 고서적업에 대해서는 아는게 전혀 없었고 심지어 글을 읽지 못하는 자들도 있었다. 그들이 갖고 있는 중요한 자격이란 '겁이 없다'는 것이었다.

오늘날과 마찬가지로 그 당시에도 책 사냥꾼들이 장사를 하는 데는 단지 몇 가지 법만 적용되었다. 일단 지하묘지 속으로 발을 들여놓게 되면 다시 위로 나오게 될지, 만약 나온다면 언제 나오게 될지 아무런 보장이 없었으므로 다음과 같은 협약이 통했다. 즉, 책 사냥꾼이 지하에서 발견한 책들을 지상으로 가지고 나오는 데 성공하도록 한 고서적상은 그 책들을 팔 권리가 있으며 그 수익 가운데 십 퍼센트를 가질 수 있었다. 그리고 십 퍼센트가 부흐하임 시의 계좌로 들어가면 나머지 대부분은 책 사냥꾼의 몫이었다. 그러나 그들이 다른 통로, 즉 하수구나 환기구, 또는 그들이 직접 판 비밀 터널 같은 곳을 이용해 운반해온 책들을 암시장에다 내다 파는 불법 유통경로를 갖고 있다는 것은 공공연한 비밀이었다.

책 사냥꾼들은 시간이 지나면서 지상으로 다시 나오는 길을 찾기 위한 일련의 방법들을 개발했다. 그들은 서가들에다 백묵 표시를 하고 통로 위에 가는 끈을 길게 늘어뜨리거나 종잇조각, 쌀알, 유리알,

혹은 작은 돌들을 떨어뜨렸다. 그들은 원시적인 지도들을 그렸으며 미로의 많은 부분들에 해파리등불을 밝혔다. 그 발광해파리들의 몸속에는 양분이 되는 액체가 들어 있어 그것이 계속 흘러나오면서 불을 밝힐 수 있었다. 영역 표시를 해두고 암반에서 식수가 나오는 원천을 캐내고, 남은 식량을 비축하는 등, 책 사냥꾼의 활약으로 부흐하임의 지하묘지는 얼마간 문명세계와 가까워지도록 개조되었다.

그럼에도 불구하고 책 사냥은 여전히 위험한 직업이었다. 왜냐하면 세대에서 세대를 거치면서 새로운 미로 영역들을 개척하고 정복해야 했으며, 지하로 더 깊이 내려갈수록 위험도 더 커졌기 때문이다. 지금까지 알지 못했던 생물들, 거대한 곤충들, 흡혈괴조들, 용암벌레들, 무는 갑충들, 독뱀들이 득실거려 그들이 하는 일을 점점 더 어렵게 만들었다. 그러나 책 사냥꾼들에게 가장 위험한 대상은 어디까지나 다른 책 사냥꾼들이었다.

정말로 진귀한 책들이 점점 드물어지면 드물어질수록 그들 간의 경쟁은 더욱 치열해졌다. 처음에는 진귀한 책들로 넘쳤지만, 지금은 사라진 장서들을 찾아내려고 덤비는 책 사냥꾼들의 수가 더 많아졌다. 게다가 「황금 목록」에 실려 있는 책들을 찾아 나서는 자들도 많았다. 그러다 보니 심심치 않게 경쟁이 벌어졌으며 칼부림이 일어나면 오직 소수만이 승리할 수 있었다. 부흐하임의 지하묘지에는 두개골에 도끼가 찍힌 책 사냥꾼들의 시체가 넘쳐났다. 지상 도시에서의 거래 형태가 섬세해지면 해질수록 그 아래 지하세계에서는 더욱더 거센 피바람이 불었고, 결국에는 지속적인 전쟁이 벌어질 수밖에 없었다. 모두가 모두의 적이 되어 법도 없고 인정사정 볼 것도 없었다. 그러한 때에 타론 트레코가 콜로포니우스 레겐샤인이라는 예명으로 책 사냥꾼이 되었으니 그것처럼 불리한 일은 없었을 것이다.

레겐샤인은 책 사냥꾼이 된 최초의 노루개였다. 사실 그는 바로 이 직업을 갖도록 이미 운명지어진 존재였다. 노루개들은 체력이 강인하고 좋은 컨디션을 지니고 있는 데다가 탁월한 기억력, 비범한 방향감각, 그리고 대단한 상상력을 지니고 있었다. 대부분의 책 사냥꾼들이 단순히 겁 없고 잔인하다는 특성만 지녔던 반면에, 레겐샤인은 새로운 능력을 하나 더 갖고 있었으니 바로 지성이었다. 그는 동료들과 싸우기보다는 오히려 자신의 두려움과 더 많이 싸워야 했다. 그는 그들만큼 강인하지도 대범하지도 못했고 게다가 범죄적인 에너지를 지니고 있지도 못했다. 그러나 그는 모든 시대에 걸쳐 가장 성공적인 책 사냥꾼이 되겠다는 계획과 명예욕을 갖고 있었다. 그러기 위해서 가장 중요한 도구는 놀랄 만한 기억력이었다.

그는 아직 알량한 보수(그리고 그가 고백했듯이 시시한 도둑질과 음식물 절도)로 먹고살던 시기에도 자신의 목표를 위해 반드시 필요할 것 같은 지식을 얻으려고 대부분의 시간을 시립도서관이나 수많은 서점에서 보냈다. 그는 십여 가지가 넘는 고대어를 배웠으며, 부흐하임 지하세계의 오래된 지도들을 습득해 머릿속에 하나의 거대한 계획표를 짰다.

레겐샤인은 책의 제조 역사와 책 제조 기술, 그리고 필사본에서부터 현대의 책 인쇄용지까지 연구했으며, 한동안 어느 인쇄소와 종이 공장에 들어가 일하기도 했다. 그는 눈을 감고 서로 다른 종이들과 인쇄용 검정 잉크들을 냄새만으로도 구별할 수 있었다. 그리하여 그것들을 아주 깜깜한 곳에서도 알아낼 수 있었다. 그는 부흐하임 대학에서 지질학, 고고학, 그리고 갱도 건설에 대한 강의를 청강했다. 지하 식물과 동물에 대한 책들도 연구함으로써 미로에서 자라는 식물들, 버섯들, 해면동물, 파충류, 그리고 곤충들 가운데 어떤 것을 먹

을 수 있는지, 어떤 것들에 독이 있고, 어떤 것들이 해가 없으며, 어떤 것들이 위험한지를 알아냈다. 그는 어떻게 하면 며칠 동안 어떤 풀뿌리만을 씹으면서 견딜 수 있는지, 어떻게 벌레들을 잡으며 그것들 중 어떤 것이 먹을 수 있는 것인지, 그리고 지질학적 특징을 이용해 어떻게 식수의 맥을 찾아낼 수 있는지에 대해서 공부했다.

그런 후에 레겐샤인은 부흐하임의 어느 장서표 향수업자를 찾아가 그의 밑에서 배우며 일했다. 이것은 오직 이 도시에서만 배울 수 있는 일이었다. 이미 수백 년 전부터 부유한 책 소장가들은 그들 소유의 책들에 전적으로 그들 개인을 위해서 제조된 향수를 뿌려두었다. 그것은 어둠 속에서도 인지할 수 있고 잘못된 인식이 불가능한 향기를 내는 장서표였다. 이런 방식이야말로 자기 소유의 책들을 지하에 숨겨둘 경우에는 말할 수 없이 큰 장점이 되었다.

레겐샤인은 탁월한 냄새감각을 갖추고 있었다. 노루개들은 여러 세대를 거치면서 그들의 본능과 능력이 둔화되어 후각은 볼퍼팅어* 들처럼 예민하지도 못했고 심지어 개의 수준에도 미치지 못했다. 그러나 그들은 여전히 대부분의 다른 차모니아의 족속들에게는 없는 냄새의 섬세한 차이를 인지하는 능력을 갖고 있었다. 레겐샤인은 장서표 향수업자였던 올팍토리오 폰 파피로스의 향수 도서관에 들어가 갖가지 향수 냄새를 쿵쿵거리며 맡았다. 그 업자의 집안은 수 세대 전부터 도서관을 운영해오면서 전설적인 장서들과 희귀한 책들에 반드시 고유한 향기로 표식을 해두었다. 레겐샤인은 냄새에 따른 책 제목들과 그 저자들을 머릿속에 새겨두었으며, 그것들이 언제 어디서 사라졌는지에 대한 자료와 수집한 모든 것들을 다 기억해두었

---

* 상상의 동물로 독일 바이에른의 깊은 숲에 살았다고 전해진다. 『루모. 기적의 모험도시』의 주인공 루모도 볼퍼팅어다.-옮긴이

다. 그는 가죽과 종이, 천과 마분지의 냄새들을 킁킁거리며 맡아 서로 다른 재료들의 냄새가 레몬즙, 장미수 그리고 수백 가지의 다른 향료들에 농축될 때 어떤 반응을 보이는지도 배웠다.

사프란 출판사에서 나온『훈제 요리책』, 자연 치료사 폰 슈토르흐 박사가 쓴 박하 냄새가 나는 필사본들, 찬스 폰 플로린트의 자서전으로 책에다 편도 씨를 문질러 바른『솔잎에 관한 책』,『리크샤 악령의 카레 요리책』, 미치광이 에그나뢰크 백작 소유의 향기 나는 장서 등, 그 어떤 책의 향기도 레겐샤인에게는 낯선 것이 없었다. 그는 책들이 흙냄새, 눈 냄새, 토마토 냄새, 바다 냄새, 생선 냄새, 계피 냄새, 꿀 냄새, 축축한 털 냄새, 마른 풀 냄새, 그리고 탄 나무 냄새를 풍길 수 있다는 것을 배웠다. 뿐만 아니라 이런 냄새들이 수백 년을 거치는 동안 변화하고 지하세계의 냄새들과 뒤섞여 종종 완전히 다른 냄새로 변한다는 것도 알아냈다.

그 외에도 물론 레겐샤인은 차모니아의 문학도 연구했다. 그는 손에 들어오는 것이면 무엇이든 닥치는 대로 읽었다. 소설이든, 시든, 에세이든, 희곡이든, 서간집이든, 전기든 상관없었다. 그는 걸어 다니는 백과사전이 되었으며, 그의 머릿속은 구석구석 차모니아 문학의 텍스트들과 사실들, 그리고 여러 작가들의 생애와 작품들에 대한 지식으로 꽉 차 있었다.

그는 정신만 훈련한 것이 아니라 신체도 단련했다. 즉, 아주 공기가 희박한 상황에서도 살아남을 수 있도록 호흡 기술도 연구 개발했으며, 최소한의 체중까지 단식을 함으로써 아무리 좁은 통로와 입구라도 뚫고 들어갈 수 있는 몸을 만들어냈다. 마침내 그는 자신이 이제 모든 면에서 책 사냥꾼으로서의 일을 시작할 수 있는 자격을 갖추었다는 것을 알게 되었다. 그는 이것을 부흐하임에 거주하는 자라면 누구나 들을 수 있도록 거창하게 선전하여 알리고자 했다.

그는 첫 탐험을 떠나기 위해 일부러 어떤 고서적상도 선택하지 않았다. 그렇다고 목표 없이 무작정 찾아 나서는 일도 하지 않았다. 아니, 그는 도시 전체가 그를 완전히 미쳤다고 조롱할 정도의 대담한 행동으로 나아갔다. 어느 '날아다니는 신문'을 통해서 그는 정확히 언제 어디서 자기가 지하미로 속으로 내려갈 것이며 어디서 다시 정확하게 지상으로 나오겠다고 공표했다. 그리고 그때 자기가 어떤 책세 권을 지상으로 들고 나올지에 대해서도 예고했다.

그 책들 가운데 하나가 바로 『질버밀히 공주』였다. 이것은 헤르모폰 피르징이 볼퍼팅어 족의 기원에 대해 쓴 동화로서 작가 서명이 들어 있는 초판 가운데 유일하게 남아 있는 것이었다.

또 다른 책은 오를로그 고오의 『식인종에 관한 책』이었다. 이는 기갈이 든 식인족의 관습과 풍습에 대해 묘사한 책으로, 그것을 저술한 후에 작가는 자기가 연구하던 식인종들에게 잡아먹히고 말았다.

그리고 세 번째 책은 『만 이천 가지의 규칙들』이라는 제목으로 책연금술사들의 불분명한 관습에 관한 저서였다. 이 책은 아마도 차모니아 전역에서 스캔들에 휩싸였던 책인 것 같다.

그와 같은 레겐샤인의 공고는 사실 상당히 오만하기 짝이 없는 것이었다. 왜냐하면 이 세 권의 책은 이미 수년 전에 사라진 것으로 간주되어 온 데다 「황금 목록」의 맨 위에 수록되어 있었기 때문이다. 그 목록들 가운데 단 한 권이라도 찾아낸 사람은 벼락부자가 될 수 있었다. 마침내 레겐샤인은 자신의 행위를 더욱 거창하게 보이도록 하기 위해서였는지, 만약 자기가 언급한 책들을 일주일 내에 지상으로 가져오지 못하면 스스로 목숨을 끊겠노라고 공공연히 공표했다.

부흐하임 전체가 이 노루개가 제정신을 잃었다고 한목소리를 냈다. 지난 수년 동안 다른 어떤 책 사냥꾼도 성공하지 못했던 일, 다시 말해 「황금 목록」에 있는 책들을 그것도 한꺼번에 여러 권을 찾아내는 일을 이행하겠다는 약속은 절대로 불가능한 일이었다. 그것도 단 일주일 내라니!

그런 비난에도 아랑곳없이 이 대담무쌍한 노루개는 공표한 시간에, 그것도 수많은 부흐하임 주민들이 쳐다보며 조롱 섞인 웃음을 보내는 가운데 미로 속으로 뛰어들었다. 일주일이 지나자 모두가 레겐샤인이 실패할 거라는 데 내기를 걸었다. 그가 예고했던 날에 엄청나게 많은 인파가 그가 다시 지상으로 올라오겠다고 장담한 고서적상 앞으로 몰려들었다. 정오쯤 되자 레겐샤인은 정말로 주요 통로를 통해 몸을 비틀거리면서 나타났다. 그는 머리끝에서 발끝까지 피로 범벅이 되어 있었고 오른쪽 어깨에는 쇠화살이 하나 박혀 있었다. 그리고 그의 품 안에 세 권의 책이 있었다. 바로 『질버밀히 공주』와 『식인종에 관한 책』, 그리고 『만 이천 가지의 규칙들』이었다. 그는 미소를 지으면서 놀라 쳐다보는 군중에게 눈짓을 해 보이더니 그 자리에서 기절하고 말았다.

레겐샤인은 그의 책에서 당시 그가 그 탐험을 어떻게 계획했고 오랫동안 어떻게 준비한 후 마침내 실행에 옮겼는지에 대해서 아주 상세하게 설명하고 있었다. 맨 먼저 그는 자기 머릿속에 많은 사항들을 축적한 후에 지하미로에 대한 전체 지도를 하나 그렸다. 그런 다음 그가 찾을 세 권의 책들에 대한 연구를 통해서 얻은 모든 사실들을 조합했다. 그는 그 책들이 언제 인쇄되었고, 어느 인쇄소에서 인쇄되었는지 자세한 날짜까지 알고 있었으며, 초판본들을 판매한 서점들의 주소까지도 다 알고 있었다. 그런 다음에 그는 그가 가진 서류들을 근거로 계속해서 미로를 추적했다. 즉, 그 부수들 가운데 몇 부가 부흐하임에서 거대한 화재가 일어났을 때 소실되었으며, 팔 수 없는 재고 몇 부가 파기되었고 몇 부가 손상되지 않고 남았는가 등을 말이다. 작가들이 남긴 일기와 편지 그리고 출판사의 장부 등을 보고 책들이 어떻게 팔렸고 어디에서 허섭스레기처럼 덤핑으로 팔아넘겨졌는가를 알았다. 그리고 그런 와중에 언젠가 『질버밀히 공주』 초판 중 한 부가 어느 서점의 쇼윈도에 나타나 떠들썩하게 경매에 부쳐졌고, 그 책을 산 사람은 집으로 돌아가던 중 강도를 만나 빼앗겼으며, 그 뒤로 완전히 사라지고 말았다는 것 같은 자세한 사항들까지 알아냈다. 레겐샤인은 훗날 '붉은 손'이라는 이름으로 전해지는 한 유명한 책 약탈꾼이 이 책을 훔친 후에 '미장이 골리오트'라고 불리는 또 다른 범인의 손에 의해 산 채로 매장되었다는 사실도 알아냈다. 그 골리오트라는 자의 유고에서 레겐샤인은 다시금 지도 한 장을 발견했는데, 거기에는 그 범인의 모든 포획물과 더불어 자신의 희생자들을 저장해둔 장소들이 모두 표시되어 있었다.

일단 미로 속으로 들어가자 레겐샤인에게는 차모니아의 문학사와 책 인쇄술을 공부한 것이 도움이 되었다. 그는 그가 살던 시대의 모든 작가들과 예술의 방향을 정리 분류할 수 있었으며, 어떤 고서적 상들이 어떤 특정한 작가들이나 전문 분야에 몰두했는지를 알았다. 그는 책 표지와 책 표면 상태만 봐도 그 책이 언제 몇 부나 출판되었는지까지 알아맞힐 수 있었다. 레겐샤인은 다른 책 사냥꾼들과는 달리 모든 책 저장소를 체계적으로 일일이 헤집고 다닐 필요가 없었다. 그는 오직 해파리횃불 하나만 들고 통로들을 돌아다니면서 좌우로 신속하게 눈을 돌려 살폈다. 그렇다. 그곳 지하에서 여러 전집들이 저장되어 있는 순서는 그에게 중요한 힌트를 주었으며 그가 찾아나선 귀중한 보물들이 있는 곳까지 안내해주었다.

이제 그가 도제 시절에 배운 향수 장서표를 만드는 기술이 그 진가를 발휘했다. 코를 한 번 킁킁거리는 것만으로도 그는 대형 서적들이 꽉 들어찬 방 안에서 그 책들의 소장자가 한때는 그 모든 책들에 갓 끓인 커피 향기를 배게 해놓았다는 것을 알아냈다. 레겐샤인은 자신이 찾는 책들이 그 안에 없다는 것을 알았다. 왜냐하면 『질버밀히 공주』의 마지막 남은 한 권은 고양이한테 미쳐 있어서 자기가 소장한 책들에다 고양이 오줌 냄새를 배게 한 어떤 괴팍한 자가 소유하고 있었기 때문이다. 그 방면에 능숙하지 못한 책 사냥꾼이라면 아마 여기저기 이 오줌 냄새를 맡으려고 킁킁대며 돌아다녔을 것이다. 그러나 레겐샤인은 고양이 오줌 냄새를 만들었을 올팍토리오의 향수들은 백여 년이 지나면 썩은 해초 같은 독특하고 고약한 냄새로 변한다는 것을 알고 있었다. 그가 마침내 지하 깊은 곳까지 내려가 풍화에 시달려 망가진 어느 벽 앞의 미로 속에 들어가서 바다 냄새를 맡았을 때, 그는 자기가 찾는 첫 번째 책을 발견했다는 것을 알았다.

또 다른 책 『만 이천 가지의 규칙들』의 경우 레겐샤인은 문학사를 연구한 덕택에 언제 이 책이 나티프토프 족 윤리 당국의 검열에 걸려 불태워졌는지 알고 있었다. 그런 경우 늘 그렇듯이 유일하게 한 부만 무사히 화재를 피해 지하묘지 속으로 옮겨져 매장되었다. 책 사냥꾼들은 백여 년이 지난 후에야 그 책이 여러 차례 소유주가 바뀌었고 어느 서점에 화재가 났을 때 사라졌다는 사실을 알아냈다. 그 후로 그 책은 공식적으로 사라진 것으로 간주되었다. 레겐샤인은 그해에 발행된 도시의 연감을 주의 깊게 살펴 화재가 났던 서점의 소유주가 시에 제출한 파산 신청서를 발견했다. 또한 그는 부흐하임의 시립도서관에서 필사본들을 찾아 나섰다가 그 고서적상의 아내가 쓴 일기를 발견했다. 그 일기에서 그녀는 자기 남편이 일부러 화재를 냈으며, 그때 그의 가장 귀중한 책들은 미로 속으로 옮겨졌다고 고백했다. 그녀는 자기 남편이 책들을 치울 때 함께 도왔기 때문에 그 장소에 이르는 길을 자세히 묘사해놓았다.

이와 비슷한 식으로 수색을 해나가다 레겐샤인은 『식인종에 관한 책』도 찾아냈다. 그러나 사랑하는 친구들이여, 이 세 번째 책에 관한 설명은 잠시 뒤로 미루기로 하자. 나는 여기서 다만 고대의 종이 제조법에 관한 폭넓은 지식, 현미경으로만 볼 수 있는 미세한 납으로 활자를 주조하던 기술, 차모니아에서 가수 경연대회가 열리는 동안 오르니아 지역에서는 동일음절어법이 쇠퇴했다는 사실, 그리고 염소 가죽으로 제본한 책에 아마유를 발라 보존하면 좋다는 사실만 밝히려고 한다.

간단히 말해서, 레겐샤인은 그가 찾겠다고 한 책들을 심지어 그가 정한 시간보다 앞서, 다시 말해 사흘 만에 발견했다. 그래서 그는 자기가 정한 시간 제한을 정확히 지키기 위해서 남은 며칠 동안을 미로 안에서 머물러야 했다.

마침내 지상으로 올라오려고 했을 때 그는 다른 책 사냥꾼에게 습격을 당하고 말았다. 이미 언급했듯이 그가 그의 직업에서 단 한 가지 부족한 것이 있다면 그것은 다른 책 사냥꾼들이 갖고 있는 범죄적인 에너지가 그에게는 없다는 것이었다. 그는 그가 얻은 포획물의 권리를 인정하려 하지 않는 누군가가 있을지 모른다는 것조차 감안하지 못했다.

그자는 부흐하임의 책 사냥꾼들 가운데 가장 악명 높고 위험한 인물인 롱콩 코마였다. 그가 이룬 모든 성공은 그가 직접 진귀한 책들을 찾아낸 것이 아니라 전부 다 다른 사냥꾼들이 찾아낸 것들을 빼앗은 덕택이었다. 그는 레겐샤인이 오만하게 책 탐험을 떠난다고 떠벌린 것을 듣고 나서는, 그가 다시 지상으로 나타날 것으로 예상되는 고서적상의 지하로 몰래 내려가 기회를 엿보고 있었다. 그것이 그가 한 일의 전부였다. 그리고 레겐샤인의 등 뒤에서 그에게 쇠화살을 하나 쏘았는데 그것이 빗나가고 말았다.

다행히도 롱콩 코마가 쏜 화살은 레겐샤인의 심장을 맞히는 데 실패하고 다만 어깨를 꿰뚫었을 뿐이다. 이어 격렬한 싸움이 벌어졌다. 레겐샤인은 무기를 지니지 않았음에도 불구하고 그의 날카로운 이빨로 롱콩 코마에게 무수한 상처를 입힐 수 있었다. 그리하여 그 강도 같은 책 사냥꾼은 엄청난 피를 흘리면서 도망가야만 했다. 물론 레겐샤인에게 끝까지 복수하겠다는 맹세를 하면서.

그는 겨우 지상으로 기어 올라와 그 자리에서 정신을 잃고 쓰러져 일주일이 지나서야 혼수상태에서 깨어났다. 그러나 그는 자신이 공표했던 약속을 지켰으며, 그 사실을 '날아다니는 신문'이 바람처럼 신속하게 퍼뜨렸다. 레겐샤인은 하룻밤 새에 모든 책 사냥꾼 가운데서 가장 유명인사가 되었다.

이제 그는 또 모든 책 사냥꾼들 가운데 가장 많은 보수를 받을 수 있게 되었다. 왜냐하면 책 소장가들과 고서적상들의 주문이 쇄도했기 때문이다. 그러나 레겐샤인은 매번 이를 거절했다. 그는 몸이 회복된 후에 물론 다시 사냥에 나서기는 했지만 이번에는 단단히 무장을 하고 항상 롱콩 코마로부터 자신을 보호하면서 다녔다. 그러나 그는 자신이 획득한 거의 대부분의 책들을 스스로 보관했다. 얼마 안 가서 레겐샤인이 의도하는 게 무엇인지 분명해졌다. 그는 「황금 목록」에 있는 책들을 모두 찾아내려 했다. 이 일을 그는 숨 가쁠 정도로 신속하게 성공시켰다. 그리고 그 외에도 그는 다른 책들도 찾아내 지상으로 가지고 나왔다. 그 책들은 비록 「황금 목록」에는 없었지만 역시 수요가 큰 진귀한 것들이었다. 그는 이것을 공표한 다음 판매한 돈으로 부흐하임에서 가장 아름다운 고풍스런 저택들 중 하나를 구입해 거기에다 '황금 목록의 도서관'을 설립했다. 그래서 진귀한 작품들이 철저한 감시하에 보관되었고 사람들은 이 책들을 학술 목적으로 연구할 수 있게 되었다. 그렇게 해서 레겐샤인은 부흐하임에서 가장 위대한 영웅이자 모험가이며 모범적인 인물이자 동시에 후원자가 되었다.

그러나 그토록 부유하고 유명해졌는데도 그는 미로에 대한 유혹을 떨쳐버릴 수 없었다. 그러한 탐험은 갈수록 더 위험해졌는데도 말이다. 그리하여 레겐샤인은 부흐하임의 지상에서는 그토록 사랑을 받았지만 그만큼 지하무덤에서는 미움의 대상이 되었다. 가장 잔인한 책 사냥꾼들 가운데 몇 명은 그의 뒤를 추적해 그의 포획물을 강탈하려고 시도했다. 그들 중에는 소리 없이 접근해서 철사로 목을 졸라 죽이는 자라 해서 '올가미'라고도 불리는 나심 간다리도 있었고, 어둠 속에서 보면 마치 횡갱 대들보로 착각할 정도로 몸이 가늘다 보니 취통(吹筒) 속에 독화살을 넣어 그에게 쏘았지만 비껴가고 말았다는 '보이지 않는 폴더'라는 이름의 사냥꾼도 있었다. 또 자기가 노리는 자를 가짜 목소리와 소음으로 혼란에 빠뜨린 다음 죽음의 함정으로 유혹해 마침내 모든 흔적을 없애기 위해 잡아먹는다는 '에코 에코'라는 자도 있었다. 또 '체카니'라는 자도 있었다. 그는 도덕적으로 너무나 타락해 몸이 납작해져 배로만 기어 다니게 되었는데, 뱀처럼 가는 몸을 흩어진 원고들 사이로 숨긴 채 자유자재로 움직일 수 있었다. 또 타릭 타바리, 사형수 호그노, 파드빈 팍시, 에라문 폰 그리스발트, 쌍둥이 토토, 이슬라이프 체스무, 몽상가 룰덴바르트, 금발의 라그지프 같은 책 사냥꾼들도 있었다.

레겐샤인은 이들과 물론 그 밖의 다른 책 사냥꾼들과도 부득이 안면을 트지 않을 수 없게 되었다. 그러나 그들 가운데 누구도 그에게서 단 한 권의 책도 약탈하지 못했다. 책 사냥꾼들 대부분은 레겐샤인과 싸워 심한 상처만 입었다. 그들 중 몇 명은 직업을 포기할 정도였고, 다른 몇 명은 이후 그를 멀리 피해 다녔다. 오직 단 한 명만 여전히 그와 다시 한판 붙기를 벼르고 있었으니 다름 아닌 저 무시무시한 롱콩 코마였다.

모든 책 사냥꾼들 가운데 가장 두려운 존재인 그는 복수심에 불타 고집스럽게 매번 그를 노렸으며, 거의 십여 차례나 이들 둘은 녹초가 될 정도로 결투를 벌였지만 그 누구도 승자가 되지는 못했다. 그 이유는 대개 둘 다 지쳐 도중에 싸움을 중단했기 때문이다. 레겐샤인은 예를 들어 쇠뇌를 무기로 삼아 둘이 결투하던 일에 대해서 기록했는데, 그 결투 후에 그는 독화살에 쏘여 하흐메드 벤 키비처의 고서점 안으로 겨우 피해 목숨을 구할 수 있었고, 이 서적상이 그를 돌봐 건강을 회복시켜주었다. 바로 나한테 자기 서점에 들어오는 것을 막았던 변덕스런 아이데트 난쟁이의 이름을 다름 아닌 레겐샤인의 책에서 읽고서 내가 얼마나 놀랐는지, 내 친구들이여, 그대들은 상상할 수 있을 것이다!

그러나 책 사냥꾼들만이 그를 노린 유일한 위험은 아니었다. 아무도 레겐샤인만큼 깊이 지하미로 속으로 내려간 자는 없었으며, 그 속의 진기한 것들과 끔찍한 일들을 그만큼 많이 본 자는 없었다. 그는 개똥벌레와 좀나방들이 갉아먹은 수백만 권의 책들로 가득 찬 심연처럼 깊은 동굴들에 대해서 기록하고 있었다. 그는 갱도 속에 도사린 채 길이가 수 미터나 되며 촉수의 사정거리 안에 들어오는 모든 것들을 노리고 사냥하는 야행성 곤충과 속이 들여다보이는 투명 곤충에 대해서 묘사했다. 또 '흡혈괴조'라고 불리는 날아다니는 무시무시한 괴물들에 대해서도 기록했는데 한번은 그것들이 내지르는 끔찍스러운 소리에 혼이 다 빠져나갈 뻔했다고 했다. 또 수천 년 전에 손기술이 뛰어났던 어느 난쟁이족이 지하에 세웠다는 아주 오래되고 무시무시한 궤도 시스템인 '녹슨 난쟁이들의 궤도'라는 것에 대해서도 썼다. 그는 수백만 권의 책들에 곰팡이가 슬어 소멸되고 있는 지하묘지의 거대한 쓰레기장에 대해서도 쓰고 있었다.

그는 부흐하임의 지하 깊은 곳 중심에 살면서 그들 앞에 나타나는 살아 있는 생물은 무엇이든 간에 잡아먹는다는 무시무시한 부흐링* 족, 즉 외눈박이 괴물 종족이 존재한다고 확신하고 있었다. 레겐샤인은 모든 동굴들 중에서도 가장 깊고 큰 동굴 속에 살면서 차모니아의 화산들에 불을 피운다는 거인 종족들에 대한 민간 전설을 조금도 의심하지 않았다. 그는 미로 속에서 믿기 어려운 것들을 너무 많이 보았기 때문에 어떤 일도 일어날 가능성이 있다고 믿고 있었다.

이 책이 비록 진실과 허구 사이의 경계를 넘나들고 있다 하더라도 그 방식이 너무나도 교묘해서 나는 무엇이 진실인지에 대한 판단조차에도 흥미를 느끼지 못했다. 레겐샤인의 이야기는 나를 완전히 그에게 홀리게 만들었다. 내 주위에 부흐하임 밤의 생활이 분주하게 펼쳐지고 있는 동안에도 그 책을 한 장 한 장 눈으로 빨아들이다가 이따금 새 커피를 눈짓으로 주문한 다음 계속해서 열심히 읽어나갔다. 오, 독자들이여, 지금 레겐샤인이 내 발치에 펼쳐놓은 세계에 대해서 그대들에게 상세히 다시 종합해 설명하기는 불가능하다. 그 내용이 너무 방대하기 때문이다.

---

* 이 말에는 '책 마니아'라는 뜻도 들어 있다.-옮긴이

그래도 그 책 가운데 한 장(章)에 대해서는 언급해야겠다. 왜냐하면 그 책의 진짜 흥미로운 묘사는 마지막 장에 가서야 시작되기 때문이다. 그 장에서는 그림자 제왕에 대해 이야기하고 있다.

그림자 제왕에 대한 이야기는 부흐하임의 지하세계에 대해 가장 최근에 전해오는 전설들 가운데 하나이다. 아마 겨우 십여 년밖에 안 되었을 것이다. 그 이야기는 태어나면서부터 지하묘지 속에서 사악한 짓을 저질러왔다는 한 괴물의 탄생설화로, 그자는 책 사냥꾼들의 잔인성과는 비교도 안 될 정도의 공포로 지하세계를 지배하고 있다고 했다. 그 전설은 다음과 같다.

부흐하임 지하묘지의 희미한 빛 아래에는 많은 그림자들이 도사리고 있다. 살아 있는 생물들의 그림자, 죽은 것들의 그림자, 거기다 날아다니는 동물들과 꿈틀거리며 기어다니는 다족 동물들의 그림자, 책 사냥꾼들의 그림자, 동굴에 매달려 있는 종유석들의 그림자, 끊임없이 터널의 천장 위와 서가들 위에서 춤추며 이미 많은 이들에게 두려움과 공포를 불어넣거나 미치게 만든 활발히 움직이는 그림자 족속이 있다. 얼마 전에 이 형체가 없는 그림자 족속들은 그들의 무정부주의 상태가 싫증나서 우두머리를 한 명 뽑았다고 전해진다. 그리하여 당시 그 그림자들 위에 그림자들이 덮치고, 다른 그림자들 위에 다시 어둠이 겹치고 그림자 윤곽 위에 다시 그림자들이 계속 겹쳐 쌓인 끝에, 마침내 그 모든 것들이 합쳐져 반쯤 살아 있고 반쯤은 죽었으며, 반은 형체가 있고 반은 없으며, 반은 보이고 반은 안 보이는 중간 형태의 괴물이 하나 생겨났다. 그것은 바로 그들의 지배자이고 그들의 정령이며 집행자인 그림자 제왕이다.

이것이 민간에서 전해오는 전설 내용이었다. 그림자 제왕이 사실은 누구이며 무엇인지에 대해서는 여러 가지 이론들이 있었다. 책 사냥꾼들은 그가 꿈꾸는 책들의 정령이며, 책들이 지하묘지 속에 파묻혀 잊혀진 데 대한 분노가 형상화된 존재라고 말했다. 그들은 이 정령이 살아 있는 모든 것들에게 복수를 하려고 생겨났으며, 그들이 '그림자의 성'이라고 부르는 지하세계의 어느 건물 안에 살고 있다고 믿었다. 이것은 책 사냥꾼들이 전하는 이야기였다.

얼마간 깊이 지하미로 속으로 용감하게 파고 들어갔다 나온 고서적상들의 주장이 달랐다. 그들은 그림자 제왕이란 다름 아닌 곤충과 박쥐가 혼합된 괴물 같은 해충으로, 미로 속의 해로운 자연환경 속에서 오직 진귀한 책들을 파괴하려는 목적으로 생겨난 것이라고 말했다.

그에 반해서 그림자 제왕이란 동굴체계로 이루어진 지하영역으로부터 마침내 지상으로 올라오는 길을 만들어낸 아주 오래된 족속이라고 증명하려는 학자들도 있었다. 그들의 주장에 따르면 그림자 제왕은 무슨 목적이 있는 게 전혀 아니라, 그저 맹목적으로 짐승 같은 본능에 따라 움직일 뿐이며, 단지 먹이가 필요해서 우연히 마주친 것은 무엇이든지 공격한다는 것이었다. 이것은 그들의 경험에 의거한 이야기였다.

마녀 같은 형상을 하고 있는 슈렉스* 족은 그림자 제왕이 부흐하임의 종말을 야기할 것이며, 이 도시를 차모니아에서 없애버릴 엄청나고 무서운 재앙을 초래할 것이라고 예언했다. 이것이 슈렉스 족속이 전하는 이야기였다.

부흐하임의 어린아이들은 그림자 제왕은 사악한 악령으로 밤중에 그들의 옷장 안으로 기어들어가 머리카락이 쭈뼛해질 정도의 무시무시한 소음을 낸다고 굳게 믿고 있었다. 이것이 아이들 사이에 돌고 있는 옷장에 대한 이야기였다.

---

* 이 말에는 '무시무시하다'는 뜻도 들어 있다.-옮긴이

어쨌거나 그림자 제왕이 실제로 존재한다는 데는 모두가 같은 생각이었다. 정령이든 짐승이든, 아니면 괴물이든 간에 그것이 내는 소리를 들은 자들도 많았고 그것에게 쫓기거나 심지어 살해된 자들도 많았다. 그림자 제왕이 내는 소리를 들은 자는 그자의 목소리가 바람에 책장이 넘겨질 때 나는 바스락 소리와 같다고 묘사했다. 그리고 그림자 제왕을 직접 목격한 자는 살아남지 못했다.

책 사냥꾼들의 시체는 끊임없이 발견되었다. 그들은 피범벅이 된 채로 몸에 수백 군데 잘린 상처들이 나 있었으며, 그 상처들 사이사이에는 아주 작은 종잇조각들이 꽂혀 있는 끔찍한 모습이었다. 이런 현상을 두고 사람들은 그림자 제왕이 희생물들을 종이로 만든 무기로 처치한다는 것, 어쩌면 그 '위험한 책들' 가운데 하나를 무기로 사용했을 거라고 했다. 그리고 이따금씩 특히 고요한 밤이면 부흐하임의 어디서나 지하의 심연으로부터 들려오는 섬뜩할 정도의 괴성을 들을 수 있었다.

레겐샤인도 물론 그림자 제왕의 존재를 철석같이 믿고 있었다. 하지만 대부분의 여론과는 달리 그는 그림자 제왕이 근본적으로 사악한 존재라고는 믿지 않았다. 그는 심지어 이 비밀스러운 괴물이 언젠가 그가 롱콩 코마의 계략에 빠졌을 때 자신의 생명을 구해주었다고 믿었다. 롱콩 코마는 거대한 서가 하나를 레겐샤인의 머리 위로 밀쳐 떨어뜨렸는데, 그가 책더미에 맞아 살해되기 바로 직전에 누군가가 급히 그를 옆으로 잡아채갔다는 것이다. 그가 다시 몸을 추스르고 일어났을 때 그 존재는 사라졌으나, 레겐샤인은 그림자 제왕을 만났다고 확신하고 있었다.

그때부터 그는 이 살아 있는 전설에 미친 듯이 몰두했다. 그림자 제왕이 난폭하거나 사악하지 않고 지적이면서도 선한 생물이라는 그의 이론을 증명하기 위해 그는 그 존재를 추적해 찾아내고 싶어했다. 그것을 쓰러뜨리거나 구경거리로 만들기 위해서가 아니라 그림자 제왕의 우정을 얻은 다음 다시 풀어주려는 것이었다.

그는 자기 집 안에다 지하미로를 본뜬 구역을 하나 만들고 철망으로 둘렀다. 그리고 벽들에 오래된 책들을 가득 채워놓은 다음 해파리불빛으로 적당한 조명을 갖추었다. 레겐샤인은 그런 분위기에서 그림자 제왕도 쾌적한 기분을 느낄 테니 점차 지상세계에 익숙해질 것이며, 따라서 그 제왕에 대한 연구가 완전히 끝나면 언젠가는 다시 자유롭게 풀어주겠다고 생각했다.

그의 책 마지막 몇 페이지에서 이 탐사에 대한 자신의 준비에 대해 서술하면서, 이어 그림자 제왕에 대한 탐사 기록을 담은 또 다른 책을 쓸 거라고 알리고 있었다. 그는 계속 탐사하다가 이윽고 그림자 제왕을 둘러싼 전설과 보물들에 대해 광범한 지식을 가지고 있다는 피스토메펠 스마이크라는 어느 책 소장가이자 문자 연구가에게 접근하게 되었다. 인정받는 학자이기도 했던 스마이크는 레겐샤인의 계획에 열렬히 환호하면서 힘닿는 대로 그를 지원했으며 자기 돈을 투자하기도 했다. 그리고 도시의 중심에 있는 자신의 아주 오래된 집을 레겐샤인이 지하묘지를 탐사하러 내려갈 때 출발 지점으로 삼도록 해주었다.

그러나 『부흐하임의 지하묘지』의 마지막에 쓰인 말은 그 책의 출판업자가 남긴 것이었다. 그는 이 책 말미에 슬픈 말을 덧붙이고 있었는데, 그 설명에 따르면 레겐샤인이 스마이크의 집에서 미로 속으로 내려간 때가 그 책 사냥꾼의 살아 있는 모습을 본 마지막 기회였다고 했다. 그 이유는, 오, 내 용감한 친구들이여, 그가 그림자 제왕을 찾으러 내려간 후로 다시는 돌아오지 않았기 때문이다.

♈

뜨거운 커피와 꿀벌빵

나는 그 책을 덮고 난 다음 깊이 숨을 들이쉬었다. 탐험가이자 모험가, 학자, 책 소장가, 게다가 또 수수께끼 같은 종말. 이 모든 것이 문학에 종사하다 생긴 일이라니. 레겐샤인이야말로 내 취향에 맞는 영웅이었다.

시 낭독은 이미 끝나 있었다. 관중들은 흩어진 후였고 몇 군데 탁자에만 아직 몇 명의 청중이 남아서 커피를 마시거나 토론을 하고 있었다. 그들 가운데 유독 혼자 내 탁자 건너편에 앉아 있던 자가 염치도 없이 내게 씨익 웃어 보였다. 그자는 몸에 삐죽삐죽 털이 솟아 있고 검은 복장을 한 아주 영양 상태가 좋아 보이는 야생돼지였다. 그는 찻잔을 들더니 나를 향해 건배를 했다.

"모든 책 사냥꾼들 중 가장 위대한 콜로포니우스 레겐샤인을 위하여."

그러고 나서 그는 눈을 가늘게 뜨고 나를 쳐다보았다.

"제가 뜨거운 커피 한 잔 대접해도 되겠습니까?" 그는 친절하게 물었다. "꿀벌빵과 함께 드시는 건 어떻습니까?"

그것에 반대할 이유가 없었다. 나는 책을 다 읽은 후인 데다 내 커피 잔은 비어 있었다. 게다가 또다시 배가 고파왔다. 얼마 안 되는 여행 경비에 부담이 가지 않는다면 어떤 식사든 환영이었다. 나는 고맙다고 말하고는 그의 탁자로 건너가 앉았다.

"왜 저한테 이런 영광을 베푸십니까?" 내가 물었다.

"콜로포니우스 레겐샤인에게 흥미가 있는 분이라면 누구든 뜨거

운 커피 한 잔 얻어 마실 자격이 있지요. 그리고 꿀벌빵도요." 그는
점원에게 신호를 보냈다.

"그가 그토록 흥미로운 인물인 줄 몰랐습니다."

"부흐하임에서 가장 비밀스러운 분이었지요. 내 말을 믿어도 좋습
니다. 당신은 이 도시에 더 오래 머무실 겁니까?"

"저는 여기서 아직 오래 머물지 않았습니다."

"저는 여기서 아직 오래 머물지 않았습니다. 그것 참 책 제목으로

괜찮군요!" 야생돼지는 이렇게 말하더니 연필로 그의 앞에 놓여 있는 메모지에 무언가를 적어 넣었다. "미안합니다. 이건 저의 직업병이지요. 잘 팔릴 만한 책 제목들을 억지로 생각해내야 하거든요. 당신은 린트부름 요새에서 오셨습니까?"

나는 신음 소리를 냈다. "왜 그런 생각을 하셨습니까?"

야생돼지는 웃었다. "미안합니다. 그건 분명 신경에 거슬리는 일이지요. 자기 이마 위에 본의 아니게 늘 자기 주소를 새기고 다니는 일 말입니다."

"아, 예. 그보다 더 나쁜 일도 있습니다."

"사실입니다. 특히, 그 주소가 아주 고상한 것이라면 말입니다. 이 도시에서는 작가들을 매우 존중하니까요."

"우선 그런 작가들 중 하나가 되고 싶군요."

"우선 그런 작가들 중 하나가 되고 싶군요, 이 역시 멋진 제목입니다! 흥미롭군요. 그러니까 당신의 재능은 막 펼쳐지기 직전이군요. 그거야말로 예술가로서의 경력 중 가장 멋진 순간임이 틀림없습니다. 가슴은 감성과 충동적인 행동으로 넘쳐흐르며 머리는 번뜩이는 착상들로 활활 타오르지요."

"사실 그렇다고는 말할 수 없습니다. 그런 것은 창조적인 상태에 있을 때 상투적으로 말할 수 있는 것이지만 지금 이 순간 저에게는, 아무런 착상도 떠오르지 않거든요."

"바로 그런 것에 대해 써보지 그러세요! 빈 종이에 대한 두려움, 젊은 나이에 이미 영감이 다 타서 꺼져버린 불안감에 관해서 말입니다. 아주 멋진 주제입니다!"

나는 호주머니 속에 들어 있는 원고를 떠올리며 웃지 않을 수 없었다.

"그것 역시 상투적이군요."

"당신 말이 옳습니다." 뚱보가 웃었다. "글 쓰는 것에 대해 제가 뭘 알겠습니까? 저는 그저 계산밖에 할 줄 모르지요. 저를 소개해도 된다면, 클라우디오 하르펜슈톡이라고 합니다. 예술가들의 에이전트지요."

그는 명함 한 장을 쏙 빼더니 내게 내밀었다.

클라우디오 하르펜슈톡

매니저, 에이전트, 법률상담가

모든 종류의 법적 서비스 및 중개 서비스 담당.
당신의 소득세 신고를 처리해드립니다!

부흐하임, 계피 골목 7번지

"당신이 예술가들을 상담해준다고요?"

"그것이 저의 직업이지요. 상담이 필요하십니까?"

"지금은 아닙니다. 아직 쓴 게 아무것도 없으니 상담할 만한 것도 없지요."

"그럴 때가 올 겁니다. 오고말고요. 그런 순간이 오면 당신은 아마도 제가 드린 명함을 기억하시게 될 겁니다."

마실 음료와 빵이 나왔다. 대단했다. 손가락 굵기로 자른 회색 빵 조각들에 버터와 맑은 꿀이 듬뿍 발라져 있었다. 그 꿀 안에는 죽은 꿀벌들이 우글거렸다. 뜨거운 커피에서는 모카 향기가 났다. 나는 감탄의 눈으로 꿀벌빵을 바라보았다.

하르펜슈톡은 입을 비쭉거리며 웃었다.

"이것은 쉽게 맛 들일 수 있는 부흐하임의 특별 메뉴입니다. 먹다 보면 나중에는 그것을 떼려야 뗄 수 없게 되지요. 제가 약속합니다!" 그는 말했다. "오븐에서 막 구워낸 회색 빵에다 후추를 뿌린 버터와 꿀을 발랐지요. 그 속에는 볶은 꿀벌들이 들어 있습니다. 벌들은 볶기 전에 독침을 빼고 독도 제거했습니다. 그러니 걱정 마십시오! 바삭바삭하고 맛이 기막힙니다!"

나는 그 빵으로 손을 가져갔다.

"하지만 그래도 조심하십시오!" 하르펜슈톡이 경고했다. "극히 드문 일이기는 하지만 그중에는 독침을 제거하지 않아서 독이 남아 있는 경우도 있습니다. 그래서 만약 독이 혈액 속에 들어가 순환하면 몇 주 동안은 정말 기분 나쁘게 입이 말을 안 듣고 고열에 시달리며 보낼 수도 있지요. 꿀벌들은 골짜기에서 온 고약한 것들로 아주 공격적인 종입니다. 부흐하임의 꿀벌빵을 맛보는 데는 다음과 같은 것도 빼놓을 수 없지요. 의식의 밑바닥에 도사리고 있는 위험, 즉 불확실한 것에 대한 엄청난 스릴 말입니다. 당신도 아시죠. 천천히 씹으면서 독침에만 주의하면 됩니다. 그러면 맛을 더 음미할 수 있지요."

나는 조심스럽게 빵을 한 조각 베어 생각하면서 씹었다. 벌꿀들은 볶은 아몬드와 비슷하게 아주 맛이 있었다. 나는 빠드득거리며* 이빨로 씹었다.

"기막히게 맛이 좋군요." 나는 감탄했다.

"뜨거운 커피 맛을 좀 보십시오." 하르펜슈톡이 권했다. "부흐하임

---

* 미안하지만, 나는 여기서 '빠드득거리며'라는 말이 무슨 뜻인지 그저 조금 추측할 수 있을 뿐이다. 나는 차모니아어에서 내가 전혀 알지 못하는 동사를 번역하기 위해 위의 단어를 생각해냈을 뿐이다. 아마도 이것은 린트부름 요새의 방언인 듯싶다. 이 단어는 오직 린트부름 요새에 사는 공룡들만이 이빨로 무엇을 씹을 때 내는 소리를 표현하는 말이 확실한 것 같다. 혹시 맛을 인정할 때 표현하는 소리인지도 모른다. 나는 며칠 동안이나 내 이빨로 이와 비슷한 소리를 내보려고 애써보았지만 성공하지 못했다.

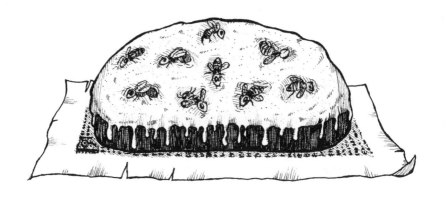

에서 최고로 맛있는 거죠."

나는 한 모금 들이켰다. 뜨거운 커피가 위 속을 기분 좋은 온기로 채워주자 피가 머리 위로 솟구치면서 가벼운 희열이 몸을 휘감았다.

"그 안에는 데루카 지역에서 가져온 질 좋은 알코올 우산이 들어 있습니다. 오십 퍼센트나요! 그러니 커피도 신중하게 맛을 즐기십시오!" 하르펜슈톡은 웃었다.

나는 머리를 끄덕였다. 지금까지 살면서 포도주보다 더 알코올 농도가 높은 음료를 마셔본 적이 없었다. 그것도 오십 퍼센트라니! 이 대도시 주민들은 사는 게 무언지를 이해하고 있는 것 같았다. 나는 고향에서 멀리 떨어진 이곳에서 거칠어지고 자유로워지는 느낌에 취했다.

"레겐샤인과 개인적으로 알고 지냈습니까?" 나는 갑자기 혀가 풀리면서 그에게 물어보았다. "그는 대체 어떤 사람이었나요?"

"저는 그의 집 행사 때 여러 차례 갔습니다. 그의 도서실을 보고 경탄했지요. 그가 그의 첫 탐사에서 돌아와 우리 눈앞에서 기절해 쓰러졌을 때도 그 자리에 있었습니다. 그리고 또 그가 그림자 제왕을 찾으러 지하로 내려갈 때도 있었지요."

"당신은, 그가 죽었다고 믿나요?"

"그랬다면 더 바랄 게 없지요."

"무슨 말인지 모르겠군요."

"저는 다만, 그가 이미 죽었다면 그게 오히려 그 자신에게도 더 나을 거라고 보는 겁니다. 이 도시 밑에서 정확히 무슨 일이 벌어지고 있는지는 아무도 모르니까요." 하르펜슈톡는 발로 바닥을 두어 번 찼다. "그러나 한 가지는 확실합니다. 즉, 기뻐할 만한 일은 아무것도 없다는 것이지요. 레겐샤인은 오 년 전에 종적을 감췄습니다. 말하자면 책들 속으로요."

"좋은 제목이군요." 이 말이 내 입에서 저절로 새어나왔다. "책들 속으로."

하르펜슈톡은 당황한 듯이 나를 쳐다보았다.

"맞습니다."

이렇게 말하고는 무언가 그의 메모지에 끼적거렸다.

"만약에 그가 아직도 살아 있다면……." 그가 중얼거렸다. "그는 오 년 동안이나 저 아래 지하에 머물고 있는 겁니다. 그것은 어느 누구도 바라지 않는 일이지요."

"당신은 그 전설들을 믿습니까? 그림자 제왕 운운하는 이야기 말이에요. 무시무시한 부흐링 족 전설은요? 그림자의 성에 관한 것은요?"

나는 히죽거리며 웃었다. 하르펜슈톡은 나를 진지하게 쳐다보았다.

"부흐하임에서는 그 누구도 저 아래에 차라리 존재하지 않았더라면 더 좋았을 것들이 존재하고 있다는 것을 의심하지 않습니다." 그가 말했다. "무법 상태지요. 혼돈 상태입니다. 우리가 관광객을 끌어들이려고 이런 소문들을 세상에 퍼뜨린다고는 믿지 마십시오. 만약에 이곳 지하묘지가 전부 개방된다면 우리가 무슨 일을 할 수 있을 거라고 생각하시나요! 이 도시의 팔십에서 구십 퍼센트는 사용되지 않은 채 도무지 정체를 알 수 없는 괴물들에 의해 지배되고 있습니다. 그것이 상인의 시각에서 봤을 때 합리적이라고 생각하십니까? 어리석기 짝이 없는 일이지요!"

하르펜슈톡은 흥분해 있었다. 그의 얼굴에 진짜로 격분한 표정이 어렸다.

"그렇지만 여기서 늘 일어나고 있는 일들에 눈을 감고 있을 수만은 없습니다. 저는 저 지하묘지 속으로 내려갔다가 다시 지상으로 되돌아온 자들을 몇 명 봤습니다. 모두 사지가 떨어져나가고 물린 상처투성이였지요. 그들은 소리를 지르거나 미친 듯이 헛소리를 하다가 결국 죽고 말았습니다. 어떤 자는 제 눈앞에서 단도로 자기 심장을 찔렀습니다."

하르펜슈톡의 돼지 눈알이 비정상적으로 커지더니 투명해졌다. 그 눈은 내 마음속을 꿰뚫어보려는 듯하더니 다시 그 끔찍한 기억으로 되돌아갔다. 나는 당황해서 커피를 후루룩 들이마시면서 찻잔 속에 비친 일그러진 내 모습을 들여다보았다.

하르펜슈톡은 잠시 몸을 흔들다가 커피를 한 모금 들이켰다. 그러더니 가볍게 앞으로 몸을 굽히면서 내 팔을 치고는 히죽 웃었다.

"하지만 이 일은 그냥 둡시다! 부흐하임에는 다른 멋진 면도 있으니까요. 그런데 왜 부흐하임에 오신 겁니까?"

나는 또다시 내가 대부님을 잃고 상심에 빠진 것을 이야기하고 싶은 기분이 들지 않았다.

"누군가를 찾고 있습니다." 내가 말했다.

"아하, 출판업자입니까?"

"아뇨, 작가입니다."

"이름은요?"

"모릅니다."

"무슨 글을 썼습니까?"

"전혀 모릅니다."

"생김새는 어떤가요?"

"전혀 감이 안 잡힙니다."

"아하, 그렇다면 당신은 단지 그의 뒤만 쫓고 계시군요."

하르펜슈톡은 다시 상냥하게 웃었다. 나는 잠깐 동안 아이데트 족 난쟁이가 해주었던 경고를 곰곰 생각해보았다. 그러고는 그 편지를 끄집어냈다.

"그가 쓴 원고를 하나 갖고 있습니다."

"아, 그것 좋습니다. 그건 마치 명함이나 다름없는 것이지요. 한번 봐도 되겠습니까?"

나는 잠깐 망설이다가 그에게 원고를 건네주었다. 하르펜슈톡은 그것을 읽어갔다. 나는 그의 반응을 살피려고 눈에 안 띄게 몸을 약간 구부렸다. 그는 조금도 감정의 동요를 보이지 않은 채 혼자 뭐라고 중얼거리면서 신속하게 읽어갔다. 직업상의 이유로 많은 글을 읽어야 하는 대부분 사람들이 그렇듯이 아무런 표정도 보이지 않고 입가는 아래로 처진 채였다. 나는 그의 얼굴 표정에서 당황하거나 아니면 열광하는 흔적을 찾으려고 해보았지만 그런 것은 전혀 없었다. 읽어가는 동안에 그는 이따금 나를 이해하지 못하겠다는 듯이 쳐다보았다.

"그런데요?" 그가 물었다. "왜 그를 찾는 겁니까?"

"예, 아니, 그걸 모르겠습니까?"

하르펜슈톡은 다시 원고를 들여다보았다.

"전혀 모르겠는데요."

"이 원고가 비범하다고 생각하지 않습니까?"

"어떤 의미에서 비범하다는 겁니까?"

"비범하게 좋지요."

"여기 이것이요? 아닙니다."

그는 내게 원고를 돌려주었다.

나는 할 말을 잃었다.

"제가 당신에게 뭔가 알려드리지요."

하르펜슈톡은 슬쩍 옆을 쳐다보더니 마치 나와 무슨 비밀을 공모하는 것처럼 목소리를 낮추었다.

"어쩌면 이 원고는 실제로 비범할지도 모릅니다. 아니면 여태껏 쓰인 것 가운데 가장 서투른 글일지도 모릅니다. 그러나 저 같은 사람은 결코 그것을 판단할 수 없습니다. 저는 좋은 원고와 케이크 한 조각도 구별할 줄 모릅니다. 그간 저도 모르는 사이에 얼마나 많은 뛰어난 문학작품들을 손에 넣었는지도 알고 싶지 않습니다. 제가 정말로 관심 갖는 일이 뭔지 알고 싶습니까?"

"알고 싶군요." 나는 가볍게 거짓말을 했다.

"벽돌입니다."

"벽돌이라고요?"

"벽돌과 모르타르입니다. 저는 벽 쌓기를 좋아합니다. 저녁마다 집 정원으로 나가서 벽돌로 작은 벽을 쌓지요. 그렇게 하면 긴장이 풀리거든요. 다음 날 아침이 되면 그것을 다시 허물어버립니다. 그리고 저녁이 되면 다시 쌓지요. 저는 모르타르에서 나는 축축한 냄새를 좋아합니다. 그리고 그 일을 하면서 얻는 근육통도 좋아합니다. 신선한 공기와 운동도요. 운동을 하다 보면 피로해져서 잠이 잘 오거든요."

나는 고개를 끄덕였다.

"저희 같은 직업에서는 좋은 문학과 나쁜 문학을 인식하는 것은 중요하지 않습니다. 정말로 좋은 문학은 당대에 제대로 인정받기가 드물지요. 최고의 작가들은 가난하게 살다 죽습니다. 조악한 작가들이 돈을 벌지요. 항상 그래왔습니다. 다음 시대에 가서야 비로소 인정받을 작가의 재능이 저 같은 에이전트에게 무슨 상관이겠습니까? 그때쯤 가서는 저도 이미 죽어 없을 텐데요. 제게 필요한 것은 하찮더라도 성공을 거두는 작가들입니다."

"솔직하게 말씀하시는군요."

하르펜슈톡은 근심스러운 듯이 나를 쳐다보았다.

"제가 너무 솔직했습니까?" 그는 한숨을 쉬었다. "속을 탁 터놓고 말씀드리는 겁니다. 제 약점이지요. 진실을 제대로 참지 못하는 자들은 많습니다."

"비록 그게 진실이라고 해도 나는 글 쓰는 즐거움을 포기하지는 않을 겁니다." 내가 말했다. "글 쓰는 일이 제대로 보상받는 경우가 드물다는 것은 저도 알고 있습니다."

"그건 좋은 생각입니다. 그 결심에 충실하신다면 쓰라린 눈물을 절약할 수 있지요. 아십니까? 저는 처세술에 능합니다. 그것이 제 자산이지요. 저는 고집스런 출판업자들은 물론 감수성 있는 예술가들과도 아주 잘 사귈 수 있습니다. 저는 윤활제와도 같습니다. 저 같은 직업을 가진 이들은 별로 인정받지도 못하고 눈에도 거의 안 띕니다. 그렇지만 저는 어디에나 있으며 제가 없으면 되는 일이 없지요. 아무도 저를 중요하게 여기지 않는 데다가 어떤 이들은 경멸하기까지 합니다. 저의 최고 고객들 가운데에도 그런 자들이 몇 명 있습니다! 하지만 제가 없다면 일단 인쇄기는 전혀 돌아가지 않을 겁니다.

저는 톱니바퀴를 움직이게 하는 기름이니까요."

하르펜슈톡은 커피를 한 모금 들이켜고 입술을 핥았다.

"아마 이것이 차모니아 문학 중에서 가장 훌륭한 이야기일지도 모릅니다." 그는 말하면서 원고를 툭툭 쳤다. "혹은 어쩌면 그냥 재능 없는 어느 뜨내기 작가의 끊임없는 넋두리일 수도 있겠지요. 저야 아는 게 없습니다. 저는 여기 쓰인 기호들을 읽을 수는 있어도 해석할 수는 없습니다. 저한테는 어떤 텍스트든 다 똑같습니다. 하고 싶은 이야기를 마음대로 지껄인 종이에 지나지 않습니다. 그냥 실에 꿰이듯 줄줄 꿰어진 글에 지나지 않습니다. 그것이 제 마누라가 쇼핑하려고 적어놓은 메모든 아니면 포토니안 코디악의 흠잡을 데 없는 시든 아무래도 좋습니다. 그런데도 그런 것들이 저희 직업에서는 어떻게 불리는지 아십니까? 바로 은총이라고 불립니다. 혹시 제가 할 수만 있다면 이런 글을 좋아하게 될지도 모르지요. 당신처럼요. 그리고 이 작가를 찾는 데 평생을 보낼 수도 있습니다. 그러다 보면 혹시 그를 찾아낼지도 모르지요. 그리고 그를 시장에 내놓아 상품화하려고 헛수고를 하겠지요. 내일 아침에 새로운 알파벳 책들을 만들려고 조켈 트란스와 독점계약을 하는 대신에요."

나는 트란스가 쓴 책들을 알고 있었다. 하지만 그것들은 페이지마다 이상한 동물 그림들이 크고 단순하게 인쇄되어 있을 뿐, 제대로 글이 쓰인 책이라고는 할 수 없었다. 그 책들은 글을 모르는 독자들 사이에서 큰 인기를 얻으면서 엄청난 부수가 팔렸다.

"그렇지만 어쩌면 제가 당신에게 도움이 될지도 모르겠습니다." 하르펜슈톡이 말했다. "어쩌면요. 당신한테 주소를 하나 드리겠습니다. 시내 중심에 있는 한 고서점입니다. 그 서점 주인은 필사본에 관한 한 부흐하임에서 일인자라 할 수 있습니다. 여기 있습니다!"

그는 내게 큼직한 명함을 한 장 내밀었다. 그 위에는 다음과 같이
쓰여 있었다.

피 스 토 메 펠　스 마 이 크

검인 필적 전문가, 고서점상

「황금목록」 전문가
필사본 분석 및 기호 해독

부흐하임, 검은 사나이의 골목 333번지

"피스토메펠 스마이크라고요?" 내가 당황해서 물었다. "혹시 그의
집에서 바로 그……."

"……레겐샤인이 미로 속으로 사라진 바로 그 집입니다. 맞아요.
이 도시의 유력 인사지요. 당신이 그의 집을 방문한다면 바로 그 역
사적인 장소에 발을 들여놓는 겁니다. 그의 집은 정말로 볼 만한 가
치가 있거든요."

그는 또다시 상냥하게 웃었다.

"피해갈 수 없겠군요."

"내일 그리로 가십시오. 그 서점은 정오가 돼야 문을 열고 저녁에
는 일찍 닫습니다. 시내 중심가에 자리 잡은 고서점들이야 그런 바
보 짓거리를 해도 되지요. 그리고 기회가 되면 그 서점에 있는 품목
들을 눈여겨보십시오. 정말이지 굉장합니다!"

"정말 고맙습니다. 물론 맛있는 식사도요."

"사업상 투자한 겁니다. 애써 노력하는 예술가에게 한 끼 대접하
게 되면 혹시 앞으로 당신이 활동하는 동안 제가 당신 때문에 돈을
벌게 될지도 모르니까요. 그건 에이전트로서의 지혜입니다. 유감스럽

게도 당신은 제가 볼 때 아직 성공을 거두지는 못했지만요."

나는 꿀벌빵의 남은 조각을 허겁지겁 삼키고 막 일어나 하르펜슈톡과 작별을 하려고 했다. 그때 돌연 입안에서 무언가 찌르는 듯한 통증을 느꼈다.

"악!" 나는 비명을 질렀다.

"뭡니까?" 하르펜슈톡이 물었다.

나는 내 입을 가리켰다.

"악!" 나는 또 한 번 소리를 질렀다.

하르펜슈톡은 몹시 놀랐다.

"벌이 쏘았나요? 움직이지 말아요! 입을 아주 크게 벌리세요! 두려워 말아요! 벌은 이미 죽었습니다. 그러니 더 이상 독을 쏘지는 않을 겁니다. 그러나 당신 몸에 조금만 압력을 줘도 혈액 순환이 빨라지고 혀가 굳어져 말을 제대로 못 하게 될 겁니다. 어디 제가 보지요!"

나는 하르펜슈톡이 들여다볼 수 있도록 가능한 한 입을 크게 벌렸다. 땀이 얼굴 위로 흘러내렸다. 그는 내 입안을 이리저리 살피더니 신음 소리를 냈다. 나는 숨을 멈춘 채 움직이지 않았다. 그러자 다시 입안에서 짧은 통증이 느껴졌다. 그러자 에이전트는 뒤로 물러섰다. 그는 죽은 벌을 빼내 손가락을 높이 쳐들더니 다시 히죽 웃었다.

"이 꿀벌빵을 당신은 결코 잊지 못하겠군요." 그가 말했다. "하지만 제가 당신에게 경고했지요. 즐기는 데는 늘 위험이 따른다고요."

나는 땀을 닦아냈다.

"정말 고맙습니다! 어찌 감사해야 할지 정말로……." 나는 헐떡거리며 말했다.

"이제 가봐야겠습니다." 하르펜슈톡은 황급히 말하더니 손가락으로 벌을 땅바닥에 튕겼다. "조잡한 시들로 가득 찬 긴 밤이었습니다.

이제 저는 돌아가 한숨 푹 잘 수 있을 것 같군요. 어쩌면 다시 뵐지도 모르겠습니다."

하르펜슈톡은 손을 내밀어 악수를 하고는 허공을 쳐다보며 중얼거렸다.

"한숨 푹 자다. 좋은 제목이죠, 아닌가요?"

"전혀 아닌데요." 내가 대답했다. "지루하게 들립니다."

"맞아요!" 에이전트는 웃었다. "정말 너무 피곤하군요."

그가 찻집을 떠난 뒤에도 나는 불안한 마음으로 심장 맥박 소리에 귀를 기울이며 얼마 동안 더 자리에 앉아 있었다. 벌이 쏜 독이 내 혈관 속에서 퍼질지 모른다고 생각해서였다. 그러나 내 심장은 시계가 째깍거리듯이 규칙적으로 뛰고 있었다.

공포의 집에서 또다른 공포의 집으로

나는 여인숙으로 향했다. 밤이 깊었지만 많은 고서점들은 아직도 열려 있었으며 거리에는 자유분방한 분위기가 넘치고 있었다. 어디를 가나 무리 지어 서로 책을 낭독하거나 잡담을 하거나, 포도주나 김이 나는 맥주, 혹은 커피를 마시고 있었다. 나는 몇 군데 서점의 쇼윈도들을 쳐다보다 지나치면서 서점 안으로 불쑥 들어가 쌓여 있는 책들 사이를 마구 헤집고 싶은 충동을 간신히 억눌렀다.

나는 그 도시의 활발한 삶의 흐름에서 벗어나 여인숙으로 되돌아갔지만 여러 가지 방해물을 극복해야 했다. 옆방에 묵은 예티들은 좀 조용해진 것 같았다. 그들은 이제 코를 골면서 마치 속이 막힌 백파이프처럼 푸우! 하며 가냘픈 소리를 내곤 했다. 나는 침대 위에 드러누웠다. 그냥 잠시 동안만 발을 높이 든 채 안정을 취하려고 했다. 구석에 여전히 박쥐가 매달려 있었다. 내가 쳐다보자 그것도 나를 노려보았다. 그러고 나서 나는 잠이 들었다.

꿈속에서 나는 아주 오래된 대형 서적들로 가득 찬 서가들이 늘어서 있는 기다란 터널 속을 헤매고 있었다. 단첼로트 대부는 불안하게 내 앞에서 흐느적거리며 움직이고 있었는데 투명한 정령의 모습으로 끊임없이 소리를 지르고 있었다.

"내려와라! 내려와라! 아래로 내려와라!"

내가 읽었던 책들 속에 등장한 갖가지 형상들이 우리 앞으로 다가왔다. 내 유년 시절의 영웅이었던 칼트블루트 왕자가 그의 말 '눈폭풍'을 타고 질주해 지나갔다. 『찰리펜의 국수』에 나오는 폐결핵 환자이자 양탄자 행상인 프로스포파 토나타스, 『속돌의 신탁』에 등장하는 밀수업자이자 철학자인 코리올란 코리오린트, 『열두 명의 형제』에 나오는 열두 형제들, 그리고 또 다른 많은 인기 장편소설 주인공들이 우리 앞에 나타났다. 그러면서 그들은 모두 우리에게 소리치고 있었다.

"돌아가! 돌아가! 돌아가란 말이야!"

그러나 단첼로트 대부는 그들 사이를 헤치면서 떠돌고 있었고 나도 그와 함께 떠돌아다니고 있었다. 나 역시 정령이 되어 있었기 때문이다. 터널 깊은 곳에서 거대하고 하얀 외눈박이 박쥐 한 마리가 꽥꽥 소리를 지르더니 내 쪽으로 날갯짓을 하며 다가왔다. 그 곁에는 구운 꿀벌들이 음산하게 붕붕거리면서 따라오고 있었다. 박쥐는 그 흉측한 주둥이를 쫙 벌린 채 막 나를 삼켜버리려고 했다. 그 순간 나는 이런 생각을 했다.

"하, 저건 나를 잡아먹을 수 없어. 나는 정령이거든!"

그러나 나는 이미 잡아먹힌 후였다.

눈을 떴다. 박쥐는 여전히 구석에 매달린 채 꼼짝 않고 나를 응시하고 있었다. 아마도 이미 오래전에 죽은 것 같았다. 눈을 뜨고 죽은 게 분명했다. 예티들이 다시 옆방에서 떠들어댔다. 그들은 잠에서 깨어나자마자 곧 커다란 소리로 다투기 시작한 것이다. 그러더니 격투가 벌어졌다. 가구들이 부서지는 소리가 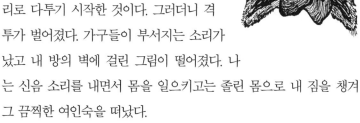 났고 내 방의 벽에 걸린 그림이 떨어졌다. 나는 신음 소리를 내면서 몸을 일으키고는 졸린 몸으로 내 짐을 챙겨 그 끔찍한 여인숙을 떠났다.

나는 좁은 길들을 정처 없이 헤매고 다녔다. 차가운 아침 공기가 내 머릿속을 맑게 하면서 생기를 불러일으켰다. 나는 가벼운 아침 식사를 하고 싶은 생각이 들어 어느 찻집에 들어가 커피 한 잔과 책 모양의 '부흐링'이라는 과자 한 개를 시켰다. 그것은 설탕에 졸인 사과로 채워져 있고 아몬드와 피스타치오를 뿌린 것이었다. 이 특별 음식은 흥미롭게도 소위 이 도시의 지하에서 못된 짓을 일삼는다는 악명 높고 잔인한 괴물인 부흐링 족과 이름이 같았다. 찻집 주인은 내게 오븐에서 갓 구워낸 뜨거운 책과자를 건네주기 전에 오래된 책의 한 페이지를 찢어내더니 그 종이로 과자를 쌌다. 그리고 긴 바늘한 개를 그 속에 끼워 넣었다. 그러자 계피 냄새가 나는 바늘이 책

과자 밖으로 삐져나와 마치 책에 끼워진 책갈피처럼 보였다.

찻집 안에는 린트부름 요새에서 온 또 한 명의 손님이 앉아 있었다. 그는 우리 반 동급생이었던 곽실리안 폰 슈탄첸피셔였다. 나는 그한테 단첼로트 대부의 죽음에 대해 말해주었고 그는 안됐다는 듯이 나를 위로하더니, 내가 내 초라한 숙소에 대해서 이야기하자 깨끗하고 값도 저렴하다는 여관의 주소를 가르쳐주었다. 그런 다음 우리는 서로에게 즐거운 여행을 빌어주고는 헤어졌다.

얼마 지나서 나는 어느 좁은 골목길에서 작은 여관을 하나 발견했다. 거기에서는 잠을 충분히 자고 막 깨어나 기분이 좋아 보이는 나티프토프 족 몇 명이 걸어 나오고 있었다. 그처럼 까다롭고 정돈된 것을 좋아하며 인색하기로 유명한 족속이 이런 숙박시설을 선호한다면 그곳은 정말로 깨끗하고 싼 게 틀림없었다. 게다가 나티프토프 족이 그곳에 숙박하고 있다면 조용할지도 몰랐다. 그들은 자기들이 머무는 곳에서 밤중에 조금만 방해를 받아도 곧바로 야간 순찰대에 신고하는 자들이니까 말이다.

나는 안으로 들어가 방을 하나 보여달라고 했다. 그 방에는 박쥐도 전혀 없었고 세숫대야에 담겨 있는 물은 유리처럼 맑았으며 수건과 침대 시트도 깨끗했다. 그리고 옆방에서는 고요함을 방해하는 어떤 소음도 들리지 않았고, 대신 예의 바른 손님들의 낮은 목소리가 들렸다. 나는 그 방을 일주일 동안 빌리기로 하고 이 도시에 들어온 후 처음으로 제대로 몸을 씻었다. 그러고 나자 기분이 상쾌해졌고 곧 다음 탐사 길을 떠났다.

책들, 책들, 책들, 책들. 오래된 책들, 새 책들, 비싼 책들, 값싼 책들, 쇼윈도에 있는 책들, 서가에 꽂힌 책들, 수레 속에 있는 책들, 자루에 있는 책들, 선택되지 못해 아무렇게나 책 더미에 내던져져 있거나 아니면 까다로운 선택에 의해 쇼윈도 뒤에 일렬로 진열된 책들. 행인들이 오가는 인도에 아주 위험스럽게 탑 모양으로 높게 쌓아올린 책들. 포장해서 "여러분의 행운을 시도해보세요. 저희 깜짝 상품을 구입하세요!"라는 문구를 붙인 다음 대리석 대 위의 격자로 두른 검은 나무 상자 속에 쌓아놓은 책들(그 상자에는 "만지지 마세요. 작가의 서명이 날인된 초판입니다!"라는 글이 쓰여 있다). 가죽이나 클로스 장정, 혹은 모피나 실크로 장정되고 청동이나 쇠, 은, 금장식이 달린 책들. 몇몇 서점 쇼윈도에는 다이아몬드로 겹겹이 장식된 책들도 진열되어 있었다.

곁에 땀 닦는 손수건이 함께 놓여 있는 모험소설들도 있었다. 공포소설들 속에는 쥐오줌풀잎을 함께 넣어 소설을 읽다 너무나 긴장감에 눌리면 그 풀잎 냄새를 맡아 진정시키도록 하고 있었다. 무거운 자물쇠가 달린 소설들도 있었다. 나티프토프 족의 검열 당국이 달아놓은 것이었다("구매는 허용됨, 읽는 것은 금지함!"이라는 문구와 함께). 어떤 서점에서는 '절반만 완성된' 작품들만을 취급했다. 그 작품들은 작가들이 도중에 사망하는 바람에 집필이 중단된 순수한 필적 원고들이었다. 어느 서점에서는 거울에 비춰야만 읽을 수 있게 왼손으로 쓴 작품들만 취급하고 있었다. 또 어떤 서점에서는 주로 주인공으로 곤충이 나오는 소설들만 팔았다. 나는 금빛 수염을 기르고 모두 눈가리개를 한 난쟁이들만 드나드는 고서점도 보았다. 어느 볼퍼팅어가 운영하는 실용서적만 파는 고서점이었다.

그러나 대형 서점들은 어느 한 품목만 전문으로 다루지는 않고 대개 모든 책들을 팔고 있었다. 그런 경우 수많은 종류의 책들 속을 헤집고 돌아다니는 재미를 느낄 수 있었으므로 분명 고객들이 선호하는 서점들이었다. 한 분야의 책만 전문으로 취급하는 고서점들에서는 유명 작가의 서명날인이 있는 초판에 저렴한 가격표가 붙은 책을 찾기란 거의 불가능했다. 그런 데서는 에누리라는 것이 없었기 때문이다. 반면에 어느 대형 고서점에서 몇 권씩 한 묶음으로 파는 깜짝 세일 상품들 속에서는 표시된 가격보다 실제 가치가 몇 배나 되는 책들도 발견할 수 있었다. 그러므로 이런 거대한 서점들 안

으로 한번 들어가면 계단을 타고 지하 매장으로까지 내려가는 일도 서슴지 않았다. 그럴수록 무언가 진짜 값진 것을 발견할 수 있는 기회도 극적으로 더욱 커졌기 때문이다.

부흐하임에서는 다음과 같은 불문율이 있었다. 그건 책에 쓰인 가격만 유효하다는 것이었다. 좋다! 도시 안으로 끊임없이 유입되는 헤아릴 수 없이 많은 하찮은 책들을 다루느라 상인들과 서점 직원들은 지나치게 혹사당하는 일이 많았다. 그래서 그들이 책을 분류할 때 제대로 판단해서 고르지 못하는 일도 배제할 수 없었다. 심지어 때로는 상품들을 직접 눈으로 살펴볼 겨를도 없이 책을 담은 상자들과 자루들이 모두 균일 가격으로 매겨져 덤핑 판매되는 때도 있었다. 진귀한 책들도 이따금 그런 식으로 잘못 분류된 다음에 어두운 지하감옥으로 추방되거나, 아니면 값싸고 저속한 책더미 속에 파묻혀 버리는 수가 있었다. 그런 책들은 서가에 꽂히거나 상자들 속으로 들어가 누렇게 변색된 출판사 팸플릿들 밑에 깔리거나 아니면

손에 안 닿는 서가 높은 곳에 팽개쳐져 쥐나 좀벌레에게 갉아먹히
곤 했다. 이런 보물 책들이 바로 부흐하임이 풍기고 있는 매력의 근
원이었다. 이런 데서는 아마추어 책 사냥꾼인 관광객들도 누구나 충
분히 오랫동안 찾아다니면 나름대로 행운을 얻을 수 있었다.

그렇지만 대부분의 관광객들은 이 도시에 도착하면 외지인들을
상대하는 관광 안내원들에 이끌려 대개는 값어치 없는 책들이 가득
쌓여 있는 대형 서점들 안으로 억지로 들어가야 했다. 그러나 서점
종업원들은 싸구려 상품들 속에 이따금 값어치 있는 책들을 끼워
넣어 서점을 찾아온 관광객들로 하여금 우연히 귀한 책을 발견해 값
싸게 살 수 있는 기회를 만들어주었다. 그래서 관광객 중 한 명이 그
런 책을 발견해 의기양양하게 그것을 높이 쳐들고 너무나도 저렴한
가격이라 좋아하며 마구 소리를 지르면 그것이야말로 그 서점을 가
장 잘 선전해주는 방식이 되었다. 누군가가 몽켄 믹스누드가 쓴 『어
스름 속에서의 봉화』를 겨우 몇 피라에 구입했다는 소문이 들불처
럼 순식간에 퍼지면, 밤새도록 그 서점에는 그런 요행수를 기대하고
책 속을 휘젓고 돌아다니는 손님들로 북적거렸다.

이 같은 떼거리 고객들을 맞는 고서점들은 미로로 통하는 통로를
벽으로 막거나 아니면 그 앞에 서가들을 세워놓아 고객들이 함부로
그 안으로 들어갔다가 잘못해서 길을 잃는 일이 없도록 조처했다.
그러나 대형 서점들과 싸구려 찻집들이 즐비해 있는 거리들을 조금
만 벗어나면 더 흥미로운 광경들이 펼쳐졌다. 서점들은 갈수록 더
작아지고 전문 서적 중심으로 되어갔으며, 서점 입구는 더욱 기교적
이며 개인적인 취향을 띠었다. 또 거기에서 파는 책들은 더 오래되
고 값도 더 비싼 것들이었다. 그리고 여기서부터는 어떤 지하묘지의
영역으로 발을 들여놓을 수도 있었다. 어떤 영역이라고 말하는 것에

유의할 필요가 있다. 그 이유는 이런 서점들은 그들의 고객에게 지하미로로 몇 계단만 내려가도록 허용할 뿐이었고, 계속 내려갈 수 있는 통로는 벽으로 차단했거나 잠가놓았기 때문이다. 몇 시간 정도 지하통로 안을 돌아다니는 일은 가능했다. 그러나 결국 길은 다시 지상으로 올라오게 되어 있었다.

좀 더 시내 중심가 쪽으로 가다 보면 바람에 풍화된 더 오래된 집들이 나타났다. 그곳에 있는 서점들은 크기도 더 작았으며 따라서 관광객들도 더 뜸했다. 그곳의 고서점들 안으로 들어가려면 이따금 초인종을 누르거나 문에 달려 있는 장식을 두드려야 했다. 그러나 여기서부터야말로 본격적으로 지하묘지로 내려갈 수 있었다. 아무 제한도 없는 만큼 위험은 스스로 감수해야 한다. 만약에 고객이 널리 알려진 책 사냥꾼이 아닌 경우에는 서점 종업원은 그에게 위험에 대해 설명해주면서 미로로 들어가려면 횃불과 기름 램프, 예비 식량, 지도 그리고 무기들을 구입해야 한다고 상세히 조언을 해주었다. 여기서는 길이가 수 킬로미터나 되는 아주 튼튼한 끈이 제공되었고 그것을 서점 안에 설치된 고리에다 매달아주었다. 그것은 지하를 탐험하는 모험을 좀 덜 위험한 방식으로 시험해보도록 준비해놓은 방식이었다. 고서점들에서는 지하묘지의 특정 부분에 대해 잘 훈련된 직원들을 고용해 그들의 안내를 받아 미로 속을 돌아다니도록 배려했다.

이런 모든 것을 나는 레겐샤인의 책에서 읽어 알고 있었다. 그리고 이 지식을 갖춘 내 눈에는 작고 눈에 안 띄는 서점들이야말로 비밀세계로 들어가는 입구인 것처럼 보였다. 그러나 현재로서는 이 도시의 지상을 떠나고 싶은 마음이 없었다. 나는 특별한 사명을 띠고 이 도시 안을 돌아다니고 있었으니, 그것은 다름 아닌 검은 사나이의 골목 333번지에 있는 피스토메펠 스마이크의 고서점을 찾는 일이었다.

나는 어느 큰 광장으로 발을 들여놓았다. 지금까지 지나온 작은 도로들과 좁은 길들에 비해 한눈에 보기에도 특이한 광경이었다. 더욱 특이한 것은, 그 광장에는 포석이 깔려 있지 않아 바닥 여기저기에 나 있는 커다란 구멍들이 입을 쫙 벌리고 있었다. 그 구멍들 주위로 관광객들이 돌아다니고 있었다. 그리고 구덩이들 속에 쪼그리고 앉아 있는 자들을 내가 보았을 때 비로소 내 머릿속에 한 가지 떠오르는 것이 있었다. 그곳은 바로 악명 높기로 유명한 '잊혀진 시인들의 공동묘지'였다.

일반 대중에게는 그 장소가 그렇게 불렸지만 공식적으로 원래 그 장소의 명칭은 '구덩이 광장'이었다. 이곳은 이 도시에서 오히려 반갑지 않은 명소들 중의 하나였다. 단첼로트 대부는 늘 침울한 목소리로 그곳에 대해 이야기했다. 그렇다고 그곳이 진짜 공동묘지는 아니었다. 여기서 땅속에 묻힌 자는 아무도 없었으니까. 그 구덩이들 속에는 다름 아닌 부흐하임 안에서 기거할 집이 없는 몇몇 작가들이 들어가 기숙하고 있었다. 그들은 지나가는 관광객들이 푼돈을 던져주면서 주문하는 시를 지어주며 근근이 살고 있었다.

나는 온몸이 얼어붙는 것 같았다. 그 구덩이들은 실제로 마치 방금 흙을 파내 만든 무덤들처럼 보였다. 그리고 구덩이 하나하나마다 실패한 작가들이 들어가 웅크린 채 어렵게 살아가고 있었다. 그들은 더럽고 찢어진 옷을 걸치고 있거나 낡은 담요로 몸을 감싸고 있었으며 이미 사용한 종이 뒷면에다 글을 쓰고 있었다. 구덩이를 집으로 삼은 그들은 밤이 되거나 비가 내리면 궁여지책으로 덮개 같은 것을 구덩이 위에 덮어씌웠다. 그곳이 바로 차모니아에서 작가가 되었다가 그 경력의 사다리에서 추락하게 되는 가장 밑바닥이었다. 작가 조합에 속한 회원이라면 누구나 두려워할 악몽 같은 장소였다.

"내 형은 대장장이다." 한 관광객이 구덩이에다 대고 소리쳤다. "편자에 대해서 뭐라고 시를 지어봐."

"내 아내 이름은 그렐라야." 다른 관광객이 외쳤다. "그렐라를 위한 시를 하나 지어줘."

"어이, 시인!" 어느 멍청하고 잔인하게 생긴 녀석이 소리쳤다. "나한테 뭐 시 하나 지어줘라!"

나는 서둘러 광장을 빠져나갔다. 나는 찬란한 과거를 지닌 작가들 가운데 이곳으로 표류한 자들이 있다는 것을 알고 있었다. 그래서 아예 구덩이들 속을 들여다보지 않으려고 애썼다. 하지만 그건 거의 불가능했다. 마지못해 나는 좌우로 시선을 던졌다. 히죽거리는 아이들이 그 가련한 시인들의 머리 위에 모래를 쏟아붓고 있었다. 어느 술 취한 관광객이 구덩이에 빠지자 그의 동료들이 마구 떠들어대면서 그를 구덩이에서 끄집어냈다. 다른 구덩이 안으로 개 한 마리가 오줌을 갈기고 있었다. 그런데도 그 구덩이 안에 앉아 있는 시인은 그 모든 일에 전혀 신경도 안 쓰고 그의 손에 쥔 종이에 시를 쓰고 있었다.

그때 끔찍한 일이 벌어졌다. 바로 내가 동족 작가 한 명을 알아본 것이다! 구덩이들 중 한 곳에 바로 내 유년 시절의 우상이던 작가 오비디오스 폰 베르스슐라이퍼가 앉아 있었다! 그가 린트부름 요새에서 그의 애호 작품을 낭독했을 때 나는 그의 발치에 앉아 있었다. 그후 그는 유명한 대도시 작가가 되려고 린트부름 요새를 떠나 다른 지방으로 갔는데, 이럴 수가, 나는 그의 소식을 더 이상 듣지 못했다.

그 베르스슐라이퍼가 지금 몇몇 관광객들을 위해 소네트를 몇 줄 지어 쉰 목소리로 낭독하고 있었다. 그러자 그들은 돈 몇 푼을 그에게 던져주고는 심술궂게 킥킥거렸다. 그는 돈을 받고서 과장된 몸짓으로 고마움을 표했다. 그때 그의 닦지 않은 이빨이 드러났다. 그때 그도 나를 발견했고, 옛날의 동족 문인을 기억해낸 듯했다. 그의 눈에 눈물이 가득 고였다.

나는 몸을 돌려 그 몸서리쳐지는 장소에서 도망쳤다. 끔찍했다. 그 정도까지 몰락하다니! 우리 같은 직업에는 늘 불확실한 미래가 위협적으로 도사리고 있었다. 성공과 실패는 그야말로 종이 한 장 차이였다. 나는 빨리 걸어갔다. 아니, 잊혀진 시인들의 공동묘지에서 가능하면 빨리 멀어지려고 마구 앞으로 달려갔다.

마침내 내가 발길을 멈추었을 때 어느 초라한 골목길에 다시 들어와 있었다. 관광객들이 몰리는 구역을 벗어난 게 분명했다. 고서점이라고는 단 한 군데도 없고, 그저 기분 나쁜 냄새가 풍기는 다 허물어져가는 집들만 있었다. 집들 입구에는 변장을 한 형상들이 어슬렁거리며 돌아다니다가 내가 그들 곁을 지나가자 그중 한 명이 나에게 말을 걸었다.

"어이, 혹평 좋아해요?"

아이고, 이런. 알고 보니 나는 '독(毒)이 있는 골목'에 잘못 들어와 있었다! 그곳은 구경할 만한 명소가 아니었다. 관광객의 몸속에 한 가닥 품위가 남아 있다면 근본적으로 피해야 할 장소였던 것이다. 독이 있는 골목, 그곳이야말로 매수된 비평가들이 우글거리는 악명 높은 거리였다! 이곳에는 부흐하임에서도 정말 쓰레기 같은 족속들이 모여 살고 있었다. 이곳에서는 혹시 마음에 안 드는 작가가 있으면 그의 목에 독가스 살포기를 대고 위협하면서 괴롭힐 수도 있었다. 만약 양심의 가책 따위를 버리고 그런 방법을 쓴다면 말이다. 그럴 경우 그들은 그들이 노린 작가의 경력과 명성이 완전히 파괴될 때까지 몰아세웠다.

"작가를 파멸시킬 혹평 하나 원하십니까?" 그 불결한 졸필가가 속삭였다. "저는 큰 신문들을 위해 일합니다!"

"아니, 됐어요!"

나는 그 녀석의 멱살을 쥐고 싶은 충동을 겨우 억제했다. 하지만 그래도 뭐라고 한마디 않고서는 그냥 지나칠 수 없을 것 같아서 걸음을 멈추었다.

"성실한 작가들이 하는 일에다 왜 너 같은 추잡한 자들이 감히 똥칠을 하는 거냐? 너 같은 자들이 바로 똥일 텐데?"

나는 그를 야단쳤다.

얼굴을 변장한 그는 슬그머니 불쾌한 소리를 냈다.

"헌데, 그런 식으로 감히 나를 모욕하는 너는 누구냐?" 그가 작은 소리로 물었다.

"나? 내 이름은 힐데군스트 폰 미텐메츠*다!" 나는 당당하게 대답했다.

"미텐메츠라, 흠."

그는 중얼거리면서 수첩을 하나 꺼내더니 그의 웃옷에서 필기도구를 꺼내 뭐라고 썼다.

"아직 아무것도 출판한 게 없군, 흠, 나도 그런 것쯤은 알 수 있지. 차모니아 현대문학의 동향을 주시하고 있거든. 그렇지만 너는 린트부름 요새에서 왔으니까 앞으로 너도 주시하게 될 거야. 너희 같은 빌어먹을 파충류들은 무엇이든 쓰지 않고는 못 배기니까."

---

* 힐데군스트 폰 미텐메츠의 전기에 대해서 잘 모르는 사람들은 여기서 훗날 그의 삶에 지대한 영향을 미칠 운명적인 만남이 이루어졌다는 것을 아는 데 별 흥미를 느끼지 못할 것이다. 미텐메츠가 책을 출판하기 시작하자 생전에 차모니아에서 가장 인기 있던 비평가인 라프탄티넬 라투다는 아주 악의적인 비평으로 미텐메츠를 몰아세워 파멸시키려고 별렀고 그와 철천지원수가 된다. 이에 대해 좀 더 자세한 것은 저자의 다른 소설 『엔젤과 크레테』 안의 「린트부름 요새에서 블록스베르크까지」에 묘사된 미텐메츠의 탈선 장면들을 보기 바란다.

133

나는 그 장소를 떠났다. 저런 더러운 녀석과 대화라는 걸 했다니, 제기랄!

"나는 라프탄티넬 라투다다!" 그자가 내 등 뒤에서 외쳤다. "내 이름을 적어둘 필요는 없다. 안 그래도 언젠가는 나에 대해 듣게 될 테니까."

독이 있는 골목은 물론 막다른 길이었다. 어느 어두운 집 입구에 두 명의 책 사냥꾼이 서서 암거래할 물건들을 내놓고 큰 소리로 외쳐대고 있었다. 그래서 나는 또다시 허물어져가는 집들과 내 등 뒤에서 말을 걸며 헐뜯는 야비하고 더러운 자들을 모두 지나쳐가야만 했다. 그 뱀 같은 소굴을 마침내 빠져나오자마자 물에 흠뻑 젖은 개처럼 내 몸을 마구 흔들어대며 털었다.

나는 알파벳 형태의 벽돌들을 쌓아 지은 오래된 식자공 점포들이 있는 구역을 지나 편집자의 거리를 지나갔다. 그곳 점포들 안에서 일하는 출판사 편집 직원들이 내는 신음 소리와 욕설들이 창문으로 새어 나왔다. 그들 가운데는 원고에 쓰인 조잡한 표현들을 읽거나 구두점을 고치며 절망하는 자들이 많은 것이 분명했다. 어느 집 이층 창문에서는 화가 나서 지르는 소리가 나더니 곧이어 원고 한 묶음이 창문을 넘어 휙 날아와 내 머리 위로 쏟아져 흩어졌다.

마침내 나는 관광객들이 찾아가는 구역들을 뒤로 하고 점점 더 도시의 중심, 즉 부흐하임의 심장부로 들어갔다. 레겐샤인이 쓴 책에 따르면 이곳에는 이 도시에서도 가장 오래된 고서점들이 있었다. 아주 오래된 격자 골조 벽에 뾰족한 지붕을 한 집들이 서로 의지하며 다닥다닥 붙어 있었다. 그런 모습은 마치 늙은 마법사들이 서로 몸을 딱 붙인 채 시꺼먼 창문 구멍으로 나를 내려다보는 것 같았다.

이 구역은 비록 그림처럼 아름다웠지만 실제로는 관광객이 거의 다니지 않는 곳이었다. 이곳에는 행상인들도 없고 시를 낭송하는 시인들도 없었으며, 날아다니는 난쟁이 신문도 없고 녹아내리는 치즈 냄새도 없었다. 다만 블라인드를 내린 쇼윈도들이 있는 아주 오래된 집들이 보였다. 그 창문들은 알고 보니 해로운 빛이 들어오는 것을 막으려고 안에서 검댕을 칠해둔 것이었다. 그곳에는 거의 간판들도 걸려 있지 않아서 도대체 어떤 서점들이 고서점들인지 알아내려면 직감이 필요했다. 이곳에서는 사실 고서점업이 최고 수준에서 이루어지고 있었다. 따라서 검게 닫힌 쇼윈도들 뒤에서는 어쩌면 지금 엄청나게 부자인 책 소장가들과 유명 상인들이 앉아서 부동산만큼이나 값이 나가는 책들을 거래하고 있을지도 몰랐다. 이 구역에서는 누구나 부득이 발꿈치를 들고 걸어다녔다.

아직도 정오가 되지 않아서 피스토메펠 스마이크의 서점은 닫혀 있을 것 같았으므로 나는 어느 샛길에서 발길을 멈추고 시간을 때

우기 위해 근처 서점으로 들어가볼까 생각했다. 어느 고서점의 시꺼 먼 쇼윈도 위에 달린 격자 골조에 무시무시하게 추한 형상이 새겨져 있었다. 그리고 그 서점 문 위에 앞서 키비처의 서점 입구에 새겨져 있던 것과 같은 삼원이 찍혀 있는 것을 발견했다. 그 밑에는 다음과 같은 아주 작은 간판이 걸려 있는 것이 보였다.

이 나 체 아   아 나 자 지
슈렉스 문학과 마술 주문 전문

오호! 슈렉스 문학을 전문으로 하는 고서점이라니! 어쩌면 이곳 은 진짜 슈렉스 족이 운영하는 서점인지도 몰랐다! 내 어린 시절의 소원 가운데 하나는 진짜 슈렉스 족을 한번 만나보는 것이었다. 그 런 인물들은 단첼로트 대부가 잠자리에서 내가 잠들기 전에 읽어주 었던 어린이 문고나 오래된 동화 속에서, 그리고 물론 내가 꾸는 악 몽 속에서도 등장했다. 이제 나는 현실 속에서 바야흐로 그 무시무 시하게 생겼다는 슈렉스 족을 한번 볼 기회가 있을 것 같았다. 그리 고 이제 나는 그런 형상을 봐도 놀라 소리치며 도망치지 않을 만큼 충분히 나이가 들었다. 그러니 들어가보자! 기분 좋은 전율을 느끼 면서 나는 서점의 문손잡이를 밀었다.

기름칠을 한 지가 무척 오래된 듯이 보이는 문돌쩌귀가 끼익 쇳소 리를 내면서 내가 들어서는 것을 안에 알렸다. 고서점 안에는 몇 개 의 기름 램프가 비추는 흐릿한 불빛 사이로 책들이 쌓여 있는 것이 보였다. 그 위에 쌓여 있던 먼지들이 내가 탐색하듯 가게 안으로 불 쑥 들어서자 뿌옇게 일어나면서 내 주위를 맴돌더니 내 코 위로 내 려앉았다. 나는 재채기를 하지 않을 수 없었다.

검은 옷차림의 가늘고 기다란 형상 하나가 마치 상자에서 튀어나오듯 책 더미들 뒤에서 악마처럼 펄쩍 위로 뛰어오르더니 소리쳤다.

"무얼 찾으십니까?"

하마터면 내 심장이 멈출 뻔했다. 그 슈렉스는 정말이지 너무나도 흉측했다.

"저요, 에, 찾는 게 아무것도 없습니다." 나는 더듬거렸다. "그냥 둘러보려고요."

"그냥 둘러본다고요?" 슈렉스는 목소리의 강도를 조금도 낮추지 않고 다시 물었다.

"예, 괜찮지요?"

그 키다리 형상은 가는 손가락들을 신경질적으로 깍지 끼고는 내 앞으로 비틀거리며 걸어왔다.

"여기는 전문 고서점입니다." 그는 적의에 찬 표정으로 깩깩거렸다. "당신이 찾는 물건을 여기서는 발견할 수 없을 겁니다."

"아, 그래요? 대체 뭘 전문으로 파시는데요?" 내가 대꾸했다.

"슈렉스 문학이오!"

슈렉스가 어쩌나 의기양양하게 외치던지 그 한마디만으로도 나를 서점에서 쫓아낼 수 있을 것 같았다.

나는 별 영향을 받지 않은 표정을 지으면서 책 표지들 위로 눈길을 주면서 쭉 훑어보았다. 예언서들, 사마귀 주문서, 저주의 주문 서적 등등, 나같이 계몽된 린트부름 요새 출신에게는 아무 소용이 없는 책들이었다. 이런 초현실적인 허깨비 같은 글들에 나는 정말이지 전혀 관심이 없었다. 그러나 슈렉스의 불손한 태도가 나를 자극했다. 나는 그 자리에서 즉시 사라지는 대신 일부러 서가들을 훑어보면서 그에게 농담을 걸었다.

"오, 슈렉스 문학이라고요." 나는 휘파람 소리를 냈다. "정말 흥분

되는군요! 저는 두꺼비 내장으로 미래를 예언하는 일에 열정적인 흥미를 가지고 있답니다. 그럼 저는 먼지를 흩날리며 여기 있는 귀한 책들을 좀 돌아보겠습니다."

나는 그 늙은 유령에게 몇 마디 해주어야겠다고 결심했다. 이제부터 나는 숨 가쁘게 기선 제압을 할 생각으로 서가에 있는 책들 가운데서 한 권을 뽑았다.

"흠, 노페스 파의 『악몽의 해몽을 통한 운명의 예언』이라. 이거야말로 나한테 맞겠군요!"

"그 책을 제발 다시 서가에 꽂아주십시오. 이미 예약되어 있습니다."

"누구한테요?" 나는 날카롭게 물었다.

"누구냐면, 에, 그게…… 그 고객의 이름은 모릅니다."

"그렇다면 이론적으로는 저한테 예약되어 있을 수도 있겠군요. 당신은 제 이름도 모르잖습니까."

슈렉스는 어찌할 바를 모르면서 연필처럼 가느다란 손가락들을 비벼댔다. 나는 그 책을 서가 쪽으로 던졌다. 책은 서가 바로 곁을 스쳐 날아가 바닥으로 떨어졌다. 그러자 책등에 붙어 있던 상표가 툭 떨어져나갔다.

"어이구머니!" 내가 말했다.

슈렉스는 신음 소리를 내면서 그 책 쪽으로 몸을 굽혔다.

"이건 도대체 뭡니까?" 나는 즐거운 듯 소리치면서 손가락을 뻗어 별 볼일 없는 두꺼운 책 한 권을 가리켰다. "오르니아 슈렉스 족의 저주들이 쓰여 있는 책이군요!"

나는 일부러 놀라 어쩔 줄 몰라하는 태도를 보이면서 그 귀중한 책을 넘겨보다가 몇 페이지 끝을 접으면서 크고 떨리는 목소리로 몇 구절을 낭독하기 시작했다. 그러는 사이에 내 다른 손은 마치 주문을 외듯이 그 슈렉스 쪽을 향해 흔들어댔다.

가느다란 나무 둥치들 사이
유령들의 풀밭 위에
죽은 눈들이 이글거리는 그곳에
빛과 가스 사이로 유령 하나가 나타나 떠돌고 있다…….

슈렉스는 팔을 얼굴에 갖다 대고 자신을 보호하려는 듯 방어 자
세를 취했다.

"그거 그냥 놔둬요!" 그 괴물이 소리쳤다. "효력이 대단한 저주란
말입니다!"

정말 웃기는 일이었다. 저 괴물은 이 어처구니없는 눈속임 주문을
실제로 믿고 있었다! 나는 그 책을 옆으로 던져버렸다. 책이 근처의
낡고 거무스름한 나무 상자 속으로 떨어지자 미세한 책 먼지가 구
름처럼 일어났다. 한 가지 생각이 떠올랐다. 천천히 나는 슈렉스한테
로 몸을 돌려 탐문하듯이 집게손가락으로 그를 가리키면서 내 가죽
같은 날개를 조금 펼쳤다. 그 때문에 내 겉옷의 어깨 부분이 활처럼
둥글게 오므라졌다.

"또 하나 묻고 싶은 것이 있습니다." 내가 말했다.

그것은 린트부름 요새에서 쓰는 오래된 눈속임이었다. 내 몸에 붙
어 있는 작은 날개는 선사시대의 공룡 조상들로부터 물려받은 변변
치 않은 유산으로, 날지는 못해도 몸을 활짝 펼치는 데는 안성맞춤이
었다. 미처 예상 못 한 자들 앞에서 그 날개를 펼쳤을 때 어떤 인상을
주는지 관찰하는 것은 늘 유쾌했다. 나는 겉옷 속에 갖고 있던 원고를
꺼내 그가 원고의 글씨를 읽을 수 있을 정도로 가까이 내밀었다.

"혹시 이 글을 쓴 원저작자가 누군지 아십니까?" 내가 날카롭게 물었다.

슈렉스의 얼굴이 돌처럼 굳어졌다. 마치 최면에 걸린 듯 그는 그 글을 쳐다보다가 가냘픈 소리를 질렀다. 그러고는 비틀거리면서 뒤로 물러나더니 어느 서가에 부딪히자 멈춰 서서 마치 심근경색에라도 걸린 듯이 신음 소리를 냈다. 그의 격렬한 반응에 나는 당황했다.

"이 시인을 알고 있어요, 맞지요?"

내가 물었다. 그의 태도로 보아 다른 해석의 가능성은 없었다.

"아뇨, 저는 모릅니다." 슈렉스는 가쁘게 숨을 쉬었다. "우리 가게를 떠나십시오!"

"이것을 누가 썼는지 반드시 알아내야 합니다. 저를 도와주세요!"

슈렉스는 한 걸음 앞으로 나서더니 주위를 엿보는 자세를 취했다. 그는 두 눈을 가늘게 모아 뜨고는 속삭이듯 극적인 목소리로 말했다.

"그는 심연으로 깊이 내려갈 것이다! 그는 살아 있는 책들 속으로 추방될 것이다! 그리고 누구나 다 알고 있으면서도 진짜 정체는 아무도 모르는 존재와 함께 떠돌 것이다!"

나는 슈렉스들이 그들의 고객들에게 깊은 인상을 주려고 그런 암호 같은 주문을 사용한다는 것을 알고 있었다. 그런 것은 나한테 효과가 없었다.

"그거 무슨 협박입니까? 아니면 슈렉스들의 예언입니까?"

"만약 이 원고가 지금 즉시 폐기되지 않는다면 그런 일이 일어날 겁니다. 더 이상은 말할 수 없습니다. 그러니 이제 우리 가게에서 나가요!"

"하지만 당신은 분명 알고 있을 거 아닙니까, 누가……."

"나가라고요!" 슈렉스는 날카로운 소리를 질렀다. "안 나가면 도서 보안대의 비상종을 울리겠습니다!"

그는 카운터 뒤로 가더니 천장 밑에 있는 커다란 종에 매달린 끈을 잡았다.

"나가요!" 그는 다시 한 번 화를 냈다.

여기서는 더 이상 뭘 할 수 없을 것 같았다. 나는 가려고 돌아섰다.

"하나 더 있어요." 내가 말했다.

"가요! 그냥 가요!" 슈렉스는 헐떡거리며 말했다.

"당신네 가게 문 앞에 붙어 있는 삼원은 무슨 뜻입니까?"

"난 모릅니다. 다시는 보지 맙시다. 다시는 감히 우리 가게에 발을 들여놓을 생각 마시오." 슈렉스가 대답했다.

"슈렉스들은 모든 것을 알고 있다고 생각했습니다. 그런데 당신이 아는 게 없다니 당혹스럽군요."

나는 작별인사를 하고는 그를 자극하려고 일부러 문돌쩌귀에서 끼익 소리가 나게 천천히 문을 열고 어슬렁거리며 밖으로 나왔다.

조금은 당황한 채 나는 햇볕 아래 서서 그 고서점에서 나오는 소음에 귀를 기울였다. 슈렉스는 알아들을 수 없는 소리로 욕을 퍼부으면서 가게 문의 자물쇠를 잠그려고 만지작거리고 있었다. 곧 내 등 뒤로 가게 문이 잠겨버렸다.

대단하군! 나는 아주 빠르게 진전을 보이고 있었다. 부흐하임에 온 지 채 이틀도 되지 않았는데 이미 두 군데 고서점에서 출입금지령을 받은 것이다!

스마이크의 문자 실험실

칠십칠 번지, 칠십팔 번지……. 다행히도 나는 책 연금술사들이 숫자 신비학에서 쓰는 고대 숫자들에 대해서 잘 알고 있었다. 안 그랬다면 집들의 문패에 적힌 숫자들을 읽을 수 없었을 것이다. 검은 사나이의 골목은 부흐하임에서 가장 오래된 거리였다. 이곳은 집들이 너무 낡아 부서질 지경이었고 절반쯤은 이미 땅속으로 가라앉아 있었다. 그리고 지붕들은 마치 무너진 연금술사의 오두막처럼 쓰러져 가는 집 위로 내려앉아 있었다. 벽에는 엉겅퀴들이 자라고, 새들이 둥지를 튼 무성한 굵은 잡초들은 지붕 널빤지를 댄 곳까지 뻗어나가 있었다. 서로 마주 보는 지붕들의 용마루는 거의 맞닿아 있고 황폐해진 집들은 앞으로 기울어져 있었다. 그렇다. 그 잿빛 폐허들은 마치 불청객인 나를 감시하려고 내 주위로 점점 더 가까이 좁혀 오는 것 같았다. 때는 정오여서 햇볕이 내리쬐었지만 내가 걸어가고 있는 그 좁은 길은 거의 그늘져 있었다. 마치 그 집들이 모두 함께 모여 단 하나의 건물을 형성하고 있으며, 나는 도둑처럼 그 속으로 몰래 숨어들고 있는 것 같은 상상이 들었다. 벌레들의 윙윙거리는 소리와 고양이들이 울어대는 소리 외에는 아무 소리도 들리지 않았다. 잡석 포장도로 곳곳에는 잡초들이 삐죽삐죽 솟아나와 있었고, 이따금 빠르게 길 위로 달려가는 말라빠진 쥐들도 보였다. 도대체 여기

엔 누가 살고 있는 걸까? 여기로 관광객들이 찾아와 돌아다니지 않는다 해도 이상할 게 없었다. 나는 마치 보이지 않는 입구를 지나 어느 다른 차원의 시간 속으로 들어가 걸어가고 있는 느낌이었다. 수백 년, 어쩌면 수천 년을 거슬러 올라가 쇠락하고 있는 어느 잊혀진 시대 속으로 들어간 것만 같았다.

　백이십칠 번지, 백이십팔 번지……. 나는 몸이 오싹거렸다. 그러자 레겐샤인의 책이 생각났다. 거기에 보면 그는 이 지역과 이곳의 음산한 역사에 대해, 그리고 검은 사나이의 전설에 대해서도 얘기하고 있었다. 이곳에는 수백 년 전에 책 연금술사들이 살면서 이 도시의 운명에 상당 부분 영향을 끼쳤다. 책 연금술은 부흐하임에서 행해지던 연금술의 변종이었다. 책 연금술사들 가운데는 일부 학자들도 있었고, 의사들, 협잡꾼들, 그리고 고서적상들도 있었다. 그들은 하나의 조합을 결성해 책 인쇄술, 고서적업, 화학, 생물학, 물리학, 문학을 주문술, 예언술, 점성술 그리고 다른 눈속임 마술과 파괴적으로 결탁시켰다. 거기서 나온 결과는 도서관 하나를 온통 공포문학으로 채울 만한 것이었다.

　이백사 번지, 이백오 번지……. 이 낡은 집들 안에서 그들은—대

체 어떤 정신 나간 동기에서인지는 몰라도— 인쇄용 검정 잉크를 피로 바꾸고, 피는 인쇄용 검정 잉크로 변화시키는 괴상망측한 시도를 감행했다. 책 연금술사들이 보름달이 뜨는 밤에 이 골목길에 모여들어 그들의 『만 이천 가지의 규칙들』에 기록되어 있는 의식들을 벌이고 잔인한 실험들을 동물이나 다른 족속들에게 자행할 때면 틀림없이 말로 형용할 수 없는 광경들이 벌어졌을 것이다. 그런 일들은 부흐하임 주민들이 자연재해와 역병으로 인해 지하미로 속으로 쫓겨났던 시대에 일어났다. 문명이 막 꽃피기 시작하던 때였다. 야만시대에서 법치시대로 넘어가던 혼란스런 과도기였고, 주술적인 의식과 진정한 문화가 엇갈리던 과도기였다.

검은 사나이 골목의 샛길들 가운데 하나인 라이덴 골목에서 최초의 라이덴 병* 속의 소인간이 생겨났다. 여기서는 날아다니는 고양이들과 심지어 살아 있는 책들도 만들어서 사육했다고 한다. 상상을 통해 쓰인 것이라면 무엇이든 현실에서도 창조해낼 수 있을 거라는 망상에서 책 연금술사들은 그들의 끔찍한 실험들을 자행한 것이다. 오랫동안 이 지역에는 말로는 이루 표현할 수 없는 피조물들이 만들어져 우글거렸다.

이백사십팔 번지, 이백사십구 번지……. 레겐샤인의 기록에 따르면 언젠가 책 연금술사들은 거인을 하나 창조하고 싶어 했다고 한

* 라이덴 병은 속에 축전지의 기능을 띤 병으로 1745년에 네덜란드의 라이덴 대학에서 발명되었으므로 그 이름을 따서 부름.-옮긴이

145

다. 책 연금술사들을 모든 적들로부터 보호해줄 종이로 만든 거대한 피조물 말이다. 그들은 인쇄용 검정 잉크를 여러 가지 약초와 섞고 의식을 행한 뒤에 마침내 잘게 찢어 빻은 종이와 죽여서 잘게 빻은 동물들, 그리고 둘스가르트의 공동묘지에서 채취한 토탄을 잘게 빻아 크기가 보통 집의 세 배나 되는 거인을 빚어 만들어냈다. 그들은 그 거인을 인쇄용 검정 잉크에 적셔 더욱 공포감을 불러일으키는 모습으로 변형시킨 다음 그 이름을 '검은 사나이'라고 불렀다. 그런 다음에 열 명의 책 연금술사들이 스스로 목숨을 끊어 자기들 몸에서 빼낸 희생의 피를 그 사나이가 마시도록 했다.

그러고 나서 마침내 그들은 어느 천둥번개가 치고 비가 내리는 날 거인의 머릿속에 철 막대기를 끼우고 두 발을 물이 가득 담긴 두 개의 통 안에 넣어 밖에 내다놓았다. 강력한 번개가 내리쳐 그 철 막대기에 맞아 그 속으로 전류가 흐르면 검은 사나이가 생명을 얻고 깨어나도록 하려는 것이었다. 거인은 번개의 전류로 방전이 되자 무시무시한 소리를 지르며 물속에서 벌떡 일어섰다. 책 연금술사들은

환호성을 지르면서 쓰고 있던 모자를 벗어 공중으로 던졌다. 그러나 바로 그때, 검은 사나이는 몸을 굽혀 거기 모인 군중들 가운데 몇 명을 낚아채 통째로 잡아먹고 말았다. 이어서 그자는 도시 안을 걸어 다니면서 놀라 소리 지르는 주민들을 무작정 잡아 입속으로 삼켜버렸다. 그는 돌아다니면서 지붕을 마구 뜯어내 그 안에서 움직이는 거면 무엇이든 집어 삼켜버렸다.

마침내 어느 용감한 책 연금술사가 홀로 나서서 횃불로 검은 사나이의 몸에 불을 질렀다. 그러자 거인은 비명을 지르고 날뛰면서 활활 타는 몸을 이끌고 도시 안을 마구 휘젓고 다니며 몸에 닿는 집들과 거리들마다 불이 붙게 했다. 결국 거인의 몸은 다 타서 한줌의 재로 뭉그러지고 말았다. 부흐하임에서 발생했던 최초의 화재는 바로 그렇게 일어났던 것이다.

삼백 번지, 삼백일 번지……. 어쩌면 실제로는 어느 침착하지 못한 고서점 상인이 기름 램프를 넘어뜨려 화재가 난 것인데 그 후 수백 년을 거치는 동안 허구적인 상상들이 더해져 머리카락이 쭈뼛해질 정도의 공포 이야기가 된 것인지도 모른다.

삼백십일 번지, 삼백십이 번지……. 그러나 만약 칠흑같이 어두운

이 폐허 지역을 어슬렁거리며 돌아다녀본다면 그 허황된 옛이야기가 나온 것도 상당히 납득할 수 있을 것이다. 만약 차모니아의 어디선가 검정 잉크가 피로 변하고, 종이가 살아 있는 존재로 변한 일이 있다면 그것은 바로 여기, 이 미친 도시의 심장부였을 것이다.

삼백이십이 번지, 삼백이십삼 번지……. 이곳 부흐하임의 도심은 광기와 현실 사이에 존재하는 세계, 사기 연금술이 건축물로 변한 곳이었다.

삼백삼십이 번지……. 삼백삼십삼 번지! 나는 걸음을 멈추었다. 마침내 내가 찾던 집 앞에 도착했다. 검은 사나이의 골목 333번지. 그곳은 바로 피스토메펠 스마이크의 고서점이었다.

그런데 이렇게 실망스러울 수가! 그 집은 내가 지금까지 부흐하임에서 본 집들 중 아마 가장 작은 집일 것이다. 두 채의 시꺼먼 폐허 같은 집 사이에 끼어 있어서 마치 박쥐들이나 살고 있을 것 같은 외관상으로 볼 때, 여기는 진지한 고서점이라기보다는 오히려 마녀의 오두막이나 정원 안의 작은 정자 같았다. 그 집에서 유일하게 주목할 점은 수백 년이나 지나온 동안에도 여전히 그 자리에 서 있다는 것이었다. 분명 검은 사나이의 골목 333번지인 그 집은 수백 년은 버텨온 것 같았다. 집의 벽을 받치고 있는 격자 목재 골조는 똑바르게 대패질을 하지 않고 자연 형태 그대로였다. 그건 초기 부흐하임의 건축술에서 보이는 특징들 가운데 하나였다. 목재 골조의 가지들은 구부러지고 비스듬히 기운 집들의 벽을 채우고 있었는데 이미 새까만 화석처럼 변해 있었다. 골조들 사이로 돌을 층층이 쌓아올렸는데, 아마도 모르타르를 사용하지 않고 그냥 쌓아올린 것 같았다. 그건 오늘날 전혀 사용되지 않는 건축술이었다. 그런데 자세히 보면 화강암과 대리석, 자잘한 자갈들과 굳은 용암, 철광석, 심지어 자수정과 석류석 같은 준보석, 황옥, 단백석, 수정, 그리고 장석 등 모든 게 아주 현명하게 선택되고 능숙하게 절단되고 정교하게 연마되고 섬세하게 서로 짜 맞춰져 돌 하나하나가 다른 돌을 튼튼히 받쳐주고 있었다. 만약 모르타르를 썼다면 그 집은 이미 오래전에 허물어졌을 것이다. 그러나 이 초기의 건축 방식은 세월이 지난 후에도 여전히 승리를 구가하고 있었다.

나는 성급하게 미리 판단을 내렸던 게 부끄러워 좀 더 자세히 쳐다보았다. 이 집은 실제로 하나의 예술작품, 그것도 아주 세밀한 부분까지도 깊이 생각해서 지은 삼차원의 모자이크였다. 나는 층층이 짜 맞춰진 작은 돌들 사이에 더 작은 돌들이 끼워져 있고 그것들 사이에는 또 쌀알처럼 아주 미세한 돌들이 끼워져 있는 것을 확인했다. 나는 깊은 존경심에서 내 우둔한 머리를 숙였다. '이런 식으로 시간을 초월하는 예술을 만들어낼 수 있구나'라고 생각했다. 시(市)도 이런 식으로 지어야 할 것 같았다.

"그래요, 이 집은 다시 한 번 눈길을 줄 때 비로소 발견할 수 있는 보석입니다."

나직한 목소리가 말했다. 나는 깜짝 놀라 시선을 들었다.

소리 없이 열린 그 집의 문 앞에 머리는 상어 형태에, 몸뚱이는 구더기 같은 괴물이 하나 서 있었다. 나는 부흐하임에 있을 때 이미 이런 족속들 가운데 몇 명을 본 적이 있지만, 여기 이 상어구더기는 아주 특별한 인상을 풍겼다. 그의 구더기 같은 몸뚱이는 열네 개의 가느다란 팔과 목 없는 머리, 상어 이빨을 갖고 있어 기괴한 느낌을 주었다. 그 기이한 인상은 그가 양봉용 모자를 쓰고 있음에도 불구하고 사라지지 않았다.

"스마이크가 제 이름입니다. 피스토메펠 스마이크입니다. 당신은 부흐하임의 초기 건축에 관심이 있으십니까?"

"그렇지는 않습니다." 나는 조금 당황해서 대꾸하고는 명함을 뒤적거리며 찾았다. "클라우디오 하르펜슈톡이라는 분한테서 당신의 주소를 받았는데요."

"아, 그 선량한 클라우디오요! 당신은 고서적 때문에 오신 거로군요."

"그건 아닙니다. 제가 필사본 하나를 갖고 있는데 그것이……."

"문서 감정을 원하십니까?"

"바로 그겁니다."

"대단합니다! 그거야말로 기분 전환에 제격이지요. 그렇지 않아도 벌통을 청소하던 중이었습니다. 너무 지루해서요. 자, 들어오십시오."

스마이크는 집 안쪽으로 몸을 비켜섰다. 그래서 나는 정중하게 몸을 굽히고 안으로 들어섰다.

"힐데군스트 폰 미텐메츠입니다."

"반갑습니다. 린트부름 요새에서 오셨군요. 안 그렇습니까? 저는 린트부름 요새의 문학을 대단히 존경하고 있습니다! 자, 저를 따라 실험실로 들어오십시오!"

구더기 형상은 철버덕거리면서 앞으로 나아갔다. 나는 그의 뒤를

따라 짧고 어두운 통로를 지나갔다.

"제가 이 모자를 쓰고 있다고 착각하지는 마십시오." 그는 수다스
럽게 말을 계속했다. "저는 양봉가가 아닙니다. 그냥 취미삼아 하는
거지요. 꿀벌들이 꿀을 만들어내는 기능을 더 이상 못 하면 그것들
을 구워 꿀 속에 재어둡니다. 그게 잔인하다고 생각하십니까?"

"아니오."

나는 대답하고는 혀로 입속을 쓰윽 훑었다. 거기에는 벌에 쏘여

염증이 생겼던 자리가 지금도 남아 있었다.

"봄에 단 한 병의 꿀을 얻기 위해 그 많은 힘을 소모하는 것은 사실 우습지요. 제가 모자를 쓰고 있는 것은 그냥 멋있어 보여서입니다." 스마이크는 목이 울리는 소리로 말했다.

통로는 어느 커튼 앞에서 끝났는데, 그 커튼은 납으로 만든 알파벳 글자들을 가는 실에 꿰어서 만든 것이었다. 스마이크가 육중한 몸뚱이로 커튼을 가르며 안으로 들어가자 나는 그 뒤를 따랐다.

이날 나는 벌써 세 번째로 다른 세계 속으로 들어서고 있었다. 그 첫 번째는 먼지 가득하고 곰팡내 나던 슈렉스 고서점의 세계였고, 두 번째는 부흐하임의 무시무시한 역사 중심지였다. 그리고 이제 세 번째로 나는 문자들의 세계 속으로 초대받아 들어와 있었다. 전적으로 문자와 그것에 대한 탐구에 몰두하는 공간 속으로 말이다. 그 방은 육각형이었는데 위로는 천장이 뾰족하게 올라가 있으며, 하나밖에 없는 거대한 창문은 붉은 벨벳 커튼으로 가려져 있어 어두웠다.

다른 다섯 개의 벽에는 빙 둘러 서가들이 세워져 있고, 그 서가들 위에는 다양한 크기와 색들의 종이가 수북이 쌓여 있었다. 시험관, 병들이 널려 있고 온갖 종류의 통들 속에는 액체와 가루들이 들어 있었다. 거위깃 펜들이 작은 나무 스탠드 속에 가지런히 진열되어 있고, 쇠 펜들은 조개껍질로 만든 상자들 속에 분류되어 있었다. 갖가지 색의 잉크들도 보였다. 검은색, 푸른색, 붉은색, 녹색, 자주색, 노란색, 갈색, 심지어 금색과 은색도 있었다. 스탬프, 봉랍, 크기가 각각 다른 확대경들, 현미경들, 내가 여태껏 한 번도 본 적이 없는 화학 기구들도 있었다. 그 모든 것들은 여기저기 서가들 위에서 불안하게 펄럭거리며 타고 있는 촛불들의 온기 속에 잠겨들고 있었다.

"저는 이곳을 문자 실험실이라고 부르고 있습니다." 스마이크는 자못 자랑스럽게 말했다. "여기서 단어들을 연구하고 있지요."

나를 당황하게 한 것은 무엇보다도 실험실의 크기였다. 이 집은 밖에서 그토록 작고 초라해 보였기 때문에 이렇게 거대한 실험실이 그 집 안에 들어 있으리라고는 생각하지 못했다. 이 독특한 장소 안에 들어 있는 그 많은 물건들을 세세하게 내 마음속에 아로새기는 동안 부흐하임의 고대 건축술에 대한 내 외경심은 더욱 커져갔다.

어디에나 문자들이 널려 있었다. 창가에 걸린 벨벳 커튼은 차모니아의 문자들로 인쇄되었고, 서가들 사이에는 여러 가지 문자들로 쓰인 시력검사표들이 걸려 있었으며, 액자를 두른 증명서들, 글자들이 써 있는 석판들, 벽에 침으로 꽂아놓은 아주 작은 메모지들이 있었다. 방 안은 원고들이 넘치게 쌓여 있고 잉크병들, 확대경들이 놓여 있는 묵직한 입식 책상은 조금 떨어진 곳에 놓여 있었다. 나무로 팠거나 납으로 주조한 갖가지 크기의 문자들이 책상 위에 흩어져 있었다. 인쇄용 검정 잉크는 마치 값비싼 포도주처럼 연도와 합성재료에 따라 각기 식별표를 붙인 병들 속에 들어 있었다. 천장에는 여러 형태의 매듭으로 만들어진 글자들이 걸려 있었고, 거기에는 상형문자들을 새겨 넣은 작은 석고판들이 매달려 흔들리고 있었다. 여기저기에는 이상한 종류의 기계들이 있었는데, 그것들이 어디서 왔고 어떤 목적으로 사용되는지는 도저히 알 수 없었다. 모두 베일에 싸여 있었다. 실내 바닥에는 인위적으로 여러 알파벳 글자들을 새긴 회색 대리석 판들이 깔려 있었다. 드루이트 룬문자, 슈렉스 족의 프락투어 문자, 고대 나티프토프 문자, 고대 차모니아 문자 등등이었다.

바닥 한가운데에는 들어올려 여는 커다란 문이 하나 있었다. 여기가 바로 미로로 들어가는 입구일까? 또 실내 한구석에는 대형 서적들이 가득 들어 있는 작은 상자가 하나 있었다. 그것들은 내가 지금까지 이 집 안에 들어와서 본 유일한 책들이었다. 고서점으로서는 정말이지 책이 많은 건 아니었다. 옆에 또 다른 도서실이 있는 걸까?

"작은 부엌과 침실도 하나 있습니다. 하지만 저는 대부분 여기서 지냅니다."

스마이크는 마치 내 생각을 읽기라도 한 듯이 말했다. 도서실은 없는 걸까? 그렇다면 그의 책들은 어디에 있는 것일까?

그제야 라이덴 병 속의 소인간*들이 놓여 있는 서가가 내 눈에 띄었다. 그것들은 인위적으로 만든 여섯 개의 작은 생물로, 병 속에서 몸을 병 유리에 부딪치며 법석을 떨고 있었다.

"라이덴 병 속의 소인간을 상대로 시 운율의 특성을 실험하고 있습니다." 스마이크의 목소리가 들렸다. "그들에게 시와 산문을 낭독해줍니다. 그들은 물론 한마디 말도 알아듣지 못하지만 언어의 선율에 민감하게 반응합니다. 나쁜 서정시를 들으면 마치 고통스러운 듯이 몸을 웅크리지요. 좋은 서정시를 들으면 노래를 하기 시작합니다. 슬픈 내용을 들으면 그 울림을 알아채고 울기 시작하고요."

우리는 어느 기이하게 생긴 기계 앞에 가서 섰다. 목재로 만든 지구본과 비슷하게 생긴 원구인데, 거기에는 차모니아 문자들이 새겨져 있었다. 그것은 보아하니 페달을 밟으면 회전하게 되어 있는 기계였다.

"소설을 쓰는 기계입니다." 스마이크는 웃었다. "실제로 예전에는 기계적인 방식으로 문학을 산출할 수 있을 거라고 믿었기 때문에

---

* 라이덴 병 속의 소인간이란 차모니아의 학자들이 화약약품과 의약품의 효력을 살아 있는 족속들에게 적용할 필요 없이 견본으로 만들어 실험 대상으로 즐겨 사용하던 재료이다. 라이덴 병 속의 소인간은 주로 돌스가르트의 공동묘지 습지에서 채취한 토탄과 운비스칸트에서 나는 모래, 유지, 글리세린 그리고 송진 혼합물로 만든 것이다. 이러한 재료들을 섞어서 소인간 형태를 빚은 다음 연금술로 만든 건전지로 충전해 생명을 불어넣었다.
양분이 들어 있는 용액을 라이덴 병 속에 넣으면 그 병 속의 소인간은 약 한 달간 좋은 상태로 저장될 수 있었다. 그것은 진짜 생물과 같은 특성을 모두 갖추고 있어 추위, 더위 등 가능한 모든 화학적 결합들에 반응했다.

155

만들어낸 아주 오래된 기계입니다. 책 연금술사들의 전형적인 정신 박약증을 보여주는 거지요. 이 원구는 납으로 주조한 문자 음절들로 채워져 있어서 손잡이를 잡아당기면 그것들이 밑으로 튀어나와 가지런히 배열됩니다. 물론 그렇게 하면 늘 '피르르르 추프프프 할루루루루' 따위의 알아들을 수 없는 문장만 만들어집니다. 차모니아어로 쓴 개그보다도 더 형편없는 것입니다! 저 앞에 있는 것은 책 연금술사들이 사용하던 영감을 불러오는 건전지입니다. 그리고 저것은 아이디어들을 보관해두는 냉장고입니다."

스마이크는 또 다른 기이한 장치를 가리켰다.

"저런 것을 기술적 발전으로 간주한 걸 보면 참 순진한 시대였던 모양입니다. 종교의식이나 희생제 따위에 관한 전설들은 다 헛소리지요. 문자와 인쇄용 잉크를 갖고 논 것은 어린애들이었으니까요. 반면에 우리가 현대에 와서 하고 있는 문학 활동을 볼 때……."

스마이크는 말하면서 눈을 휙 굴렸다.

나는 동의하듯이 머리를 끄덕였다.

"저한테 물으신다면……." 그가 말했다. "우리는 그 당시보다도 오히려 지금 더 암흑의 시대에 살고 있다고 말하겠습니다."

"그 당시에는 어쨌든 매수당한 비평가들은 없었지요." 내가 대답했다.

"바로 그겁니다!" 스마이크가 외쳤다. "우리는 말이 서로 통하는 것 같군요."

나는 바닥에 나 있는 들어 올리는 문을 가리켰다.

"저것은……?" 내가 물어보았다.

"예, 바로 그겁니다!" 스마이크가 대답했다. "부흐하임의 미로로 들어가는 입구입니다. 저 개인만 사용하는 문으로, 지하세계로 내려가는 계단이 있습니다. 후후후……."

그는 열네 개의 팔을 모두 흔들어댔다.

"이곳이 바로 레겐샤인이 들어간 그 입구……."

"그래요, 맞습니다." 스마이크는 내가 주저하면서 던진 질문을 받았다. "이곳을 통해서 레겐샤인은 그림자 제왕을 찾으러 들어갔습니다."

그의 표정은 진지해졌다.

"오 년이나 지났지만 저는 아직도 그가 어느 날 다시 돌아오리라는 희망으로 살고 있습니다."

그는 한숨을 내쉬었다.

"저는 그의 책을 읽었습니다." 내가 말했다. "그런데 도대체 어디서부터 사실과 허구가 뒤섞였는지 모르겠습니다."

스마이크의 몸뚱이에 깊은 인상을 주는 변화가 일어났다. 조금 전까지 그토록 유약하고 민감한 인상을 주었던 그의 구더기 같은 몸뚱이가 잠시 졸아들더니 이번에는 위로 계속 늘어났다. 스마이크의 눈빛은 엄격하고 뚫어지게 쳐다보는 것으로 변했으며 그의 수많은 주먹들이 부풀어 올랐다.

"레겐샤인의 신뢰성에는 의심의 여지가 없습니다!"

그가 나를 내려다보며 우레와 같은 소리로 외치는 바람에 주위의 서가들 속에 놓인 시험관들이 드르르 떨렸다.

"그는 영웅이었습니다! 진짜 영웅이자 모험가였다고요. 그는 자기가 겪은 모험들을 거짓으로 꾸며낼 필요가 없었습니다. 모든 것들은 그가 실제로 체험한 겁니다. 그리고 그 때문에 비싼 대가를 치른 거고요."

라이덴 병 속의 소인간들이 스마이크의 소리에 덜덜 떨더니 그중 하나는 울기 시작했다. 나는 그가 갑자기 너무나 무서운 모습으로 대드는 바람에 놀라 뒤로 물러섰다. 그는 그것을 알아채고 즉각 태도를 바꾸었다. 이윽고 그의 몸뚱이가 다시 줄어들더니 낮은 음성으로 말했다.

"용서하십시오." 문자 전문가가 말했다. "저한테는 여전히 매우 민감한 주제라서요. 레겐샤인은 저의 친구였습니다."

나는 조심스럽게 그 주제에서 벗어나기 위해 적당한 말을 찾으려고 했다.

"그림자 제왕이 존재한다고 믿습니까?" 내가 물었다.

스마이크는 잠시 동안 생각했다.

"그건 올바른 질문이 아닙니다." 그는 나직하게 말을 이었다. "오랫동안 부흐하임에서 살았다면 누구도 그의 존재를 의심하지 않지요. 저는 고요한 밤에 그가 울부짖는 소리를 종종 들었습니다. 차라리 그가 선한 존재인가 아니면 악한 존재인가라고 물었다면 더 흥미로웠을 겁니다. 레겐샤인은 그가 근본적으로 선하다고 믿고 있었습니다. 반면에 그가 그림자 제왕한테 살해당했다고 믿는 주민들도 있습니다."

"그럼 당신 생각은 어떤가요?"

"저 아래에는 그의 실종에 책임 있는 위험들이 셀 수도 없이 많이 도사리고 있습니다. 크기가 말만 한 스핑크스들도 있습니다. 흡혈괴조도 있고요. 복수심에 불탄 책 사냥꾼들도 있습니다. 그리고 그밖에 또 어떤 무자비한 괴물들이 있을지 누가 알겠습니까. 왜 하필이면 그림자 제왕이 레겐샤인의 실종에 책임을 져야 합니까? 으흐흐, 그것에 대해서는 아무리 추측을 해도 끝이 없습니다."

"무시무시한 부흐링 족의 이름이 원래 어디서 유래된 건지 알고 계십니까? 그들이 정말 그렇게 무시무시합니까?" 내가 물었다.

"책 사냥꾼들이 그들에게 그런 이름을 붙였지요. 부흐링 족은 근처에 잡아먹을 생물이 없으면 아무리 값비싼 책이라도 서슴지 않고 갉아먹기 때문에 그런 이름이 붙은 겁니다." 스마이크는 웃었다. "책 사냥꾼들은 살아 있는 생물이 사라지는 것보다 값비싼 책이 갉아먹히는 것을 더 끔찍하게 여기지요."

"그들은 자기들만의 규정을 갖고 있는 것 같군요."

"책 사냥꾼들은 위험합니다. 제발 그들을 조심하십시오! 저는 직업상의 이유로 가끔 그들과 관계를 가지지만, 그런 접촉을 가능하면 제한하려고 애씁니다. 책 사냥꾼과 만나고 나면 그때마다 마치 새로 태어난 느낌이 듭니다. 위험을 헤치고 살아났기 때문이지요."

"우리 본론으로 돌아갈까요?" 내가 말했다.

스마이크는 히죽 웃었다.

"당신이 저한테 일거리를 주신다고요? 혹시 먼저 차를 드시겠습니까? 아니면 꿀벌빵?"

"고맙지만 사양하겠습니다." 나는 급히 눈짓으로 거절했다. "당신의 친절을 지나치게 요구하고 싶지 않습니다. 저는 어떤 원고의 원저작자를 찾고 있습니다. 그것은 여기 어디에……."

나는 겉옷 속으로 팔을 넣어 원고를 뒤졌지만 금방 찾지는 못했다. 아까 슈렉스의 집에서 극적으로 꺼내본 후에 아마 그것을 아무렇게나 어디 호주머니 속에 쑤셔 넣은 모양이었다.

"그래요, 그럼 어디 한번 봅시다."

스마이크는 중얼거리고는 내가 마침내 원고를 끄집어내자 그것을 잡아챘다. 그는 렌즈가 두꺼운 외안경을 오른쪽 눈에 끼더니 그 종이를 펼쳤다.

"흠……." 그가 소리를 냈다. "이 종이는 욥홀츠의 종이공장에서 만든 거군요. 무게가 이백 그램이고 그랄준트라는 곳에서 생산된 고질의 수작업 종이입니다. 자름새가 깔끔하지 못한데 아마 556년이나 557년에 만들어진 것 같습니다. 산도가 높군요."

"저도 압니다." 나는 참지 못하고 말했다. "중요한 것은 내용입니다."

나는 원고에 대한 그의 반응이 어떻게 나올지 긴장되었다. 만약 그가 문학에 대해 무언가를 이해한다면 표정에 동요를 보여야 할 것이다.

스마이크는 외안경 앞으로 그 편지를 가져갔다. 첫 문장을 읽자마자 해면처럼 흐물흐물한 그의 몸뚱이에 보이지 않는 번개 같은 것이 스치고 지나갔다. 그는 몸을 꼿꼿이 세우더니 떨었다. 작은 파도 같은 움직임이 그의 비곗덩어리 같은 몸뚱이를 뚫고 지나갔다. 그는 오직 상어구더기만이 낼 수 있는 소리를 냈다. 공허한 휘파람 소리에 이어 낮게 중얼거리는 소리였다. 그러더니 깊이 숨을 들이쉬고는 잠시 동안 침묵에 잠겼다. 갑자기 그가 웃음을 터뜨리며 부르짖었다. 그 발작적인 웃음은 지속되면서 그의 몸뚱이를 마치 물이 가득 담긴 가죽 주머니처럼 이리저리 흐느적거리게 했다. 진정이 된 그는 가냘픈 소리를 내며 입을 벌름거렸다. 그리고 어처구니없게 킥킥거리면서 동의한다는 말을 계속 반복해서 중얼거렸다. 그 소리는 이윽고 감동받은 듯한 침묵으로 중단되었다.

나는 미소를 짓지 않을 수 없었다. 그랬다. 그는 그 원고가 나와 키비처한테서도 불러일으켰던 그 느낌의 전 과정을 다시 보여주고 있었다. 이 뚱보는 문학에 대해 무언가 이해하고 있었고 또 유머도 갖추고 있었다.

마침내 문자 전문가는 마비된 듯 생각 속으로 빠져들어갔다. 내 존재는 그의 안중에 없는 듯했다. 그의 눈빛이 유리처럼 변하더니 몇 분 동안 전혀 움직이지 않았다. 그러더니 마침내 그는 편지를 떨어뜨렸다. 그는 깊은 최면 상태에서 깨어난 듯했다.

"이런 맙소사." 그가 눈물이 가득한 눈으로 나를 쳐다보았다. "이것이야말로 대단한 반향을 불러일으킬 만한 것입니다. 천재의 작품입니다."

"그래서요?" 나는 초조해서 물었다. "그 작가를 아십니까? 아니면 저한테 무슨 힌트라도 주실 수 있나요?"

"그렇게 해서 될 일이 아닙니다."

스마이크는 이번에는 더 큰 확대경으로 다시 그 종이를 감정하면서 미소 지었다.

"먼저 저는 음절 분석을 해봐야 할 것 같습니다. 그런 다음에는 필적 감정을 해봐야 하고요. 문체를 확인해볼 필요도 있겠군요. 그리고 은유의 밀도를 문자의 수로 환산해봐야겠습니다. 현미경으로 글씨체도 확인해봐야겠습니다. 라이덴 병 속의 소인간들에게 소리 실험도 해봐야겠습니다. 종이 표면의 비늘 성분도 분석해야겠군요. 네에, 그래요, 바로 전 프로그램을 다 해봐야 합니다. 그러려면 아마도…… 최소한 하룻밤이 필요합니다. 우리 이렇게 하죠. 당신이 이 원고를 여기다 두고 가시면 제가 내일 정오쯤에는 뭔가 더 말씀을 드릴 수 있을 겁니다. 혹시 작가의 이름은 아니더라도 몇 가지 특징은 말씀드릴 수 있겠지요. 그가 오른손잡이인지 왼손잡이인지 말입니다. 이 글을 썼을 때의 그의 나이가 몇 살이었을까, 차모니아의 어느 구역 출신일까, 몸무게는 어느 정도였을까, 외모의 특징은 어땠을까, 성품은 어땠을까 하는 것들이지요. 또 어떤 작가들이 그에게 영향을 미쳤고, 어떤 잉크로 썼는지, 그 잉크는 어디서 생산된 것인지 등등 말입니다. 만약 그가 이 원고를 쓰고 난 후에 유명한 작가가 되었다면 그의 이름을 조사해 알아낼 수 있을 겁니다. 하지만 그러려면 시간이 오래 걸립니다. 필사본 도서관에 가서 찾아봐야 하거든요. 얼마 동안 더 부흐하임에 머무실 거죠?"

"그거야 상황 여하에 달려 있습니다. 감정하는 데 비용이 얼마나 듭니까?"

스마이크는 히죽 웃었다.

"그에 대해서는 걱정 마십시오! 저희 가게 부담입니다."

"그건 제가 받아들일 수 없습니다."

"아유, 아시지 않습니까? 저는 기본적으로 보수를 안 받고 일합니다. 돈은 고서적 분야에서 벌고 있습니다."

그걸 나는 까맣게 잊고 있었다. 그는 도대체 어떤 고서적들을 얘기하는 걸까? 저 구석의 상자들 속에 있는 책들인가?

"헌데 제가 지금 말씀드리고 싶은 것은 우리가 다루는 이 종이의 가치가 높다는 것입니다. 얼마나 가치가 있는지는 제가 금방 밝혀낼 수 있습니다. 당신은 그걸 다른 누구에게 발설하지 않도록 조심해야 합니다. 부흐하임에는 정체가 불분명한 족속들이 많습니다. 여기서는 작가 서명 날인이 없는 책을 재출판한 것 때문에 밤새 쥐도 새도 모르게 단도로 찔린 자들도 있답니다."

"그 편지를 여기 보관하라는 겁니까?"

"당신이 빠른 결과를 원하신다면, 그렇습니다. 하지만 만약 다른 감정가한테 감정을 맡기고 싶으시다면……." 그는 내게 원고를 내밀었다. "당신한테 뛰어난 몇몇 전문가들의 주소를 알려드리겠습니다."

"아닙니다, 아녜요." 나는 거절했다. "그냥 하룻밤 여기다 보관하세요. 저는 상당히 급합니다."

"당신에게 보관증을 한 장 써드리지요." 그가 말했다.

"필요 없습니다." 나는 수줍게 대답했다. "당신을 믿겠습니다."

"아녜요, 써드려야 합니다. 저는 부흐하임의 문자 해독가 조합에 소속되어 있습니다. 여기서는 모든 게 규정에 따라 이루어집니다."

그는 나한테 보관 영수증을 써서 내밀었다.

"그럼. 이제 일이 처리되어서 기쁩니다. 저희 가게의 품목들을 한 번 구경하시겠습니까?"

"기꺼이요."

나는 대꾸했다. 어떤 품목을 말하는 걸까? 라이덴 병 속의 소인간 품목을 말하는 건가?

스마이크는 책들이 들어 있는 상자를 가리켰다.

"구경하십시오! 마음 내키시는 대로 뒤적여보셔도 됩니다! 혹시 싸게 살 책을 발견하실지도 모르니까요."

아마도 그는 그가 무료로 감정해주는 대신 나보고 책을 한 권 사라고 완곡하게 돌려 말하는 것 같았다. 어쩌면 정말 내가 감격에 겨워 소리 지를 만한 걸 하나 발견할지도 몰랐다. 나는 상자 쪽으로 가서 무릎을 꿇고 처음 손에 잡힌 보잘것없는 책을 한 권 집어 들었다가 하마터면 곧 다시 떨어뜨릴 뻔했다. 바로 『피비린내 나는 책』이었다!

스마이크는 마치 그것을 전혀 눈치채지 못한 듯이 행동했다. 그는 묵직한 서진(書鎭)으로 원고를 문질러 펴면서 콧노래를 흥얼거렸다.

나는『피비린내 나는 책』을 쳐다보았다. 믿기지가 않았다! 그것은 실제로 악마의 피로 쓰였다고 하는, 박쥐 날개의 박피로 장정된 판본이었다! 바로「황금 목록」에 실려 있는 책들 가운데 가장 수요가 많은 책들 가운데 하나였다! 그것도 원본이었다. 박물관에 소장될 만한 물건이었다. 이 책은 단지 부동산 정도가 아니라 그것으로 도시의 한 구역을 살 만큼의 값어치가 있었다.

"한번 들여다보십시오!" 스마이크가 히죽 웃으면서 권했다.

떨리는 손으로 나는 그 무거운 작품을 펼쳤다. 내 시선이 다음과 같은 대목에 가 닿았다.

"마녀들은 언제나 자작나무들 사이에 서 있다."

왜 이 겨우 몇 마디 말이 내게 지금껏 느껴본 적이 없는 공포를 불어넣었는지 설명할 수 없다. 식은땀이 내 이마 위로 흘렀다.

나는 그 책을 다시 덮어 옆에 놓았다.

"악마에 관한 학문을 누구나 할 수 있는 것은 아니지요." 스마이크가 말했다. "그 책은 저한테도 음산하게 느껴집니다. 그래서 읽지 않지요. 그냥 소장하고 있을 뿐입니다. 계속해서 차분하게 보세요! 혹시 좀 더 맞는 것을 발견하실지도 모릅니다."

나는 상자 속에서 다음 책을 꺼내 들었다. 그 책 제목을 읽자 다시 나는 몸을 움찔했다. 그것은 클란투 추 카이노마츠 백작이 쓴『사이렌들의 침묵』, 그것도 작가의 서명 날인이 들어 있는 초판본이었다. 그것이 통속소설인 것은 인정하지만, 그래도 그게 어딘가! 카이노마츠가 쓴 책들 가운데 유일하게 성공을 못 거둔 책이었다. 그 초판본들은 여기 이 책 한 권만 제외하고는 모두 폐기되고 말았다.

그 후에 카이노마츠는 성공을 했으며, 그리하여 『사이렌들의 침묵』
의 값어치는 헤아릴 수 없을 정도로 상승했다. 물론 그 후에 다시
인쇄되었지만 베르마 토슬러의 삽화가 실린 초판본 가운데 유일하
게 남은 이 한 부는 엄청난 재산 가치가 있었다. 나는 책뚜껑을 열
고 가격을 감히 들여다보았다. 실제로 그 안에는 구석에 연필로 작
은 숫자를 써놓은 게 있었다. 그리고 그 천문학적인 가격에 머리가
어지러웠다. 나는 조심스럽게 그 책을 옆에 놓았다.

"통속소설에는 흥미가 없으십니까?" 스마이크가 물었다. "그래요,
예. 그런 건 사실 새파란 젊은이들 취향이지요. 다음 책도 보십시오!"
나는 또 다른 무거운 책 한 권을 상자에서 꺼냈다.

"『태양의 연대기』로군요!" 나는 숨을 헐떡였다. "가장 값 비싼 책
들 가운데 하나예요!"

"이것 참……." 스마이크는 히죽 웃었다. "그것도 잉크를 월식 다이
아몬드를 갈아낸 가루와 섞어서 만든 유일한 책입니다. 문학적으로
는 가치가 없지요. 그러나 그 문자들을 촛불 아래서 보면 너무나 아
름답게 반짝거립니다."

"여기에는 저의 서류 가방에 들어갈 만한 책이 없는 것 같군요."
나는 몸을 일으키며 말했다. 이런 보물들을 다른 어디에서도 본
적이 없었다.

"당신 말씀이 맞습니다." 스마이크가 말했다. "그냥 가벼운 농담
을 해본 겁니다. 좀 자랑하고 싶어서요. 저의 고독한 직업에서 누릴
수 있는 작은 기쁨이지요. 좀 더 뒤적여보시면 「황금 목록」에 실려
있는 일곱 권의 책을 발견하실 겁니다. 그것도 목록의 맨 위에 있는
것들이지요."

"당신이 저한테 권하신 것들은 정말 볼 만한 책들이군요. 거짓말

이 아닙니다.”

“이런! 어떤 자들은 거대한 홀에 수천 권의 책들을 쌓아놓고 수십 명의 판매원들을 동원해 팔게 합니다. 그러나 저는 혼자서 일합니다. 전문 분야에만 집중하지요. 정확히 말하면 여기는 이 도시 안에서 가장 전문화된 고서점입니다. 이제 왜 제가 수수료를 안 받아도 되는지 분명히 이해하시지요?”

이 말을 하고서 그는 나를 이끌고 방에서 나갔다.

“당신한테 갈 만한 곳을 한 군데 추천해드려도 되겠습니까?” 스마이크는 내가 다시 거리로 나오자 물었다. “진짜 비밀 정보입니다만?”

“좋아요.”

“그렇다면 오늘 저녁은 이곳에서 구경하면서 시간을 보내십시오.” 그는 내게 메모를 하나 건네주었다.

초 대 장

‘원시음에서 무멘슈타트의 안과의사 음악에 이르기까지’

네벨하임의 트럼나팔 오케스트라 연주
후원자: 피스토메펠 스마이크

장소: 해진 후 시립공원. 입장은 무료!

따뜻한 숄을 걸치고 오십시오!

“이게 뭡니까?” 내가 물었다. “음악 행사인가요?”

“그렇게 말할 수는 없습니다. 단순한 음악 발표회를 넘어서니까요. 저를 믿으십시오. 만족하실 겁니다. 정말로 매력적인 행사니까요. 관광객들을 위한 게 절대 아닙니다."

"솔직히 말씀드리면 저는 오늘 저녁에 어느 문학행사에 가볼 생각이었습니다. 숲속의 시간이라고. 당신도 아시겠지만……"

"아아, 숲속의 시간요!" 스마이크는 눈길을 돌렸다. "숲속의 시간은 매일 저녁 있습니다! 그러나 네벨하임 주민들이 여는 트럼나팔 연주는 매일 있는 것이 아니지요. 그건 대단한 행사입니다! 하지만 당신을 설득할 생각이 전혀 없습니다. 어쩌면 트럼나팔 음악에 알레르기가 있을지도 모르니까요."

"그렇지는 않습니다. 저는 다만 들어본 적이 없는 음악이라서요."

"그렇다면 반드시 가보셔야 합니다. 청각적인 모험을 해보는 거지요. 저도 직접 가보고 싶었습니다만." 말하면서 스마이크는 한숨을 쉬었다. "일이 있어서……"

그는 신음 소리를 내면서 원고를 툭툭 쳤다.

"안녕히 계세요." 나는 작별인사를 했다. "그럼 내일 정오에 다시 오겠습니다."

"예, 그럼 그때 뵙지요!"

스마이크는 다시 한 번 눈인사를 보낸 다음 조용히 문을 닫았다.

나는 도시의 활발한 구역으로 되돌아오는 동안—이번에는 그 독이 있는 골목과 잊혀진 시인들의 공동묘지를 빙 돌아— 한 가지 사실을 알아냈다. 즉, 검은 사나이 골목은 도시의 지리상의 중심부를 몇 번이나 휘감아 도는 나선형처럼 되어 있었고, 그 중심에 스마이크의 집이 있었다. 그곳은 이 도시에서 최초로 지상 위에 세워진 건물이 틀림없었다.

숲속의 시간

숲속의 시간. 부흐하임에서는 저녁의 평온한 시간, 하루 중 서적 판매와 문학 활동을 기분 좋게 마감하는 때를 그렇게 부르고 있었다. 벽난로 속에 굵은 나무토막들을 넣고 파이프 담배에 불을 붙일 때, 피처럼 붉은 포도주가 볼록 튀어나온 유리잔 속에서 향기를 풍기고 낭송 대가가 행사를 시작할 때, 그때가 바로 숲속의 시간이다. 그때 벽난로 속에서는 나무토막들이 타닥타닥 타오르면서 누런 불빛이 낭송회장을 가득 채웠다. 오래된 대형 서적들과 갓 인쇄된 초판본들이 펼쳐지면, 청취자들은 정평 있는 작품이나 과감한 시도로 쓰인 작품, 에세이나 단편소설, 혹은 장편소설 중 한 단락, 또는 서간문, 서정시, 산문의 낭송을 들으려고 몸을 더 앞쪽으로 가까이 내밀었다. 숲속의 시간이란 지면에 쓰인 문학작품들 속에 깃든 예술적 환상들이 낭송가들과 청취자들의 주위를 맴돌며 춤을 추면 사람들의 몸이 안정을 취하고 정신이 비로소 제대로 깨어나는 시간이었다.

그것 말고도 숲속의 시간은 사실상 책을 홍보하는 시간이기도 했다. 창피하고 유감스러운 일이지만 그것은 사실이었다. 즉, 차모니아의 문학은 시장의 법칙에 굴복해야만 했던 것이다. 무수히 많은 책들의 유통 중심지인 부흐하임에서 새로운 작품이 일반인들의 관심을 끌기란 어려운 일이었다. 그래서 무엇보다도 숲속의 시간에서는 그런 책들을 홍보하기 위해 작품 낭송회를 열고 있었다.

부흐하임의 낭송 대가들은 모두가 이미 수백 년 전부터 존속해온 까다로운 준칙과 규정 그리고 엄격한 채용시험을 거쳐 그 조합에 가입되어 있었다. 부흐하임에서 전문적인 낭송직에 종사하려면 엄격한 수련을 거친 다음 자기의 직업을 완벽하게 소화해내야 했다. 때로는 힘 있는 성대를 갖고 있거나 표정연기가 특이한 전직 가수나 배우들도 있었다. 그래서 부흐하임의 낭송가들의 낭송 실력이 최고라는 것은 차모니아 전역에서 잘 알려진 사실이었다. 낭독 때 그들의 목소리는 필요하다면 아무 힘도 들이지 않고 최고음까지 올라갔다가 최저음으로 급격히 내려가기도 했다. 그들은 마치 밤 꾀꼬리처럼 즉석에서 노래하거나, 마치 늑대들처럼 울부짖기도 하고, 야생 고양이처럼

울어대는가 하면, 바다 요괴들처럼 쉿쉿 소리를 내기도 하고, 청중을 깊은 공포 속으로 몰아넣는가 하면, 히스테릭한 웃음을 터뜨리게 만들기도 했다.

차모니아의 작가라면 누구나 부흐하임의 낭송 대가들에 의해 자기 작품이 읽히기를 꿈꾸었다. 그러나 누구에게나 그런 혜택이 주어지지는 않았다. 왜냐하면 낭송 대가들은 변덕스럽고 까다로웠으며, 그들에게서 업신여김을 당하는 자는 이미 몇 번이나 상을 받았든 혹은 얼마나 많은 책을 팔았든 상관없이 이류 작가로 밀려났다.

나는 오늘 저녁의 행사들이 공지되어 있는 어느 검은색 석판 앞에 가서 섰다. 헤트레벰 호르히가가 쓴 『완두콩이 가득 찬 보트』와 베헤모트 오르칸의 『공기의 얼굴』, 코코누스 누스고코의 『나의 순간들은 너희의 머리카락보다 길다』, 골리앗 폰 게스터른의 『상처 입은 고마움』, 그밖에 『백 개의 발을 가진 집』, 『미풍과 그림자』, 『바람이 커지는 곳』, 『만약이라면, 어제를』, 그리고 『비웃음을 안 당한 우스운 케이크』 같은 낭송회 작품들 가운데서 골라 들을 수 있었다. 이것들은 그리 일류라고 꼽을 수 없는 다른 이십여 개의 낭송회 행사들과 함께 무료 입장으로, 심지어 때로는 공짜 맥주와 함께 제공되고 있었다!

나는 이 쇼윈도에서 저 쇼윈도로 빨리 지나가면서 불꽃이 후드득거리며 타는 벽난로 앞에 모여 앉아 있는 청중들을 보았다. 그들은 손에 찻잔과 포도주 잔을 들고 미리 기쁨에 젖어 웃으며 담소를 나누고 있었다. 나는 정말 이곳을 지나쳐가야 하는 것일까? 그 무슨 트럼나팔 콘서트인가 하는 것을 들으러?

"아아, 숲속의 시간이라고요!"라고 말하던 스마이크의 음성이 내 머릿속에서 윙윙거렸다. "숲속의 시간은 매일 저녁 있습니다! 그러나 네벨하임 주민들이 여는 트럼나팔 연주는 매일 있는 것이 아니지요."

그 말이 맞았다. 숲속의 시간은 실제로 부흐하임에서 매일 저녁 열리고 있었다. 그래서 나는 그냥 잠시 동안만 이곳에 머물다 가야 겠다는 생각을 했다. 스마이크의 암시가 내 호기심을 일으킨 것이다. "그건 하나의 사건입니다"라고 그는 말했다. 그리고 "관광객을 위한 것이 아니지요"라고 한 말이 특히 나를 자극했다. 바로 내가 관광객이기 때문이었다. 숲속의 시간은 일반적인 대중을 위한 것이었다. 나는 좀 더 고상한 것에 대한 소명을 띠고 있었다. 나는 이 도시에서 명망 있는 시민으로부터 개인적으로 초청받은 것이다. 나는 쇼윈도들에서 눈을 떼었고, 거의 자동적으로 시립공원 방향으로 걸어갔다.

해가 넘어간 지는 이미 오래전이었고 공기는 상쾌하면서도 차가웠다. 나는 몸이 조금 오슬오슬해졌다. 초대장에 쓰여 있던, 따뜻한 숄을 걸치고 오라고 한 권고를 잊었기 때문이다. 실제로 그곳을 찾아온 방문객들 거의 전부가 숄을 하나씩 걸치고 있었다. 게다가 나는 그 장소에 잘못 끼어든 것 같은 느낌이 들었다. 나는 관중들 가운데 유일한 린트부름 요새 출신이었다. 모두들 노천에, 오케스트라 단석 앞으로 나 있는 공원 안과 길게 줄지어 늘어서 있는 정원용 의자에 앉아 있었다. 나는 차라리 따뜻한 고서점 안에서 불꽃이 타닥거리는 벽난로 앞에 앉아, 무료로 제공되는 뜨거운 포도주를 손에 들고 전설적인 낭송 대가가 '놓친 기회'라는 주제에 대해 특히 섬세하게 다룬 장편소설 『만약이라면, 어제를』의 낭독을 듣는 것이 나을 뻔했다.
그 기회를 놓치다니! 나는 지금 이 순간 무엇보다도 유머의 거장 아네크도치온 페카의 전설적이고 희극적인 인생사를 다룬 『비웃음을 안 당한 우스운 케이크』를 삼색 음으로 낭독하는 것을 들을 기회를 놓친 것이다. 아니면 내 우상인 서정시인 크세프 위포의 시들을 낭송하는 서정시의 밤에 갔어야 했을 것이다. 그런데 지금 나는 그곳에 가는 대신에 여기서 추위에 떨고 고생하면서 관악기 연주를 들으려고 기다리고 있었다. 만약 콘서트가 즉시 시작되지 않으면 나는 그냥 자리에서 일어나…… 그런데 아, 마침내 악사들이 무대 위로 올라왔다! 그리고 내 심장의 고동이 조금 진정되었다. 그들은 다름 아닌 네벨하임에서 온 자들이었다! 그것을 나는 까맣게 잊고 있었던 것이다! 하필이면 네벨하임 악사들이라니! 나는 그 도시의 주민들에 대해 퍼져 있는 일반적인 편견에 편승하려는 게 아니다. 하지만 네벨하임의 습하고 안개 낀 기후 때문에 그곳 주민들이 지나칠 정도로 우울 증세를 보인다는 것은 널리 알려진 사실이었다. 죽음을 지나치게 동경하는 것도 그런 증세의 하나였다. 심지어 해안에서 해적질이나 그런 비슷한 범죄 음모도 꾸미고 있다는 소문도 있었다. 그런 악사들에게서 마음 편한 소야곡 같은 것을 들을 거라는 기대는 이제 할 수 없었다.

네벨하임 악사들을 쳐다보는 것만으로도 내 기분은 별로 살아나지 않았다. 그들의 해마처럼 흐늘거리면서 부풀어 오른 얼굴들 하며, 창백한 피부와 우울하게 쳐다보는 눈빛들은 마치 그들이 입고 있는 검은 옷 속에 쑤셔넣은 먹구름들처럼 보였다. 게다가 청중들을 얼마나 우울한 눈빛으로 쳐다보던지 마치 곧 울음을 터뜨리면서 집단자살극이라도 벌일 것 같았다. 무슨 장례식장에 와 있는 것 같은 기분 나쁜 인상이었다. 그래서 참다못해 청중들을 쭉 훑어보았다. 그러다 나는 첫 줄에 키비처가 앉아 있는 것을 발견했다. 그는 그 누런 눈으로 나를 책망하듯이 쳐다보고 있었다. 그리고 그의 곁에는 바로 그 공포의 고서점에서 만났던 슈렉스도 있었다! 그자는 키비처에게 말을 걸면서 책망하듯이 손가락으로 나를 가리켰다. 나는 내 불편한 정원 의자에 더 깊이 주저앉고 말았다. 나쁜 일이 전개될 것 같았다.

콘서트는 듣기 아주 거북한 전주곡으로 시작되었다. 악사들은 악기를 불면서 뺨을 부풀렸다. 그 때문에 그들의 모습이 개구리처럼 보였다. 악기들에서 나는 첫 음들은 끼익거리면서 뒤틀리는 소리였다. 마치 불협화음으로만 이루어진 날카로운 경적소리 같았다.*

악사들은 심지어 어떤 때는 일부러 서로의 악기를 바짝 맞대고 연주하는가 하면, 어떤 것들은 꼬르륵거리는 소음만 내고 있어서 듣고 있는 내 귀가 의심스러울 정도였다. 그런 소음은 조잡할 뿐 아니라 터무니없이 고의적으로 청중을 푸대접하고 있는 것이어서 내게는 급기야 그 장소를 떠나라는 신호로 들렸다.

나는 겉옷을 여미고는 옆자리에 앉은 청중에게 미안하지만 지나가겠다는 말을 막 하려고 했다. 그때 차가운 공기를 뚫고 첫 화음이 울려 퍼졌다. 그러면서 여기저기서 연주자들이 둘씩 짝을 지어 연주를 하려는 것 같았다. 그제야 나는 악사들이 연습을 하느라 그랬다는 것을 이해했다. 나는 그들에게 한 번 더 기회를 주기로 결심했다.

트럼나팔 하나가 먼저 느슨하면서도 아주 우아하게 울리는 선율을 연주했다. 그러자 이어 다른 트럼나팔들의 연주도 합세하면서 점

---

* 아마 내가 이 자리에서 미텐메츠가 차모니아의 독자들이 당연히 알고 있을 것으로 간주하는 트럼나팔에 대해 설명하는 것이 여러 사람들에게 도움이 될 것 같다.
트럼나팔이란 유일하게 배양을 할 수 있는 악기이다. 서 차모니아 해안, 그중에서도 특히 네벨하임 시 근처에는 산호초와 더불어 트럼나팔 조개들이 서식하고 있는데, 트럼나팔은 관현악기인 트럼펫과 나팔을 혼합한 모양과 비슷하다고 해서 붙여진 이름이다. 그 조개는 아주 긴 관 같은 모양을 하고, 그 몸은 휘감긴 매듭 형태를 하고 있는데, 물밑 세계에서 서식하는 동안 그곳을 고래 울음소리를 상기시키는 괴이한 음악으로 채우고 있다.
죽은 다음에 네벨하임의 해안으로 떠밀려 올라오는 트럼나팔 조개들을 악기로 사용하겠다는 착상을 처음 한 것은 진흙 속에 파묻혀 사는 어류들이었다. 그들은 입에 대고 부는 구멍과 피스톤을 이 죽은 조개들에 장치한 다음 시간이 지나면서 그것들을 교묘하고 능란하게 개발하여 미묘한 소리를 내게 했다. 나중에 그들은 이 트럼나팔 조개들을 인공 배양해서 악기로 가공한 다음 차모니아 전역에 판매하기에 이르렀다.

차 그 선율 속으로 빠져들어갔다. 그러더니 갑자기 모든 악기들이 하나의 악기에서 나오는 것처럼 같은 소리를 냈다. 나는 청중들의 반응을 살피려고 주위를 둘러보았다. 모두들 눈을 감고 상체를 음악에 맞춰 부드럽게 흔들고 있었다. 아마도 그것이 여기서는 기품 있는 태도에 속하는 것 같았다. 그렇게 하면 최소한 네벨하임 악사들의 개구리 같은 얼굴에서 나오는 절망적인 눈빛은 보지 않아도 될 테니까. 그래서 나도 눈을 감고 음악 소리에 집중했다.

내 마음의 눈 속에서 한 떼의 말벌요정들이 빛이 내리쬐는 어느 봄날 언덕의 풍경 속에서 제멋대로 날아다니는 것이 보였다. 그 펄럭거리는 요정들이 내게 불어넣는 트럼나팔의 주제음은 마치 하프에서 나오는 소리 같았고, 그 음은 연이어 아주 가볍게 마치 구슬이 구르듯이 내 귓가로 밀려왔다. 그 말벌들은 윤무를 펼쳤고 음악 소리에 조금만 변화가 생겨도 윤무의 영상이 바뀌었다. 노랑나비들이 떼를 지어 솟아올랐고, 한 떼의 벌새들이 날아와 말벌요정들의 윤무 속으로 끼어들어 한 무리가 되었다. 초원의 꽃씨들이 공중에서 비틀거리면서 떠다녔고 봄의 느낌이 나를 휘감았다. 내 불쾌한 기분은 날아가버린 듯했다. 말 그대로 새롭고 종소리처럼 맑은 트럼나팔 음이 울려퍼졌다. 그러자 그 광경 위로 이제 다채로운 무지개가 펼쳐졌다.

나는 내 머릿속에 감돌던 그런 시시한 주제들에 좀 지나치게 감동받은 상태에서 눈을 떴다. 약간 당황해하며 혹시 누군가 내가 짧은 도취 상태에 빠졌던 걸 눈치채지는 않았을까 보려고 주위를 살폈다. 그런데 내가 본 광경은 당혹스러운 것이었다. 모든 청중들이 집단 도취 상태에 빠져 있는 것이다! 눈을 감은 채 모두가 음악의 하모니에 취해 흥얼거리면서 상체를 박자에 맞추어 흔들고 있었다. 마치 살아 있는 박자 맞추는 기계들처럼. 그러더니 돌연 트럼나팔 연주자들이 악기 연주를 멈추었고 청중들은 최면 상태에서 깨어났다. 주위에서 잔기침과 발들을 움직이는 소리가 들려왔다. 악사들은 그들 악기의 구멍을 침을 묻혀 닦아낸 다음 악보를 넘겼다. 그것이 연주의 시작도 아니었던 것이다. 실제 콘서트는 아직 시작되지 않고 있었다.

♀8

트럼나팔 콘서트

몸이 특히 뚱뚱한 한 네벨하임 악사가 일어나더니 공기를 들이마신 다음 깨끗한 음을 하나 불어 그 음을 계속 유지했다.

오랫동안.

아주 오랫동안.

그야말로 극적일 정도로 오랫동안 불었다. 사실 호흡기법상 불가능할 정도로 긴 시간이었다. 숨도 쉬지 않고 음이 떨리거나 약해지는 법도 없이 그는 몇 분 동안이나 같은 음을 냈다. 그것은 특별히 멋진 음도 아니었고, 저음이거나 그렇다고 고음도 아닌 그냥 평범한 음이었다.

나는 다시 눈을 감았고 마치 끈처럼 길게, 무한히 길게 어느 텅 빈 하얀 공간 속을 지나가는 검은빛을 보았다. 그리고 동시에 나는 ―어째서 그런지는 묻지 말기 바란다, 내 친구들이여!― 이것이 바로 차모니아의 음악사에서 최초로 공식 인정되었다는 그 전설적인 부흐팅의 근원음이라는 것을 알 수 있었다.

그 음은 온화하게 내 귓속으로 울려 퍼졌고, 내 의식 속에서는 하

175

나의 이야기가 떠올랐다. 학창 시절에 들었던가? 아니면 어떤 책에서 얻은 희미한 지식이었을까? 그 이야기는 근원음에 대한 부흐팅의 오래된 전설이었다. 당시 그 도시의 통치자였던 오리안 폰 부흐팅 후작은 그 휘하에 있는 음악 대가들에게 이 음을 찾아내도록 위임했다. 그는 이 근원음이 모든 차모니아 음악의 근간이 되어 차후 그 규범에 따라서 작곡하고 연주하도록 해야 한다는 바람을 갖고 있었다. 그것은 꾸민 음이어서도 안 되고, 그렇다고 지나치게 소극적이거나 과격한 음, 또는 한계음이어서도 안 되며 모두가 인정할 수 있는 그런 음이어야만 했다. 즉, 너무 편협해도 고루해서도 안 되었다. 오리안 후작은 이런 음을 즉각 찾아내라고 명령했다.

부흐팅의 음악 대가들이 한데 모여 모든 음들을 만들어내려고 시도했다. 대장장이들의 망치가 모루를 때릴 때 나는 귀를 마비시킬 듯한 시끄러운 소리에서부터, 굴 껍질을 억지로 열 때 그 속에서 굴이 소리 없이 내지르는 공포의 음에 이르기까지 모두 시도해보았다. 그러나 그 소리들은 너무 시끄럽거나, 너무 낮거나, 너무 날카롭거나 둔탁하거나, 너무 모가 나거나, 너무 깊거나, 너무 가늘거나, 아니면 너무 볼륨이 크거나, 너무 순수하거나 혹은 너무 음울했다. 음악 대가들은 절망했다. 왜냐하면 후작은 잔인하기로 유명해서 자기의 명령을 제대로 수행하지 않는 신하들에게는 플로린트 산 유리칼을 먹게 했기 때문이다.

완전히 절망에 빠져 있던 음악 대가들 가운데 한 명이 어느 날 어느 집 앞을 지나가다가 그가 찾고 있던 바로 그 음이 들려나오는 것을 발견했다. 그 음은 너무 높지도 너무 낮지도 않는 깨끗하고 지속적이면서도 아주 견실한 음이었다. 완전 무해하고 직선이며, 그것을 기본으로 해서 교향악 전체를 만들어낼 수 있는 음이었다.

그 음악 대가가─그는 젊고 아직 미혼이며 건장한 나티프토프 족이었다─ 그 집으로 들어가보니 안에는 그림처럼 아름다운 한 나티프토프 족 처녀가─그녀 역시 흠잡을 데 없이 아름다운 몸매를 지니고 있었다─ 플루트를 연주하고 있었다. 음악 대가는 그 처녀에게 불멸의 사랑을 느꼈고 그녀도 그를 사랑하게 되었다. 그는 자기 연인을 후작에게로 데려갔고 그녀는 그 앞에서 플루트를 연주했다. 그리하여 그토록 찾아 헤맸던 근원음이 마침내 발견되어 곧 세상 사람들에게 알려졌다.

그러나 그것으로 끝이 아니라는 것은 이미 직감했을 것이다. 그 전설은 사실 모든 차모니아의 이야기가 그렇듯 아직 불행한 결말이 남아 있었다. 그러니까 후작도 그 처녀를 사랑하게 된 것이다. 그는 그녀의 애인을 살해하기 위해 유리칼 한 접시를 먹게 했으며 그것을 먹은 청년은 숨을 거두고 말았다. 그러자 고통에 빠진 처녀는 날카롭게 각진 물건을 몇 개 입속에 삼켜 생각만 해도 끔찍한 방법으로 자살하고 말았다. 그 후 부흐팅 후작도 죄책감을 견디지 못해 자신

177

이 지닌 보석들을 입속으로 삼켜 자살을 꾀했다. 그 때문에 체내에 심한 출혈이 일어나 그는 극심한 고통 속에서 죽어갔다. 그러나 그 근원음은 모든 차모니아 음악의 근간이 되었다.

이 짧으면서도 매우 극적인 이야기가—지속적으로 울리던 트럼나팔 음이 이제 서서히 끝나가면서— 내 눈앞에 마치 연극 장면처럼 너무나도 구체적으로 나타났다.

나는 눈을 떴다. 그 뚱뚱한 트럼나팔 연주자는 악기에서 입술을 떼고 자리에 앉았다. 나는 등을 의자에 기대었다. 그야말로 믿기지가 않았다. 선율이 없이도 서사적인 내용을 전달할 수 있는 음악이 있다니! 그것은 어떤 낭독을 듣는 것보다 더 나았다. 또 기존의 어떤 음악보다도 훌륭했다. 그렇다, 그것은 새로운 예술의 영역, 바로 문학적인 음악이었다!

이제 다른 다섯 명의 트럼나팔 연주자들이 일어났다. 그들은 짧게 숨을 쉬더니 다섯 음을 연주했다. 각자 그 음들 가운데 하나씩만 연주했고, 이어 빙 돌아가면서 같은 순서로 같은 음을 연주했다. 바로 오음계의 음으로, 소박하게 휘감기는 초기의 음악, 즉 모든 음 질서의 시작으로 원시적이지만 감동적이면서 마치 아름다운 동요나 원시 민족의 노래처럼 순수했다.

다시 눈을 감자 곧 태곳적의 파노라마가 펼쳐지는 것이 보였다. 붉은 광채를 내며 지고 있는 둥근 해가 어느 화산 지대의 풍경을 비추고 있었다. 그러자 그 산 위의 모든 바위와 돌들이 마치 녹은 용암처럼 보였다. 거기에는 그런 돌들 외에 아무것도 없었다. 생물은 물론, 심지어 아무것도 섞여 있지 않는 순수한 땅을 오염시킬 만한 식물조차도 없었다. 깊은 정적이 내 몸을 엄습했다. 태양은 어느 틈에 기울었고 그 바위들 위로는 이제 어두운 하늘이 드리워졌다. 점차 새로운 음들이 트럼나팔 연주자들의 연주 속으로 파고들어왔다. 그리고 새로운 음이 들릴 때마다 하늘에는 별이 하나씩 반짝이며 나타나 하얗게 빛을 발했다. 그때 트럼나팔 연주자들이 그들의 악기 피스톤을 더욱 미묘하게 조작하자, 어둠 속에서 유성들도 쉭쉭거리며 나타나기 시작했다. 깊은 베이스음이 울려 퍼지자 그 소리와 더불어 내 꿈속의 창공에는 엄청난 혜성 하나가 연녹색의 긴 꼬리를 그으면서 천둥 음을 울리며 나타났다. 하나의 트럼나팔에 다른 트럼나팔 연주가 이어지면서 음이 강해지면 강해질수록 이글거리는 태양이 더 강력하게 부풀어오르는 것이 보였고, 마침내 거기에 은하수 전체가 나타났다. 그 순간 나는 어떤 종류의 음악이 연주되고 있는지를 깨달았다.

그것은 다름 아닌 천문 질서의 음악, 즉 차모니아의 음악사에 잘못 끼어든 기이한 음악으로, 그 역사 초기에 다스렸던 슬렌드로 펠로그라는 이름의 군주가 만들도록 지시한 것이었다. 이 병적이고 관료적이던 독재자는 자신이 음악예술 속에 내재하는 무제한적인 창조적 자유 때문에 위협받고 있다고 생각했다. 그래서 그것에 억지로라도 가능한 한 정확한 질서를 부여하려 했다. 우주적인 음악이 가장 적합할 것으로 그는 여겼다. 펠로그는 차모니아 음악 전체를 우주의 조화에 맞춰야 한다고 명령을 내렸다. 그 때문에 수년 동안 음악가들은 천체도와 별자리 그림들, 혜성들이 움직이는 궤도와 달의 변화에 맞춰 악기들을 조율해야만 했다. 그것은 음악적으로는 물론 천문학적으로도 잘못된 것으로, 당연히 우주 조화의 음악을 탄생시키기는커녕 오히려 예술과 천문학은 화합될 수 없기에 참기 어려운 떠들썩한 민속음악을 만들어내고 말았다. 이 별로 유쾌하지 않는 이야기를 간단히 줄이면, 그 당시 지도자급 음악가들이 독재자의 궁정을 습격해 모두 합세해서 그를 소리굽쇠로 찔러 죽이고 말았다.

이 모든 것들이 내 마음속의 눈앞에서 유리처럼 투명한 형상들로 나타났다. 소리굽쇠로 찔린 군주 펠로그는 수십 군데나 되는 상처에서 피를 흘리면서 그의 궁정 정원 사이로 비틀거리며 걸어가더니 마침내 금붕어들이 헤엄치는 연못 속으로 빠져버렸다. 연못의 물은 붉은 피로 물들었다. 트럼나팔 연주는 더 이상 참기 어려운 불협화음으로 퍼져 나갔고 내 시선은 이제 그 독재자의 시체로부터 다시 혼돈이 난무하는 우주로 옮겨갔다. 거기서는 천체들과 별들이 날카로운 음악에 따라 격렬하게 춤추며 움직이다가 마침내 온 우주가 별들, 천체들과 마구 뒤섞이고 휘더니 소용돌이치면서 아무것도 없는 시꺼먼 공간 속으로 사라지고 말았다. 그때 돌연 트럼나팔 소리가 멈추었다.

나는 눈을 번쩍 떴다. 추위에도 불구하고 나는 땀에 흠뻑 젖은 채 헐떡거리면서 정원 의자의 한쪽 모퉁이에 웅크리고 있었다.

모든 청중들이 흥분해서 뭐라고 마구 지껄여댔다. 나는 키비처를 쳐다보았다. 그는 곁에 앉은 슈렉스의 이마에 맺힌 땀을 닦아주고 있었다.

"정말 대단하군요!" 내 옆에 앉아 있던 난쟁이가 헐떡거리며 말했다. "이 음악을 벌써 수십 번 들었습니다만, 들을 때마다 늘 어떤 느낌이 떠오릅니다. 아, 뭐랄까요…… 갈수록 더 훌륭하다는 느낌입니다."

"별들의 소용돌이 속으로 빨려 들어가는 듯한 느낌이 매번 더 강렬해집니다." 내 등 뒤에서 누군가 말했다. "정말 한순간 황홀해지면 나 자신이 바로 별이 되었다고 믿게 되거든요."

정말 믿기지 않았다! 모두가 똑같은 환상을 본 것이었다. 여기 청중들은 이 음악을 고정적으로 감상하는 집단임이 분명했다. 게다가 똑같은 영상들을 보고 똑같은 이야기를 꿈꾸고 있었다.

나 같으면 예술적인 내용을 그런 식으로 전달하는 것이 가능하리라고는 생각도 못 할 것이고 나 자신도 그런 자리에 있어본 적이 없었다. 뒤늦게서야 나는 여기로 오길 잘했다는 생각이 들었다. 내일 스마이크를 찾아가면 고맙다고 말해야 할 듯싶었다.

관악기들이 다시 연주를 시작했다. 음들은 이제 피리를 불 듯이 비음처럼 들리거나 아니면 현금처럼 울렸다. 그러자 저절로 눈이 감겼다. 돌로 쌓은 성채들이 회색 구름으로 덮인 하늘 아래 나타나는 것이 보였다. 갑옷을 입은 채 사망한, 피가 말라붙은 전사들의 시체들이 산더미처럼 쌓여 있는 곳 위로 깃발들이 펄럭이는 소리 같기도 했으며, 처형된 자들이 매달려 있는 교수대 위에 웅크리고 앉아 있는 공격적인 까마귀들의 소리 같기도 했고, 쇠사슬에 매인 채 화형된 자들의 해골들이 남아 있는 화염 장작들 속에서 아직도 타닥거리는 불꽃 소리 같기도 했다. 분명 나는 중세의 차모니아에 들어와 있었다.

트럼나팔을 부는 악사들이 그 악기로 어떻게 중세 때나 들을 수 있었던 원시적인 관현악기의 음들, 즉 끼익 하는 뿔피리 소리, 단조로운 현금 소리, 돌마저 녹여버릴 듯한 백파이프의 처량한 소리, 조율이 잘 안 된 바이올린 소리 같은 음을 낼 수 있는지 내게는 수수께끼였다. 갑자기 나는 너무나도 사랑스러운 경치를 내려다보고 있는 것 같았다. 햇볕이 내리쬐는 여름 하늘 아래 푸른 포도원들이 끊임없이 펼쳐지고 있었다. 그리고 그 한가운데에는 마치 죽은 거인의 열린 두개골처럼 보이는 산 하나가 시꺼먼 물로 채워져 있는 광경이 보였다.

그곳은 다름 아닌, 차모니아에서 가리겔렌 두개골 산을 둘러싸고 있는 바이나우라는 드넓은 포도 경작지가 틀림없었다. 나는 어디서 들었는지는 생각이 안 나도 이미 조금은 알고 있었다. 즉, 이것이 바로 기자르드 폰 울포와 그의 신비한 혜성포도주에 대한 전설이라는 것을 말이다. 나는 지금까지는 그것을 알리 아리아 에크미르너라는 사람이 쓴 시 「혜성포도주」에서 서정적으로 미화된 형식으로만 알고 있었다. 그런데 지금 그 끔찍했던 중세 공포 드라마의 세세한 부분들이 온통 내 머릿속을 채웠다.

천년이 지날 때마다 린덴호프 혜성은 태양계를 지나면서 우리가 사는 지구에 아주 가까이 다가오는데, 그때 그것이 내뿜은 빛은 온 여름을 빛이 찬란한 긴 하루로 바꿔놓곤 했다.

중세 차모니아의 권세가 대단했던 포도원 주인이자 바이나우 지역의 수많은 포도원들의 소유자이며 아마추어 연금술사였던 기자르드 폰 울포는 바로 이 밤 없는 여름이 오기 직전에 포도를 심으면 그것이 한껏 숙성되어 지금껏 그 어떤 포도주도 능가할 수 없는 최고의 포도주를 생산해낼 거라고 확신하고 있었다. 그래서 그는 혜성포도주라는 것을 만들어내려고 했다.

드디어 혜성이 다가왔고 그 어떤 날보다도 긴 날이 시작되었다. 그리하여 작열하는 태양과 그 혜성의 빛이 합세해 울포가 기대했던 것보다 훨씬 더 좋은 포도를 만들어낼 수 있는 조건을 부여했다. 포도나무는 더 빠르게 자랐고 포도송이들은 크기가 수박만 했으므로 그것들을 따려면 두 손으로 떠받쳐야 했고, 끙끙거리면서 겨우 압착기로 운반해갈 수 있었다. 거기에서 짠 즙은 농도가 짙고 중량도 무거웠으며 속도 알차고 맛도 아주 좋아서, 그렇게 만들어진 혜성포도주는 모든 시대를 망라한 최고의 포도주가 되었다. 울포는 그 포도주를 수천 개의 통에 담아 보관했다. 어느 날 울포는 그의 포도원에서 일하는 재배원들, 술통 제조자들, 포도를 밟아 짜는 일꾼들, 포도나무를 심는 일꾼들, 포도 따는 일꾼들을 모두 그의 장원으로 불러 모으고는 장원의 대문을 잠가버렸다. 그는 도끼를 손에 든 채 그들 앞으로 나서더니 한마디 말도 없이 술통들을 쳐서 구멍을 내기 시작했다. 그 광경을 본 모든 사람들은 그가 제정신을 잃은 거라고 생각하고 그 짓을 말리려고 했다. 그러나 울포는 멈추려 하지 않았고 마지막 술통을 때려 부술 때까지, 마지막 포도주 방울이 바닥으로 흘러나올 때까지 도끼질을 계속했다. 장원 전체에 혜성포도주가 넘쳐흘렀다.

마침내 울포는 포도주 병 하나를 높이 쳐들고서는 득의양양한 목소리로 공표했다.

"자, 봐라. 여기 이것이 바로 마지막 남은 유일한 혜성포도주다. 차모니아에서 가장 맛 좋고 가장 귀하고 값비싼 최고 포도주란 말이다. 나는 더 이상 다른 술통이나 병들을 보관하고 신경 쓸 필요가 없다. 더 이상 세금을 내거나 월급을 지불할 필요도 없다. 그리고 더 이상 차모니아의 음주 당국으로부터 강압을 받지 않아도 된다. 나는 오직 이 포도주 병 하나만 있으면 된다. 이것은 이제 값을 매길 수 없을 정도로 비싼 것이 될 테니 나는 앞으로 이것이 하루하루 값이 계속 치솟는 것을 쳐다보기만 하면 되는 것이다. 나는 은퇴하겠다."

"그럼 우리는요?" 한 노동자가 물었다. "우리는 어떻게 되는 겁니까?"

울포는 그를 불쌍하다는 듯이 쳐다보았다.

"너희들 말이냐?" 그가 되물었다. "너희들이 어찌 될 거냐고? 너희들은 물론 실업자가 되는 거지. 너희들은 이제부터 모두 무기한 해고다."

바로 그 순간에 비로소, 그러니까 그가 가장 값비싼 포도주를 손에 들고 수백 명이 넘는 해고된 노동자들의 한가운데 서 있던 바로 그 순간 울포의 머릿속에는 어쩌면 이 해고 통지를 서면으로 알렸더라면 더 좋았을 거라는 생각이 어렴풋이 떠올랐다. 노동자들의 눈에 살인 충동이 번뜩거리고 있었고, 게다가 그 귀한 비싼 포도주를 탐욕스럽게 바라보고 있었다. 천천히 그들은 울포 주위를 에워싸며 점점 좁혀갔다.

'그래 좋아.'

울포는 생각했다. 그는 불량한 고용주일지는 몰라도 겁쟁이는 아니었기 때문이다.

'만약 내가 죽어야 한다면 최소한 술에 잔뜩 취해서 죽자! 나 외에는 그 누구도 혜성포도주를 소유할 수 없다.'

그는 병마개를 따고 그것을 단숨에 마셔버렸다. 그러고 나자 노동자들이 그를 덮쳤다. 그러나 그는 자신의 말에 분노한 노동자들의 욕구를 과소평가했다. 노동자들은 울포를 장원에 있는 가장 큰 포도 압착기로 끌어가서는 그 안에 던졌다. 그런 다음 그의 몸을 짜즙으로 만들고 말았다. 그들은 울포의 몸에서 흘러나오는 피와 뒤섞인 혜성포도주의 마지막 한 방울이 흘러나올 때까지 짜냈다. 그러고는 이 끔찍스러운 즙을 거대한 병에 담았다. 그것이 바로 차모니아에서 가장 귀하고 값비싼 포도주였다.

그러나 혜성포도주의 진짜 끔찍한 이야기는 거기서부터 시작되었다. 왜냐하면 그 술은 소유주가 바뀔 때마다 엄청나게 큰 불행을 초래했기 때문이다.

노동자들은 울포에 대한 살인 혐의로 처형되었고, 그 술병의 다음 소유자는 별똥별들의 벼락을 맞아 사망했으며, 그 다음번 소유자는 잠을 자다 개미들한테 뜯어 먹히고 말았다. 그 술병이 거쳐가는 곳에는 살인과 구타, 광기, 그리고 전쟁이 난무했다. 그 술에 갖가지 효능이 들어 있다는 소문이 떠돌았다. 그 술이 죽은 자를 다시 깨운다고 믿는 자들도 있었고, 특히 연금술사들은 그 술병을 차지하고 싶어 안달이었다. 혜성포도주는 이 손 저 손을 거쳐가면서 차모니아 전역에 피의 흔적을 남겨놓았는데, 어느 날 갑자기 그 흔적이 사라졌다. 울포의 포도주와 피가 담긴 술병이 지상에서 사라지고 만 것이다.

연주가 끝나고 후주곡으로 이어지면서 음이 바뀌며 떨리자 그 속에서 끔찍한 이야기의 정체가 함께 공명하는 것이 들렸다. 그러고 난 후 완전한 침묵이 흘렀다.

나는 마치 최면에서 깨어난 것처럼 정신이 돌아왔다. 내 주위로는 흥분해서 중얼거리는 소리들이 들려왔고, 트럼나팔 연주자들은 만족한 표정으로 그들의 악기 구멍에 입을 대고 닦았다.

"이건 새로운 음악이군요." 내 옆 자리에 있던 난쟁이가 말했다. "혜성포도주의 역사는 지난주 프로그램에 없었거든요."

아하, 그러니까 여기서는 늘 같은 음악이 연주되는 것은 아니었다. 나는 일종의 초연에 초대받은 것 같아 자랑스러운 데다 네벨하임의 트럼나팔 음악에 열광하는 청중들과 더 가까워진 것 같았다. 미드가르드*19에 사는 미물 열 명이 한꺼번에 달려든다 해도 지금 나를 이 자리에서 일으켜 끌어내지는 못했을 것이다. 나는 더 듣고 싶었다. 트럼나팔 음악을 원했다.

청중은 조용해졌다. 그러자 악사들은 다시 악기를 입으로 가져갔다.

"제가 판단하기에 다음은 공포음악인 것 같아요." 난쟁이의 즐거워하는 소리가 들렸다. "피비린내 나는 혜성포도주 이야기에 제법 잘 맞을 겁니다."

"공포음악이라고요?" 내가 물었다.

---

* 원래 북유럽 신화에 나오는 지명으로 인류가 사는 세계를 가리킨다.─옮긴이

"어디 한번 놀라보세요." 난쟁이가 매우 은밀한 목소리로 말했다. "이제 무시무시해집니다. 헤헤! 그런데 숄을 안 가져 왔습니까? 어쩌면 죽을지도 모르는데요."

그런 거야 나한테는 전혀 상관없었다. 트럼나팔 음악을 들을 수 있다면 어떤 희생이라도 감수할 준비가 되어 있었다.

네벨하임의 연주자들은 떨리는 음을 불어 밤하늘에 울려 퍼지게 했다. 그 사이에 다른 연주자들은 여린 베이스음을 불었다. 나는 다시 눈을 감았다. 그러나 이번에는 어떤 위압적인 파노라마도 펼쳐지지 않았다. 그 대신 내 머리는 중세 말기에 차모니아에서 유행했던 수도사의 공포음악—지금까지 그것에 대해 나는 정말이지 전혀 알지 못했다—에 대한 심오한 지식으로 채워졌다.

수도사의 공포음악에 대해서 문득 나는 정확히 알게 되었는데, 그것은 기본적인 일곱 단계의 음계로 되어 있었다. 그 음들 사이의 간격은 슈루티라고 불리는 음정에 따라 정해졌다. 그래서 이 슈루티면 반음이 되고, 사 슈루티면 하나의 온음이 되며 이십사 슈루티면 한 옥타브가 되었다. 하나의 음정을 이처럼 영예스럽게도 어느 음악가의 이름을 따서 지은 경우는 차모니아의 음악사에서 유일무이한 일이었다. 중세 후기의 전설적인 작곡가였던 홀라제프텐더 슈루티라는 수도사가 다른 모든 작곡에 혼합시킬 수 있는 소음들로 이루어진 음악을 발전시켰다. 그것은 공포를 불러일으키는 음들을 기준으로 해서 만들어졌다. 밤에 개가 울부짖는 소리, 문돌쩌귀가 삐걱거리는 소리, 아무것도 없는 상태에서 들려오는 속삭임, 지하실 계단 밑에서 들려오는 떠들썩한 소리, 지붕 밑 다락방에서 들리는 비열하게 킥킥거리는 소리, 습지에서 우는 여자들, 정신병원에서 들려오는 울부짖음, 석판 위를 손톱으로 긁어대는 소리 등, 듣기만 해도 머리카락이 쭈뼛해질 정도로 소름이 끼치지만 모두 다 악기를 이용해서 모방해낼 수 있는 소리들이었다.

이 공포음악은 슈루티에 의해서 그 시대의 대중음악과 아주 성공적으로 혼합되었다. 그 당시에는 공포와 전율 상태에 빠지고 싶으면 거의 대부분 콘서트에 가곤 했다. 환영(幻影)음악은 끔찍스러운 외침의 형태로 표현되었고, 기절 발작을 일으키는 음악은 청중의 요청에 따라 앙코르 음악처럼 연주되었으며, 청중이 소리를 지르면서 출구 쪽으로 몰려가면 그때 콘서트는 완전한 성공을 거두는 것이었다. 머리카락이 쭈뼛해지거나 손톱 물어뜯기는 멋진 일로 통했으며, 길을 가다 누구를 만나 놀랐을 때처럼 일부러 "후우우후" 소리를 내고 손을 위로 쳐들곤 했다. 교수대에서 사형당하는 소리를 내는 하프, 공포의 자루라고 불리는 악기, 전율하는 소리를 내는 악기, 목이 두 개인 건초플루트, 죽음의 톱, 팔이 열두 개인 지하실 소음악기, 그리고 목 조이는 소리를 내는 뿔피리 같은 일련의 악기들이 바로 이 시대에 생겨났다. 슈루티가 살았던 시대를 공포의 시대라고 부르는 것도 다 이유가 있었다.

음악이 중지되어 나는 눈을 떴다. 내 옆자리에 앉은 난쟁이가 나를 보고 히죽 웃었다.

"이제 당신은 아시겠지요. 공포음악 말입니다. 하지만 지금부터 제대로 시작됩니다! 각오하십시오!"

그는 몸을 뒤로 젖힌 다음 눈을 감고 기분 좋게 한숨을 내쉬었다.

네 명의 악사들이 각자의 트럼나팔로 방금 어느 성 안의 연못에 빠져 익사한 피 묻은 개를 연상시키는 구슬픈 소리를 연주했다. 두 명의 다른 연주자는 산속의 사악한 악령들이 눈사태를 일으킬 때 내는 떨리는 웃음소리를 연주했다. 오케스트라의 한가운데에 앉은 가장 뚱뚱한 트럼나팔 연주자는 교수형틀에서 목이 졸릴 때 내는 마지막 숨소리 같은 절망적인 음을 연주했다. 나 역시 산 채로 매장될 때 내는 비탄의 소리와 화형당하는 슈렉스가 질러대는 날카로운 소리를 들은 것 같았다.

가벼운 두려움을 느끼면서 나는 눈을 감았다. 이 음악은 과연 어떤 끔찍한 영상들을 내 머릿속에서 자아내려는 것일까? 어떤 공포의 이야기를 표현하려는 것일까?

그러나 처음에는 그냥 책들만 보였다. 나는 서가들과 오래되고 보잘것없는 책들로 가득 채워진 끝없이 평탄하게 이어져 있는 통로를 보았다. 고서점일까? 고서점 안에서 어떻게 끔찍한 일이 일어날 수 있을까? 나는 책들을 더 가까이 다가가서 보았다. 아니, 이런, 그것들은 단순히 오래된 책들이 아니라 '아주' 오래된 책들이었다. 너무나 오래되어서 책들의 제목조차 알아볼 수 없었다. 천장 위에 붙은 이상야릇한 수많은 램프들은 왠지 유령처럼 흔들리는 빛을 발하고 있었다. 그 램프들 속에서 무언가 움직이고 있었다. 레겐샤인이 설명한 해파리램프일까?

그리고 마침내 나는 깨달았다. 그곳은 바로 부흐하임의 지하묘지였다! 물론 그 도시 밑에 있는 미로였고 나는 바로 그 한가운데에 들어가 있었다! 그것이야말로 정말 환상적이었다. 지하 속으로의 여행, 바로 비밀스럽고 위험한 세계 속으로의 여행, 그러면서도 그 속에서 아무 위험도 감수하지 않아도 된다니! 나는 그저 음악에 귀를 기울이고 그 영상들에 몰두하기만 하면 되었다.

나는 잠깐 눈을 떴다 다시 감았다. 그리고 이 과정을 여러 차례 이어서 반복했다. 그러자 실제로 아무 힘도 들이지 않고 시립공원에서 지하묘지로 왔다 갔다 넘나들 수 있었다. 눈을 뜨면 공원, 눈을 감으면 지하묘지였다.

공원.

지하묘지.

공원.

지하묘지.

공원.

지하묘지.

마침내 나는 눈을 감은 채로 있었다. 실제의 나는 부흐하임 시립 공원 안의 불편한 정원 의자에 앉아 있었지만, 다른 나는 책들로 가득 찬 희미하게 빛나는 통로를 통해서 천천히 땅속 깊은 곳으로 살금살금 걸어가고 있었다. 이 트럼나팔들이 해내고 있는 일들은 얼마나 놀라운가! 게다가 그 모든 것들이 진짜처럼 보였다! 오래된 종이 냄새가 코를 찔렀다. 이런 환상 속 이야기에서 냄새까지 맡을 수 있다니 이해할 수 없었다! 천장에 붙어 있는 해파리램프들은 모두 다 제 기능을 하지는 못하고 있었다. 그 램프 안에 갇혀 있는 동물들은 불안스러운 빛을 발산하고 있었고, 다른 램프들은 유리가 떨어져나가 안에 갇혀 있던 해파리들이 램프 밖으로 흘러나오고 있었다. 나는 심지어 서가들을 기어 내려와 도망가면서 빛을 내는 것들도 몇 마리 보았으며 바닥 위에서 죽어 말라버린 것들도 있었다.

이 무슨 무시무시한 세계인가! 도처에서 종이를 갉아먹는 좀벌레들의 바스락 소리가 났다. 쥐들이 가냘프게 찍찍거리고 딱정벌레들이 기어 돌아다니며 갉어대는 소리도 들렸다. 그리고 모든 소음들 위로 가느다랗게 숨소리가 들렸다. 갑자기 트럼나팔 소리가 들리지 않는다는 사실이 머리에 떠올랐다.

나는 다시 한 번 눈을 뜨고 공원 안의 불안한 광경을 보려고 했다. 그런데 더 이상 그게 되지 않았다. 내 눈은 마치 실로 봉합된 듯이 붙어 있었다. 그러나 지하묘지의 숨 막히는 영상은 뚜렷이 보였다. 이 무슨 해괴한 상황인가. 눈을 감고도 볼 수 있다니. 그러자 기분 좋은 전율은 사라지고 쾌적한 오싹함도 느껴지지 않았다. 내가 느낀 것은 그야말로 오로지 공포뿐이었다.

나는 그저 콘서트가 계속해서 변화하고 있으며 새로 고조되고 있다는 생각을 나 자신에게 주입하면서 진정하려고 했다. 이번에는 내가 이야기 한가운데에 들어 있었다. 어쩌면 나는 주인공이었다. 하지만 무슨 이야기일까? 나는 누구일까?

나는 계속해서 통로를 따라 살금살금 걸어갔다. 신경을 쓰면서 오른쪽으로, 왼쪽으로, 위아래로, 그리고 뒤를 돌아보면서 나아갔다. 그러자 갑자기 특이한 느낌이 나를 엄습했다. 그건, 거기 서가들 속에 어떤 책들이 꽂혀 있는지 그 냄새를 맡을 수가 있었던 것이다. 나는 그 책들을 감정하느라 시간을 낭비할 필요가 없었다. 책의 거장으로 알려졌던 다독가(多讀家) 아구 가아츠의 사라진 책들에서 나는 레몬 냄새를 맡을 수 있었다. 하지만 그의 장서는 현재로서는 내게 전혀 중요하지 않았다. 나는 나 자신이 어떤 위치에 있는지 이제야 알게 되었다. 다름 아닌 책 사냥꾼 콜로포니우스 레겐샤인이 되어 있었다.

이건 믿기지 않는 일이었다! 아니, 그 반대로, 이건 너무나도 신빙성이 있고 숨 막힐 정도로 진짜 같았다. 나는 꿈과 현실을 더 이상 구분할 수 없었다. 나는 전적으로 다른 형상이 되어 있어 책들이 생각하는 것을 생각할 수 있었고, 책들이 느끼는 두려움을 느낄 수 있었다. 나는 이제 왜 주위에 있는 이토록 값진 책들이 내게는 전혀 중요하지 않은지를 역시 알게 되었다. 나 레겐샤인은 도망치고 있었다.

이 미로 속의 나 레겐샤인은 혼자가 아니었다. 나 레겐샤인은 더 이상 책 사냥꾼이 아니라 쫓기는 자였다. 나는 그림자 제왕으로부터 쫓기고 있었다.

나는 그의 목소리를 들을 수 있었다. 책들 뒤에서 바스락거리며 훑는 소리를 들을 수 있었다. 그리고 이따금 내 목 뒤에서 그가 내뿜는 뜨거운 숨소리와, 나를 만지려고 하는 그의 날카로운 발톱을 감지하고 있다는 느낌도 들었다. 나는 다시 눈을 번쩍 뜨려고 절망적으로 시도해보았지만 되지 않았다. 나는 책 사냥꾼의 몸속에 감금되어 있었고, 부흐하임의 지하묘지 속에 붙잡혀 있었다.

머릿속의 허구로 전개되는 이야기 속에서 목숨을 잃는다는 것이 가능할까? 꿈을 꾸다가 죽는다는 것이? 레겐샤인이 살해되었을 때는 어땠을까? 정말 이야기에 지나지 않는 것이었을까? 아니면 현실이었을까? 나는 더 이상 판단을 할 수 없었다. 내가 아는 모든 것은, 레겐샤인이 느끼는 온갖 피로, 근육통, 타는 듯한 가슴, 거칠게 뛰는 심장을 나도 온몸 구석구석에서 느끼고 있다는 것이었다. 갑자기 통로가 끊겼다. 그리고 나는 종이로 된 어느 벽 앞에 서 있었다. 아무렇게나 뒤섞여 겹쳐진 원고들이 천장 높이까지 쌓인 채 내 길을 막고 있었다. 막다른 길이었다.

나는 흥분한 채 어찌해야 할지 생각에 잠겼다. 다시 돌아설까? 그러다 그림자 제왕의 손아귀에 떨어진다면? 아니면 이 종이 벽을 무너뜨려볼까? 내가 후자 쪽으로 결정하고 막 그 일을 시작하려고 할 때 종이들이 움직이기 시작했다. 그 종이들은 누군가에 의해서 움직여지는 것이 아니라 스스로 움직이더니, 바스락 소리를 내면서 마치 뱀처럼 서로 비틀리고 구겨지다가 다시 펴지는 것이었다. 그러더니 마침내 어떤 형태가 되었다. 그것은 무시무시한 공포를 불러일으킬 것 같은 형상이었다……

"아아아아아아악!"

누군가 온몸의 힘을 다해 소리를 질렀다.

저건 죽음에 대한 공포 때문에 날카로운 소리를 지르는 레겐샤인일까?

"아아아아아아악!"

아니, 그것은 나, 다름 아닌 기력이 다한 채 바닥에 내던져져 살려달라고 애원하는 도마뱀 힐데군스트 폰 미텐메츠였다.

"제발요!" 나는 훌쩍이면서 애원했다. "제발 안 돼요! 나는 죽고 싶지 않아요!"

"이제 다시 눈을 떠도 됩니다." 어떤 목소리가 말했다. "음악은 멈췄어요."

나는 눈을 떴다. 나는 아까 앉았던 정원 의자 바로 앞쪽 풀밭에 뒤로 자빠져 누워 있었고, 그 난쟁이와 몇몇 다른 청중들이 나를 내려다보고 있었다.

"관광객인가요?" 누군가 물었다.

"린트부름 요새에서 온 자 같군요." 다른 청중이 말했다.

창피한 일이었다! 나는 신음 소리를 내며 일어난 다음 겉옷에 묻은 풀들을 떼어내고 다시 의자에 앉았다. 청중들 모두가 나를 쳐다보고 있었고, 키비처와 슈렉스의 뚫어지게 쳐다보는 눈초리도 느낄수 있었다. 심지어 오케스트라 단원들까지도 멀리서 나를 바라보고 있었다.

"그건 당신한테 틀림없이 기분 나쁜 일은 아니었을 겁니다." 난쟁이가 내 곁에서 이해가 간다는 듯이 말했다. "이런 일은 이미 다른 청중들한테도 일어났습니다. 레겐샤인이 당했던 마지막 몇 분 동안을 자기 몸으로 체험하는 것은 아주 밀도 높은 공포지요."

"그렇다고 할 수 있겠군요."

나는 귀엣말로 대답한 뒤 가능하면 내 의자 속에 깊이 파묻히려고 했다. 그럼에도 불구하고—도대체 얼마 동안이었는지는 모르지만—모두가 보는 데서 소리를 지르고 흐느끼면서 땅바닥에서 뒹굴었다는 생각을 하자 기분이 안 좋았다. 그래서 네벨하임 악사들이 다시 악기를 입으로 가져가면서 주위의 모든 관심을 그쪽으로 끌자 나는 정말 너무 기뻤다.

아마 그들은 다시 악기들의 공기구멍을 시험해보려고 소리를 내는 것 같았다. 보니까 한 명은 아무렇게나 악기를 불었고, 다른 한 명은 트럼나팔로 개별적인 음을 내서 불었을 뿐 다른 연주는 하지 않았다. 콘서트가 끝난 걸까? 저건 무슨 의식일까? 나는 시험 삼아 눈을 감아보았다. 이번에는 아까보다 안심이 안 되어 더 조심스러워졌다.

이제 내 눈앞에 보이는 형상은 상당히 추상적이었다. 아무런 경치도 아무런 존재도 아무런 공간도 나타나지 않았다. 보이는 것이라고는 그냥 점들로, 노란색, 붉은색, 파란색 같은 여러 색으로 된 작고 빛나는 얼룩들이었다. 그것들은 원형으로 정돈되면서 서로 이어서 빛을 발했다. 처음에는 천천히 움직이다가 점점 더 짧은 간격으로 좁혀들었다. 음들은 서로 연결이 되지 못해 아무런 조화로운 선율을 만들어내지 못했다. 노란색, 붉은색, 파란색이 끊임없이 계속해서 움직였고 노란색, 붉은색, 파란색은 점차 원을 그리며 돌았다. 나는 처음으로 트럼나팔 음악 소리도 전혀 느끼지 못했고 아무런 희열도, 두려움도, 이야기도 생겨나지 않았다.

"이건 시력계의 론도* 입니다!" 내 옆의 난쟁이가 헐떡거리며 말했다. "저들은 무멘슈타트의 안과의사 음악을 연주하고 있어요."

놀랍게도 나는 전에 무멘슈타트의 안과의사 음악에 대해서 한 번도 들어본 적이 없는데도 지금 이것에 대해서 역시 알고 있었다. 그렇다. 돌연 나는 이 전혀 다른 방향의 음악에 대해 대가(大家)가 되어 있었다. 그것에 대해서 모든 걸 알고 있었다. 예를 들어, 무멘슈타트의 안과의사들은 눈의 내부를 후첸 산의 지하에서 발견한 수정요지경으로 관찰, 진단할 때 사용하는 음악을 하나 개발했다. 동공을 통해 눈의 모든 각도를 고찰하기 위해서 의사는 환자에게 어떤 방향을 보도록 지시했다. 즉, 위로, 오른쪽으로, 왼쪽 중앙으로, 오른쪽 아래로, 아주 아래쪽으로 등등……. 그의 시선이 하나의 완전한 원을 그릴 때까지 눈을 움직이도록 했다. 무멘슈타트의 안과의사들은 물론 요괴들이었다. 그리고 요괴들은 여섯 개의 귀를 가지고 있는 것으로 알려져 있어서 거미들만 감지할 수 있는 미세한 주파들도 들을 수 있었다고 한다. 거미들의 뇌는 귀로 들은 모든 것을 바꿔 음악으로 만들어내기 때문에 끊임없이 혼자 콧노래를 흥얼거리곤 했다. 물론 무멘슈타트의 안과의사들도 일을 할 때 그렇게 하곤 했다. 그래서 그들 가운데 도레미우스 파졸라티 박사라고 하는 안과의사는 어느 날 동공의 원을 음악적인 흥얼거림과 연결해서 환자를 안정시키는 효과를 만들어내겠다는 착상을 했다. 그렇다. 그는 환자들을 심지어 가벼운 도취 상태로까지 빠지게 했으므로 그의 병원을 나갈 때는 기분이 더 가벼워지고 거의 희열 상태에 있었다. 그 진단이 얼마나 파괴적이든 그건 상관없었다.

---

* 주제가 순환 반복되는 소악곡.-옮긴이

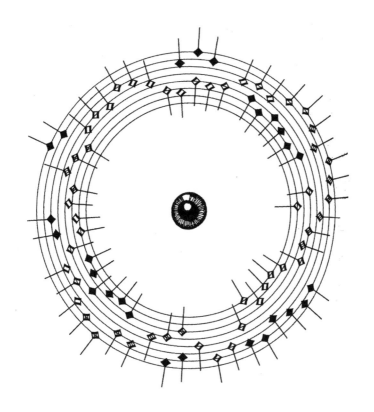

여기서 더 나아가 파졸라티는 시력계 음악을 고안해냈다. 그것은 음악의 모티브를 계속 반복해서 처음으로 되돌아가게 하는 원형의 악보 순서를 지닌 음악이었다. 이것이 무멘슈타트의 안과의사 음악에 대해서 내가 최근에 얻은 지식이었다.

"시력계의 론도를!" 청중들이 소리쳤다. "시력계의 론도를 연주해라!"

나는 눈을 뜨고 네벨하임의 트럼나팔 연주자들이 일어서는 것을 보았다. 극도로 열광하는 목소리들이 사방에서 외쳤다. 나는 다시 눈을 감았다.

이제 세 개의 트럼나팔이 함께 같은 음을 연주했다. 그리하여 소리는 몇 배로 커지고 더 강해지고 더 감동적으로 되었다. 그 음은 아까보다 더욱 찬란했으며 음의 파동이 내 몸을 뒤흔들었다. 삼중음이 연이어 울려 퍼졌으며 빛들은 회전하기 시작했다. 내가 보는 것, 듣는 것, 생각하는 것도 회전하기 시작하더니 점점 더 빨라졌다. 노란색, 노란색, 노란색, 붉은색, 붉은색, 붉은색, 파란색, 파란색, 파란색, 마구 소용돌이치며 회전하는 삼원색, 타오르는 듯한 무지개가 하나의 원으로 닫히더니 우주의 어둠 속으로 빨려들어갔다. 그 어떤 의심 같은 것이 내게서 떨어져나가고 나는 이 완전한 추상적 음들이 내 안에서 불러일으키는 환희에 몸을 맡겼다. 우리들은 문학적인 음악 영역을 훨씬 뛰어넘는 영역으로, 이야기들과 형상과 인물들 혹은 운명이 더 이상 아무런 의미가 없는 영역으로 밀고 나아갔다. 지금까지 내가 들어온 모든 것들은 하찮은 시작에 불과해 보였다. 왜냐하면 지금 내가 겪는 것이야말로 너무 엄청나서 한마디 문장으로 요약할 수가 없었기 때문이다.

나는 음악이 되어 있었다.

나 자신이 해체되는 것으로부터 일은 시작되었다. 아마 수증기도 끓는 액체의 몸에서 빠져나와 차가운 공기 속으로 상승할 때 그런 느낌일 것이다. 내 생애에서 처음으로 나는 자유로워졌다. 정말로 모든 세속적인 압박으로부터 자유로워졌고 내 몸으로부터 자유로워졌으며 나 자신의 생각으로부터 벗어났다.

그러자 나는 음향이 되었다. 음향이 된 자는 파동이 된다. 음향의 파동이 된다는 것이 어떤 건지 누가 알겠는가마는, 그는 우주의 비밀에 이미 한 걸음 더 가까워진 거라고 나는 감히 주장하겠다. 그리고 이제 나는 그것을, 음악의 비밀을 이해했다. 음악이 왜 다른 예술들보다 월등히 뛰어난지를 이해했다. 그것은 음악이 지닌 무형성 때문이다. 음악은 한번 그 악기로부터 벗어나면 완전히 그 자체가 되

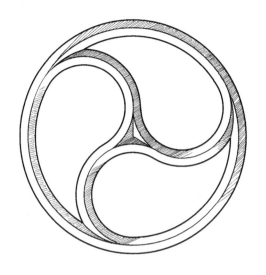

고 독자적이고 자유로운 피조물인 음향이 된다. 무게도, 형체도 없고 완전히 순수하며 우주와 완전한 조화를 이루는 것이다.

나 자신이 그렇게 된 듯한 느낌이었다. 나는 음악이 되어, 활활 타오르는 원과 더불어 모든 것을 넘어서서 높이 춤추고 있었다. 저 아래 어딘가에 세상이 있고, 내 몸이 있고, 내 근심들이 있었다. 하지만 그 모든 것들은 이제 완전히 부차적으로 보였다. 그러자 그것은 불의 수레바퀴가 되었고, 오직 현존재만이 가치를 지녔다. 그것은 소용돌이를 이루면서 돌고 또 돌다가 마침내 여러 색의 빛은 다시 그 내부로 흘러들어가기 시작했고, 그 안에서 세 개의 굽은 궤도가 중앙의 한 곳으로 모아졌다.

그러자 나는 그것을 보았다. 바로 삼원이었다.

삼원, 그 비밀스러운 기호는 바로 키비처와 이나제아 아나자지의 고서점에 걸려 있던 것이었다. 그것은 내 내면의 눈앞에 이제 더 큰 소리로 웅장하게 울려 퍼지는 트럼나팔 음악의 힘으로 불려나와 빛나고 있었다. 이 활활 타오르는 원은 내가 지금껏 보아온 것 중에서 가장 아름답고 가장 흠 없고 가장 찬란한 것이었다. 나는 그것을 위해 일하고 그것에 복종하고 싶었다. 오직 그것만이 내 유일한 소원이었다.

그때 갑자기 모든 것이 정지했다. 음악이 중단되었고, 기호도 사라졌고 나는 무너져버리고 말았다. 나는 아래로 깊이, 깊이 추락했다. 세상 속으로, 차모니아로, 내 몸속으로 다시—착! 하고— 되돌아가 지금까지 그렇게 속박에서 벗어나 있던 영혼이 다시 가차 없이 내 몸속으로 들어와 원자들 속으로 갇히고 말았다.

나는 눈을 번쩍 떴다. 네벨하임 악사들은 트럼나팔을 내려놓고 짐을 싸기 시작했다. 청중은 일어섰다. 아무 갈채도 없었다. 당황해서 나는 주위를 둘러보았다. 그처럼 대단했던 콘서트가 어쩌면 이리도 이상야릇하게 끝난단 말인가! 나는 옆자리에 앉은 난쟁이한테 몇 가지를 물어보려고 했다. 그런데 그자 역시 이미 사라진 후였다. 키비처와 슈렉스가 군중들과 함께 자리에서 급히 도망치는 모습도 보였다. 청중은 그들이 앉아 있던 열에서 벗어나려다 부딪혀 비틀거리곤 했다. 오직 나 혼자만이 마비된 듯이 부흐하임 시립공원의 의자에 웅크리고 앉아 있었다.

그러자 내 머릿속이 분명해졌다. 나 역시 더 이상 낭비할 시간이 없었다! 나는 급히 떠나야 했다! 어찌 내가 그것을 잊을 수 있단 말인가. 내 삶의 유일한 목적은 내가 긁어모으고 끌어들일 수 있는 한 많은 책을 획득하는 일이었다. 빨리 빨리, 다른 자들이 나보다 앞서기 전에! 책을, 책을! 그것도 물론 삼원의 기호를 단 고서점들에 보관되어 있는 꿈꾸는 책들이어야만 했다. 나는 다른 청중들의 뒤를 황급히 쫓아갔다.

18
도취

우리들은 공원을 가능하면 빨리 떠나려고 서로 밀쳐대면서 앞으로 달려갔다.

얼마 안 가서 나는 한 무리의 청중들의 선두에 서서 달려가고 있었다. 그 무리 속에는 키비처와 슈렉스도 끼어 있었다. 그러나 우리는 서로 쳐다보지 않았다. 나는 오직 한 가지 사명만을 위해 달려가고 있었다. 책을 사야 했다. 많은 책을. 그 외의 다른 것은 내 관심을 끌지 못했다. 트럼나팔이 이 가장 중요한 생각만 빼놓고 내 머릿속을 완전히 비워버린 것처럼, 마치 앞으로 전진하는 병사처럼 나는 몸을 팽팽히 세우고 앞으로 달려가면서 내 사명을 기계적으로 계속 반복해 외워댔다.

"책을 사야 한다! 책을 사야 한다! 책을, 책을 사야 한다!"

마침내 첫 번째 거리가 나왔다. 그런데 거기에는 고서점이 하나도 없었다. 아마 그 거리는 부흐하임에서 고서점이 없는 유일한 곳인 것 같았다. 그런데 하필 그런 거리로 우리가 뛰어들어갔다니! 이 무슨 시간 낭비인가! 나는 참을 수 없어 숨을 헐떡거렸고 다른 군중들은 욕설을 퍼부었다. 더 나아가자! 더 가자!

다음 거리가 나왔다. 열두 개의 서점들이 있었고 그중 두 개의 서점에 삼원 표지가 있었다. 승리에 찬 소리를 내지르면서 우리는 그 서점들을 덮쳤다. 마치 술 취한 한 떼의 야만인들처럼 안으로 맹렬하게 큰 소리를 지르면서 뛰어들자 서점 안의 고객들이 급히 피해 달아났고 서점 주인은 두려운 눈으로 판매대 뒤로 몸을 숨겼다.

나는 성급하게 주위를 둘러보았다. 책들이 보였다, 마침내! 어떤 것들을 집을까? 상관없다! 중요한 건 책이야! 사자! 사자! 나는 큰 바구니를 집어 들고 서가에서 책들을 마구 끄집어냈다. 제목이나 저자 이름은 물론, 가격이나 책의 상태를 볼 것도 가릴 것도 없이 하찮은 책들을 마구 쓸어 담았다. 비싼 초판본이건 값싼 덤핑 책들이건 나한테는 제기랄, 상관없었다. 그 책들이 내게 흥미 있는 분야든 아니든, 그것들을 구입하는 것이 무슨 의미가 있든 없든 상관없었다. 책들을 갖고 싶은 억제할 수 없는 뜨거운 갈증이 나를 사로잡아 오직 한 가지만 나를 진정시킬 수 있었다. 바로 책을 사는 것, 사는 것, 사는 것이었다.

그 슈렉스 녀석하고 아름답지 못한 장면이 벌어졌다. 둘 다 우연히 똑같은 책을 낚아채려고 했던 것이다. 우리는 한동안 책을 이리저리 잡아당기면서 노골적으로 적의를 드러내고 서로 야단쳤다. 그러다가 돌연 싸울 흥미를 잃고 마치 죽은 양한테 달려드는 굶주린 독수리들처럼 책더미로 덤벼들었다.

우리는 책에 도취되어 있었다! 내 주위에 빙 둘러 트럼나팔 군중들이 마구 헤집고 밀치고 부딪치며 떠밀었고, 마치 내일이 되면 책들이 한 권도 없을 것처럼 책들을 마구 낚아챘다. 여기저기 서로 치고받는 자들도 있었으나 대다수는 물건을 모으는 데 에너지를 쏟고 있었다. 책들을 무겁게 챙긴 채 나는 서점 안을 뚫고 지나가면서도 여전히 바구니 안에 더 많은 책을 마구 집어넣었다.

맨 먼저 책들을 챙긴 몇 명은 더 이상 끌어모을 수가 없자 이제 카운터로 갔다. 그러나 거기서도 그들이 모아서 갖고 간 작품들의 가격이 시중가격을 훨씬 넘어서는 경우에는 대단한 장면들이 벌어졌다. 어떤 자들은 고서점 상인이 자기가 원하는 책을 뒤로 제쳐놓기라도 하면 울며불며 자기 옷을 찢고 난리를 쳤다. 그리고 나는 그들의 그런 행동이 전적으로 옳다고 생각했다. 그 상인은 어쩌면 그리도 냉정할 수 있단 말인가?

마침내 나도 엄청나게 무거운 책 바구니를 들고 비틀거리면서 카운터로 갔다. 고서점 상인은 내가 고른 책들 가운데 상당 부분을, 그것도 주로 진귀한 초판본들을 뒤로 제쳐놓으려고 했다. 단지 내가 그것들을 지불할 돈이 없다고 말이다! 그거야말로 야비하고 소심한 짓이었다! 나는 울음을 터뜨리고 애통해했지만 그래도 그는 양보하지 않았다. 나는 그에게 거칠게 욕을 퍼부은 다음 내가 갖고 있는 여행비용으로 살 수 있는 만큼의 책을 사서 큰 배낭 안에 넣어 짊어지고 마침내 그곳을 떠났다. 나는 얼굴이 창백해졌지만 그래도 행복했다.

숙소로 돌아와 나는 짐을 방 한가운데다 풀어놓았다. 그러고는 산더미처럼 쌓인 그 책들을 한동안 희희낙락하며 만족스런 눈으로 쳐다보았다. 그런 다음 침대에 벌렁 누워 이내 아무런 꿈도 꾸지 않는 긴 잠 속으로 빠져 들어갔다.

꒰@
개구리고기 요리법 사백 가지

잠에서 깨어났을 때 처음에는 내가 다른 방에 들어와 있는 게 아닌가, 아니면 어떤 미치광이가 밤새 그 안에 산더미처럼 책들을 쏟아부은 게 아닌가 싶었다. 그러자 모든 것이 다시 내 머릿속에 떠올랐다. 바로 콘서트였다. 네벨하임의 트럼나팔 연주자들. 근원음. 기자르드 폰 울포의 혜성포도주. 그림자 제왕. 무멘슈타트의 안과의사 음악. 활활 타오르는 삼원. 책들에의 도취.

잠에 취한 채 나는 내 약탈물들이 있는 곳으로 걸어갔다. 책들 가운데 한 권을 집어 들고 제목을 쳐다보았다.

비제르코 고벨이 쓴 『숙련자를 위한 굴뚝 청소』라고 쓰여 있었다.

다른 책을 집었다.

도트프리트 에그가 쓴 『엉덩이를 열두 번 매질하기. 채찍질 입문서』였다.

나는 그걸 내던지고 다른 것을 집었다.

『나티프토프 족의 재미있는 백 가지 일화』였다.

이건 대체 무슨 쓰레기들이지? 나는 하나씩 차례로 집어 들었다가는 그 제목을 읽고 머리를 흔들었다.

『왼손잡이들을 위한 작은 매듭 지식』

『풀무를 이용한 유리 기구 제조』

『만성 풍기증(風氣症)에 관한 모든 것』

『아열대 목탄 습지에서 보이는 선사시대 곤충들의 미라』(전 24권)

『응용화된 식인』

『수탉을 빗질하는 법』

『부식 연구가들을 위한 부식 목록』

『자연산 해면으로 수염 씻기』

『부스러기 책』

『개구리고기 요리법 사백 가지』

정말이지, 대체 누가 이런 어리석기 짝이 없는 것들을 사들였단 말인가? 설마 내가?

나는 책더미 속을 마구 헤치면서 제목을 하나씩 읽어갈수록 더 정신이 났고 더 절망적이 되었다. 나는 재미있는 책이나 가치 있는 책이라고는 한 권도 사지 못하고, 그저 종이 쓰레기들과 싸구려 책들만 쓸어 모은 것이었다. 내가 갖고 있던 돈을 전부 기껏해야 모닥불 속에나 던져질 만한 책들을 사는 데 지출한 것이다.

나는 절망적이 되어 몸을 비틀거리면서 다시 침대로 돌아가 누웠다. 이제야 비로소 머릿속이 쿵쿵거리면서 아픈 것을 알았다. 혹시 치료 불가능한 뇌병은 아니겠지? 아니면 그 음악을 들은 내 머릿속이 이상해져서 조만간 부흐하임 정신병원의 격리실에 가죽조끼를 입은 채 갇히게 되는 것은 아닐까? 그 음악은 이미 나를 재정 파탄으로 몰아넣었으니, 광기로까지 몰아넣지 말라는 법이 있을까? 들어봐라! 이건 내 귀에 들리는 소리들이지? 그렇다, 그것들은 분명 내 머릿속에 울리는 목소리들이었다. 마비성 치매증이 이미 얼음장 같은 발톱으로 나를 꽉 붙들고 내 귓속에 그릇된 명령들을 주입하고 있었다. 아니, 그것들은 그냥 주위의 공간을 깨끗이 청소하는 순화의 힘들이었다. 나는 진정하려고 애썼다.

어떻게 해서 거기까지 가게 된 거지? 정말로 트럼나팔 음악이 그토록 강했던가? 만약 그 음악의 영향으로 내가 애통해하고 땅바닥에 뒹굴면서 스스로 콜로포니우스 레겐샤인이 되었다고 느낄 정도였다면, 그 음악에는 그것 말고 또 다른 능력도 있을 수 있었다.

나는 이제 심신이 망가지고 쇠약해져 머리를 떨군 채 린트부름 요새로 되돌아가는 일밖에는 남지 않은 건지도 모른다고 생각했다. 나는 숙박비나 아침 식사를 계산할 돈도 없었다. 혹시 책 상인들이 이 책들을 다시 사준다면 어떨까? 그렇지만 그 고서점이 대체 어디에 있었는지조차 기억나지 않았다.

그때 내 머릿속에 피스토메펠 스마이크가 떠올랐다. 그는 내가 갖고 있는 원고가 귀중한 거라고 얘기했다. 혹시 그것을 팔 수 있을지도 모른다!

나는 어지러워 신음 소리를 토했다. 그토록 깊이 나는 몰락해 있었다! 아침 식사만이라도 할 수 있다면 단첼로트 대부의 상속자 자격마저 팔아넘길 수 있었다. 금방이라도 잊혀진 시인들의 공동묘지로 가서 나 자신의 무덤을 삽으로 팔 수도 있었다. 눈을 감자 다시 화염에 싸인 삼원이 보였다. 어제처럼 그리 환하게 빛나지는 않았으나 어제와 같은 색들을 모두 갖춘 아름답고 매혹적인 모습이었다. 나는 어쩌면 다시 트럼나팔 음악을 들어도 참아낼 수 있을 것 같았다.

그때 나는 눈을 번쩍 뜨고 침대에서 뛰어내렸다. 그 음악이 나에게 무슨 일을 벌였던 걸까? 나는 절망적인 기분으로 산더미처럼 쌓여 있는 쓰레기 같은 책들을 쳐다보았다. 신선한 공기를 쐬고 싶었다. 그래서 세수를 하고 다시 밖으로 나와 길을 나섰다.

카운터에서 나를 뚫어지게 쳐다보는 여관 직원의 시선을 나는 지나치면서 슬쩍 훔쳐보았다. 그는 내가 간밤에 엄청나게 많은 책을 담은 커다란 배낭을 들고 의기양양하게 소리를 지르면서 돌아온 것을 보았던 것이다. 나는 밖으로 나갔고, 분주한 부흐하임의 거리들을 보고 놀랐다. 평소와 달리 너무 오랫동안 잠을 잔 모양이었다. 태양의 위치로 보아 거의 정오가 되어 있었다. 그것은 내게 오히려 나쁘지 않았다. 나는 곧장 스마이크의 문자 실험실로 갔다.

59
스마이크 가문의 상속인

스마이크는 풍성한 아침 식사를 차려놓고 나를 기다리고 있었다. 꿀을 바른 빵—그 속에 벌은 없었다—과 삶은 계란, 밀크 커피, 사과 주스, 그리고 따뜻한 시인의 유혹이라는 과자 등, 그는 마치 내가 굶은 상태에서 그의 집에 늦게 도착하리라는 것을 미리 알고 있는 듯했다.

우리는 작고 쾌적한 부엌에 앉았다. 내가 아침 식사를 보고 덤벼들자 문자 전문가는 나를 보며 히죽 웃었다. 나는 커피를 일 리터 정도나 마셨고 꿀 바른 빵 세 개와 계란 네 개, 시인의 유혹 두 개를 먹어 치웠다. 그러는 사이에 이따금 나는 그에게 어제 일어났던 일들을 얘기해주었다.

스마이크는 웃었다.

"당신한테 경고할 걸 그랬습니다. 그들은 결국 네벨하임 출신 악사들입니다. 그들이 있는 장소에서는 모든 일이 일어날 각오를 해야합니다. 저도 언젠가 콘서트를 들은 적이 있는데, 그것이 끝난 후에 —저를 포함해서— 모든 청중들이 슈렉스 족의 공동묘지를 파손시켰습니다. 우리는 심지어 하룻밤 동안 감옥에 갇히기도 했지요. 그게 네벨하임식 유머입니다. 모든 일에는 다 가치가 있다는 거죠. 당신은 어땠나요? 그 일이 가치가 없던가요?"

"지금은 그렇습니다." 나는 음식을 씹으면서 말했다. "어떤 식으로든 가치가 있겠지요. 하지만 지금 저는 빈털터리가 되었어요."

"저는 그렇게 생각하지 않습니다."

"그게 무슨 말씀이지요?"

"당신의 원고 말입니다. 저는 그것을 철저히 연구했습니다. 그 결과 그 원고는 제가 예측했던 것보다 훨씬 더 가치가 있는 것이었습니다."

"사실입니까?"

나는 기분이 좋아져서 커피를 잔에 더 많이 따랐다.

"물론입니다, 젊은이! 특히 부흐하임에서 그 가치는 어마어마합니다. 많은 돈을 받고 팔 수도 있을 겁니다. 만약 당신이 그것을 원하면 제가 도와드릴 수 있습니다. 물론 저는 수수료 따위는 원하지 않습니다. 만약 당신이 그 원고를 그냥 가지겠다면 그것을 담보로 이 도시 어디서든 대출을 받으실 수 있습니다." 스마이크가 말했다.

"대단하군요. 그런데 원저자가 누군지는 알아냈습니까?"

"그럼요."

"아, 그래요? 누구입니까?"

스마이크는 다시 히죽 웃으면서 몸을 일으켰다.

"제가 조금 긴장감을 조성해볼까요? 그러면서 당신한테 부흐하임에서 가장 비밀스러운 것들 중 하나를 보여드릴까요? 따라오십시오!"

그는 부엌을 나갔다. 나는 시인의 유혹을 하나 더 입속에 집어넣고는 그의 뒤를 따라갔다. 그는 나를 데리고 문자 실험실 안으로 들어가더니 라이덴 병 속의 소인간들이 놓여 있는 서가를 가리켰다. 나는 주저하면서 그쪽을 쳐다보았다. 소인간들 모두가 라이덴 병 속의 액체 속에서 생기 없이 움직이고 있었다.

"죽었습니다." 스마이크가 말했다. "당신 원고의 그 비밀스런 작가는 저것들의 죽음에 책임이 있습니다."

"그게 무슨 말씀입니까?" 내가 물었다.

"저 라이덴 병 속의 소인간들에게 어젯밤 당신의 원고를 읽어주었습니다. 언어의 선율이 어떤지 실험해보기 위해서였지요. 소인간들은 처음에는 노래하기 시작하더니 나중에는 울었습니다. 그리고 마침내는 하나씩 쓰러지더니 모두 죽고 말았습니다. 그 텍스트의 특성이 그것들을 죽게 만든 것입니다. 그 원고는 이토록 작은 존재들한테는 너무나 대단한 것이었지요."

"믿을 수가 없군요. 이전에도 그런 일이 있었나요?" 내가 말했다.

"아니오. 한 번도 없었습니다." 스마이크가 말했다.

그는 바닥에 난 활짝 열려 있는 문으로 나를 인도했다.

"자, 저를 따라오십시오."

아주 오래된 나무 경사면 하나가 문 밑으로 나 있었는데, 뚱뚱한 상어구더기가 구르다시피 밟고 내려가고 또 내가 조심스럽게 그 뒤를 따라 내려가자 힘겨운 듯 삐걱거리는 소리를 냈다. 밑은 습기 차고 추웠다. 게다가 흥미로운 것이라고는 전혀 없어 보였다. 오래된 전형적인 지하실 안에는 먼지 쌓인 선반이 몇 개 있고, 그 위에는 절인 과일을 담은 병들, 꿀을 담은 병들, 그리고 포도주 병들이 저장되어 있었다. 거미줄, 벽난로용 장작, 실험실에서 나온 부서진 기구들이 여기저기 흩어져 있을 뿐 특별히 눈에 띄는 것은 없었다.

"여기가 부흐하임에서 가장 비밀이 잘 지켜지는 곳이라는 말인가요?" 내가 물었다. "당신이 먼지 털기를 좋아하지 않는다는 것을 누가 알까 봐 두려우신 겁니까?"

스마이크는 내 말에 미소를 짓더니 선반들 가운데 하나를 살짝 눌렀다. 그러자 그 선반과 그 뒤에 있는 벽이 함께 뒤로 움직였다. 들여다보니 그 뒤에는 지하로 내려가는 긴 통로가 하나 있고, 그 안은 여기저기 깜박거리는 불빛들로 가득했다.

"부흐하임의 지하묘지로 내려갈 각오가 되어 있습니까?" 스마이크는 물으면서 그의 왼팔 일부를 터널 안쪽으로 내밀었다. "두려워하지 마십시오. 이 여행은 제가 안내해드리겠습니다. 돌아오리라는 보장도 해드리고요."

우리는 해파리램프들이 우아하게 빛나고 있는 통로 안으로 발을 들여놓았다. 거기에는 트럼나팔 음악을 들었을 때 환상 속에서 보았던 것과 비슷한 분위기가 지배하고 있었다. 하지만 이곳에는 책들도 서가들도 전혀 없었다. 벽에는 긴 간격을 두고 커다란 기름 램프들이 걸려 있었다. 그것들은 예외 없이 각기 다른 복장을 한 상어구더기들의 초상화를 비추고 있었다.

"이들은 모두 스마이크입니다." 문자 전문가는 우리가 그림들을 지나쳐가자 담담한 목소리로 말했다. "저의 선조들입니다. 저기! 저분은 프로스페리우스 스마이크이지요. 한때 플로린트의 수석 사형 집행인이었습니다. 돌아가신 지 삼백 년이 되었습니다. 저 뒤에 있는 추하게 생긴 분은 이름이 할리르호티우스 스마이크로 비열한 약탈꾼이었지요. 그는 경기불황이 지속되어 생계가 어려워지자 자기 자식들을 잡아먹었답니다. 그래요, 자기 혈족을 골라서 태어날 수는 없으니까요. 안 그렇습니까? 스마이크 가문은 차모니아 전역으로 흩어졌습니다."

초상화들 가운데 하나가 내 흥미를 끌었다. 그 초상화에 그려진 형상은 다른 전형적인 상어구더기들처럼 살이 찐 모습이 아니라 매우 마른 체형으로 광기가 번뜩이는 뚫어질 듯한 시선을 보내고 있었다.

"하고프 살달디안 스마이크입니다." 그가 설명했다. "저의 숙부입니다. 그분으로부터 저는…… 그것에 대해선 나중에 말씀드리지요. 그분은 예술가였습니다. 조각을 하셨지요. 저희 집은 그분의 조각들로 가득 차 있습니다."

"하지만 저는 집 안에서 단 한 점의 조각도 보지 못했는데요." 내

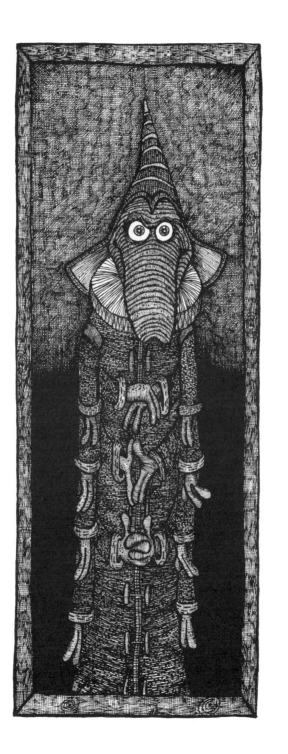

가 반박했다.

"놀라운 일이 아닙니다. 그것들은 그냥 육안으로는 알아볼 수가 없지요. 하고프 숙부께서는 미세 조각품을 만드셨으니까요." 스마이크가 대답했다.

"미세 조각품이라고요?"

"예, 처음에는 버찌 씨앗과 쌀알로 만들었습니다. 그러다가 재료의 크기가 점점 더 작아졌습니다. 마지막에 가서는 털끝으로 조각품을 만드셨지요."

"그게 가능한 일입니까?"

"원래는 아니지요. 그러나 하고프 숙부께서는 그 일을 해내셨습니다. 우리가 되돌아가면 그런 작품 몇 개를 현미경으로 보여드리겠습니다. 그분은 누르넨 숲에서 벌어졌던 전투 전체를 눈썹 하나에다가 조각해놓았습니다."

"당신은 비범한 가문 출신이군요." 나는 놀라움을 표시했다.

"그렇습니다. 유감스럽게도요." 스마이크는 한숨을 내쉬었다.

우리가 급경사진 통로를 따라 아래로 내려가면 갈수록 벽에 걸린 그림들은 점점 더 오래된 것들이 나타났다. 그림 위에 칠해진 안료와 투명 안료 층에 금이 간 것, 그리고 갈수록 그림 기법이 눈에 띄게 초보적이라는 것과 초상화 인물들의 복장으로 알 수 있었다.

"우리 스마이크 가문의 뿌리는 차모니아 대양의 가장자리까지 거슬러 올라갑니다. 그리고 그 대양의 해수면 아래로 더 깊이, 깊은 바다 속으로까지 추적해갈 수 있습니다. 해저로까지요. 그러나 제 출신 내력이 어떻든 저한테는 별로 상관없는 일입니다. 스마이크 사람들은 늘 서로 거리를 유지해왔으니까요. 각자 독자적으로 움직이는 것이 우리 가문이 이어받은 유전이기도 하지요."

통로는 다른 방향으로 급격히 구부러졌다. 그러나 그곳에 장치된 것들은 아주 빈약했다. 이따금 천장에 해파리램프가 붙어 있거나 벽에 유화가 하나 걸려 있는 것이 전부였다.

"툴라파트 스마이크입니다." 그가 설명했다. "사막의 전갈이라고도 불렸지요. 자기 적들을 모래 속에 파묻어 익사시켰습니다. 유사(流砂)일 경우에는 그게 가능합니다."

그는 또 다른 그림을 가리켰다.

"오쿠사이사이 스마이크입니다. 그는 아이젠슈타트의 지하세계를 통제했습니다. 쇠로 만든 이빨을 제조해서 자기의 적들을 산 채로 잡아먹었습니다. 악마의 절벽에 사는 외눈박이 괴물들의 수준으로까지 추락한 유일한 스마이크였습니다. 그리고 저기 저 그림은 체트 로질리 스마이크입니다. 자기와 결혼한 남편들을 모두 뜨겁게 달군 부지깽이에다가…… 아, 그런 걸 얘기하면 밥맛이 없습니다. 더 설명하는 건 생략하겠습니다. 거의 다 왔습니다."

통로는 지금까지 줄곧 급경사였으므로 우리는 상당히 깊은 곳으로 내려와 있는 것이 틀림없었다. 그러나 여전히 나는 단 한 권의 책도 보지 못했다. 갑자기 통로가 끝나고 우리는 쇠장식들이 붙어 있는 거무스름한 나무 문 앞에 섰다.

"다 왔습니다."

스마이크가 말했다. 그는 몸을 아래로 굽히더니 심하게 녹슨 자물쇠 안쪽에 입을 대고 뭐라고 알아들을 수 없는 말을 중얼거렸다.

"책 연금술사들의 주문으로 여는 자물쇠입니다."

그는 다시 몸을 반듯이 일으키면서 사과하는 듯한 말투로 해명했다. 문은 손잡이를 밀지 않았는데도 끼이익 소리를 내면서 열렸다.

"지난 세기에 연금술사들이 쓰던 잡동사니입니다. 그렇다고 무슨

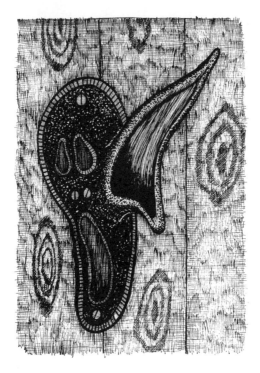

마법 같은 건 아닙니다. 음향의 파동에 의해서 야기되는 무게의 메커니즘이지요. 그렇지만 음향의 파동이 정확해야 합니다. 그렇게 하면 귀찮은 열쇠를 쓰지 않아도 되거든요. 먼저 들어가십시오!" 스마이크가 말했다.

문 안으로 들어가자 갑자기 내가 지금껏 본 어떤 것보다도 큰 방이 나타났다. 그 방의 형태는 어떤 기하학적 개념으로도 설명할 수가 없었다. 그것은 모든 방향으로, 위로, 아래로, 그리고 옆으로 계속해서 돌고 있었다. 심연들이 밑에서 입을 쫙 벌리고 있고, 돌로 된 천장들은 거대한 높이로 궁형(弓形)을 이루고 있었다. 테라스들이 서로 겹쳐져 있었고, 움푹 파인 곳들이 내려가면, 거기에서 다시 다른 움푹 파인 부분들이 갈라져 나왔다. 묵직한 종유석들이 위에서 아래로 매달려 있었는데, 그것들이 다시 아래에서 위로 거꾸로 치솟으면서 나선형 계단을 후려쳤다. 돌로 만든 아치들이 깊은 갱도들 위에 걸쳐져 있었다. 또한 돌연 도처에서 해파리램프들이 맥동하는 불빛을 발하고 있었다. 촛불들이 쇠사슬에 묶여 아래로 늘어뜨려져 있는가 하면 벽 속에 끼워져 있는 것들도 있었다. 이것은 수많은 방들로 이루어진 하나의 방이었다. 그 안에서는 사방으로 무한히 시선을 돌릴 수 있었으며 그 시선의 끝은 어둠 속으로 사라지고 있었다. 나는 어느 장소에서도 그처럼 방향 감각을 잃었다는 느낌이 든 적이 없었다. 그러나 방 안에서 정말로 나를 당혹스럽게 한 것은 공간의 형태나 크기 혹은 조명이 아니라, 거기에 책들이 가득 차 있다는 사실이었다!

"여기가 저의 집 창고입니다."

스마이크는 마치 여느 나무 헛간 문을 연 것처럼 대수롭지 않은 투로 설명했다.

거기에는 비록 수백만 권의 책은 아니더라도 수십만 권의 책들이 있는 것이 분명했다!

내가 부흐하임에서 보았던 모든 책보다도 많았다! 곳곳에 기괴한 종유석들이 매달려 있는 구멍들마저 책을 저장하는 공간으로 사용되고 있었다. 서가들은 곧게 바위를 뚫어서 만들었고, 나무로 만든 서가들은 현기증이 날 정도로 천장 높이 솟아 있었으며 거기에는 기다란 사다리가 기대어 있었다. 곳곳에 대형 서적들이 그야말로 산더미를 이루며 쌓여 있었다. 거친 나무로 단순하게 짜 만든 서가들이 있는가 하면, 유리를 설치한 값진 고서적 책장들도 있었고, 책이 담긴 바구니, 수레들, 그리고 책이 가득 담긴 상자들이 여기저기 놓여 있었다.

"저도 잘 모릅니다. 이게 모두 몇 권인지 짐작조차 할 수 없지요. 누가 이 책들을 여기로 가져왔는지도 모릅니다. 제가 아는 것이라고는 다만 부흐하임의 기본법에 따라 이것들이 모두 제 소유라는 겁니다."

스마이크는 마치 내 생각을 읽은 것처럼 말했다.

"인공적으로 조성된 방입니까? 아니면 진짜 종유석 동굴입니까?" 내가 물었다.

"제가 믿기로는, 이 방의 대부분은 자연적인 장식 그대로입니다. 이곳은 원래 바다 밑에 있었던 것이 분명합니다. 바위에 박혀 있는 화석들이 그것을 암시해주지요. 그런 가정은 아마 차모니아의 어떤 생물학자라도 맞다고 인정할 겁니다." 스마이크는 웃었다. "그렇지만 돌의 표면은 마치 연마를 한 것처럼 보입니다. 그래서 인공적으로 만든 것 같은 인상을 주지요. 제 추측으로는 근면한 자연의 손이 거들어 준 것 같습니다. 그 이상은 저도 말씀드릴 수가 없군요."

"이 모든 것들이 전부 정말 당신 소유라는 말입니까?"

어리석은 질문이었다. 이토록 많은 책들이 단 한 사람의 소유가 될 수 있다는 생각이 내게는 너무나 어처구니없어 보였다.

"예, 제가 상속했습니다."

"이것이 바로 스마이크의 유산입니까? 당신의—죄송합니다만, 이 건 당신이 직접 하신 말씀입니다— 타락한 가문의 유산입니까? 이 제 보니 아주 놀라울 만큼 세련된 가문이었던 것 같군요."

"오, 제발 세련됨과 타락함이 서로를 배제한다고 믿지는 마십시오."

스마이크는 한숨을 내쉬었다. 그는 서가에 꽂혀 있는 책들 가운데 한 권을 꺼내서 생각에 잠긴 표정으로 그것을 쳐다보았다.

"이 모든 것들이 제가 태어났을 때부터 제 소유는 아니었다는 것을 당신은 아셔야 합니다." 그는 계속해서 말했다. "저는 부흐하임에서 멀리 떨어진 그랄준트라는 데서 자랐습니다. 제가 그곳에서 벌

216

였던 사업은 정말이지 책하고는 전혀 관련이 없는 것이었지요. 그리고 그 사업은, 네, 그래요, 그리 잘되지 않았습니다. 그래서 저는 어느 날 완전히 무일푼이 되고 말았습니다. 걱정 마세요. 제가 당신한테 제 젊은 시절의 가난에 대한 슬픈 이야기로 부담을 주려는 게 아니니까요. 저는 곧 명랑한 이야기로 넘어갈 겁니다."

스마이크는 그 책을 다시 서가에 꽂았다. 나는 이 믿을 수 없는 책 동굴의 장관을 눈으로 휘익 훑어갔다. 멀리 동굴 위에 매달린 종유석들 사이에서 흰 박쥐들이 날개를 파닥거리고 있었다.

"어느 날 부흐하임의 한 공증인이 보낸 서한이 저한테 도착했습니다." 스마이크는 계속해서 말했다. "저는, 솔직히 말해서 이런 케케묵은 책들이 쏟아내는 먼지투성이의 도시로 오고 싶지 않았습니다. 그러나 그 편지 안에는 제가 이 도시에서 한 가지 유산을 상속받게 되었는데, 만약 오지 않으면 그 유산은 일반의 소유로 돌아간다는 내용이 들어 있더군요. 거기에는 그 유산이 어디에 있으며 어느 정도 가치가 있는지에 대한 언급은 없이, 다만 제가 그 당시에는 공공시설이 된 유산을 상속받게 될 거라고 적혀 있었습니다. 그래서 저는 부흐하임으로 왔습니다. 그 유산이란 저의 숙부이신 하고프 살달디안 스마이크가 남긴 것으로, 지금 우리의 머리 위로 반 킬로미터쯤 떨어져 있는 바로 그 집입니다."

우리는 벌써 지상에서 반 킬로미터나 떨어져 있는 지하에 와 있고 그 사이를 바위들이 가로막고 있다는 말인가? 그런 생각이 들자 기분이 별로 좋지 않았다.

"저는 그 유산을 상속받았습니다. 물론 약간은 실망했지요. 부흐하임으로 오면서 훨씬 대단한 것을 기대했으니까요. 하지만 어쨌든 ─나의 집이, 그것도 기념물로 보호를 받고 있는 집이 생겼고 저는

더 이상 집세를 내지 않아도 되었으니까— 제 형편으로 볼 때 그것
은 한 걸음 진전한 것이었지요. 부흐하임의 시민으로서 부흐하임 대
학에서 학비를 내지 않고 공부하도록 허락을 받았습니다. 그래서 차
모니아 문학과 고서적업, 그리고 문자학 강의를 들었습니다. 왜냐하
면 무엇으로 돈을 벌 수 있을지가 명백해졌기 때문이지요. 그 후 저
는 여러 가지 다른, 좀 더 천한 직업들을 전전했습니다. 걸어 다니는
책으로 일하기도 하고 예티들의 더러운 털을 빗질하고 가위로 잘라
깨끗하게 해주는 일도 해봤습니다. 손이 열네 개나 되면 할 만한 일
거리야 늘 찾게 되지요."

스마이크는 그의 많은 손을 쳐다보더니 한숨을 쉬었다.

"어느 날 저녁 저는 이 집의 지하실을 마구 헤집고 돌아다녀봤습
니다. 혹시나 팔아 치울 만한 뭔가가 있을까 해서였지요. 그러나 그
안에 들어 있는 것이라고는 빈 서가들뿐이었습니다. 사실 부흐하임
에서는 서가를 사려는 사람들이 늘 있지요. 그래서 저는 한 개를 위
로 가져가 약간 치장을 한 다음 싼 값으로 팔아넘기려고 했습니다.
제가 그것을 벽에서 밀어내려고 했을 때 아까 당신이 보신 것과 같
은 일이 일어났습니다. 바로 비밀 문이 열리더니 하고프 살달디안
숙부가 남긴 진짜 유산이 있는 곳으로 통하는 길이 나타난 겁니다."

"당신의 숙부가 여기 있는 것을 다 수집했습니까?"

"하고프 숙부가요? 불가능합니다. 제가 그분에 대해 알고 있는 바
에 따르면 그분은 이 책들을 전부 개인적으로 소장하지는 않았습니
다. 그분은 현미경 밑에서 자기가 직접 고안한 도구들로 털에 조각을
했습니다. 그분은 부흐하임 전역에서 망상가, 기인으로 통했지요. 그는
음식점들을 찾아다니면서 구걸한 것으로 유명합니다. 그걸 상상이나
할 수 있습니까? 그분은 이 헤아릴 수 없을 만큼 많은 보물을 지하에

저장해두고 있으면서도 차모니아의 역사를 말의 털에다 조각했으며 마른 빵조각과 부엌에서 먹다 남은 음식들로 연명했습니다. 그분의 시신은 아직까지도 발견되지 않았다고 합니다. 그의 유언장 말고는요."

이 무슨 이야기인가, 오, 내 친구들이여! 한 망상가가 남긴 유산이라니. 차모니아의 지하 깊은 곳에 저장된 값진 장서라니. 이런 소재야말로 문학작품으로 옮겨지기를 갈구하고 있었다. 내 머릿속에서는 불과 수초 사이에 소설 한 권 분량의 구상이 떠올랐다. 아주 오래간만에 떠오른 쓸 만한 착상이었다!

스마이크는 몸을 굽혀 쇠 난간에 기댄 채 기어갔다. 거기에서부터는 깊은 갱 속을 들여다볼 수 있었는데 그 갱들의 벽들도 서가들이 꽉 들어차 있었다.

"지하동굴로 내려가는 통로가 있는 집을 소유하고 있으면……." 그는 계속 설명했다. "자동적으로 그 동굴과 그 속에 있는 내용물의 소유자가 됩니다. 수백 년 전부터 그랬습니다. 그리고 여기 이곳은 부흐하임 전역에서 가장 많은 고서적을 소장한 가장 큰 동굴입니다. 이곳은 아주 오래전부터 스마이크 가문의 소유입니다."

그는 여전히 깊은 심연 속을 응시했다.

"여기에 있는 책들이 혹시 평범한 책들이라고 하더라도 그 가치는 대단할 겁니다. 하물며 이것들은 모두가 진귀한 책들입니다. 게다가 초판본들이지요. 사라진 도서관입니다. 천년도 넘은, 아무도 더 이상 그것들이 존재하리라고 믿지 않는 책들이란 말입니다. 부흐하임의 고서점들은 여기 있는 소장품들 가운데 단 한 권만 소유하게 돼도 기뻐할 겁니다. 이곳은 부흐하임에서 가장 큰 동굴일뿐더러 이 도시에서 가장 큰 보물창고입니다. 「황금 목록」에 실린 책들 가운데 꽤 많은 책들이 여기에 있습니다."

"당신은 누가 여기로 침입할까 두렵지 않은가요? 저 위에 있는 집은 그저 작기만 하고 여기 이 보잘것없는 주문 자물쇠라는 것도……."

"아뇨, 여기는 아무도 침입하지 못할 겁니다. 불가능해요."

"아하, 당신은 함정을 장치해놓았군요."

"함정은 없습니다. 이 동굴은 전혀 방비가 되어 있지 않습니다."

"그건 좀 위험한 일 아닌가요?"

"아뇨. 그리고 이제 제가 당신에게 밝힐 것이 있습니다. 이 동굴 안에는 아무도 침입하지 못할 겁니다. 왜냐하면 이것이 존재하는 것을 아는 자가 아무도 없기 때문입니다."

"이해가 안 되는군요. 당신은 이곳이 아주 오래전부터 스마이크 가문의 소유였다고 말하지 않았습니까?"

"바로 그겁니다. 그 때문에 수백 년이 지나는 동안 이 동굴이 있다는 기억이 소멸된 겁니다. 그들은 부흐하임의 관리들을 매수했습니다. 지하 서적 매장의 등기를 말살시키게 한 것이지요. 역사책들과 지도들도 위조하게 했습니다. 심지어 인물들까지도 사라지게 만들었다고 합니다."

"이런 맙소사! 당신은 어떻게 그것을 압니까?"

"여기 동굴 속에는 저희 집안의 수많은 문서들이 있습니다. 일기장, 편지들, 온갖 종류의 서류들 말입니다. 저기 심연들이 나타나고 있군요. 당신은 믿지 못할 겁니다. 스마이크 가문은 대단히 부패한 가문입니다. 제가 이미, 그래요, 당신한테 말했지요. 저는 저의 가문에 대해 그다지 자부심을 갖고 있지 않다고요." 스마이크는 진지하게 나를 바라보았다. "이 동굴은 사실 전혀 존재하지 않는 셈입니다. 오직 저와 제가 전적으로 신뢰하는 가까운 동료들만이 알고 있습니다. 물론 레겐샤인도 알고 있었지요. 그리고 이제 당신도 압니다."

잠시 동안 나는 말을 잃었다.

"하필이면 왜 이방인인 나를 이 일에 끌어들였습니까?"

"그것도 역시 당신에게 설명하지요. 그건 당신이 갖고 계신 원고와 관련 있습니다. 그러나 먼저 우리 이야기 가운데서 정말로 재미있는 부분을 들려드리도록 하겠습니다."

"더 재미있는 부분이 있다고요?" 나는 웃지 않을 수 없었다.

스마이크는 난간에서 비껴나더니 나를 보고 히죽 웃었다.

"아십니까? 이 도시에서는 모두들 나를 여전히 특별한 책들을 파는 고서점상으로 여기고 있습니다. 운 좋은 상속자이자 책 소장가들이나 책 사냥꾼들과 좋은 관계를 유지하는 벼락부자이며, 자기 집 안에 값나가는 책 겨우 한 상자 정도 갖고 있는 자로 말입니다."

그는 돌연 내가 뭐라고 형용할 수 없는 표정을 지었다.

"그러나 그 아래, 여기서 저는 다른 인물입니다. 저기 저 서가가 보입니까? 사 세기에 출판된 초판본들로 가득 차 있지요. 그중 한 권만 가지고 나가도 저는 부흐하임의 한 구획을 살 수 있을 겁니다. 아니면 정치가 한 명을 돈으로 매수해 평생 동안 마음대로 부릴 수 있겠지요. 아니면 어떤 이의 선거자금을 지원해 시장으로 당선시키거나 말입니다. 물론 저는 그런 일을 하지 않습니다."

"물론 그러시겠죠."

내가 말했다. 나는 스마이크의 이야기 본론이 어디로 향하려는 건지 전혀 예측할 수 없었다. 그가 곧 내 원고에 대한 이야기를 꺼냈으면 하는 바람이었다.

"아니요, 그 일을 제가 하지 않는다는 말입니다. 그런 일들은 제 허수아비들이 해치우지요."

대체 무슨 얘기를 하려는 거지? 나는 기분이 나빠졌다.

스마이크는 표정을 바꾸지 않고 나를 쳐다보았다.

"저는 책을 사들이지 않습니다. 제가 사들이는 것은 고서점 전체입니다. 저는 엄청난 양의 책들을 밀매합니다. 시장을 덤핑 책들로 넘쳐나게 해서 주위의 경쟁자들을 몰락시킵니다. 그리하여 그들이 파산하면 그들의 서점을 헐값에 사들입니다. 저는 부흐하임 전역의 집세 동향을 결정합니다. 이 도시 대부분의 출판사들은 제 소유입니다. 거의 모든 종이공장들과 인쇄소들도 마찬가지고요. 부흐하임의 문학 낭송가들 모두가 저의 봉급 목록에 올라 있으며 독이 있는 골목에 거주하는 자들도 거의 모두 그렇습니다. 저는 종이 가격을 결정합니다. 책의 출판부수도 결정합니다. 어떤 책이 성공을 거둬야 하고, 어떤 책이 그래서는 안 되는지를 결정합니다. 저는 성공적인 작가를 만들어냅니다. 그리고 제 마음대로 그들을 파멸시키기도 합니다. 저는 부흐하임의 지배자입니다. 제가 바로 차모니아의 문학입니다."

농담인가? 이 문자 전문가가 나를 시험하려는 것이 아닐까? 그는 이런 특이한 유머를 던져 나를 떠보려는 걸까?

"그리고 이건 그냥 시작일 뿐입니다. 부흐하임을 시작으로 저는 차모니아 전역을 저의 고서점 네트워크로 덮을 겁니다. 우리는 이미 그랄준트, 플로린트, 그리고 아틀란티스에 지사를 두고 있습니다. 그리고 이 사업이 번창할 거라고 당신한테 장담할 수 있습니다. 그리 멀지 않은 장래에 저는 차모니아의 서적판매업과 부동산 시장을 통제할 겁니다. 그리고 거기서 조금 더 발을 내딛어 정치적인 독점권도 갖게 될 겁니다. 당신도 보시겠지만 저는 배포가 큰 차원에서 생각합니다."

"농담을 하는군요." 나는 절망적으로 대꾸했다.

"아니요, 농담이 아닙니다. 제 말을 조용히 진지하게 받아들이십시오. 왜냐하면 당신은 정말 한 가지만은 저를 믿어도 되기 때문입니다. 특히 당신 같은 기질을 가진 이들에게는 이런 건 결코 우스꽝스런 일이 아니지요."

그의 목소리가 날카로운 음조를 띠자 나는 오싹해졌다.

"어떤 기질을 가진 자들 말입니까?" 내가 물었다.

"예술가들이오!"

스마이크가 외쳤다. 그의 말은 마치 "생쥐들요!"하는 것처럼 들렸다. "제가 통제하게 되면 아마 대다수의 예술가들은 고통을 받게 될 겁니다. 왜냐하면 제가 문학을 없애버릴 테니까요. 음악, 회화, 연극, 무용 할 것 없이 모든 예술을 없앨 겁니다. 퇴폐적이고 쓸데없는 것들 말입니다. 차모니아에 있는 모든 책들을 불태워버리도록 할 겁니다. 모든 유화들에 염산을 부어 그림을 지워버릴 겁니다. 모든 조각품들을 때려 부수고, 모든 악보들을 찢어버릴 겁니다. 모든 악기들을 모아 화염장작 더미 위에 쌓게 할 겁니다. 바이올린 줄들을 모아 교수형 끈을 만들게 할 겁니다. 그런 다음에는 조용해지겠지요. 우주의 고요함과 질서가 지배할 겁니다. 그러면 우리는 마침내 숨을 쉴 수 있을 겁니다. 그리하여 과감히 새로운 시작을 향해 나아가는 겁니다. 예술의 속박에서 벗어나 오직 현실만이 주어지는 세계로 말입니다."

스마이크는 기분 좋은 듯이 큰 숨을 쉬었다.

만약 이것이 농담이 아니라면, 이거야말로 무슨 연극 리허설에 지나지 않을 거라고 나는 생각했다. 아니면 어떤 심각한 정신 발작인가? 그건 분명 이 가문이 지니고 있는 병인 것 같아 보였다. 아까 하고프 살달디안 스마이크의 초상화 눈빛에서도 그런 광기가 번뜩이고 있었다.

"만약 우리가 예술로부터 자유로워진다면 우리의 생각이 얼마나 청명해질지 상상할 수 있습니까?" 스마이크가 물었다. "만약 우리의 오염된 머릿속에서 무의미하고 지저분한 환상들을 쓸어낸다면 어떨까요? 그러면 우리는 삶의 실제적인 일들에 관심을 가질 시간을 얼마나 많이 벌겠습니까? 아니요, 물론 당신은 그렇게 할 수 없습니다. 당신은 바로 시인이니까요."

그는 그 말을 바로 내 얼굴에다 내뱉었다.

"모든 예술을 없애는 일은 아마 모든 예술가들을 없애지 않고서는 불가능할 겁니다. 저는 유감스럽게도 상당히 많은 예술가들을 개인적으로 알고 있습니다. 그들 중 몇 명은 정말로 호감이 가기도 하니까요. 심지어 친구들도 있습니다. 그러나 그들은 우선순위가 아니지요." 스마이크의 표정이 굳어졌다. "그래요. 친구들은 죽어줘야 할 겁니다. 이제 당신은 이렇게 묻겠지요. 누가 감히 그 많은 죄를 질 각오가 되어 있겠느냐고요. 그런 자는 양심의 가책도 느끼지 못하느냐고요. 대답은 아주 간단하게 '안 느낀다'입니다. 단적으로 저 같은 위치에 있으면 죄책감 따위는 가질 수가 없습니다. 그런 느낌은 다행히도 권력이 늘어날수록 줄어듭니다. 그건 아주 자연스런 과정이지요."

이제 정말이지 나한테는 그것으로 충분했다.

"이제 나가고 싶군요. 제 원고를 돌려주겠습니까?" 내가 말했다.

스마이크는 마치 내가 한 말을 전혀 듣지 못한 것처럼 행동했다.

"제가 그냥 놓아둘 유일한 예술 형태는 트럼나팔 콘서트일 겁니다. 그것은 실제로 예술이 아니라 학문이기 때문이지요. 당신은 아마 어제 당신이 들은 것이 음악이었다고 믿을지 모릅니다. 그렇다면 당신한테 한 가지 더 나은 걸 가르쳐드리지요. 즉, 그것은 청각적인 연금술이었다고 말입니다. 음악은 모든 예술 가운데서 가장 점유율이 높습니다. 저는 그것을 이용하지 않을 수 없었지요. 당신은 어떤 시 한 편을 낭송해서 청중을 춤추게 할 수 있습니까? 아니면 그들

224

을 모두 기쁨에 넘쳐 행진하게 만들 수 있을까요? 불가능합니다! 오직 음악만이 할 수 있습니다. 저는 도레미우스 파졸라티가 쓴 악보를 여기 지하에서 발견했습니다. 바로 시력계의 론도지요. 그리고 그것이 지닌 잠재력을 즉시 알아냈습니다. 악보의 음표들이 보이는 원형의 질서. 단 한 개의 음표를 읽기도 전에 그것이 머릿속에 번뜩 떠올랐습니다. 모든 것은 회전한다는 것 말입니다. 젊은이! 네벨하임의 트럼나팔 오케스트라의 도움으로 나는 음악을 권력으로 변화시키는 데 성공했습니다. 음표들에게 명령을 내리고 악기들을 무기로 내세우는 겁니다. 청중들을 노예로 만듭니다! 당신은 음악을 듣는다고 생각했겠지요. 그러나 그것은 최면에 의한 명령이었습니다. 어제 우리는 당신들에게 책을 마구 사도록 했습니다. 그리고 내일이면 아마 당신들은 이 도시를 불태워버릴 겁니다. 우리는 당신들한테 명령을 내릴 수 있고, 당신들이 서로 잡아먹도록 할 수도 있습니다. 당신들은 기꺼이 그것을 하게 될 겁니다."

그 상황이 비록 매우 불편하기는 했지만 위협당하고 있다는 느낌은 들지 않았다. 신체적으로 나는 이 뚱뚱한 구더기보다 훨씬 더 컸다. 그리고 나는 되돌아가는 길도 알고 있었다.

"미안하지만 원고를 돌려주시겠습니까?"

나는 다시 한 번 될 수 있으면 정중하면서도 확고하게 물었다. 만약 그가 이번에도 반응하지 않으면 나는 그냥 되돌아가 내 손으로 그 집을 뒤집어엎어서라도 찾아낼 생각이었다.

"오, 죄송합니다."

스마이크가 말했다. 그러더니 이제 다시 친절하게 손님을 대하는 주인으로 변했다.

"원고요! 제가 말이 많았군요."

그는 앞으로 몸을 굽히더니, 마치 음모라도 꾀하는 듯한 목소리로 말했다.

"제가 믿고 고백한 것을 신중하게 받아들이시는군요. 안 그렇습니까? 만약 그중 어떤 것이라도 여러 사람의 귀에 들어간다면 저는 곤란해질 겁니다."

그러니까 그가 그 대중이라는 것을 전부 다 손아귀에 쥐고 있는 것은 아니라는 얘기였다. 나는 조심스럽게 고개를 끄덕였다.

"그 원고는, 에……." 그는 몸을 철버덕거리며 어느 서가 쪽으로 나아갔다. "그래서 우리가 여기로 온 겁니다. 그러나 그 전에 당신에게 또 뭔가 보여드릴 게 있습니다. 여기 있는 이 책 속을요."

그는 서가에서 검은 책을 하나 꺼냈다. 그 책 제목 위에는 황금색의 불길한 삼원이 새겨져 있었다.

"굉장히 오래된 책입니다. 이것을 새로 제본하도록 해야겠군요. 그런데 이 삼원을 어떻게 생각하십니까? 제가 직접 고안했는데요."

나는 대답하지 않았다.

"이것은 권력의 세 부분을 상징하고 있습니다. 즉, 권력, 권력, 권력이라는 뜻입니다."

그는 웃으면서 책을 내게 넘겨주었다.

"나보고 이걸 갖고 뭘 하라는 겁니까?" 내가 물었다.

"당신은 저한테 세 가지를 물었지요. 첫째, 당신은 왜 제가 하필이면 당신을 이 일에 끼어들게 했는지 알고 싶어 합니다. 맞지요? 둘째, 이 모든 게 그 원고와 무슨 관계가 있는지 알고 싶어 합니다. 그리고 셋째, 제가 당신한테 이야기한 것이 모두 사실인지 알고 싶어 합니다. 좋은 일들은 으레 모두 세 가지이죠, 안 그렇습니까? 세 가지 질문에 대한 유일한 대답이 이 삼원이 새겨진 책 속에 들어 있습

니다. 물론 333페이지에 쓰여 있지요."

나는 주저했다.

"어떻게 오늘 제가 한 질문들의 대답이 이런 오래된 책 속에 들어 있다는 겁니까?"

"오늘날의 거의 모든 질문에 대한 대답들은 이미 오래된 책들 속에 쓰여 있습니다." 스마이크가 대꾸했다. "만약 당신이 직접 체험하고 싶다면 책들에서 찾아보십시오. 만약 그러고 싶지 않다면 그냥 그대로 두시고요."

이것이 그의 정신병에서 드러난 또 하나의 증상이란 말인가? 그는 정말로—물론 이런 경우에 아주 흔히 나타나는 증상이기는 하지만 — 텍스트 안에 숨겨진 기호와 명령들이 있다고 믿거나 숫자의 신비주의나 혹은 책 속에서 울려 나오는 소리들을 믿는단 말인가? 물론 맞을 수도 있다. 빌어먹을, 그냥 책을 한번 펼쳐보는 건데 뭐가 걱정이지? 적어도 나는 이것이 한 미치광이와 관련 있다는 것을 확신하고 있지 않은가. 만약 333페이지에 쓰여 있는 텍스트가 실제로 우리의 상황과 무관하다면 내 판단이 옳을 것이다. 그때 가서 나는 그 병이 전염되지 않기를 바라면서 재빨리 여기서 사라지면 그만일 것이다.

나는 마음 내키는 대로 책을 펼쳤다. 123페이지였다. 페이지를 표시한 숫자를 제외하고는 아무 글자도 쓰여 있지 않았다. 나는 스마이크를 쳐다보았다. 그는 미소를 지었다.

나는 계속해서 책장을 넘겼다.

245. 아무것도 없었다. 삽화도 없었다. 그 옆에도 마찬가지로 텅 비어 있었다.

299. 아무것도 없었다.

"아무것도 없잖습니까?" 내가 말했다.

"당신이 틀린 페이지를 보고 계신 겁니다. 333페이지요."

스마이크는 손가락 세 개를 들어 올렸다.

나는 책장을 넘겼다.

312. 아무것도 없었다.

330. 아무것도 없었다.

333. 이제 나는 그 페이지를 열었다. 거기에는 실제로 아주 작은 글자로 무언가 쓰여 있었다. 나는 손을 그 종위 위에 올려놓고 두 눈을 작게 모아 뜨고 더 가까이 들여다보았다. 이상한 한기가 내 손가락 끝을 마비시켰다. 이 페이지와 옆 페이지 모두 같은 문장이 계속해서 쓰여 있었다.

당신은 방금 독살되었습니다. 당신은 방금 독살되었습니다. 당신은 방금 독살되었습니다. 당신은 방금 독살되었습니다. 당신은 방금 독살되었습니다.
당신은 방금 독살되었습니다. 당신은 방금 독살되었습니다. 당신은 방금 독살되었습니다. 당신은 방금 독살되었습니다. 당신은 방금 독살되었습니다.
당신은 방금 독살되었습니다. 당신은 방금 독살되었습니다. 당신은 방금 독살되었습니다. 당신은 방금 독살되었습니다. 당신은 방금 독살되었습니다.
당신은 방금 독살되었습니다. 당신은 방금 독살되었습니다. 당신은 방금 독살되었습니다. 당신은 방금 독살되었습니다. 당신은 방금 독살되었습니다.
당신은 방금 독살되었습니다. 당신은 방금 독살되었습니다. 당신은 방금 독살되었습니다. 당신은 방금 독살되었습니다. 당신은 방금 독살되었습니다.
당신은 방금 독살되었습니다. 당신은 방금 독살되었습니다. 당신은 방금 독살되었습니다. 당신은 방금 독살되었습니다. 당신은 방금 독살되었습니다.
당신은 방금 독살되었습니다. 당신은 방금 독살되었습니다. 당신은 방금 독살되었습니다. 당신은 방금 독살되었습니다. 당신은 방금 독살되었습니다.
당신은 방금 독살되었습니다. 당신은 방금 독살되었습니다. 당신은 방금 독살되었습니다. 당신은 방금 독살되었습니다. 당신은 방금 독살되었습니다.
당신은 방금 독살되었습니다. 당신은 방금 독살되었습니다. 당신은 방금 독살되었습니다. 당신은 방금 독살되었습니다. 당신은 방금 독살되었습니다.
당신은 방금 독살되었습니다. 당신은 방금 독살되었습니다. 당신은 방금 독살되었습니다. 당신은 방금 독살되었습니다. 당신은 방금 독살되었습니다.
당신은 방금 독살되었습니다. 당신은 방금 독살되었습니다. 당신은 방금 독살되었습니다. 당신은 방금 독살되었습니다. 당신은 방금 독살되었습니다.
당신은 방금 독살되었습니다. 당신은 방금 독살되었습니다. 당신은 방금 독살되었습니다. 당신은 방금 독살되었습니다. 당신은 방금 독살되었습니다.
당신은 방금 독살되었습니다. 당신은 방금 독살되었습니다. 당신은 방금 독살되었습니다. 당신은 방금 독살되었습니다. 당신은 방금 독살되었습니다.
당신은 방금 독살되었습니다. 당신은 방금 독살되었습니다. 당신은 방금 독살되었습니다. 당신은 방금 독살되었습니다. 당신은 방금 독살되었습니다.
당신은 방금 독살되었습니다. 당신은 방금 독살되었습니다. 당신은 방금 독살되었습니다. 당신은 방금 독살되었습니다. 당신은 방금 독살되었습니다.
당신은 방금 독살되었습니다. 당신은 방금 독살되었습니다. 당신은 방금 독살되었습니다. 당신은 방금 독살되었습니다. 당신은 방금 독살되었습니다.
당신은 방금 독살되었습니다. 당신은 방금 독살되었습니다. 당신은 방금 독살되었습니다. 당신은 방금 독살되었습니다. 당신은 방금 독살되었습니다.
당신은 방금 독살되었습니다. 당신은 방금 독살되었습니다. 당신은 방금 독살되었습니다. 당신은 방금 독살되었습니다. 당신은 방금 독살되었습니다.
당신은 방금 독살되었습니다. 당신은 방금 독살되었습니다. 당신은 방금 독살되었습니다. 당신은 방금 독살되었습니다. 당신은 방금 독살되었습니다.
당신은 방금 독살되었습니다. 당신은 방금 독살되었습니다. 당신은 방금 독살되었습니다. 당신은 방금 독살되었습니다. 당신은 방금 독살되었습니다.
당신은 방금 독살되었습니다. 당신은 방금 독살되었습니다. 당신은 방금 독살되었습니다. 당신은 방금 독살되었습니다. 당신은 방금 독살되었습니다.
당신은 방금 독살되었습니다. 당신은 방금 독살되었습니다. 당신은 방금 독살되었습니다. 당신은 방금 독살되었습니다. 당신은 방금 독살되었습니다.
당신은 방금 독살되었습니다. 당신은 방금 독살되었습니다. 당신은 방금 독살되었습니다. 당신은 방금 독살되었습니다. 당신은 방금 독살되었습니다.
당신은 방금 독살되었습니다. 당신은 방금 독살되었습니다. 당신은 방금 독살되었습니다. 당신은 방금 독살되었습니다. 당신은 방금 독살되었습니다.
당신은 방금 독살되었습니다. 당신은 방금 독살되었습니다. 당신은 방금 독살되었습니다. 당신은 방금 독살되었습니다. 당신은 방금 독살되었습니다.
당신은 방금 독살되었습니다. 당신은 방금 독살되었습니다. 당신은 방금 독살되었습니다. 당신은 방금 독살되었습니다. 당신은 방금 독살되었습니다.
당신은 방금 독살되었습니다. 당신은 방금 독살되었습니다. 당신은 방금 독살되었습니다. 당신은 방금 독살되었습니다. 당신은 방금 독살되었습니다.
당신은 방금 독살되었습니다. 당신은 방금 독살되었습니다. 당신은 방금 독살되었습니다. 당신은 방금 독살되었습니다. 당신은 방금 독살되었습니다.
당신은 방금 독살되었습니다. 당신은 방금 독살되었습니다. 당신은 방금 독살되었습니다. 당신은 방금 독살되었습니다. 당신은 방금 독살되었습니다.
당신은 방금 독살되었습니다. 당신은 방금 독살되었습니다. 당신은 방금 독살되었습니다. 당신은 방금 독살되었습니다. 당신은 방금 독살되었습니다.
당신은 방금 독살되었습니다. 당신은 방금 독살되었습니다. 당신은 방금 독살되었습니다. 당신은 방금 독살되었습니다. 당신은 방금 독살되었습니다.
당신은 방금 독살되었습니다. 당신은 방금 독살되었습니다. 당신은 방금 독살되었습니다. 당신은 방금 독살되었습니다. 당신은 방금 독살되었습니다.
당신은 방금 독살되었습니다. 당신은 방금 독살되었습니다. 당신은 방금 독살되었습니다. 당신은 방금 독살되었습니다. 당신은 방금 독살되었습니다.
당신은 방금 독살되었습니다. 당신은 방금 독살되었습니다. 당신은 방금 독살되었습니다. 당신은 방금 독살되었습니다. 당신은 방금 독살되었습니다.
당신은 방금 독살되었습니다. 당신은 방금 독살되었습니다. 당신은 방금 독살되었습니다. 당신은 방금 독살되었습니다. 당신은 방금 독살되었습니다.
당신은 방금 독살되었습니다. 당신은 방금 독살되었습니다. 당신은 방금 독살되었습니다. 당신은 방금 독살되었습니다. 당신은 방금 독살되었습니다.
당신은 방금 독살되었습니다. 당신은 방금 독살되었습니다. 당신은 방금 독살되었습니다. 당신은 방금 독살되었습니다. 당신은 방금 독살되었습니다.
당신은 방금 독살되었습니다. 당신은 방금 독살되었습니다. 당신은 방금 독살되었습니다. 당신은 방금 독살되었습니다. 당신은 방금 독살되었습니다.
당신은 방금 독살되었습니다. 당신은 방금 독살되었습니다. 당신은 방금 독살되었습니다. 당신은 방금 독살되었습니다. 당신은 방금 독살되었습니다.
당신은 방금 독살되었습니다. 당신은 방금 독살되었습니다. 당신은 방금 독살되었습니다. 당신은 방금 독살되었습니다. 당신은 방금 독살되었습니다.
당신은 방금 독살되었습니다. 당신은 방금 독살되었습니다. 당신은 방금 독살되었습니다. 당신은 방금 독살되었습니다. 당신은 방금 독살되었습니다.
당신은 방금 독살되었습니다. 당신은 방금 독살되었습니다. 당신은 방금 독살되었습니다. 당신은 방금 독살되었습니다. 당신은 방금 독살되었습니다.
당신은 방금 독살되었습니다. 당신은 방금 독살되었습니다. 당신은 방금 독살되었습니다. 당신은 방금 독살되었습니다. 당신은 방금 독살되었습니다.
당신은 방금 독살되었습니다. 당신은 방금 독살되었습니다. 당신은 방금 독살되었습니다. 당신은 방금 독살되었습니다. 당신은 방금 독살되었습니다.
당신은 방금 독살되었습니다. 당신은 방금 독살되었습니다. 당신은 방금 독살되었습니다. 당신은 방금 독살되었습니다. 당신은 방금 독살되었습니다.

당신은 방금 독살되었습니다. 당신은 방금 독살되었습니다. 당신은 방금 독살되었습니다. 당신은 방금 독살되었습니다. 당신은 방금 독살되었습니다.
당신은 방금 독살되었습니다. 당신은 방금 독살되었습니다. 당신은 방금 독살되었습니다. 당신은 방금 독살되었습니다. 당신은 방금 독살되었습니다.
당신은 방금 독살되었습니다. 당신은 방금 독살되었습니다. 당신은 방금 독살되었습니다. 당신은 방금 독살되었습니다. 당신은 방금 독살되었습니다.
당신은 방금 독살되었습니다. 당신은 방금 독살되었습니다. 당신은 방금 독살되었습니다. 당신은 방금 독살되었습니다. 당신은 방금 독살되었습니다.
당신은 방금 독살되었습니다. 당신은 방금 독살되었습니다. 당신은 방금 독살되었습니다. 당신은 방금 독살되었습니다. 당신은 방금 독살되었습니다.
당신은 방금 독살되었습니다. 당신은 방금 독살되었습니다. 당신은 방금 독살되었습니다. 당신은 방금 독살되었습니다. 당신은 방금 독살되었습니다.
당신은 방금 독살되었습니다. 당신은 방금 독살되었습니다. 당신은 방금 독살되었습니다. 당신은 방금 독살되었습니다. 당신은 방금 독살되었습니다.
당신은 방금 독살되었습니다. 당신은 방금 독살되었습니다. 당신은 방금 독살되었습니다. 당신은 방금 독살되었습니다. 당신은 방금 독살되었습니다.
당신은 방금 독살되었습니다. 당신은 방금 독살되었습니다. 당신은 방금 독살되었습니다. 당신은 방금 독살되었습니다. 당신은 방금 독살되었습니다.
당신은 방금 독살되었습니다. 당신은 방금 독살되었습니다. 당신은 방금 독살되었습니다. 당신은 방금 독살되었습니다. 당신은 방금 독살되었습니다.
당신은 방금 독살되었습니다. 당신은 방금 독살되었습니다. 당신은 방금 독살되었습니다. 당신은 방금 독살되었습니다. 당신은 방금 독살되었습니다.
당신은 방금 독살되었습니다. 당신은 방금 독살되었습니다. 당신은 방금 독살되었습니다. 당신은 방금 독살되었습니다. 당신은 방금 독살되었습니다.
당신은 방금 독살되었습니다. 당신은 방금 독살되었습니다. 당신은 방금 독살되었습니다. 당신은 방금 독살되었습니다. 당신은 방금 독살되었습니다.
당신은 방금 독살되었습니다. 당신은 방금 독살되었습니다. 당신은 방금 독살되었습니다. 당신은 방금 독살되었습니다. 당신은 방금 독살되었습니다.
당신은 방금 독살되었습니다. 당신은 방금 독살되었습니다. 당신은 방금 독살되었습니다. 당신은 방금 독살되었습니다. 당신은 방금 독살되었습니다.
당신은 방금 독살되었습니다. 당신은 방금 독살되었습니다. 당신은 방금 독살되었습니다. 당신은 방금 독살되었습니다. 당신은 방금 독살되었습니다.
당신은 방금 독살되었습니다. 당신은 방금 독살되었습니다. 당신은 방금 독살되었습니다. 당신은 방금 독살되었습니다. 당신은 방금 독살되었습니다.
당신은 방금 독살되었습니다. 당신은 방금 독살되었습니다. 당신은 방금 독살되었습니다. 당신은 방금 독살되었습니다. 당신은 방금 독살되었습니다.
당신은 방금 독살되었습니다. 당신은 방금 독살되었습니다. 당신은 방금 독살되었습니다. 당신은 방금 독살되었습니다. 당신은 방금 독살되었습니다.
당신은 방금 독살되었습니다. 당신은 방금 독살되었습니다. 당신은 방금 독살되었습니다. 당신은 방금 독살되었습니다. 당신은 방금 독살되었습니다.
당신은 방금 독살되었습니다. 당신은 방금 독살되었습니다. 당신은 방금 독살되었습니다. 당신은 방금 독살되었습니다. 당신은 방금 독살되었습니다.
당신은 방금 독살되었습니다. 당신은 방금 독살되었습니다. 당신은 방금 독살되었습니다. 당신은 방금 독살되었습니다. 당신은 방금 독살되었습니다.
당신은 방금 독살되었습니다. 당신은 방금 독살되었습니다. 당신은 방금 독살되었습니다. 당신은 방금 독살되었습니다. 당신은 방금 독살되었습니다.
당신은 방금 독살되었습니다. 당신은 방금 독살되었습니다. 당신은 방금 독살되었습니다. 당신은 방금 독살되었습니다. 당신은 방금 독살되었습니다.
당신은 방금 독살되었습니다. 당신은 방금 독살되었습니다. 당신은 방금 독살되었습니다. 당신은 방금 독살되었습니다. 당신은 방금 독살되었습니다.
당신은 방금 독살되었습니다. 당신은 방금 독살되었습니다. 당신은 방금 독살되었습니다. 당신은 방금 독살되었습니다. 당신은 방금 독살되었습니다.
당신은 방금 독살되었습니다. 당신은 방금 독살되었습니다. 당신은 방금 독살되었습니다. 당신은 방금 독살되었습니다. 당신은 방금 독살되었습니다.
당신은 방금 독살되었습니다. 당신은 방금 독살되었습니다. 당신은 방금 독살되었습니다. 당신은 방금 독살되었습니다. 당신은 방금 독살되었습니다.
당신은 방금 독살되었습니다. 당신은 방금 독살되었습니다. 당신은 방금 독살되었습니다. 당신은 방금 독살되었습니다. 당신은 방금 독살되었습니다.
당신은 방금 독살되었습니다. 당신은 방금 독살되었습니다. 당신은 방금 독살되었습니다. 당신은 방금 독살되었습니다. 당신은 방금 독살되었습니다.
당신은 방금 독살되었습니다. 당신은 방금 독살되었습니다. 당신은 방금 독살되었습니다. 당신은 방금 독살되었습니다. 당신은 방금 독살되었습니다.
당신은 방금 독살되었습니다. 당신은 방금 독살되었습니다. 당신은 방금 독살되었습니다. 당신은 방금 독살되었습니다. 당신은 방금 독살되었습니다.
당신은 방금 독살되었습니다. 당신은 방금 독살되었습니다. 당신은 방금 독살되었습니다. 당신은 방금 독살되었습니다. 당신은 방금 독살되었습니다.
당신은 방금 독살되었습니다. 당신은 방금 독살되었습니다. 당신은 방금 독살되었습니다. 당신은 방금 독살되었습니다. 당신은 방금 독살되었습니다.
당신은 방금 독살되었습니다. 당신은 방금 독살되었습니다. 당신은 방금 독살되었습니다. 당신은 방금 독살되었습니다. 당신은 방금 독살되었습니다.
당신은 방금 독살되었습니다. 당신은 방금 독살되었습니다. 당신은 방금 독살되었습니다. 당신은 방금 독살되었습니다. 당신은 방금 독살되었습니다.
당신은 방금 독살되었습니다. 당신은 방금 독살되었습니다. 당신은 방금 독살되었습니다. 당신은 방금 독살되었습니다. 당신은 방금 독살되었습니다.
당신은 방금 독살되었습니다. 당신은 방금 독살되었습니다. 당신은 방금 독살되었습니다. 당신은 방금 독살되었습니다. 당신은 방금 독살되었습니다.
당신은 방금 독살되었습니다. 당신은 방금 독살되었습니다. 당신은 방금 독살되었습니다. 당신은 방금 독살되었습니다. 당신은 방금 독살되었습니다.
당신은 방금 독살되었습니다. 당신은 방금 독살되었습니다. 당신은 방금 독살되었습니다. 당신은 방금 독살되었습니다. 당신은 방금 독살되었습니다.
당신은 방금 독살되었습니다. 당신은 방금 독살되었습니다. 당신은 방금 독살되었습니다. 당신은 방금 독살되었습니다. 당신은 방금 독살되었습니다.
당신은 방금 독살되었습니다. 당신은 방금 독살되었습니다. 당신은 방금 독살되었습니다. 당신은 방금 독살되었습니다. 당신은 방금 독살되었습니다.
당신은 방금 독살되었습니다. 당신은 방금 독살되었습니다. 당신은 방금 독살되었습니다. 당신은 방금 독살되었습니다. 당신은 방금 독살되었습니다.
당신은 방금 독살되었습니다. 당신은 방금 독살되었습니다. 당신은 방금 독살되었습니다. 당신은 방금 독살되었습니다. 당신은 방금 독살되었습니다.
당신은 방금 독살되었습니다. 당신은 방금 독살되었습니다. 당신은 방금 독살되었습니다. 당신은 방금 독살되었습니다. 당신은 방금 독살되었습니다.
당신은 방금 독살되었습니다. 당신은 방금 독살되었습니다. 당신은 방금 독살되었습니다. 당신은 방금 독살되었습니다. 당신은 방금 독살되었습니다.
당신은 방금 독살되었습니다. 당신은 방금 독살되었습니다. 당신은 방금 독살되었습니다. 당신은 방금 독살되었습니다. 당신은 방금 독살되었습니다.
당신은 방금 독살되었습니다. 당신은 방금 독살되었습니다. 당신은 방금 독살되었습니다. 당신은 방금 독살되었습니다. 당신은 방금 독살되었습니다.

내 손가락 끝에서 느껴지던 한기가 팔 위로 퍼져 올라가면서 온몸이 마비되는 것 같았다. 현기증이 나면서 눈앞이 흐려졌다. 그때 스마이크의 목소리가 들려왔다.

"정말로 모든 대답들이 책 속에 쓰여 있다고 믿는 몽상가였군요, 안 그렇습니까? 그러나 책들이란 근본적으로 도움이 되지 않고 좋지도 않습니다. 그것들은 심지어 아주 사악한 것이 될 수도 있습니다. 위험한 책들에 대해서 들어본 적이 있습니까? 그중에는 살짝 만져도 죽음을 불러오는 것들도 꽤 있습니다."

그러자 내 눈앞이 깜깜해졌다.

제2부

부흐하임의 지하묘지

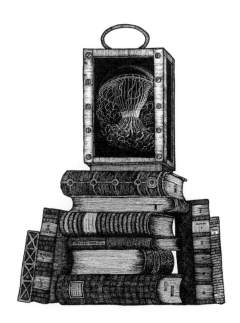

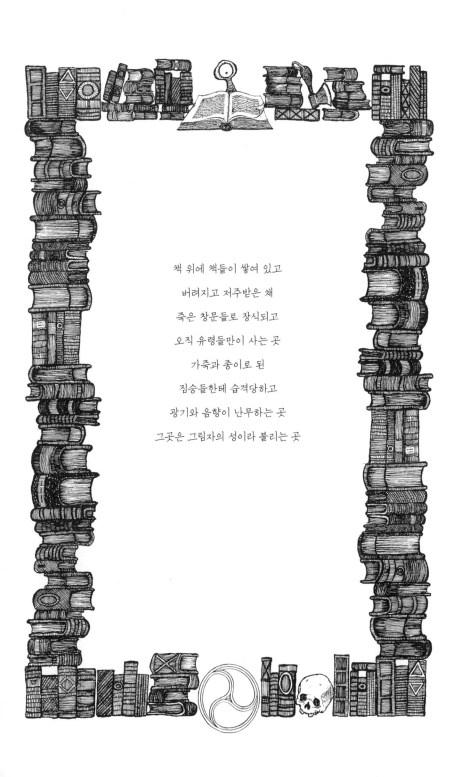

책 위에 책들이 쌓여 있고

버려지고 저주받은 채

죽은 창문들로 장식되고

오직 유령들만이 사는 곳

가죽과 종이로 된

짐승들한테 습격당하고

광기와 음향이 난무하는 곳

그곳은 그림자의 성이라 불리는 곳

♪♪
살아 있는 시체

오, 내 진실한 친구들이여, 나는 아주 오래된 책 속의 독이 묻은 페이지를 잘못 펼쳤다가 중독되어 사망하고 말았다. 그러니 이제 책들이 상처를 입히고 심지어 죽일 수도 있다고 내가 했던 말을 그대들은 이해할 것이다. 나는 그 위험한 책들 중 한 권의 희생물이 된 것이다.

그 독은 빠르게, 매우 빠르게 효력을 발휘했다. 내 손가락 끝으로 그것을 만지기가 무섭게 얼음장 같은 파동이 내 몸속으로 흘러들었다. 마치 한파 같은 것이 몸속의 혈관 속으로, 신경 하나하나로 파고들어 세포 하나하나를 다 얼려버리고 마침내 모든 감각이 없어져 마지막에 가서는 내 눈의 기능마저 멈추고 말았다.

당신은 방금 독살되었습니다.

남은 거라고는 그 문장이 전부였다. 눈앞이 완전히 깜깜해지자 나에게는 오직 한 가지 생각만이 떠올랐고 끊임없이 되풀이되었다.

당신은 방금 독살되었습니다. 당신은 방금 독살되었습니다. 당신은 방금 독살되었습니다. 당신은 방금 독살되었습니다. 당신은 방금 독살되었습니다. 당신은 방금 독살되었습니다. 당신은 방금 독살되었습니다.

그대들은 영원히 돌아가는 고리 속에 붙잡혀 같은 것을 매번 되풀이해서 꿈꾸어야 하는 그런 끔찍한 꿈에 대해서 아는가? 내 머릿속에는 다음과 같은 소름끼치는 문장이 계속해서 되풀이되었다.

당신은 방금 독살되었습니다. 당신은 방금 독살되었습니다. 당신은 방금 독살되었습니다. 당신은 방금 독살되었습니다. 당신은 방금 독살되었습니다. 당신은 방금 독살되었습니다. 당신은 방금 독살되었습니다.

이것이 죽음이라는 것인가? 내가 마지막으로 보고 듣고 생각한 것이 밑도 끝도 없이 되풀이되다가 마침내 내 육신이 갈가리 분해되어 가는 이 과정이?

당신은 방금 독살되었습니다. 당신은 방금 독살되었습니다. 당신은 방금 독살되었습니다. 당신은 방금 독살되었습니다. 당신은 방금 독살되었습니다.

갑자기, 나는 다시 빛을 보았다. 너무나 돌발적이고 놀라워서 만약 그럴 수만 있었다면 소리를 질렀을 것이다. 나한테 무슨 일이 일어난 걸까?

스마이크의 얼굴이 보였다. 처음에는 그의 흐릿한 윤곽만 보였으나 점차 그의 형상이 더 뚜렷해졌다. 그는 내 위로 몸을 굽히고 있었고, 그의 곁에는…… 사실이었다. 클라우디오 하르펜슈톡, 바로 그 친절했던 야생돼지이자 예술가 에이전트가 서 있었다! 그들은 나를 호기심 어린 눈으로 응시하고 있었다.

"다시 정신이 돌아왔습니다." 하르펜슈톡이 말했다.

"지금 독이 활발히 퍼지고 있는 단계요." 스마이크가 말했다. "놀랍군요. 오랜 세월이 지났는데도 독이 여전히 제대로 효력을 발휘하다니요."

나는 뭐라고 반박하려 했지만 입술이 봉해진 듯했다. 그 대신 눈의 기능은 점점 더 나아졌다. 그렇다. 내 평생에서 이토록 시력이 분명한 적이 없었던 것 같은 느낌이 들었다. 그 두 괴물은 초자연적인 광채를 발하며 빛나고 있어서 나는 그들의 몸에 난 털 하나하나, 숨구멍 하나하나를 확대경으로 보는 것보다 더 뚜렷이 볼 수 있었다.

"당신은 아마 내게 당신 생각을 말하고 싶어 안달이 날 거요." 스마이크가 말했다. "하지만 독은 시력과 청각의 기능을 더 자극하는 효력이 있는 반면에 혀는 마비시키지. 당신은 일시적으로 핀스터베르크에 사는 독수리 같은 시력과 박쥐 같은 청각을 지니게 된 거요. 그러나 그 때문에 혼란에 빠지지는 마시오! 당신의 몸은 마비된 상태를 유지할 것이고 조금 있으면 다시 깊은 혼수상태로 빠질 것이오. 독이 당신의 몸에 미치는 영향은 그게 전부요. 그러니까 죽지 않는다는 말이지. 깊이 잠들었다가 다시 깨어나는 거요. 이해하겠소?"

나는 고개를 끄덕이려고 했지만 근육을 움직일 수가 없었다. 스마이크가 외쳤다.

"허어어, 감각이 없습니다!"

그러자 하르펜슈톡이 불쾌하게 웃었다. 스마이크가 계속 말했다.

"뭐라고 말하고 싶소? 내가 비록 예의는 없지만 그렇다고 살인자는 아니오. 그런 일은 다른 자들에게 맡기니까. 여기 지하에는 나를 대신해 그런 더러운 일을 처리해줄 무자비한 괴물들이 넉넉하게 있소."

"바로 그겁니다." 하르펜슈톡은 참지 못하고 말하면서 신경질적으로 주위를 돌아보았다. "여기서 어서 사라집시다."

스마이크는 그를 신경 쓰지 않았다. 내가 그들을 눈앞에서 이토록 또렷하게 보고 있다니 믿어지지 않았다. 그들은 마치 몸속에서부터 빛을 발하는 것처럼 차갑고 비현실적인 색조를 띠며 빛나고 있었다. 내 동공은 평소와 다르게 크게 확대되어 있는 게 분명했다. 그리고 심장은 세 배나 더 빠르게 뛰었다. 그러나 내 몸은 마치 나무판자처럼 빳빳하게 굳어 있었다. 나는 살아 있는 시체였다.

"이봐요, 젊은이. 당신은 너무 지나치게 부흐하임의 내막을 파헤치려고 했소."

스마이크가 말했다. 그리고 그의 목소리는 내게 고통스러울 정도로 크고 뒤틀려 있었다.

"우리는 당신을 아주 깊은 곳에 있는 지하무덤까지 데려왔소. 너무 깊어서 되돌아가는 길 위에 아주 긴 끈을 연결해놓아야만 했지. 이것을 추방이라고 생각하시오. 나는 당신을 죽일 수도 있었지만 이렇게 하는 게 훨씬 더 낭만적이지. 당신이 레겐샤인과 똑같은 종말을 맞이할 거라는 생각으로 위안받으시오. 그는 당신과 똑같은 실수를 저질렀소. 자기의 관심사에 대해 의논할 상대방을 잘못 찾았던 거지. 바로 나를 찾아왔으니까."

하르펜슈톡이 신경질적으로 웃었다.

"이제 사라져야 할 때가 됐습니다." 하르펜슈톡이 말했다.

스마이크는 나를 향해 일부러 다정한 미소를 지어 보였다.

"그리고 제발 당신한테 그 원고의 정체에 대해 더 이상 설명할 수 없어서 대신 내리는 형벌의 일부라고 생각하시오. 설명을 다하자면 이야기가 길어지니까. 게다가 이제 정말 시간이 없소."

"자, 갑시다." 하르펜슈톡이 재촉했다.

"좀 보게." 스마이크가 말했다. "소극적인 변화가 시작되었어. 동공이 점점 작아지는 것을 보면 알 수 있지."

아주 엄청난 피로가 나를 엄습했다.

"동공, 동공, 동공, 동공……"

스마이크의 목소리가 일으키는 메아리가 점점 가늘어지면서 사라졌다. 내 정신은 마치 바람에 흔들리는 촛불처럼 꺼져갔다. 다시 깜깜해졌다.

"안녕히 주무시오, 젊은이!"

또다시 하르펜슈톡의 메마른 웃음소리가 들렸다. 그러고 나서 나는 정신을 잃었다.

♃♆

위험한 책들

다시 깨어났을 때, 처음에는 내가 다시 트럼나팔 콘서트 중에 환각 상태에 빠져 부흐하임의 지하묘지에 와 있는 게 아닌가 하는 생각이 들었다. 나는 좌우로 책들이 꽂힌 서가들이 실로 끝도 없이 이어져 있으며, 해파리램프들이 빛나고 있는 통로를 바라보았다.

그러나 마비되었던 몸이 서서히 회복되는 동안 내 머릿속에는 내가 정말로 이 도시의 지하미로 속에 있다는 생각이 어렴풋이 떠올랐다. 내 몸의 절반은 누워 있고 절반은 앉은 상태였는데 누가 내 몸을 끌어다 서가에 기대놓은 것이었다. 처음에는 발에 온기가 돌고, 그 다음에 다리에, 그리고 이어 몸통과 머릿속으로 온기가 되살아나는 것을 느꼈다. 마침내 나는 신음 소리를 내면서 몸을 일으켜 겉옷에 묻은 먼지를 털어냈다.

이상하게도 엄청난 공포가 나를 엄습하지는 않았다. 아마 그건 그 독이 지닌 후유증 때문이거나, 아니면 내 신경이 아직도 마비되어 있어서 그런지도 몰랐다. 경외하는 오래된 책들이 쌓여 있는 그곳의 상황 역시 내가 진정하는 데 한몫했다. 그렇다. 내 진실한 친구들이여, 이 기분 나쁘고 놀라운 내 운명의 반전에도 불구하고 나는 아주 낙관적이었다. 이미 무슨 엄청난 일이라도 일어난 것일까? 어쨌든 나는 죽지 않고 살아 있다. 나는 부흐하임의 고서점 지하에 있는 미로 속으로 잘못 들어온 것이다. 그것이 전부다. 여기는 그냥 황량하고 어둡기만 한 지하세계가 아니라, 통로와 불빛들, 서가들, 책들이 있다. 여기 있는 책들은 누군가 이곳으로 날라온 다음에 다시 되돌아갔음을 보여주는 분명한 증거다. 내 머리 위의 어딘가에는 수백 개의 통로가 있을 것이니, 나는 충분히 시간을 두고 그 통로들을 찾아 나서기만 하면 된다. 그러다 보면 그 통로들 중 하나를 발견하게 될 것이다. 비록 얼마나 오래 걸릴지는 모르지만. 스마이크와 하르펜슈톡은 나를 아주 먼 곳까지 끌고 오지는 못했을 것이다. 그러기에는 그들의 운동부족을 드러내는 튀어나온 올챙이배로는 무리였다.

그래서 나는 옆도 돌아보지 않고 일어나 길을 나섰다. 그러면서 내가 처해 있는 상황을 분석하려고 애썼다. 그렇다. 의심할 여지 없이 스마이크와 하르펜슈톡, 내가 잠시 친구로 잘못 생각했던 그자들은 실제로 부흐하임에서 내게 가장 위험한 적이었다. 린트부름 요새에 수년 동안 고립되어 있다 보니 아마 나는 세상 경험을 제대로 하지 못한 것 같았다. 나는 지나치게 남을 믿기 좋아했던 것이다.

그러나 그들이 나에게 저지른 짓에 대해서 나는 여전히 의문이 남아 있었다. 나는 그냥 우연한 희생물이었을까? 서로의 수법을 잘 알고 있는 그들이 책 약탈꾼들처럼 공범이 되어 한 관광객을 단순한 희생양으로 삼은 것일까? 하르펜슈톡이 완전히 의도적으로 나를 검은 사나이의 골목 333번지의 함정으로 끌어들였다는 것, 거기까지는 확실했다. 아마 그들은 내 귀중한 원고를 어느 부유한 수집가에게 헐값으로 팔아넘긴 건지도 몰랐다. 그렇다면 그 원고는 영원히 잃어버린 것이다. 이로써 비밀에 싸인 작가를 찾으려 했던 내 의도도 끝나고 말았다. 이런 슬픈 생각에 잠긴 채 나는 무의식적으로 잃어버린 원고를 찾으려고 더듬거렸다. 그러다가 돌연 그것이 내 겉옷의 호주머니 속에 들어 있는 것을 발견했다!

나는 걸음을 멈추고는 그것을 끄집어내 의아한 눈으로 뚫어지게 쳐다보았다. 스마이크는 이 편지를 내 몸속에 다시 넣고는 그것과 함께 나를 지하묘지 속으로 추방한 것이 틀림없었다. 그렇지만 바로 그 점이 이해가 안 되었다! 의문은 점점 증폭되었다.

그는 이 원고를 두려워하고 있었다. 분명히 그것이 이유였다! 그리고 이 원고가 공개적으로 알려지는 것에 대해서도 두려워하고 있었다. 원고는 그한테 무슨 이유에서인지 몰라도 위험한 것으로 보였던 것이다. 너무나도 위험해서 이것을 그의 지하동굴 속에 숨겨두는 것만으로도 충분하지 않아 나와 함께 처치해버리려고 한 것이다. 도대체 이 원고에서 그를 두렵게 하는 것이 무엇일까? 그리고 어떤 점이 키비처와 슈렉스를 당황하게 한 것일까? 그들도 스마이크, 하르펜슈톡과 한통속일까? 혹시 나는 편지 속에 쓰여 있는, 오직 경험 많은 고서점상이나 문자 전문가들만 해독할 수 있는 어떤 숨겨진 비밀을 놓친 건 아닐까? 아무리 편지를 뚫어져라 들여다보아도 그 속에 담긴 비밀은 나에게 열릴 것 같지 않았다. 나는 편지를 다시 품속에 넣고 통로를 따라 계속해서 나아갔다.

책들, 오직 책들뿐이었다. 나는 그것들 가운데 하나라도 손에 닿을까 봐 조심했다. 독의 효과가 내 몸속에서 점차 줄어들수록 그 효과에 대한 내 불신감은 더욱 커졌다. 다시는 아무런 선입견 없이 먼저 책을 펼쳐보는 일은 없을 것이다. 지금까지 제본된 종이는 나에게 무해한 것이었으나 이제는 그런 생각도 사라졌다. 그것들은 바로 위험한 책들이었다! 나는 레겐샤인이 남긴 회고록을 읽었을 때 얼마나 절실하게 그에 대해 경고를 받았던가. 그는 책에서 한 장 전체를 거기에 할애하고 있었다. 이제야 그 모든 것이 다시 내 머릿속에 떠올랐다. 지금, 너무 뒤늦게서야.

위험한 책들에 관한 이야기는 아마 어떤 책 약탈꾼이 두꺼운 싸구려 책으로 다른 약탈꾼의 두개골을 내리쳐 죽인 데서 시작되었을지도 모른다. 바로 이 역사적인 순간에 책들도 살해를 할 수 있다는 것을 깨닫게 되었고, 그때부터 수백 년을 거쳐오는 동안 책으로 재앙을 불러오는 방법들이 다양화되고 정교해졌을 것이다.

책 사냥꾼들이 고안해낸 '덫의 책들'은 그저 그런 방법의 변형일 뿐이었다. 그자들은—주로 자기 경쟁자들에게 손해를 입히려고—특히 수요가 많은 귀중한 작품들을 모방해냈는데, 그런 모방 작품들은 겉보기에는 완벽할 정도로 원본과 비슷하지만, 내부를 들여다보면 치명적인 메커니즘이 갖춰진 것들이었다. 책 안의 움푹 들어간 자리에는 독을 칠한 화살과 발사장치들이 숨겨져 있고, 아주 작은 투석기로도 발사해 흩뜨릴 수 있는 유리 파편들, 뿌리는 유독성의 산, 혹은 밀도 높게 저장된 독가스 등이 들어 있었다. 그런 책은 한 번 펼쳐보기만 해도 눈이 멀거나 심한 부상을 입거나 심지어 목숨을 잃기에 충분했다. 책 사냥꾼들은 이에 대비해 마스크나 투구, 쇠사슬 갑옷, 철장갑, 그리고 다른 보호장치들을 착용했다. 그들이 마치 군인처럼 환상적인 무장을 갖추게 된 주된 원인은 바로 그 덫의 책들 때문이었다.

손으로 접촉하면 독이 침투되는 책들은 특히 차모니아의 중세 때 사용되었다. 그런 독극물로 정적들을 제거하거나 왕들을 무너뜨렸으며, 또 경쟁 작가들이나 신랄한 비평가들도 제거했다. 그 시대에 수많은 접촉 독극물을 개발해낸 책 연금술사들의 풍부한 상상력은 그야말로 대단했다. 책의 단 한 페이지만을 만져도 곧 귀가 멀거나 벙어리가 되거나 몸이 마비되거나 미치고 말았다. 아니면 치유될 수 없는 병을 얻거나 영원한 수면 상태에 빠지기도 했다. 어떤 독극물은 치명적인 웃음발작이나 기억상실증, 횡설수설하는 섬망증이나 몸을 흔들어대는 중독증세를 유발했다. 어떤 자들은 몸에서 모든 털과 이빨이 빠져나가는가 하면, 어떤 자는 혀가 바싹 메말라들었다. 어떤 독은 몸에 살짝 닿기만 해도 가느다란 소리가 귓속으로 들리는 이명 상태가 너무나 오랫동안 계속되는 바람에 결국 견디지 못하고 창문 밖으로 투신자살하고 마는 경우도 있었다. 내 몸에 파고들었던 독은 그나마 비교적 덜 해로운 것이었다.

레겐샤인의 보고에 따르면, 그 시대에 어느 출판업자는 그가 지녔던 출판물 가운데 한 부씩만 골라 거기에 치명적인 독극물을 발라놓았다고 한다. 그런 다음 심지어 그것을 선전하기까지 했다. 모두들 그 책들이 무거운 납 덩어리처럼 서가 속에 그냥 꽂혀 있을 거라고 생각했을지 몰라도 사실은 그 반대였다. 그 책들은 마치 자른 빵처럼 쉽게 판매되었다. 판매업자들은 판매 전략의 하나로 평범한 책이 제공할 수 없는 자극과 스릴이 그 책들 속에 있다고 선전했으니, 그거야말로 진짜 위험한 것이었다. 그것은 책 시장에서 제공할 수 있는 가장 스릴 있는 홍보였다. 책을 읽는 독자들의 이마에서는 줄곧 땀이 흘러내렸고 손은 떨렸다. 책 내용이 아무리 지루해도 상관없었다. 특히 건강상의 이유로 심한 육체적인 일에 몸을 내맡길 수 없는 나이 든 전사들이나 모험가들 사이에서 그런 책들이 애독되었다고 한다.

차모니아의 중세가 지나면서 책에 독극물을 묻히는 유행이 지나갔는데, 그런 책들의 확산이 근대의 법사상과 더 이상 맞지 않았기 때문이다. 그 대신 이제는 '알파벳 테러책들'이 등장해서 공포와 전율을 확산시켰다. 그 책들은 다름 아닌 반(反)문학을 주창하는 과격한 결사대들이 서점들 안으로 몰래 들여와 계속 퍼뜨린 것들로, 알파벳 테러책들 중 한 권을 펼쳐보기만 해도 서점 전체가 폭발하고 말았다. 이런 책 폭탄을 설치한 당파들은 그 회원들이 언어 자체를 원칙적으로 거부했기 때문에 이름도 갖고 있지 않았다. 게다가 그들은 문장, 문단, 장(章), 소설은 물론 어떤 형태의 산문이나 서정시 그리고 책을 모두 거부했다. 책이 판매되는 서점들은 그들이 볼 때 그들의 광신적인 비(非)알파벳주의를 침해하는 것이었으므로 차모니아 전역에서 소탕해버려야 하는 악의 온상이었다. 그들은 위험한 책 폭탄을 서점, 도서관 그리고 고서점들 안으로 몰래 반입해 잘 팔리고 많이 읽히는 책들 사이에 숨겨놓은 다음에 도주했다. 비알파벳주의자들은 그렇게 하면 얼마 안 가서 아무도 책이라는 것을 감히 펼쳐볼 생각도 못 할 거라고 예상했다.

하지만 그것은 책만 읽을 수 있다면 머리가 잘려나가는 위험도 감수할 차모니아 주민들의 독서열을 과소평가한 것이었다. 시간이 지나면서 책 폭발의 횟수도 뜸해졌고, 어느 때엔가는 그 도당의 우두머리가 책 폭탄을 제조하다 예정 시간보다 앞당겨 폭발시키는 바람에 머리가 날아가자 그 후 도당은 해체되었다. 그러나 책을 펼쳐보는 것은 여전히 위험한 일로 여겨졌다. 수백 년이 지난 후에도 그런 책들이 여전히 엄청나게 유통되었으므로 도처에 비알파벳주의자들의 테러책들이 숨겨져 있었다. 그리하여 특히 고서점들 가운데는 한때 호황을 누리다 마지막에 가서는 폭발되어 깊은 분화구만 남기는 일이 늘 되풀이되었다. 부흐하임에서는 그런 식으로 폭발한 고서점들이 이미 열다섯 개나 되었다.

차모니아에는 누군가에게 나쁜 일이 일어나도록 비는 이유가 많은 만큼이나 위험한 책들의 수도 많았다. 복수심, 탐욕, 질투, 그리고 불신 등이 바로 그런 책들을 만들어내는 동기였다. 그리고 때로는 사랑도, 그 속에 질투와 자신의 감정에 대한 응답을 받지 못한 분노가 끼어들 때는 역시 테러의 동기가 되었다. 독이 묻은 책장의 면도날처럼 예리한 귀 부분, 만지기만 해도 숨이 멎는 장식 그림들, 독 있는 향을 바른 장서표 등 시험 안 해본 방법이 없었다. 책장을 넘기면서 손가락 끝에 침을 바르는 습관이 있는 독자라면 특히 위험했다. 그러다 만일 소량의 독이 그의 입속으로 옮겨가기만 해도 목을 끄르륵거리며 쓰러졌고 입에서 피거품을 토해냈기 때문이다. 박테리아에 오염된 금조각에 찔려 조금만 상처가 나도 중독될 수 있었다. 책 연금술사들의 책 속에 들어 있는 최면 후에 작용하는 암호 명령들은 책을 읽은 며칠 후에 독자들로 하여금 절벽에서 바다 속으로 뛰어들게 하거나 수은 일 리터를 마셔 자살하게 만드는 상황까지 초래할 수 있었다.

세월이 지나면서 위험한 책들에 관한 이야기는 어느 것이 진실이고 어느 것이 전설인지 거의 구분할 수 없을 만큼 많아졌다. 부흐하임의 지하묘지 안에는 스스로의 힘으로 움직이거나 기어 다니거나 혹은 심지어 날아다니는 책들이 있다는 소문도 있었다. 그런 책들은

범죄자들이나 곤충들보다 더 위험하고 잔혹하며 따라서 그것들과 만나면 무기로 쏘아 죽여야 한다고 했다.

또한 어둠 속에서 속삭이고 한숨을 토해내는 책들도 있다는 풍문도 나돌았으며, 독자들이 책을 읽다 잠이 들면 책갈피 끈으로 목 졸라 죽이는 책들도 있다고 했다. 그리고 어떤 독자는 감쪽같이 어떤 위험한 책 속으로 실종된 이후 다시는 나타나지 않았다는 소문도 있었는데, 그 후에 발견된 것은 그가 앉았던 빈 등의자와 그 위에 펼쳐진 채 놓인 책뿐이라고 했다. 게다가 그 책 속에는 사라진 그 독자의 이름과 똑같은 새로운 주인공 한 명만이 등장하고 있었다.

내가 미로 속을 방황하고 있을 때, 내 사랑하는 친구들이여, 그런 생각들과 이야기들이 내 머릿속을 뚫고 지나갔다. 나는 유령이나 마녀 따위를 믿지 않았다. 그리고 물론 어떤 슈렉스 족속의 저주나 눈속임 마술도 믿지 않았다. 하지만 위험한 책들이 있다는 것은 내가 몸소 체험한 후였다. 나는 여기 지하에서 결코 다시는 어떤 책도 손으로 만지지 않기로 각오했다.

그래서 나는 책들에게는 별로 신경 쓰지 않고 무작정 앞으로 걸어갔다. 그러는 사이에 내 낙관주의도 사라졌다. 주위에는 감히 만질 엄두도 안 나는 책들로 가득 찬 벽들과, 이따금 다 타들어간 해파리불빛들밖에는 보이지 않았다. 나는 마치 독이 묻은 쐐기풀들로 담장이 쳐져 있는 미로 속을 헤매고 있는 것만 같았다. 나의 발걸음 소리 외에도 차모니아의 공포문학에서 등장하는 거의 모든 스산한 소음들을 들을 수 있었다. 삐걱거리는 소리, 두드리는 소리, 훌쩍이고 흐느끼는 소리, 속삭이거나 킥킥거리는 소리 등……. 마치 슈루티가 지은 공포음악의 악보 속으로 빠져든 것 같았다. 그런 소음들

은 이 도시의 배수구로부터 흘러내려 지하 깊은 곳까지 도달했다가 다시 메아리쳐 올라오는 소리들이 분명했다. 그것들은 지상으로부터 여러 층을 뚫고 내려와 작은 관들과 통로들을 따라서 이리저리 움직이는 동안에 전혀 다른 소리들로 바뀐 것이다. 그것은 지하묘지의 유령음악이었다.

나는 땅바닥에 주저앉았다. 도대체 얼마나 돌아다닌 걸까? 반나절? 아니면 하루 종일? 이틀 동안? 나는 방향감각을 상실했다. 시간감각, 공간감각, 그리고 도덕적인 감각마저도. 다리가 아파왔고 머릿속에서는 마치 종소리 같은 것이 쩌렁쩌렁 울려댔다. 나는 그냥 그 자리에 벌렁 누워버렸다. 한참 동안 미로 속에서 나는 두려운 소리들에 귀를 기울였다. 그러다가 지쳐서 잠이 들고 말았다.

🙰 바다와 등대들

나는 잠을 충분히 자지 못한 채 깨어났다. 배가 고프고 목이 말랐다. 그리고 내 주위에는 기분 나쁜 것들이 모여 있었다. 다리와 팔, 배와 얼굴에 수많은 곤충들과 벌레들이 기어 다니거나 몸속으로 파고들었다. 속이 투명하게 비치는 구더기들, 벌레들, 뱀들, 빛을 발하는 딱정벌레들, 다리가 긴 책괴물들, 집게로 무장한 벌레들, 눈 없는 흰 거미들……. 나는 소스라치게 놀라 소리를 지르며 벌떡 일어나 내 주위를 손으로 거칠게 마구 후려쳤다. 내가 괴상망측한 춤을 추어대면서 내 겉옷으로 미친 듯이 여기저기를 후려치는 동안 동물들은 사방팔방으로 흩어졌다. 책장님벌레 한 마리가 여전히 위험스럽게 쉭쉭거리면서 딸랑이를 달가닥거리더니 드디어 어느 책더미 뒤로 사라지고 말았다. 나는 마지막 해로운 동물까지 모두 쫓아버렸다는 확신이 든 후에야 다소 마음이 진정되었다.

그런 다음 다시 미로 속을 걸어가기 시작했다. 그 외에 내게 무슨 방법이 남아 있겠는가? 나에게는 그 어떤 확신도 없었다. 내가 미로에서 빠져나갈 출구에 가까워졌다고 믿을 만한 아무런 근거도 없었다. 어쩌면 나는 오히려 더 깊은 곳으로 빠져들었는지도 몰랐다. 그리고 곤충들은 나한테 무자비한 지하에서 내가 얼마나 빨리 먹이사슬의 일부가 될 수 있는지를 보여주었다. 되풀이해서 눈에 띄는 절반쯤 죽은 발광해파리들이 덧없이 도망치는 모습도 역시 내 기분을 북돋워주기에는 적합해 보이지 않았다. 그만큼 그것들은 내가 처해 있는 불리한 상황을 확실히 경고해주고 있었다. 나도 어쩌면 곧 그런 식으로 목숨이 끝날지 몰랐다. 쇠약해서 죽거나 말라 죽거나, 어느 동굴 바닥에서 곤충들한테 뜯어 먹힐 수도 있었다. 그리고 이 모든 게 편지 한 통 때문에 생긴 일이었다.

원고에 대한 생각이 떠오르자 나는 잠시 발을 멈추고 그것을 다시 품에서 끄집어냈다. 혹시 나를 이런 위험한 상황으로까지 몰고 온 저 비밀스러운 사명이라는 것의 수수께끼를 풀 수 있지 않을까? 그것이 혹시 내가 여기서 빠져나가도록 도와주지 않을까? 어리석고 절망적인 희망이었지만 내가 지금 이 순간 동원할 수 있는 유일한 희망이었다. 그래서 나는 다시 한 번 그 원고를 살펴보기 시작했다. 처음에 그것을 읽을 때와 똑같은 열광과 반응을 보이면서 읽어 내려가자 일시적으로 기분이 가벼워지는 것 같았다. 그렇게 나는 마지막 문장까지 읽어갔다.

여기서부터 이야기는 시작된다.

그건 너무나 희망적이고 밑도 끝도 없이 낙관적인 것이어서 나는 기쁨의 눈물마저 쏟아냈다. 그것은 이야기에 확신을 주면서 끝맺는 문장이었다. 나는 원고를 다시 품에 집어넣고 걸어가면서 내 머리를 계속 혼란스럽게 만드는 그 문장에 대해 곰곰 생각했다. 나는 갑자기 그 비밀스러운 작가가 그 문장으로 나한테 무언가를 말하려 한다는 생각이 번뜩 스쳐갔다. 그 작가가 지금 어디에 있든 간에 바로 이 순간 나한테 이렇게 말하고 있었다.

여기서부터 이야기는 시작된다.

하지만 그가 말하려는 것이 무엇일까? 나의 이야기가 여기서부터 비로소 시작된다는 뜻일까? 그렇다면 그거야말로 정말 위로가 되는 것이다. 아니면 나는 그 문장을 좀 더 글자 그대로 받아들여야 할까?
내가 어디서 이런 확신을 갖게 되었는지는 나한테 묻지 말기 바란다, 내 충실한 친구들이여. 그렇지만 그 문장이 하나의 수수께끼이며 그것을 풀면 내가 여기서 벗어날 가능성에 더 가까워지리라는 확신이 들었다.

여기서부터 이야기는 시작된다.

여기라는 게 어디일까? 여기 지하묘지라는 뜻인가? 지금 막 내가 가고 있는 여기를 말하는 걸까? 그렇다면 좋다! 그러나 만약 내 이야기가 아니라면 누구의 이야기란 말인가? 여기에 보잘것없는 나 말고 또 누가 있단 말인가? 곤충들이 있다. 그건 분명하다. 책들도 있다, 물론.

거의 번개에라도 맞은 듯이 나는 정신이 번쩍 들었다. 그렇다, 책이다. 이렇게 어리석을 수가! 책들을 무시한다는 건 당연히 어리석은 일이었다. 만약 내가 어떤 도움을 기대한다면, 그건 바로 책들에서였다. 나는 수천 권이 넘는 영리한 지원자들에게 에워싸여 있으면서도 그것들을 이용하지 않으려 한 것이다. 내가 겪은 나쁜 체험과 위험한 책들에 관한 몇 가지 전설이 나로 하여금 그것들에 거리를 두게 한 때문이었다.

나는 그 당시 레겐샤인 역시 책들의 도움으로 방향을 찾던 방법을 생각하지 않을 수 없었다. 당시 그가 우연히 귀한 책들을 발견하게 된 것은 먼저 미로 속에서 여러 다른 책들과 소장 도서들을 운반해 보관했던 순서를 발견했기 때문이다. 그렇다면 그 책들이 누군가를 다시 지상으로 인도할 수 있다는 것은 논리적으로 가능한 일이 아닐까?

나는 레겐샤인의 심오한 지식에 대해서는 아는 바가 없었지만 그래도 차모니아의 문학에 대해서는 약간 알고 있었다. 그리고 어떤 책의 상태와 작가, 내용, 그리고 출간 기록을 보고 그 책이 얼마나 오래되었는지를 결정하는 일은 사실 대단한 기술이 아니었다. 그것은 원래 아주 간단했다. 그러므로 내 주위에 있는 책들이 오래된 것들일수록 나는 지하묘지 속으로 더 깊이 들어간 것이고 반대로 덜 오래되었다면 출구 쪽으로 다가가고 있는 것이다. 물론 그 추측이 다 맞지는 않겠지만 어느 정도의 확실성은 있었다. 왜냐하면 대개의 장서들은 그 소유주가 살았던 시대를 반영하기 때문이다. 이런 간단한 나침반으로 내가 나아갈 방향을 잡아 지상으로 올라가 자유를 찾을 수 있을 것이다. 내가 그 책들을 자세히 연구해볼 용기를 가질 수만 있다면.

지금 내게 더 이상 잃을 것이 남아 있던가? 만약 어떤 위험한 책이 내 머리를 잘라버리거나 내 눈 속에 독화살을 쏜다면 나는 고통스럽게 굶어 죽거나 곤충들한테 산 채로 뜯어 먹히는 것보다는 적어도 빨리 생명을 끝내는 은총을 얻을 것이다. 해파리처럼 기어 다니기보다는 차라리 똑바로 앉아 죽는 게 나았다! 이제는 두려움을 극복하는 수밖에는 없었다. 나는 걸음을 멈추었다.

어느 서가로 다가갔다.

마음 내키는 대로 아무 책이나 한 권 꺼냈다.

그것을 손에 들고 가늠해보았다.

혹시 그 안에 무언가가 움직이고 있어 다른 책들보다 무거운 걸까?

아니다.

아니면, 혹시 그 속의 빈 공간이 치명적인 가스로 채워져 있어서 가벼운 걸까?

아니다. 너무 가볍지도 않았다.

나는 눈을 감고서 얼굴을 돌렸다.

그러고는 책을 펼쳤다.

아무 일도 일어나지 않았다.

폭발은 없었다.

독화살도 없었다.

유리 파편의 자욱한 먼지도 없었다.

그래서 나는 겁을 먹은 채 책장들을 손으로 만졌다.

손가락들이 뻣뻣해지는 느낌은 없었다.

앞으로 다가올 광기의 징후들이 느껴지는가?

말하기 어려웠다.

이빨을 빠드득거려 보았다. 아니, 내 이빨들도 빠지지 않았다. 그것들은 단단히 붙어 있었다.

현기증이 날까? 토할까? 열이 오를까?

그런 일은 전혀 일어나지 않았다.

나는 다시 눈을 떴다.

엇! 그것은 폭발장치 같은 것도 없고, 치명적인 가스를 채워 넣거나 산을 흩뿌려놓은 것도 아닌 아주 보통 책이었다. 대부분의 다른 책들과 같은 책이었다. 종이 위에 글자들이 인쇄되어 있고, 소택지에서 키운 돼지가죽으로 제본된 책이었다. 하! 도대체 무엇을 기대했단 말인가. 이런 편집광적인 바보 같으니. 어쩌면 여기에 있는 모든 책들 가운데서, 이 무수히 많은 책들 가운데서 위험한 책을 한 권쯤은 발견해낼 기회가 있을지도 모른다.

나는 책 제목을 읽었다. 아하, 비록 피상적이기는 해도 나는 이 책을 알고 있었다! 그것은 오르코스 폰 단넨이 지은 『중요한 것은 아무것도 없다』였다. 그랄준트의 평등주의파의 핵심 작품이었다. 그것은 극단적인 평등주의를 기치로 내세웠던 철학 학파였다.

당신이 이 책을 읽든 안 읽든 별로 상관없습니다.

그 책 속에 쓰인 첫 문장이 늘 그 책을 더 읽어나가지 못하게 방해했다. 그리고 이번에도 역시 그랬다. 나는 그 책을 읽지 않고 그냥 다시 서가에 꽂았다. 이거야말로 어떤 평등주의자라도 기뻐할 반응이었다. 어떤 영향도 끼치지 않는다는 것이 그들의 철학 목표였기 때문이다.

하지만 그 책은 내게 몇 가지 중요한 정보를 전해주었다. 그것이 차모니아의 중세 초기에 쓰인 책이 분명하다는 사실이었다. 왜냐하면 이 시기에 평등주의자들이 활동했고 지금 여기 이 책은 원본인 데다가 초판본이었기 때문이다. 나는 계속해서 많은 서가들과 책들을 지나치면서도 그것들에 아무런 주의를 기울이지 않고 연이어 통로들을 지나갔다. 그러다가 걸음을 멈추고 아무렇게나 책을 한 권 집어 들어 펼쳤다.

"삶은 안타깝게도 너무나 짧다."
좀머포겔 후작은 심연처럼 깊은 한숨을 내쉬며 말했다.
"지금"
그의 친구인 로코 니아펠이 미소를 짓고 포도주를 자신의 잔에 따르면서 대꾸했다.
"만약 자네가 그 말로 존재하는 것은 반드시 한계를 지닌다는 의견을 내세우려 한다면 나도 반대하지 않겠네."
폰세카 부인이 안으로 들어왔다.
"오" 그녀는 재미있는 듯이 외쳤다. "제가 보기에 신사분들께서는 현세에 머물고 있는 우리가 두렵기 그지없는 시간의 한계에 종속되어 있다는 한탄스러운 상황에 대해 또다시 대화를 나누고 계신 것 같군요."

이것은 이른바 충족주의 사상이 담겨 있는 소설이었다. 의심할 여지 없이 차모니아 문학이 저지른 오류였으니, 거기에서는 단 한 가지의 기본사상이 끊임없이 변형되어 되풀이해 나타났다. 그렇다면 충족주의자들이 책을 쓴 것이 언제였던가? 중세 후기에 이르러서였다. 분명하다! 그렇다면 나는 중세 초기에서 중세 후기로 옮겨왔으므로 제대로 길을 찾아온 것이다.

더 나아가자! 빨리! 다시 나는 길게 이어진 서가들을 지나갔다. 그러나 그 안에 꽂힌 책들의 내용은 무시했다. 두 마리의 해파리가 생사를 건 싸움을 벌이면서 상대방의 몸에 꽉 매달려 있는 광경을 보았다. 하지만 그런 광경도 더 이상 나를 당혹하게 하지는 않았다. 나는 다시 희망에 차 있었다. 그래서 나는 다시 걸음을 멈추었다.

　　물은 빵을 자르지 못한다.

　　내가 여기서 펼친 어느 시집에 실린 첫 구절이었다. 이것을 뭐라고 불렀더라? 바로 그거야, 자연의 불가능성. 그럼 어느 시파에서 전통적으로 자연의 불가능성에 대한 시들을 썼지? 물론 자연불가능성을 주장하는 자들이었다! 그렇다면 자연불가능성을 주장하는 자들은 언제 글을 썼지? 그 이후, 그 후였다! 나는 중세를 뒤로 하고 지금 차모니아의 바로크 중기에 이른 것이다.

　　이제부터 점점 짧은 간격으로 살펴보았다. 좀 더 시간을 두고 여러 서가들에서 책을 몇 권 꺼내 검토해보았으며, 단첼로트 대부가 나한테 주입시켰던 모든 문학적 지식을 다 짜냈다. 호라치오 폰 젠네커가 피스톨라리우스 젠크보다 앞선 시대에 글을 썼던가 아니면 그 후였던가? 플라토토 데 네디치가 순응주의를 차모니아 문학에 도입했던 게 언제였더라? 글로리안 퀴르비서가 그랄준트의 문단에 속했던가 아니면 트랄라만데르 그룹에 속했던가? 후첸 산에 사는 프레다라는 털북숭이 시인이 모순된 어법으로 시를 쓴 때가 청색시대였던가, 아니면 황색시대였던가?

　　나는 그제야 이런 모든 사실들을 집중적으로 공부하게 했던 대부 시인의 혹독한 가르침에 감사했다. 그 당시에는 그 때문에 얼마나 그분을 저주했던가. 그런데 그런 것들이 이제는 내 생명을 구해줄지도 몰랐다! 나는 마치 군데군데 떠 있는 작은 섬들 위에 수많은 등댓불들이 반짝이고 있는 어느 어두운 바다 위를 항해하고 있는 것 같았다. 등대들이란 바로 수백 년에 걸쳐 고독한 사명을 가지고 빛을 비쳐준 시인들이었다. 그리고 나는 그 뒤를 이어서 시문학의 등대를 향해, 이 섬 저 섬으로 항해를 해나가고 있었다. 그것이 나를 이 미로에서 끌어내줄 실마리였다. 배고픔도 목마름도 잊은 채 나는 서가들에서 마구 책들을 끄집어내 읽고 내용을 조합한 다음, 다시 서둘러 다른 서가로 달려가 다른 책을 빼내 읽었다.

우주는 폭발했다.

그 안에 쓰여 있는 첫 문장이었다. 이는 의심할 여지없이 반(反)고조법 장르의 소설로서, 그 장르를 대표하는 작가들은 가장 자극적이고 거창한 대목으로 소설을 시작했다. 그 이유는 그 후 줄거리를 점차적으로 재미없고 의미 없게 끌어가다가 중간 어디에 가서는 부차적인 언급과 더불어 갑자기 이야기를 중단해버리기 위해서였다. 반(反)고조법 소설가들은 차모니아의 낭만주의시대로 분류되었다. 따라서 나는 또다시 시대를 지나온 것이다.

그는 쪽 하고 그녀에게 입을 맞춘 후에 다시 낡아빠진 의자에 삐걱 소리를 내면서 앉았다. 바스락 소리를 내면서 그는 종이를 높이 쳐들더니 실눈을 뜨고 그것을 유심히 살펴보았다.
"이것의 그의 유언장입니까?" 그는 놀라서 물었다.
그녀는 한숨을 내쉬었다.

"그렇다면 우리는 둥켈슈타인 농장이 아니라 겨우 낡은 착유용 의자 하나를 상속받는 것 아닙니까?"

그는 욕을 퍼부으면서 종이를 벽난로의 불 속으로 던져 넣었다. 그 안에서 종이는 탁탁 소리를 내면서 타올랐다. 그는 조롱하듯이 웃으면서 바닥에다 퉤! 침을 뱉었다.

그녀는 훌쩍거리며 울었다.

와아! 이거야말로 대단한 의성(擬聲)문학이군! 아마도 이 시대의 작가들은 독자층의 상상력에 신뢰감을 잃고 그들의 문학이 후원자들에 의해 보살핌을 받아야 한다고 믿었던 것 같다. 이것은 오늘날 우리들의 취향으로 봐도 문학작품들을 망치는 짓이었다. 롤리 판토노와 몬타니오스 트룰러 같은 자들은 그런 작품들이 대단히 근대적이라고 생각했다. 그러나 오늘날의 독자들은 그런 텍스트들의 바탕에 깔린 어리석음 때문에 그것들을 그저 오래된 책으로만 간주했다. 그렇기는 해도 어쨌든 그것은 근대 차모니아 소설의 시작이었고 새로운 문학의 방향을 시도해보려던 것이었다. 나는 굳건히 벌써 근대로 넘어와 있었다.

"폰 엘펜젠프 백작님? 백작님에게 무산소 공기를 고안해내신 헬메고르 라 피티 교수님을 소개해 올리겠습니다. 아마 우리 셋이서 루모 게임을 한판 할 수 있지 않을까 합니다만."

오, 그래. 나는 시대적으로 근대에 와 있는 게 분명했다. 이 짧은 한 토막의 대화만으로도 그것을 증명할 수 있었다. 이건 차모니아 범죄소설의 선구자인 폰 엘펜젠프 백작 소설이었다. 그런 범죄소설은 미네올라 히크라는 작가가 수십 권 썼는데 그때가 바로 이백 년 전이었다. 비록 최고의 문학이라고 말할 수 없지만 특히 청소년들 사이에서 매우 애독되었던 책들로, 거의 『칼트블루트 왕자』의 인기에 근접했다.

여기 이 책은 내가 청소년 시절에 아마 대여섯 번은 되풀이해 읽었던 『폰 엘펜젠프 백작과 숨 가쁜 교수』였다. 『폰 엘펜젠프 백작과 쇠로 만든 감자』에서 『폰 엘펜젠프 백작과 불사의 해적』에 이르기까지 모든 폰 엘펜젠프 백작 소설 시리즈들이 서가에 꽂혀 있었다. 나는 그것들을 모두 꺼내 다시 읽어보고 싶은 충동마저 느꼈지만 그러기에는 지금이 정말이지 적절한 때는 아니었다.

그 대신 나는 그 옆에 있는 서가에서 다른 책을 한 권 꺼냈다. 그것은 검정색 가죽으로 제본된 작은 책인데 제목은 없었다. 나는 그것을 펼쳐 다음과 같은 글씨를 읽었다.

책 사냥꾼의 길
룽콩 코마

제대로 명중시킨 것이다! 이거야말로 진정 근대적인 책이었다. 룽콩 코마, 그자는 바로 레겐샤인의 뒤를 무자비하게 추적했던 바로 그자가 아닌가. 다시 말해 나와 같은 시대의 인물이었다! 나는 계속 걸어가면서 그 대목을 조금 읽어보았다.

Ⅰ. 지하묘지
책 사냥꾼은 미로 속의 스핑크스처럼 외롭다.
그의 고향은 어둠이다. 그의 희망은 죽음이다.

오호, 음침한 소재로군. 그렇지만 어쨌거나 그것은 책 사냥꾼이 쓴 것이었다. 사실 모든 책들이 다 레겐샤인이 쓴 책들처럼 풍부한 정신력을 지닐 수는 없었다.

Ⅱ. 지하묘지
모든 책 사냥꾼들은 똑같다.
똑같이 쓸모가 없다.

흠, 이 롱콩이라는 자는 참으로 공감이 가는 인물이군. 여기 이런 어둠 속에서 우연히 만날 그런 부류의 인물이 아니었다.

Ⅲ. 지하묘지
살아 있는 것은 죽일 수 있다.
죽은 것은 먹을 수 있다.

아마 여기서는 직업살인자들이 갖고 있는 편협한 철학을 이야기하고 있는 것 같았다. 내가 즐겨 읽는 그런 책은 아니었다. 그러나 결정적인 것은, 이것이 동시대의 작품이라는 사실이었다. 나는 그 졸작을 등 뒤로 던지고는 어느 서가로 다가가 새 책을 손에 집어 들었다. 그것은 특히 눈에 띄는 책으로 은장식, 금장식, 구리장식들로 치장되어 있고 반짝거리는 쇠표지로 장정되어 있었다. 오, 내 친구들이여, 내가 그 책을 펼쳤을 때 책 페이지들과 그 위에 쓰인 글자들이 아니라 복잡한 메커니즘을 보고 얼마나 당황했을지 상상해보라! 동시에 나는 마음이 가벼워졌다. 왜냐하면 만약 그것이 위험한 책이었다면 나는 지금쯤 벌써 머리가 날아갔거나 아니면 눈에 독화살을 맞은 채 서 있었을 것이다. 그런데 지금 그 안에 있는 것은 무엇인가?

내가 본 것은 톱니바퀴가 돌아가며 감기고 있는 시계태엽들, 움직이는 작은 피스톤들이었다. 그리고 요지경 상자나 인형극장처럼 보이는 그 책의 윗부분에 구리로 만든 커튼이 걷히더니 작은 쇠 인형들이 아주 작은 무대 위에 나타났다. 그들은 그림자극에 등장하는 인형들처럼 납작했지만 활발하게 움직이는 것이 인상적이었다. 그들은 아마 책 사냥꾼들 역할을 맡고 있는 것이 분명했는데, 병사 복장들을 아주 정교하고 정확하게 모방해서 입고 있었다. 그들은 서로 도끼로 싸우며 화살을 쏘아대다가 마침내 모두가 쓰러지고 말았다. 비록 그 줄거리는 피비린내 났지만 그래도 아주 재미있고 정교하게 꾸며져 있었다. 그러자 놀랍게도 그 구리 커튼이 다시 아래로 내려지더니 짧은 연극은 끝나고 말았다.

이거야말로 정말 기발한 고안이었다. 성인용 두뇌 오락기였다! 처음으로 나는 내가 처해 있는 불확실한 상황에도 불구하고 이 지하 묘지 속에 있는 책들 가운데서 한 권을 소유하고 싶은 마음이 생겼다. 나는 그것을 그냥 갖고 가기만 하면 되었다. 왜냐하면 여기 상황으로 보아 곧 있으면 출구가 나올 게 분명했기 때문이다. 그리고 지상으로 돌아가면 이런 진기한 물건은 큰 재산 가치가 있을 것이다.

그때, 기계장치가 된 책의 아래쪽에서 무언가 움직였다! 거기에는 수십 개의 아주 작은 창들이 늘어서 있고, 그 창들 속에는 차모니아 글자들이 돌아가고 있었다. 그러더니 철썩, 툭, 철썩, 툭, 철썩, 툭, 철썩, 툭, 철썩, 툭, 철썩, 툭! 하는 소리를 내면서 글자들이 움직임을 멈추고 서로 연결되어 하나의 문장을 이루었다.

| 까 | 다 | 로 | 운 | | 분 | 석 | 가 | | 굴 | 덴 | 바 | 르 | 크 | 가 | | 행 | 운 | 을 | | 빕 | 니 | 다 |

"뭐라고?"

나는 마치 책이 내게 말을 걸기라도 한 것처럼 바보같이 자문했다. 그러자 대답이라도 하려는 듯 책 안에서 음악 시계의 선율이 울려나왔다. 그것은 전통적인 차모니아의 장례곡으로 단첼로트 대부의 화장 때에도 우리가 연주했던 음악이었다. 나는 다시 한 번 책을 들여다보았다.

하지만 이것은 아까의 정교한 인형극에 비하면 실망스럽게도 아무것도 얘기해주지 않는 글이었다. 아니면 이건 무슨 수수께끼일까?

잠깐만. 까다로운 분석가 굴덴바르트라니 바로 레겐샤인이 언급했던, 자기 경쟁자들을 특히 교묘한 덫의 책들로 제거하곤 했던 바로 그 책 사냥꾼이 아닌가? 바로 그거다. 굴덴바르트라면 한때 시계 제조공이었고 자기의 세공기술을 이용해······.

그때서야 비로소 나는 그 책등에 서가 속으로 이어진 한 개의 가느다란 은 철사가 격렬하게 진동하는 것을 알아챘다. 순간 책을 떨어뜨렸다. 그것은 덜그럭거리면서 땅 위로 떨어지더니 계속 덜덜거리며 움직였다. 그러나 이미 때는 늦었다. 그 철사에서 부르릉 떨리는 소리가 들렸다. 그러더니 그것은 마치 거대한 하프에서 울려나와 신음하며 퍼져 나가는 소리처럼 통로 곳곳에서 들려왔다. 그러자 내 등 뒤로 마치 먼 데서 이는 천둥소리처럼 덜컹거리는 소리가 났다. 나는 두려운 시선으로 뒤를 돌아보았다.

통로 끝의 좀 더 높은 곳에서 묵중한 나무 서가들이 하나씩 차례로 무너지기 시작했다. 정교한 덫의 책을 내가 꺼냄으로써 감춰진 기계장치가 풀어진 것이었다. 마치 도미노 놀이의 말처럼 수백 권,

수천 권의 책들이 연달아 급경사진 바닥 위로 철썩, 철썩 떨어졌고 뒤이어 우지끈 소리를 내면서 서가들도 넘어졌다. 나무, 종이, 가죽들이 거대한 파도를 이루면서 무너져 쌓이더니 마치 마른 강 언덕을 휩쓰는 대홍수처럼 내 쪽으로 밀려왔다.

나는 반대 방향으로 달아났다. 그러나 그리 멀리 가지는 못했다. 이미 나는 그 폭설처럼 밀려오는 책들과 함께 휩쓸렸고, 내 주위로 책들이 소용돌이를 치면서 내 몸과 머리에 마구 부딪쳐와 마침내 내 시야를 가렸다. 나는 넘어지면서 있는 힘을 다해 소리를 질렀다. 그러자 갑자기 아래로 휩쓸려 내려갔다. 마치 폭포소리 같은 책들의 홍수와 더불어 심연으로 떨어지고 말았다. 그 모든 것이 합쳐져서 쏴아! 쏴아! 하나의 거대한 소리를 일으켰다. 그러더니 갑자기 무언가 휘익 밀치면서 충돌이 일어나더니 책들이 우박처럼 내 등으로 떨어져 내렸다. 내 몸 위로 아마 수천 권의 책들이 떨어져 쌓인 것 같았다. 마침내 모든 것이 완전히 조용해지고 어두워졌다. 나는 움직일 수가 없었다. 거의 숨도 쉴 수 없었다. 나는 산 채로 책들 밑에 매장된 것이다.

♫
운하임

만약에, 사랑하는 친구들이여, 책들이 실제로 위험할 수 있다는 것에 대해 일말의 의심을 갖고 있는 친구들이 있었다면 그런 의심은 지금쯤 아마 다 가졌을 것이다. 수천 권의 책들이 내 몸 위로 쏟아져 내려 나를 찌그러뜨리고 질식시키려 하고 있었다. 나는 아무것도 보이지 않았고 팔다리도 움직일 수가 없었으며, 간신히 힘을 들여야만 숨을 쉴 수 있었다. 단 한 권의 책이 나를 이런 상황으로 몰아넣은 것이다. 바로 위험한 책이었다.

까	다	로	운		분	석	가		굴	덴	바	르	크	가		행	운	을		빕	니	다

이제야 나는 이해했다. 책 사냥꾼들의 유머를. 나는 나뿐 아니라 굴덴바르트의 경쟁자들 가운데 누군가를 대비해서 설치된 덫에 걸려든 것이었다. 게다가 나는 인쇄된 책을 또다시 무작정 믿다가 눈먼 장님처럼 함정에 빠지고 말았다. 책 사냥꾼들은 미로 속의 통로들은 물론 모든 영역들을 치명적인 함정으로 변하게 할 수 있다고 레겐샤인은 설명했다. 그런데 가장 중요한 일들이 내 머릿속에는 항상 때늦은 후에야 떠오르는 것 같았다.

책 속에 끼워 넣어 말린 낙엽처럼 나는 종이 산더미 속에 갇힌 채 누워 있었다. 팔을 움직이고 다리를 끌어당기고 머리를 돌리려고 애써보았다. 하지만 손가락 하나 굽히는 일조차 거의 되지 않았다. 매번 숨 쉴 때마다 공기보다 오히려 책 먼지를 더 많이 흡입했기 때문에 갈수록 더 고통스러워졌다. 내가 질식해 죽는 것은 오직 시간 문제였다.

책들에 묻혀 질식사한다는 것, 이런 식으로 내가 죽으리라는 것은 정말이지 단첼로트 대부가 내가 요람에 누워 있을 때 불러준 노래에는 없는 운명이었다. 만약 운명이라는 것이 실제로 모순된 것이라면 바로 여기서 그것을 충분히 시험해볼 만했다.

내 몸이 어디에 끼워져 있는 건지 아니면 몸이 마비된 건지조차 알 수 없었다. 어쩌면 나는 난폭하게 떨어지다가 몸속 어느 부분의 뼈가 부러진 건지도 몰랐다. 아무튼 몸속에서 느껴지는 고통이 그것을 말해주고 있었다. 하지만 그 모든 건 이제 아무래도 상관없었다. 나는 지금 막 이 잔혹한 세계와 작별을 하려는 순간이었다. 그리고 오, 내 사랑하는 친구들이여, 그대들은 내가 현재 주어진 상황에서는 오히려 그것을 은총으로 느끼고 있었음을 믿어주기 바란다. 모든 것이, 심지어 죽음조차도 지금의 이 고통과 통증보다는 나았다. 그렇다면 제발 죽음이 빨리 좀 다가와주었으면! 그러나 내 생명은 고통스럽게 천천히 무너져가고 있었다.

내 몸 밑에서 무언가 움직였다. 나는 몸이 들어올려지고 있는 것을 느낄 수 있었다. 한 번, 두 번, 세 번, 그러더니 내 몸을 위에서 누르고 있는 종이더미와 함께 내 몸이 들어 올려졌다. 그것은 나를 더 고통스럽게 했다. 그렇게 들어 올려지면서 내 몸이 더 고통스럽게 눌렸기 때문이다. 내 밑에서 움직이는 것이 무엇이든 그건 마치 고래처럼 거대한 것이 분명했다. 그것은 아무 힘도 들이지 않고 나와 나를 누르고 있는 짐을 함께 들어 올렸다. 내 늑골이 빠지직 소리를 냈고 책더미가 움직이는 소리도 들렸다. 그것은 덜컹덜컹 흔들리더니 돌연 위에서 누르는 압박감이 한결 줄어들었다. 종이더미들 중 큰 더미 하나가 미끄러져 내린 게 분명했다. 나는 마침내 몸을 움직일 수 있었다. 아마도 내 몸속의 모든 뼈들이 다 산산조각 나지는 않은 모양이었다. 통증은 극심했지만 그래도 이제 팔다리를 움직일 수 있었고 책들을 옆으로 밀면서 뒤로 빠져나갈 수 있었다. 나는 내 주위를 마구 거칠게 밀치면서 움직였다. 책더미들은 느슨해졌고 마침내 나는 더 많은 공기를 마실 수 있었다. 그때 빛이 보였다! 좁은 틈새로 파고들어오는 색채를 가진 희미한 빛은 내게서 멀리 떨어지지 않은 곳에서 나오고 있었다. 그쪽을 향해 손을 뻗어보았더니 불쑥 책더미 바깥쪽까지 뻗어나갔다! 나는 손발을 허우적거리며 미친 듯이 책들을 마구 파헤쳤다. 그러다 거의 질식 상태에서 밖으로 빠져나왔다. 책들의 바다를 헤치고 밖으로 나온 것이다.

거칠게 숨을 쉬고 기침을 하면서 숨을 헐떡거리고 재채기를 하고 색색거리고 침을 뱉으면서 나는 책더미 속에서 내 몸을 빼낸 후에, 마침내 점액과 먼지가 뒤섞인 찌꺼기를 뱃속에서 토해냈다. 정신없이 수차례나 숨을 들이쉬었다. 그런 다음에 주위를 둘러보려고 애썼지만, 내 시야는 아직도 먼지 때문에 흐려져 있었고, 다만 흩어져 색채를 발하며 점처럼 빛나는 빛들만 보였다. 나는 엄청난 애를 쓴 끝에 마침내 그 잡동사니들에서 벗어나 자유로워졌다. 종이먼지들, 종잇조각들, 찢어진 책들, 온전한 책들, 책 표지들, 그리고 찢긴 책장들 사이를 헤치고 앞으로 기어간 다음에 나는 몸을 일으켰다. 그러나 이 불안정한 책더미들 속에서 완전히 빠져나왔다고는 말할 수 없었다. 계속해서 내 다리 한쪽이 그 더미 속에 파묻히곤 했으니까. 그러나 곧 충분히 익숙해진 나는 눈에서 더러운 먼지를 닦아낸 다음 뒤로 넘어지지 않고 주위를 둘러볼 수 있었다.

내 머리 위 높은 곳에 돌 천장 하나가 궁륭처럼 솟아 있었다. 나는 반원 형태를 하고 있으며 지름이 최소한 일 킬로미터는 되는 어느 동굴 속에 들어와 있었다. 천장에는 무수히 크고 작은 구멍들이 뚫려 있었다. 나는 그 구멍들 가운데 하나를 통해 책들과 함께 떨어져 내린 것이 분명했다. 구멍들 사이에는 엄청난 수의 발광해파리들이 붙어 있었다. 온갖 색채와 크기를 띤 그것들이 바로 맥동하는 빛이 흘러나오는 진원지였다. 그것들은 해파리횃불들 가운데서도 자양분 액체 밖에서도 존재할 수 있는 변종인 것이 분명했고 다른 해파리들보다 훨씬 더 컸고 더 밝게 빛났다. 추측하건대 이 동물들은 해파리횃불들이 더 진화된 것 같았다. 나는 생사를 두고 싸우면서 서로의 몸에 착 달라붙어 있던 두 마리의 해파리를 생각하지 않을 수 없었다. 어쩌면 그것은 생사를 건 싸움이 아니라 사랑의 행위였을지도 모른다.

눈처럼 흰 박쥐 떼들이 천장 바로 밑에서 끊임없이 공중회전을 하며 날개를 파닥거리고 날카롭고 가냘픈 소리를 내면서 동굴 속을 가득 채우고 있었다. 그러더니 갑자기 덜컹덜컹 흔들리는 소리와 우르릉 소리가 났다. 구멍들 중 한군데서 먼지와 종이 잡동사니더미가 홍수처럼 책들의 바다 속으로 떨어졌다. 다행히도 내게서 멀리 떨어진 곳이었다.

곰팡이가 슬고 가장자리는 해진 책들, 닳거나 곤충들이 갉아먹은 책들, 종잇조각들, 나무 부스러기들, 그리고 온갖 다른 쓰레기들도 여러 색깔의 불빛에서는 마치 바다 표면처럼 보였다. 모든 것들이 끊임없이 움직이며 올라갔다 내려갔다 하는 모습이 더욱 그랬다. 이런 불안을 야기하는 것이 어떤 피조물인지 나는 차라리 생각하고 싶지 않았다. 구더기나 쥐 떼, 벌레 떼, 딱정벌레 같은 것들이 여기 있는 문학을 다 말살시키려고 날뛰고 있었다. 페를라 라 가데온이 쓴 「승리자 벌레」라는 제목의 시도 있지 않던가?

그렇다, 내 충직한 친구들이여, 나는 보아하니 한 층 더 깊이 동굴 속으로 들어갔다가 그 내부로 더 깊숙이 더 멀리 미끄러져 내린 것이 분명했다. 게다가 나는 이 장소의 이름이 무엇인지도 알고 있었다. 여기 이곳은 다름 아닌 운하임*이라 불리는 곳, 바로 지하묘지의 쓰레기장이다. 레겐샤인은 이 악명 높은 동굴과 이 주위에 대해서 그의 책에서 한 장 전체를 할애해 쓰고 있었다. 그는 이곳이 지하

---

* '섬뜩한 곳'이라는 뜻도 있다.-옮긴이

미로 가운데서 가장 더럽고 가장 황폐한 영역이라고 주장했다. 부흐하임에 살고 있는 주민들은 수백 년에 걸쳐서 여기다 책 쓰레기들만 버린 것이 아니었다. 이곳보다 더 높은 수많은 동굴들 가운데는 운하임의 천장 구멍들에까지 이르는 갱들이 있었으며, 그 안으로 지하묘지 내에서 가치가 없어진 모든 것들이 내던져졌다. 책 약탈꾼들은 이런 방식으로 그들이 죽인 희생자들을 해치웠고, 퇴락한 책 영주들은 일상의 쓰레기와 배설물들을 버렸으며, 책 연금술사들은 유독성 쓰레기들과 실패한 실험물들을 여기다 버렸다. 레겐샤인의 주장대로라면 지하에서 이 도시의 지상까지, 검은 사나이 골목의 아주 오래된 집들에까지 이르는 갱도들이 있었다.

이 아래에는 수백 년 동안에 온갖 쓰레기들이 모여 쌓였다. 끔찍스러운 식물들과 온갖 종류의 생물들이 부패해서 오물이 되어 쌓여 있었으며 다른 미로에서는 찾아볼 수 없는 곤충들과 해충들, 식물들, 동물들이 있었다. 이곳 주위는 책 사냥꾼들조차 멀리 피해 다녔는데 여기서 가져갈 거라곤 가공할 만한 질병들밖에는 없었기 때문이다. 운하임은 부흐하임의 병적인 또 다른 면, 즉 지하묘지의 부패하고 악취 나는 내부였으며 끔찍한 배설장치였다. 이곳을 지배하는 자는 아무도 없었다. 책 사냥꾼들도 그림자 제왕도 없었고 오직 황폐함만 있었다. 미로를 거쳐 운하임까지 오게 된 것은, 그것이 무엇이든 간에 곧 이 동굴 안에서 부패되어 지금 내가 떨리는 다리로 서 있는 이 불안정한 책 바다 속에서 분해되고 마는 것이었다.

나는 동굴 안을 둘러보았다. 나는 대략 동굴 한가운데에 서 있었고 가장자리까지는 약 오백 미터의 거리가 있었다. 아주 먼 거리는 아니었으나 움직이는 쓰레기들 사이를 뚫고 나아가기에는 위험해 보였다. 주위에는 수많은 출구들이 있었는데, 아마 과거에는 그곳들을 통해서 지하묘지의 주민들이 쓰레기를 동굴 안으로 가져와 쌓았던 것 같았다. 이 출구들 중 어느 것을 내가 택하든 그건 아무 상관이 없었다. 어느 출구 뒤에 무엇이 있는지 불확실하기는 매한가지였기 때문이다. 그래서 나는 무작정 하나를 택해 그쪽으로 다가갔다.

자꾸만 내 몸이 쓰레기더미 속으로 빠졌다. 어떤 때는 발목까지 빠졌다가 어떤 때는 무릎까지 혹은 엉덩이까지 빠지기도 했다. 그러나 내 힘으로 다시 빠져나오지 못할 정도는 아니었다. 내가 발을 내딛는 곳마다 무언가 떼 지어 밀려들면서 바스락 소리를 냈다. 나는 내가 놀라게 해서 쫓아버린 것이 무엇인지 절대 쳐다보지 않으려고 애썼다.

내 몸은 머리끝에서 발끝까지 책 먼지에 휩싸여 마치 유령처럼 하얗게 되었다. 넘어지고 눌린 몸의 마디마디가 아팠고 눈에서는 절망적인 눈물이 흘러내렸다. 그렇지만, 오, 내 유일한 친구들이여, 비록 이처럼 고통스러운 과정이 지금까지의 내 삶에서 최악의 상황인 것은 확실했지만 그래도 나는 꿋꿋하게 앞으로 걸어나갔다. 나는 덫의 책들과 깊은 추락에도 불구하고 살아남았다. 나는 산 채로 매장되었다가 다시 일어났다. 예전 같으면 내가 그처럼 질기리라고는 생각하지 못했을 것이다. 나는 여기 지하에서 생을 마감할 운명을 타고난 것은 아니었다. 오, 아니다! 나는 단첼로트 대부가 임종하실 때 차모니아에서 가장 위대한 작가가 되겠다고 약속했다. 그리고 이 약속을 나는 이행할 생각이었다. 스마이크 가문의 누구, 어떤 책 사냥꾼, 지하묘지의 어떤 구더기 같은 놈들과 대항해서라도 말이다. 나는 이 저승에서 빠져나갈 것이다. 비록 내 이빨과 손톱, 발톱을 다 써서 땅속을 파헤치고 올라가야 하더라도.

수백 가지의 착상들이 내 머릿속에서 마구 소용돌이쳤다. 소설,

274

시, 에세이, 단편소설, 희곡작품들을 위한 착상들로, 내 분노와 저항
심에서 솟구쳐 나온 것들이었다. 그것은 전집 하나를 완성할 기초가
될 만했고, 글을 쓴다면 서가 하나를 온통 작가 미텐메츠의 책들로
가득 채울 수 있을 정도였다. 그런 것들이 지금 여기서, 하필이면 정
말이지 그 무엇 하나도 메모할 수 없는 이 순간에 떠오르고 있었다.
나는 그 착상들을 꽉 붙들어 매 머릿속 기억의 방에 못 박아두려고
애썼지만 그것들은 마치 미끄러운 물고기들처럼 내게서 다시 빠져나
갔다. 지금이야말로 나는 그 어느 때보다도 창의적인 상태에 있었다.
그런데도 나는 글을 쓸 도구를 전혀 갖고 있지 않았다! 슬프고도 우
스꽝스러운 상황이 아닐 수 없었다. 나는 웃다가 이따금 욕도 퍼부
었다. 게다가 내가 지금 토해내는 저주의 말들조차 숨이 막힐 듯이
독창적이었다!
  내가 헤치고 나가기 힘든 그 길의 반 정도를 겨우 지나갔을 때 책
의 바다가 시끄러운 소리를 내기 시작했다. 그것은 여느 때처럼 작
은 동물들이 부산하게 움직이면서 내는 소리가 아니라 무언가 더
극적인 일이 일어나고 있었다. 내게서 돌을 던지면 닿을 만한 거리에
서 책더미들이 몇 미터씩 위로 솟아올랐다 가라앉았다 하기 시작했
는데, 그것은 내가 그 더미 속에 묻혀 누워 있었을 때 느낀 움직임
을 상기시켰다. 그렇다. 저 책더미 아래에 무언가 있었다. 그것이 일
으키는 파도는 내 주위로 움직이고 있는 데다가 그 범위도 점점 더
좁혀오고 있었다. 책 바다의 밑바닥으로부터 무슨 그르렁 하는 소리
가 들려왔는데, 그것은 너무도 자극적이고 위협적이어서 내 안에 있
던 모든 분노와 반항심마저 몰아냈다. 더불어 지금까지 내 머릿속에
서 혼란스럽게 감돌던 모든 착상들도 자취를 감추고 말았다. 그 대
신 내 심장과 머릿속은 서늘한 불안으로 가득 찼다. 거대한 바다 위

에서 상어들에게 둘러싸이거나 혹은 밤에 숲을 가다가 늑대들에게 둘러싸였을 때 아마 그런 느낌이 들 것 같았다. 괴물은 지금 어디 있는 걸까? 혹시 바로 내 발밑에, 입을 쫙 벌리고 있는 심연 속에 버티고 있는 건 아닐까?

그러자 책더미들이 다시 위로 솟구쳤다. 책들이 수백 권씩 공중으로 날았고 종이 가루들이 마구 피어오르고 종이들이 펄럭거리며 날았다. 독충들이 윙윙 소리를 냈다. 그리고 바로 그 한가운데에 내가 지금까지 본 것 중에서 가장 큰 괴물이 나타났다.

바로 승리자 벌레였다!

그렇다. 그것은 한 마리의 벌레, 운하임에서 가장 큰, 책을 갉아먹는 좀벌레였다. 아니면 아마 뱀이거나 혹은 전혀 새로운 족속일지도 몰랐다. 이 괴물의 족보가 무엇인지는 지금 이 순간 나한테 정말 아무 상관도 없었다. 책의 바다로부터 불쑥 솟구쳐 오른 괴물의 몸은 마치 종탑처럼 매우 뚱뚱하고 길었으며, 피부는 창백한 노란색에 갈색 반점들이 퍼져 있었다. 괴물의 흰 배 부위에는 수백 개나 되는 더듬이인지 다리인지 아니면 팔인지 정확히 분간할 수 없는 것들이 붙어 있었다. 괴물의 몸 윗부분 끝에 열려 있는 목구멍에는 길고 구부러진 이빨들이 붙어 있었다. 그것들은 날카롭고 뾰족하며 마치 휘어진 칼처럼 위험해 보였다. 거대한 괴물은 갑자기 움직임을 멈췄다. 괴물이 세차게 들이마시고 있는 공기의 흐름 소리가 뚜렷이 들려왔다. 그것은 몸을 더 높이 일으켜 세우더니 귀청이 떨어져나갈 정도로 크게 울부짖으면서 종이더미 속을 몸으로 마구 휘저었다. 그러자 종이더미들이 마치 갑자기 숲 전체가 무너져 내리는 소리를 냈다. 먼지가 짙은 잿빛 구름을 일으키면서 벌레의 몸을 완전히 휘감았다. 그러더니 괴물은 다시 누웠다. 그리고 나는 괴물의 거대한 몸이 바로 내 쪽을 향해 굴러오는 것을 보았다.

부패하는 책더미들을 헤치고 앞으로 움직여 나가는 일을 경험해 보지 않은 사람은 그것이 얼마나 어려운 일인지 예측 못한다. 나는 몇 번이나 발이 휘청거리다가 넘어지고 곤두박질치면서 빛바랜 종이 더미의 경사면을 미끄러져 굴러 내렸는지, 몇 번이나 다시 몸을 벌떡 일으켜 손발을 헤저으면서 계속 기어올랐는지 모른다. 그럴 때마다 매번 내 몸은 책들에 부딪혔고, 그때마다 책들은 먼지로 변하거나 가루벌레들로 해체되었다. 내 몸이 종이들에 부딪히면 그것들은 금방 가는 얼음처럼 변해버렸다.

거대한 벌레는 동굴 안을 탐욕스러운 울부짖음으로 가득 채웠다. 박쥐들은 공포에 사로잡혀 소리를 질러댔다. 그러자 이제야 비로소 책의 바다가 제대로 움직이기 시작했다. 사랑하는 친구들이여, 그대들은 내 말을 믿어도 좋다. 나는 이 운하임에서 어슬렁거리고 돌아다니면서 나를 노리는 존재가 도대체 무엇인지 정확히 알아내기보다는 차라리 그냥 가만두고 싶었다. 하지만 그런 혜택마저 안타깝게도 내게서 사라졌다. 거대한 벌레가 날뛰면서 내지르는 포효는 쓰레기더미 속에 살고 있는 모든 생물들에게 경고음이 되었다. 그래서 그것들은 대체 어떤 파렴치한 침입자가 먹이를 소화시키며 잠들어 있는 자기들을 방해하러 나타났는지 보려고 위로 기어 나왔다.

마치 지옥의 수문을 열어놓은 것 같았다. 그 지옥문들로부터 끊임없이 새로운 괴물들이 쏟아져 나왔는데, 그것들의 추악하고 괴이한 모습은 가히 비교 상대가 없을 지경이었다. 빵 덩어리만큼 크고 시꺼먼 색으로 번뜩이는 딱정벌레들이 삐걱거리는 이빨로 거대한 쓰레기더미 속을 마구 헤집고 기어다녔다. 어느 거대한 서적의 책뚜껑이 휙 열리더니 나부끼는 흰 털과 여덟 개의 녹색 눈에다 내 다리보다 더 긴 다리들을 가진 거미 한 마리가 기어 나왔다. 그것은 나를 뚫어지게 응시했다. 나는 소름끼치는 공포 속에서 앞으로 쓰러질듯이 계속 내달았다. 금방이라도 그 털이 무성한 거미의 다리들이 내 목에 닿을 것만 같았다. 하지만 그러는 대신 거미는 내 주위를 바스락거리면서 맴돌았다. 그리고 검은 비늘이 붙은 기다란 촉수 하나가 깊숙한 곳에서 헤집고 나타나더니 무작정 주위를 더듬는 것이 보였다. 비만한 살덩이 공 같은 것이 빛바랜 종이들 사이에서 마치 진창 속의 기포처럼 솟구쳐 오르더니 끔찍스러운 소음을 내면서 책들 속에서 먼지를 일으켰다. 무색의 갑각류들, 번뜩거리는 전갈들과 개미들, 온갖 색깔을 띤 송충이들과 투명하게 속이 비치는 뱀들이 기어 나왔다. 또한 비늘, 날개, 뿔, 집게 등이 몸에 붙은, 뭐라고 형용할 수 없는 수많은 잡종 동물들이 꿈틀거리고 헤집으면서 빈 곳으로 나오더니 사방팔방으로 떼를 지어 돌아다녔다. 이거야말로 괴물들의 축제였다. 수백 년 동안이나 비위생적으로 유지되어온 부패

하고 쇠락한 지하의 모습이었다. 나는 살아 있는 쓰레기들로 이루어진 바다 속을 뚫고 나가려고 버둥거렸다.

그렇지만 오, 내 친구들이여, 이 모든 상황은 나한테는 유리했다. 왜냐하면 포효하면서 기어 다니는 거대한 벌레는 눈이 멀어 소리만으로 방향을 잡고 있었기에 주위에서 나는 소음들 때문에 내 자취를 찾아내지 못하고 있었다. 괴물은 칼날처럼 예리한 이빨을 드러낸 채 이쪽으로 몸을 던졌다 저쪽으로 뒹굴었다 하면서 먼지 나는 책더미 속을 헤집고 다녔고 종이 바다 속과 다른 곤충들 사이를 빠르게 헤치며 움직였다. 그러나 나는 이미 그 괴물의 지각 영역을 벗어나 있었다.

그러자 이제 운하임에 살고 있는 생물들 간의 살육전이 벌어졌다. 그것은 만인의 만인에 대한 투쟁이었다. 내가 꾼 가장 끔찍한 악몽 속에서조차 그처럼 무시무시한 장면을 본 적이 없었다. 흰 털 거미가 검은 촉수들에게 잡혀 뜯어 먹히고 있었다. 거대한 눈먼 쥐 한

마리는 십여 개의 딱정벌레들에게 에워싸이더니 그것들의 집게발톱에 붙잡혀 살이 찢겨 나갔다. 붉은빛이 번쩍거리는 전갈 두 마리가 독침을 높이 들어올리고 주위를 빙빙 돌면서 춤을 추었다. 그러다 갑자기 그것들 발밑에서 울부짖으며 목구멍 하나가 활짝 열리더니 그 속으로 빨려 들어가 사라지고 말았다. 세 마리의 거대한 갑각류가 육중한 집게발을 내밀어 말로 형용할 수 없이 흉측한 어떤 괴물을 하나 낚아채더니 으깨어 부숴버렸다. 그리고 이 지옥의 광경 한가운데서 나는 숨을 헐떡거리면서 책더미들을 파헤치며 앞으로 나아가고 있었다. 어느 순간이라도 내 발밑의 심연이 입을 벌리고 어떤 거대한 괴물의 입이 나를 삼켜버리거나 혹은 어떤 촉수가 나를 낚아채 목을 조를 것 같은 예감이 들었다. 그러나 괴물들은 서로를 죽이는 일에 너무 몰두해 있어서 그들 중 어느 것도 내게는 신경 쓰지 않는 것 같았다. 그것들은 서로 공격하고 소리 지르며 독을 뿜어댔고, 아주 잔인하고 난폭하게 서로의 목을 조르고 침으로 찌르고 잡아먹었다. 그런 와중에도 나는 마치 몸을 보이지 않게 하는 가면을 쓴 것처럼 혼란 속을 뚫고 앞으로 나아갔다. 어쩌면 그런 싸움은 이곳에서 규칙적으로 벌어지는 의식, 즉 외부에서 이곳으로 들어온 이방인은 철저하게 배제한 채 자기들끼리 말살시키는 전투 의식인지도 몰랐다. 어쩌면 내 몸에서 나오는 냄새가 나를 적이든 희생물이든 흥미 없게 만들고 있는지도 몰랐다. 이런 저주받은 장소의 비위생적인 자연환경을 도대체 누가 이해할 수 있겠는가?

다만 중요한 것은, 내가 이 지옥에서 아무 상처도 입지 않고 살아서 마침내 돌아가는 일이었다. 완전히 지친 몸으로 나는 돌바닥 위에 발을 내디뎠다. 그냥 잠시 동안 숨을 헐떡이다가 쉬면서 마지막으로 그 책더미들 쪽으로 시선을 돌렸다. 그리 멀리 떨어지지 않은 곳에서 나무처럼 긴 수천 개의 촉수를 가진 두 마리의 벌레가 종이 가루 속에서 서로 싸우며 아주 독한 산을 뿌려대고 있었다. 그러나 싸움은 거의 도처에서 끝나가고 있었다. 이제 승리자들의 연회가 시작되어 여기저기서 잡은 희생물들을 짭짭거리며 먹어치우고 찢어서 삼키는 소리들이 들렸다. 이 잔인한 광경을 보는 순간 구역질과 안도감이 뒤섞인 이상한 느낌이 나를 휘감았다. 그러나 그에 대한 묘사는 여기서 더 이상 하고 싶지 않다, 내 용감한 친구들이여.

그 이유는 만약 내가 운이 나빴다면 지하묘지의 거대한 뱃속인 이 운하임의 책더미 속으로 휩쓸려 들어가 삼켜지고 마는 운명이 되었을 수도 있었기 때문이다. 나는 공포에 전율하면서 등을 돌렸다.

♪8
죽은 자들의 왕국

이제, 생명의 위험을 극복하고 나자 다시 내 창조적인 불안들이 고개를 들었다. 만약 내가 그 위기에 직면했을 때 끔찍한 병에 전염이라도 됐다면 어쩌지? 분명히 나는 수백만 마리의 바이러스와 박테리아들을 숨으로 들이마셨거나 만졌을 것이다. 그 동물들 가운데 어떤 것들은 그 자체가 끔찍한 질병 덩어리처럼 보였다. 나는 몸을 흔들어대면서 겉옷에서 구역질 나는 먼지들을 마구 털어냈다.

그 동굴 밖으로는 크고 작은 출구들이 수없이 많이 나 있었다. 어떤 통로들은 완전히 책 쓰레기들로 막혀 있었고, 어떤 통로들에는 엄청난 곤충 떼들이 시체 냄새를 맡고 기어가고 있었다. 나는 몇 권의 책들이 두꺼운 먼지 속에 파묻혀 있고 발광해파리 외에 다른 동물은 없는 터널을 택해 걸어갔다. 발광해파리들은 높은 천장에 달라붙은 채 달팽이처럼 느린 속도로 긴 행렬을 지어 어딘가를 향해서 기어가고 있었다.

단단한 땅바닥을 디뎠을 때 느낀 희열은 급속히 사라지고 말았다. 나는 이 운하임을 떠나려면 아직도 멀었던 것이다. 레젠샤인이 쓴 책을 읽어서 나는 그 쓰레기장 주위의 영역들이 그 어느 것과도 비교되지 않을 정도로 암담하고 위험하다는 것을 알고 있었다. 지하묘지에 살고 있는 것들은 이 터널들과 동굴들을 수백 년 동안 매장지로 이용해서 거기에는 수천 종류가 넘는 시체들이 파묻혀 있었다. 여기에는 아주 정교한 함정들이 설치된 숨겨진 큰 묘들도 있다고 했다. 그 묘들 속에는 부유했던 책 영주들이 그들 소유의 값진 보물들과 함께 매장됐다는 것이다. 그런데 놀라운 것은 탐욕스럽기 이를 데 없는 책 사냥꾼들조차도 거기에는 손을 대지 않았을 뿐 아니라 그 부근에 가는 것조차 피한다고 했다. 그 이유는 그들 가운데 다수가 거기서 유령들과 미라들 그리고 해골들과 살해된 자들의 복수심에 찬 환영들이 출현한다고 믿었기 때문이다. 소문에 의하면 운하임의 무덤들 사이에서 그림자 제왕이 태어났다고 한다. 이곳은 죽은 자들이 머무는 어두운 왕국으로 오래전부터 오직 지하세계의 곤충들과 해충들만 감히 드나들고 있었다.

친애하는 친구들이여, 물론 내가 그런 실없는 말을 믿지 않는다는 건 굳이 강조할 필요도 없다. 하지만 수천 구의 이름 없는 시신들이 묻혀 있는 무덤들 위를 방황한다는 것은 아무리 계몽적인 정신을 가지고 있는 자라 해도 기분 나쁜 일이었다. 나는 대낮에도 공동묘지 같은 곳을 피하는 편이며, 장례식이나 화장 때에도 내 대부시인의 경우처럼 꼭 피할 수 없을 때만 참석했다. 나는 어떤 병약한 성향을 지니고 있는 것은 아니지만, 죽음 따위는 부득이한 경우에만 목격하고 싶었다. 그래서 지금과 같은 환경은 내 정서에 끔찍한 영향을 주었다. 내가 어린 시절에 읽었던 공포소설들에 대한 기억이 엄습했다. 나는 지하왕국으로부터 해골들의 손이 불쑥 튀어나와 지나가는 자의 발목을 낚아채 심연으로 끌어내릴지 모른다는 생각을 하지 않을 수 없었다. 벽에서 신음 소리를 토하며 튀어나와 지나가는 자를 확 감아버릴지 모를 유령들과 어둠 속에서 미친 듯이 웃어대며 번뜩거릴 해골들 생각도 났다. 책더미들로부터 점점 멀어질수록 주위는 점점 더 조용해졌고 마침내 어느 때에 가서는 내 발 소리 외에는 아무 소리도 들리지 않았다.

그리고 한 걸음 내딛을 때마다 나는 이 죽은 자들의 왕국으로 점점 더 깊이 빠져들고 있었다. 내 길을 가로막는 딱정벌레 한 마리도 나타나지 않았다. 앞서 내 신경을 그토록 거슬리게 했던 박쥐들의 날카롭게 내지르던 소리도 완전히 멈추었다. 나 외에 유일하게 살아 있는 것이라고는 지하묘지 속에서 완전히 버려진 구역을 정복해 번식하려고 움직이는 돌연변이 해파리들뿐인 것 같았다. 갖가지 크기와 색을 지닌 해파리들은 혼자서 또는 무리를 지어서 벽이든 천장이든 가리지 않고 달라붙어 바위든 종유석이든 휘감고 있었다. 차츰 나는 이 동물들이 역겨워지기 시작했다. 그것들의 적응력과 어디든 헤집고 들어가 가만히 머물러 있는 모습은 어딘지 무시무시함과 역겨움을 자아냈다. 나는 갈수록 레겐샤인이 기록한 내용과 일치하는 것들과 더 자주 부딪히곤 했다. 나는 이미 다 파헤쳐져 속이 텅 빈 무덤들이 있는 터널 속으로 들어가게 되었다. 여기저기에 뼈나 해골들이 흩어져 있었다. 반면에 책들을 구경하는 일은 갈수록 뜸해졌다. 혹시

나 그 터널 속에 무언가 있었다 하더라도 지금은 내가 발을 딛고 지나가는 먼지로 이미 변해버렸을 것이다. 아마 무덤이었을 어른 키 높이의 석축 피라미드들이 남아 있는 어느 동굴에서 나는 얼마 동안 휴식을 취했다. 그러나 이 장소와 이곳의 고요함이 불러오는 가슴 조이는 불안 때문에 나는 얼마 안 가서 다시 그곳에서 나갔다.

연이어 늘어서 있는 동굴들 중 어느 한곳에 이르자 엄청나게 많은 해골, 손뼈, 발뼈들이 각각 따로 쌓여 있는 더미들을 발견했다. 레겐샤인은 지하묘지에 살았던 많은 원주민들은 자신들의 시신을 매장하려는 노력조차 하지 않았다고 묘사했다. 그들은 자신들의 장례 방식이 가져올 위생상의 위험 따위는 고려하지 않고 시신들을 그냥 산처럼 쌓아올려 자연스럽게 부패하도록 내버려두었다는 것이다. 그러다가 어떤 쥐 종류에 의해 미로의 전 영역에 확산된 끔찍한 전염병 때문에 그곳 주민의 수가 줄어들고 말았고, 결국 책 연금술사들은 이러한 해충들에 맞서는 효과적인 독을 발견해냈다. 나는 수십 개의 시체더미들을 지나쳐가면서 그때마다 이미 수백 년 전부터 그곳에 쌓여 있는 시체들로부터는 더 이상 어떤 전염병에도 감염되지 않을 거라고 스스로 위로하려고 했다.

여기부터는 어디를 둘러봐도 뼈들만 널려 있었다. 예술적 소양을 지녔던 이 동굴의 주민들은 그런 뼈들을 장식적인 목적에 사용해 벽에다 뼈장식을 만들어 붙이거나 터널 벽들에 시체의 두개골만을 모아서 타일처럼 붙여놓기도 했다. 그래서 여기서는 잡석 타일이라는 개념이 전혀 새로운 의미를 띠었다.

세월이 지나면서 예술적 욕구와 능력이 함께 발전한 것이 분명했다. 왜냐하면 얼마 안 가서 나는 길 여기저기에 일상적인 포즈로 재구성된 채 굳어져 있는 뼈들을 보았기 때문이다. 걸어가는 모습, 벽에 기댄 모습, 바닥에 앉아 있는 모습, 심지어 그룹을 지어 윤무를 하는 모습 등이었다. 그런 해골 조각들로 가득 찬 동굴 안을 지나가 자니 소름이 끼쳤다. 그 조각품들은 시장에서 벌어지는 전형적인 장 면들을 묘사해놓은 것이었다. 서로 물건을 흥정하는 모습, 어슬렁거 리며 돌아다니는 모습, 물건을 권하거나 파는 모습 등……. 다만 여 기 서 있는 것들은 시장 사람들이 아니라 죽은 해골들이었다.

어느 정도 시간이 지나자 나는 수없이 많은 해골들을 쳐다보는 데 도 익숙해졌다. 어떤 것이든 많이 보면 정말이지 무감각해지기 마련 인 모양이었다. 그래서 나는 어느 터널을 돌아가다가 해골이 팔을 쳐 들고 내게 인사하는 듯한 자세를 취하고 있을 때도 놀라 움찔하는 일은 더 이상 없었다. 이 죽은 세계 안에서도 사실 무언가 위안되는 것이 있었다. 살아 있는 것이 없는 데서는 위험도 없다. 모든 악은 살 아 있는 것들에게서 나왔다. 여기 죽어 있는 것들은 평화로웠다.

그럼에도 불구하고 나는 현재 여기에 있는 해골들을 언젠가는 고 서적들과 대체하더라도 반대하지는 않을 것 같았다. 시체와 무덤들 은 내게 전혀 아무 방향을 제시해주지 않았다. 나는 그냥 끝없어 보 이는 이 지하 공동묘지를 지나 계속 비틀거리며 앞으로 걸어갈 수 밖에 없었다. 어떤 동굴 안은 유골단지들로 가득 차 있어서 그곳을 지나다가 나는 발로 몇 개를 걷어차고 말았다. 그중 한 개가 쓰러지 면서 그야말로 연쇄반응을 일으켜 다른 수백 개의 유골단지들이 쓰 러졌다. 그 속에 든 유골 가루들이 쏟아져 나왔다. 동굴 속으로 바 람이 한 줄기 휘익 불어오자 그 가루들은 높은 구름으로 변해 위로 솟구치다가 내 얼굴로 불어와 숨통을 막고 혀와 눈에 달라붙었다. 나는 시체들의 먼지를 내 눈과 입속으로 빨아들인 것이다! 그 시신 들이 무슨 끔찍한 병으로 죽었을지 누가 알겠는가! 몇 시간이 지나고 나서도 여전히 그 가루들이 아직도 내 이빨 사이에 끼어 있는 걸 알아챘을 때 나는 구역질이 나서 침을 토해내야 했다.

나는 이 암울한 세계를 지나가면서 온갖 종류의 무덤과 장례 방식의 증거물, 석축묘와 유리관들, 호박석 속에 매장된 시신들, 그리고 죽은 거인들이 남긴 유물만 보관하던 거대한 석묘들을 보았다. 레겐샤인이 설명한 '도기 전사들의 방'도 우연히 발견했다. 그곳은 종유석 동굴로 안에는 훈족의 전사들이 죽은 동료들을 직립자세로 진흙 속에 넣고 그것을 장작불에 구워 매장한 도기들이 있었다. 불에 타다 남은 진흙인형이 하나 눈에 띄었고 그 속에는 불에 구워진 시신이 들어 있었다.

이 도기 전사들의 방에서 바깥으로 통하는 다섯 개의 터널이 있었다. 나는 그냥 맨 처음 터널을 택했다. 그러나 바로 그 다음 순간, 이 선택이 대단한 실수였다는 것을 알아차렸다. 나는 아직껏 그런 스핑크스 형상을 한 번도 본 적이 없었다. 그러나 레겐샤인이 정확하게 설명한 덕택에 내가 다름 아닌 그런 스핑크스의 발밑에 와 있다는 것을 알 수 있었다. 세 개, 네 개, 다섯 개, 여섯 개, 아니면 그보다 더 많은 긴 회색 곤충의 발이 아래로 늘어져 나를 에워싸고 있었다. 오, 내 용감한 친구들이여, 나는 새장 안에 갇힌 것처럼 살아 있는 짐승에게 꼼짝없이 둘러싸이고 말았다!

56
두 개의 머리를 가진 거미

여기서 내가 말하는 스핑크스*란 몸통은 하나이고 머리는 두 개, 다리는 열여섯 개, 그리고 눈 대신 길이가 몇 미터나 되는 열여섯 개의 촉수를 가진 거대한 거미라고 생각하면 된다. 땅바닥뿐 아니라 천장과 벽들을 따라 기어다닐 수도 있으며 그런 동작들을 동시에 할 수 있는 괴물 말이다.

레겐샤인이 관찰한 결과 이 스핑크스들은 눈도 귀도 멀었으며, 아무런 냄새도 맡지 못한다고 했다. 그것들의 감각은 지하 동물들의 경우 종종 그렇듯 전적으로 촉각에만 의존하고 있었다. 스핑크스는 위도 아래도 구별하지 못하고 앞과 뒤도 모르며, 오로지 끊임없이 주위를 빙빙 돌면서 먹이를 찾으려고 쉴 새 없이 더듬거릴 뿐이었다. 이런 스핑크스에게는 움직이는 모든 것이 근본적으로 다 먹잇감이었다. 그것은 체계적으로 터널 안을 더듬거리면서 촉수 사이에 닿는 것이면 뭐든 잡아먹었다. 책을갉아먹는 좀벌레든, 딱정벌레든, 뱀, 박쥐, 쥐, 책 사냥꾼이든 가리지 않았다. 스핑크스는 지하묘지 속에 사는 여러 족속이 만들어내는 어떤 독에도 면역성을 갖고 있었으며 상처 입는 일도 거의 없었다. 그 피부를 덮고 있는 작은 비늘들은 저항력이 강한 화강암으로 되어 있어서, 아무리 예리한 무기라도 거

---

* 차모니아에서는 스핑크스를 Spinxxxx라고 쓴다. 차모니아의 알파벳에서는 다리가 많은 것을 상징하거나 여덟 개 이상의 다리를 가진 동물들의 모든 이름에 등장하는 글자가 하나 있다. 우리의 알파벳에는 없는 문자이다. 그래서 내 생각에 이것은 아마 x라는 글자를 여러 번 사용해서 열여섯 개나 되는 다리를 멋지게 상징하려고 한 것 같다. 그렇다고 여기 쓰인 네 개의 x자를 모두 발음해야 한다는 뜻은 아니다. 독자 여러분께서는 Spinxxxx를 그냥 한 개의 x만 가진 Spinx로 발음하기 바란다.

기에 부딪히면 튕겨나갔다. 레겐샤인은 스핑크스의 몸속에는 나무 뿌리로 만들어진 근육, 금속뼈, 석탄으로 만들어진 기관들, 다이아몬드 심장이 들어 있으며, 몸속에는 피 대신 송진이 흐를 거라고 추측했다. 따라서 그것은 식물과 동물, 광물이 혼합되어 만들어진 땅속에 존재하는 진정한 괴물이었다. 괴물의 몸뚱이에 붙어 있는 기관들도 그야말로 무적이었다. 돌로 된 이빨들이 가득한 주둥이, 먹이를 잡아 찢는 가위 같은 발들, 그리고 먹이를 빨아먹는 기다란 주둥이도 달려 있었다. 레겐샤인은 스핑크스를 미로에 해충들이 들어오지 못하게 막아주는 유용한 짐승으로 여기고 있었다. 다만 그것들을 멀찍이 피해 다니기만 하면 되었다.

그 마지막 것에 나는 주의를 기울이지 않았던 것이다. 그러나 친애하는 친구들이여, 좋은 소식들도 있다! 그중 하나는 괴물이 아직 내 존재를 전혀 눈치채지 못했다는 것이다. 만약에 레겐샤인의 관찰이 옳아서 스핑크스들이 실제로 눈도 귀도 멀고 후각조차도 갖고 있지 않다면 그것이 내 존재를 알아차렸을 가능성은 없었다. 왜냐하면 지금까지는 그것의 촉수나 발이 나를 건드리지 않았기 때문이다.

두 번째 좋은 소식은 스핑크스의 주의가 딴 데로 기운 것이다. 다시 말해 그것은 터널의 천장을 더듬거리다 잡아챈 발광해파리 한 마리를 빨아먹는 데 열중하고 있었다. 스핑크스는 불쌍하게도 잡힌 해파리의 몸속에 주둥이 같은 긴 관을 쑤셔 넣더니 그 체액을 빨아먹으면서 역겹게 쭉쭉거리는 소리를 냈다. 그러는 사이 그 희생물의 몸에서 반짝이는 힘이 점점 줄어들었다.

세 번째는, 스핑크스의 발들 사이의 간격이 충분해서 나는 능숙한 동작으로 그 사이를 빠져나올 수 있다는 것이다. 여기저기를 더듬으며 지나다니는 그 촉수들이 가장 위험한 것은 의심할 여지가 없었지만, 그것들은 지금 주로 해파리의 몸을 더듬는 데 열중하고 있었다. 그것 말고도 나는 스핑크스의 다리들 사이에 거미들이 쳐놓은 거의 눈에 보이지 않는 거미줄들도 조심해야 했다. 그 거미줄은 날아다니는 나방이나 박쥐들을 낚아채고 있었다. 그야말로 거의 완벽한 사냥도구였다.

나는 내 겉옷을 꽉 움켜쥐고 숨을 깊이 들이쉰 다음, 될 수 있으면 몸을 가늘고 작게 만들어 그 거미줄과 다리들 사이를 비껴 빠져나가려고 배와 머리를 잔뜩 움츠렸다. 내 머리 위에 버티고 있는 스핑크스는 이것을 실제로 전혀 알아채지 못하고 있는 것 같았다. 그것의 탐욕스럽게 빨아들이는 소리는 곧 배가 불러 만족해 부르짖는 소리로 바뀌었다. 그것으로 짐작하건대 괴물은 식사를 배부르게 한 것 같았다.

그래서 나는 옆으로 비껴서 숨소리를 죽인 채 일 센티미터, 이 센티미터씩 계속해서 앞으로 나아갔다. 죽어가고 있는 해파리의 몸에서 나오는 맥동하는 빛이 점점 창백해져갔지만 나는 그 빛으로 스핑크스의 발들에 붙어 있는 화강암 비늘들을 하나하나 구별할 수 있었다. 이런 괴물들에게 이처럼 가까이 접근한 공룡은 지금까지 없었다. 한 걸음만 더 떼면 나는 밖으로 벗어날 수 있었다. 한…… 걸음만…… 더…… 그러면…… 나는 발을 뒤로 내딛었다. 그러자 자유로운 몸이 되었다! 하지만 그건 겨우 한순간이었다. 스핑크스가 그 위치를 바꿨기 때문이다. 괴물은 이제 해파리로부터 주둥이를 빼내더니 다른 부위로 다시 주둥이를 찔렀다. 그러면서 스핑크스는 십여 차례나 다리들의 위치를 바꾸면서 그것들을 내 머리 위로 마구 휘둘러댔다. 그러고는 다리들을 다시 내려놓더니 역시 촉수 몇 개도 아래로 떨어뜨렸다. 그것들은 마치 축축한 밧줄처럼 땅바닥을 후려쳤다. 이번에도 다행히 나를 건드리지 않았다. 하지만 이제 나는 더 좁은 틈새에 갇히게 되었다.

심장이 뛰었다. 진정하려고 애써보았다. 스핑크스의 두 다리 사이의 공간은 지나가기에 충분히 넓었지만 그 중간에 정교한 거미줄망이 버티고 있었다. 그것은 너무나 커서 무릎을 꿇고 밑으로 기어 빠져나가야만 할 것 같았다. 나는 스핑크스가 혹시 내 존재를 알아채고 나를 향해 그 끔찍한 먹이사냥을 시작할지 모른다는 생각을 떨치려고 애썼다.

조심스럽게 무릎으로 기어 나갔다. 거미줄에는 작은 나방들과 터널을 날아다니던 모기들이 이미 체액을 다 빨아먹힌 채 붙어 있었다. 그리고 내 머리 위에서 들려오는 괴물의 탐욕스럽게 빨아먹는 소리는 이 스핑크스들은 아무리 작은 거라도 살아 있는 먹이는 놓치지 않는다고 한 레겐샤인의 기록을 증명해주고 있었다.

나는 다리들 사이로 기어 나갔다. 겉옷은 될 수 있는 한 몸에 꽉 붙이고 신경을 잔뜩 곤두세운 채 아주 천천히 정신을 집중해서 기어갔다. 내 앞에는 두 개의 촉수가 마치 뱀처럼 터널 바닥 위에서 이리저리 꿈틀거리고 있었다. 해파리의 체액이 내 목덜미 위로 뚝뚝 떨어졌다. 그래도 나는 개의치 않고 너무 서둘러 움직이려고 하지 않았다. 다만 스핑크스가 아직도 그 먹이를 빨아먹는 데 집중하고 있는지 확인하려고 다시 위를 올려다보았다. 그래, 아직도 먹이를 먹고 있었다. 배가 불러 만족한 듯이 부르르 소리를 내면서 해파리를 빨아먹고 있었다. 나는 도망치려는 터널의 어둠 속으로 다시 한 번 눈길을 주었다. 바로 그때 내 시야에 들어온 것이 있었다.

바로 외눈박이 흰 박쥐였다!

그것은 마치 나를 저 공포의 여인숙으로부터, 저 황금 깃털 여인

숙의 공포의 방에서부터 내 악몽 속을 거쳐 여기까지 뒤쫓아오기라도 한 것처럼, 터널 속의 껌껌한 어디선가 불쑥 나타나 집요하게 나를 목표 삼아 힘차게 날개를 퍼덕거리며 나와 스핑크스를 향해 곧장 날아왔다.

물론 그 박쥐는 내가 여인숙에서 보았던 것은 아니었다. 하지만 적어도 가까운 친척, 형제 아니면 자매로, 그 죽은 짐승으로부터 나를 최고의 위험에 빠뜨리라는 명령을 저승에서 받아 가지고 온 것이 틀림없었다. 그 빌어먹을 짐승이 스핑크스의 다리들 사이를 날아 나를 향해 오는 것이 분명해 보였기 때문이다. 그러나 그것은 스핑크스의 다리들 사이에 펼쳐져 있는 가느단 거미줄을 미처 감지하지 못했다.

일어나 이 자리에서 도망치는 것, 그것이 지금 내가 할 수 있는 전부였다. 그러나 박쥐가 더 빨랐다. 한 번 힘차게 날갯짓을 하다가 보이지 않는 덫 속으로 휘익 빠져들더니 그 끈끈한 거미줄들 사이에 절망적으로 얽혀들고 말았다. 박쥐는 소리 지르고 날개를 퍼덕거리다 내가 몸을 절반쯤 막 일으키려고 하는 순간 스핑크스에게 들키고 말았다.

거대한 괴물의 다리들이 이리저리 마구 성큼성큼 내딛었고 그 촉수들은 마치 찢겨나간 밧줄들처럼 허공을 마구 쳤다. 나는 그 촉수한테 가슴을 한 대 세차게 얻어맞고는 뒤로 휘청거리다 어떤 다리에 걸려 순식간에 땅바닥 위로 넘어지고 말았다. 스핑크스가 해파리에게서 주둥이를 빼내자 체액에서 번득이는 긴 줄이 뻗쳐 나왔다. 괴물은 그 무시무시한 몸뚱이를 나를 향해 아래로 굽혔다. 셀 수 없이 많은 촉수들이 내 몸과 얼굴 위로 마구 이리저리 옮겨 다녔다. 그러면서 동시에 날개를 파닥거리는 박쥐를 감지했다.

그야말로 이날은 스핑크스의 먹이사냥 중에서 아마 두고두고 그리워하며 기억하게 될 가장 대단한 날이 틀림없었다. 그것은 먼저 살찐 발광해파리의 체액을 빨아먹고, 이어서 털투성이의 근사한 흰 박쥐 샐러드를 곁들여 지금껏 먹어보지 못했던 땀으로 범벅된 맛난 살가죽 요리를 주식으로 먹게 되었으니 말이다. 나는 괴물의 몸속에서 소화액이 부글거리는 소리를 들었다. 괴물의 집게들이 흥분하며 여기저기를 날쌔게 움켜쥐었다.

괴물은 그 거대한 몸통에서 여덟 개의 아랫다리를 들어올려 이리저리 가늠했고, 다른 다리들은 천장 가까이에서 춤을 추고 있었다. 아마 어떤 먹이를 먼저 먹어치울까 생각 중인 듯했다.

큰 것을 먹을까, 아니면 작은 것을 먹을까? 작은 것을 먹을까, 아니면 큰 것을 먹을까? 괴물은 아직도 결정을 하지 못하고 계속해서 집게들 여기저기를 움켜쥐었다.

그러던 중 그 다리들 사이로 책이 한 권 떨어졌다.

아니, 무슨 책이지?

너무 무서워 환각을 본 건가? 이 책은 도대체 어디서 온 거지? 나는 머리를 뒤로 길게 빼고 내 머리 위에서 갑옷으로 단단히 무장한 하나의 형체가 이리저리 움직이는 것을 보았다. 그것은 다름 아닌 책 사냥꾼이었다! 그자는 수많은 금속 조각들로 만든 갑옷으로 몸 전체를 구석구석 덮고 있었다. 머리에는 투구를 쓰고 얼굴은 마스크로 가리고 있었다. 그는 팔을 하나 쭉 뻗더니 스핑크스의 집게들 사이로 책을 한 권 휘익! 던졌다. 그렇다. 한 권의 책이었다.

"그것을 먹어라!" 그자는 아주 낮은 소리로 말했다.

내가 쳐다보니 스핑크스는 반사적으로 그것을 낚아채 씹고 있었고, 그 갑옷을 걸친 자는 몸을 격렬하게 내 쪽으로 던졌다. 그러자 모든 것이 깜깜해졌다. 나는 삐드득 소리와 삐걱거리는 소리를 들었다. 스핑크스가 책을 갈기갈기 찢는 소리였다. 그러더니 이어 귀청을 찢는 폭음 소리가 났다. 내 몸 위에 있던 책 사냥꾼의 갑옷이 철커덩 소리를 내면서 강하게 진동했고, 뜨거운 열의 파장이 내 몸 위로 몰려왔다. 그러고 나서 다시 조용해졌다. 한참 동안 아무 일도 일어나지 않았다. 마침내 책 사냥꾼이 신음 소리를 내면서 몸을 일으키자 내 앞의 시야가 트였다. 나는 몸을 일으켰다. 내 귓속에서 날카로운 휘파람 소리 같은 것이 울렸다.

스핑크스의 몸뚱이는 터널 안 곳곳으로 찢겨져 날아가 있었다. 그 발들은 마치 날아간 창처럼 벽과 땅바닥에 꽂혀 있었고 여기저기에 돌비늘들이 흩어져 있었다. 천장에서는 송진처럼 끈끈한 액체가 뚝뚝 떨어졌다.

"비알파벳주의 테러책들이 이처럼 유용한 데 쓰이리라고는 생각 못했는데." 책 사냥꾼은 말하면서 나를 일으켜 세웠다. "이 빌어먹을 물건들 때문에 우리는 이 귀찮은 갑옷을 걸치고 다녀야 한단 말이오."

"감사합니다." 나는 말했다. "제 생명을 구해주셨습니다."

"나는 그냥 위험한 책 한 권 터뜨린 것뿐이오."

책 사냥꾼은 말하고는 갑옷에 묻은 스핑크스의 체액을 닦아냈다. 그는 몇 걸음 통로를 따라서 걸어가더니 죽어버린 스핑크스 몸의 화강암더미와 석탄더미에서 무언가를 뜯어냈다. 그것은 주먹만큼 커다란 번쩍거리는 다이아몬드였다.

"사실이군." 그가 중얼거렸다. "다이아몬드 심장을 갖고 있다는 게."

그러더니 그는 다시 내 쪽으로 몸을 돌렸다.

"내 이름은 콜로포니우스 레겐샤인이오. 이 끔찍한 일이 지났으니 당신에게 조촐한 식사라도 대접하고 싶은데 괜찮겠소?"

☿ 거인의 해골

이거야말로 바로 불행의 끝이자 어두운 터널의 끝에 나타난 광명이 아닌가?

레겐샤인이 그야말로 몸소 나서서 내 생명을 구해준 것이다. 오, 내 친구들이여, 게다가 그는 내게 식사를 대접하기 위해 그의 지하 숙소로 나를 데리고 갔다.

지금 주어진 상황으로 볼 때 이보다 더 좋은 일이 또 있을까? 나를 여기서 구해 데리고 나갈 수 있는 누군가가 있다면, 그는 바로 모든 책 사냥꾼들 가운데서 가장 탁월한 바로 그여야 했다.

그렇지만 우선 그와 함께 걸어가는 것은 그야말로 힘든 행군이었다. 레겐샤인은 별로 말이 없었다. 그냥 무뚝뚝하게 걸어가다 기껏해야 "이쪽으로!" 혹은 "조심하시오, 심연이오!"라든가, "머리를 움츠려요!"라고 말할 뿐이었다.

우리는 얼마 후에 지하묘지 내의 어느 영역에 다다랐다. 거기에는 발광해파리는 없고 레겐샤인이 들고 있는 해파리횃불에 의해 반사되는 회색 바위들만 보일 뿐이었다. 내가 오랫동안 걸어가면서 본 것은 오직 나보다 앞서 좁은 화강암 통로를 걸어가는 묵묵한 책 사냥꾼뿐이었다. 그는 마치 삼류 괴기소설에 등장하는 무시무시한 궁정 하인처럼 자연적으로 조성된 돌계단들을 따라 내려가고 있었다. 통로가 점점 좁아질수록 내 불안감도 점차 커졌다. 그 위에 떡 버티고 있는 바위들은 내 머리 위로 수 킬로미터나 되는 바위 층들이 펼쳐져 있음을 경고해주고 있었다.

얼마를 가자 검은 털로 뒤덮이고 붉은 얼굴을 한 짐승이 하나 나타났다. 알고 보니 그것은 흉측스럽게 생긴 원숭이로 무시무시하게 생긴 이빨을 우리에게 드러내며 역시 무시무시한 소리를 질러댔다. 레겐샤인은 손에서 횃불을 놓지 않은 채 그 짐승과 잠깐 동안 결투를 했다. 그는 자기 은도끼를 들어 덤볐고, 몇 초가 지나자 모든 것이 끝났다. 결투가 벌어진 장소를 내가 몸을 구부리고 간신히 지나갈 때 벽에서 파란 핏방울들이 뚝뚝 떨어졌다.

"그 피를 만지지 마시오." 레겐샤인이 경고했다. "독이 들어 있소."

마침내 통로의 공간이 점점 커졌다. 우리가 어느 천장 높은 홀 안으로 들어서자 우리의 발걸음 소리와 뚝뚝 물이 떨어지며 내는 메아리들로 가득 찼다. 벽에는 번득거리는 용암벌레들이 붙어 있고, 말없이 나를 인도하는 책 사냥꾼은 이따금 그의 횃불을 벽 사이에 끼워 세우곤 했다. 여기에는 도대체 지하묘지의 책 문화를 상기시켜주는 것이라고는 아무것도 없었다. 그곳은 무슨 이유에서인지는 몰라도 수천 년 전부터 누구의 손도 닿지 않은 동굴들이었다.

마침내 우리는 종유석들이 자라 가득 들어차 있는 어느 시꺼먼 굴 안에 도달했다. 레겐샤인은 별 말이 없이 계속해서 목적지만을 의식한 채 돌 줄기들로 이루어진 숲을 지나 갑자기 멈춰 섰다. 그는 들고 있던 횃불을 높이 쳐들고 마치 어둠 속에서 무엇을 감지한 듯이 안을 올려다보았다. 나도 역시 숨을 죽이고 귀를 기울였다. 위에서 위험이 도사리고 있는 걸까? 내가 뭐라고 묻기도 전에 레겐샤인은 그의 갑옷 속에서 커다란 열쇠를 끄집어냈다. 그러고는 그것을 위쪽 어두운 곳에 자라나 있는 종유석의 구멍 속으로 끼워 넣었다. 철커덕 소리가 들렸다. 곧이어 머리 위쪽 어둠 속에서 쇠사슬이 덜거덕거리는 소리가 났다. 암흑 속으로부터 괴물 같은 죽은 자의 하얀 해골이 우리 위로 내려왔다. 그것은 굵은 쇠사슬에 매달려 있었는데 얼마나 큰지 스마이크의 집도 그 안에 들어갈 수 있을 정도였다. 그것은 거인의 해골이었는데, 눈두덩이 하나밖에 없는 것으로 보아 어느 외눈박이 괴물의 것으로 추측되었다. 그것은 쿵! 울리면서 땅바닥으로 내려왔다. 그러자 쇠사슬의 철거덕거리는 소리가 멈췄다.

"이게 뭡니까?" 나는 당황해서 물었다.

"내가 지하묘지로 들어올 때 머무는 곳이오." 레겐샤인이 대답했다. "이건 내가 발견했으니까 내 것이오. 여기를 떠날 때마다 이것을 저 위에 매달아놓지. 아주 값진 거라서 말이오. 여기서 기다리시오! 불을 켜겠소."

레겐샤인은 해골 머리 위로 올라가더니 눈두덩이 안으로 들어갔다. 내가 기억하기로 그는 그의 책에다 자기가 지하묘지 안으로 오랫동안 약탈물을 찾으러 떠날 때 어디서 머무는지에 대해서는 전혀 쓴 적이 없었다. 하지만 그것을 의아해할 이유는 없었다! 당연히 책 사냥꾼들은 누구나 자신이 어디에 머무는지 비밀로 해야만 했다. 잠시 후에 해골의 안쪽에서 촛불의 온기가 감돌았다.

"들어오시오!" 그가 말했다.

겁을 먹은 채 나는 예사롭지 않은 입구를 통해 레겐샤인의 숙소로 기어 올라갔다.

그는 막 점토 단지에다 해파리횃불을 끼워놓고 있었다. 그 단지 안에는 양분액체가 가득 들어 있어서 횃불이 그것을 다시 빨아들이게 하도록 되어 있었다. 해골 내부는 마치 거실처럼 꾸며져 있었다. 거친 나무로 짠 탁자 하나, 의자 한 개, 모피를 깐 잠자리, 유리 용기들과 책들이 놓인 두 개의 서가가 있었다. 벽에는 여러 가지 무기들과 갑옷 부품들이 걸려 있고, 그것들 사이에는 흐릿한 빛 때문에 내가 자세히 알아볼 수 없는 물건들이 있었다. 물론 유리 용기들 안에도 무엇이 있는지 잘 보이지 않았다. 나는 레겐샤인의 거처가 어느 정도 세련되어 있을 거라는 상상을 했다고 고백하지 않을 수 없다. 하지만 어쨌거나 거기에 몇 권의 책은 있었다. 분명 아주 값비싼 책들일 거라고 나는 생각했다. 스핑크스의 심장이었던 다이아몬드가 탁자 위에 놓여 빛을 발하고 있었다.

"여기 아래에 거인들이 있습니까?" 내가 물어보았다.

"왜 없겠습니까?" 그는 의자에 앉으면서 말했다. "나는 아직 살아 있는 거인을 보지는 못했소. 그렇지만 여기에는 거대한 동굴들과 거대한 벌레들, 그리고 거대한 스핑크스들이 있소. 그러니 왜 거인이라고 없겠소?"

나도 좀 앉았으면 싶었지만 거기에 또 다른 의자는 없었다.

"자, 이젠 말할 수 있겠군." 책 사냥꾼은 꾸르륵거리며 말했다. "내 이름은 콜로포니우스 레겐샤인이 아니야."

"뭐라고요?" 나는 당황해서 물었다.

"내가 레겐샤인이라고 소개하면 네가 따라올 거라고 생각했지. 모두가 레겐샤인을 좋아하니까. 나를 좋아하지는 않아. 사형수 호그노가 내 진짜 이름이지."

"사형수 호그노?"

그 이름은 내 머릿속에 전혀 떠오르지 않았다. 나는 혹시 또다시 어느 책 사냥꾼의 함정에 빠져든 게 아닐까? 심장 뛰는 소리가 목 위로까지 들려오는 것 같았다. 그러나 나는 두려움을 보이지 않으려고 애썼다.

그는 탁자 위의 또 다른 초에도 불을 붙였다. 그러자 이제 그 방 안에 있는 거의 모든 세세한 것들을 알아볼 수 있었다. 서가 속에 꽂힌 책들은 엄청나게 값진 것들이었다. 그것들에 붙어 있는 금은 장식들은 문외한인 나도 알아볼 수 있었다. 레겐샤인이 쓴 책도 거기 있었다.

벽의 무기들 사이에 걸려 있는 물건들은 말라 수축된 머리들이었다. 어느 바구니 속에는 아주 깔끔하게 껍질을 벗긴 해골들과 뼈들이 놓여 있었다. 톱들과 외과용 메스도 있었다. 서가 속에 놓인 유리 용기들에는 피와 절인 내장들이 들어 있었고, 또 다른 용기들 안에는 살아 있는 벌레들과 구더기들이 꿈틀거리고 있었다. 심장과 뇌수들이 유색 액체 속에 담겨 보관되어 있는 것도 보였다. 잘려진 손들도 있었다. 나는 암거래 시장에서 책 사냥꾼과 만났던 일이 기억났다.

"린트부름 요새에서 나온 값진 유물들은 부흐하임에서 굉장히 인기 있거든."

몸이 오싹해졌다. 나는 전문적인 살인자의, 아니 어쩌면 어느 정신병자의 굴속으로 들어온 것이었다.

"그건 예명이야." 호그노가 말했다. "그런데 네 이름은 뭐냐?"

"힐데…… 군스트 폰…… 미텐메츠입니다."

나는 피곤한 목소리로 말을 토했다. 입속에 침이 거의 말라 혀가 목구멍에 달라붙는 것 같았다.

"그것도 예명이냐?"

"아니요, 내 진짜 이름입니다."

"예명처럼 들리는군." 책 사냥꾼이 고집했다.

나는 한 번 더 반박하려다 말았다. 언짢게 대화가 중단되었다.

"너, 무슨 대화하고 싶은 게 있냐?"

호그노가 갑자기 너무 큰 소리로 말하는 바람에 나의 몸이 움찔했다.

"뭐라고요?"

"대화 말야." 책 사냥꾼이 말했다. "대화 좀 할까? 난 일 년 전부터 누구하고도 얘기한 적이 없어."

그의 목소리가 속삭이듯 낮아졌다. 보기에도 그는 실제로 말로 하는 대화 연습이 부족한 것 같았다.

"오." 내가 말했다. "물론입니다!"

나는 이 얼음장 같은 분위기를 깨기 위해서라면 무슨 일이라도 할 각오가 되어 있었다.

"좋아. 에…… 네가 좋아하는 무기는 뭐냐?" 호그노가 물었다.

"뭐라고요?"

"좋아하는 무기 말야. 그래 좋아, 내 대화 솜씨가 좀 녹슬긴 했지. 차라리 네가 물어볼 게 있으면 물어봐."

"아닙니다, 아녜요." 나는 재빨리 대답했다. "잘하고 계십니다. 제가 좋아하는 무기는 에…… 도끼입니다."

물론 거짓말이었다. 나는 사실 어떤 무기도 그리 좋아하지 않았다.

"아하." 호그노가 말했다. "나한테 듣기 좋으라고 하는 소리군?"

나는 차라리 대답을 안 하기로 했다. 여기서는 한마디 한마디를 신중하게 저울질해야만 했다.

"미안해." 호그노가 말했다. "내가 예의가 없었군. 너는 그냥 친절하게 하려고 한 건데. 나는 일 년 전부터…… 헌데 이 얘기는 아까 했지."

다시 고통스러운 침묵이 흘렀다.

"에에……." 호그노가 더듬거렸다.

나는 몸을 앞으로 숙였다.

"에에에……."

"예……?"

"다음에 물어보려던 것을 잊었어."

"혹시 나에 대해서 알고 싶으신 게 있습니까? 출신, 직업 그런 것 말입니다."

나는 대화를 다른 방향으로 돌려 내가 작가라는 것을 언급하고 싶었다. 그렇게 하면 그의 기분을 좀 맞출 수 있을 것 같았다. 결국 그는 나 같은 사람 덕분에 살아갈 테니까.

"좋아. 네 직업이 뭐냐?" 호그노는 물었다.

"작가입니다!" 나는 의기양양하게 말했다. "린트부름 요새에서 왔습니다! 저의 대부시인은 단첼로트 폰 질벤드레히슬러입니다."

책 사냥꾼은 투덜거렸다.

"살아 있는 작가들에는 관심이 없어. 그런 자들의 책은 돈을 벌어들이지 못하니까. 어쨌거나 나는 흥미 없어. 오직 죽은 작가들만이 좋은 작가들이야."

"전, 아직 한 권의 책도 출판하지 않았습니다." 나는 수줍게 말했다.

"그렇다면 더더욱 가치가 없군. 너는 여기 지하에서 뭘 하는 거냐, 책도 안 쓴 작가가?"

"누가 나를 여기로 끌어다냈습니다."

"그거야말로 내가 듣던 중 가장 어리석은 변명이군. 내가 까다로운 분석가 굴덴바르트의 다리를 잘라버린 이후로 말이야. 그자는 내 영토 안에서 붙잡혔을 때 자기 나침반이 고장 났다고 하더군. 하지만 그건 적어도 거짓말은 아니었어. 그자의 나침반이 정말로 고장 났었으니까."

호그노는 그의 전리품 허리띠에 유리가 깨진 채 매달려 있는 나침반을 하나 가리켰다.

"당신이 까다로운 분석가 굴덴바르트를 죽였단 말입니까?"

"죽였다고는 말하지 않았어. 다리를 잘라버렸다고 했지."

호그노는 서가에 놓인 두 개의 유리병을 가리켰다. 그 병 속에는 각각 발이 한 개씩 용액 속에서 헤엄치고 있었다.

"나는 거짓말을 안 합니다." 내가 말했다. "누가 나를 이 지하묘지로 납치한 겁니다. 저, 물을 좀 마셔도 될까요?"

나는 그의 거처 한모퉁이에 물이 가득 담겨 있는 단지 하나를 보고 물었다.

"안 돼. 지하에서는 물이 귀해. 누가 너를 끌고 왔냐?"

"스마이크라고 하는 잡니다."

"피스토메펠 스마이크?"

"그자를 압니까?"

"물론이지. 책 사냥꾼이라면 누구나 스마이크를 알아. 좋은 고객이지. 모두가 스마이크를 좋아해."

나는 고통스러운 웃음을 지었다.

"콜로포니우스 레겐샤인의 책을 읽었습니까?" 나는 주제를 바꾸려고 물었다.

"물론이지." 호그노가 대답했다. "책 사냥꾼이라면 누구나 그의 책을 읽었어. 책을 조금이라도 읽을 줄 안다면 말이야. 나는 그자를 좋아하지 않지만 어쨌든 많은 걸 배울 수 있거든."

그는 탁자 위에 놓여 있는 다이아몬드를 가리켰다.

"스핑크스의 몸속에 다이아몬드가 들어 있다는 것도 배우게 되지. 그런 사실은 맨 먼저 알아둬야 하거든."

"당신네 책 사냥꾼들은 왜 레겐샤인을 싫어합니까?" 나는 대화를 지속하려고 물어보았다.

호그노는 마치 그 질문을 듣지 않은 것처럼 행동했다.

"넌, 도대체 뭐야? 도마뱀인가?"

"저, 에, 공룡입니다."

내가 말했다. 호그노가 그의 가면 뒤에서 내 모습을 훑어보고 있는 것을 느낄 수 있었다.

"그래서? 공룡들은 맛이 어떻지?"

나는 소스라치게 놀랐다.

"무슨 소립니까?"

"맛이 어떠냐고. 공룡들 말이야."

"내가 그걸 어찌 알겠습니까? 식인종이 아닌데요."

"내가 식인종이거든."

"뭐라고요?"

"나는 뭐든 먹는다." 호그노가 말했다. "오래전부터 싱싱한 것을 입에 대보지 못했어. 절인 것이나 벌레들밖에는."

그는 피가 흐르고 있는 병들과 내장들과 구더기들이 꿈틀거리고 있는 병들을 경멸적으로 가리켰다.

"그리고 발광해파리. 근래에 빌어먹을 해파리들만 실컷 먹어서 내 몸이 어둠 속에서도 빛날 정도라니까."

나는 도망칠 기회를 엿보았다. 상황은 유리해 보이지 않았다.

"최근에 별로 먹지 못했습니다."

나는 대꾸했다. 어쩌면 동정심을 얻을지 모른다는 생각에서였다.

"하지만 그렇게 안 보이는데. 상당히 살쪄 있어."

"당신은 나를 잡아먹을 수 없어요! 나는 중독돼 있어요. 혈관에는 완전히 독이 퍼져 있어요."

"그렇다면 왜 안 죽었지?"

"그건, 그러니까…… 독은 내 생각에 그냥 마비시키기만 하니까요."

"그거 괜찮군. 오래전부터 약을 복용하지 못했거든."

그의 목소리에서 조롱하는 기미는 조금도 엿보이지 않았다. 그는 말하는 그대로가 진심이었다. 나는 점점 반박할 말이 없어졌다.

"나한테 귀중한 원고가 있어요." 내가 말했다. "만약 나를 저 위로 데려다주면 그걸 당신한테 주겠어요."

"너를 잡아먹은 후에 원고를 그냥 뺏으면 돼." 호그노가 말했다. "그게 더 간단하거든."

이제 정말 더 이상 할 말이 없었다.

"대화는 이걸로 충분해." 호그노가 말했다. "이제야 왜 대화가 전혀 아쉽지 않았는지 알겠군. 대화를 하다 보면 상대를 혼란스럽게 만들려고 애쓰거든."

그는 일어서더니 벽에서 도끼를 하나 집어 들었다. 그러더니 갑옷으로 무장한 그의 엄지손가락으로 그 도끼날을 쓰윽 문질렀다. 그러자 가느다랗게 쉬익! 끌리는 소리가 났다.

"간단하게 고통 없이 끝내주지." 그는 약속했다. "그야 물론, 그게 정말 고통이 없는 건지는 나도 몰라. 하지만 짧게 끝내주마. 그건 보장할 수 있다. 나는 롱콩 코마처럼 병적인 야수는 아니야. 나는 살아남기 위해서 죽이는 거다. 죽이는 데 재미를 붙여서가 아니라고. 네 몸을 완벽하게 가공할 거야. 네 살을 먹은 후에 내장은 용액에 넣어둬야지. 손들은 저장했다가 어리석은 관광객이 나타나면 팔아넘기고. 네 머리는 수축시켜서 슈렉스 고서점상에게 팔 거야. 피가 젖지 않도록 옷을 벗어라!"

나는 진땀을 흘렸다. 어떻게 해서라도 시간을 끌어야 하지 않을까? 싸운다는 것은 아무리 봐도 전망이 없었다. 그는 무기를 들었고 갑옷을 입었다. 게다가 싸움 경험이 많은 자다.

"저, 그 전에 물 한 모금만 마실 수 없을까요?" 나는 간청했다.

호그노는 잠시 생각에 잠기더니 말했다.

"너는 금방 죽을 테니까 그건 낭비다."

갑자기 해골 입구 속으로 한 줄기 바람이 불어왔다. 촛불들의 흔들리는 그림자가 벽에서 춤을 추었다. 호그노는 입구 쪽으로 몸을 돌리다 당황한 듯이 소리를 질렀다.

"저건……."

그는 말을 멈췄다. 그러고는 도끼를 들어올렸다.

촛불이 꺼져버렸다. 완전히 깜깜해지고, 서서히 꺼져가는 심지의 끄트머리에서 나오는 몇 개의 아주 작은 하얀 점들만 보였다. 나는 어둠 속에서 마치 거대한 책이 폭풍에 밀려 팔락거리며 펼쳐지는 것 같은 바스락 소리를 들었다. 이어서 거칠게 푸우! 푸우! 하는 소리가 들렸다. 호그노가 저주의 말을 퍼부으며 도끼를 허공에다 대고 마구 휘젓는 소리였다. 나는 몸을 숙이고 무릎을 잔뜩 구부렸다. 덜그럭거리는 소리와 마치 무언가 찢겨나가는 소리가 나고 다시 종이가 바스락거리는 소리가 났다. 그러고 나서 조용해졌다.

나는 한동안 어둠 속에 주저앉은 채 공포에 벌벌 떨었다. 심장이 거세게 쿵쿵거렸다. 마침내 나는 탁자 쪽으로 손을 더듬어가다가 성냥을 발견하고 떨리는 손가락으로 촛불을 하나 켰다. 나는 감히 주위를 돌아볼 엄두도 못 냈다.

사형수 호그노의 몸은 땅바닥에 누워 있었다. 몸뚱이는 두 조각이 난 채였다. 그의 머리는 잘려나가 투구와 함께 상반신 옆에 놓여 있었다. 그의 왼손 주먹에는 피에 젖은 종이 몇 조각이 쥐어져 있었다. 나는 그 투구를 치우고 도대체 호그노라는 자가 어떤 족속인지 감히 들여다볼 만한 강심장이 아니었다. 그냥 의자에 걸터앉은 채 이 끔찍한 장면을 보고 헐떡거리고만 있었다.

한참 시간이 지난 후에야 비로소 조금 진정이 되었다. 그제야 마치 최면 상태에서 깨어난 것처럼 물동이를 낚아채 바닥이 드러날 때까지 들이마셨다. 그리고 벽에 걸린 단도 가운데 하나를 빼내 그것을 겉옷 호주머니 안에 쑤셔 넣은 다음 점토 단지에 꽂혀 있는 해파리횃불을 꺼냈다.

그러고는 이 유령 소굴 같은 장소를 떠났다.

피의 흔적

밖으로 나온 나는 거인의 해골 앞에 잠시 망설인 채 서 있었다. 해 골 내부에서는 촛불이 쉬지 않고 깜박이며 이빨 틈새로 빛을 발하고 있어서 마치 해골이 살아 있는 듯 불안한 광경을 연출했다. 이제 나 는 어디로 가야 하지? 우리가 왔던 쪽으로 가야 할까? 좁은 석축의 미로를 지나서 스핑크스가 있던 장소로? 아니면 운하임의 다른 괴물 들이 있는 곳으로? 아니, 맙소사, 그리로 또다시 가고 싶지는 않았다!

그렇다면 다른 방향으로? 저 어둠 속 불확실한 곳으로? 혹시 더 많은 무시무시한 위험들이 잔뜩 도사리고 있을지도 모를 세계 속으 로? 그거야말로 유혹적인 대안이었다. 마치 목이 잘릴 거냐 아니면 교수형을 당할 거냐를 결정하는 것처럼. 나는 횃불을 어둠 속에 대 고서 아무것도 없는 깜깜한 속을 들여다보았다. 아니 이런, 저게 뭐 지? 내 발치에 종잇조각이 하나 놓여 있었다.

나는 그것을 주워 들었다. 그것은 죽은 호그노가 손에 쥐고 있던 피 묻은 종잇조각과 비슷해 보였다. 좀 더 자세히 들여다보니 그 위 에 빛바랜 기호들이 쓰여 있는 것을 알아볼 수 있었다. 그것은 내가 모르는 문자인데 아마 고대 책 연금술사들의 문자나 뭐 그런 것 같 았다. 그리고 거인의 해골에서 조금 떨어진 곳에 또 다른 종잇조각 이 놓여 있었다. 나는 그리로 가서 그것도 주워들었다. 그리고 보니 또 몇 미터 떨어진 곳에도 하나 떨어져 있었다! 이게 대체 뭘까? 무 슨 흔적일까? 호그노를 죽인 자가 뒤에 남긴 흔적일까? 만약 그렇다 면 그자는 이것을 일부러 떨어뜨린 걸까, 아니면 자기도 모르는 사

이에 홀린 걸까? 혹시 나는 이 흔적을 좇아가야 하는 것이 아닐까?

이제 어쨌거나 세 번째의 가능성도 주어졌다. 이제 나는 머리가 잘리는 것과 목 매달리는 것, 그리고 네 개의 종잇조각들 중에서 하나를 결정할 수 있었다. 그렇지만 혹시 또 다른 희망의 작은 불씨가 있을지도 모른다. 그자가 무의식중에 흔적을 남긴 것일 수도 있었다. 그렇다면 그는 결국에 가서는 자신도 모르는 사이에 나를 문명사회로 다시 인도할 것이다. 그리고 만약 그가 의식적으로 이 흔적을 놓고 간 거라면, 그가 반드시 악의를 가지고 이렇게 했다고는 볼 수 없을 것이다. 만약 그가 나를 처치할 생각이었다면 호그노의 굴속에 있을 때 이미 그렇게 할 수 있었을 테니까.

그래서 나는 해골 거처 안에 누워 있는 끔찍한 것들을 어둠 속에 그대로 두고 피 묻은 종잇조각들의 흔적을 좇았다. 먼저 그것은 나를 종유석 숲을 지나도록 유도해나갔다. 그 속에는 작고 겁 많은 동물들만 살고 있었는데, 내 횃불에서 발산되는 빛을 보자 가냘픈 소리를 내면서 달아났다. 종유석에서는 짓무른 물방울들이 끊임없이 내 몸 위로 떨어져 내리는 것이 마치 정교한 고문 같았다. 마침내 나는 화강암으로 된 마르고 좁은 터널에 이르렀다. 그것은 구불구불하게 위로 통해 있었다. 여기와 비슷한 길에서 나와 호그노를 노렸던 그 흉측한 원숭이가 기억났다. 그래서 만약 나 혼자서 그런 괴물과 만나게 되면 어떻게 할 건지를 스스로에게 물었다. 아마도 나는 겉옷 속에 있는 단도조차도 제대로 꺼내지 못할 것이다.

마지막으로 나는 무너져 내린 굴의 천장에서 떨어진 것 같은 조약돌들이 흩어져 있는 넓은 구역에 이르렀다. 내 머리 위로 짙은 어둠이 도사리고 있고 그 속에서 박쥐들이 법석을 떠는 것만 구별할 수 있었다. 내 주위로 가는 바람 소리가 윙윙거렸다. 차갑고 보이지 않는 바람의 흐름이 오랫동안 나를 향해 불어왔다. 바람은 지상의 표면으로부터 어떤 운하들을 지나 내가 있는 곳까지 불어온 것이었다. 바람은 어쩌면 나를 밖으로 인도해줄지도 모를 길을 몰래 알고 있는 것 같아 부러웠다.

바람이 점차 약해지고 나는 석탄으로만 된 지하갱도에 이르렀다. 땅에 흩어져 있는 종잇조각들을 하나하나 주워들어 그 위에 쓰인 문자들이 무슨 뜻일까 의아해하면서 쉴 새 없이 내 주머니 여기저기에 쑤셔 넣었다.

얼마 지나자 내가 주운 종잇조각들이 너무 많아졌다. 어쨌거나 그것들 위에 쓰인 암호들은 풀 수 없었으므로 나는 그 조각들을 그냥 땅 위에 떨어진 채로 놔두었다. 오랫동안 나는 그 조각들을 하나도 놓치지 않으려고 땅바닥만 응시하면서 걸었기 때문에 터널 벽들이 어떻게 생겼는지를 살피지 않았다. 그래서 돌연 그 벽들이 거친 돌들로 쌓인 것을 발견했을 때 내 놀라움과 기쁨은 몹시 컸다. 그것은 자연적으로 생겨난 것들이 아니라 인공으로 조성한 터널들이었기 때문이다! 나는 비록 아주 초기 형태이기는 해도 문명의 흔적이 있는 장소로 되돌아와 있었다. 그리고 여전히 종잇조각들이 발견되었다. 그것들의 수는 이제 점점 줄어들었고 흩어져 있는 간격도 더 커졌다. 그리고 마지막으로 나는 어느 대형 서적을 발견했다.

그것은 땅바닥에 떨어져 있었다. 그것 말고는 그곳 통로에 아무것도 없었다. 그 책은 한참 부식이 진행되는 상태여서 만약 내가 그것을 만지기만 해도 먼지로 해체돼버릴 것 같았다. 그래서 나는 그것을 만지지 않았다. 책 위에는 피 묻은 종잇조각이 하나 놓여 있었다. 그리고 이것은 뭔가 마지막 종잇조각이며 이제부터는 내가 혼자 갈 길을 찾아가야 한다는 것을 말해주고 있었다. 나는 주저앉아 몸을 벽에 기댔다. 행복하기도 하고 불행하기도 하고 피곤하면서도 정신이 났다. 나는 해낸 것이다. 하지만 어디로 가지? 나는 운하임의 쓰레기장을 벗어났다. 그러나 이제 어디로 가야 한단 말인가?

나는 눈을 감았다. 잠시 동안만 쉬고 싶었다. 잠이 들면 안 되었다! 그러나 잠드는 것이 오히려 불가능했다. 눈만 감으면 곧장 내 눈 속에서 온갖 형상들이 춤추었기 때문이다. 책들의 바다 속에서 꿈틀거리던 끔찍한 곤충들, 거대한 벌레, 스핑크스, 머리가 잘려나간 호그노······. 나는 다시 눈을 번쩍 떴다가 해파리횃불이 꺼진 것을 알고는 소스라치게 놀랐다. 나는 완전한 어둠 속에 앉아 있었다. 공포에 질린 채 손으로 더듬거리며 횃불을 찾으려 했지만 발견할 수 없었다. 누가 그것을 가져가버린 걸까? 혹시 내게 비밀리에 길을 인도해준 자가? 어떻게 그는 이처럼 순식간에 내가 눈치채지도 못하는 사이에 그런 일을 해치울 수 있을까? 나는 계속 더듬어가다가 그 책에 손이 닿은 것을 알았다. 내가 책을 붙잡자 부서지더니 먼지가 되고 말았다. 굵직하고 부드러운 구더기 같은 것이 내 손 위로 기어가는 것을 느껴졌다. 그리고 숨소리 같은 것이 들렸다⋯⋯.

"흐흐흐흐흐흐흐흐⋯⋯."

나는 혼자가 아니었다. 어둠 속에 무언가 있었다.

"흐흐흐흐흐흐흐흐⋯⋯."

그리고 그것은 더 가까이 다가왔다.

"흐흐흐흐흐흐흐흐⋯⋯."

그리고 더 가까이 왔다. 벽에 기댄 내 등에 압박이 느껴졌다.

"흐흐흐흐흐흐흐흐⋯⋯."

그 낯선 것은 내 얼굴 가까이 와 있었다. 나는 그의 숨결을 느꼈고 그의 냄새를 감지할 수 있었다. 마치 어느 거대한 고서점의 문을 활짝 열자 책 먼지의 폭풍이 일어나면서 수백만 권의 부패해가는 대형 서적들의 먼지가 내 얼굴로 불어오는 것 같았다. 그것은 바로 그림자 제왕의 숨소리였다!

누군가가 말을 했다. 그리고 나는 깨어났다. 그렇다. 나는 깨어나 눈을 떴다. 그러자 그것이 다시 보였다. 횃불이었다. 꺼지거나 누가 훔쳐가지도 않았고 그 자리에서 아주 오래된 책과 그 위에 놓인 피 묻은 종잇조각을 굳건히 비추고 있었다. 나는 아주 잠깐 꾸벅꾸벅 졸았던 것이다. 졸다가 그림자 제왕의 꿈을 꾼 것이다.

♉

세 명의 작가들

그러나 내 충실한 친구들이여, 나는 소리를 들었다. 확실했다. 아니면 그냥 꿈의 잔재였을까? 그저 미로에서 나는 혼란스러운 메아리들이었을까? 나는 횃불을 들고 신음 소리를 내며 몸을 일으켰다. 그때 거기에! 나는 또다시 무언가를 감지했다. 그것은 바로 가장 가까이에 있는 터널에서 나왔다. 나는 그 소리를 따라갔다. 이해할 수 없는 속삭임 같은 것이었다. 그리고 내가 그 터널 속으로 발을 들여놓자 그 소리는 다시 사라졌다.

그 대신 나타난 것은 책들이었다! 통로 하나가 책들로 가득 차 있었다. 땅바닥 위에 흩어져 있고 벌레들이 갉아먹었지만 그러나 어쨌거나 책들이었다. 나는 기쁜 마음으로 종이더미를 헤치며 걸어갔다. 그 책더미들이 내게는 다이아몬드로 가득 찬 보물창고보다 더 값져 보였다. 그러자 거기서, 거기서 다시 소리가 들려왔다. 옆으로 뻗어나간 통로에서 들려오는 속삭임이었다. 그리고 거기서는 또 빛도 나오고 있지 않은가? 나는 횃불을 가리고 새로운 갱도 안으로 발을 들여놓았다. 천장에 발광해파리들이 붙은 채 섬뜩한 광채를 발하고 있었다. 그렇지만 지금 그것들은 마치 태양빛을 다시 본 것 같은 기분이 들게 했다. 여기에는 서가들도 있었다. 벌레들이 파먹고 거미줄과 먼지로 뒤덮여 있어서 오래된 나무 폐허 같았지만 그 안에는 많은 책들이 꽂혀 있었다. 점차 나는 질서의 세계로 다시 돌아오고 있었다! 하, 질서 말이다! 부패해가는 싸구려 책들이 꽂혀 있는 벌레 먹은 구멍투성이 서가들을 정상으로 간주할 정도면 정말이지 내 자존심도 상당히 줄어든 셈이었다. 나는 서가로 다가가 책을 한 권 찾아 꺼내보려고 했다.

"그래?"

커다랗고 분명하게 묻는 소리가 들려오는 바람에 나는 움찔했다.

"그래? 내가 보기에는 값싸고 저속한 작품이야!" 누군가가 대답했다. "가장 조잡한 종류의 쓰레기란 말이야."

"자네 눈에는 고대 차모니아 문자로 인쇄되지 않은 것은 모두 쓰레기로 보이겠지. 자네는 완전히 골동품화되었어."

그 목소리들은 근처의 통로에서 들려오고 있었다. 책 사냥꾼이 두 명이나 있단 말인가? 나는 겉옷 속에서 단도를 꺼내 들었다.

"호호, 여기 이것 좀 봐!" 세 번째 목소리가 말했다.

나는 서가에 몸을 바짝 붙였다. 사냥꾼이 세 명이나? 나는 죽은 목숨이었다!

"오직 그대에게만, 사랑하는 마음이여." 마지막 음성이 말을 계속했다. "너희들에게, 내 진심어린 눈물을, 나는 슬프게 홀로 노래했다, 이 가슴 아픈 노래를. 오직 내 눈만이 꺼져가는 불빛으로 헤매리라. 그리고 비탄에 익숙해져, 더 밝은 내 귀는 그것을 듣는다!"

"더 밝은 내 귀는 그것을 듣는다!" 다른 목소리가 말했다.

나는 호기심을 억누를 수가 없어서 두려움조차 거의 잊었다. 아직 몰래 도망칠 여유가 나에게 있었지만 그들이 누구인지는 어쨌든 알아야만 했다. 나는 횃불을 벽에 끼워놓고 단도를 꺼내 비밀 통로 옆의 조금 갈라진 틈새로 몰래 숨어 들어갔다.

거기서 나는 깊은 숨을 들이쉬고 조심스럽게 안쪽으로 시선을 주었다. 그 안도 마찬가지로 서가들이 가득 차 있었고, 그 가운데 종이들이 널려 있는 바닥 위에는 키가 내 무릎 높이 정도밖에 안 되는 이상한 세 명의 형상들이 서 있었다. 그들은 분명 책 사냥꾼들이 아니었다.

비록 서로 체격들이 달랐지만 그래도 서로 비슷해 보였다. 한 명은 뚱뚱하고 땅딸막했으며, 또 한 명은 호리호리하고 초라한 모습이었다. 그들의 체격은 상당히 작다는 것이 공통점이었다. 그들 가운데 가장 키가 큰 자도 겨우 내 엉덩이에 닿을 정도였다. 게다가 모두 눈이 한 개씩밖에 달려 있지 않았다. 호리호리한 자가 다른 자들에게 어떤 구절을 읽어주고 있었다.

"아, 왜 오, 자연이여, 비정한 어머니여, 왜 그대는 내게 이리도 부드러운 가슴을 느낌으로 주었는가, 그리고 그 부드러운 가슴속에 제어할 수 없는 사랑과 끝없는 갈망을 주었는가. 그러나 아, 왜 거기에 아무런 연인도 주지 않았는가?"

그 난쟁이는 읽고 있던 책을 먼지 위로 던져버렸다.

"그러니까 내 눈에는 이것도 역시 싸구려 저속한 작품이야!" 그가 말했다. "골고 말이 맞아."

"나는 그게 그다지 어수룩하다고는 생각되지 않는데." 키가 가장 작은 난쟁이가 말했다. "오직 내 눈만이 꺼져가는 불빛으로 헤매리라. 뭔가 내게 얘기해주는 것 같아."

"도대체 뭘?" 뚱보가 저의가 있는 표정으로 물었다. "그게 대체 너한테 뭘 말해주는데?"

"그래, 사실," 작은 난쟁이가 말했다. "눈을 단수로 말한 것 있잖아. 그게 나 자신과 동일시되는 것 같아."

난쟁이들은 위험한 존재들 같아 보이지 않았다. 그들은 동굴의 난쟁이 또는 뭐라더라, 무슨 난쟁이 족속이었다. 아마도 문학에 관심이 있는 것 같았다. 그러니 나한테 무슨 큰일이야 일어나겠는가?

나는 숨어 있던 곳에서 나와 인사하려고 손을 들어 올렸다. 바로 그때, 내 손에 단검이 들려 있는 것을 알아챘다. 내 겉옷이 바람에 흩날리면서, 게다가 단도를 쥔 손을 들어 올리는 내 모습이 갑자기 어둠 속에서 나타났으니 분명 암살범 같은 인상을 풍겼을 것이다.

난쟁이들은 소스라치게 놀라더니 처음에는 마구 뒤섞여 달아나다가, 이어 세 방향으로 각각 달아났다. 그들은 서가 뒤와 책더미들 뒤,

그리고 종이더미 뒤로 몸을 숨겼다.

"책 사냥꾼이다!" 한 명이 소리쳤다.

"단도를 쥐고 있어!" 다른 한 명이 외쳤다

"우리를 죽이려고 해!" 세 번째 난쟁이가 낮은 소리로 말했다.

나는 걸음을 멈추고 단도를 땅바닥에 내던졌다.

"나는 책 사냥꾼이 아닙니다." 나는 크게 외쳤다. "아무도 죽일 생각이 없습니다. 나는 당신들의 도움이 필요합니다."

"물론이겠지. 그래서 단도를 들고 있잖아."

"단도를 버렸습니다." 내가 말했다. "나는 그냥 길을 잃은 겁니다."

"저자는 위험해 보여." 난쟁이들 가운데 한 명이 말했다. "저자는 도마뱀이야. 아마 다른 무기들도 옷 속에 감추고 있을걸. 책 사냥꾼들은 아주 사악한 간계를 쓴다고."

"나는 공룡입니다." 내가 말했다. "린트부름 요새에서 왔어요."

나는 똑같은 내용을 벌써 두 번이나 설명하고 있었다.

이 지하묘지의 거주자들은 아마 거의 모두가 세상 돌아가는 것을 잘 모르는 모양이었다.

한쪽 책더미 뒤에서 이제 천천히 눈 하나가 튀어나오더니 호기심 어린 시선으로 나를 뚫어지게 응시했다.

"린트부름 요새에서 왔다고요?"

"거기가 제 고향입니다."

또 다른 눈 하나가 서가에 놓인 두 권의 두꺼운 책 사이로 나를 엿보고 있었다.

"저자한테 린트부름 요새의 문학에 대해 뭔가 물어봐!" 그 속에 숨어 있던 난쟁이가 말했다.

"그리피우스 폰 오덴호블러가 쓴 작품이 뭐지?" 책더미 뒤에 숨어 있던 자가 물었다.

"『기사 헴펠』입니다." 나는 한숨을 내쉬며 대답했다.

난쟁이들은 이빨을 빠드득거렸다.*

"그럼 그 책 속에서 우스운 대목이 어디지?"

"프흐흐…… 어디라고 단정 지을 수 없습니다." 내가 대꾸했다. "그 기사의 안경이 갑옷 속으로 떨어지는 장면이나, 아니면 폰 오덴호블러 기사가 E자를 모두 빼고 말하는 장면입니다."

문득 나는 키비처와 만나게 해준 운명에 감사했다. 그리고 이런 거짓말을 내 입술 밖으로 술술 내뱉는 내 파렴치함에도 감사했다.

세 번째 난쟁이는 종이더미 뒤에서 한 송이 꽃처럼 불쑥 튀어나오더니 이렇게 읊었다.

수탉이 식탁으로 오르더니
말하기를

나는 그의 말을 막고 재빨리 그 뒤를 이어 마저 읊었다.

수탉이 제시간에 맞춰
식탁에 오를 때
그곳에 행복이 있네!

"저자는 린트부름 요새에서 온 게 틀림없어." 난쟁이들 중 한 명이

---

* 아마 린트부름 요새 주민들 외에 난쟁이들도 이빨을 빠드득거린다고 할 수 있을 것 같다. 왜냐하면 나는 여기서 미텐메츠가 난쟁이들이 자신을 인정하는 소리를 내려 했다는 말을 하려는 것으로 추측하기 때문이다. 그들이 숨어 있으면서도 이것을 이빨로 실행했다고 그가 왜 판단했는지는 나도 알지 못한다. 이를 우리는 작가의 상상의 자유로 그냥 너그럽게 보아주자.

말했다.

"맞아. 어느 누구도 이 오덴호블러의 지루하고 메마른 싸구려 책을 기꺼이 낭송할 수 없을 테니까. 물론 우리 말고는." 두 번째 난쟁이가 말했다.

"『기사 헴펠』은 결코 그리 조잡하지는 않아. 창을 다루는 장면을 제대로 읽어보면 그 낡은 책에서도 엄청난 감흥이 솟아난다니까." 세 번째 난쟁이가 대꾸했다.

"내 이름은 힐데군스트 폰 미텐메츠입니다." 내가 말했다.

"그 이름은 우리한테 별로군요."

"나한테도 마찬가지요."

"들어본 적이 전혀 없어요, 그 이름은."

"그건 놀라운 일이 아닙니다." 나는 수줍게 말했다. "아직까지 책을 한 권도 출판해본 적이 없거든요."

"그렇다면 지하묘지에서 뭘 하고 있는 겁니까? 책들을 찾아 나선 게 아니라면요?"

"누군가 내가 원하지 않았는데도 나를 이 안으로 끌고 왔습니다. 나는 길을 잃었고 내가 유일하게 찾고 있는 것은 출구입니다."

"그런 일은 수천 년 전부터 늘 있어왔어요." 서가 뒤에 숨어 있던 난쟁이가 말했다. "지하묘지에는 해골들이 득실거려요. 저 땅 위에 사는 자들은 자기네 쓰레기들을 우리의 생활공간 속으로 던져버리기를 좋아한단 말이오."

쓰레기라는 말을 나는 일부러 못 들은 척했다.

"저자는 직접 내 눈앞에 선 최초의 린트부름 요새 주민이야." 책더미 뒤에 서 있던 난쟁이가 말했다. "거기서 쓴 것이라면 뭐든 다 읽어봤지만 공룡을 본 적은 한 번도 없었어."

나는 이 역사적인 순간에 내 모습을 제대로 보이려고 겉옷을 여몄다.

"우리는 린트부름 요새 문학에 대단히 열광합니다." 종이더미 뒤에 숨어 있던 자가 말했다.

"그거 영광이군요. 이제 여러분은 저에 대해 좀 아셨지요? 이제 저도 당신들이 누구인지 물어봐도 될까요?"

뚱보가 그가 숨어 있던 곳에서 한 걸음 나서더니 다음과 같이 낭독했다.

> 그 물음은 내게는 하찮아 보이는군
> 말을 그토록 경시하고
> 모든 가상으로부터 멀리 떨어져
> 오로지 본질의 깊은 곳만을 쳐다보려는 자의 물음은.

나는 그 난쟁이가 하는 말을 해석하려고 노력했다. 어째서 내가 말을 경시한다는 거지? 또 한편으로 보면 나는 사실 모든 가상으로부터 상당히 멀리 떨어져 있었다. 마지막 구절은 이해할 수 없었다.

"그게 무슨 말입니까?" 내가 물었다.

"당신이 누군지 그냥 간단히 말해주시오!"

그는 숨어 있던 곳에서 과감하게 한 걸음 더 앞으로 나왔다.

> 나는 처음에 모든 것이었던 부분의 한 부분
> 빛을 낳은 어둠의 일부.

어째서 이 구절이 내게 익숙하게 들릴까? 잠깐만! 그것은 인용구였다! 누구의 글에서 인용했느냐면…… 누구의 글이냐면…….

"그것은 오얀 골고 판 폰테베크의 글에서 인용한 겁니다."

나는 외쳤다. 그렇다 그 작가는 폰테베크, 차모니아 고전주의에서 가장 유명한 작가였다. 바로 모든 비평가들이 애호하고 모든 어린 학생들이 두려워하던 작가였다. 그것은 그의 가장 유명한 책『현자의 돌』에서 인용한 구절이었다. 수십 년 동안 단첼로트 대부는 내게 이 시구를 억지로 주입시켰다.

뚱보는 이제 그가 숨었던 곳에서 완전히 나왔다. 그의 피부는 다 익은 올리브색이었다.

"그렇소. 그게 바로 내 이름이오."

"당신 이름이라고요? 당신이 오얀 골고 판 폰테베크란 말입니까?"

"물론이오. 당신은 나를 골고라고 불러도 좋아요. 모두가 그렇게 합니다!"

나는 혼란스러웠다. 폰테베크는 이미 구백 년 전에 죽은 작가였다.

서가 뒤에 있던 난쟁이가 숨어 있던 곳에서 나왔다. 그는 창백한 푸른색의 피부를 갖고 있었다.

"나는 고피드 레터케를입니다." 그가 말했다. "친구들은 그냥 고피드라고 부르지요."

고피드 레터케를은 내가 좋아하는 작가들 가운데 한 명이었다. 그는『차닐라와 오리개구리』를 썼다. 그 책 하나만으로도 그는 내 눈에는 불멸의 작가로 남아 있었다. 레터케를은 비록 죽지는 않았지만 대신 키가 이 미터가 넘는 거대한 야생돼지였다. 내가 알기로 그는 부흐팅에 살고 있었다.

"그래, 그래요." 내가 말했다. "당신이 그러니까 고피드 레터케를이군요."

"물론입니다!"

호리호리한 난쟁이가 외치더니 손을 펼치고 극적으로 다음과 같이 낭송했다.

> 너의 푸른 덮개로 나를 감싸다오.
> 그리고 노래를 불러 나를 잠재워다오.
> 좋은 때가 되면 그대는 나를 깨워도 좋으리니,
> 청춘의 빛으로!

내 기억이 맞는다면 그것은 실제로 고피드 레터케를이 쓴 「자연에 바치는 저녁 노래」였다. 덧붙여 말하면 그의 가장 뛰어난 시라고는 볼 수 없었다. 이 무슨 이상한 난쟁이들이란 말인가?

"그럼 당신 이름은 뭐죠?" 나는 세 번째 난쟁이에게 물어보았다. "당신도 역시 위대한 시인의 이름을 갖고 있습니까?"

"내 이름은 그리 대단하지 않아요."

가장 체구가 작고 연분홍색 피부를 가진 난쟁이가 종이 더미에서 나오면서 수줍게 말했다.

"단첼로트 폰 질벤드레히슬러라고 합니다."

나는 마치 채찍으로 얻어맞은 듯이 움찔했다. 내 대부시인의 이름이 마치 유령의 목소리처럼 통로 안에서 메아리쳤다. 그 왜소한 난쟁이가 읊었다.

> 우리들은 모두가 땅의 직접적인 산물이다.
> 과거에는 먼지였고, 미래에는 부패할 것이다.
> 영원한 리듬 속에서 우리는 끊임없이 스쳐간다.
> 삶의 축제 행렬, 무상함의 장례 행렬이다.

"단첼로트라고요……?"

나는 마치 단첼로트 대부가 내 앞에 서 있기라도 한 것처럼 황당해서 물었다. 그 난쟁이가 읊은 것은 단첼로트 대부가 쓴 책의 한 구절이었다. 하나도 틀림없이 완벽하게 암기하고 있었다.

"……폰 질벤드레히슬러입니다." 작은 난쟁이가 말을 이었다. "린트부름 요새의 한 작가이지요. 당신도 그를 알 겁니다. 만약 당신이 린트부름 요새……."

"물론 그분을 압니다." 나는 그의 말을 막았다. "하지만 왜 당신이 그의 이름을 갖고 있는 겁니까?"

"우리는 모두 위대한 작가들의 이름을 지니고 있습니다." 골고라는 자가 자랑스럽게 외쳤다.

"완전히 이해가 되지는 않……." 내가 말했다.

세 명은 서로를 쳐다보았다.

"우리 해볼까?" 골고가 물었다.

다른 두 명이 머리를 끄덕였다. 그러더니 그들은 다시 나를 쳐다보고는 합창으로 다음과 같이 읊었다.

도끼를 집어넣고 검도 집어넣어라!

화살을 집어넣고, 올가미도 집어넣어라!

왜냐하면 그대의 무기들은 아무 가치도 없는 것이니,

무시무시한 부흐링 족의 왕국 안에서는.

무의식중에 나는 한 걸음 뒤로 물러났다. 무시무시한 부흐링 족이라니! 그들은 모든 것을 잡아먹는 미로 속의 외눈박이 괴물들이었다! 부흐하임의 지하묘지에서 그림자 제왕을 빼고 가장 두려움의 대상인 족속이었다. 그렇고말고! 그들은 눈이 하나밖에 없었다! 바로 외눈박이 괴물들이었다! 세 명의 외눈박이 괴물들은 천천히 내게 다가왔다.

"무서워하지 말아요!" 골고가 소리쳤다. "우리는 당신한테 아무 짓 도 안 해요."

그리 말하기는 쉽겠지! 물론, 그들은 모든 것을 잡아먹는 외눈박 이 괴물들이라고 하기에는 체구가 상당히 작았다. 그렇지만 전갈들 도 크기가 작지 않은가.

"그건 책 사냥꾼들을 대비해 우리가 그냥 하는 말이에요." 골고가 말했다. "지하에서는 누구나 악명을 얻으려고 뭔가 해야 합니다. 안 그랬다가는 정복당해 끝장나고 마니까요."

"좋습니다." 나는 말하면서 천천히 뒤로 물러났다. "당신들은 그러 니까 무시무시한 부흐링 족이군요. 그게 시인들의 이름과 무슨 상관 이죠?"

"내 생각에 우리는 좀 더 자세히 얘기해야 할 것 같군요." 골고가 말했다. "이봐요, 그것은 설명하기 좀 어려워요."

다른 난쟁이들이 고개를 끄덕였다. 그러더니 세 명 모두 걸음을 멈추었다.

"사실인즉……." 고피드가 말하기 시작했다. "모든 부흐링 족은 위 대한 작가들의 전집을 전부 다 외웁니다. 그것은 우리의 삶의 목표 이지요. 나는 고피드 레터케를의 전집을 다 외우고 있는 중입니다. 그는 아직도 글을 쓰고 있지요. 그래서 나는 아직 완성되지 않은 작 가입니다."

"나는 그 반대입니다." 골고는 말했다. "완성되었지요. 폰테베크는 구백 년 전에 죽었어요. 그리고 그는 칠십이 편의 장편소설, 삼천 수가 넘는 시, 사백오십 편의 희곡 작품, 그리고 다른 문학 분야에서도 몇 가지 주목할 만한 것들을 남겼지요. 나는 내 기억력을 지속적으로 새롭게 해야 합니다."

그는 동정을 불러일으키려는 듯이 한숨을 내쉬었다.

"그리고 나는 단첼로트 폰 질벤드레히슬러의 전집을 다 외우고 있습니다." 단첼로트라는 자가 수줍게 말했다.

"대단한 재주군." 고피드가 경멸하듯이 말했다. "겨우 책 한 권 가지고."

"어쩌면 그가 앞으로도 뭔가 더 쓸지 모르잖아." 단첼로트가 변명했다.

그때 나는 물러서던 걸음을 멈추었다.

"아뇨, 그분은 이제 쓸 수 없습니다." 나는 슬프게 말했다.

"당신이 어떻게 알죠?"

"얼마 전에 돌아가셨습니다. 그분은 내 대부시인이었습니다."

세 명의 부흐링 족은 당혹스러운 눈길을 서로 주고받았다. 단첼로트는 울기 시작했고 다른 두 명은 그를 위로하려고 했다.

"그래, 그래." 골고가 중얼거렸다. "내가 뭐라고 말할 수 있겠어? 내 작가는 이미 구백 년 전에 죽었는데."

"우리도 모두 어느 날인가는 위대한 신비 속으로 발을 들여놓아야 해." 고피드가 속삭이듯이 말했다. "오름, 오름 앞에서 우리는 모두가 동등하지."

단첼로트는 그치지 않고 마구 훌쩍거렸다.

"단 한 권의 책이라고요!" 그는 훌쩍거렸다. "단 한 권요!"

골고와 고피드는 단첼로트를 부드럽게 토닥거리면서 나를 쳐다보았다. 그들의 커다란 눈은 촉촉이 젖어 있었다. 그러자 나도 더 이상 눈물을 억누를 수 없었다. 우리는 모두 경쟁이라도 하듯이 훌쩍거렸다.

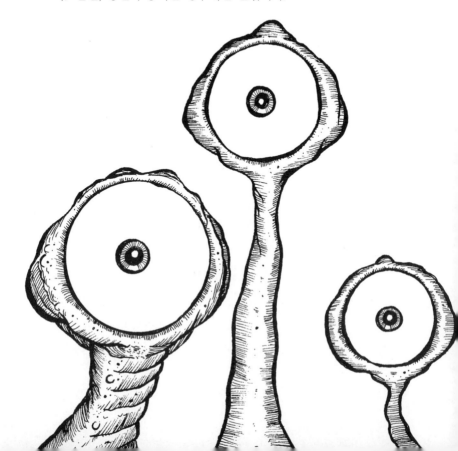

별일이 안 일어난 아주 짧은 장

우리 모두가 다시 진정되자 부흐링들은 몇 걸음 옆으로 비켜서더니 서로 뭐라고 속삭이며 상의했다. 그러더니 내게로 돌아왔다.

"당신을 우리 동족에게 데려가기로 결정했습니다." 골고가 말했다. "물론, 당신이 동의할 경우에만 말입니다."

내가 그 말에 어떻게 반대를 하겠는가? 내가 그들 세 명한테 잡아먹히든, 백 명한테 잡아먹히든 그게 무슨 차이가 있겠는가? 물론 나는 그 사이에 이 무시무시한 부흐링 족의 잔인성에 대해 조금 의심하게 되었지만.

"좋습니다. 길이 먼가요?" 내가 물었다.

대답 대신에 세 명의 부흐링들은 그들의 외눈을 힘껏 크게 떴다. 그들은 나를 뚫어져라 응시했고 그들의 동공 속에서 노란빛이 가볍게 맥동했다. 그러자 그들은 중얼거리기 시작했다.

그렇다, 내 충실하고 다정한 친구들이여, 이것이 내가 이 장에서 설명할 수 있는 전부다. 내가 말할 수 있는 것은 다만 툭, 탁! 하더니 다음 순간에는 전혀 다른 장소에 가 있었다는 것이다! 난쟁이들이 어떻게 이런 마술 같은 재주를 실행했는지는 전혀 모르겠다. 하지만 우리는 눈 한 번 깜박하는 사이에 어느 동굴의 거대한 석문 앞에 서 있었다.

가죽 동굴

"무슨 일이 일어난 겁니까?" 내가 물었다. 졸리고 왠지 다리가 후들거렸다. "여기가 어디입니까?"

"우리의 공간이동 능력을 한번 시험해봤습니다." 골고가 말했다.

"공간이동이요, 호호호." 고피드가 킥킥거렸다. "바로 그겁니다."

"우리는 별에서 와서, 별로 간다. 삶이란 그저 낯선 곳으로의 여행일 뿐이다." 단첼로트가 인용했다.

"당신들은 생각의 힘만으로도 다른 장소로 옮겨갈 수 있군요."

"그렇다고 표현할 수 있지요."

골고가 히죽 웃으며 대답했다. 그 말에 다른 두 명도 다시 불쾌하게 킥킥거렸다.

"갑시다! 이제 무시무시한 부흐링 족의 왕국으로 들어가는 겁니다."

골고, 고피드, 그리고 단첼로트는 앞서서 거대한 문을 지나 안으로 들어갔다. 그 문의 좌우에는 두 개의 거대한 돌 조각상들이 버티고 서 있었다. 조각상들은 부흐링 족의 모습이었는데 물론 그 규모는 엄청나게 컸으며 입을 위험스럽게 쫙 벌리고 있었다. 거기에다 거대한 외눈박이 눈을 하고 있고 날카로운 발톱을 높이 쳐들고 있어서 두렵고 끔찍스러워 보였다. 그것은 사실 가던 걸음도 되돌려 도망치게 할 만한 광경이었다.

"바람직하지 않은 방문객을 쫓아내는 데는 저것들이 제격이지요." 골고가 설명했다. "만약 누군가 여기까지 오는 길을 발견한다고 하더라도 말입니다. 지금까지는 어쨌든 부흐링 족이 아닌 자가 우리 왕국에 발을 들여놓은 적은 없습니다. 단 예외가 한 번 있었지요. 그리고 당신이 그 두 번째 예외입니다."

나는 아직도 공간이동을 이해하려는 데만 정신이 팔려 있었다. 게다가 마치 나는 깊은 잠을 잤다가 방금 깨어난 느낌이었다. 그래서 난쟁이들이 하는 말이나 조각상들의 모습이 내게는 그다지 영향을 끼치지 못했다. 침묵을 지킨 채 나는 휘청거리는 걸음으로 그들의 뒤를 따라갔다.

우리는 동굴 안으로 들어갔다. 그러자 번개라도 맞은 듯 내게서 모든 잠이 다 떨어져나갔다. 우리 앞에는 평지가 펼쳐져 있고, 넓은 돌계단이 어느 거대한 종유석 동굴 안으로 이어지고 있었다. 골고는 멈춰 서더니 팔을 활짝 펼치고 헛기침을 하면서 이렇게 외쳤다.

꿈과 마법의 영역으로 우리는
들어간 것 같구나!

다른 이들도 걸음을 멈추었다. 그 광경은—조심스럽게 표현하자면—참 특이했다. 벽과 천장, 바닥 그리고 심지어 종유석들까지도 무수히 갈색 색조를 띠고 마치 닳은 가죽처럼 번들거리는 양탄자들로 덮여 있었다. 그러나 그것이 거기서 가장 특이한 것은 아니었다. 그 중앙에 놓여 있는 거대하고 이상한 기계도 가장 특이한 것은 아니었다. 아니, 이 동굴 안에서 가장 특이하고 놀라운 것은 바로 그곳에 사는 주민들이었다. 수백 명의 작은 외눈박이 괴물들이 모여 있었다. 그들은 모두가 골고, 고피드, 그리고 단첼로트와 모습이 비슷했지만 그러면서도 세부적인 모습에서는 그들과 차이가 있었다. 그들 중에는 뚱뚱한 자들도 있고, 마른 자들도 있고, 키가 좀 더 크거나 좀 더 작은 자들도 있었다. 어떤 자들은 길고 아주 가는 팔다리를 가졌는가 하면, 어떤 자들의 팔다리는 짧고 강직해 보였다. 그리고 그들 각자는 모두 독자적인 피부색을 갖고 있는 것처럼 보였다. 괴물들은 곳곳에 득실거렸다. 그들은 긴 책상 앞에 앉아 독서를 하거나 높은 책더미들 사이로 이리저리 돌아다녔으며, 책이 가득 담긴 손수레를 끌고 그 부근을 왔다 갔다 하거나 거대한 기계를 분주하게 다루고 있었다.
"녹슨 난쟁이들의 책 기계장치입니다."
골고는 마치 한마디로 모든 것이 해명된다는 듯이 말했다.
그 기계는 높이와 넓이 그리고 깊이가 각각 오십 미터, 아니 능히

육십 미터는 되어 보이는, 마치 녹슨 서가들로 짜 맞춘 주사위와 비슷한 모양이었다. 내가 멀리서 보면서 판단하기에 그 서가들에는 책들이 가득 꽂혀 있고 끊임없이 움직이면서 위에서 아래로, 오른쪽에서 왼쪽으로, 왼쪽에서 오른쪽으로 돌아갔다. 기계 주위에는 육 층으로 된 움직이는 통로가 있고 그것들은 수많은 계단들과 연결되어 있었다. 그리고 그 위로 골고의 동족들이 왔다 갔다 하고 있었다. 그들은 책들을 서가에 챙겨 넣거나 비우거나 또는 무슨 바퀴들과 지레를 작동시키면서 일하고 있었다. 서가들뿐만 아니라 거대한 기계, 그리고 그것에 연결되어 있는 계단들과 통로들 전체가 녹슨 쇠로 만들어져 있었다. 대체 그 물건의 용도가 무엇인지는 알 수가 없었다.

기계의 발치에는 대형 서적들이 가득 놓인 긴 탁자들과, 손수레들, 상자들, 그리고 책들이 가득 꽂힌 또 다른 서가들이 있었다. 이굴 속에는 발광해파리 대신에 곳곳에 촛불이 밝혀져 있었다. 그 촛불들은 묵중한 샹들리에 촛대에 꽂혀 천장에 매달려 있거나 화려한 가지 촛대들 위에 꽂혀 있었다. 벽을 파서 설치한 여러 개의 커다란 벽난로들에는 석탄불이 환하게 타오르고 있었다.

"가죽 동굴입니다." 고피드가 말했다. "우리의 도서실, 우리의 아카데미, 만남의 장소입니다. 그리고 저기 우리 동족들이 있습니다. 바로 무시무시한 부흐링 족이지요."

나는 몇 가지 물어보려고 했지만 단첼로트가 내 말에 앞섰다.

"물론 당신은 모든 게 다 가죽으로 되어 있어서 놀랄 겁니다. 그건 전부 다 책 표지들입니다. 이곳 동굴은 완벽하게 책 표지가죽들로 입혀졌습니다. 우리는 그게 우리가 이룬 업적이라고 주장하고 싶지만 그러나 이런 재주는 유감스럽게도 우리 것이 아닙니다. 저 기계를 만든 것도 바로 녹슨 난쟁이들입니다. 우리는 이 동굴을 이렇게 되어 있는 상태로 발견해서 지금까지 관리하고 있는 겁니다. 우리는 가죽을 정기적으로 잘 문질러 촛불 밑에서 아름답게 반짝이도록 합니다. 독서하기에 이상적인 환경이지요. 좋은 냄새도 나고요."

최소한 그 말은 맞았다. 내가 지하묘지 속으로 들어온 후 맡은 냄새들 가운데 처음으로 참을 만한 냄새였다. 공기는 조금 탁했는데, 아마 무수히 많은 촛불들이 타고 있어서 그런 것 같았지만, 그래도 기분 좋은 향기로 가득 차 있었다. 동굴 안은 매우 컸으나 아늑하고 우아해 보였다. 지하동굴이 그처럼 아늑한 인상을 줄 수 있다는 것이 당혹스러웠다. 나도 차라리 곧장 거기에 가서 앉아 독서를 시작하고 싶었다.

"가죽 양탄자의 정교한 형태에 주목해보십시오." 골고가 자랑스럽게 말했다. "가장 놀라운 것은 책 표지가죽들 중 어떤 것도 가지런히 맞춰서 붙이지 않았다는 점입니다. 모든 틈새에 맞는 표지들을 찾느라 엄청난 수고를 한 것이지요. 이 동굴 안을 가죽으로 모두 바르는 데 분명 수백 년이 걸렸을 겁니다. 녹슨 난쟁이들은 책을 매우 좋아했나 봅니다. 유감스럽게도 그들은 모두 멸종했지만요."

"이리 와요." 고피드가 말했다. "동굴을 보여줄게요."

우리는 넓은 계단을 따라 내려갔다. 나는 아까 공간이동을 한 터라 아직도 조금 현기증이 났는데 이제는 내 다리들마저도 비틀거리는 것 같았다. 나는 넓은 계단을 내려가는 것을 좋아하지 않았다. 특히 내가 내려가는 것을 누가 관찰할 때는 더욱 그랬다. 걸어 내려가다 비틀거리거나 아래로 곤두박질쳐서 완전히 웃음거리가 되지나 않을까 하는 강박관념에 시달리곤 했다. 그러나 우리는 별다른 사고 없이 계단 끝까지 내려갔다.

다른 부흐링들은 내가 동굴 안으로 안내되어 지나가는데도 마치 나에게 아무런 관심이 없다는 듯이 행동했다.

　책상 앞에 앉아서 책을 읽고 있는 자들은 중얼중얼 혼잣말을 하고 있었고, 다른 자들은 발을 세게 디뎌 왔다 갔다 하며, 손짓을 해 가면서 독백을 하고 있었다. 또 어떤 자들은 여럿이 모여 토론을 하고 있었다. 동굴 안은 여러 목소리들과 다양한 메아리들로 가득 찼다. 몸집이 작은 부흐링들은 그냥 자신들의 일에 열중했지만, 곁눈으로 나는 그들이 내가 등을 돌리면 호기심 어린 눈길을 내게 보내는 것을 알 수 있었다. 내가 다시 돌아서면 그들은 재빨리 다른 방향으로 눈을 돌렸다. 그들의 수는 수백이나 되었지만 나는 그들에 대해 아무런 두려움을 느낄 수 없었다.

　"그런데 왜 스스로 무시무시한 부흐링 족이라고 부릅니까?" 나는 골고에게 물어보았다. "당신들은 그다지 무서워 보이지 않는데요. 외눈박이 괴물들을 나는 다르게 상상했거든요."

　"책 사냥꾼들이 우리를 그렇게 부릅니다." 뚱보가 대답했다. "모르겠습니다, 왜 그런지는."

"헤헤, 모르겠습니다, 왜 그런지는!"

고피드는 무슨 이유인지는 모르겠지만 히죽히죽 웃었다.

"그렇지만 우리는 그런 악명에 반대하고 나서지는 않습니다." 골고가 말을 이었다. "그렇게 불리는 것이 더 현명하지요."

"왜요?"

"들어봐요. 차모니아와 그 주위에는 겨우 삼백여 종의 외눈박이 종족들이 살고 있습니다. 평화로운 외눈박이도 있고 전투적인 외눈박이도 있으며 육식을 하거나 채식을 하는 외눈박이들도 있습니다. 악마의 외눈박이족들은 움직이고 소리 지르는 것들만 잡아먹으며, 어떤 외눈박이족은 노란 꽃들만 먹이로 삼지요. 지능이 집파리의 수준에 머무는 외눈박이들이 있는가 하면, 평균 이상의 지능을 가진 외눈박이들도 있습니다. 후자의 종족 이름이 뭔지는, 물론 제 타고난 겸손함 때문에 말해줄 수 없군요. 이런 모든 외눈박이 종족들에게서 공통점은 눈이 하나뿐이라는 겁니다. 그렇지만 공공연하게 외눈박이들은 원래 편협하고 위험한 짐승이라는 이미지로 알려져 있습

니다. 우리는 이런 편견을 이용해서 이득을 얻기로 결심했습니다."

"어떤 면에서요?"

"만약에 우리를 다정한 부흐링 족이라고 부른다면, 우리들 가운데 몇 명이나 살아남아 있을 거라고 생각합니까?" 골고가 되물었다. "아니면 혹시 호감이 가는 외눈박이라고 부른다면요? 여기 지하는 잔혹하고 무자비한 세계입니다. 여기서는 가장 잔인하고 위험하다고 간주되는 자만이 가장 큰 명망을 누립니다. 지하묘지 속에서는 좋은 평판이 위험한 책보다도 더 치명적입니다."

단첼로트가 히죽 웃었다.

"다행히도 대부분의 책 사냥꾼들은 미신을 믿지요." 그가 말했다. "야만적인 세계관을 갖고 있는데 다 놀라우리 만치 교양도 없는 족속입니다. 그들은 신이나 악마들을 믿고 있어요. 귀신 이야기나 괴담을 좋아하고, 서로 만나면 함정에 대해 얘기하는 것도 좋아하지요. 그럴 때면 그들은 무시무시한 부흐링 족에 대해 얘기하면서 서로 상대방 얘기보다 더 무섭게 하려고 합니다. 그들 가운데는 우리가 마

법을 쓸 줄 안다고 믿는 자들도 많지요."

"그야 그럴 겁니다." 내가 말했다. "내가 겪은 공간이동을 생각하면 당신들은 거기에 상당히 근접해 있습니다."

세 외눈박이들은 서로 팔꿈치로 툭툭 치면서 킥킥거렸다.

"공간이동이라고요!"

고피드는 다시 숨을 몰아쉬다 재채기를 했다.

나는 왜 이 기분 나쁜 난쟁이들이 계속해서 웃어대는지 도무지 알 수 없었다. 아마 그것이 그들의 독특한 유머 방식인 듯했다.

"그래서 어쨌거나 우리는 무시무시한 부흐링 족의 신화가 어디서든 계속 이야기되도록 부채질합니다." 단첼로트가 이야기의 실마리를 이었다. "만약 당신도 언젠가 우리와 헤어지게 되면, 이곳에 와서 보니 우리가 동족끼리 산 채로 잡아먹기도 한다고 사방에 퍼뜨려주면 고맙겠습니다. 아니면 우리의 몸집이 오 미터나 되고 이빨은 큰 낫만큼 길다고 말하든가요."

나는 레겐샤인이 쓴 부흐링 족 이야기가 생각났다. 그는 그런 이

야기를 그의 책에다 썼고 무시무시한 부흐링 족 신화를 퍼뜨렸다. 내가 막 난쟁이들에게 혹시 레겐샤인이라는 이름을 들어봤느냐고 물으려 할 때 우리는 이미 거대한 기계 앞에 와 있었다.

"최초의 부흐링 족이 이 가죽 동굴 안으로 왔을 때." 고피드가 설명했다. "모든 게 먼지투성이였고 해충투성이였으며, 이 기계는 움직이지 않았습니다. 녹슨 난쟁이들은 아마도 이미 수백 년 전에 멸종되었던 것 같습니다. 그러나 그때 우리는 이 기계의 지레와 톱니바퀴들을 발견하고 거기에 매달려 만지작거리자 갑자기 기계가 다시 작동하기 시작했습니다. 그 후 우리는 이것을 관리하고 규칙적으로 기름을 칠해주면서 계속 작동시키고 있습니다."

"이건 무슨 기능을 하는 겁니까?" 내가 물었다.

세 명의 부흐링들은 서로 무슨 모의라도 하듯이 쳐다보았다.

"그건 때가 되면 설명해주지요." 골고가 비밀스럽게 말했다. "현재는 도서실로 사용하고 있습니다. 서가들이 끊임없이 움직이고 있어

서 좀 신경이 쓰입니다만, 그래야 우리 컨디션이 좋습니다."

나는 움직이는 통로들 위에서 부흐링 족이 서가들 뒤를 따라 부지런히 오가며 책들을 서가에 채워 넣거나 비우거나 하는 것을 보았다. 계속 반복해서 녹슨 서가들은 서로 겹쳐지거나 다시 뒤로 물러나면서 기계 속으로 사라지곤 했다. 그 움직이는 책들을 바라보고 있자니 머리가 어지러웠다.

"때로 저 서가들은 며칠 동안이고 기계 내부로 사라진 채로 머뭅니다. 그러다가 언젠가 다시 나타나지요." 단첼로트가 말했다. "저 기계는 자기한테 맡겨진 책은 한 권도 잃어버리지 않아요. 이리 와요, 당신에게 우리 도서실을 보여주지요."

우리는 녹슨 계단을 하나 지나 기계의 움직이는 통로 속으로 발을 옮겼다.

"계단 난간들에 붙어 있는 정교한 금속 작품들을 잘 살펴봐요!" 골고가 말했다.

나는 좀 더 자세히 들여다보았다. 내가 지나치면서 형태가 똑같은 장식물로 간주했던 것들이 실제로는 아주 작은 반(牛)부조작품들이었다.

"난간들을 더 자세히 살펴보면" 골고는 말했다. "지하묘지의 역사 전체를 알 수 있어요. 여기 이것은 붉은 책 해적들과 엘라도도 후작 사이에 벌어졌던 전투를 묘사한 것이고 저것은 유리 갱도가 무너진 역사인데, 그때 사천 명의 광산 난쟁이들이 몰살되었습니다. 그들도 모두 조각되어 있는데, 각각의 머릿속에 유리 파편이 한 개씩 박혀 있어요. 여기는 두 개미 종족들 사이에 벌어진 어마어마한 규모의 전쟁을 묘사한 겁니다. 그것이 역사적으로 증명되었는지는 모르겠습니다. 그리고 여기는 최초의 책 사냥꾼들이 미로 속으로 발을 들여놓은 역사입니다."

단첼로트는 난간의 다른 부분을 가리켰다.

"이것은 녹슨 난쟁이들의 지휘로 책 궤도를 건설하는 장면입니다. 수백 년이나 걸렸다고 하더군요. 그리고 저기에는 지하의 책 연금술사들의 회의를 조각으로 담은 것입니다."

정교한 금속 작품들은 비록 녹슬었지만 정말 정교했다. 나는 녹슨 금속으로도 저렇게 섬세하게 작업할 수 있다는 것을 몰랐다.

"녹슨 난쟁이들은 녹을 저장하는 방법을 알고 있었던 거지요. 그들이 어떻게 그것을 해냈는지는 우리한테도 여전히 수수께끼입니다." 고피드가 말했다. "그건 사실 그 자체가 모순이니까요."

"혹시 어디 그림자 제왕을 묘사해놓은 것도 있나요?"

이 말이 내게서 불쑥 튀어나왔다. 나는 지하묘지에 대해 내가 알고 있는 지식을 넘어선 무언가 묻고 싶었다.

세 난쟁이들은 걸음을 멈추더니 진지하게 나를 쳐다보았다.

"아니오." 골고는 오랫동안 침묵을 지키다 대답했다. "그림자 제왕의 모습이 어떻게 생겼는지는 아무도 모릅니다. 그러니 그의 모습을 묘사할 수도 없지요."

"그가 존재한다고 확신합니까?"

"물론입니다." 골고가 말했다. "우리는 그가 울부짖는 소리를 들어요. 여기서는 그의 울부짖는 소리가 너무나 크게 들려서 잠마저 달아날 정도입니다. 그 소리는 우리가 멋진 꿈을 꾸고 있을 때 파고들어와 그것을 악몽으로 바꿔버립니다."

"어쩌면 다른 짐승 소리일지도 모르잖아요."

"그림자 제왕의 울음소리를 한 번도 못 들어본 자는 그렇게 말할 수 있지요." 단첼로트가 연민의 목소리로 말했다. "그런 울음소리를 가진 동물은 없습니다."

"그럼 그가 어떤 족속이라고 생각하나요?"

"화제를 바꿉시다!" 골고가 명령했다. "우리는 당신한테 가죽 동굴의 아름다움을 보여주려고 여기 온 거지, 그림자 제왕에 대해서 추측하려고 온 것이 아닙니다! 여기 우리 책들을 쳐다보세요!"

아마도 그건 부흐링 족한테는 즐거운 대화 주제가 아닌 것 같았다. 나는 순순히 내 관심을 기계 속의 움직이는 서가들 속에 꽂힌 책들 쪽으로 돌렸다. 그 책들의 수가 얼마나 많은지는 말하기 어려웠다. 왜냐하면 그것들은 우리 쪽으로 왔다가 우리 곁을 스쳐 지나가거나 혹은 높이 올라가 기계 내부로 사라지거나 거기에서 다시 나타났기 때문이다. 이제야 비로소 나는 그 책들 가운데 상당수가 아주 값비싸고 귀중한 책들임을 알아볼 수 있었다. 순금이나 은으로 쌌거나 다이아몬드, 사파이어, 진주, 루비들로 제본된 책들, 수정, 상아비취로 장식한 책들이었다.

"저것들은 「황금 목록」에 적힌 책들입니까?" 내가 물었다.

"아아아, 그 빌어먹을 「황금 목록」요." 골고가 눈으로 제지했다. "우리에게는 「다이아몬드 목록」이라 부르는 우리들만의 목록이 있습니다. 가죽 동굴 안에 「황금 목록」전체를 무색하게 할 만한 책들을 갖추고 있지요."

"어떤 면에서는 우리도 역시 책 사냥꾼입니다." 고피드가 말했다. "우리들은 물론 그 전문적 살인자들과 같은 야만적 방식을 사용하지는 않지만 말입니다. 우리는 욕심이 있어서가 아니라 책을 사랑하기 때문에 그것들을 찾아 수집합니다. 마음과 이성으로 책을 찾지, 도끼와 칼을 들고 찾는 것이 아닙니다. 부자가 되기 위해서가 아니라 읽고 배우기 위해서 책을 찾는 겁니다. 그래서 우리는 더 잘 찾습니다! 더 진귀한 책들을 찾아내지요."

"그리고 가장 좋은 것은," 단첼로트가 히죽 웃으며 말했다. "책 사냥꾼들은 우리가 책을 먹어버린다고 믿는 거지요! 호호! 바보 같은 녀석들! 그 녀석들은 우리가 여기에다 책들을 보관하고 있다는 걸 까맣게 모릅니다. 그자들은 우리가 급할 때는 책을 먹으며 산다고 확신하고 있지요."

"이제 그럼……."

골고가 말하면서 시선을 땅바닥으로 던졌다. 다른 두 부흐링들은 헛기침을 했다. 그러자 잠시 동안 내가 뭐라고 해명할 수 없는 불편한 침묵의 대화가 흘렀다. 기계가 아주 조용히 움직이고 있는 것이 내 눈에 띄었다. 마치 시계장치가 돌아가듯이 부드럽게 탁탁거리는 소리만 들렸다.

"어떤 책들이 「황금 목록」에 있는 것들보다 더 가치가 있단 말인가요?" 내가 물었다.

대답을 하는 대신에 고피드는 움직이는 서가들 뒤에서 이쪽으로 달려왔다. 그는 두 손으로 책 한 권을 끄집어내더니 일그러진 얼굴에 격한 신음 소리를 내면서 마치 그것이 엄청 무거운 듯이 내 쪽으로 끌다시피 가지고 왔다. 장난으로 그러는 것 같았다. 왜냐하면 그 책은 상당히 작고 얇았기 때문이다.

"받아요……, 이걸…… 좀……." 그가 헐떡거렸다.

나는 그 책을 받아들었다. 그러다가 그 무게에 하마터면 땅으로 넘어질 뻔했다. 그것은 내가 지금까지 손으로 들어본 책들 가운데 가장 무거운 것이었다.

골고와 단첼로트는 히죽거렸다.

"차라리 내려놔요." 골고가 말했다. "어디가 부러지기 전에 말입니다. 그것이 바로 무거운 책이랍니다."

나는 그 무거운 물건을 녹슨 금속 위에다 놓았다.

"책이 그렇게 무거운데 그들이 어떻게 그걸 구했는지 정말 알 수가 없습니다." 고피드가 말했다. "한 페이지가, 말하자면 폰테베크의 전집만큼 무겁지요. 책장들은 넘기는 일만으로도 당신은 근육통에 걸릴 수 있어요. 그들은 이 책 종이를 연금술을 사용해 엄청난 원자 질량을 지닌 물질과 혼합한 게 틀림없어요. 그처럼 사용하기 힘든 책이 출판된 적은 없습니다. 들기 무거울 뿐 아니라 읽기도 무척 어렵지요."

그는 힘겹게 첫 페이지를 펼쳤다. 나는 몸을 숙이고 내용을 읽었다.

보이는 세계 안에 존재하는 보이지 않는 세계, 그러나 보이는 세계가 보이지 않게 되면 보이는 세계, 그러니까 보이지 않거나 보이는 세계의 시각을 자기에게로 향하게 하는 세계를 상상하면, 보이지 않는 것이 보이게 되고, 보이는 것은 보이지 않게 될 것이다. 이 모든 것들이 보이는 세계 안에 있지만 다른 안 보이는 자에 의해서 상상되고, 보이는 자가 볼 수 없는 것에 의해서 관찰된다는 것을 전제로 할 때만 가능하다. 왜냐하면 빛이 꺼져 있기 때문이다.

"휴, 휴, 휴." 내가 말했다. "정말 어렵군요! 이해가 안 돼요."

"이것을 이해하는 자는 아무도 없습니다." 골고가 말했다. "그 이해 안 될 목적으로 이 책을 쓴 것이니까요."

"그건 오만한 짓이라고 생각됩니다." 내가 말했다. "책이란 읽기 위해 써야 한다고 봅니다."

"글쎄요!" 골고가 말했다. "우리는 여기다 정말 희귀한 책들을 수집합니다."

고피드와 단첼로트는 무거운 책을 끙끙거리면서 움직이는 서가들 중 하나에 올려놓았다.

"잠깐만요. 그 책을 원래 빼 왔던 서가에다가 꽂지 않았어요." 내가 지적했다.

"상관없습니다." 골고가 말했다. "언젠가는 다시 제자리로 돌아갈 겁니다. 책을 분류하는 것은 기계가 하는 일이지요."

"어떤 원칙에 따라서요?" 내가 물었다.

"그것을 우리도 연구하는 중입니다." 골고가 비밀스럽게 이야기했다.

"여기 이 서가에 있는 책들을 좀 봐요!" 골고가 소리쳤다.

우리는 그가 말한 움직이는 서가와 보조를 맞추기 위해 걸음을 서둘러야 했다. 나는 첫눈에 내가 전혀 모르는 재료들로 각각 다르게 제본된 수백 권의 책들을 알아보았다.

"이것들은 책 영주인 요구르 야젤라 주니어의 개인 장서입니다. 그는 자기가 애호하던 책들을 모두 짐승가죽으로 각각 한 부씩만 제본하게 했습니다. 그러니 물론 그 제본된 것들 외에는 없지요. 저것은 우부판트라는 동물가죽으로 제본한 겁니다. 이것은 고고라는 동물가죽으로 제본한 것이고요. 저기 저것은 붉은 털 양가죽으로 싼 것입니다. 저것들은 푸른 황금부리 깃털로 싼 겁니다. 이것은 박쥐 가죽이고요."

"정말 야만적이군요." 나는 발끈해서 외쳤다.

"야만적이면서 동시에 퇴폐적입니다." 골고가 말했다. "특히 요구르 야젤라가 글을 읽을 줄도 몰랐다는 것을 감안하면 말입니다. 그러나 당신은 이 책들이 부흐하임의 고서점에서 어떤 일을 초래할 거라고 생각합니까? 특히 그 책들 속의 종이들은 압착시킨 상아비취로 만든 것입니다."

생각할 수 없는 일이었다! 그런 책들에 비하면 「황금 목록」에 있는 책들은 사실 아무것도 아니었다. 나는 놀란 표정으로 움직이는 서가들을 따라 걸음을 옮겼다.

"하지만 이건 아무것도 아닙니다." 골고가 말했다. "여기, 이걸 좀 봐요."

그는 작고 별로 눈에 안 띄는 책을 한 권 집어 들어 나한테 내밀었다.

"이것을 비스듬히 들어야 해요. 그러면 더 낫습니다."

고피드와 단첼로트는 기분 나쁘게 숨을 몰아쉬었다. 나는 그들이 원하는 방식으로 책을 펼쳤다.

소스라치게 놀란 나는 책을 떨어뜨렸다. 책이 나를 노려보고 있었다! 골고는 책을 다시 집어 들었다. 그 사이 고피드와 단첼로트는 어린 애처럼 킥킥 웃었다.

"장난쳐서 미안합니다." 골고는 히죽 웃었다. "살아 있는 책입니다. 이 서가에 들어 있는 모든 책들은 각각의 방식으로 살아 있습니다. 자세히 보십시오!"

이번에는 움직이는 기계가 마치 우리가 어떤 내용물에 몰두할지 미리 알고 있다는 듯이 그 내용물이 들어 있는 서가를 바로 내 앞으로 옮겨와 멈춰 섰다. 나는 더 가까이 다가섰다.

잠깐, 내가 제대로 본 것일까? 이 책들은 정말 움직이는 것 같았다! 나는 눈을 깜박이고 비빈 다음 다시 들여다보았다. 그런데 이런 맙소사, 내 감각이 잘못 된 게 아니었다. 책들은 움직이고 있었다! 눈에 띄게 많이 움직이지는 않았지만 나는 책들이 마치 숨 쉬는 듯

이 책의 등 부분이 가볍게 올라갔다 내려갔다 하는 것을 분명히 보았다. 내 안의 뭔가가 그것들은 낯선 동물들이라 물지 어떨지 알지 못하니 만지지 말라고 거부했다.

"쓰다듬어도 괜찮아요." 골고가 말했다. "아무렇지 않습니다."

조심스럽게 나는 책등을 쓰다듬었다. 따스하고 육질 느낌이 났으며 내가 만지자 가볍게 떨었다. 우선은 그 정도 신체 접촉으로도 내게 충분했다. 나는 서가에서 물러났다.

"지하묘지 안에는 아직도 이런 책들이 발견됩니다." 단첼로트가 말했다. "수백 년도 더 된 것들입니다. 우리가 추측하기로 책 연금술사들이 실험하다 실패한 책들 같아요. 책들에 생명을 불어넣었던 초기 실험들이지요."

골고는 한숨을 쉬었다.

"왜 그것들을 미로 속에 집어던져버렸는지 이해할 수 없습니다. 심지어 운하임의 쓰레기장에다 곧장 던져버린 것 같아요. 아니면 혹시 책 연금술사들은 실험을 하다가 다른 결과를 만들어낸 건지도 모릅니다."

살아 있는 책들이라니! 믿기지 않았다. 부흐링들 말이 옳았다. 「황금 목록」은 그들이 갖고 있는 보물들에 비하면 아무것도 아니었다.

"이 책들을 운하임에서 끌어내온 자들이라면," 내가 말했다. "강인한 난쟁이들이었던 게 분명하군요."

"그렇다고 말할 수 있겠지요!" 고피드가 외쳤다. "이런 책들이 지하묘지 내에서 계속해서 진화했다는 소문도 있습니다. 심지어 날아다니며 무는 위험한 것들도 있다고 합니다. 그런 것들은 위험한 책들과 짝을 이루고 있는 거지요."

"그림자의 성 안에 그런 책들이 있다고 합니다." 단첼로트가 말했다. "돌아다니는 소문에 의하면……."

"이제 그런 고리타분한 얘기는 끝내!" 골고가 크게 소리를 질렀다. "손님에게 도서실을 보여주려는 거지, 괴담을 얘기하려는 것이 아니잖아."

"살아 있는 책들은 무엇을 먹고 삽니까?" 내가 물었다. "어떻게 먹이를 구하는 거죠?"

"내가 시간이 날 때 먹이를 줍니다." 단첼로트가 말했다. "좀벌레들을 가장 좋아하거든요."

움직이는 책 기계장치는 마치 우리가 살아 있는 책들에 충분히 오래 몰두했다고 결정을 내렸는지 우리 앞에 서 있던 서가를 위로 올라갔다가 뒤로 물러서게 한 다음 기계의 내부로 들어가게 했다. 다른 서가가 그 앞으로 밀치며 나오자 살아 있는 책들은 사라지고 말았다.

"이제······." 골고가 말했다. "당신을 무리하게 하고 싶지 않습니다. 당신은 당분간 여기에 머물러도 좋아요. 당신한테 우리 도서실을 보여줄 시간은 많이 있으니까 오늘은 이 정도로 해둡시다."

그는 난간으로 가더니 밑으로 가죽 동굴을 내려다보았다.

"당신은 우리에 대해 많은 걸 알고 있습니다." 그가 계속해서 말했다. 그리고 그의 목소리는 엄숙한 어조를 띠었다. "이제 당신이 우리 동족을 알게 될 시간이 되었습니다. 부흐링 족의 역사상 부흐링이 아닌 자에게 이런 영예가 주어진 것은 이번이 두 번째입니다. 고피드, 단첼로트, 다른 동료들한테 가서 오름을 하니까 모두 모이라고 알리게!"

오름에 취하기

오름을 하니까 모이라고? 혹시 이들 종족에게 오래전부터 내려온 무슨 의식을 치르려는 건가? 오름에 대해 전해온 무슨 신앙과 관련이 있는 걸까? 아니면 부흐링 족의 언어에서 혹시 '식사'를 뜻하는 말로 그들은 이제 함께 모여 나를 먹어 치우겠다는 것일까? 스마이크, 하르펜슈톡, 사형수 호그노 등 나는 최근에 너무나 놀라운 일을 많이 겪어서 그 누구도 믿을 수가 없었다.

단첼로트와 고피드는 이리저리 돌아다니면서 부흐링들 사이에 소식을 전했다. 그들의 동족은 그 소식을 계속 전해 마치 들불처럼 빠르게 가죽 동굴 안으로 퍼져나갔다. 그러자 불과 몇 분 만에 혼란스러웠던 목소리들과 메아리가 하나의 외침으로 통일되었다.

"오름을 하러 가자! 오름을 하러!"

나는 용기를 다 끌어 모아서 골고에게 물어보았다.

"대체 뭡니까? 이거, 에, 오름을 한다는 것이오?"

"오래된 야만인들의 의식으로 너를 잡아먹기 전에 너의 살아 있는 몸에서 살갗을 벗겨내는 일이다." 골고가 대답했다. "너도 알다시피, 그래, 우리는 외눈박이 괴물들이거든."

나는 뒤로 물러섰다. 내 다리들이 휘청거렸다.

"그냥 농담이었습니다. 당신도 차모니아의 문학사에 대해 잘 알고 있지요?" 골고가 히죽거렸다.

나는 진정하려고 애썼다. 부흐링들의 유머는 내 신경을 괴롭혔다.

"예, 그래요." 내가 말했다. "나에게는 좋은 대부시인이 계셨습니다."

"그렇다면 재미있을 겁니다. 조심해요. 우리는 지금부터 당신한테 모든 부흐링 족을 그들이 지닌 작가들의 이름에 따라 소개할 것입니다. 그게 전부입니다, 알겠지요?"

"물론입니다."

내가 말했다. 그러나 그가 무엇을 하려는지 전혀 알 수 없었다.

"하지만 그렇게 해봤자 아무 재미도 없을 겁니다. 내일이면 당신은 그 이름들을 다시 잊어버릴 테니까요. 아니면 이름들을 혼동해버리겠지요, 안 그래요?"

"물론입니다."

"그래서 이제부터 당신 앞으로 한 명씩 나오게 하겠습니다. 그러면 당신은 그들의 이름을 각각 알아맞혀야 합니다."

"뭐요?"

"그런 식으로 하면 당신은 그 이름들을 훨씬 잘 기억할 겁니다.

나를 믿어요! 이렇게 하면 됩니다. 개개의 부흐링들은 자기 이름을 가진 작가의 전집 가운데서 눈에 띄는 대목을 하나씩 골랐습니다. 작가가 글을 쓸 때 특히 오름이 지속적으로 그의 몸속을 통과했다고 믿어지는 그런 대목을 말입니다. 그래서 그런 구절을 읊을 겁니다. 만약 당신이 차모니아 문학을 잘 알고 있다면 그렇게 어렵지 않을 겁니다. 그러나 만약 당신이 차모니아 문학을 잘 모른다면 당신은 영원히 웃음거리가 되고 말겠지요. 그것을 우리는 '오름을 한다'고 부릅니다."

나는 침을 꿀꺽 삼켰다. 맙소사! 나는 차모니아 문학에 얼마나 정통하지? 여기서는 어떤 기준이 적용되는 것일까?

"당신한테 경고하지 않을 수 없군요." 골고가 중얼거렸다. "어떤 자들은 자기들의 책에서 적당한 대목을 찾아내는 데 정말 이상한 기준을 갖고 있습니다. 자기 이름을 알아맞히기 어렵게 하려고 일부러 별난 대목을 선택하는 게 아닌가 하는 의심이 들 때도 있으니까요."

나는 또다시 침을 꼴깍 삼켰다.

"그냥 간단하게 서로의 이름을 말하기로 하죠. 그게 괜찮지 않나요?" 내가 제안했다. "나는 이름을 상당히 잘 기억하거든요."

그러나 골고는 이미 내게서 몸을 돌리고는 우렁찬 소리로 외쳤다. "오름을 하러 와요! 오름을 하러! 모두 오름을 하러 모이시오!"

그러더니 그는 나를 기계 아래로 데려갔다. 거기에서 내 주위로 부흐링 족이 모여들더니 커다란 원을 만들었다. 거기서 빠져나가는 것은 불가능했다. 그리고 이제 그들은 뻔뻔스럽게도 나를 뚫어져라 응시했다. 번뜩이며 꿰뚫어보는 듯한 외눈박이 눈들이 거리낌없이 나를 노려보았다. 나는 마치 벌거벗긴 채 현미경 아래에 놓여 있는 느낌이었다. 그들이 외치던 소리는 점점 줄어들더니 이제는 침묵의 긴장감이 흘렀다.

"이자는, 친애하는 부흐링 족이여!" 골고가 침묵의 한가운데다 대고 소리쳤다. "힐데군스트 폰 미텐메츠입니다. 그는 린트부름 요새에

사는 주민으로 초보 작가입니다."

중얼거리는 소리가 무리 속으로 퍼졌다.

"그는 부흐하임 주민들에 의해 원하지 않았는데도 지하묘지 안으로 끌려와 거기서 길을 잃었습니다. 그를 죽음으로부터 구하기 위해서 고피드와 단첼로트 그리고 부족한 제가……."

골고는 말하다 말고 잠시 쉬었다. 아마도 '부족한'이라는 말을 좀 더 강조하기 위해서인 듯싶었지만 무리들은 전혀 반응하지 않았다.

"에, 그래서 저는 그를 당분간 우리 공동체 안에 받아들이기로 결정했습니다."

정중한 갈채 소리가 났다.

"그래서 며칠 동안 우리 공동체 안에 진정한 작가를 한 명 더 두게 되었습니다. 비록 그는 아직 아무것도 출판하지 않았지만 말입니다. 그러나 우리는 그것이 그저 시간문제라는 것을 압니다. 그는 린트부름 요새 출신이니까요. 작가가 되는 것은 그의 손에 달렸습니다. 그래요, 아마 우리는 그가 경력을 쌓는 데 조금 기여할 수 있을 겁니다."

"당신은 해낼 거예요!" 한 부흐링이 소리쳤다.

"그래요, 제기랄." 다른 한 명이 외쳤다. "그냥 쓰라고. 나머지는 저절로 따라올 테니까!"

"먹기 시작하면 입맛도 생긴다니까!" 맨 뒤에 있던 누군가가 소리쳤다.

그 상황이 나는 조금 불쾌했다. 그냥 그 빌어먹을 오름을 시작할 수는 없는 걸까?

"좋습니다." 골고가 외쳤다. "이제 우리는 그의 이름을 압니다. 힐데군스트 폰 미텐메츠입니다! 그가 훗날 수많은 책들의 표지에 그의 이름을 찬란하게 과시하기를 바랍니다!"

"과시하기를 바랍니다!"

"하지만……." 골고는 잠시 호흡을 가다듬고 극적으로 과장된 소리를 내어 외쳤다. "그가 우리의 이름을 알고 있습니까?"

"아니오!" 부흐링들이 소리쳤다.

"그렇다면 우리는 무엇을 할 수 있습니까?"

"오름을요! 오름! 오름!"

그들 집단은 거칠고 굵은 소리로 마구 외쳐댔다.

골고는 그 외침소리를 멎게 하려고 명령적인 동작을 취했다.

"첫 번째 동료 나오시오!" 골고가 명령했다.

나는 신경질적으로 옷을 잔뜩 오므렸다. 몸집이 작고 누르스름한 부흐링이 내 앞으로 걸어 나왔다.

그는 헛기침을 하더니 떨리는 목소리로 낭송했다.

화재의 경종이 날카롭게 울리듯이……
완고하게 울리듯이!
어떤 슈렉스의 전설이 이제 그 소란을 널리 알리는가!
밤의 놀란 귀 속으로
얼마나 끔찍한 일을 전했는가!
더 이상 그것은 말할 수 없다, 아니,
오직 홀로 여전히 비명만 지를 수 있다, 비명만을!

잠깐, 잠깐만, 그건 내가 아는 시였다! 이 시의 리듬은 의심의 여지없이 한때 차모니아의 우울한 서정시의 대작이었다. 그것은, 그것은……

"당신은 페를라 라 가데온입니다!" 나는 소리쳤다. "그것은 「부흐하임의 화재」입니다! 대작이에요!"

"빌어먹을!" 부흐링이 욕을 퍼부었다. "좀 덜 대중적인 시를 외울 걸 그랬군!"

그렇게 말하면서도 그는 내가 자기의 이름을 곧바로 알아챈 것이 자랑스러운 모양이었다. 다른 부흐링들도 예의 바르게 박수갈채를 보냈다.

"좀 쉬웠습니다." 내가 말했다.

"다음!"

골고가 외쳤다.

피부가 녹색에다 눈물샘이 두툼한 부흐링 하나가 앞으로 나서더니 우울한 눈빛으로 나를 쳐다보았다. 그러더니 그는 가늘고 나약한 목소리로 말했다.

최후의 열매들에게 무르익도록 명령하라
그들에게 남국의 날을 이틀 더 주어라
그것들이 무르익도록 재촉하고
최후의 달콤함을 무거운 포도송이들 속에 주입하여라.

흠, 포도라. 포도주의 시였다. 그냥 어떤 포도주의 시가 아니었다. 특별한 포도주의 시였다. 바로 그 포도주의 시, 그렇다. 「혜성포도주의 시」, 바로 그 잔인한 기자르드 폰 울포의 이야기를 주제화한 시였다. 그리고 그 시를 쓴 자는 다름 아닌……

"알리 아리아 에크미르너!" 내가 소리쳤다. "그것은 「혜성포도주의 시」 가운데 두 번째 연(聯)입니다!"

에크미르너라는 자는 몸을 숙이더니 묵묵히 뒤로 물러났다. 우레 같은 박수 소리가 울렸다.

"다음!"

내가 골고보다 앞서 말했다. 나의 자의식은 커졌다. 여기서 오름을 하는 것이 재미있어지기 시작했다.

자줏빛 피부색의 부흐링이 엄숙한 걸음으로 군중 속에서 앞으로 걸어 나왔다. 그는 깊이 숨을 들이쉬더니 팔을 펼치고는 읊었다.

오!

그가 이어 미처 한마디 더 하기도 전에 나는 손가락으로 그를 가리키면서 탄식의 목소리로 외쳤다.

"될러리히 히른피들러!"

바로 그랬다. 될러리히 히른피들러는 그의 두 번째 시마다 "오!"라는 말로 시작하는 것으로 유명했다. 그러나 그것은 오만하게 되는 대로 쏟아 뱉은 말이었다. 많은 작가들이 사실 그렇게 했다. 그러나 당황스럽게도 그 부흐링은 수줍게 머리를 끄덕이더니 그 자리에서 비껴났다. 적중이었다! 그는 될러리히 히른피들러였으며, 나는 단 하나의 글자만 듣고도 정확하게 맞힌 것이다! 웅성거리는 소리가 부흐링들 속에서 흘러나왔다. 그리고 그중 몇 명은 인정한다는 듯이 이빨을 빠드득거렸다.

"다음!"

골고가 외쳤다.

물기 젖은 붉은 눈에 색소결핍증 환자 같아 보이는 부흐링이 앞으로 나섰다. 그는 말했다.

그리고 가물거리는 불빛을 나는 봤다. 보리수 사이로
흘러나오는 흐릿한 빛을. 나뭇가지들 사이로 나무가
그것을 강인한 개똥벌레처럼 지탱하고 있는 듯 보였다.
그것은 마치 꿈속의 얼굴처럼 희미해 보였으나
나는 알았다. 그것은 방황하는 빛이었으니,
내 마지막 순간의 종이 울린 것이다.

아, 이런 맙소사…… 자노테 폰 뤼펠-오스텐트로군! 단첼로트 대
부는 이 반미치광이 플로린트 출신 여류시인의 공포 시들을 갖고 며
칠 밤 동안 나를 잠 못 이루게 했다. 여기 이 「공동묘지의 습지를 헤
매는 빛」을 나는 지금도 전부 다 암기할 수 있었다.

그렇지만 이번에는 좀 긴장을 풀고 느슨하게 하고 싶었다. 곧장 총
알을 모두 발사해버려서는 안 될 것이다. 그래서 나는 이것이 마치
특히 어려운 시인 것처럼 행동했다.

"푸우!" 나는 한숨을 쉬었다. "오, 에…… 이건 어렵군요. ……그것
은 아마도…… 아니…… 혹시 그가…… 아냐, 그는 운율시는 한 편
도 쓴 적이 없어. ……아니면 혹시…… 흠…… 잠깐요……, 이름이 하
나 생각납니다. ……아니, 두 명의 이름이에요. ……분명하지 않아요.
……거의 생각이 안 나는군요……."

부흐링들은 긴장하다 못해 한숨을 내리쉬었다.

"그래! 그래요! 이제 베일이 벗겨지는 것 같군요……그게……쥐드?
노르드인가? 아니……, 오스텐트예요! 당신은 자노테 폰 뤼펠—오스
텐트입니다! 바로 미치광이 자노테요!"

마지막 말은 내 입에서 그냥 새어 나왔다. 이름이 밝혀진 부흐링
은 기분이 상한 듯 가쁘게 숨을 쉬더니 발꿈치를 휙 돌려 군중 속

으로 사라졌다. 관중들은 홀가분해진 듯이 박수갈채를 보냈다. 나는 이마에 땀이 맺히지 않았는데도 짐짓 닦아내는 시늉을 했다.

"다음!"

골고가 소리쳤다.

몸이 땅딸막하고 연푸른색 얼굴의 부흐링이 무리 속에서 불쑥 나왔다. 몇몇 부흐링들은 그자가 내 앞에 와서 서자 뭐가 그리도 우스운지 킥킥댔다. 그가 말했다.

물고기뼈, 물고기, 물물물물물고기뼈가
놓여 있었다, 위에, 위에, 절벽 위에
어떻게 갔지, 갔지, 어떻게 갔지, 어떻게 갔지
거기로, 거기로, 거기로?

저런, 맙소사, 말더듬기 시로군. 차모니아에는 '가가이즘'이라고 하는 말더듬기 문학 운동이 있었는데, 여기서는 언어의 오류를 일종의 문체로 간주했을 뿐 아니라 본격적으로 가꾸기까지 했다. 그런 것은 사실 내 전공분야는 아니었다.

바다, 바다, 바다가, 그것이
거기로, 거기로, 거기로 휩쓸어갔다
거기 노으으여 있다. 놓여 있다, 거기 노으으여 있다
노으으여 있다. 아주 잘, 심지어 아주 잘!

푸우! 웅클 폰 호토가 말을 더듬거렸다. 보리안 도르쉬도 그랬다. 바서라크 쌍둥이들은 듀엣으로 말을 더듬거렸다. 심지어 말을 더듬거리지 않으면서도 당시의 언어오류사조에 함께 동참하고 싶어 했던 시인들이 일부러 말더듬기로 시를 쓰기도 했다.

거기로 한 마리 물고기가 왔다, 한 마리 물물물물고기가
한 명의 낚낚낚낚낚낚낚낚낚낚-
낚시 낚시 낚시 낚시 낚시꾼이
낚시질을 했다, 낚시질을 했다, 낚시질을 했다, 낚시질을 했다.
그는 잡았다, 잡았다, 그는 그것을 잡아서
가져갔다. 그가 그것을 가져갔다.

대부분의 말더듬기 시들을 쓴 작가는 T. T. 크라이슈부르스트였다. 그의 예명도 역시 그의 시들이 그렇듯이 어수룩했다. 그러나 이 시는 물론 오스카트 무르히예거 혹은 호고 도른의 시일 수도 있었다! 나는 시인의 이름을 알아맞히는 수밖에 다른 도리가 없었다.

이제 이이이이이있다, 그것은, 있다, 이제 이이있다, 그 절벽은
전혀 어어없이, 물고기들이, 물고기뼈들이
멀리, 멀리, 세, 세계의 바다 속에
아주 벌거벗은 채, 아 아 아주 벌거벗은 채로.

부흐링은 몸을 숙였다. 이제 그 빌어먹을 시는 어쨌든 그것으로 끝이었다. 아니, 아니다, 사실 나는 이 창피스러운 말더듬기 시를 누가 지은 것인지 전혀 알 수 없었다. 나는 그냥 가장 대중들한테 인기 있는 말더듬기 시인의 이름을 주워댔다.

"당신은 T. T. 크라이슈부르스트입니다!" 나는 확신에 찬 목소리

로 주장했다.

"바바바바바로 그거예요!" 부흐링이 대답했다. "위위위위위~대한 말더말더말더말더말더말더듬기 시인의 자자자자작~은 시입니다."

박수갈채, 웃음소리. 휴! 그것으로 겨우 성공이었다.

"다음!"

골고가 소리쳤다.

그런 식으로 이름 알아맞히기는 계속 이어졌다. 이드로 블로른, 괴 펠 람젤라, 파토마 헨프, 그리고 그들 이름이 무엇이든 간에 나는 하나하나 맞혀갔다. 나는 지하묘지 속에 들어온 이후 두 번째로 내 청춘 시절에 차모니아 문학에 대한 폭넓은 지식을 내게 주입해준 대부 시인에게 감사드렸다.

가죽 제본을 한 책처럼 어두운 갈색 피부의 부흐링이 내 앞으로 나오더니 이렇게 외쳤다.

가자! 린트부름 요새를 멀리 등 뒤로 하고
이제 나는 떠나간다.
자유로이 그 나라를 지나서, 그리고 내 모든 행위는
오로지, 내가 지향하는 명성을 위한 것일지니.

오호, 린트부름 요새의 시로군. 이거야말로 좀 더 쉬운 문제가 아 닌가? 나는 금방 생각이 나지 않았지만, 그러나 우리 요새에서 쓴 것이라면 물론 뭐든지 다 알고 있었다.

유명해지는 것! 그렇게 나는 되련다. 그리고
대중을 위한 시인이

알록달록한 개처럼 유명해져
모든 계층을 위한 시인이 되련다!

잠깐만! 나는 그 시인을 개인적으로도 알고 있었다. 그는 나한테
언젠가 이 시구를 직접 낭독해준 적이 있었다. 그래, 맞다! 그것은
오비디오스 폰 베르스슐라이퍼가 린트부름 요새를 떠날 때 쓴 이별
의 시였다. 그는 이것을 린트부름 요새 전체 주민들 앞에서 부흐하
임으로 가서 찬사받는 작가로 성공하겠다며 매우 확신에 찬 목소리
로 낭독했다. 그 당시만 해도 나는 그를 잊혀진 시인들의 공동묘지
의 구덩이에서 다시 보게 되리라고는 꿈에도 생각하지 못했다.

부흐하임 ── 꿈꾸는 책들의 도시 그리고
너, 부유한 시인들의 장소
너와 더불어 나는 삶의 맹약을 하나니
운명이여 내 심판관이 되어라!

그 뒤로 일흔일곱 연이 계속 이어지게 되어 있었다. 그것들은 자유
로운 시인의 삶이 누리는 온갖 기쁨과, 젊은 작가들이 의심의 여지
없이 부흐하임에서 기대하는 명성의 단 열매를 노래하고 있었다. 하
지만 나는 그 부분은 앞에 나와 있는 부흐링과 그의 동족에게는 말
하고 싶지 않았다. 그래서 대신 이렇게 말했다.

"오비디오스 폰 베르스슐라이퍼입니다."

"그래요, 이것은 쉬웠지요." 부흐링이 히죽 웃었다. "당신이 그를
알 거라고 나는 확신했어요. 당신은 확실히 베르스슐라이퍼에 대해
나보다 더 많이 알고 있을 겁니다. 어쩌면 당신은 그가 왜 그토록 오

랫동안 작품을 출판하지 않고 있는지 말해줄 수 있겠지요. 그는 더 위대한 작품을 집필하고 있는 건가요?"

이 가련한 자는 평생을 오비디오스 폰 베르스슐라이퍼에 몰두하고 있었다. 그의 얼굴에 대고 그 시인에게서는 관광객을 위해 써주는 즉흥시 외에는 더 이상 아무것도 기대할 것이 없다고 말해줘야 할까? 나는 그 말을 차마 입 밖으로 꺼내지 못했다.

"예, 그래요." 나는 말했다. "그는, 에, 은둔 상태에서 아주 위대한 작업을 진행하고 있는 중입니다."

"그럴 거라고 이미 생각했어요." 부흐링이 말했다. "그는 앞으로 훨씬 더 위대해질 겁니다."

"다음!"

골고는 재촉했다.

돌 같은 회색 피부에 몸이 깡마른 부흐링이 나오더니 읊었다.

깊고, 춥고, 텅 빈 곳
그림자 위에 그림자들이 겹치는 곳
오래된 책들이 아직 나무였던 시절을
석탄이 다이아몬드를 낳던 때를
빛도 은총도 모르던 때를
꿈꾸는 곳
그곳이 바로 그림자 제왕이라 불리는
정령이 다스리는 곳이다.

이번에는 내가 제대로 걸린 것 같았다. 그것은 내가 모르는 시였다. 그림자 제왕에 대해서 다루고 있는 시임에는 분명했지만, 나는

357

이런 이미지에 몰두했던 작가로 콜로포니우스 레겐샤인 외에는 아는 이가 없었다. 하지만 그는 시를 쓴 적이 없었다.

그러니 알아맞혀본들 아무 의미가 없었다. 내가 알지 못하는 수백 명의 작가들 중 하나일 수도 있었다. 나는 항복했다.

"모르겠습니다." 내가 말했다. "당신의 이름을 모르겠습니다. 이름이 뭡니까?"

"콜로포니우스 레겐샤인입니다." 부흐링이 대답했다.

"그럴 리가 없습니다. 레겐샤인은 오직 책 한 권밖에 쓰지 않았어요. 『부흐하임의 지하묘지』 말입니다. 얼마 전에 그 책을 읽었는데 거기에는 단 한 편의 시도 들어 있지 않았습니다."

"레겐샤인은 다른 책도 썼습니다." 부흐링이 말했다. "그 제목은 『그림자 제왕』이며 이 시로 시작됩니다."

군중은 동요했다.

"어떻게 그럴 수가 있습니까?" 내가 물었다. "레겐샤인은 사라졌는데요."

부흐링은 그냥 입을 삐죽거리며 웃었다.

"불공평해요!" 군중 속에서 누군가가 외쳤다.

"그래, 꺼져버려, 콜로!" 다른 부흐링이 소리쳤다. "그가 그것을 알 리 없잖아."

"꺼지라고!"

나는 당혹스러웠다. 혼란스런 목소리들이 일어났다. 부흐링의 무리 속에서 움직임이 일어났다. 그리고 자기가 레겐샤인이라고 주장했던 자는 군중 속으로 사라지고 말았다.

골고가 한마디했다.

"오름은 끝났습니다!" 그가 소리쳤다. "오늘의 오름은 이것으로 끝

입니다! 우리 손님은 참으로 열심히 응해줬습니다. 그가 좀 쉴 수 있
도록 해줘야겠습니다."

부흐링들은 그 말에 동의한다는 듯이 웅성거렸다.

"내일 계속해서 오름을 할 겁니다. 누구나 나설 수 있습니다. 이제
여러분, 조용히 하십시오!"

나는 골고에게 다가갔다.

"방금 저자가 뭐라고 한 겁니까?" 내가 물었다. "레겐샤인이 정말
로 다른 책을 썼단 말입니까?"

"따라와요!" 골고는 물음에 대꾸하지 않고 성급하게 말했다. "우리
들의 거처를 보여주지요. 그리고 당신의 숙소도요. 당신은 지쳤을 겁
니다."

ΨΘ
외눈박이들의 음악

골고는 나를 가죽 동굴로부터 옆으로 샛길이 난 통로들 가운데
하나로 데리고 갔다. 우리들 주위에서 득실거리던 부흐링들은 더 이
상 나한테 신경 쓰지 않는 듯했다. 나는 아마 그들의 수용의식이 다
끝나기도 전에 이미 통과된 듯이 보였다. 그럼에도 불구하고 내가 마
치 어느 개미들의 성채 안으로 들어온 말벌 같다는 생각이 들었다.
나는 부흐링들보다 키가 배는 컸기 때문에 터널의 천장에 머리를 부
딪히지 않기 위해서 머리를 움츠려야만 했다.

그곳도 가죽 동굴처럼 벽들이 책 표지들로 발라져 있었으므로 나

는 그 표지들의 제목을 몇 개 읽어보려고 했다. 그러나 모두 내가 해독할 수 없는 글자였다.

"그래요." 나를 관찰하고 있던 골고가 말했다. "사실 여기 있는 모든 책들에는 유감이지만 이것들은 당대에는 아마도 싸구려 책, 쓰레기였을 겁니다. 이것들은 우리가 모르는 문화의 증인들이지요. 책이란 무상한 것입니다."

"우리들 모두가 그런 것 아닌가요?" 나는 별로 재치 없게 말했다.

"우리는 아닙니다." 골고는 말했다.

"그게 무슨 말입니까?"

"그래요. 나는 우리 부흐링 족이 죽지 않는다고 주장하고 싶지는 않습니다. 하지만 적어도 우리들 가운데 자연적인 죽음을 맞이한 자는 아직껏 아무도 없었습니다. 부흐링들이 사망한 몇 건의 사건들이 있었습니다만 어떤 질병이나 쇠약해지는 증세 때문은 아니라고 생각합니다."

"사실입니까? 그러면 당신들은 어디서 왔습니까? 내 말은, 어떻게……."

골고는 신경질적으로 눈을 실룩거렸다.

"그건 말씀드릴 수 없습니다." 그가 말했다. "아무튼 아직은 안 됩니다."

나는 통로로부터 작은 거주 동굴들이 많이 퍼져나가 있는 것을 보았다. 그리고 동굴마다 부흐링들이 거주하고 있었으며, 책 표지들로 발라져 있었다. 동굴 속마다 적어도 한 개씩의 서가가 있고 두꺼운 모피로 된 잠자리가 있었다. 그 모든 것이 촛불의 온기 어린 빛을 받고 있었다.

"해파리빛은 독서하는 데 적합하지 않아요." 골고는 내 생각을 읽기라도 한 듯이 말했다. "그것은 사냥하거나 살해하고 싶은 기분 나쁜 분위기를 조성하거든요. 우리는 발광해파리를 거부합니다. 그것들은 마치 해충처럼 번식해서 언젠가는 분명 지하묘지 내에서 세력을 장악할지도 모릅니다. 우리는 가죽 동굴 안으로 감히 기어들려고 하는 해파리는 모두 다 쫓아냅니다. 촛불은 안정감을 주지요. 우리는 양초 제조공장을 운영하고 있습니다. 당신은 종이 애벌레로 멋진 양초를 구워낼 수 있다는 것을 알고 있었습니까?"

"아뇨, 몰랐습니다." 내가 말했다.

촛불의 안정적인 효과를 나는 물론 확인할 수 있었다. 내가 부흐링 족의 영역으로 발을 들여놓은 이후로 지하묘지가 내게 지속적으로 주었던 가슴 조이는 불안감이 가셨기 때문이다.

"부흐링 족의 동굴은 독자적으로 꾸며져 있습니다. 물론 주로 자기가 완전히 외우는 작가의 책들로요."

우리는 걸음을 멈추고 어느 동굴 속을 들여다보았다. 몸집이 작고 뚱뚱한 부흐링이 기분 좋게 그의 모피 침대 위에 누워서 책을 읽고 있었다. 벽들에는 손으로 쓴 원고들과 그림들이 핀으로 고정되어 있었다. 나는 그림 속 시인의 초상을 곧 알아보았다.

"어이, 우고르." 골고가 말했다. "내 생각에 자네는 오름에 참석할 필요가 없을 것 같군. 힐데군스트가 자네를 알고 있는 거 같네."

"당신의 이름은 우고르 보히티로군요." 내가 말했다. "『미드가르드 설화』를 썼지요."

"그랬더라면 좋겠지요." 우고르가 말했다. "나는 그것을 그냥 외우고 있을 뿐입니다. 하지만 아쉽군요. 나는 정말로 알아맞히기 어려운 대목을 준비했는데요."

우리는 계속 걸어갔다. 통로들은 이제 거의 비어 있었고, 모두가 그들의 주거 동굴 속으로 기어들어가 독서를 하고 있었다.

"도대체 왜 저런 일을 합니까?" 내 입에서 이 말이 불쑥 튀어나왔다.

"뭘요?"

"암기하는 것 말입니다."

골고는 이해하지 못하겠다는 듯이 나를 쳐다보았다.

"그건 질문이 아닙니다. 진짜 질문은, 왜 다른 자들은 그런 일을 하지 않는가 하는 겁니다."

그것에 대해서 나는 곰곰 생각해봐야 했다. 재치 있는 대답이 떠오르지 않았다.

"여기가 당신이 거주할 동굴입니다."

골고는 말하면서 작은 굴을 가리켰다. 이 동굴 속에는 아무 책도 없고 단지 내 몸 크기의 손님을 위해 마련된 잠자리 하나만 있었다.

"가죽 동굴에서 당신이 필요한 모든 책을 빌릴 수 있습니다. 지방을 뺀 종이 애벌레들을 저녁식사로 하겠습니까?"

"아뇨, 괜찮습니다." 내가 말했다. "그냥 목이 좀 마릅니다."

"산에서 나오는 약수를 조금 가져다주겠습니다."

골고는 이렇게 말하고는 사라졌다.

그가 사라지자 나는 처음으로 허공에서 윙윙 소리가 나는 것을 감지했다. 그것은 기분 좋은 연속음으로 마치 여러 마리의 고양이들이 함께 기분 좋게 가르랑거리는 소리처럼 들렸다. 나는 밤을 보낼 내 침대를 정돈했다. 밤이라니? 지금이 낮인지 밤인지 내가 어찌 알 것인가? 상관없다! 아무튼 나는 상당히 피곤했다.

골고는 물 단지 하나를 들고 돌아왔다.

"이게 무슨 소음입니까?" 내가 물었다.

"이 윙윙거리는 소리요?" 골고는 히죽 웃었다. "암기중인 부흐링들

의 소리입니다. 잠들기 직전에 우리들은 눈을 감고서 우리가 좋아하
는 텍스트들을 다시 한 번 머릿속으로 지나가게 합니다. 그때 우리
는 어떤 이유에선지 몰라도 가르랑거리지요. 그러고는 마침내 잠이
듭니다. 당신도 거기에 익숙해질 겁니다. 편히 주무십시오."

골고가 돌아가자 나는 물을 조금 마시고는 촛불을 끈 다음 자리
에 누웠다.

내 눈과 팔다리가 무거웠다. 그래서 그 가르랑거리는 소리는 방해
가 되지 않았다. 아니, 반대로 나를 안정시켰다. 마치 부드럽게 부서
지는 파도처럼 가까워졌다 멀어지고 멀어졌다 가까워졌다. 그것은
부흐링 족의 음악이었다. 꿈의 문학이 기분 좋게 파도처럼 부서지는
소리로 나를 부드럽게 잠들도록 노래를 불러주고 있었다.

Ψ6
경이로운 방

다음 날 아침 골고가 내게 접대한 아침 식사를 목으로 넘기는 데
약간의 고통을 감수해야만 했다. 벽난로에 구운 책 좀벌레들이었지
만, 그동안 내가 겪어야 했던 배고픔이 얼마나 컸던지 스핑크스의
날고기라도 먹어 치울 것만 같았다. 입속에서 사각거리는 그 벌레들
은 그래도 맛은 그리 나쁘지 않았다.

"오늘은 당신에게 우리 왕국의 다른 구역들을 보여주겠습니다."
골고는 우리가 잠자리 동굴을 떠나자 알려주었다. "말해두지만 단지
가죽 동굴에만 국한되지는 않아요, 젊은이."

부흐링 족은 벌써부터 다시 부지런히 그들의 일과를 시작하느라 통로들을 채우고 있었다. 책들이 운반되고, 촛불들은 다른 촛불들로 바뀌고, 낭송과 박수갈채가 나오고, 노래들이 울려 퍼졌다. 여기서는 고요함이라는 것에 대해서 집단적인 거부감을 갖고 있는 듯했다. 그것은 미로 속에서 무덤들의 고요함을 겪고 난 내게는 완전한 기분 전환이었다. 나는 세 명의 부흐링들이 그들의 왕국으로 기어들어온 발광해파리 한 마리를 끌고 나가면서 욕을 퍼붓는 것을 보았다. 내게는 아무도 더 이상 주목하지 않았다. 그래서 나는 마치 하룻밤 사이에 벌써 그들의 일원이 된 것 같았다.

"오름은 나중에 계속할 겁니다." 골고가 말했다. "당신에게 먼저 우리의 문서실을 보여주지요. 다시 말하면 우리는 그냥 책만 수집하는 것이 아니라, 여기 아래로 들어온 것 중 어떤 식으로든 문학과 관련 있는 것은 뭐든 수집합니다. 문학이란 종이로만 이루어진 것이 아니

라는 걸 아십니까? 그것은 삶의 모든 양상들과 관련돼 있습니다."

"그런 말은 당신이 안 했는데요."

"문학은 일반적으로 생각하는 것보다 훨씬 더 많은 삶을 꿰뚫지요. 우리에게는 그런 경향이 훨씬 더 강합니다."

"어떤 점에서요?"

"모든 점에서요. 부흐링들은 언젠가는 그들이 전부 암기한 작가들의 성격을 띠게 됩니다. 그것은 피할 수 없지요. 우리들의 운명이니까요. 원래 우리는 빈 백지처럼 아무런 독자적인 성격을 갖추지 않고 태어났습니다. 그렇기 때문에 우리는 각자 선택한 작가들의 특성을 받아들여 마침내 성격을 지니게 되는 것입니다. 하지만 항상 기분 좋은 성격들만 있는 것은 아니지요! 부흐링들은 각각 성격이 다릅니다. 우리들 가운데는 화를 잘 내는 자와 소심한 자들이 있는가 하면, 허풍선이와 우울병자들도 있고, 음침한 자들과 물불을 가리지

않는 자들, 웃기는 자들, 그리고 울보들도 있습니다. 예를 들면 나는 유감스럽게도 매우 과장하고 뽐내기를 좋아합니다. 하지만 어쩌겠습니까? 폰테베크도 한때 상당히 거부감이 가는 인물이었어요. 그건 분명합니다. 저기 우리 쪽으로 걸어오는 자를 봐요. 그는 예스토트입니다."

골고가 말하는 그 부흐링의 눈에는 절망 가득한 차가운 불꽃이 이글거렸다. 그리고 그의 아랫입술은 마치 금방이라도 주체할 수 없이 훌쩍거릴 것처럼 비죽거렸다. 그는 아무 말 없이—우리 곁을 터덕터덕 지나가더니— 골고가 그에게 다정하게 인사를 하는데도 아랑곳없이 침묵을 지킨 채 어둠 속으로 사라졌다.

"보스키 예스토트 말입니까?" 내가 물었다. "그 의기소침하고 보잘것없는 책을 지은?"

"오, 당신 참 대단합니다." 골고가 말했다. "하지만 참아야 합니다. 예스토트를 자신의 작가로 선택한 저 부흐링은 자기가 정신적으로 감당해낼 수 있는 힘을 분명 지나치게 과대평가한 거지요. 그래서 이제 우리들은 정기적인 간격을 두고 그가 중독된 책을 읽지 못하도록 통제합니다. 저기 우리 앞으로 뒤뚱뒤뚱 오는 자가 보이죠? 그는 차르바니입니다."

"저 작고 뚱뚱한 자요? 그가 보노그 A. 차르바니란 말인가요?"

"맞습니다. 보세요, 그가 얼마나 절름발이처럼 걷는지를 말입니다."

나는 웃지 않을 수 없었다. 차르바니는 나태함에 관해서 뛰어난 소설을 한 권 썼다. 우리 앞으로 그 뚱보 부흐링은 정말이지 힘들게 뒤뚱거리며 걸어오고 있었다.

우리는 좀 더 큰 동굴 하나를 지나갔다. 그 안에는 수천 개의 촛불이 빛나고 있었다. 그 한가운데에는 육중한 쇠 단지가 하나 놓여 있고 그 밑에서 석탄불이 타오르고 있었다. 부흐링들은 사다리를 타고 단지의 가장자리로 올라가 큰 통에 담긴 구더기들을 그 안으로 쏟아부었고, 다른 부흐링들은 커다란 국자로 희멀건 기름기를 퍼내고 있었다. 커다란 나무 기계에서는 다른 부흐링들이 그 벌레에서 짜낸 왁스로 양초 형태를 만드는 데 여념이 없었다.

"저기가 우리의 양초공장입니다." 골고가 말했다. "독서를 하려면 불빛이 필요하지요. 특히 지하에 살고 있는 자는 더 그렇습니다. 당신도 알고 있지요. 그래요, 우리는 해파리빛을 싫어합니다."

그는 한숨을 쉬었다.

"한 번만이라도 햇빛 아래서 책을 읽을 수 있다면 얼마나 좋겠습니까. 폰테베크가 종종 묘사했듯이 봄의 푸른 초원 위에서 말입니다."

"그럼 왜 지상으로 올라가지 않나요?"

"그건 불가능합니다. 우리의 작은 허파는 신선한 공기를 마시면 위축되고 말 겁니다. 우리는 될 수 있으면 공기가 탁한 환경에서 살아야 합니다."

"사실인가요? 한번이라도 시도해봤습니까?"

"물론요. 우리는 높이 올라가면 갈수록 숨을 쉬기가 더 어려워집니다. 너무 많은 산소가 우리를 죽게 하는 거지요."

양초공장 뒤로 나 있는 좁은 통로 하나로 우리는 들어섰다. 그 안에서 부흐링 하나가 우리를 향해 다가왔다. 그는 팔에 책을 한 권 끼고 있었는데, 그것을 보자 나는 당장 『플로린트의 비도덕적인 이야기들』의 초판본임을 알 수 있었다. 그것은 너무 자주 금지되고 분서 대상이 되었기 때문에 그 책의 희귀한 원본들은 저 지상의 「황금목록」안에 실려 있었다.

"도대체 또 무슨 나쁜 것을 읽고 있는 거야?"

골고는 스쳐 지나가면서 말하고는 집게손가락을 들어올리면서 일부러 책망하는 투로 그를 위협했다.

"도덕적인 책이나 비도덕적인 책이라는 것은 없다." 그 부흐링이 대꾸했다. "책이란 잘 쓰였든가 못 쓰였든가다. 그게 전부다."

이 말을 남기고서 그는 모퉁이로 사라졌다.

골고는 입을 비죽거리며 웃었다.

"당신에게 절대 말해서는 안 됩니다. 당신은 그를 아직 오름 해보지도 않았으니까요. 하지만 우리들끼리만 있으니까 말인데." 그는 음모라도 꾸미듯이 주위를 둘러보았다. "그자는 그러니까……."

"오르카 데 빌스요!" 내가 먼저 말했다. "맞지요?"

"맞습니다." 골고가 당황해서 말했다. "오직 오르카 데 빌스만이 그처럼 잔인할 정도로 재치가 풍부하지요. 당신은 정말이지 기억력

이 대단하군요. 젊은이! 당신이야말로 딱 잘라 말해 진짜 부흐링 족
이 될 수 있는 자요. 만약 당신에게 눈이 하나 덜 있다면 말입니다."

통로들은 점점 더 커져가더니 얼마 안 가 벽은 더 이상 책 표지들
로 발라져 있지 않고 순전히 돌로만 쌓여 있었다. 거기에서 인공적
으로 조성한 작은 방들이 갈라져 나가 있었고, 그 방들 안에서는 부
흐링들이 열심히 인쇄기계를 돌리고, 손으로 책에 아교를 붙여 제본
하거나, 종이 덩이를 커다란 통 안에 넣어 젓고 있었다. 나는 또 인
쇄활자들을 납으로 주조하고 있는 몇 명의 부흐링들도 보았다.

"여기는 책 병원입니다." 골고가 설명했다. "여기서 갉아먹혔거나
일부 망가진 책들을 수선합니다. 우리는 텍스트들을 재구성하고 그
것들을 새로 인쇄하거나, 제본을 수선하기도 합니다. 책에게 고통을
주는 종류와 방식은 다양합니다. 불탄 책들, 부식되고 찢어진 책들.
어떤 것들은 총상이나 찰과상을 입은 것도 있습니다. 여기서 우리는
심지어 살아 있는 책들도 수술했습니다."

"『백조의 목에 걸린 매듭』의 마지막 장을 재구성한 것은 어디 있
습니까?" 한 부흐링이 통로에다 대고 소리를 질렀다. "그 페이지들을

곧 끼워 넣지 않으면 아교가 굳어버리고 맙니다."

"곧 가요! 곧 간다고요!"

다른 부흐링이 갓 인쇄된 책 뭉치를 손에 들고 통로를 따라 허겁지겁 달려오며 소리쳤다.

우리는 손으로 눈을 가린 채 이름들과 책 제목들을 연달아 읊고 있는 한 뚱뚱하고 창백한 부흐링 곁을 지나갔다.

"피토 폰 아이젠바르트의 『손잡이가 없는 단지』, 카로브 로토의 『모루의 뼈대』, 치트로니아 운게퀴스트의 『세 개의 입술을 가진 공주』……."

그것들은 모두 똑같은 작가가 쓴 책 제목과 소설 속 인물들이었다. 그 작가의 이름이 뭐더라? 그 이름이 내 혀에 금방이라도 떠오를 것 같았다.

"발로노 데 차헤르." 이번에는 골고가 나보다 한발 앞섰다. 그는 목소리를 낮춰 속삭이듯이 말했다. "그는 분명 너무 많이 썼어요. 가련한 자 같으니. 그는 자기가 쓴 모든 소설들을 기억해야 했기 때문에 자기 소설의 주인공들 이름을 혼동하곤 했습니다. 놀라운 일도 아니지요, 칠백여 권의 책을 한 사람이 썼으니. 그래서 그는 끊임없이 이름들과 제목들을 외우려고 파고드는 겁니다."

"페브루지아르 아우구스투스의 『나무 수프』. 카피텐 히르쉬쿠헨의 『수정 정원 안의 해적』. 에르홀 강폴프의 『잃어버린 출판원고 심사직』……."

그 부흐링은 끊임없이 이름들과 제목들을 읊어대고 있었다. 그 사이에 우리는 발꿈치를 들고 그곳에서 멀어져갔다.

"발로노 데 차헤르는 저렇게 줄곧 오름에 의해 흠뻑 젖어 있었기 때문에 사실상 쉴 새 없이 글을 써야만 했습니다." 골고가 말했다.

"그는 커피를 엄청 많이 마셨을 겁니다."

"당신은 정말로 그 오름이라는 것을 믿나요?" 나는 부드럽게 미소를 지으면서 물었다. "그 고리타분한 눈속임 마술을요?"

골고는 걸음을 멈추더니 나를 오랫동안 쳐다보았다.

"대체 몇 살입니까?" 그가 물었다.

"일흔일곱 살입니다." 내가 대답했다.

"일흔일곱이라고요?" 그가 웃었다. "청춘은 아름답지요! 좋아요, 당신이 할 수 있는 동안 그저 오름을 비웃으십시오! 그것은 신출내기들이 누릴 수 있는 권리이지요. 그렇지만 언젠가는 당신에게도 그것이 덮칠 겁니다. 오름 말입니다. 그때 가서는 당신도 그것의 위력과 아름다움을 깨달을 거예요. 내가 그 때문에 당신을 얼마나 부러워하는지 압니까! 나는 작가가 아닙니다. 그저 부흐링에 불과하지요. 나는 오얀 골고 판 폰테베크의 작품들을 직접 쓴 게 아니라 그저 암기했을 뿐입니다. 그리고 나는 그의 붓에서 쓰인 모든 것을 감정할능력도 없습니다. 이따금 폰테베크는 얼마나 서툰 것을 조합해서 쓰곤 했습니까!『현자의 돌』의 절반은 공허하게 쏟아낸 것에 불과합니다! 그가 쓴 산문들은 거의가 무용지물입니다! 그렇지만 그의 작품속에는……"

골고의 시선이 변하더니 읊기 시작했다.

모든 봉우리들 위에는
고요가 깃들어 있고,
모든 나무꼭대기들에서
그대는 거의 아무런 미풍도
느끼지 못한다.

바위들은 숲 속에서 침묵하니

기다려라, 이윽고

그대 역시 쉬게 되리니.

그것은 폰테베크가 쓴 『누른넨 숲』이라는 시로, 정말이지 대단한 것이었다. 골고는 내 겉옷자락을 잡더니 그것을 거칠게 당기면서 내게 외쳤다.

"바로 오름이에요, 이해가 됩니까? 그런 것은 오름이 몸속을 관통한 자만이 쓸 수 있단 말입니다! 아무한테나 쉽게 떠오르는 것이 아니에요! 천부적으로 부여되는 것입니다!"

그는 나를 놓았다. 나는 내 옷매무시를 가다듬었다.

"그럼 오름이 뭐라고 생각합니까?"

나는 격한 감정이 불쑥 솟구쳐 올라와 좀 당황해서 물었다.

골고는 마치 별을 바라보듯이 터널의 천장으로 시선을 던졌다.

"우주 속에는 하나의 오름이 있습니다. 위대한 예술적 착상들은 모두가 그것과 연결되어 있고 서로 마찰을 하면서 새로운 것들이 생겨납니다." 그는 이제 나직한 목소리로 말했다. "그곳의 창조적 밀도는 엄청난 것이 틀림없습니다. 그것은 음악의 바다와 순수한 영감의 강물들, 그리고 번뜩이는 정신들에 둘러싸여 움찔거리면서 생각들을 분출하는 화산들로 가득 찬 보이지 않는 천체입니다. 그것이 오름입니다. 거대하게 자신의 에너지를 흘려보내는 힘의 장(場)입니다. 그러나 모두한테 내보내는 것은 아닙니다. 오직 선택된 이들에게만 보여줍니다."

그래, 그래. 오직 믿음으로만 파악할 수 있다고 하는 이런 모든 것들은 왜 하필이면 눈에는 늘 안 보이는 거지? 전혀 존재하지 않기 때문은 아닐까? 더 나이든 작가들은 대개 오름을 믿고 있었다. 나는 예의를 지키느라 비판적인 언급을 피하기로 마음먹었다.

우리는 규모에 있어 앞서의 가죽 동굴과 거의 맞먹을 정도인 어느 동굴로 들어섰다. 다만 이 동굴의 천장은 훨씬 낮았고 종유석은 한 개도 없었다. 동굴 벽에는 어디에나 작은 벽감들이 파여 있었고 그 안에는 온갖 물건들이 가득 차 있었다. 책, 편지들, 필기도구, 상자들, 해골들……. 그러나 나는 멀리 떨어져 있어서 그 외의 것들은 알아 볼 수 없었다.

"문서실입니다." 골고가 말했다. "우리는 이곳을 경이로운 방이라고 부릅니다. 여기서 무슨 놀라운 기적 같은 것을 볼 수 있어서가 아니라, 여기 안에 들어 있는 모든 물건들에 대해서 경탄해 마지않기 때문입니다."

그는 짧게 웃음을 지었다.

"여기에다 우리가 숭배하는 작가들의 물건들 가운데 우리가 취득할 수 있는 거라면 뭐든 수집해둡니다. 동시대인들의 편지며, 서류들, 성스러운 물건들, 필사본 원고들, 예술가들이 직접 서명한 계약서들, 개인용 장서표, 머리카락이나 발톱, 의안, 목발……. 수집가들이 어떤 것들까지 소장하는지 당신은 믿지 못할 겁니다! 어떤 작가들 경우에는 해골과 뼈, 늑골도 있습니다. 우리는 심지어 어느 작가의 완전한 미라도 보관하고 있지요. 멀리서 운반해온 옷가지들이나 사용하던 필기도구들도 있고요. 안경, 확대경, 압지, 빈 포도주병 등 아주 많이 있습니다. 삽화, 스케치, 일기장, 메모장, 비평문들을 모아놓은 서류철, 팬레터들도요. 네, 그래요. 우리가 완전히 암기하는 작가들의 소유였다고 증명될 만한 것이라면 뭐든지 있습니다."

"그런 것들이 어떻게 여기로 옵니까?"

"오, 우리는 부흐하임의 지상까지 이르는 연결망을 가지고 있습니다. 미로 안에 사는 친구, 난쟁이족들이지요. 그리고 예전에는 이런 물건들 가운데 상당량이 지하에 저장되어 있었습니다. 진귀한 책들이 그렇듯이 말입니다. 물론 우리는 책 사냥꾼들을……."

골고는 말하다가 갑자기 놀란 듯이 소리를 내더니 손으로 자기 입을 탁 쳤다.

나는 그를 유심히 쳐다보았다.

"당신들은 책 사냥꾼들과 무슨 일을 하는 겁니까?"

골고는 황급히 말을 이었다.

"아, 아무것도 안 합니다! 그냥 말이 헛나갔어요. 내가 말하려던 것은, 오얀 골고 판 폰테베크의 사랑니 한 개만도 그의 서명이 들어간 초판본과 거의 같은 값어치를 지닌다는 겁니다. 에헴."

나는 더 이상 캐고 싶지 않았다. 우리는 벽감들 주위를 한 바퀴 돌았다. 그 벽감들은 알파벳 순서대로 작가들이 분류되어 있었다. 펜들과 잉크병들, 스탬프, 동전들, 탁상시계, 메모지들, 편지저울, 서진(書鎭)도 보였다. 그리고 장갑 한 짝도.

"당신네 「다이아몬드 목록」에서 들어오는 수입으로 저런 물건들 값을 지불합니까?"

"아니오, 아닙니다. 우리는 책을 가지고 거래하지는 않아요. 우리에겐 다른 수입원이 있습니다."

그래, 그렇겠지. 다른 수입원이라. 부흐링은 비밀이 많은 족속이라는 말이 맞군. 그리고 이들은 여기 있는 이런 잡동사니들로 뭘 하려는 거지? 인공적인 눈알로 가득 채운 구두 한 짝, 파란 끈으로 묶은 곰팡이 슨 편지 뭉치들. 아연으로 만든 유골단지 한 개. 말린 꽃들. 구두창 한 개. 쓰던 압지. 사실, 그렇게 경이로운 물건들은 아니었다.

"특별히 관심 있는 작가가 있습니까?" 골고가 물었다.

솔직히 말하면 없었다. 인물 숭배는 언제나 나하고는 무관한 일이었다. 나는 정말 발리니 메르헬름의 자른 발톱을 보고 싶었던가? 『두더지 화산 밑에서』를 썼던 그 펜을 보고 싶어 했던가? 오얀 골고판 폰테베크의 코털을 보고 싶어 했던가? 고피트 레터케를의 양말 한 짝을? 아니, 천만에. 내게 중요한 것은 오직 작품이었다. 그러나 나는 예의상 이름 하나를 댔다.

"단첼로트 폰 질벤드레히슬러요." 나는 대답했다.

"아, 질벤드레히슬러요. 이해합니다!" 골고가 말했다. "그렇다면 우리는 S자 쪽을 살펴봐야겠군요."

실제로 단첼로트 대부가 개인적으로 소장했던 물건들 가운데 여기 이 깊은 미로까지 들어온 뭔가가 있단 말인가? 그럴 가능성은 없었다. 그래도 나는 이 경이로울 게 없는 경이로운 방들로 안내하며 돌아다니는 골고의 즐거움을 뺏고 싶지 않았다. S자 벽감이 있는 데까지는 한참을 가야 했다. 그리고 벽감들 속에 들어 있는 물건들은 빠르게 반복되기 시작했다. 펜들, 잉크병들, 연필들, 종이들, 더 많은 펜들, 편지 한 통, 편지 두 통, 잉크병 하나…… 그리고 더 많은 펜들. 나는 하품이 나왔다. 작가의 삶보다 더 재미없는 것이 과연 있을까? 차라리 나티프토프 족 세관원들이 좀 더 자극적인 물건들로 둘러싸여 있을 것이다. 저기에는 빗이 한 개가 있고! 여기에는 해면이 한 개 있고! 제발 조금만 있으면 이곳을 지나가겠지 하고 바랐다.

"클라스 라이슈뎅크…… 다모크 리스트…… 아브라다우흐 젤레리……."

골고는 문서실에 기록된 작가들의 이름을 읊어갔다.

"아, 저깁니다. 폰 질벤드레히슬러요! 저기라는 걸 난 알고 있었습니다."

그는 서가에서 작은 상자를 하나 끄집어냈다.

나는 당황했다.

"정말로 뭔가 있습니까?"

골고는 내게 상자를 내밀었다.

"직접 봐요!" 그가 말했다.

나는 작은 상자를 받아 뚜껑을 열었다. 그러고는 그 안에 한 통의 편지가 들어 있는 것을 보았다. 단 한 장의 종이에다 쓴 편지였다. 나는 그것을 끄집어낸 다음 상자를 다시 벽감 속에 놓았다.

"어떻게 이 편지가 우리한테 왔는지 기억합니다." 골고가 말했다. "그것은 상당한 소요를 일으켰지요. 어느 날엔가 가죽 동굴의 입구에 놓여 있었습니다. 정말이지 섬뜩했어요. 부흐링이 아닌 누군가가 여기 지하에 있는 우리의 가장 큰 비밀을 분명 알고서 이 편지를 놓아두었던 겁니다. 그것은 우리 공동체를 오랫동안 불안하게 만들었어요."

나는 편지를 더 가까이 들여다보았다. 흥분이 내 몸속으로 밀려들었다. 그것은 정말로 내 대부시인의 필적이었다! 의심할 여지 없이 그것은 단첼로트 대부가 쓴 편지였다!

　　친애하는 내 젊은 친구여

　　자네의 원고를 내게 건네주어서 고맙네.

　　나는 주저 없이 이 원고를 내 손안에 들어온 원고 가운데

　　가장 완전무결한 산문이라고 평할 수 있네.

　　그것은 정말로 내 뼛속까지 사무쳐 들어왔으니,

자네는 내가 다음과 같은 판에 박힌 말을 하더라도
양해해주기 바라네. 왜냐하면 나는 이렇게 말할 수밖에
없기 때문이네. "이 텍스트는 나의 삶을 바꿔놓았다"라고.
나는 그것을 읽고 난 후에 작가라는 직업을 그만두고
앞으로는 작가가 되기 위한 글쓰기 기술만 가르치고
전수하기로 결심했네. 특히 나의 젊은 작가인
힐데군스트 폰 미텐메츠에게 말일세.

내 이름이 언급된 것을 보자 다시 심장이 두근거렸다. 이 무슨 이
상한 끈을 맺어주고 있는 편지인가? 시간과 공간, 죽음을 넘어서서
나와 단첼로트 대부 사이의 끈을. 나는 눈물이 쏟아졌다.

그러나 자네한테 나는 이렇게 말할 수밖에 없네.
나는 자네한테 더 이상 가르칠 것이 없다고.
자네는 이미 모든 걸 알고 있지.
그리고 아마도 훨씬 더 많은 것을 알고 있을 것이네.
자네는 젊은 나이에도 불구하고 이미 완성된 작가로,
내가 지금껏 읽어온 모든 고전 작가들보다 더 독창적일세.
내가 자네의 작품에서 습득할 수 있던 얼마 안 되는 글도
차모니아의 시예술 전체 중 최고의 글로 압축할 수 있네.
자네의 조그마한 손가락 안에는 린트부름 요새
전체가 갖고 있는 재능보다 더 많은 재능이 들어 있다네.
내가 자네한테 권하고 싶은 유일한 것은,
부흐하임으로 가게! 아니, 서둘러, 그리로 날아가게!
자네는 지금까지 쓴 모든 것을

유능한 출판업자에게 넘겨야 하네.

그리하면 자네의 미래는 보장된 거네. 자네는 천재이네.

자네는 모든 시대를 망라해 가장 위대한 작가일세.

자네의 역사는 여기서 비로소 시작되는 것이네.

깊은 경의를 표하며, 단첼로트 폰 질벤드레히슬러가.

나는 마치 곤봉으로 얻어맞은 기분이었다, 내 사랑하는 친구들이여. 마지막 두 개의 문장은 의심할 여지가 없었다. 이것은 단첼로트 대부가 내가 지금 찾고 있는 바로 그 시인을 예전에 부흐하임으로 보내기 위해서 쓴 편지였다. 이 편지는 단첼로트 대부의 손에 있다가 나중에 그 비밀스러운 시인의 손으로 들어갔으며, 이제 내 손 안에 들어온 것이다. 하나의 새로운 끈이 이어졌다. 이번에는 단첼로트 대부와 그 시인, 그리고 나 사이를 잇는 끈이었다. 나는 시인의 자취를 따라가다 잃고 말았는데, 이제 여기 지하 깊은 미로 속에서 그 자취를 다시 발견한 것이다. 나는 현기증이 났다. 그리고 무릎이 휘청거렸다.

"오!" 나는 신음 소리를 토하면서 휘청거렸다.

골고가 나를 붙잡아주었다.

"어디 편찮습니까?" 그가 물었다.

"아뇨." 나는 신음 소리를 냈다. "괜찮습니다."

"유령이라도 만난 것처럼 보이는군요."

"사실이 그렇습니다."

"우리 문서실에는 많은 유령들이 살고 있습니다. 그들을 좀 더 보겠습니까?" 골고가 물었다.

"아니요, 그만하겠습니다." 나는 대꾸했다. "우선은 이걸로 충분합니다."

보이지 않는 입구

경이로운 방에서 밖으로 나온 우리는 나를 안내하는 골고를 지원하러 오고 있던 고피드와 단첼로트를 만났다.

"우리는 당신한테 촛불을 밝히지 않는 지하묘지의 영역들도 보여주겠습니다." 골고가 말했다. "거기에는 발광해파리도 물론 없습니다. 하지만 고피드와 단첼로트는 부흐링들 가운데서 최고의 횃불던지기 고수입니다."

단첼로트와 고피드는 아직 불을 안 붙인 그들의 역청을 칠한 횃불들을 높이 쳐들고 입을 비죽이면서 웃었다.

"당신에게 우리 왕국의 숲과 정원들도 보여주겠습니다." 골고가 말했다.

"그리고 초원과 꽃들도요." 단첼로트가 보충했다. "길들이지 않은 자연 전부를요."

방금 전만 해도 골고는 자신이 결코 초원 같은 것은 볼 수 없을 거라고 한탄하지 않았던가? 그런데 지하 어디에 숲과 꽃들이 있단 말인가? 그리고 도대체 횃불던지기 고수라니 그건 또 무슨 뜻인가? 제기랄!

"시간이 되었습니다." 골고가 말했다. "이제 당신에게 지하묘지에

서도 쾌적한 부분을 보여줘 친근감을 불어넣어줄 때가 됐습니다. 당
신은 지금까지 섬뜩하고 혼란스럽고 추한 부분만을 봐왔습니다. 이
제는 여기 지하가 살 만한 곳이라고 느낄 수 있는 것을 보여주겠습
니다. 퇴락함이나 책 사냥꾼들이 아직 미치지 못한 어두운 세계의
일부 말입니다."

"그런 것이 아직도 있습니까?" 내가 물었다. "거기는 어떻게 갑니
까?"

골고와 고피드 그리고 단첼로트는 나를 에워싸더니 그들의 눈을
크게 부릅뜨고 나를 뚫어지게 쳐다보았다. 그들은 웅성거리기 시작
했다.

내가 그 다음으로 기억하는 것은, 내가 어느 유리처럼 투명한 호
숫가에 있는 종유석 동굴에 들어와 서 있었다는 것이다. 그 호수의
물은 연푸른색으로 빛나고 있었다. 고피드와 단첼로트는 어느새 그
들이 들고 있던 횃불에 불을 밝혔고, 골고는 꿈꾸는 듯이 호수를 건
너다보고 있었다.

나는 머리가 몽롱해지는 느낌이었다.

"오, 이런." 내가 말했다. "이것도 공간이동이었습니까?"

내 머릿속은 마치 부흐하임의 화재 경종처럼 시끄럽게 윙윙거렸다.

"바로 그겁니다!" 고피드가 말했다. "공간이동이지요, 호호!"

"그것이 걸어가는 것보다 더 편하거든요." 단첼로트가 얼굴을 들
썩거리며 웃었다.

그런데 왜 나는 마치 반나절 정도 줄곧 걸은 것 같은 느낌이 드는
걸까? 내 발은 납덩이처럼 무거웠다.

"당신이 어떻게 우리의 보물들이 있는 곳으로 왔는지 누구한테도
폭로하지 못하도록 우리가 당신을 공간이동시킨 겁니다." 골고가 말

했다. "당신을 위해서 그렇게 한 겁니다."

"우리는 어디에 와 있나요?" 내가 물었다.

"여기 이곳은 보이지 않는 입구입니다. 그 뒤에서부터 수정의 숲이 시작되지요. 그래요, 사실 특별히 독창적인 이름은 아닙니다. 그러나 우리도 역시 진짜 시인들은 아니니까요. 혹시 당신한테 더 좋은 이름이 떠오를지 모르겠군요."

내게는 그 순간 아무것도 떠오르지 않았다. 내 머릿속은 마치 텅 빈 해면 같았다. 수정의 숲이라고. 그래, 그래. 그러나 숲은커녕 수정 하나도 안 보였다. 그리고 보이지 않는 입구도 안 보였다. 그래, 하지만 그것은 결국 안 보이는 입구라잖아.

"따라와요!"

골고가 말했다. 그러더니 세 명의 작은 외눈박이들이 앞서서 새파란 물속으로 들어갔다. 나는 주저하면서 그들 뒤를 따라갔다.

물은 차가웠지만 겨우 내 무릎 위까지 닿았다. 은빛 뱀장어들이 호기심 어린 듯 우리 주위를 돌며 헤엄쳤다. 그리고 나는 혹시나 감기에 걸리지나 않을까, 그리고 뱀장어들이 나한테 전기충격 같은 것을 주지 않을까 두려웠다.

우리는 물속을 디디면서 어느 검은 바위가 있는 곳으로 다가갔다. 나는 부흐링들이 곧바로 그쪽으로 달려가지 않을까 염려되었다. 그런데 바로 그때 바위 한가운데에 시꺼먼 구멍이 하나 입을 벌리고 있는 것이 보였다.

보이지 않는 입구라는 것은 하나의 착각이었다. 멀리서 봤을 때 그것은 마치 묵직한 바위 같았지만 이제 그것이 터널이라는 것을 나는 알아볼 수 있었다.

"정교하지요, 예?" 단첼로트가 말했다. "자연이 이런 입구를 만들어놓은 겁니다. 바위로 위장한 굴이지요. 바위지만 사실은 입구입니다. 여기 아래서는 돌들도 생각을 한다고 믿을 수 있을 정도입니다. 우리는 상당히 뒤늦게야 그런 생각이 들었습니다."

우리가 그 시꺼먼 좁은 입구를 지나 백여 걸음 정도 걸어가자 시야가 넓어졌다. 우리는 커다란 동굴 안으로 들어갔다.

"여기서부터 수정의 숲이 시작됩니다." 골고가 엄숙하게 말하자, 고피드와 단첼로트는 마치 명령이라도 받은 듯이 그들의 횃불을 허공으로 높이 던져 올렸다. 그것들은 위로 올라가다 절정에 달하자 푸우! 소리를 내며 몇 번 제자리에서 빙빙 돌더니 푸른색으로 찬란히 빛나는 청금석 천장을 환하게 불로 비추었다. 우리가 서 있는 얕은 물 뒤쪽으로 뭔가 뻗쳐 있었다. 그것은 이슬이 얼어 뒤덮여 있는 푸른 초원으로, 그 위에 햇살이 반짝거리고 있었다. 그리고 횃불이 공중에서 다시 떨어져 내려오자 고피드와 단첼로트는 그것들이 물속으로 빠져 꺼지기 직전에 능숙하게 팔로 낚아챘다. 나는 잠시 동안 황홀함을 느꼈고, 마치 지상의 야외로 나와 있는 듯한 느낌이 들었다.

"누구든 자기 발을 온전히 보존하고 싶으면 이 경이로운 초원에 발을 들여놓지 말라고 권할 겁니다." 골고가 말했다. "녹색 수정으로 되어 있는 풀들은 면도날처럼 예리하니까요."

돌로 된 길 위를 걸으면서 우리는 수정으로 된 가짜 초원지대를 빙 돌아서 갔다. 그곳에는 불꽃처럼 붉은 단백석들이 개양귀비들처럼 군데군데 피어 있었다. 마치 자연이 지상의 아름다움을 지하에다 다른 재료들로 모방해놓은 것처럼 보였다.

"당신이 무슨 생각을 하는지 압니다." 골고가 말했다. "그렇지만 우리들의 숲도 그 자체로 아름답습니다. 저 지상 위의 숲을 모방할 필요가 없지요. 어쩌면 그 화려함에 있어 지상의 숲을 능가할지도 모릅니다."

그가 한 말은 과장이 아니었다. 우리는 돌로 뒤덮인 들판을 지나갔다. 거기에는 수백 개도 넘는 어른 키만 하고 예리하게 각진 노란 수정들이 자라고 있었다. 그것들에는 일부 오렌지 빛깔의 녹이 덮여 있어서 어둠 속에서도 아주 밝게 반짝거렸으므로 고피드와 단첼로트가 들고 있는 횃불이 전혀 필요 없을 정도였다. 빛으로 이루어진 나무들이라니. 그처럼 인상적인 것을 나는 지상의 숲 어디에서도 본 적이 없었다.

"저기에는 농축된 유황가스 외에는 아무것도 없습니다." 골고가 해명했다.

"그렇게 아는 체하지 마." 고피드가 말했다. "네가 그저 지질학 책 몇 권을 다 외우고 있다고 해서 여기서 무슨 일등교사라도 된 것처럼 나설 필요는 없어."

"너 같은 경솔한 젊은 것들은 그런 자연과학 논쟁을 좋아하겠지만." 골고가 다시 대꾸했다. "진실한 문학은 견실한 교양에 기반을 두는 거라고. 내 광물성 염료 이론에 따르면……."

"아니, 제발!" 고피드와 단첼로트가 깜짝 놀라 소리쳤다. "광물성 염료이론만은 그만둬! 그 얘기는 하지 말자고!"

골고는 입을 다물고 앞으로 툭툭 걸음을 옮겼다.

"그의 소설들만 해도 벌써 참기 힘든데." 고피드가 내게 속삭였다. "광물성 염료이론을 들으면 정말로 뇌가 파열될 정도입니다. 제발 그에게 그 얘기를 꺼내게 하지 마십시오."

곳곳에 온갖 형태와 색깔, 크기를 지닌 광물들이 찬란하게 흩어져 있었다. 자줏빛 자수정, 연분홍빛 석영, 바늘처럼 가늘고 우유처

럼 흰 수정들이 마치 성게들처럼 흩어져 있었다. 붉은 반점들이 박
힌 적철광은 마치 실제로 피에 물들어 있는 것처럼 보였다. 그 광물
들 가운데 내 보잘것없는 광물 지식으로 알아맞힐 수 있는 이름은
몇 개 안 되었다.

"저것들은 성장합니다." 단첼로트가 말했다. "여기 녹슨 광물로 이
루어진 것처럼 보이는 이 덤불은 내가 처음 이곳을 찾았을 때는 그
크기가 지금의 절반 정도였습니다."

수정들 가운데 상당수는 실제로 식물처럼 보였고 덩굴처럼 휜 형
태를 지녔으며, 깃 모양의 이파리와 억센 줄기들을 지니고 있었다.
그것들은 회색 돌 틈과 바위 틈새에서 피어나는 꽃이나 무성한 잡
초, 거친 채소처럼 자라고 있었다. 나는 단첼로트 대부가 아끼는 꽃
양배추와 착각할 정도로 비슷하게 생겼지만 크기는 열 배나 더 커
보이는 석영 파편을 하나 보았다.

"다시 말해서 푸른 꽃양배추는 개화 도중에 그 꽃 자체 속의 피
하지방에 묻혀 잘못된 꽃." 단첼로트가 인용했다. "더 정확히는 수많
은 꽃들의 형태가 일그러져 뭉쳐진 것이다."

"꽃봉오리들 가운데 망쳐지지 않은 것 몇 개는 파란색으로 변하
고 부풀어오르며 피어나 씨앗을 맺는다."

내가 덧붙였다. 그런 다음 우리는 함께 인용했다.

"이 작으면서도 꼿꼿이 자연에 순응하는 작은 꽃송이들이 푸른
꽃양배추를 보존해주는 것이다."

우리는 한숨을 토했다. 내 대부시인이 살았더라면 이런 지하의 정
원을 정말 대단히 마음에 들어 했을 것이다.

고피드와 단첼로트는 실제로 대단한 횃불던지기 고수들이었다. 그
들은 계속해서 횃불을 공중으로 던져 올렸고, 그때마다 뱅뱅 회전

하는 횃불들이 어둠 속에서 번쩍거리며 빛을 발하는 광경은 숨 막힐 듯한 장관이었다. 유리처럼 투명한 수정과 붉은빛이 번쩍거리는 망간, 황철광으로 이루어져 금속성 빛이 번뜩거리는 천장들은 다양한 색깔의 유리 꽃들로 뒤덮여 있었다. 우리의 발치에는 둥글고 매끄러운 형태의 우윳빛 석영이 자라고 있었고, 거기에는 길쭉하고 검은 수정들이 솟아나와 있어서 마치 타다 남은 나무들이 널려 있는 눈 덮인 풍경 속을 걸어가는 듯했다.

"수정의 숲 안에서는 차모니아에 있는 모든 광물들을 찾아볼 수 있습니다. 그것들의 아름다운 장관을 단 한 군데 장소에서만 드러내기 위해서요." 골고가 말했다. "또 그것들이 예술적인 의도를 가지고 있다고 믿을 수 있을 정도입니다."

우리는 불안스럽게 붉은빛이 가득 차 있는 어느 좁은 통로를 지나갔다. 너무 더워서 마치 거대한 화로 옆에 서 있는 것 같았다. 위협적으로 부글부글 끓는 소리와 꾸르륵 소리가 들려왔다.

"악마의 부엌으로 들어서고 있습니다." 골고가 알려주었다. "발을 조심하십시오. 만약 발을 휘청거리다가 저 끓는 죽 속으로 빠지면 아무도 당신을 도울 수 없으니까요."

악마의 부엌이라고 불리는 곳은 특별히 큰 동굴은 아니었다. 하지만 그 안에 들어 있는 것들은 한층 더 인상적이었다. 동굴 중앙에는 웅덩이 크기만 한 화산 구멍이 나 있고, 그것은 끊임없이 끓어오르는 용암 줄기들을 거의 동굴 천장으로까지 뿜어 올렸다.

우리는 작은 지하 화산 위의 가장자리로 올라가서 섰다. 그 화산 아래의 구멍 주위에는 수십 명의 부흐링들이 앉아 있었다. 그들은 흐르는 화산 불 가까이에서 그 열기 때문에 땀을 뻘뻘 흘리고 헐떡거리면서도 그 광경을 보며 경탄하고 있었다.

"왜 저러고 있습니까?" 나는 흥미가 나서 물어보았다. "왜 저들은 저렇게 용암 가까이로 가는 거죠?"

"우리는 기분 전환을 하고 싶으면 여기로 옵니다." 골고가 말했다. "열이 몸속에서 찌꺼기를 없애주지요. 한참 동안 용암 속을 응시하고 있으면 당신의 뇌는 죽 같은 덩어리로 변합니다. 그러면 전혀 아무것도 생각하지 않게 되지요. 그런 현상을 우리는 정신활동의 회복으로 느낍니다."

"그 때문에 꼭 용암 속을 뚫어지게 쳐다볼 필요는 없잖아." 고피드가 아주 낮은 목소리로 중얼거렸다. 골고는 그 말을 알아듣지 못했다. "너의 뇌는 이미 언제나 죽 같은······."

"뭐라고 말했지?" 골고가 물었다.

"아무것도 아냐." 고피드가 재빨리 말했다.

우리는 그 악마의 부엌을 떠나 다른 길을 따라서 응고된 호박(琥珀)으로 이루어진 호수로 갔다. 그 호수 안에는 수천 마리의 태곳적 곤충들이 들어 있었는데, 그것들 중 상당수는 몸집이 나보다 더 컸고 생김새도 너무 끔찍해 스핑크스조차 그것들을 보면 무서워 달아날 것 같았다. 이곳에 온 후 처음으로 기분이 좋지 않았다.

"그래요." 골고가 말했다. "이 지역의 숲은 좀 섬뜩합니다. 이곳에는 옛날에 끓는 송진이 흘러내렸던 게 틀림없습니다. 아마 화산의 재앙 때문에 일어난 것 같아요. 저기 저쪽에 있는 돌꽃들이 보입니까?"

호박의 호수 뒤편으로는 마치 하늘로 치솟으며 자라고 있는 듯이 보이는 회색 돌 줄기들로 이루어진 숲이 하나 보였다. 그것들은 마치 굳어 있는 상태에서 벗어나려고 은밀한 명령을 기다리고 있는 돌거인들처럼 위협적으로 보였다.

"우리는 이 지역의 숲에는 오래전부터 들어가지 않고 있습니다."

고피드가 말했다. "안전하지 않으니까요. 그 안에 들어갔던 부흐링은 실종됐습니다. 이따금 그 숲에서 나오는 소음들이 들립니다. 마치 노랫소리 같지요. 하지만 아름다운 노래는 아닙니다. 거기에는 뾰족 모자 모양의 거대하고 흉측한 버섯들이 자랍니다. 냄새도 독하지요. 우리는 이 장소를 피합니다."

나는 발뒤꿈치를 들고 계속 나아갔다. 나는 지하세계의 화려함을 이제는 혼란스런 감정으로 관찰하고 있었다. 내 발밑에는 태곳적부터 갇혀 있는 곤충들이 득실거렸고, 뒤에는 위협적으로 도사리고 있는 어두운 돌 숲……. 얼마 동안 황홀함에 취해 있던 나는 내가 여전히 부흐하임의 위험한 지하묘지 안에 있다는 사실을 잊고 있었던 것이다. 그러나 이제 다시 불안해졌다. 여기서는 모든 것의 배후에 치명적인 위협이 도사리고 있을 수 있었다. 부흐링 족은 다른 방법이 없었기 때문에 이런 상황을 마련했겠지만, 나는 이런 상황에 결코 익숙해질 것 같지 않았다. 그들은 길게 이어진 어느 바위 갱도를 지나 또 다른 동굴로 나를 데리고 갔다. 고피드와 단첼로트는 그들의 횃불을 위로 던져 올렸다. 그러자 높고 뾰족한 천장에 크기가 조그마한 회색 동굴이 드러났다.

"여기가 바로 당신에게 보여주려고 한 곳입니다." 골고가 말했다.

"특별히 눈에 띄는 것이 없는데요." 내가 대답했다.

"그냥 가만히 있어요!" 고피드가 속삭였다.

"조용히 하고 기다려요!" 단첼로트가 작은 소리로 말했다.

"쉿!" 골고가 말했다.

그래서 나는 말없이 기다렸다. 오랫동안 아무 일도 일어나지 않았다. 우리는 그냥 불안정하게 움직이는 횃불 아래에 서 있었다. 나는 또다시 부흐링 족의 기이한 유머의 희생물이 된 거라고 추측했다. 바로 그때 어떤 목소리가 들렸다.

"이봐요!"

누군가가 외쳤다.

"이봐요!"

나는 기계적으로 응답했다. 그제야 누가 부른 건지 의심이 갔다.

"아무도 아닙니다." 마치 펼친 책을 읽듯이 내 생각을 읽고 있는 골고가 속삭였다. "여기는 갇힌 메아리의 동굴입니다."

"이봐요!"

누군가가 다시 외쳤다. 그러자 메아리가 대답했다.

"이봐요…… 이봐…… 이봐요!"

그 소리는 점점 약해졌다.

"아아!"

또 다른 목소리가 한숨을 쉬었다.

"아아…… 아아…… 아아!"

"도와줘요!"

누군가가 너무도 큰 소리로 외치는 바람에 나는 몸이 움찔했다.

"도와줘요…… 도와줘요…… 도와줘요!"

"우리도 저건 자세히 설명할 수 없어요." 골고는 약한 목소리로 말했다. "왜 그런지는 몰라도 저 메아리들은 이 동굴 안으로 들어온 후로 더 이상 밖으로 빠져나가지 못하고 있습니다."

"그것들은 갇혀 있어요." 고피드가 말했다.

"영원히 말입니다." 단첼로트가 보충해서 말했다.

"그건 슬픈 일 아닌가요?"

"우리가 이 방을 발견한 후부터 그렇습니다." 골고가 말했다. "언제나 같은 목소리들이고 같은 말, 같은 한숨 소리입니다. 그렇지만 이따금 새 목소리들도 들려옵니다. 우리는 그 목소리들이 모두 미로 속에서 길을 잃은 자들한테서 나오는 소리라고 믿습니다. 바위벽의 틈새들을 통해 그 소리들은 여기로 들려온 후에는 다시 빠져나가지 못하는 겁니다."

"거기 누구 있어요?"

어떤 목소리가 외쳤다.

"거기 누구 있어요…… 거기 누구 있어요…… 거기 누구 있어요…… 거기 누구 있어요?"

"여긴 어디지…… 여긴 어디지…… 여긴 어디지…… 여긴 어디지?"

"나는 죽고 싶지 않다…… 나는 죽고 싶지 않다…… 나는 죽고 싶지 않다…… 나는 죽고 싶지 않다!!"

"왜 아무도 안 도와줍니까…… 왜 아무도 안 도와줍니까…… 왜 아무도 안 도와줍니까…… 왜 아무도 안 도와줍니까?"

"나는 죽어요…… 나는 죽어요…… 나는 죽어요…… 나는 죽어요!"

나는 점점 더 기분이 언짢아졌다. 그 목소리들에는 너무나도 큰 절망이 담겨져 있어 내가 미로 속을 헤맬 때 느꼈던 절망이 절실하게 되살아났다. 그것은 길 잃은 자들, 죽어가는 자들, 어쩌면 이미 죽은 자들의 목소리들이었다.

"거기 누구 있어요…… 거기 누구 있어요…… 거기 누구 있어요…… 거기 누구 있어요?"

"여긴 어디지…… 여긴 어디지…… 여긴 어디지…… 여긴 어디지?"

"나는 죽고 싶지 않다…… 나는 죽고 싶지 않다…… 나는 죽고 싶지 않다…… 나는 죽고 싶지 않다!!"

점점 더 많은 목소리가 첨가되고 한탄소리는 점점 더 절박해졌다. 메아리들은 서로 뒤섞여 외침이 되었다가 속삭임으로 변하는가 하면 내 주위를 둘러싼 보이지 않는 유령들이 되어 내 귀와 뇌 속으로 파고 들어왔다.

"왜 아무도 안 도와줍니까…… 왜 아무도 안 도와줍니까?" "여긴 어디지…… 여긴 어디지?". "나는 죽고 싶지 않다…… 나는 죽고 싶지 않다!" "아아!" "아아!" "아아!" "왜 아무도 안 도와줍니까?" "도와줘요!" "도와줘요!" "도와줘요!" "여긴 어디지?" "여긴 어디지…… 여긴 어디지…… 여긴 어디지?" "거기 누구 있어요…… 거기 누구 있어요…… 거기 누구 있어요?" "아아!" "아아!" "아아!" "여긴 어디지…… 여긴 어디지…… 여긴 어디지?" "왜 아무도 안 도와줍니까…… 왜 아무도 안 도와줍니까?" "아아…… 아아…… 아아!"

그러더니 돌연 메아리 합창 속에서 새로운 목소리가 들려왔다. 그것은 절규이자 소름 끼치는 외침이었다. 다른 어떤 목소리들보다도 더 절망적으로 들리는 그 말은 단 두 마디였다.
"그림자 제왕이다!" "그림자 제왕이다…… 그림자 제왕이다…… 그림자 제왕이다!"

그 메아리 속에는 엄청난 공포가 도사리고 있어서 나 자신도 절규할 지경이었다. 그 소리는 계속 동굴들을 통해 울려 퍼지면서 마침내 다른 소리들과 뒤섞이더니, 무시무시한 목소리들의 윤무 속으로 흡수되면서 내 주위를 마구 선회했다.

"그림자 제왕이다!" "그림자 제왕이다…… 그림자 제왕이다…… 그림자 제왕이다!" "왜 아무도 안 도와줍니까…… 왜 아무도 안 도와줍니까?" "여긴 어디지…… 여긴 어디지……" "그림자 제왕이다!" "아아!" "나는 죽고 싶지 않다…… 나는 죽고 싶지 않다!" "왜 아무도 안 도와줍니까…… 왜 아무도 안 도와줍니까?" "여긴 어디지?…… 여긴 어디지?" "그림자 제왕이다!" "아아!" "나는 죽고 싶지 않다…… 나는 죽고 싶지 않다!" "왜 아무도 안 도와줍니까? 아무도…… 아무도!" "그림자 제왕이다!" "여긴 어디지…… 여긴 어디지…… 여긴 어디지?" "거기 누구 있어요…… 거기 누구 있어요?" "그림자 제왕이다!"

그 메아리들은 얼음처럼 차가운 바늘로 찌르듯이 내 뇌리 속으로 점점 깊이 더 고통스럽게 파고 들어왔다. 마침내 나는 팔로 머리를 감싸고 고통스러워하면서 동굴에서 도망쳐 나왔다. 골고, 고피드, 그리고 단첼로트도 급히 내 뒤를 따라왔다.

내가 그 동굴의 출구를 지나 밖으로 나서자 그 목소리들은 갑작스럽게 사라졌다. 그래도 나는 계속 마구 달려가면서 마치 보이지 않는 벌 떼들을 쫓듯이 그 소리들을 마구 쫓아냈다. 세 명의 부흐링들은 내 뒤를 따라 달려오더니 내 몸을 꽉 붙들고 에워쌌다. 그러면서 나를 진정시키려고 애썼다.

"이 메아리들은 우리 왕국에 속하는 것이 아닙니다. 그냥 여기에 붙잡혀 있을 뿐입니다." 골고가 미안하다는 듯이 말했다. "우리가 그 소리들을 이따금 들으러 오는 것은, 사실은 우리가 여기서 얼마나 잘 지내고 있는지를 확인하기 위해서입니다."

"당신이 우리 왕국을 벗어났을 때 당신을 기다리고 있는 것이 뭔지 다시 한 번 확인시켜주려고 했습니다." 고피드가 말했다.

"언젠가 당신은 갑자기 우리를 떠나고 싶어 할지도 모르니까요."
단첼로트가 나직하게 말했다. "그때가 되면 혹시 당신은 저 동굴에
서 나온 목소리들에 담겨 있던 절망을 기억할지도 모르지요."

"정말 고맙군요." 나는 여전히 가쁜 숨을 쉬면서 말했다. "그것을
그리 빨리 잊지는 못할 겁니다."

"이제 안심하셔도 됩니다." 골고가 말했다. "다시 쾌적한 구역으로
안내하겠습니다."

"보물을 하나 보여드릴까요?" 고피드가 물었다. "지하묘지에서 가
장 큰 보물입니다."

지하묘지의 별

마치 지상세계로 떠나는 것처럼 시작되었던 야유회가 이제는 점
점 어둡고 음침한 지하세계를 향해 계속되고 있었다. 우리는 아름다
운 수정들이 있던 숲을 지나 시커먼 석탄바위들만 있는 지대까지 내
려갔다. 굽이굽이 돌아서 평평한 횡갱(橫坑)이 있는 곳까지 내려가자
그곳 천장에 촛대들이 매달려 빛을 발하고 있었다. 피부색을 거의
알아볼 수 없을 만큼 검댕이 묻은 부흐링들이 맞은편에서 다가왔다.
그들은 곡괭이나 다른 채광 도구들을 들고 있거나 아니면 석탄부스
러기를 가득 담은 손수레를 앞으로 끌고 있었다. 부흐링 족은 석탄
을 무엇에도 비할 수 없는 귀중한 것으로 여기고 있는 게 분명했다.

그것은 바로 그들에게 난방과 빛을 주는 원천이었기 때문이다. 그런데 어느 부흐링이 우리 쪽으로 끌고 오는 손수레 안에는 석탄 외에도 크기가 호박만 한 다이아몬드 원석이 하나 들어 있었다.

골고와 골피드, 그리고 단첼로트는 그것에 아무런 관심을 보이지 않았다. 오직 나 혼자만 놀란 눈을 뜨고 그 거대한 보석이 다음 모퉁이를 돌아 사라질 때까지 뚫어지게 쳐다보았다.

혹시 내가 잘못 본 건가? 어쩌면 그건 다이아몬드가 아니라 그냥 별 가치 없는 수정이나 석영 덩어리였는지도 모른다. 사실 나도 자세히는 알 수 없었다. 그런데 또 다른 부흐링들이 끌며 다가오는 손수레를 보니 그 안에는 정말 다이어몬드가 들어 있었다. 게다가 그것은 완벽하게 가공되어 있었으므로 산에서 나는 수정 덩어리와는 확실하게 구별되었다. 비록 앞서 본 다이아몬드보다 더 크다고는 할 수 없었지만 적어도 비슷했다.

"저거 봤어요?" 내가 물었다. "다이아몬드요?"

"흠."

고피드가 대꾸했다. "물론입니다." "내 말은…… 호박만큼이나 컸어요."

"예." 골고가 말했다. "꽤 초라하더군요."

나는 너무 당황해서 말문이 막혔다. 또 다른 부흐링들도 우리 쪽으로 다가왔는데, 그들이 든 바구니에는 다이아몬드들이 넘치도록 가득 담겨 있었다. 그러나 골고와 골피드, 단첼로트는 역시 전혀 눈길을 주지 않았다.

다음 모퉁이를 돌아갈 때는 좀 더 주위가 밝아졌다. 뒤에서 촛불이 몇 개 비추고 있는 것 같았다. 그리고 여러 음들이 합쳐져서 윙윙거리고 중얼거리는 소리, 두드리고 연마하는 소음들이 들려왔다. 모퉁이를 돌았을 때 나는 우리 앞에 펼쳐진 광경을 보고 숨이 막히는 듯했다. 그곳은 길게 뻗은, 그리 높지 않은 동굴로 안은 시꺼먼 석탄 바위들이 둘러싸고 있었는데, 거기에는 수천 개, 아니 수백만 개나 되는 다이아몬드들이 번쩍거리고 있었다. 백여 명은 족히 되는 부흐링들이 그 굴 안을 오가며 갖가지 일에 열중하고 있었다. 그러면서 그들은 모두가 한목소리로 멋진 노랫가락을 중얼거리고 있었다.

"여기는 우리의 다이아몬드 정원입니다." 골고가 말했다. "이곳은 수정의 정원처럼 다양하고 변화가 풍부하지는 않지만, 그 대신 여기서 수확되는 식물은 훨씬 더 값어치가 나갑니다."

나는 말이 나오지 않았다. 나는 늘 스스로 지상의 부와는 비교적 무관하다고 믿어왔다. 그런데 보석으로 가득 찬 장관을 목격하자 할 말을 잃었다.

"우리는 이 동굴을 벌써 오래전에 발견했습니다." 골고가 말했다. "그 당시에는 훨씬 더 작았지요. 녹슨 난쟁이들이 만든 것이 분명합니다. 우리는 계속해서 이 굴을 확장했기 때문에 채굴양도 매번 더 많아졌습니다. 아래로 내려갑시다!"

우리는 석탄 계단을 지나 밑의 굴로 내려갔다. 나는 놀라 할 말을 잃고 주위를 둘러보았다. 거기에는 온갖 크기와 모양의 다이아몬드들이 넘쳐났다. 원석이 있는가 하면 절반만 연마됐거나, 완벽하게 연마된 것, 강낭콩 크기의 다이아몬드, 사과만큼 굵거나 호박 크기만한 다이아몬드들이 있었다. 모두 골고가 초라하다고 말한 그 다이아몬드들이었다. 그뿐이 아니었다. 그야말로 어른 크기에 술통만큼 굵은 다이아몬드 수백여 개가 바위 덩어리처럼 여기저기 널려 있었다. 이미 가공된 것들은 흔들리는 수많은 촛불에 반짝거리면서 동굴 벽들에 갖가지 색들을 반사하고 있었다. 맨 뒤쪽에는 집채만 한 크기의 다이아몬드가 번쩍거리고 있었다.

부흐링들은 갖가지 보석들 사이로 이리저리 바삐 돌아다니고 있었다. 그들은 곡괭이로 바위를 쳐서 다이아몬드를 파내기도 하고 바구니에 석탄을 담아서 나르기도 했다. 몇 명은 광산작업대에 앉아 작은 망치로 암석을 쪼개거나 연마도구로 작업하고 있었다. 어떤 자들은 큰 확대경을 들이밀고 돌의 순도를 점검하고 있었다. 다른 부흐링들은 다이아몬드 원석을 쌓아놓거나 그것들을 손수레에 담아 이리저리 오가고 있었다.

"우리한테는 다이아몬드보다 석탄이 훨씬 더 가치가 있습니다." 우리가 부지런히 작업 장소를 돌아다니고 있는 사이에 고피드가 말했다. "석탄으로는 적어도 난방을 할 수 있지만, 오물 덩어리들은 그냥 일만 만듭니다."

"우리는 저것들을 그냥 모아둘 뿐입니다." 왕귤 크기만 한 연마된 돌을 촛불에 비춰보던 단첼로트가 말했다. "그렇지만 우리는 다이아몬드를 사랑하게 되었습니다. 거기에는 뭔가…… 저항할 수 없는 것이 들어 있어요. 가공하는 일도 재미있고, 우리 어두운 세계의 빛이 돼주기도 합니다. 그러나 차갑고 소용없는 빛이지요. 그래서 진짜 빛을 불러오려면 촛불이 필요합니다. 그렇지만 이 돌은 아름다워요."

부흐링들은 돌을 천천히 촛불 앞에서 돌렸다. 그러자 순식간에 그 위로 작고 다채로운 빛들이 어른거렸다.

"우리는 이것들을 완벽하게 가공합니다. 그런 다음에 미로 속에 감춰둡니다." 고피드가 재미있다는 듯이 바구니 안에 들어 있는 작은 보석 조각들을 휘저으며 말했다. "수백 개의 비밀 보물창고를 만들어놓았지요. 그 하나하나는 가장 권세 있는 왕이라도 부러워할 정도입니다."

"우리는 돌을 부화하는 암탉 같습니다." 골고가 웃으며 말했다. "다이아몬드는 실용적으로 사용할 데가 없습니다. 우리는 지하묘지 내에서 가장 부유한 생물이지만 그건 아무런 소용이 없습니다."

그 사이에 나는 분별력과 언어 능력을 되찾았지만 그래도 아무런 질문도 떠오르지 않았다. 산더미처럼 쌓여 있는 다이아몬드 속으로 몸을 내던져 멍청한 해적처럼 마냥 좋아하며 마구 휘젓고 싶은 충동이 자꾸 일었다.

"사실 이것들을 좀 흥청망청 사용하고 있다고 고백하지 않을 수 없습니다." 고피드가 말했다. "너무 넘쳐나니까 배포도 그만큼 커지지요. 우리는 이 돌을 가지고 만들 수 있는 온갖 형태들을 만들어냅니다."

부흐링들은 어떤 상업적 욕심도 없이 다이아몬드를 채굴하고 있는 것 같았고 그 일을 일종의 유희로 여기고 있는 것 같았다. 거대한 보석들 중에 채굴된 것은 겨우 절반 정도였고 그중에 일부만 연마되어 있었으며, 어떤 보석들은 완전히 채굴되어 반으로 쪼개지거나 작은 조각들로 깨져 있었다. 도처에 섬세한 다이아몬드 먼지들이 쌓여 있었다. 그곳은 다이아몬드 광산이라기보다는 오히려 조각가의 아틀리에 같았다.

곳곳에 보석들로 조각한 조각상들이 서 있었다. 어떤 것들은 큰 덩어리째로 조각했고, 어떤 것들은 작은 돌들을 조합해 만들었다. 지하세계에 있는 물건들을 모방해서 조각해놓은 것들도 있었다. 마치 살아 있는 듯한 인상을 주는 수정 전갈이 있는가 하면, 바깥의 광물 숲에서 봤던 식물들을 모방해 조각한 것도 있었다. 하지만 어떤 조각상들은 오히려 추상적이고 엄격한 기하학 형태였다. 보기에 그들은 능란한 다이아몬드 가공 기술을 몇 가지 개발해놓고 있었

다. 나는 부흐링을 실물 크기로 조각해놓은 것을 보고는 웃지 않을
수 없었다.

"다이아몬드 부흐링입니다."

골고가 말했다.

"위협을 주려는 목적이 아니면 굳이 우리 자신의 모습을 조각하
지 않습니다. 그러나 저 경우는 마냥 거부할 수 없었지요. 이리 와
요! 당신한테 지하묘지의 별을 보여주겠습니다."

우리는 내가 이미 굴의 다른 쪽 끝에서 본 거대한 다이아몬드가
있는 곳으로 갔다. 우리가 그쪽에 가까이 갈수록 그 다이아몬드의
모습은 점점 더 비현실적이고 꿈처럼 보였다. 한 부흐링이 집채만 한
다이아몬드 뒤에 서서 횃불을 빙빙 돌렸다. 그러자 횃불에서 나오

는 불빛들이 수백 배의 크기로 늘어나 연마된 모든 석면들에 비치는 것이 보였다. 그 보석은 믿기지 않는 다채로운 색채를 띠고 주위에 빛 웅덩이들을 뿌리며 장관을 펼쳤다. 결국 나는 그 현란한 빛들의 움직임에 눈이 부셔서 눈을 돌리지 않을 수 없었다.

"저것이 바로 가장 큰 다이아몬드의 별입니다." 골고가 말했다.

나는 자라면서 린트부름 요새의 다이아몬드에 대한 전설을 들었다. 전설에 의하면 그 보석은 요새의 심장 속에 숨겨져 있고 집채만한 크기라고 했다. 그 저주받은 전설 때문에, 그 거대한 돌이 존재한다는 것을 믿는 미치광이 야만인들에 의해 린트부름 요새는 정기적으로 포위공격을 받곤 했다. 공룡들은 누구도 그 전설을 믿지 않았지만, 나는 어릴 때 다이아몬드가 돌 속에 박혀 잠들어 있는 광경을 상상하지 않을 수 없었다. 그리고 그것은 내 어린 시절의 환상 속에서 지금 이 다이아몬드의 별과 똑같은 모양이었다. 마치 내 유년 시절에 보았던 한 장소를 찾은 것 같은 느낌이 들었다.

"그래요." 골고가 말했다. "이제 당신은 모든 것을 봤습니다. 수정의 숲, 악마의 부엌, 갇힌 메아리의 동굴, 다이아몬드의 정원, 그리고 다이아몬드의 별까지요. 이제 우리는 가죽 동굴로 돌아가려 합니다."

나는 꿈에서 깨어난 듯이 눈을 비볐다.

"다시 공간이동이 일어나는 건가요?" 내가 물었다.

"유감스럽지만 그래야 할 것 같군요." 골고가 대답했다. "부흐링 족이 아니면 그 누구든 여기까지 오는 길을 알아서는 안 됩니다. 그리고 당신의 경우에는 그게 더 중요합니다. 당신은 작가입니다. 언젠가 당신은 수정의 숲과 다이아몬드의 정원에 대해 글을 쓸 겁니다. 그것은 아무 문제가 안 됩니다. 그것이 당신의 의무니까요. 오히려 우리 왕국의 아름다움이 마침내 차모니아 문학의 한 부분을 차지하게

되면 우리는 기뻐할 겁니다. 거기에 여기까지 오는 길만 들어 있지
않다면 말입니다."

"그런 일은 결코 없을 겁니다."

"물론 없겠지요." 골고는 미소를 지으며 말했다. "하지만 안전하게
해두는 것이 안전하겠지요."

골고와 고피드, 그리고 단첼로트는 나를 에워싸더니 중얼거리기
시작했다.

한 끼 아침 식사와 두 개의 고백

공간이동에 의해 가죽 동굴로 돌아와 내가 다시 의식을 회복한 후,
우리는 남은 시간을 오름을 하면서 보냈다. 나는 특히 아쿠드 외드라
이머("밤이 여유롭게 그 땅으로 내려와 꿈을 꾸며 산의 절벽에 기대었다."),
에젤리아 빔페르슐라크("팔푼이의 피로 차갑게 적시면 마술은 강해지고
좋아진다."), 그리고 레타 델 브라트피스트("아이들은 눈을 몹시 좋아하
고 즐거워하며 그 속에서 논다.")에 관해서 오름을 했다. 햐, 그렇다. 오,
많은 책을 읽는 내 친구들이여, 그대들도 이미 알고 있을 것이다. 델
브라트피스트라는 작가와 그가 눈에 미쳐 있다는 것을.*

---

* 여기서 힐데군스트 폰 미텐메츠는 미드가르드의 고지(高地)에서 읊어지던 서정시와, 그 시를 지은
탁월한 대표 작가를 이야기하고 있다. 수 세대에 걸쳐 차모니아의 어린 학생들과 미텐메츠 자신도 눈
송이, 고드름, 서리꽃, 차가운 발들에 관한 내용이 주로 등장하는 브라트피스트의 겨울 서정시들을
공부하는 고통을 감수해야 했다. 거기서 중요한 것은 시인은 그 고산을 떠난 적이 없어서 영원한 눈

다음 날 아침 골고와 고피드, 그리고 단첼로트가 함께 내게 아침 식사―구운 책 좀벌레와 나무뿌리 차―를 가져왔다. 그들은 내가 식사하는 동안 나를 주의 깊게, 사실 거의 염탐하듯이 관찰했다. 그래서 나는 질문을 하나 해야 했다.

"말해봐요. 당신들은 도대체 언제, 뭘를 먹죠? 나는 지금껏 당신들이 식사하는 것을 본 적이 없어요."

셋은 당황한 듯이 잔기침을 했다.

"왜 그러시죠? 이봐요, 그런 식으로 도대체 무슨 비밀을 영원히 지키겠다는 거죠? 왜 그렇게 끊임없이 기침을 해대거나 킥킥거립니까? 정말 뭔가를 감추고 있는 겁니다! 당신들에 대해 떠도는 이야기 중에는 분명 맞는 것이 있어요. 결국 언젠가 나를 먹어 치우려고 지금 잘 먹여두는 거지요?"

나는 그 말을 그냥 반쯤 농담으로 내뱉은 것인데, 한번 말을 쏟아내자 거의 위협적인 효과를 불러왔다.

고피드와 골고, 단첼로트는 신경을 곤두세우고 각자 다른 방향으로 눈을 돌렸다.

"자, 말해요. 당신들은 뭘 먹고 살죠?"

"사는 것, 읽는 것, 읽는 것, 사는 것. 그 차이가 뭡니까?" 골고가 이해할 수 없는 말을 했다. "사실 '사'와 '읽'이라는 글자 하나 차이죠, 안 그렇습니까?"

"무슨 말을 하려는 겁니까?"

단첼로트는 골고의 옆구리를 쿡 찔렀다.

"이제 그한테 말해줘!"

과 얼음으로 뒤덮이지 않은 풍경은 도대체 상상할 수 없었다는 점이다. 레타 델 브라트피스트는 눈을 표현하기 위한 258개의 단어를 알고 있었다고 한다.

골고는 창피하다는 듯이 눈을 내리깔았다.

"썩 내키는 일은 아니지만." 그는 나직하게 말했다. "우리의 식사습관에 대해 책 사냥꾼들이 흘린 소문에는 사실 뭔가 있긴 있습니다."

"당신들이 마주친 것이면 뭐든 잡아먹는다는 소문 말인가요?"

나는 벌레가 들어 있는 접시를 옆으로 치웠다.

"아닙니다." 골고가 말했다. "다른 소문입니다."

나는 잠시 생각에 잠기지 않을 수 없었다.

"당신들이 책을 먹는다는 거요?"

"바로 그겁니다."

"당신들…… 책을 먹어요?"

"아니요, 예. 어찌 보면 그렇지요. 그렇지만 사실은 아닙니다. 어떻게 말해야 할까요……."

골고는 적당한 말을 찾으려고 애썼다.

"실제로 책을 먹는 게 아닙니다." 고피드가 대신 끼어들어 그를 구해주었다. "우리가 책 좀벌레들처럼 종이를 갉아먹는다는 의미가 아니라는 말입니다. 사실을 말하자면, 우리는 독서를 하면 배가 부릅니다."

"뭐라고요?"

"사실 좀 난처한 일입니다만……." 골고가 말했다. "독서처럼 아주 고도의 정신적인 일을 하면 음식을 소화할 때와 같은 평범한 현상이 우리에게 나타난다는 겁니다."

"믿을 수 없군요!" 내가 말하고는 웃었다. "그것도 당신네들 농담 중 하나지요, 맞죠?"

"독서에 관해서라면 우리는 농담하지 않습니다." 고피드가 진지한 표정을 지으며 말했다.

"그거야말로 내가 지금껏 들어온 것 중 가장 미치광이 같은 말이 군요! 게다가 나는 지난 며칠 동안 그런 이야기들을 익숙해질 만큼 실컷 들었습니다. 대체 그게 어떻게 작용한다는 거지요?"

"우리도 제대로 설명할 수 없습니다." 골고가 말했다. "우리는 부흐 링이지 학자가 아닙니다. 하지만 작용하는 것을 당신한테 증명해 보 일 수는 있습니다. 심지어 내 경우에는 너무 잘 작용하니까요."

그는 좀 근심 어린 표정으로 그의 살찐 몸뚱이 여기저기를 눌렀다.

"나는 내가 원하는 걸 읽을 수 있습니다. 그래서 몸이 뚱뚱해지지 않아요." 단첼로트가 말했다.

골고는 단첼로트를 번뜩이는 눈초리로 쳐다보았다.

"자기가 원하는 모든 것을 뱃속에 채워 넣으면서도 조금도 살이 안 찌는 이런 홀쭉한 타입들을 나는 얼마나 싫어하는지 모릅니다! 어제만 해도 이자는 두꺼운 바로크소설을 세 권이나 읽었습니다. 세 권요! 그런데도 보십시오! 뱀장어처럼 호리호리합니다! 만약 내가 그 랬다가는 나중에 몇 주 동안이나 다이어트 독서를 해야 할 겁니다."

"영양가가 풍부한 책들이 따로 있나 보군요?" 내가 물었다.

"물론입니다. 무엇을 읽을 건지는 매우 신중한 문제지요. 소설은 영 양가가 너무 높아서 조심해야 합니다. 나는 현재 아주 엄격한 서정시 다이어트를 하고 있습니다. 하루에 시 세 편, 그 이상은 아닙니다." 골 고는 신음 소리를 냈다.

"현재 아주 엄격한 서정시 다이어트를 하고 있습니다." 고피드가 조롱하듯이 되풀이했다. "자네는 오늘 그것으로 시작했지."

"우리는 그저 물과 나쁜 공기만 있으면 됩니다." 단첼로트가 말했 다. "그 외에는 독서만으로도 충분합니다. 우리는 어떤 책들이 가장 값진 영양분을 지녔는지 알아내려고 늘 애씁니다.

"고전작품들입니다!" 골고가 엄하게 외쳤다.

"전부 다 그런 건 아니야. 아직은 모른다고." 고피드가 반박했다. "나는 수년 동안 전위적인 후첸 산의 서정시를 읽으면서 자양분을 섭취했는데 그때가 내 생애에서 가장 컨디션이 좋았어."

"너무 좋아서 현실 같지가 않았지." 단첼로트가 말했다. "우리는 이 지하묘지 안에서 잡아먹고 먹히는 무자비한 양육강식의 순환 속에 편입되지 않아도 되는 유일한 생물입니다. 읽을거리는 언제나 충분히 있고요."

"오히려 너무 많은 편입니다!" 골고는 신음 소리를 냈다. "너무 많아요!"

"이따금 나는 우리가 정말 문학을 먹고 사는 유일한 생물이라는 생각이 듭니다." 고피드는 입을 비죽거리며 웃었다. "우리 외에 다른 생물들은 모두 책을 갖고 일할 뿐입니다. 그들은 책을 써야 하고, 원고를 심사하고, 편집하고, 인쇄해야 합니다. 판매, 덤핑, 연구, 평론 쓰기, 그런 것은 모두 일, 일, 일입니다. 반대로 우리는 그것들을 그냥 읽기만 하면 됩니다. 탐독하면서 즐기는 거지요. 책을 주워 삼키는 일, 그거야말로 정말 우리가 할 수 있는 일입니다. 그러면서 그걸로 배도 부를 수 있고요. 나는 어떤 작가와도 바꾸고 싶지 않을 만큼 팔자가 좋은 거지요."

골고의 눈이 번뜩였다.

"예를 들면, 오르카 데 빌스 같은 몇 개의 가벼운 경구로 시작합니다. 다음에는 소네트 한 편을 택합니다. 빔페르슐라크의 시 한 편도 괜찮지요. 그것들 모두 맛이 기막힙니다. 그리고 이어서 얇은 단편소설이나 몇 개의 콩트 같은 것을 주워 삼키고, 마지막에는 주식으로 넘어갑니다. 예, 그래요. 발로노 데 차헤르의 소설 같은 거요.

당신도 이미 알겠지만, 삼천 페이지나 되면서도 그야말로 보잘것없고 온갖 자질구레한 주석들이 붙어 있는 책이지요! 그런 다음에 후식으로는……."

"이제 자네도 생각 좀 고쳐먹어!" 단첼로트가 소리쳤다. "겨우 오늘 아침부터 다이어트를 시작해놓고는 벌써부터 제정신이 아니군."

골고는 입을 다물었다. 그의 입가에서 침이 조금 흘러내렸다.

나는 온갖 질문들이 떠올랐다.

"책 한 권을 두 번 먹을 수도……?"

"완전히 소화한 다음에는 예……, 책 한 권을 몇 번이고 다시 먹을 수 있습니다."

"어떤 것이 더 맛있습니까? 서정신가요, 산문인가요?"

"취향에 따라 다르죠."

"소화하기 어려운 책도 있습니까?"

"공포소설을 읽으면 악몽을 꿉니다. 통속소설은 장기적으로는 포만감을 주지 못하고요. 모험소설은 신경에 좋지 않다고 합니다."

"어휘가 더 풍부한 작가는 그렇지 않은 작가들보다 더 만족감을 줍니까?"

"분명 그렇지요."

"실용서적은 어떤가요?"

"그냥 이따금 시간 날 때나 읽어볼 만합니다."

"요리책은요?"

"우리를 놀리십니까?"

"혹평들이 인쇄된 건 어떻죠?"

"안 좋은 뒷맛을 남깁니다."

나는 몇 시간이고 계속해서 물을 수 있을 것 같았지만 부흐링들이 길을 나서자고 재촉했다. 오늘은 아침부터 오름 행사를 시작한다는 것이었다. 그것은 아주 내 마음에 들었다. 벌써부터 좀 지루했기 때문에 그 일을 빨리 해치우고 싶었다.

가죽 동굴로 가는 도중에 어제 내가 잠들기 직전 머리에 떠올랐던 것이 다시 생각났다. 나는 골고에게 그것을 말하기에 앞서 잠시 망설였다. 그러다가 용기를 냈다.

"저 이봐요, 골고. 뭐 하나 물어볼 게 있는데요……"

"흠." 골고가 반응했다.

"공간이동에 관한 겁니다. 당신들은 나를 부흐하임의 지상으로 공간이동시킬 수 있나요?"

"에…… 아니오!" 골고가 대답했다.

"왜죠? 당신들이 저 위에 올라가면 숨을 쉴 수 없다는 것과 상관있나요?"

"예." 골고는 좀 불확실하게 말했다. "그것이 중요한 이유죠."

"그렇다면 당신들이 조금만 지상 쪽으로 나를 옮겨다놓으면 어떨까요? 당신들이 숨을 쉴 수 있는 곳까지만요."

"에에……" 골고는 난처한 듯 말끝을 흐렸다.

"이제 그한테 말해줘야 해." 단첼로트가 끼어들었다. "여기까지 왔으니 이제 털어놓을 수 있잖아."

"그래." 고피드가 말했다. "어째서 그래? 그한테 말해줘."

"그럼 좋아." 골고가 말했다. "그러니까 사실은 우리가 당신을 조금 속인 겁니다. 우리는 공간이동을 전혀 할 줄 모릅니다."

"모른다고요?"

"예, 유감스럽게도."

"그럼 내가 어떻게 해서 가죽 동굴로 온 겁니까? 어떻게 수정의 숲으로 갈 수 있었고 다시 돌아올 수 있었던 겁니까?"

"다른 누구도 할 수 있듯이…… 걸어서입니다."

그것이 사실인 것은 적어도 내 근육통이 설명해줄 수 있을 것 같았다. 공간이동을 하고 난 후의 내 다리는 늘 마치 아주 오래 걸은 뒤처럼 몹시 아팠다.

"그런데 어째서 나는 아무 기억도 할 수 없는 거지요?"

"우리가 당신에게 최면술을 걸었기 때문입니다. 그게 전부입니다. 최면술은 정말 잘합니다."

"당신들이 최면을 걸 줄 안다고요?"

"그럼요. 게다가 우리는 최면술의 대가들입니다."

"최고의 최면술사들이지요." 단첼로트가 말했다.

고피드는 크게 부릅뜬 눈으로 나를 뚫어져라 응시했다.

"내 눈을 쳐다봐요…… 내 눈을 쳐다봐요……!" 그가 중얼거렸다.

골고가 그를 밀쳐냈다.

"쓸데없는 짓 그만둬!" 그가 말했다. "그래요. 우리는 정신을 마음대로 조작하는 분야에서는 진짜 대가들입니다. 바로 그것이 어떤 책 사냥꾼도 감히 여기까지 침입하지 못하는 원래 이유이기도 합니다."

"그 관계는 이해가 안 되는군요."

"이따금 우리는 미로 속으로 들어온 책 사냥꾼 가운데 한 명을 염탐하고 동정을 살핍니다." 고피드는 입을 비죽거리면서 웃었다. "그런 다음에 그에게 최면을 겁니다. 그러고 나면 그 책 사냥꾼은 면도날처럼 날카로운 이빨을 가진, 키가 삼 미터나 되는 거대한 부흐링 족한테 자기가 잡혔다가 풀려났다고 믿게 되지요. 그리고 자기 동료들한테 가서 그 이야기를 아주 그럴듯하게 믿도록 퍼뜨립니다. 그렇게 해서 부흐링 족에 대한 많은 전설들이 생겨난 겁니다. 우리가 그런 전설들을 세상에 내보내 퍼뜨리게 한 거지요."

"당신네들 누구나 그걸 할 수 있단 말입니까?"

"부흐링 족은 혼자서는 아무에게도 최면을 걸 수 없습니다." 단첼
로트가 말했다. "집단적으로 해내는 겁니다. 적어도 세 명 이상이어
야 합니다. 숫자가 많으면 많을수록 더 좋습니다. 부흐링 족 전부가
힘을 합치면 아마 군부대 전체에게도 최면을 걸 수 있을 겁니다."

"누구한테나 최면을 걸 수 있습니까?"

"꿈을 꿀 수 있는 자라면 누구에게나 최면을 걸 수 있습니다." 골
고가 말했다. "언젠가 용암벌레에게 최면을 건 적이 있습니다. 용암
벌레들이 무슨 꿈을 꾸는지는 전혀 알 길이 없지만 최면이 걸린 걸
보면 그들도 꿈을 꾼다는 게 확실하지요."

"우리가 여기서 얘기하는 것은 무슨 대목장 같은 데서 보여주는
싸구려 최면술이 아니라," 고피드가 말했다. "가장 최고 수준의 정
신적 조작을 말하는 겁니다. 우리는 당신이 원한다면 어떤 생물로
든 변하게 할 수 있어요. 적어도 당신은 자신이 정말 그 생물이 되었
다고 믿게 될 겁니다. 아니면 어떤 식물이나 수정이 되었다고 믿던가
요. 우리는 당신을 지하묘지의 별로 변형시킬 수도 있습니다. 우리가
원하기만 하면요."

"사실입니까?"

"한번 실험해볼까요?" 골고가 미소를 지으면서 물었다. "어때요,
흠?"

오리개구리와 구더기

잠시 후에 우리는 다시 가죽 동굴로 와 있었다. 골고는 그 안에 꽉 들어 차 있는 수많은 부흐링 족에게 집단적인 최면술을 실험하기 때문에 오름은 미뤄질 거라고 알렸다.

나는 내 주위에 몰려든 부흐링 족이 기대에 찬 눈으로 나를 관찰하는 것을 보자 그제야 어딘가 좀 수상쩍다는 생각이 들기 시작했다. 그러나 지금 와서 물러설 수도 없었다. 그 소식을 전하자마자 그들은 흥분했고 기쁨에 젖어서 모두 호들갑스럽게 수다를 떨었다. 보기에 그들에게는 나를 어떤 생물로 변형시킬지 이미 소식을 듣고 있는 것 같았다. 왜냐하면 여러 동물들의 이름이 실내 여기저기서 들먹여졌기 때문이다.

"난 뭘 상상하게 되는 건가요??" 나는 겁에 질려 골고에게 물었다.

"그건 당신한테 말해줄 수 없습니다." 골고가 말했다. "만약 그랬다가는 최면술이 작동하지 않으니까요. 당신 몸에 경련이 일어나서 최면술을 중단해야 할 겁니다. 지금 우리가 당신에게 최면술을 걸게 되리라는 것을 당신이 아는 것만으로도 충분히 힘들게 됐어요. 놀라운 일이 생기도록 그냥 기다려봐요!"

그야말로 대단했다! 나는 깊이 생각해보지도 않고 승낙했던 나자신을 저주했다. 그러면서 불안도 더욱 커졌다. 차라리 오름을 했더라면 더 좋았을 텐데!

"내 명령에 따르시오!"

골고가 외쳤다. 부흐링들은 입을 다물었다. 모든 눈들이 내게로 향하더니 모두가 중얼거리기 시작했다.

나는 기다렸다.

그들은 중얼거렸다.

나는 계속 기다렸다.

그들은 계속 중얼거렸다.

아무 일도 일어나지 않았다. 그러고 보니 예전의 트럼나팔 음악이 훨씬 더 효력이 강했던 것 같다! 나는 아무것도 느끼지 못했다. 전혀 아무것도. 피로감조차 느끼지 못했다. 아마도 한꺼번에 너무 많은 일이 일어나서 그런 것 같았다. 아니면 내가 최면에 걸릴 거라는 생각에 몰두하고 있어서 그들의 최면술이 통하지 않는 걸까? 그랬다. 내가 최면에 걸리고 싶어 하지 않기 때문에 그들은 내게 최면을 걸 수 없었다! 나는 의지가 강하고 최면에 걸리지 않는 오리개구리* 였던 것이다.

그렇다. 나는 당당한 오리개구리였다. 나는 교미기에 있는 오리개구리였다. 나는 내가 점유하고 있는 지역의 영유권을 주장하면서 암컷 오리개구리들의 주의를 내게로 끌기 위해 뺨을 부풀리면서 아주 큰 소리로 오리개구리 울음소리를 내기 시작했다. 나는 여기저기 비틀거리고 돌아다니면서 부흐링 족에게 그들의 한계를 알리고 여기가 바로 오리개구리의 영역이라는 것을 알리려고 위엄 있게 부풀린 내 뺨을 과시했다! 나는 깃털을 부풀리면서 열심히 오리개구리 소

---

* 오리개구리가 무엇인지 차모니아에서는 고피드 레터케틀이 『차닐라와 오리개구리』라는 장편소설을 쓴 이후로는 누구나 알고 있다. 그래서 미텐메츠는 여기서 이 우스꽝스러운 동물에 대한 묘사를 생략하고 있다. 오리개구리란 주로 습지에 사는 아주 드문 동물로 오리와 개구리 사이의 변종으로 묘사된다. 오리개구리는 오리 주둥이와 솜털이 난 깃털을 갖고 있고 개구리처럼 팔딱팔딱 뛰기에 적합한 다리와 부풀려지는 뺨을 갖고 있다. 오리개구리가 낼 수 있는 매우 독특한 울음소리를 '오리개구리 울음소리'라고 하는데 그것은 오리의 꽥꽥거림과 개구리의 꽥꽥거림의 중간 소리이다.

409

리를 질러댔다. 나는 오리개구리라는 존재에 흠뻑 젖어 있었다.

부흐링 족이 히스테릭하게 웃어대는 소리를 무시하려고 애썼다. 부흐링 족에게는 더 이상 흥미가 없었다. 그런데 암컷 오리개구리는 어디 있지? 나는 너무나 애절한 오리개구리가 되어 있었기 때문에 암컷이 내 억제할 수 없는 유혹의 외침을 듣지 못한다는 생각을 전혀 하지 못했다.

부흐링 족은 그들의 중얼거림의 음조를 바꾸었다. 그 소리는 이제 현저하게 낮아졌고 나는 내가 사실은 한 마리의 구더기라는 생각이 들었다. 물론 책을 파먹는 구더기였다! 나는 여기서 무엇 때문에 오리개구리 시늉을 하고 있는 걸까? 나는 지체 없이 부흐링 족 앞에서 엎드려서 먼지 속을 뚫고 그 부근을 기어 다녔다. 그들 가운데 몇명이 웃고 킥킥거려도 상관없었다. 나는 한 가지 사명을 띠고 돌아다니고 있었으므로 다른 족속들의 이상한 행동에 흔들려서는 안 되었다. 나는 책을 찾고 있었다.

기는 것, 기는 것, 나는 책을 발견할 때까지 그 짓을 하겠다고 결심한 것이다. 기어야 한다. 비열한 부흐링들이 내 허벅지를 두드려도 나는 거들떠보지 않았다. 기어야 한다. 계속해서 먼지 속을 뚫고 이리저리 기어야 한다. 마침내…… 그래…… 책을! 물론 나는 책 좀벌레들의 적이면서 동시에 그들의 주식인 책을 찾아냈다! 그것은 즉시 폐기되어야만 한다. 그것이 내의 임무였다! 나는 이미 좀 오래되고 낡은 책으로 배고파 헐떡거리면서 달려들었다. 그 책에서 썩은 냄새가 진동했지만 그래도 나는 무자비하게 입을 벌려 그것을 갈가리 찢어내 씹어 먹었다.

이제 나는 배가 부르고 아주 만족스러웠다. 내 사명을 완수한 것이다. 그럼 다음에는 무엇을 할 수 있을까? 나는 깊이 생각할 필요가 없었다. 대변을 조금 보게 될 테니까. 그래, 나는 그렇게 할 것이다.

⟨⟨ 송어 떼 속의 날카로운 이빨을 가진 민물고기

이제부터는 오, 내 충실한 친구들이여, 내게 새로운 삶이 시작되었다. 부흐링 족은 나를 그들의 공동체 속에 받아들였으며 또 나로 하여금 종전의 내 존재를 잊도록 하는 것을 그들의 사명으로 삼은 것 같았다. 그리고 나를 그들이 하는 여러 활동에 끌어들임으로써 부흐하임의 지상으로 돌아가고 싶어 하는 내 꿈을 짓밟아버리려는 것 같았다. 우리는 몸의 형태가 서로 달랐기 때문에, 나는 마치 송어 떼 속을 헤엄치는 날카로운 이빨을 가진 민물고기처럼 느껴졌다. 그러나 몇 날 몇 주가 지나자 이런 낯선 느낌은 점차 줄어들었다. 점차 나는 내 불안을 잊어가고 있다는 사실을 즐겼다. 이곳에서 나는 안전했다. 이 안에서 나는 안락한 벽에 둘러싸여 보호받고 있었고, 철저하게 읽히고 연구되기를 기다리는 책들과 자연의 경이로움으로 가득 찬 세계 안에 머물고 있었다.

물론 나는 지상으로 되돌아가고 싶은 욕구를 완전히 억누르지는 않고 있었지만, 그러나 이와 관련된 계획들은 우선 뒤로 제쳐놓았다. 나는 신선한 힘을 모으기 위해서 시간을 이용할 생각이었다. 부흐링 족 곁에 머무는 것을 거칠고 낯선 종족에게로 탐사여행을 떠난 것으로 간주했으며, 어느 날엔가 내가 쓰고 싶은 책을 위한 자료수집의 연장으로 여겼다.

나는 살아 있는 도서실로 둘러싸여 있었다. 그 도서실이란 가죽 동굴의 기계 속에 있는 눈귀를 가진 진기한 책들이 아니라, 끊임없이 내 주변을 오가며 그들이 외운 작품들을 낭송하는 바로 부흐링 족이었다.

내가 어디를 가고 어디에 서 있든 내 주위로 문학이 에워쌌다. 한 명 또는 여러 명의 부흐링들이 내게 간언을 하고 시구나 산문을 내게 쏟아붓고 단편소설, 경구 또는 소네트를 낭독했다. 청각이나 신경에 지속적으로 부담을 줄 수 있을 것처럼 들리는 것들도 내게는 멋진 꿈과 같았다. 부흐링들이 그들의 텍스트로 재미있게 놀이하는 방식은 최고의 수준이었기 때문이다. 숲속의 시간에서 낭송 대가들이 하는 것보다 더 나은 것도 있었다. 왜냐하면 부흐링 족은 전문적인 낭송가들일 뿐만 아니라 자기들의 문학 자체를 사랑했기 때문이다. 몸집이 땅딸막하고 외눈박이인 그들의 신체적 한계에도 불구하고 얼굴 표정을 바꿔가며 몸짓을 쓰는 능력은 대단했으며, 그들의 목소리는 마치 경험 많은 연극배우들처럼 매우 숙련되어 있었다. 이런 경험을 전혀 해보지 않은 사람이라면 과연 그처럼 끊임없이 생생하게 다가오는 문학을 얼마나 가까이 느낄 수 있을까.

나는 이제 골고, 고피드, 단첼로트 외에 다른 부흐링 족과도 사귀었으며 특히 내가 가까워지려고 노력하는 부흐링들은 그들의 작품이 내게 지속적으로 흥미를 주는 경우였다.

예를 들어 페를라 라 가데온은 비록 이따금 우울해 보이기는 했지만 사귈 만한 친구였다. 그는 서정시를 다루는 법에 대한 온갖 것을 내게 가르쳐주었으며, 머리카락을 쭈뼛하게 할 단편 공포소설에 대해서는 더 많은 것을 가르쳐주었다. 또 발로노 데 차헤르라는 친구는 두꺼운 소설을 쓰기 위해 필요한 긴 서사적 호흡과 많은 양의 커피를 마셔도 끄떡없을 커다란 심장을 갖고 있었다. 그는 수십여 편의 소설들에 등장하는 인물들과 뒤얽힌 줄거리들을 머릿속에 모두 기억하고도 미치광이가 되지 않을 수 있는 정신적 기술을 내게 털어놓았다.

오르카 데 빌스는 재치가 풍부한 수다쟁이여서 그가 있으면 언제나 최고 수준의 여흥을 만끽할 수 있었다. 그는 여지껏 부차적이거나 저속한 것을 말하는 법이 없었다. 그가 읊는 문장 하나하나는 잘 갈고닦은 경구가 아니면 아주 훌륭하고 멋진 착상이었다. 나는 그와 담화할 때면 거의 입을 열 엄두도 못 냈는데, 그 이유는 내가 말하려는 모든 것이 그의 앞에서는 어리석고 지루해 보였기 때문이다.

나는 단첼로트와 특별한 관계를 맺었다. 그가 내 대부시인의 작품 중에서 이따금 어느 구절을 낭독할 때면 나는 감동을 받으면서 마치 고향에 있는 느낌이 들곤 했다. 반면에 그는 내게서 린트부름 요새에 대해 무엇을 캐내거나 아니면 대부시인의 생애에 대해서 무언가를 쥐어짜내기 위해 내 가까이에 있으려고 했다. 나는 그들 둘을 구별하기 위해서 내심 그들을 각각 단첼로트 1(나의 대부), 단첼로트 2(부흐링)라고 부르기로 했다. 단첼로트 2는 이제 단첼로트 1이 더 이상 아무것도 출판할 수 없다는 서글픈 확신을 갖게 되자 그에 대해 더 많은 것을 알고 싶어 했다. 심지어 나의 대부시인이 스스로를 닦지 않은 안경들로 가득 차 있는 궤짝이라고 믿었던 시기에 대해서도 알고 싶어 했다. 나는 단첼로트 2에게 내가 알고 있는 그의 짧은 시를 읽어주었다. 그는 그것을 곧바로 머릿속으로 빨아들이더니 자신이 암송한 부분을 즉각 다시 되뇌었다.

나는 검다. 나무로 되어 있고 늘 잠겨 있다.

그들이 던진 돌에 맞은 이후로
내 안에는 수천 개의 흐릿한 렌즈들이 들어 있다
내 머리가 사라져버린 후로는
어떤 약도 도움이 안 된다.
나는 닦지 않은 안경들로 가득 찬 궤짝이다.

어느 날 나는 단첼로트 2에게 내가 여전히 몸에 지니고 있는 원고에 대해 얘기해주었다. 지난 며칠 동안의 혼란 속에서 나는 그것을 거의 잊고 있었다. 나는 그에게 원고를 읽어보라고 권했다.

"내 대부시인은 이 원고에 너무 감동해서 글 쓰는 일을 그만두고 말았어요. 내 생각엔 당신도 그를 알아야 될 것 같아서요."

나는 단첼로트 2에게 원고를 건네주었다.

"차라리 이걸 읽지 않는 게 좋겠습니다. 만약 그 사실이 맞다면 내가 그가 쓴 단 한 권의 책만 연구하지 않을 수 없는 데는 그의 책임이 있습니다. 나는 사실 그를 전혀 좋게 보지 않습니다."

"그냥 보기만이라도 하세요."

단첼로트 2는 한숨을 내쉬더니 마지못해 읽기 시작했다. 나는 그의 움직임 하나하나를 관찰했다. 불과 몇 초 후에 나는 그의 앞에 전혀 없는 존재가 되었다. 그는 눈으로 텍스트 위를 빠르게 훑어가면서 힘겹게 숨을 쉬고 입술을 처음에는 묵묵히 움직이더니 이내 큰 소리로 읽어갔다. 어느 때 가서는 웃기 시작했다. 처음에는 낮게 딸꾹질을 하더니 점차 힘차게 웃다가 마침내 주먹으로 무릎을 마구 때리면서 히스테릭한 소리를 질러댔다.

얼마간 진정을 하고 나자 그의 눈에 눈물이 가득 고이면서 나직하게 훌쩍거리기 시작했다. 그러더니 마침내 그 원고의 끝까지 다 읽어갈 즈음에 그의 시선이 경직되었다. 몇 분 동안이나 그가 말없이 그대로 있자 드디어 내가 침묵을 깼다.

"당신 생각엔 어때요?" 내가 물었다.

"정말 대단합니다. 당신의 대부시인이 왜 글쓰기를 그만두었는지 이제 이해가 갑니다. 이건 내가 지금까지 읽었던 것 중 최고입니다."

"누가 그것을 썼을지 짐작 가는 데가 있나요?"

"아니요, 만약 이런 글을 읽어본 적이 있었다면 그를 기억했을 겁니다."

"단첼로트 대부는 그를 부흐하임으로 보냈습니다."

"그렇다면 그는 부흐하임에 결코 도착하지 않았을 겁니다. 만약 그가 여기 왔다면 지금쯤은 유명해져 있을 테니까요. 그리고 차모니 아에서 가장 위대한 작가가 되었을 겁니다."

"나도 그렇게 믿어요. 그런데 대부시인이 그와 함께 여기로 보낸 편지가 당신들의 경이로운 방에 들어와 있었지 않습니까."

"나도 알아요. 그 편지를 다 외우고 있습니다. 그래서 사실 그게 수수께끼입니다."

"그 수수께끼는 내가 결코 풀지 못할 것 같군요." 나는 한숨을 내쉬며 말했다. "편지를 돌려주시겠어요?"

단첼로트 2는 그 원고를 자기 몸 쪽으로 확 끌어당겼다.

"그 전에 이것을 암기해도 되지요?" 그가 간청했다.

"물론이지요."

"그럼 하루만 시간을 주십시오. 지금은 이것을 다시 읽을 수 없습니다."

"왜요?"

"그러다가는 내 배가 터져버릴지도 모르니까요." 단첼로트 2는 미소를 지었다. "지금까지 읽은 어떤 원고도 이렇게 포만감을 느끼게 한 적이 없었거든요."

책 도제

그 후에 나는 그 원고를 몇 명의 다른 부흐링에게도 보여주었다. 그때마다 매우 비슷한 결과를 얻었다. 그들 모두가 그 원고에 매료되었지만 그 누구도 작가가 누구인지는 모르고 있었다. 그 텍스트를 암기하고 싶어 하는 자들도 많았는데, 그들 대다수는 골고처럼 자기가 연구하는 작가들 때문에 큰 부담을 느끼고 있지 않아 다른 문학을 받아들이는 데에도 흥미를 느끼고 있었다.

나는 린트부름 요새에서 나의 족속들을 좋아했던 것처럼 이 부흐링 족도 좋아하기 시작했다. 심지어 나는 그들이 조금은 더 좋기도 했는데, 그들이 나를 자신들의 삶의 중심점으로 삼은 것이 너무 감동적이었기 때문이다. 부흐링 족은 내 가까이 있고 싶어 했는데, 그들 눈에 내가 진짜 시인으로 보였거나 아니면 그보다 훨씬 더 흥미로운 것, 다시 말해 앞으로 작가가 되려고 하는 인물로 보였기 때문이다. 이미 완성된 작가들은 그들도 족히 알고 있었다. 반면에 내게서 그들은 앞으로 탄생할 한 예술가의 특성을 형성하는 데 직접 기여하고 영향을 끼칠 수 있는 기회를 포착한 것이었다. 나는 갑자기 수백 명이나 되는 작은 체구의 외눈박이 대부시인들을 갖게 되었으며 그들은 헌신적으로 나를 돌봐주었다. 그리고 내 스승이었던 단첼

416

로트 1처럼 그들도 내 장래에 대한 조언을 지치지 않고 해주었다. 부흐링들의 다양한 모습만큼이나 아주 다양한 조언들이었다.

"결코 문손잡이의 시각에서 소설을 쓰지 말아요!"

"외래어는 대다수의 독자들에게 낯설게 들리기 때문에 그렇게 불리는 겁니다!"

"정말로 꼭 적합한 수의 단어들만 한 문장 안에 넣어요!"

"온점이 벽이라면, 쌍점은 문입니다."

"수식어는 주어의 천적입니다."

"만약 당신이 술에 취해 어떤 글을 썼다면, 그 텍스트를 깨어났을 때 다시 한 번 읽어봐요. 인쇄하기 전에요."

"수은으로만 글을 써요. 그러면 물 흐르듯 이야기를 써갈 수 있습니다."

"주석들이란 서가 맨 아래에 있는 책들과 같습니다. 몸을 굽혀서 봐야 하므로 아무도 그것을 즐겨 읽지 않습니다."

"한 개의 문장 안에 백만 마리 이상의 개미들이 등장해서는 안 됩니다. 개미에 관한 학술서적을 제외하고는요."

"짧은 시는 손으로 뜬 종이에 쓰는 것이 제격입니다. 반면에 단편소설은 양피지에다 쓰지요."

"세 번째 문장을 쓰고 난 후에는 언제나 숨을 깊이 들이마셔요."

"괴기소설은 목덜미에 차가운 행주를 걸친 채 쓰는 것이 가장 좋아요."

"당신이 쓴 문장들 가운데 강낭콩을 집어 올리려고 애쓰는 코끼리의 긴 코를 상기시키는 문장이 있으면 그건 다시 생각해봐야 할 겁니다."

"한 명의 시인이 표절하면 절도이지만, 많은 시인들이 표절하면 그것은 탐구입니다."

"두꺼운 책들은 지은이가 짧게 쓸 시간이 없었기 때문에 두꺼워진 겁니다."

나는 비록 부흐링이 되지는 못했어도 최소한 부흐링 족의 도제가 되어 있었다. 그들은 빗발치듯 선의에서 나온 조언들과 기술적인 충고들은 물론 그들이 겪은 체험들을 내게 쏟아부었다. 나는 그것들을 모두 다 기억하려고 애썼지만 그중 가장 분명한 것들만 내 마음속에 남았다. 그 충고들은 서로 상충하는 경우도 드물지 않았다. 그리고 내 주위에서 두세 명 이상의 부흐링 족이 자기들의 인용문들을 마치 화살처럼 쏟아내며 서로 말다툼을 벌이는 일도 아주 흔했다.

나는 이 외눈박이들 사이에서 그들에게 새로운 삶의 내용이 되어 있었다. 그들이 하는 모든 행위의 살아 있는 증거이자 특히 그들의 오름 의식의 증인이었다. 그들은 자신들의 머리에 축적한 모든 것들을 내게 전수할 수도 있었다. 그들은 그들이 지니고 있는 지식을 내게 넘기는 것이 가장 비옥한 토지 위에 씨를 뿌리는 것과 같아 언젠가는 풍요로운 수확을 맺을 거라고 믿고 있었다. 나는 부흐링 족이 영위하고 있는 익명의 삶 속에, 아마도 그들이 그토록 갈구하면서 자신들을 소모시키고 있는 바로 그 일에 의미를 부여해주고 있었다.

부흐링 족의 왕국에서 나의 일상의 모습은 다음과 같았다. 아침이 되어 내가 하품을 하면서 잠자리에서 나오면, 즉시 부흐링 한 명이 내 발치에 따라붙어 몇 개의 멋진 시구로 내 생각을 작동시켰다.

"여명이여, 그대는 나를 성급한 죽음으로 이끌려고 비추는가? 그것이 곧 트럼나팔을 불면 나도 내 생명을 놓아야 하리니……."

그 사이에 내가 직접 준비한 아침 식사를 먹을 때면 대개 더 많은 외눈박이들이 내 곁에 모여들어 자신들이 주고받은 편지들 가운데서 교대로 낭독했다.

"친애하는 고피드 레터케를, 『차닐라와 오리개구리』의 헌정본을 보내줘서 고맙습니다! 오리개구리를 비극소설의 주인공으로 만들다니 그야말로 대담하더군요! 특히 그가 사랑의 고통 때문에 악령들의 계곡으로 뛰어내리기 전 며칠 동안이나 오리개구리 소리로 외치는 대목은 내게 매우 감동을 줬습니다. 당신이 내딛은 그 대담한 발걸음으로 아마 당신은 오리개구리들로 넘쳐나는 차모니아에 오리개구리 문학의 기원을 열게 될 것입니다. 저도 역시 오리개구리 소설을 한 권 쓰려고 구상중입니다. 안부를 전하며, 당신의 브룸리 스테로가 올림!"

그러고 나면 나는 보통 가죽 동굴로 가서 책 기계장치 위로 기어올라가 마음에 드는 책을 찾아내 건성으로 조금 읽어보곤 했다. 그럴 때 대개는 골고가 나와 동행했는데 그는 특히 기계 가까이에 머물렀다. 그 이유는 그 기계의 비밀을 캐내는 것을 자기 사명으로 삼고 있었기 때문이다. 그는 그 기계의 움직임에서 어떤 규칙성을 발견했다고 믿고 있었다. 그래서 지금은 바야흐로 지하묘지의 마지막 비밀을 해명할 수 있을 거라고 믿는 아주 복잡한 일람표를 만드는 데 여념이 없었다.

내가 가죽 동굴을 떠나면 곧바로 몇 명의 부흐링이 내 뒤에 붙어내가 횡갱들 사이를 산책하는 동안에도 교대로 재치 있는 산문이나 경구들을 낭독해댔다. 그들은 대단히 뽐내는 자세로 낭독을 하면서 내 곁에 붙거나 뒤를 따라다녔다. 그래서 우리들은 마치 떼 지어 몰려다니는 오리 가족 같은 독특한 인상을 주었다. 다만 우리는 오리들처럼 꽥꽥거리는 대신에 격언이나 경구 따위를 큰 소리로 낭송하고 있었다.

"독서란 스스로 생각하는 것을 절약하는 지적인 방법이다."

"터널의 끝에서 빛나는 빛은 종종 죽어가는 발광해파리에 불과하다!"

"글을 쓴다는 것은 고독으로부터 뭔가 품위를 쥐어짜는 절망적인 시도이다. 그리고 얼마간의 돈도!"

나는 또 부흐링 족이 책을 수선하는 곳에서 일하는 것을 즐겨 바라보았다. 거기에서 나는 책을 만들고 수선하는 법은 물론 다양한 종이로 인쇄하는 기술과 화학처리에 대해서도 몇 가지 배웠다. 다행히도 서적요양소로 들어오는 책은 대개는 마치 새로 태어난 것처럼 말끔하게 변해 다시 나갔다. 난쟁이들은 손상된 종이나 가죽을 원상 복구하는 갖가지 기술들을 알고 있어서 그들의 기술을 다 발휘하고 나면 그 환자는 곧 새로 인쇄되고 장정되어 전보다 더 아름답고 값진 모습으로 변했다.

그리고 나면 오후는 장편소설의 시간이었다. 발로노 데 차헤르, 클라스 라이슈덴크 또는 이야기식 산문에 풍요로운 레퍼토리를 가진 다른 부흐링들이 내게 그들의 소설을 낭독해주었다. 그것은 마치 내 주위에서 공연되는 위대한 연극과도 같았다. 시작도 중간도 끝도 없이 단지 『차모니아의 문학과 그 무한한 가능성들』이라는 제목만 있는 희비극 같았다.

그렇게 나는 살아 있는 문학들에 끊임없이 둘러싸여 있었다. 나는 한 번 숨 쉴 때마다 한 가지 착상을 빨아들이곤 했다. 한 걸음 내딛기만 하면 벌써 차모니아의 바로크시대에서 근대로 옮겨와 있었다. 한 번 한숨을 쉬기만 하면 수십 명의 부흐링이 걱정을 하면서 내 겉옷에 매달려 안부를 묻곤 했다. 그 전에는 한 번도 누가 내게 그런 관심을 보여준 적이 없었다.

저녁이 되면 가죽 동굴에 모여서 정신적인 교류를 나누었다. 벽난로 가에 앉아서 문학에 대해 잡담을 하기도 하고 말다툼도 하고 낭송을 하면서 웃기도 했다. 여기서 부흐링 족은 부지런한 일과 후의 휴식을 즐겼다. 그들은 내게 책들은 물론, 지하묘지의 지도나 경이로운 방에서 나온 습득물들을 보여주었고 내가 전혀 모르는 잊혀진 작가들에 대해서 설명해주기도 했다. 책 사냥꾼들이 부흐링 족에 대해 무시무시한 이야기들을 들려주었던 것처럼, 부흐링 족은 거꾸로 책 사냥꾼들에 대한 무시무시한 이야기들을 들려주었다. 그런 다음에 나는 대개는 피로에 지쳐 잠자리에 들었고 꿈을 꾸었다. 물론 책에 관한 꿈이었다.

₹8
착 히티 춉

"그런데 내가 정말로 책을 먹은 겁니까?" 나는 우리가 다시 책 기계장치 앞으로 와 서서 움직이는 서가들을 바라보고 있을 때 골고에게 물었다. "최면에 걸렸을 때 말예요."

"제본이 마음에 안 들었는지 그냥 뿌리쳤습니다." 골고는 히죽 웃으면서 말했다.

"진짜 책 구더기들도 그렇게 합니다. 그것은 정확한 생물학적 상상이었습니다."

그것으로 벌써 오랫동안 나를 괴롭혔던 의문은 마침내 해명되었다. 나는 또 다른 의문이 하나 떠올랐다.

"부흐링 족은 원래 어디에서 왔습니까?"

골고는 머뭇거렸다.

"그러니까 아주 자세히는 우리도 모릅니다. 추측하건대, 알 속에서 병아리가 자라듯이 우리도 책 속에서 생겨 자란 것 같습니다. 지하묘지 아주 깊은 곳에서 잠자고 있는 아주 오래되고 파손되기 쉬우며 해독 불가능한 룬문자들로 쓰인 책들 속에서요. 어느 때가 되면 책은 마치 알껍데기처럼 깨집니다. 그러면 도롱뇽처럼 작은 부흐링 족 하나가 그 속에서 미끄러져 나오지요. 그는 가죽 동굴까지 찾아옵니다. 그것은 본능입니다, 아마도."

"그게 정말인가요?"

"해마다 몇 명의 새 부흐링이 가죽 동굴로 찾아오거나 아니면 우리가 그들을 이 주변에서 발견합니다. 그때 그들은 엄지손가락보다도 훨씬 작고 말도 할 줄 모르며 기억력도 없지요. 그러면 우리는 그들에게 먹을 책을 줍니다. 당신도 이미 알듯이, 우리는 자동적으로 독서를 합니다. 우리는 그렇게 타고났습니다. 그러면 순식간에 그들은 말을 할 줄 알게 됩니다. 그렇게 해서 부흐링 족의 공동체는 점점 더 커집니다. 아주 서서히. 어이, 조심해요. 이제 이 서가는 곧 뒤로 움직이다가 기계 속으로 사라질 겁니다. 내기할까요?"

바로 그 직후에 녹슨 기계의 내부에서 격렬하게 삐걱거리는 소리가 나더니 골고가 말한 그대로 움직였다. 그는 만족한 듯이 히죽 웃더니 그의 일람표에다가 비밀스런 표지를 해두었다.

"하지만 다른 곳에서 왔을 수도 있잖아요, 안 그래요?" 내가 물었다.

"맞아요. 우리는 운하임의 악취 나는 쓰레기장에서 나왔거나 아니면 악명 높고 잔인한 책 연금술사들의 증류기에서 나왔을 수도 있습니다. 그렇지만 망가지고 부패한 오래된 책에서 나왔다는 이야기를 우리는 가장 아름다운 것으로 여깁니다."

그러는 사이에 나는 골고에게 그가 모든 것을 설명하려고 벼르는 사이비 학문이론에 대해서는 물론 오름에 대한 그의 전통적인 믿음에 대해서도 더 이상 묻지 않게 되었다. 그런 것을 묻다 보면, 그가 자신이 알고 있는 광물이론을 끊임없이 인용하면서 설교하기 일쑤였기 때문이다. 나도 역시 부흐링 족이 책에서 기어 나온다는 상상이 멋지다고 여기고 그쯤 해두었다.

나는 부흐링 족의 왕국으로 들어와 살게 된 날짜 세는 일을 중단했다. 왜냐하면 수를 센다는 것은 결코 내 장기가 아니었을뿐더러, 여기에서는 시계는 물론, 원래 날이라는 것이 없었기 때문이다. 내 생각에는, 오, 친애하는 친구들이여, 내가 그동안 몇 가지 배운 것이 있다고 주장한다 해서 뽐내는 것은 아니다. 그 난쟁이들이 하는 말들을 주의 깊게 인내심을 갖고 들어준 것만으로도 내 어휘력은 대단히 늘어났으며, 이제 수도 없이 많은 장편소설과 단편소설, 희곡, 시, 산문, 그리고 편지들의 줄거리도 알게 되었다. 나는 내 주위에 있는 모든 이들이 잠에 빠질 때까지 쉴 새 없이 경구들을 암송할 수 있었고, 또 무수한 풍경들에 대한 묘사도 능숙해져서 어느 대륙 전체를 그런 묘사 문장들로 장식할 수도 있었다. 플롯의 틀, 클라이맥스의 곡선, 등장인물의 성격, 놀라운 반전, 호흡이 긴 이야기의 전개, 극적인 열쇠 등, 부흐링 족은 내가 평생이 걸려도 읽어내지 못했을 아주 많은 문학 자료와 기술을 나한테 전수해주었다. 나는 이제 좋은 대화란 어떤 소리로 울려야 하는지 알았으며, 책을 쓸 때 어떻게 시작하면 독자들을 순식간에 빨아들일 수 있고, 또 어떻게 하면 수천 명이나 되는 소설 속 인물들을 서사적인 호흡에 따라 체계적으로 파국으로 몰아넣을 수 있는지도 알게 되었다. 나는 너무도 많은 시를 들어서 때로는 무의식적으로 시어로 말을 했으며, 눈[雪]에 해당되는 단어는 레타 델 브라트피스트만큼이나 많이 알게 되었다.

부흐링 족은 다행히도 속물 문학가들이 아니었다. 그들은 고전작가들만 암기하는 것이 아니라 통속문학 작품들도 암기하고 있었다. 『칼트블루트 왕자』 소설 시리즈를 전부 암기하고 있는 자가 있는가 하면, 나와 정기적으로 친분을 쌓던 어떤 자는 내가 아주 애호하는 미네올라 히크가 쓴 『폰 엘펜젠프 백작』 소설 시리즈를 명령만 내리면 모조리 암송할 수 있었다. 통속적으로 효과음을 내기 위한 어떤 외침이나 저속하고 어설픈 흉내, 어떤 현실도피적인 욕구도 내게는 더 이상 낯설지 않았다. 그것은 어떤 작가가 나아가는 데 필수적인 도구들이라고 생각되었기 때문이다. 부흐링 족은 품위 있는 시인이 되기 위해 필요한 모든 것을 내게 배려해주었다. 다만 한 가지 문제가 있다면 나는 지금까지 단 한 개의 문장도 직접 쓰지 않았다는 것이다.

이제 여러분은 내가 혹시나 부흐링 족의 세계에서 사는 것이 마치 낙원에서 사는 것 같다는 인상을 받을지도 모른다. 하지만 그렇게 늘 조화롭지만도 않았다. 비록 나는 이 작은 외눈박이들을 아주 좋아했지만 그들 가운데 몇 명은 정말 대단히 신경에 거슬리기도 했다. 사실 내가 그들 누구와도 문학적인 취향을 완전히 같이할 수는 없다는 점은 아쉬웠다. 게다가 작가들의 작품을 무조건 암송하고 있는 부흐링들의 모습을 보고 있으면 나는 참기 어려웠다. 나는 그런 부흐링들은 가능하면 피하려고 애썼다. 그들 가운데 좀 더 민감한 부흐링들은 그것을 받아들이지 못했지만 그래도 나를 끈질기게 괴롭히지는 않았다. 그렇지만 나한테 자기들의 작품을 무자비하게 강요하는 지각없는 자들도 몇몇 있었다. 그래서 이런 고집 센 꼬마 녀석들은 이따금 내 생활을 아주 어렵게 만들었다.

누구보다도 될러리히 히른피들러가 그랬다. 그는 그가 암송했던 유일한 말('오!')을 듣고 내가 그의 이름을 쉽게 밝혀낸 일을 두고두고 못마땅하게 여기고 있었다. 그 후로 그는 동료들의 조롱의 표적이 되었고, 그래서 가죽 동굴 내에는 '오!'와 관련된 수많은 농담들이 퍼져 있었다. 그 때문에 그는 책 사냥꾼 롱콩 코마가 레겐샤인을 추적할 때 드러냈던 것과 비슷한, 집요한 악의를 갖고 내 뒤를 쫓았다. 내가 불길한 것을 전혀 감지하지 못한 채 어느 모퉁이를 돌아서 가고 있을 때였다. 별안간 될러리히 히른피들러가 거기 나타나 내 앞길을 가로막고는 숨이 차는 목소리로 읊었다.

오, 오늘! 인사해라, 네가 원한다면, 아버지에게!
나는 그를 알고 있다. 그도 내 이름을 안다.
그리고 나는 그의 친구들의 친구이다. 나는 알지 못했다,
우리가 최초로 만났던 바로 그자라는 것을.
그리고 오랫동안 나는 알아채지 못했다!

내 심장이 멈춰 서는 줄 알았다. 물론 이때뿐만이 아니었다. 그는 내가 가죽 동굴 안에서 평화롭게 독서를 하다 졸음에 겨워 등의자에 앉아 있을 때 뒤에서 몰래 기어들어와 내 귀에 대고 귀청이 떨어져나갈 정도로 크게 암송한 적이 있었다.

오, 빛이여! 마지막으로 지금 나는 그대를 본다!

모두들 내가 나와야 하지 말 곳에서 생겨났다고
말한다. 그리고 살아야 하지 말 곳에서 살고 있다고.
그리고 저기, 불필요한 곳에서 나는 살인을 했다.

어떤 부흐링은 홀고 블라의 작품들에 너무 몰두한 탓에 완전히
미치광이가 되었던 것일 뿐 복수심 때문은 전혀 아니었다. 홀고 블
라는 차모니아 가가이즘의 뛰어난 대표작가였다. 그리고 이러한 문
학적 유희방식의 계산된 엉뚱함이 그 난쟁이한테 이미 너무 많은 영
향을 미쳤던 것이다. 나는 예전부터 말더듬기 운동인 가가이즘이 못
마땅했는데, 시보다는 오히려 환각 작용을 일으키는 황무지버섯과
독한 술의 소비에 더 신경을 썼기 때문이다. 문학 행사나 작품 낭독
이 있을 때면 가가이스트들은 소시지나 금관악기로 변장하고는 식
용개구리 소리를 내어 음악연주를 하면서 그들의 청중에게 침을 뱉
었다. 작가들이 그룹으로 모여 작당할 때면 나는 늘 그들을 의심스
럽게 바라보곤 했다. 그런 것은 진지한 문학 활동이 아니라 그저 사
교적인 목적을 가진 행사가 분명했다.
　가가이스트들 중에서도 특히 홀고 블라는 환상적인 언어로—그런
것은 작가를 좀 가볍게 만든다는 것이 내 견해이지만— 즐겨 시를
지었다. 그런데 그 작가의 전혀 의미 없는 시구절을 이 미친 듯 날뛰
는 부흐링이 갑자기 어디 바위틈에서 튀어나와 내게 퍼붓는 일이 늘
되풀이되곤 했다.

트레슬리 베슬리 네보겐 레일라

플루슈 카타

발루바쉬

착 히티 춥

착 히티 춥

히티 베츨리 베츨리

플루슈 카타

발루바쉬

피시 키티 빔

그는 내 주위에서 바보 같은 동작으로 이리저리 뛰어다니면서 계속 읊어댔다. 게다가 전혀 숨을 쉴 수 없을 것 같은 장소에도 몸을 숨기는 그의 기발함 때문에 그의 등장은 더욱 신경이 쓰였다.

내 다정한 친구들이여, 그대들에게 장담하지만 나는 부흐링 족 곁에 머무는 동안 그들의 비밀스러운 생활에서 값진 지식들도 많이 배웠다. 하지만 그런 것을 상세히 설명하려 들면 이 이야기의 범위를 넘어설 것이다. 다만 이에 대해서는 앞으로 쓸 책에서 이야기하려고 한다.*

최근에 간혹 일어나는 일로 우울증 발작과 고향을 상실한 느낌이 나를 엄습할 때면 나는 부흐링 족에게 부탁해 내게 최면술을 걸어 수정의 숲으로 데려가게 했다. 거기에서 나는 단첼로트 2와 함께 몇 시간이고 지하세계의 아름다움에 취해 다른 모든 것을 잊을 때까지 돌아다녔다. 그런 다음에 우리는 즐겨 악마의 부엌 앞에 앉아서 부글부글 끓어오르는 용암을 바라보며 땀을 흘리고 이것저것 담화를 하곤 했다.

그러던 어느 날 단첼로트 2가 말했다.

---

* 미텐메츠는 수년이 지난 후 이 약속을 지켜 부흐링 족의 감춰진 생활에 대한 책을 한 권 썼다.

"저 위의 세계가 그립죠, 맞지요?"

내가 먼저 그런 이야기를 꺼내지는 못했을 것이다. 부흐링 족은 나를 너무 감동적으로 보살펴주었으므로 내 그리움에 대해서 말하는 것은 당치 않아 보였다. 그렇게 한다면 내가 고마움을 모르는 존재로 보일 것 같아서였다. 단첼로트 2가 먼저 그 이야기를 꺼내자 나는 마음이 좀 가벼워졌다.

"물론 그립지요. 오랫동안 잊고 살았는데 최근에 와서는 점점 힘들어지는군요."

"우리는 당신을 위로 데려갈 수 없습니다. 그건 당신도 알지요?"

"예. 하지만 골고가 언젠가 말한 적이 있어요. 당신들은 미로 속에 거주하는 다른 생물들과 관계를 맺고 있다고요."

"그래요. 반난쟁이들에서부터 횡갱에 사는 요마들까지요. 하지만 그자들은 믿을 수가 없습니다. 그들은 지상에서 어떤 물건들을 우리에게 조달해주는 것으로 충분합니다. 물론 대가를 받고 말입니다. 그렇지만 만약 우리가 당신을 그들에게 맡긴다면 나는 아무 보장도 할 수 없습니다. 그들은 당신을 즉각 책 사냥꾼들에게 넘기거나 아니면 당신에게 무슨 짓을 할지도 모릅니다."

"지도는 어때요? 가죽 동굴 안에서 미로의 길들을 표시한 지도들을 봤는데요."

"우리는 당신에게 지도를 줘서 무장하게 할 수 있습니다, 물론. 그렇지만 미로는 계속해서 변하고 있어요. 어느 횡갱 하나가 무너져내리기만 해도 그 지도들은 아무짝에도 쓸모없는 물건이 됩니다. 게다가 어디에 위험이 도사리고 있는지를 가르쳐주는 지도는 전혀 없어요. 조금만이라도 안전하게 지상으로 올라갈 수 있는 길은 없습니다. 그건 나를 믿어도 됩니다."

"그 말은 내가 만약 살아남으려면 영원히 당신들 곁에 머물러야 한다는 겁니까?"

단첼로트 2는 한숨을 내쉬더니 슬픈 눈으로 용암을 응시했다.

"나는 이런 순간이 언젠가 오리라는 걸 알았습니다. 내 이기심에서라도 당신에게 아무런 희망이 없다고 말할 겁니다. 하지만……."

"하지만 뭡니까?"

"한 가지 가능성은 있습니다."

"그게 뭐죠?"

나는 정신이 번쩍 들었다.

"그래요, 아직도 우리가 당신에게 밝히지 않은 몇 가지 비밀이 있습니다."

"그게 무슨 말이죠?"

"당신한테 미로에 대해 우리보다 더 잘 알고 있는 누군가를 소개해줄 수 있습니다."

"당신, 나를 놀리는 건가요?"

"콜로포니우스 레겐샤인을 만나보겠습니까?" 단첼로트 2는 물었다. "부흐하임의 가장 위대한 영웅을요."

부흐하임의 가장 위대한 영웅

단첼로트 2는 내가 지금까지 발을 들여놓은 적이 없는 어느 구역
으로 나를 데리고 갔다. 거기에는 작은 거주동굴들이 많이 있을 뿐
여럿이 공동으로 사용할 수 있는 방 같은 것은 없었다. 우리가 아무
도 거주하지 않는 동굴들—그것들은 앞으로 이곳에 들어올 부흐링
족을 위해 비워둔 방들이었다—을 지나친 후에도 그는 계속해서 앞
으로 걸어갔다. 우리 이외에 이곳을 돌아다니는 자는 아무도 없었다.

"정말로 레겐샤인에게 데려가는 겁니까?" 내가 물었다. "아니면
그의 작품을 암기하고 있는 부흐링을 말하는 겁니까?"

"우리는 그를 몇 년 전에 찾아냈습니다." 계속 앞서 나아가고 있던
단첼로트 2가 말했다. "지하의 깊은 미로 속에서요. 레겐샤인은 롱
콩 코마와 결투를 하다 심한 부상을 입어 거의 죽은 상태였습니다.
우리는 그를 여기로 데려와 원기를 회복시켜줬습니다. 그는 다시 회
복되었지요. 그래요, 예, 어쨌거나 어느 정도는요. 그러나 완전한 회
복은 아닙니다. 그는 우리 곁에 머물면서 두 번째 책을 썼습니다. 우
리는 그한테서 많을 것을 배웠고 그도 우리한테서 많을 것을 배웠
습니다. 그는 우리가 가죽 동굴에 보관할 만한 진귀한 책들을 어디
서 발견할 수 있는지 조언을 해줬고, 우리는 그에게 지하묘지에 대
해 우리가 아는 모든 것을 얘기해줬습니다. 최근에 와서는 그의 상
태가 더 나빠져서 우리는 당신을 그한테 데려다줘야 할지 아닐지를
오랫동안 상의했습니다. 우리는 그를 위험에 빠뜨리고 싶지 않지만
—모두들 그가 죽었다고 생각하게 만들려는 것은 바로 그를 보호하

기 위해서입니다— 당신을 정말 도울 수 있는 자는 그뿐이라는 생각에서입니다. 그런데 그의 건강이 너무 빠른 속도로 악화되는 바람에 우리는 마침내 그의 허락을 받아 결정했습니다……. 하, 다 왔습니다."

단첼로트 2는 무거운 쇠사슬로 만든 커튼이 드리워진 어느 굴의 입구에 멈춰 섰다.

"나는 가죽 동굴로 돌아가야 합니다." 그가 낮은 소리로 속삭였다. "살아 있는 책들에게 먹이를 줘야지요. 골고가 레겐샤인 곁에 있습니다. 그가 당신을 레겐샤인에게 인사시켜줄 겁니다."

단첼로트 2는 서둘러 떠났다. 그리고 나는 찌르릉 소리를 내는 쇠사슬 커튼 한가운데를 들췄다.

그 굴 안은 보통 다른 거주동굴들보다 크기가 열 배는 되었고 많은 양초들이 빛을 밝히고 있었다. 벽에는 서가들이 둘러서 있고 그 안에는 금표지, 은표지에 다이아몬드, 루비, 사파이어 등으로 진귀하게 제본된 책들이 꽂혀 있었다.

모피를 겹쳐서 깔아놓은 커다란 침대 위에 책 사냥꾼이 누워 있었다. 그의 머리 위에는 그가 머리와 팔만 겨우 자유롭게 움직일 수 있을 정도만 남기고 시꺼먼 천장이 무겁게 드리워져 있었다. 그 곁의 등 없는 의자에 골고가 앉아서 걱정스런 표정을 짓고 있었다. 나는 가까이 다가가서 펄럭거리는 촛불 아래서 레겐샤인의 얼굴을 확인하고는 소스라치게 놀랐다. 그러나 내 놀라움을 들키지 않으려고 억눌렀다.

그 노루개는 죽음에 가까이 가 있었다. 이것이 죽어가는 자의 마지막 거처라는 것과, 거기 있는 누구나가 이 사실을 의식하고 있다는 것을 내가 알아내는 데는 어떤 설명도 필요 없었다.

"당신은 아마 다른 것을 상상했을 겁니다." 레겐샤인은 쇠약한 목
소리로 말했다. "안 그런가요? 힘이 넘치는 저돌적인 사나이쯤으로
생각했을 겁니다. 맞죠? 그래요, 예, 나는 내 책에서 그런 이미지를
주려고 열심히 작업했습니다. 부흐하임의 가장 위대한 영웅이라는
이미지 말이죠. 그 때문에 표현의 의지가 많이 필요했습니다."

그는 가만히 웃었다.

"내 이름은……."

"힐데군스트 폰 미텐메츠지요. 알고 있습니다. 이 부흐링이 당신에 대해 모든 걸 내게 얘기해줬어요. 당신은 린트부름 요새에서 왔지요. 스마이크가 독 묻은 책으로 당신을 해친 겁니다. 내게 한 것과 똑같이요. 우리는 중요한 것을 말하기 위해 시간을 아껴야 합니다. 왜냐하면 내게는 시간이 가장 모자라니까요."

"도대체 무슨 일입니까?" 내가 물었다. "어떻게 스마이크가 당신을 지하묘지로 추방하게 된 겁니까? 당신이야말로 그곳에 대해 가장 잘 알고 있는 분인데요?"

레겐샤인은 약간 몸을 일으켜 앉았다.

"그는 독 묻은 책으로 나를 지하묘지로 추방할 정도만 마비시킨 겁니다. 나머지는 책 사냥꾼들이 해결할 테니까요. 실제로 그자들은 그렇게 했습니다. 그러나 완전히 해치운 건 아니었지요. 내가 점점 더 깊은 곳으로 도망쳤기 때문에 결국 롱콩 코마 혼자만 내 뒤를 쫓을 수 있었어요. 내가 그와 맞닥뜨린 시기가 유감스럽게도 너무 빨랐습니다. 아직 내 몸에는 독의 후유증이 남아 있었으니까요. 그자를 끝장내기에는 내가 너무 쇠약했습니다. 우리는 서로 맞서 오랫동안 치열하게 싸웠지만 승리한 자는 아무도 없었지요. 결국 롱콩 코마는 달아났지만 그의 상태도 썩 좋지 않았어요."

레겐샤인이 미소를 지었다.

"만약 이 작은 친구들이 나를 발견하지 못했더라면 나는 죽었을 겁니다. 그들은 여기서 내가 두 번째 책을 쓸 수 있도록 해주었습니다. 나는 그림자 제왕을 발견하려고 지하묘지로 내려왔는데 내가 그림자 제왕이 된 겁니다. 살아 있는 전설, 유령 말입니다."

"왜 스마이크가 당신에게 그런 짓을 했죠?"

"왜 같은 질문을 당신 자신에게 하지 않습니까?" 레겐샤인이 물었다. "난 전혀 모릅니다! 사실 당신이 내게 그 답을 줄 거라고 생각했습니다."

"그렇다면 나는 아쉽게도 도움이 안 되겠군요." 내가 말했다.

"그건 아무 의미 없습니다." 레겐샤인이 말했다. "만약 그가 자신의 미치광이 같은 계획에 대해 얘기하지 않았더라면 나는 그것을 전혀 알지 못했을 겁니다. 그때까지도 나는 스마이크의 어떤 점이 해가 될지를 전혀 몰랐으니까요."

"나도 그랬습니다. 당신한테 뭔가 보여줘도 될까요?" 내가 물었다. "원고입니다. 이것 때문에 지하묘지로 추방된 거라고 믿습니다."

나는 원고를 레겐샤인에게 내밀었다. 그는 그것을 눈앞에 바짝 갖다대더니 번뜩거리는 눈으로 살폈다.

"아, 예." 그가 중얼거렸다. "이 종이는 옵홀츠의 종이공장에서 만든 거로군요. 그랄준트에서 생산된 고질의 수작업 종이입니다. 자름새가 깔끔하지 못한 것이 아마도 기계가 아주 오래된 거라서……."

"제 생각에는 스마이크가 종이의 자름새가 좋지 않다고 저를 지하묘지로 추방한 것 같지는 않은데요." 나는 감히 그의 말을 중단시켰다. "텍스트 때문인 것 같습니다."

레겐샤인은 그것을 읽기 시작했다. 침묵이 흘렀고, 나는 주의 깊게 그의 동작 하나하나를 살폈다. 그의 몸 상태로 보아 내가 다른 이들에게서 보았던 것과 같은 반응을 볼 수 없으리라는 것이 분명했다. 그러나 원고를 읽는 것이 그를 긴장시키고 있는 것은 확실했다. 그는 이따금 웃음을 터뜨렸고 몇 분 동안이나 헐떡거리기도 했다. 그리고 한 번은 그의 눈에서 작은 눈물방울이 흘러내리는 것이 보였다. 그는 할 수 있는 한 똑바로 몸을 일으키고 있었기에 원고를 쥐고 있는 그의 손이 격렬하게 떨렸다.

골고는 그를 걱정스럽게 쳐다보았다. 나도 그 원고를 읽는 것이 레겐샤인한테는 무리라는 생각이 들었다. 그러자 노루개는 마침내 편지를 떨어뜨렸고 잠시 동안 힘겹게 숨을 쉬었다.

"고맙습니다." 마침내 그가 말했다. "이것은 내가 읽었던 것 가운데 가장 아름다운 글입니다."

"이 원고가 누구한테서 온 건지 당신은 알고 있습니까?"

"아니오. 하지만 왜 스마이크가 당신을 지하로 추방했는지는 알겠습니다. 이 글은 저 지상세계에서는 너무 좋은 글이기 때문입니다."

레겐샤인은 내게 원고를 내밀었고 나는 그것을 다시 집어넣었다.

"한 가지 물어봐도 됩니까?" 내가 말했다.

책 사냥꾼은 머리를 끄덕였다.

"미안합니다. 그렇지만 내 호기심이 너무 커서요. 당신이 그림자 제왕을 찾아 나섰던 것, 그것은 어떻게 됐습니까? 그를 봤습니까?"

레겐샤인의 시선이 굳어졌다.

"보았냐고요? 아니오, 소리만 들었습니다, 종종. 느낀 적도 있습니다, 한 번."

"그자를 느낀 적이 있지만 보지는 못했다고요?"

"그래요. 어둠 속에서 내가 롱콩 코마가 밀어뜨린 서가에 하마터면 깔려 죽을 뻔한 것을 그가 구해줬습니다. 나는 그를 잠시 붙들었는데, 그러고는…… 골고, 저기 침대 곁에 있는 작은 상자를 좀 가져다줘요."

골고는 레겐샤인에게 작고 검은 상자를 가져다주었다. 그는 그것을 열더니 내 쪽으로 몸을 돌렸다.

"이것은 내가 그의 옷자락에서 찢어낸 겁니다."

나는 상자 안을 들여다보았다. 그 안에는 해독할 수 없는 작은 기호들로 쓰인 작은 종잇조각들이 들어 있었다.

"잠깐만요."

내가 말했다. 나는 옷 안주머니를 뒤져 종잇조각 몇 개를 끄집어냈다. 나를 부흐링 족의 왕국으로 안내했던 바로 그 종잇조각들이었다. 나는 그것들을 상자 안에 있는 것들에 갖다 대고 비교해보았다.

"이 종잇조각들이 나를 부흐링 족이 있는 곳으로 이끌어줬습니다." 내가 말했다. "미로 속에 흔적으로 남아 있었어요."

레겐샤인은 매우 흥분했다.

"그렇다면 당신도 그림자 제왕을 만났다는 말입니까?"

"예." 내가 말했다. "그렇다면 나를 사형수 호그노로부터 구해준 자가 바로 그였군요."

"사형수 호그노의 손아귀에 들어갔었는데도 아직 살아 있단 말입니까?" 레겐샤인은 놀라서 물었다.

"누군가가 어둠 속에서 그자의 머리를 잘라버렸습니다."

"바로 그림자 제왕의 방식이지요. 그가 우리 둘을 구해준 것 같군요."

"당신들한테는 잘된 일입니다." 골고가 끼어들었다. "그렇지만 그림자 제왕이 우리가 어디 숨어 있는지를 안다는 것이 매우 불안합니다."

"그것이 당신한테 불리할 거라고는 생각하지 않습니다." 레겐샤인이 말했다.

"당신은 그의 비밀이 뭔지 혹시 아십니까?" 내가 물었다.

"어쩌면 그의 외모가 흉측해서일지도 모르지요." 레겐샤인은 낮게 대답했다. "아니면, 그는 자신이 우리가 생각하듯 그렇게 흉하게 보이지 않는다는 것을 감추려는 건지도 모르고요."

"우리처럼요." 골고가 말했다. "부흐링 족은 나쁜 평판 때문에 얼는 것이 많으니까요."

레겐샤인이 몸을 일으켜 앉았다.

"그렇지만 우리가 여기 온 것은 그림자 제왕에 대해 잡담하려는 게 아닙니다. 당신은 어떻게 하면 여기서 벗어날 수 있을지 알려는 것 아닙니까, 미텐메츠?"

"이제." 나는 조심스럽게 말했다. "만약 그럴 수만 있다면 매우 도움이 될 거예요."

"좋아요. 내가 당신을 도울 수 있을지도 모르겠군요. 다만 한 가지를 먼저 말하게 해주시오. 그리고 부탁하지만 내가 하는 말을 주의 깊게 들어주시오."

나는 몸을 앞으로 굽히고 귀를 쫑긋 세웠다.

"당신은 여기 부흐링 족과 함께 머무는 것만이 안전합니다. 내 말은 정말로 안전하다는 겁니다. 지하묘지 안에 있는 어떤 길도 위험하기는 마찬가지입니다. 그리고 비록 당신이 어떻게 하다 저 위까지 가게 되더라도, 지상에서 모습을 드러내는 바로 그 순간 죽고 말 겁니다. 아시겠습니까?"

"당신 말은, 스마이크 때문인가요?"

"당신은 단 두 구역도 걸어가지 못할 겁니다. 스마이크가 나를 지하묘지로 추방하기 직전에 알려준 바로 추정하자면, 당신은 차모니아에서도 가장 안전한 감옥에 앉아 있는 겁니다. 그리고 스마이크는 그 위에 뚜껑을 덮어버린 거지요. 그런데 안타깝게도 당신은 그 뚜껑을 들춰내고 있습니다. 부흐하임 전체가 모두 그를 위해 일하는 첩자투성인데 말입니다."

"그렇다면 지금까지 내가 운이 좋았군요."

"아마 그럴지도 모르지요. 하지만 스마이크의 앞잡이들은 당신이 어디 배수구 구멍을 통해 다시 지상으로 기어 나오는 즉시 당신을 죽이려고 모두 벼르고 있을 겁니다."

"변장을 하면 어떨까요? 그리고 밤에 안개 속을 뚫고 빠져나가는 겁니다."

"다시 한 번 곰곰 생각해보시오. 당신은 행운아입니다. 당신은 살아 있어요! 당신은 책 사냥꾼들한테 죽임을 당할 수도 있었습니다. 스핑크스한테 잡아먹힐 수도 있었고요. 미로 속에서 아주 잔인한 방식으로 절단 날 수 있는 가능성은 수천 가지나 됩니다. 그런데도 당신은 여기 이 안전한 세계까지 왔습니다. 문학을 숭배하는 생물들이 사는 곳으로요. 당신은 시인입니다. 글을 쓰는 일은 어디서나 할 수 있어요. 당신은 차모니아에서 가장 훌륭한 도서관을 드나들 수 있습니다. 이곳의 음식과 나쁜 공기에도 익숙해질 겁니다. 태양과 탁 트인 하늘은 잊게 될 겁니다. 그래요, 예, 완전히는 아니겠지요. 그러나 당신은 그런 것들을 점점 덜 생각하게 될 겁니다."

"길이 있는 건가요, 없는 건가요?"

나는 초조해서 물었다. 레겐샤인은 자신이 살날이 얼마 남지 않았다고 말하지 않았던가.

"그래, 좋아요. 정말로 결심한 것처럼 보이는군요. 좋습니다. 그러나 한 번 더 말하지만 그 길도 안전하지는 않습니다. 부흐하임의 지하묘지 안에서는 어떤 것도 안전하지 않아요. 그러나 그 길을 아는 책 사냥꾼은 없습니다. 몸집이 큰 동물들이 지나다니기에는 너무 좁으니까요. 그러나 그 길은 곧바로 지상으로 통하고 있습니다."

"정확히 어디로 통하는 길입니까?"

"완전히 지상까지는 아닙니다. 그러나 충분히 지상 가까이까지는 갑니다. 거기서는 도시의 움직임 소리도 들을 수 있습니다."

"그렇다면 좋은 기회가 될 것 같군요."

"당신은 오랫동안 위로 기어올라가야 합니다. 그러나 그것을 참아 내면 언젠가는 밖으로 나갈 겁니다."

"당신은 왜 그 길을 택하지 않았습니까?"

"내가 그렇게 오랫동안 기어올라갈 수 있을 것처럼 보입니까?"

나는 아무 대답도 하지 않았다.

"만약 당신이 이 도시를 떠나려고 한다면 정말 힘들 겁니다. 책 사 냥꾼들이 당신 뒤를 쫓을 테니까요. 당신의 머리에도 현상금이 걸려 있습니다. 당신은 지하묘지 깊은 곳으로 되돌아오고 싶은 마음이 간 절해질 겁니다. 부흐링 족 곁에 머물렀더라면 하고 바랄 겁니다." 레 겐샤인은 신음했다. "그래요, 바로 그겁니다, 내가 당신에게 먼저 말하 려고 했던 것. 이제 당신은 심사숙고해서 결정해야 합니다. 나는 당 신이 일단 부흐링 족의 왕국을 떠난 후에는 당신에게 아무 관심도 두 지 않겠습니다."

나는 레겐샤인의 충혈된 눈을 바라보았다.

"만약 당신도 미로 위를 기어올라갈 수 있다면 해보겠습니까?" 내 가 물었다.

레겐샤인은 몸을 꼿꼿이 하더니 내 팔을 붙들었다. 그의 눈이 번 뜩였다.

"내기를 해도 좋소, 공룡이여!" 그는 헐떡였다. "나는 할 수만 있 다면 그렇게 할 거요. 내 마지막 숨을 쉴 때까지! 단 한 번만이라도 내 몸의 털에 햇볕을 쪼이고 단 한 번만이라도 신선한 공기를 들이 마실 수 있다면, 그럴 가치가 있을 거요."

"그렇다면 내가 어떻게 그 길을 찾을 수 있는지 제발 말해주십시오."

"골고!" 레겐샤인이 외쳤다. "당신이 그를 수직갱도의 입구까지 데려다줘야겠습니다. 그곳은 당신들 왕국 밖에 있지요. 그 일을 해주 겠습니까?"

"물론입니다." 골고가 말했다. "만약 너부 위로 올라가는 것이 아 니라면요. 물론 기꺼운 마음에서 하는 건 아니지만, 여러분이 원한 다면……."

"그럼 잘 들어요." 레겐샤인이 말했다. "그것은 화산이 폭발할 때 자연적으로 생겨난 갱도입니다. 아주 멀리 떨어져 있지는 않아요. 하 루 정도 걸어가면 됩니다."

나는 앞으로 몸을 굽혔다.

"죽어가는 자가 남기는 마지막 말……"이라고 했던 대부시인의 경 고가 내 머릿속을 스쳤다.

"그자는 너한테 뭔가 대단한 반향을 일으킬 만한 것을 전해주려 는 것이다. 그런 기법에 주목해라! 그런 대단한 글을 읽다가 도중에 중단할 수 있는 사람은 아무도 없다. 아무도!"

레겐샤인이 막 말을 시작하려 할 때였다. 동굴 입구에서 찌르릉 하고 쇠사슬 울리는 소리가 들리더니 한 부흐링이 안으로 뛰어들어 왔다. 우리는 모두 그를 쳐다보았다. 그는 바로 괴벽스러운 시들을 읊으면서 내 뒤를 따라다니던 미치광이 가가이스트 홀고 블라였다.

"가죽 동굴이 불타고 있어요!" 그는 거의 숨이 멎은 채 소리쳤다. "책 사냥꾼들이 왔어요. 그자들이 다 죽이고 있어요."

"꺼져버려, 홀고." 골고가 퉁명스럽게 말했다. "지금은 너 같은 녀 석의 농담을 들을 때가 아니야."

꺼져버리는 대신에 홀고는 침대 쪽으로 비틀비틀 걸어왔다. 그는 눈을 크게 부릅뜨더니 팔을 들어 올렸다. 그래서 나는 그가 금방이라도 미치광이 시구절을 내게 마구 쏟아붓지나 않을까 두려웠다. 그때 그는 곧장 우리 앞으로 쓰러졌다. 그의 등에는 화살이 하나 꽂혀 있었다. 골고는 그에게로 급히 달려가 그 위로 몸을 숙였다. 그러더니 눈물이 가득한 눈으로 우리를 쳐다보았다.

"죽었습니다." 그가 말했다.

레겐샤인이 몸을 일으켰다.

"도망쳐요!" 그가 소리쳤다. "즉시 도망쳐요! 안전한 곳으로 피해요! 그들은 나 때문에 온 겁니다. 나를 붙잡으면 그자들은 다시 사라질 거예요."

나는 귀를 기울여보았지만 싸우는 소리는 들려오지 않았다. 가죽 동굴은 여기서 아주 멀리 떨어져 있었다.

"당신을 혼자 두고 가지는 않겠습니다." 골고가 말했다.

"하지만 나는 이미 죽은 거나 다름없어요!" 레겐샤인은 가쁘게 숨을 쉬었다. "제발 사라져요!"

"말도 안 됩니다." 골고가 말했다. "당신은 우리들보다 더 오래 살 겁니다."

"당신은 고집불통이오, 골고."

레겐샤인이 중얼거렸다. 그는 담요를 반듯하게 쓰다듬더니 잠시 생각에 잠기는 듯 보였다. 그러더니 놀랄 만큼 뚜렷한 목소리로 말했다.

"그래, 좋아요. 당신들은 내게 다른 선택을 주지 않는군요! 그렇다면 나는 차라리 지금 죽겠소."

레겐샤인은 베개 속에 고개를 푹 묻더니 한숨을 쉬었다.

"뭘 하는 겁니까?" 골고가 걱정하는 소리로 물었다.

"나는 죽습니다." 레겐샤인이 말했다. "금방 말했잖아요!"

"당신은 죽지 않을 겁니다!" 골고가 외쳤다. "당신이 원한다고 그냥 죽을 수는 없습니다! 아무도 그럴 수는 없어요!"

"나는 그럴 수 있소." 책 사냥꾼은 완고하게 말했다. "나는 콜로포니우스 레겐샤인이오. 부흐하임의 가장 위대한 영웅이란 말이오. 나는 아무도 감히 할 수 있을 거라고 믿지 않았던 일들을 이미 해냈소."

그는 눈을 감더니 다시 한 번 신음했다. 그러더니 숨을 멈췄다.

"콜로포니우스!" 골고가 소리쳤다. "어리석은 짓 좀 그만둬요!"

한동안 침묵이 흘렀다. 나는 겁먹은 손을 책 사냥꾼의 가슴에 갖다댔다.

"심장이 뛰지 않아요." 나는 말했다. "레겐샤인은 죽었습니다."

৪৩
책 기계장치

콜로포니우스 레겐샤인은 지하묘지로부터 도망칠 수 있는 길을 그의 죽음과 함께 저승으로 가지고 가버리고 말았다. 그러나 나는 그것에 대해 절망할 틈도 없었다. 부흐링의 왕국은 극도의 위험에 처했으니 바로 책 사냥꾼들이 침입한 것이다! 우리는 가죽 동굴로 달려갔다.

"그런데 당신들은 무슨 무기라도 갖고 있나요?" 나는 통로를 따라 서둘러 가면서 골고에게 물어보았다.

"아뇨."

"전혀 없어요?"

"예." 골고가 말했다. "종이칼이 무기라면 모를까요. 우리는 기껏해야 곡괭이와 몇 개와 삽이 있을 뿐입니다."

"냄새가 난다……."

알 수 없는 목소리가 바로 다음번 갈라지는 통로 쪽에서 우렁차게 들려왔다. 우리는 그 자리에서 멈추고 침묵을 지켰다.

"냄새가 난다……."

그 목소리가 다시 우렁차게 울렸다.

"냄새가 난다……. 노루개의 살 냄새가!"

골고는 말없이 나를 바로 근처에 있는 아무도 거주하지 않는 동굴 속으로 끌고 갔다. 우리는 그 안의 가장 어두운 구석에 웅크린 채 동굴 입구를 관찰했다. 밖의 통로에는 한 개의 촛불만이 타고 있었다. 무거운 발걸음 소리가 가까워지더니 거칠고 억센 그림자가 안으로 들어왔다. 그때 우리는 흔들리는 촛불 아래서 공포를 야기하는 형상이 스쳐 지나가는 것을 보았다. 거대한 크기에 검은 얼굴이었으며 소름 끼치게도 세 개의 눈을 갖고 있었다. 그리고 기괴한 수십 개의 말라비틀어진 해골장식이 그 형상의 헝클어진 머리카락들과 목에 매달려 있었다. 그것은 멈춰 서더니 냄새를 맡았다. 그러다가 우리 쪽으로 천천히 머리를 돌렸다. 그러나 괴물은 우리를 덮치는 대신에 그저 짧게 입술을 비죽이며 웃더니 그의 길을 계속 갔다.

"노루개의…… 살 냄새가 난다……!"

괴물은 다시 중얼거렸다.

"너냐, 콜로포니우스? 나는 끝장을 내려고 왔다."

그 그림자는 사라졌고 그와 함께 발걸음 소리도 멀어져갔다. 그렇지만 우리는 그 무시무시한 침입자가 옆으로 갈라져 나간 통로들 가

운데 하나로 사라진 것을 완전히 확인할 때까지 한동안 동굴 안에
머물러 있었다.

"책 사냥꾼이었나요?" 내가 물어보았다.

"그보다 더 나쁜 자입니다." 골고가 속삭였다. "롱콩 코마예요."

"그는 왜 얼굴에 가면을 쓰지 않지요?" 내가 물었다.

"롱콩 코마는 가면이 필요 없는 유일한 책 사냥꾼입니다. 그의 진
짜 얼굴이 그 어떤 가면보다도 더 무시무시하니까요."

부흐링은 내 반응을 기다리지도 않고 굴에서 기어 나갔다. 나는 한숨을 내쉬고는 몸을 일으켜 그의 뒤를 따라갔다.

나는 하마터면 가죽 동굴을 못 알아볼 뻔했다. 그곳은 거칠게 펄럭거리는 불빛과 연기 속에 파묻혀 있었다. 곳곳에 불길이 솟구쳐 올랐다. 벽난로 안에서 작열하던 석탄들이 튀어나와 동굴 안의 탁자나 서가들에 옮겨 붙어 활활 타오르고 있었다. 책 기계장치는 두꺼운 매연으로 뒤덮여 있고 가구와 촛대들도 쓰러져 있었다. 여기저기에 혼란과 절규가 난무했고, 군대의 명령 소리와 비열한 웃음소리들이 뒤섞여 들려왔다. 화살들이 쌩쌩 공기를 가르며 지나갔고 칼날과 쇠사슬들이 부딪치는 소리가 났다. 그리고 불타는 책들에서 나는 참을 수 없는 악취는 왁스를 칠한 가죽 냄새보다 훨씬 독했다. 가죽 동굴은 그야말로 전쟁터였다.

골고와 나는 사태의 정황을 살피려고 어느 벽감 속으로 몸을 숨겼다. 나는 중무장을 한 수십 명의 형상들을 보았다. 그들은 도끼, 검, 몽둥이, 쇠뇌를 들고 부흐링 족과 싸우고 있었다. 몸집이 작은 부흐링들 중 상당수가 이미 땅바닥에 쓰러져 있었으며, 겨우 몇 명만이 아직도 침입자들에게 저항하면서 그들 쪽으로 서가들을 밀어 쓰러뜨리고 있었다. 다른 부흐링들은 어찌할 바를 모르고 마구 혼란스럽게 여기저기로 뛰어다니고 있었지만 대다수는 여러 출구 쪽으로 도망치고 있었다. 나는 단첼로트 2의 행방을 찾았지만 어디서도 그를 발견할 수 없었다.

"어쩌면 좋습니까?" 내가 물었다.

골고는 아무 말이 없었다. 그는 흐느끼면서 덜덜 떨었고 내 팔에 꽉 매달렸다.

책 기계장치의 위쪽에서 갑옷을 입은 자들이 거만하게 왔다 갔다 하면서 도망치는 부흐링들을 향해 쇠뇌를 쏘아댔다. 가죽 동굴에서 일어난 전투는 사실 이미 끝난 거나 다름없었다. 책 사냥꾼들이 그곳의 권력을 쥐었고 패배한 부흐링 족은 추방되고 있었다. 나의 물음에 나는 이렇게 대답할 수밖에 없었다. "우리는 아무것도 할 수 없었다"라고.

"책 사냥꾼들이 너무 많습니다." 골고가 속삭였다.

그랬다. 나 역시 전에 그렇듯 많은 책 사냥꾼들을 한꺼번에 본 적이 없었다. 동굴 안에 수십 명이 있었고, 더욱이 몇십 명이 아직도 통로 안에 얼마나 흩어져 있는지 알 수 없었다. 그들은 각자 독특한 갑옷을 걸쳤고, 얼굴에는 죽은 자의 머리 모양을 한 가면이나 우화 속에 등장하는 소름 끼치는 동물 형상의 가면을 뒤집어쓰고 있었다. 책 사냥꾼들은 몸 전체를 갑옷으로 에워싸고 있었는데, 어떤 자는 금속 갑옷을, 어떤 자들은 가죽이나 다른 재료로 만든 것을 입고 있었다. 그래서 그들이 움직일 때마다 철렁거리는 소리, 덜컥거리는 끔찍한 소리들이 들려왔다. 몇 명은 그들의 갑옷과 투구에 펄럭거리는 페넌트들을 부착하고 있었고, 어떤 자들의 갑옷에는 두개골이나 뼈들이 매달려 있었다. 그들은 살아 있는 생물이 아니라 마치 무서운 마법에 의해 조작되는 전투기계처럼 보였다. 그들 중 한 명이 예리한 칼날과 쇠사슬이 부착된 긴 채찍을 흔들어대자 쉭쉭 소리가 허공을 갈랐다. 다른 한 명의 몸에는 손 대신 덥석 달려들어 낚아채는 은집게들이 매달려 있었다. 나는 투구에 석탄불을 지핀 단지를 매단 채 길게 연기를 피워대면서 공격하는 책 사냥꾼도 보았다. 나는 그처럼 무시무시한 것을 이제까지 본 적이 없었다.

"저 책 기계장치가 있는 곳으로 가야 합니다." 골고가 갑자기 확고한 목소리로 말했다.

나는 그에게 몸을 굽혔다.

"뭐라고요?" 나는 쇳소리를 냈다. "저 기계 위에는 책 사냥꾼들이 있어요! 우리가 저 위에서 뭘 할 수 있겠어요?"

"설명할 시간이 없습니다. 나는 할 일을 알고 있어요." 골고가 말했다. "나를 믿어요!"

"어떻게 저기까지 간단 말입니까? 어디에나 놈들이 있는데요."

"저기 앞에 서가들이 불타고 있는 곳은 매연으로 가득합니다. 그 연기 틈새로 들키지 않고 갈 수 있습니다. 그냥 내 뒤를 따라와요!"

"그런데 저기까지 가서 뭘 하겠다는 거죠?"

"가 보면 압니다."

골고에게 무슨 계획이 있는 것 같았다. 그것이 무엇이든 책 사냥꾼한테 막무가내로 살육당하는 것보다는 나았다. 골고가 먼저 바위 벽감에서 나왔고 나는 몸을 구부린 채 그의 뒤를 따라갔다. 우리는 몇 걸음 달려가다 눈이 따가운 매연 속으로 숨어들어갔다.

이제 아무것도 볼 수 없었다. 눈을 감고 무작정 골고의 목소리가 나는 방향으로 따라가다 매번 뭔가 쌓여 있는 더미에 발이 차여 넘어질 뻔하곤 했다.

"어서 와요!" 골고가 속삭였다. "어서요. 거의 다 왔습니다."

다음 순간 나는 책 기계장치의 쇠구조물 위로 달려갔다. 조심스럽게 눈을 깜박거리다가 떴다. 기계의 안쪽도 두꺼운 안개가 깔린 것처럼 잿빛 연기에 휩싸여 있었다. 나는 기계 내부에서 찰칵 소리와 덜거덕거리는 소리가 나는 것을 듣고 녹슨 기계의 난간에 꽉 몸을 붙였다.

"삼층으로 올라가야 합니다." 골고가 말했다. "어서요!"

우리는 계속 나아갔다. 이번에는 쇠 받침대를 넘어 계단을 하나

뛰고 또 하나를 뛰어올라갔다. 갑자기 연기가 갈라졌다. 눈물이 흐르는 눈을 손으로 비벼대면서 그 틈새로 전체 상황을 살폈다. 우리는 움직이는 책 기계장치의 세 번째 계단 위에 서 있었다. 서가들이 우리 곁을 지나 굴속으로 들어갔다. 골고 말고는 가죽 동굴 속에 살아 있는 자가 아무도 없는 것 같았다. 모두가 도망가고 없었다. 책 사냥꾼들은 이미 저항 따위는 두려워하지 않는 승리자처럼 행동하고 있었고 실제로도 그랬다. 그들은 법석을 떨면서 서가들을 여기저기로 밀어 넘어뜨리고 값진 책들을 마구 짓밟으면서 돌아다녔다. 어떤 자들은 약탈한 물건들을 두고 서로 큰 소리로 싸우고 있었다.

우리 머리 위로 두 개의 계단 위에서 네 명의 중무장한 사냥꾼들이 왔다 갔다 하고 있어서 쇠 난간 창살에 그들의 발걸음 소리가 쩌렁쩌렁 울렸다. 왜 골고는 이런 위험한 곳으로 온 걸까? 우리가 사냥꾼들에게 발견되는 것은 시간문제일 뿐이었다. 이 부흐링은 혹시 너무 두렵고 절망해서 제정신을 잃은 건 아닐까?

"골고!" 나는 낮은 소리로 그에게 말했다. "여기서 뭐 하는 겁니까? 당신 계획이 뭐예요?"

"뭔가 계산한 게 있습니다."

"그게 대체 뭔데요?"

"여기요! 내 일람표요!" 골고는 그가 이 기계 위에다 보관해두었던 비밀스러운 목록을 내게 들어 보였다. "바로 이 서가입니다!"

그는 우리 곁으로 천천히 움직이며 지나가는 서가들 가운데 하나를 가리켰다. 그 서가는 우리가 있는 곳 높이까지 오자 움직임을 멈췄다.

아래에 있는 책 사냥꾼들은 떠들며 박수를 쳐댔다. 출구들 중 어느 한 군데서 롱콩 코마가 나타나더니 가죽 동굴 안으로 들어왔다.

449

나는 그의 손에 콜로포니우스 레겐샤인의 잘린 머리가 들려 있는 것을 보고 소스라치게 놀랐다.

"콜로포니우스 레겐샤인은 죽었다!"

그는 소리치고는 그 머리를 동굴 안으로 던졌다. 그것은 죽은 부흐링들과 다른 몇 명의 시체들 곁을 지나 불타고 있는 책더미 앞으로 굴러갔다. 골고는 눈을 돌렸다.

책 사냥꾼들은 웃으면서 거칠고 굵은 목소리로 마구 외쳐댔다.

"가죽 동굴은 우리 거다!" 롱콩 코마가 소리쳤다. "발견되는 것은 모두 죽여라. 먼저 이 빌어먹을 기계부터 해치워라."

그는 바로 우리가 있는 방향을 가리켰다. 그러다 주춤하더니 재빨리 기계 쪽으로 몇 걸음 걸어와 날카롭게 숨을 들이마셨다. 그러더니 입을 비죽이면서 웃었다. 우리를 발견한 것이다.

"냄새가 난다……." 그가 말했다. "냄새가 나……. 도마뱀 냄새다!"

이제 다른 책 사냥꾼들의 시선도 모두 우리 쪽으로 향했다. 그들은 도끼와 창을 집어 들었다.

"올 것이 왔어요." 골고가 말했다. "서가 위로 올라가요."

"뭐라고요?"

"저기 서가 위로 올라가란 말입니다! 내가 모두 계산해놨어요."

"저자들은 우리를 죽일 겁니다!"

"무조건 나를 믿어야 합니다. 설명할 시간이 없어요."

"거기 뚱보 도마뱀아!" 롱콩 코마가 나를 보고 소리쳤다. "피스토메펠 스마이크가 저 녀석 머리에 막대한 현상금을 걸었다. 녀석들을 내게 끌고 와라!"

우리 위쪽에 있던 네 명의 책 사냥꾼들이 계단을 뛰어내려오고 있었다. 막 그들이 우리가 있는 계단까지 왔을 때였다.

나는 서가 위로 올라갔다. 골고는 내 곁에서 따라 기어올랐다.

"꽉 붙잡아요!" 골고가 명령했다. "잘 잡아요!"

네 명의 책 사냥꾼들이 쇠 받침대를 뛰어넘어 곧장 우리한테 달려왔다. 한 명은 긴 창을 들어 나를 겨냥했다. 나는 눈을 감았다. 이제 내 생명도 끝이었다. 내 뒤에서 딸가닥 소리와 찰칵하는 소리가 나더니 갑자기 내 몸이 움직이는 것을 느꼈다. 다시 눈을 뜨자 내 발밑에 어리둥절해하는 책 사냥꾼들이 보였다. 서가는 공중으로 높이 올라가고 있었다.

"내가 모든 걸 계산했습니다." 골고가 말했다.

책 사냥꾼들은 계단 위로 달려갔다. 서가는 육 층에서 멈춰 섰다.

"그럼 이제는요?" 내가 물었다.

"그냥 있어요!" 골고가 명령했다. "내가 말하는 대로 해요. 무엇보다도 꽉 붙들고 있어요."

"저것들을 잡아와라!" 롱콩 코마가 밑에서 소리쳤다. "빨리 해!"

책 사냥꾼들은 벌써 우리가 있는 층까지 도달했다.

"빌어먹을." 골고가 중얼거렸다. "저 녀석들은 너무 빨라요."

"뭐요?"

"내가 저놈들을 막아야겠어요. 기꺼이 당신하고 함께 가고 싶었는데."

골고는 서가에서 뛰어내리더니 책 사냥꾼들을 가로막았다.

"골고!" 내가 소리쳤다. "도대체 뭘 하는 거예요?"

골고의 행동에 달려오던 책 사냥꾼들도 어이없었는지 순간 멈춰 섰다. 골고가 손을 들어올려 뇌성 같은 소리를 지르자 그들은 한 걸음 뒤로 물러났다. 부흐링 족이 마법의 힘을 지니고 있다는 믿음이 아마도 그들의 뼛속 깊이 자리잡고 있었던 모양이다.

그대들은 다시 다가오고 있다, 흔들리는 형상들이여,
한때는 흐릿한 모습으로 나타났으나,
이번에는 내가 그대들을 꼭 붙들 수 있을는지?
내 심장이 다시 그 광기로 기우는 것일까?
너희들이 몰려온다! 좋다, 이제 어디 마음대로 해봐라!

책 사냥꾼들은 서로를 쳐다보며 투덜거렸다. 그러나 골고는 다시
내게로 몸을 돌리더니 나를 쳐다보면서 외쳤다.

도망가라! 가라! 드넓은 땅으로!
그 비밀스러운 글은
누구의 손으로 쓰였는지는 몰라도
그대에게 충분한 동반자가 아닌가?
만약 별들의 운행을 인식하고
자연이 그대를 가르친다면
오름의 힘이 그대에게 나타나리니
한 영혼이 다른 영혼에게 말하듯이 해주리라!

나는 등 뒤에서 삐거덕거리는 금속성 소리, 쇠사슬들이 철거덕거
리는 소리, 녹슨 톱니바퀴들이 삐걱거리는 소리를 들었다. 다음 순
간 서가는 뒤쪽으로 움직이더니 책 기계장치의 어두운 안쪽으로 들
어갔다. 내 앞에 기계의 두 벽이 마치 하나의 커튼처럼 합쳐지더니
골고와 책 사냥꾼들, 그리고 가죽 동굴이 내 시야에서 사라졌다. 그
때 내가 탄 서가가 뒤쪽으로 기울었다. 나는 그것을 꽉 움켜쥐면서
무의식중에 골고의 이름을 불렀다. 마치 쇠빗장이 뒤로 밀리는 듯이

시끄러운 소음이 나더니, 갑자기 서가는 저 깊은 곳으로 큰 소리를 내며 떨어졌다.

☀ ☀
녹슨 난쟁이들의 궤도

상상해보라, 친애하는 친구들이여, 그대들이 썰매를 타고 뒤쪽으로 막 달려가다가 눈 쌓인 활강로에 머리를 곤두박질친 채 깜깜한 밤 속으로 내리 떨어진다고. 그것을 상상하면 그대들은 이제 내가 처해 있는 상황이 어떠했을지 자세히 알 수 있을 것이다.

나는 서가가 그렇게 빠르게 움직일 거라고는 결코 생각하지 못했다. 그것은 어느 선로 위를 달리고 있었다. 내 좌우에서 날카로운 금속성 소리가 들려왔고, 선로의 마찰로 불꽃들이 번쩍번쩍 튀어오르는 것이 보였다. 그러나 그 번쩍거리는 빛 속에서 나는 이 기계에 어떤 브레이크 장치도 붙어 있지 않음을 알았다. 그래서 나는 기계를 꽉 붙든 채 눈을 감았다. 그렇게 해도 내 몸이 추락하고 있다는 느낌은 가시지 않았다. 머리가 어지럽고 뱃속이 심하게 울렁거려서 토할 것만 같았다. 나는 정신을 차리려고 애쓰면서 눈을 다시 떴고, 이 추락하는 서가가 어디로 향하고 있는지 보려고 목을 길게 뺐다. 그때, 나는 처음으로 녹슨 난쟁이들의 궤도를 보았다.

그 궤도를 지탱하고 있는 기둥들, 침목들, 철제 들보들, 그리고 나사와 나사 구멍들은 녹이 슬어 있어서 어둠 속에서도 푸른 인광이 빛을 발했다. 내 시각에서 볼 때 그 궤도는 마치 번뜩거리는 수천 개

453

의 거대한 다리를 가진 동물이 끝없이 어두운 공간을 미끄러져 내려가는 것처럼 보였다.

레겐샤인은 그의 책에서 이 지하묘지의 경이로움에 대해서, 그리고 그것을 건설한 전설적인 녹슨 난쟁이들에 대해서 묘사했다. 이 난쟁이족의 이름은 그들의 수염이 마치 녹이 슨 것 같은 색이었고, 또한 그들의 금속과 금속 부식에 대한 열정 때문에 붙은 것이었다.

녹슨 난쟁이들은 지하묘지에서 엄청난 양의 책을 옮길 수 있는 운송 방법을 생각해낸 최초의 족속이었다. 옛날에는 많은 양의 대형 서적들을 어느 미로에서 다른 미로로 옮기는 대담하면서도 힘겹고 위험한 모험들이 감행되곤 했다. 도처에 무시무시한 동물들과 거대한 곤충들, 그리고 책 약탈꾼들이 도사리고 있었으며, 도처에 심연들이 입을 쫙 벌리고 있었고, 무너져 내린 횡갱들 사이에서는 물이 새어 들어오곤 했다. 특히 귀중한 장서들을 옮길 때는 엄청난 위험이 따르곤 했다. 녹슨 난쟁이들은 레겐샤인이 기록했듯이 백설 같은 피부와 녹슨 것처럼 불그스레한 머리칼과 수염을 갖고 있었고 홍채는 진홍색이었다. 그들은 앞서 존재했던 어떤 족속보다도 미로에 대해서 잘 알고 있었으며, 학문적인 탐구정신에 사로잡혀 겁도 없이 미로의 구석구석을 탐사한 끝에 복잡한 지도책을 만들어냈다. 그 외에도 그들은 비범한 손재주와 기계 분야에 있어 대단한 발명 능력을 지니고 있었다. 그들은 철광석을 시굴해서 금속을 만들어냈고 지하의 수로들을 건설했으며, 마그마의 흐름을 인공적으로 바꿔서 난방 시설로 이용했다. 갱도들을 서로 연결해서 거대한 동굴들을 만들었고 지하묘지 어디에나 쇠 계단과 사다리들을 설치했으며, 정교하고 기발한 버팀목 시스템을 이용해 미로 전체의 안전성을 현저하게 개선했다.

녹슨 난쟁이들은 특별한 종류의 녹을 생산해 그것을 발광해초 및 사상균과 교배함으로써 광물도 식물도 아닌 혼합물을 만들어냈다. 이 고상하게 반짝거리는 물질은 지속적으로 번식해나갔는데, 이것으로 그들은 그들 왕국의 넓은 영역에 불을 밝혔고 마침내 그들의 책 궤도들에다 그 물질을 칠해놓았다. 지하묘지 내의 다른 거주자들은 이 돌연변이 녹을 '광택 곰팡이'라고 불렀다.

그것 말고도 그들은 기계, 화학 그리고 물리 문제들만을 다루고 비밀스러운 기구, 기계, 공구들의 삽화들만으로 이루어진 어마어마한 장서를 남겨놓았다. 그러나 녹슨 난쟁이들의 글자는 해독되지 못했기 때문에 오늘날까지도 읽을 수가 없다. 그들은 자신들의 언어와 그들의 지식을 비밀로 간직하기 위해서 다른 종족들과는 오직 몸짓으로만 의사소통을 했다고 한다.

그 난쟁이들에 대해서는 근원을 알 수 없는 전설들이 전해오는데, 예를 들면 그들이 지구 중심에다가 속도조절 바퀴를 설치했기 때문에 지구가 회전한다든가, 또 그들의 이빨은 다이아몬드로 되어 있어 쇠도 씹어 먹었다는 것들이었다.

그렇지만 한 가지만은 확실히 증명되었다. 그들은 책 궤도들을 설치해놓았으며 지하묘지 속에는 그것들 가운데 오래된 잔재들이 아직도 남아 있다는 것이다. 레겐샤인도 그중 일부를 본 적이 있었다. 그 궤도는 녹슨 난쟁이들이 이룬 가장 큰 업적이었으며, 원래 계획대로라면 그것으로 미로 전체를 연결하려고 했다는 것이다. 그 어마어마한 기술적 구상은 그러나 완성되지 못했다. 녹슨 난쟁이들이 하필이면 철분 부족과 관련 있다고 하는 의문의 역병에 걸려서 몰살당하고 말았기 때문이다. 그렇지만 그들이 만들어낸 광택 곰팡이는 수백 년이 넘도록 살아남았다.

그러므로 가죽 동굴의 책 기계장치라고 하는 것은 다름 아닌 녹슨 난쟁이들이 발명한 이동식 역이었다. 하지만 솔직히 말하면, 충실하게 이 책을 읽고 있는 내 친구들이여, 이 모든 것은 지금의 내가 처한 상황에서 볼 때 전혀 관심의 대상이 아니었다. 지금 이렇게 미친 듯이 질주하고 있는 내가 결국은 어디에 도착할 것이며, 그리고 이 모든 것을 극복하고 과연 살아남을 수 있을 것인가가 내게는 더 중요했다. 그러나 어느 순간 궤도의 경사가 점점 완만해지면서 거의 수평으로 되는가 싶더니 다시 위쪽으로 올라가자 이 모험천만한 질주가 곧 끝날 거라는 생각이 들었다.

나는 속도가 줄어든 것을 이용해 몸을 뒤집어 엎드렸다. 그것만으로도 내 몸의 위치가 훨씬 편해져서 적어도 지금 내가 어디로 향하고 있는지는 볼 수 있었다. 서가는 위쪽으로 점점 더 가파르게 향하다가, 마침내 그 궤도의 정점에 다다르자 돌연 방향을 완전히 꺾어 급속도로 아래로 치달았다.

내 겉옷자락은 마치 폭풍 속에 흔들리는 깃발처럼 펄럭거렸다. 내 몸 아래로는 바퀴들이 궤도 위로 끼이익 소리를 내고 하얀 불꽃들을 튀기면서 긴 자취를 남기고 질주하는 동안 녹색으로 빛나는 궤도의 침목들이 엄청나게 빠른 속도로 스쳐 지나갔다.

다시 하향 곡선을 그리다가 다시 위로, 다시 높이 치솟으며 질주했다. 나는 다시 급격히 추락할 거라고 각오했지만 비교적 차분한 속도로, 그것도 밑을 향해서 질주했다. 그러더니 가파른 커브를 길게 돌았다. 이 두 줄기의 빛나는 금속 궤도 위를 질주하고 있는 내가 과연 어느 심연이 입을 벌리고 있는 곳에 도착할지 전혀 생각해볼 수도 없었다. 궤도의 구조는 일부만 볼 수 있어서 아마 십 미터, 이십 미터가 될지도 몰랐지만 그렇게 달리는 동안 그 녹색 광택은 어둠 속으로 삼켜지고 말았다. 앞으로도 수십 미터 혹은 수백 미터 더 아래로 이어져 있는지도 알 수 없었다.

마침내 궤도는 길게 수평으로 뻗었고 그 위를 달리는 것은 천천히 규칙적으로 이루어졌다. 그래서 나는 이제 꽉 붙잡고 있던 손을 조금 늦추고 긴장을 좀 풀어도 되겠다는 느낌이 들었다.

한 가지만은 확실했다. 여기까지는 책 사냥꾼들 누구도 따라오지 못할 것 같았다. 나는 멸종된 난쟁이족만이 길의 마지막에 어떤 목적지가 있는지 알고 있을 오래된 이동장치 위를 질주하고 있었다. 그것도 어느 부흐링이 나를 이리로 보낸 것이었다.

그런 생각을 하면서 좀 안심하는 사이 궤도는 좀 더 큰 동굴 속으로 이어졌다. 거기에도 역시 다른 책 궤도들이 있었고 그것들은 어둠 속 여기저기에 마치 안개 속에 드러난 교두보들처럼 드러나 있었다. 그것들에도 마찬가지로 광택 곰팡이가 덮여 있었으나 단지 녹색뿐 아니라 분홍색, 파란색, 오렌지색으로도 빛나고 있었다. 나는 길게 이어진 가파르게 굽은 궤도들과 그 근처에 길게 뻗어 있는 언덕과 골짜기들을 보았다. 그것들 중 일부는 내가 질주하고 있는 궤도 근처에, 어떤 것들은 그 위아래로 뻗어 있었다. 암흑 속에서 마치 유령 건축물들처럼 흐늘거리는 이런 복잡한 구조물들을 보는 것은 낯설면서도 한편으로는 압도적이었다. 나를 태우고 달리던 서가는 그 사이에 마치 걷는 속도로 아주 천천히 이 기괴한 광경 속을 달리고 있었다. 그리고 이어서 나는 뼛속까지 소름이 끼칠 만한 뭔가를 보았다.

파란색 광채의 녹이 뒤덮인 어느 궤도 위를 달려 거미줄처럼 가늘고 연한 철사들로 뒤얽힌 가느다란 지주들 위에 촛대처럼 반듯이 펼쳐져 있는 궤도들을 보자 나는 놀라움을 금할 수 없었다. 그런데 그 궤도들이 갑자기 중단되었다. 궤도들은 도중에 뜯겨 나가고 지주들은 무너져 있었다. 그리고 거기서 이십 미터쯤 떨어진 곳에 궤도들이 다시 이어져 있었지만 그 사이에 시꺼먼 틈새가 벌어져 있었다.

녹슨 난쟁이들이 남긴 이 궤도가 이미 수백 년도 넘은 데다가 오래전부터 누구도 관리하지 않은 채 방치해둔 폐허라는 사실을 나는 내내 잊고 있었던 것이다. 나는 이 궤도 위의 어딘가에 틈새가 생겨 갑자기 무시무시한 심연이 나타날지도 모른다는 것을 감안해야 했다.

나를 태운 채 달리고 있는 서가는 이제 내게는 언제든 마법의 힘을 잃어버릴지도 모를 날아다니는 양탄자 같았다.

내려서 걸어가야 할까도 생각해보았다. 서가는 지금 아주 천천히 달려가고 있어서 그렇게 해도 될 것 같았다. 하지만 궤도를 지탱하고 있는 침목들 사이의 간격은 일 미터가 넘었고 자칫 발을 잘못 디뎠다가는 그냥…… 아니, 차라리 그 생각은 안 하기로 했다. 나는 아주 잘 만들어진 책 궤도 위를 달리고 있다는 믿음에 의지해 곧 목적지에 도착할 거라는 희망을 품을 수밖에 없었다.

유감스럽게도 지금 내 눈앞에 보이는 광경은 내 낙관주의를 지탱하기에는 별로 적절해 보이지 않았다. 계속해서 나는 궤도의 무너진 부분들, 뜯겨 나가고 휘어진 버팀대들 사이를 스쳐 지나갔다. 세월의 탓도 있겠지만 아마도 살아 있는 녹이 책 궤도의 구조물을 갉아먹는 것 같았다. 앞으로 수백 년이 더 지나면 이곳에는 아마도 거대하게 영역을 넓힌 광택 곰팡이와 동굴 밑바닥에 생겨난 온갖 색채의 바다 외에는 아무것도 남지 않을 것이다.

나는 불안한 시선을 앞으로 향한 채 그렇게 계속 달려갔다. 흐릿한 불빛 속에서는 멀리까지 볼 수 없었다. 사실 궤도는 마치 얼마 떨어지지 않은 곳에 끊어진 부분이 있을 거라는 인상을 지속적으로 주었다. 그러다가도 계속, 계속 이어졌다.

그러더니 갑자기 산이 나타났다. 아니, 산이라고 한 것은 과장이었고 이삼 미터는 되어 보이는 원통형의 바위 덩어리가 궤도 한가운데에 버티고 있었다. 단지 돌 몇 개만 던지면 닿을 거리였다. 저게 어디서 나타났지? 혹시 떨어진 종유석일지도 몰랐다. 그런데 어째서 저 가느다란 궤도들을 부숴버리지 않은 거지? 보기에도 덩치가 어마어마한데?

나는 달리는 속도를 가늠해보았다. 서가는 이제 천천히 달리고 있어서 그 바위 덩어리에 가볍게 부딪친 다음에 멈춰 설 것 같았다. 그래서 미리 뛰어내릴 필요는 없었다. 그 바위 덩어리를 궤도에서 치워야 하는 문제는 감히 생각도 못 했다. 일단 충돌할 때 떨어져 나가지 않도록 서가를 꽉 붙들었다. 그 장애물까지는 이제 불과 몇 미터밖에 남지 않았다.

그런데 그것이 갑자기 움직였다.

그러더니 바위의 접힌 주름들이 펴졌다.

그것이 늘어나더니 길게 뻗으면서 형태가 변했다.

이상하게 짓눌려 부서지는 것 같은 소리를 냈다.

그러고는 마침내, 충돌하기 불과 몇 센티미터 거리에서 그것은 궤도를 벗어나 깊은 심연으로 떨어졌다.

서가는 계속해서 달렸다. 그리고 나는 어안이 벙벙해 그 사라진 바위를 돌아보았다. 아무것도 보이지 않고 아무 소리도 들리지 않았다. 그 기괴한 사건 현장으로부터 멀어져가는 동안 나는 눈을 비비면서 신경을 곤두세우고 아래를 내려다보았다.

갑자기 다시 짓눌려 부서지는 소음이 들렸다. 깊은 곳에서 기분 나쁜 소리가 났다! 이어서 뭔가가 펄럭거리는 소리가 났다. 마치 엄청난 비둘기 떼가 날아오르는 듯한 소음이었다. 그러더니 어떤 것이 어둠의 바다로부터 위로 솟구쳐 올라왔다. 그것은 새와 비슷한 동물 형상으로 바뀌더니 두 개의 거대한 날개를 펼치면서 힘찬 날갯짓과 함께 위로 날아올랐다.

그것의 머리는 거의 방추형으로 길었고, 집게 같은 주둥이에, 피부는 돌 같은 회색이고 가죽처럼 질겨 보였다. 엄청나게 큰 귀가 양쪽에 달려 있었고, 가장 특이한 것은 머리에 두 개의 깊이 파인 구덩이만 있을 뿐 그 속에 눈이 없어서 마치 죽은 짐승의 해골 같은 인상을 주었다. 거기다가 발에는 날카로운 발톱들과 날개 관절이 달려 있었다. 그것은 새도 박쥐도 아닌 오직 부흐하임의 지하묘지에만 존재하는 아주 특이한 생물이었다. 게다가 나는 그것의 이름을 알고 있었다. 바로 흡혈괴조!

85
흡혈괴조의 노래

레겐샤인이 쓴 바에 따르면, 죽음보다 더 나쁜 해를 가할 수 있는 생물은 한 종밖에 없었다. 바로 흡혈괴조들로, 그것들은 울음소리만으로도 희생자들을 미치게 만드는 능력이 있다고 했다.

오직 부흐하임의 지하묘지에만 살고 있는 하르피이아와 뱀파이어의 잡종인 이 괴물이 내지르는 괴성은 너무나 끔찍했다. 그래서 만약 그 괴물의 노랫소리를 다른 생물이 한동안 듣고 있으면 뇌파가 교란되어 정신을 잃기 일쑤였다. 흡혈괴조는 희생물이 완전히 무력

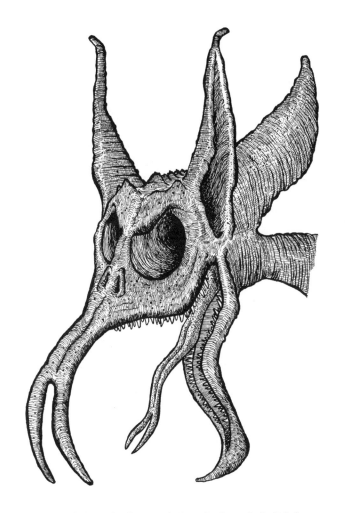

한 상태에 빠지면 그때 비로소 달려들어 피를 빨아먹었다.

아까 궤도에서 추락한 것은 바로 이 전설적인 괴물들 중 한 마리였다. 내가 그 괴물을 깨웠던 것이다. 그러나 괴물은 오히려 고마워하는 것 같았다. 눈이 없는 대개의 생물들이 그렇듯 흡혈괴조도 주로 소리로 방향을 잡는 것 같았다. 괴물은 힘찬 날갯짓으로 솟아오르면서 갑작스레 머리를 여러 방향으로 마구 흔들면서 귀를 이리저리 움직였다. 그러더니 마침내 갑자기 탁! 소리를 내며 두 귀를 맞물려 고정시키더니 주둥이 끝을 바로 내 쪽으로 향하게 했다. 흡혈괴조는 서가가 아주 작게 달그락거리는 소리는 물론 내 심장이 뛰는 소리까지 감지한 것이다. 그러자 그것은 쥐어짜내는 듯한 소리를 토해냈다.

나는 내가 타고 있는 서가가 당장 다시 속도를 내기를 바랐지만, 조금 전처럼 아주 느긋하게 움직일 뿐이었다. 나는 흡혈괴조가 나를 덮칠 거라고 예상했지만, 무슨 이유인지는 몰라도 그 자리에서 날갯짓을 하며 멈춘 채 계속해서 짓눌리는 듯한 괴성을 토해내고 있었다. 그 소리는 비록 소름끼치도록 불쾌했지만 나를 광기로 몰아넣을 정도는 아니었다. 아마도 그 소리는 흡혈괴조가 방향을 잡는 데만 이용하고 있는 것 같았다. 동굴의 사방에서 괴물의 울부짖는 소리가 메아리쳐 되돌아오면서 그것에게 공간 속에서 날아가는 데 필요한 음파를 보내주고 있었다. 그런데 놀라운 것은 동굴 벽들에 부딪혀 되돌아오는 메아리들은 점점 약해지는 것이 아니라 반대로 더욱 거세지는 것이었다. 도대체 어떻게 저런 일이 가능하지?

나는 그것에 대해 고민할 필요가 없었다. 왜냐하면 그 수수께끼는 곧 저절로 풀렸기 때문이다. 그것은 메아리가 아니라 어둠 속을 뚫고 나타난 다른 흡혈괴조들이 내지르는 소리였던 것이다. 한 마리, 두 마리, 네 마리, 일곱 마리…… 마침내 족히 십여 마리가 사방에서 날아들었다. 흡혈괴조는 쥐어짜는 괴성을 지르면서 자기 동족들을 불러들인 것이다. 괴물은 이제 혼자가 아니라 떼 지어서 사냥하고 있었다. 왜 그것은 레겐샤인의 책에 쓰여 있지 않았을까?

그 괴물들은 궤도 위로 모여들더니 나를 태운 서가가 달팽이 기어가는 속도로 그들을 향해 나아가는 사이에 서로 뒤섞여 날갯짓을 하면서 괴성들을 질러댔다. 그러면서 열두 마리의 흡혈괴조는 삐드득거리는 소리를 내며 머리를 이리저리 젖히다가 마침내 내 쪽으로 일제히 주둥이를 내밀었다. 모두가 같은 방향으로 비행하기로 결정한 것이다. 그 괴물들은 귀를 쫑긋 세우더니 집단으로 꽥꽥 소리를 내질렀다. 사냥이 시작된 것이다. 이제 모두가 힘차게 날개를 퍼덕이면서 나를 덮쳤다.

바로 그 순간, 나를 태운 서가가 궤도에서 뒤집어졌다. 아무튼 처음 내 생각은 그랬다. 왜냐하면 그 움직임이 너무나 돌발적으로 빨리 일어나서 나는 궤도가 갑자기 끝났다고 생각했다. 하지만 궤도는 끊긴 것이 아니라 다만 다시 아래쪽으로 급하게 꺾이면서 서가에 다시 탄력이 붙은 것이었다. 녹슨 난쟁이들은 물리적 동력학을 아주 자세하게 계산한 것이 분명했다.

내가 서가에서 떨어져 나가지 않은 것만 해도 다행이었다. 왜냐하면 나는 내 쪽으로 날아오는 흡혈괴조에 넋이 나가 있었기 때문이다. 그래서 나는 앞쪽으로 굴렀지만 다행히 밑으로 추락하기 직전에 다시 서가를 꽉 붙들 수 있었다. 마침내 다시 달리는 궤도에서 불꽃들이 튀었다!

흡혈괴조들은 덜거덕거리는 바퀴들의 소음을 감지하자 괴성을 지르면서 달려들었다. 유령처럼 번뜩거리는 녹색의 궤도 위에서 불꽃을 튀기는 서가는 마치 칠흑 같은 밤 속으로 떨어지는 유성처럼 밑으로 떨어졌다. 그 위에는 린트부름 요새에서 온 한 공룡이 자줏빛 겉옷을 펄럭거리면서 절망적으로 매달린 채, 살육욕에 젖어 괴성을 지르는 십여 마리의 흡혈괴조들에게 쫓기고 있었다. 이런 전례 없는 추격전을 보고 놀라 감탄하는 청중이 한 명도 없다는 것이 아쉬웠다.

흡혈괴조의 외침 소리는 갈수록 새로운 음조를 띠었다. 그 짓눌려 으깨어지는 듯한 소리 대신에 이번에는 날카롭고 가쁘게 숨 쉬는 소리로 바뀌었지만 나는 여전히 그 소리 때문에 이성을 잃어버릴 것 같지는 않았다. 서가의 질주는 아까보다 더 거칠고 빨라졌다. 그것은 화살처럼 빠르게 급커브를 돌면서 왼쪽으로 달리다가 오른쪽으로, 다시 아래로 그리고 위로 달렸다. 나는 서가 위에 매달린 채 몸이 이쪽저쪽으로 마구 쏠렸지만 이를 악물고 내 발톱으로 그것을 꽉 붙들었다.

그렇게 우리는 정말 어마어마하게 큰 어느 동굴 안으로 질주해 들어갔다. 그곳은 한때 녹슨 난쟁이들의 중앙역이 아니었을까 생각되었다. 여기서부터는 실내의 여기저기로 무수히 많은 궤도들이 뻗어 있었기 때문이다. 녹슬어 망가지거나 파열된 궤도들과 침목들도 많았고, 무너져 서로 뒤엉킨 받침 지주들도 많았다. 여기저기 어둠 속에는 거대한 종유석들이 자라고 있었지만 가까이 가서 보니 천장 높이 치솟아 있는 서가들로, 모두 책들이 꽉 차 있고 두꺼운 먼지가 끼어 있었다. 알고 보니 이곳은 아주 오래전에 책들을 정돈해서 쌓아두었다가 책 기계장치에 담아 내보내는 궤도 편성역의 폐허였다. 괴물 같은 톱니바퀴들이 어둠 속에서 오렌지색 녹으로 뒤덮인 채 드러나 있었다. 그러자 곧 가죽 동굴에서 보았던 것과 비슷한 세 개의 책 기계장치들이 보였다. 그것들에도 선로들이 연결되어 있는데 모두 거미줄이 쳐져 있고 먼지에 뒤덮여 작동이 멈춰 있었다. 이곳이 예전에는 생각의 산물을 부지런히 날랐던 기계장치들의 중심부였을 텐데 지금은 가동이 정지된 상태였다. 바로 녹슨 난쟁이들의 궤도들을 움직였던 뇌가 죽어 있는 셈이었다.

그러나 내게 가장 큰 인상을 준 것은 바로 이 중앙역에 서식하고 있는 동물들의 세계였다. 나는 레겐샤인의 책에서 이미 읽은 적이 있었지만, 그 당시 읽을 때는 그가 묘사한 것들이 단지 상상의 소산이며, 자기 독자들의 지불에 대한 대가로 허풍스럽게 과장한 것이라고 확신했었다. 왜냐하면 그가 쓴 내용은 지하묘지의 현실이라고 하기에도 너무나 기괴하고 신빙성이 없어 보였기 때문이다. 그러나 그게 아니었다. 그가 묘사한 모든 것들은, 특히 가장 믿기지 않았던 세부적인 것조차도 모두 실제였다.

녹슨 난쟁이들의 중앙역을 통과해 달려가다 보니 마치 공기만 있고 물은 없는 깊은 바다 속의 자연법칙이 지배하는 곳을 뚫고 나아가는 것 같았다. 이 거대한 동굴 속에 살고 있는 것들은 모두 마치 바다 동물들처럼 보였다. 어둠 속에서 빛나는 잠자리 날개를 가진 날아다니는 물고기들을 보았다. 그것들은 떼를 지어 붕괴된 책 궤도 구조물들 사이로 끊임없이 길게 줄지어 날아다니고 있었는데, 아마도 윙윙거리는 곤충들을 사냥하려는 것 같았고, 방향을 바꿀 때마다 모두 색깔이 바뀌었다. 그것들은 위아래로 흐늘거리며 움직이는 계류기구(繫留氣球)처럼 큰 하얀 해파리들로, 투명한 몸뚱이들이 아주 우아해 보였다. 그것들 중 몇 개의 몸에서는 색색의 빛들이 발산되어 마치 형형색색의 눈송이들이 춤추는 듯했다. 여덟 개의 검은 다리에는 자주색 빨판들이 붙어 있어 궤도와 책 기계장치에 찰싹 달라붙은 채 검은 가스를 내뿜고 있었다. 그 가스는 마치 물속에서 내뿜는 먹물처럼 허공 속으로 뿜어져 나오고 있었다. 흡혈괴조들이 편 날개만큼의 넓이와 긴 꼬리를 가지고 있고 몸 안에서 격렬한 빛이 맥동하는 투명하고 거대한 동물들이 우아하게 이리저리 미끄러져 다니고 있었다. 책 궤도의 폐허 위에는 무색의 바다거미들이 균형을 유지하면서 실을 뽑아내 거미줄을 잣고 있었다.

레젠샤인은 이 거대한 동굴이 아주 옛날에는 한때 완전히 물속에 잠겨서 차모니아의 대양과 연결되어 있었다고 추측했다. 그것이 이 특이한 형상을 띤 동물의 생성과 진화에 대한 설명이 될지도 몰랐다.

나는 이 동굴의 밑바닥에는 분명 거대한 게들도 기어 다니고 집채만 한 진주를 품은 조개들도 있을 거라고 생각했다. 어느 날 다시 바닷물이 들어와 이 동굴 안에 물이 차면 여기 있는 생물들은 옛날 그들의 선조들이 그랬던 것처럼 다시 바다 생물로 형태가 바뀔 것이다.

하지만, 오, 내 사랑하는 친구들이여, 나는 이 엄청난 광경에 취해서 내가 어떤 위험에 처해 있는지를 거의 잊고 있었다!

흡혈괴조들은 빛을 발하는 폐허들과 여기저기 움직이는 생물들 사이로 능숙하게 날아다니면서 끊임없이 괴성을 질러댔다. 그렇지만 그것들이 가까이 날아와 뾰족한 주둥이를 탐욕스럽게 내게로 뻗칠 때마다 서가는 궤도 위로 대담하게 휙 질주하거나 아니면 급커브를 돌았다. 마치 수백 년 전의 녹슨 난쟁이들이 오직 이 사냥꾼들을 감안해서 구조물을 설치해놓은 것처럼.

나는 속도의 무아지경으로 빠져들어갔다. 희열과 넘치는 힘이 나를 휘감아 마치 흡혈괴조들한테 패배하지도 잡히지도 않을 것 같았다. 혹시 이런 느낌이 광기의 시작은 아닐까? 아니다. 괴물들이 내지르는 괴성은 내게 여전히 아무런 영향도 주지 못했다. 이 무시무시한 위험 앞에서 나를 휘감는 것은 오직 자신감으로, 그것이 온몸을 마비시키는 공포에 빠지지 않도록 나의 정신을 방어하고 있었다. 나는 닥칠 위험들에 대해서는 더 이상 생각하지 않았고, 궤도 어디에 틈이 나 있거나, 이 질주가 불행하게 끝날 거라는 생각조차 하지 않았다. 중요한 것은 바로 그때그때 순간이었으며, 매번 다시 예상 못했던 급커브와 급추락 때문에 점점 더 화가 치밀고 있는 내 추적자들에 대한 작은 승리였다. 나는 개들의 추적을 피해 분주히 달아나는 토끼였고, 독수리들을 피해 필사적으로 날아가는 칼새였다.

흡혈괴조들이 다시 괴성을 질러대기 시작했다. 그것들이 내지르는 세 번째의 괴성이었는데, 이제야 나는 지금까지 들었던 괴성이 그들의 진짜 울음소리가 아니었음을 알았다. 앞서 그것들이 질러댔던 울음소리와 괴성은 단지 전주곡이며 이제부터 이어질 미치광이 합창의 연습곡에 불과했다. 내가 전혀 예상하지 않던 바로 그 순간에 흡혈괴조들은 그들의 진짜 사냥노래를 부르기 시작했다.

그것은 미친 듯한 외침 소리와 쉿쉿거리는 소리로 강해졌다 다시 급격히 약해졌다 하면서, 아주 날카로운 최고음까지 올라갔다가 다시 급격히 낮게 위험스런 푸웃 푸웃! 소리로 돌변하곤 했다. 이제야 책 궤도 위에서 취한 듯 미친 듯 벌어지는 질주에 딱 맞는 반주음악이 생긴 것 같았다. 급상승과 급하강, 산과 골짜기, 왼쪽 커브와 오른쪽 커브가 거의 초 단위로 바뀌었지만, 흡혈괴조들은 그에 아랑곳하지 않고 마치 피에 굶주린 개들이 약탈물의 움직임 하나하나를 쫓듯 내 발치에 바짝 따라붙고 있었다. 그것들이 내지르는 괴성에 내 눈동자는 타들어가는 듯했고 혀는 뭉그러지는 것 같았다. 나의 뇌가 마구 흔들리고, 뇌수가 끓어오르면서 머리가 마비되는 것 같았다. 나는 흡혈괴조들이 최후의 승리를 거두기 전에 이 모든 것을 단숨에 저 깊은 아래로 내던져 끝장내고 싶은 억제할 수 없는 충동에 사로잡혔다. 한번 뛰어내리기만 하면 모든 것이 끝날 것이다. 그러면 무한한 평화가 오는 것이다. 그때였다.

"후후!"

내 안에서 소리가 들렸다.

물론, 대개는 그런 식으로 광기가 시작된다. 안 그런가, 내 다정한 친구들이여? 이런저런 소리를 들을 수 있겠지만, "후후!" 같은 어이없는 소리가 지금 나를 맞이하는 것이야말로 매우 모욕적이라고 생각되었다.

"후후!"

소리가 다시 들렸다.

그 목소리는 어딘가 낯설지 않게 느껴졌다.

"이봐, 얘야! 어떠냐?"

"당신은 누굽니까?"

"나는 닦지 않은 안경들을 담은 궤짝이란다." 그 목소리가 대답했다.

"단첼로트 대부님?"

"너는 닦지 않은 안경들을 담은 또 다른 궤짝을 알고 있느냐?"

미치광이가 되면 사랑하던 망자의 목소리를 듣게 된다는 소문이 퍼져 있었던가?

"나는 단지 방금 너처럼 광기의 상태로 넘어가는 것이 나한테는 이미 익숙한 것이라고 말하고 싶었다. 나는 언젠가 린트부름 요새에서 대가리에 굵은 돌멩이를 맞은 적이 있는데, 그 후로는⋯⋯."

"나도 알아요, 대부님."

나는 정신을 잃은 것이 분명했다. 죽음에 가까워지면서 어떤 헛소리와 대화하기 시작한 것이다.

"그래. 나는 이따금 정신이 돌곤 했다, 얘야. 말 그대로 미치곤 했지. 그 당시에 나는 실제로 믿었다. 내가⋯⋯."

"닦지 않은 안경들을 담은 궤짝일 거라고요. 나도 알아요, 대부님. 들어봐요. 나는 미친 듯이 질주하는 유령의 궤도 위를 달리고 있어요. 내 피를 빨아먹으려고 혈안이 된 흡혈괴조들한테 쫓기면서요. 그래서 나는 막 정신을 잃었어요. 하필 이런 때 대부님이 나한테 알려주려는 게 뭔지 제발 간단하고 정확히 말해주시겠어요?"

"네가 내 소식을 들으면 기뻐할 줄 알았는데."

단첼로트 대부의 목소리는 우울하고도 기분이 상한 듯이 들렸다.

"기뻐요, 물론 상황에 따라서요. 다만 저는 지금 좀…… 긴장이 돼서요, 대부님."

"이해한다. 나도 그냥 짧게 너한테 조언 하나 해주고 가려고 했다."

"조언요?"

"너도 알지? 그 당시 내가 다시 건강해졌다는 걸. 어떻게 해서 그리 됐는지 너는 한 번이라도 물어본 적이 있느냐?"

솔직히 말해 나는 결코 그 생각을 해본 적이 없었다.

"그건 이랬다. 어느 날 나는 내 증조부님인 힐라리우스 폰 질벤드 레히슬러의 목소리를 들었다. 그분도 역시 광기를 가지고 있었던 것으로 유명했지. 정신병은 말하자면 우리 가문의 아주 오랜 전통이란다……."

"대부님! 미안하지만 제발 본론만 말해주세요."

"그래그래. 증조부님은 나보고 린트부름 요새의 가장 높은 꼭대기로 가라고 충고하셨다. 그리고 거기에서 가능한 한 큰 소리로 외치라고."

"큰 소리로 외쳐요?"

"바로 그거야. 나는 그렇게 했다. 위로 올라가서 소리를 질렀다. 그런데 그렇게 소리를 지르자 광기가 내 몸에서 빠져나가더니 마치 추방된 악령처럼 허공 속으로 사라졌다. 헛소리가 아니야! 이 외침은 바로 그 원고처럼 적어도 내 삶을 바꿔놓았다. 바로 네가 지금 가지고 있……."

"그게 대체 무슨 말씀이세요, 대부님? 나보고 소리를 지르라고요? 지금요?"

아무 대답이 없었다.

"단첼로트 대부님?"

목소리는 이제 사라지고 말았다.

이제 이 사건을 설명하는 데는 정확히 세 가지 가능성이 있었다. 오, 충실한 친구들이여, 첫 번째는 가장 개연성이 적은 것으로, 이 목소리가 실제로 단첼로트 대부의 목소리라는 것이다. 두 번째는 좀 더 개연성이 있는 것으로, 흡혈괴조들의 괴성이 내 안에서 광기를 일으키고 있다는 증거였다. 세 번째는, 단순히 이 상황에서 빠져나가고 싶은 불안감이 밖으로 표현된 것으로, 단첼로트 대부의 목소리를 빌려 내게 그것을 확신시키려 한 것은 다름 아닌 나 자신의 마음이었다. 아니면 그런 것들이 모두 뒤섞인 것인지도 몰랐다. 진실이 어떤 건지 알 수 없었다. 다만 내가 알 수 있는 것은 단첼로트 대부의 충고대로 따르는 일이었다. 그 목소리가 저승에서 왔건, 내 광기에서 나왔건 아니면 이성에서 나왔건 상관없이 나는 소리를 지르기 시작했다.

♐Ψ
외침 소리와 한숨 소리

만약에 청각적인 성과에 대해 「황금 목록」 같은 것을 작성할 수 있다면 내가 녹슨 난쟁이들의 궤도역에서 내지른 소리는 바로 그런 목록에 올릴 만한 것이었다.

세상에서 그대들이 최고로 위험하다고 판단할 수 있는 온갖 소음들을 상상해보라, 충실한 친구들이여! 화산이 폭발 직전에 포효하는 소리, 늑대가 공격하기 전에 으르렁거리며 짖는 소리, 거대한 지진이 일어나기 직전에 땅이 진동하는 소리, 가까이서 거대한 파도가 밀려오면서 내는 소리, 초원에 붙은 불이 타들어가면서 빠지직! 빠지직! 내는 소리, 허리케인이 닥치면서 울부짖는 소리, 칠흑처럼 깜깜한 산속에서 울리는 천둥번개와 폭우 소리. 그런 온갖 소리들을 상상해본다면 그 외침들보다도 더 컸던 내 외침은 과연 어땠을까.

거기에다 내 대부시인을 여읜 슬픔과, 계속 악화되는 내 운명에 대한 절망감, 그리고 내 안에서 펼쳐지는 광기의 사악한 힘을 더해보라! 이것들을 내 안에 흐르는 야수적인 공룡의 핏속에 잠들어 있는 원시적 본능의 힘과 합쳐보라! 그런 다음 마침내 내 목구멍을 통해 나온 부르짖음을 상상해보라! 하지만 조심하라! 반드시 사전에 그대들의 귀를 막으라. 왜냐하면 이 외침을 상상만 해도 북의 가죽이 찢어지고 안구가 터질 수 있기 때문이다!

나는 소리를 내질렀다. 흡혈괴조들의 외침 소리마저 가뿐히 능가하고 거대한 동굴 안 전체를 귀청이 찢어지는 소음으로 채울 만한 외침 말이다. 날던 물고기들은 황급히 몸 색깔을 바꾸더니 혼비백산 달아났다. 육중한 해파리 한 마리가 공포에 질려 물을 뿜어내면서 솟구쳐 오르더니 책 기계장치의 버팀대들 속으로 몸을 감췄다. 바다거미들은 놀라 궤도의 폐허에서 밑으로 떨어지고 말았다.

나는 공룡들이 단단한 성대를 갖고 있는 것을 알고 있었지만, 내 허파 속에 그토록 엄청난 힘이 숨어 있으리라고는 예상하지 못했다. 지하묘지 안에 있는 누구나가 이 소리를 들었을 것이고, 미로의 구석구석까지 퍼져 모든 책 사냥꾼들의 귓속으로, 심지어 부흐하임의 지상에까지 들렸을 것이다. 어쩌면 그 소리는 이제 갇힌 메아리의 동굴로 들어가 영원히 그 안에서 헤매리라는 생각도 들었다. 고통과 불안은 내게서 떨어져 나갔고, 나는 아주 황홀해져 한참 동안 아무것도, 흡혈괴조도 광기도 더 이상 두렵지 않았다. 나는 계속 소리를 내지르면서 앞쪽으로 시선을 던졌다. 그리고 보라, 궤도는 그리 멀지 않은 곳에서 끝나고 있었다. 선로들은 그냥 허공에서 멈춰 있었다.

그랬다. 그것이 궤도의 끝이었고, 지금까지 달려온 내 삶의 끝이기도 했다. 그렇지만, 오, 친애하는 친구들이여, 바로 그 순간 나는 아무것도, 심지어 죽음조차도 두렵지 않았다. 나는 외침 소리를 줄이면서 이제 어둠 속으로 추락해 동굴 밑바닥에서 산산조각 날 것이라고 각오했다. 지하묘지의 심장부인 이 녹슨 난쟁이들의 종착역은 모든 죽음은 무의미하다는 불멸의 기념비를 남기고 죽기에는 아주 멋진 장소였다. 여기, 이 철 구조물들 사이에서 나는 사라지고 말 것이다. 죽음은 나를 데려가기 위해서 이보다 더 유리한 시점을, 이보다 더 좋은 장소를 택할 수 없었을 것이다.

그때 놀라운 일이 일어났다. 아니, 그것은 그냥 축소해서 말한 것이고, 사실은 여러 개의 놀라운 일들이 동시에 일어났다. 자세히 말하면 전부 여섯 가지다.

첫 번째는, 내가 궤도의 끝에 도달하자 그 궤도가 계속해서 이어진 것이다. 나는 허공 속으로 날아가는 대신에 아래쪽으로 질주하면서도 추락하지 않았다. 옆으로 떨어지지도 않았다. 아니, 서가의 바퀴 밑으로 계속 선로가 나타나면서 내 뒤로 번뜩이는 불꽃을 튕겼다. 나는 계속해서 전력으로 질주하고 있었다.

두 번째로, 나는 철썩철썩하는 소음을 들었다. 대략 열두 번 정도였는데, 마치 돌 위에 고깃덩어리들이 떨어지면서 내는 소리 같았다.

세 번째는, 흡혈괴조들의 노랫소리가 갑자기 중단된 것이다.

네 번째는, 내 뇌 속에서 엉켰던 것들이 풀렸다.

다섯 번째로 내 주위에서 맴돌던 음향이 한순간 다른 특성을 띤 것이다. 모든 것이 갑자기 둔탁하고 억눌린 듯, 공간의 깊이도 메아리도 없는 소리로 변했다.

여섯 번째로 궤도역 전체와 동물들, 폐허들, 그리고 흡혈괴조들이 갑자기 사라진 것이다.

무슨 일이 일어났는지 파악하는 몇 초 동안 나는 공포에 전율했다. 책 궤도는 아무런 설명도 없이 무작정 좁은 터널 안으로 질주해 들어갔다.

지옥에서나 들을 수 있을 나의 격렬한 외침은 흡혈괴조들의 비행 시스템을 완전히 마비시켰고 그것들의 청각을 파괴했다. 그 때문에 괴물들은 동굴 안의 단단한 벽들을 제대로 감지하지 못하고 전속력으로 내 쪽으로 날아왔다가 부딪히고 만 것이다. 내가 터널 안을 달리는 동안 괴물들 모두가 바위벽에 부딪혔다. 나는 그것들 가운데 어느 것도 살아남지 못했을 거라고 추측했다.

만약 내가 너무나 가파르게 하강하지 않았더라면 아마 조금은 긴장을 늦출 수 있었을지도 모른다. 어쨌거나 나는 흡혈괴조들의 손아귀와 광기에서 벗어났고 궤도에서도 추락하지 않았으니 세 가지 승리를 거둔 것이다.

좁은 터널에서는 속도감이 훨씬 더 강해졌다. 바퀴가 굴러가면서 내는 날카로운 소리도 더 컸고, 터널 벽에서는 마치 제대로 총알을 맞은 것처럼 불꽃들이 튀었다. 그때 얼음장 같은 공포가 내 몸속을 꿰뚫고 지나갔다. 무엇인가 마치 나사 바이스 같은 것이 갑자기 내 발목을 꽉 부여잡은 것이다.

터널 안을 질주한 후 처음으로 나는 뒤를 돌아보았다. 내 뒤로, 튀는 불꽃들의 번쩍거림 속에서 흡혈괴조 한 마리가 서가 위에 몸을 바짝 구부린 채 붙어 있었다. 나 때문에 잠에서 깨어났던 바로 그 흡혈괴조인지 아닌지는 분명하지 않지만, 이상하게도 그런 확신이 들었다. 그러나 열두 마리의 괴물 중 어느 것이 지금 이 순간 나와 함께 터널 속으로 빨려 들어왔는지는 중요한 게 아니었다.

야수는 주둥이를 쫙 벌리더니 나를 향해 으르르 괴성을 내질렀다.

나는 그 위협에 놀라지 않고 되받아 소리를 질렀다. 만약 흡혈괴조가 그것도 하필 지금 여기서 싸우려 든다면, 그래 어디 한번 덤벼 보라지!

흡혈괴조는 내 발을 놓았다. 아마도 괴물은 반격을 받는 데 익숙하지 않은 모양이었다. 그것이 비록 완두콩 크기만 한 두뇌를 가지고 있는 것 같아 보였지만 본능적으로 지금이 싸우기에 적합하지 않은 순간이라는 것을 직감한 모양이었다. 우리는 둘 다 서가 밑으로 떨어지지 않도록 조심해야만 했다.

뜻밖에도 공간이 넓어졌다. 우리는 터널을 빠져나와 길게 이어진 어느 동굴 안으로 질주해 들어가고 있었다. 그 동굴 바닥은 대부분 물웅덩이들로 덮여 있었다. 녹색으로 빛나는 물방울들이 동굴 천장에서 떨어져 내리고 있었고, 썩은 식물들의 냄새가 났다.

눈먼 흡혈괴조도 공간이 바뀐 것을 감지했다. 괴조는 머리를 갑자기 이리저리 돌리더니 귀를 사방으로 움직였다. 마침내 괴물은 쥐어짜내는 소리를 내질렀다. 새로운 흡혈괴조가 다가온 걸까? 하지만 아니었다. 이번에는 다행히도 동굴 벽들에서 반사되어 나온 메아리였다. 왜냐하면 그 소리는 되풀이해서 들려올 때마다 약해지더니 사라지고 말았기 때문이다.

궤도는 이제 아래로 내려가는 느낌 없이 거의 수평으로 계속 이어졌고, 속도는 점점 느려졌다. 흡혈괴조는 몸을 한껏 펼치더니 계속해서 소리를 질러대더니 그 가죽 같은 날개를 펼치면서 발톱을 나를 향해 내밀었다.

나는 서가 위에서 있는 힘을 다해 몸을 뒤로 젖히면서 아래의 깊이가 얼마나 되는지 헤아리려고 내려다보았다. 충분히, 아주 깊었다! 게다가 궤도의 상태는 훨씬 더 나쁜 것처럼 보였다. 수많은 지주들과 연결 부위들이 부러져 있거나 굽어져 있어서 선로들은 정상적으로 이어지지 못하고 있었다. 보니까 우리 뒤쪽으로는 몇 개의 침목들이 선로에서 해체되어 저 깊이 아래로 굴러 떨어지고 있었고, 우리는 바로 그 위를 아슬아슬하게 스쳐 지나가고 있었다. 도처에서 우리의 무게를 견디지 못한 금속들이 끼익거리며 신음 소리를 냈고, 나사와 볼트들은 선로에서 떨어져 나가 번뜩거리는 미세한 먼지의 베일을 뚫고 밑으로 떨어져 내렸다.

돌연 흡혈괴조가 공격을 시작했다. 그것도 내가 꿈에도 생각 못 했을 방식이었다. 나는 그것이 발톱이나 주둥이로 공격하면서 내 머리통에 구멍을 내거나 아니면 휘익 덮쳐 서가에서 밀어뜨릴 거라고 예상은 했지만, 설마 혀로 나를 공격하리라고는 생각 못 했다!

괴물은 목에서 혀를 세차게 쭉 빼어 내밀었는데 그 길이가 얼마나 긴지 믿을 수 없을 정도였다. 이 미터, 삼 미터는 족히 되는 혀가 목구멍에서 뻗어 나오면서 타원형으로 구부러지는 궤도 위에서 내 몸을 맴돌더니 목을 휘어감았다. 그러더니 그것을 조금 안쪽으로 다시 들이밀면서 잔인하게 내 숨통을 막았다.

바로 그 순간 우리를 태운 서가가 다시 휙! 꺾이더니 밑을 향해서 질주했다. 흡혈괴조는 서가를 꽉 움켜쥐면서 내 목을 계속 조였다. 괴물의 혀끝이 내 시야에 들어오자 그 사이로 두 개의 가는 이빨이 버티고 있는 것이 보였다.

그때 이미 우리를 태운 서가는 다시 위를 향해 커브를 돌았다. 나

475

는 더 이상 숨을 쉴 수 없었고 눈꺼풀이 파르르 떨렸다. 그러자 흡혈괴조의 이빨들이 내 목을 향해 달려들었다. 그리고 갑자기 조용해졌다. 바퀴가 덜커덕거리는 소리도, 선로에서 튀기는 마찰 불꽃도, 금속이 부딪치며 끼익 거리는 소리도 더 이상 들리지 않았다. 단지 질주하는 방향으로 바람이 부드럽게 쉬익쉬익 부는 소리만 들렸다.

나는 뭔가 중대한 일이 발생했음을 알았다. 흡혈괴조도 역시 그것을 느낀 것 같았다. 괴물의 공격이 느슨해졌다. 그러더니 번개처럼 빨리 혀를 다시 빨아들였다. 나는 내 목을 만지면서 입을 벌름거리고 숨을 들이켰다. 그러면서 나는 괴물의 뒤로 멀어진 책 궤도를 보았는데, 물론 그것은 착시였다. 멀어진 게 아니라 그 궤도로부터 떨어져 나온 것이었다. 선로는 위쪽으로 굽어지는 중간 부분이 떨어져나가 없었고, 서가는 궤도를 벗어나 공중으로 솟구치고 만 것이었다.

세차게 솟구치던 서가는 그 정점에 이르렀다. 흡혈괴조, 서가, 그리고 나는 아주 짧은 순간 완전한 무중력 상태에서 떠다녔다. 그때 여러 가지 일들이 한꺼번에 일어났다.

먼저 서가가 우리에게서 떨어져 나갔다. 그것은 길게 아래를 향해 방향을 바꾸더니 동굴 바닥으로 떨어져 산산조각이 났다.

흡혈괴조는 엄청나게 큰 날개를 펼치더니 펄럭거리기 시작했다.

그리고 나는? 내가 한 일은? 나도 역시 날개를 갖고 있지만, 내 조상에게서 물려받은 이 발육이 멈춘 유산은 슈렉스 족 고서점상의 관심이나 끌까, 나는 데는 적합하지 않았다. 그래서 나는 흡혈괴조의 몸에 찰싹 달라붙어야 했다. 그리고 그렇게 했다. 두 손으로 그것의 발목을 움켜쥐고 꽉 달라붙었다. 괴물은 놀라서 괴성을 내지르면서 격렬하게 날개를 퍼덕거렸다. 다행히도 괴물의 신체 구조상 주둥이로 나를 움켜잡는 일은 불가능했다.

흡혈괴조는 그에게 달라붙어 있는 귀찮은 승객을 내려쳐 밑으로 떨어뜨리는 것이 가장 좋은 방법이라는 것을 깨달은 듯했다. 괴물은 수직하강을 시도했다. 동굴 바닥으로 가까이 다가갈수록, 여행자가 이용할 수 있는 교통수단 가운데 가장 기이한 기구를 타고 마지못해 한 여행을 여기서 드디어 끝낼 수 있고 어쩌면 목숨까지 유지할 수 있을지 모른다는 희망이 커져갔다.

그러나 괴물은 뾰족 솟아나와 있는 종유석에 나를 내려치려고 했다. 종탑 높이만 한 석순의 뾰족한 끝을 향해 날아갈 때 나는 다리를 오므려 간신히 충돌을 피할 수 있었다. 그러나 바로 다음 순간, 그 다음 바위에 부딪히고 말았다. 충돌이 얼마나 심했던지 그 바위 끝이 부서지면서 밑으로 떨어졌다. 그런데도 나는 전혀 통증을 느끼지 못한 채 단단히 괴물을 움켜쥐었다. 그러자 마침내 흡혈괴조는 피로의 기색을 드러냈다. 이 싸움은 내 기력은 물론 그 괴물의 기력도 빼앗아갔다. 흡혈괴조는 자신이 악착같이 살려고 하는 것처럼 나도 끈질긴 생명력을 갖고 있다는 것을 깨달은 모양이었다. 괴조의 날갯짓이 더뎌지고 약해졌다. 나는 땅바닥과의 거리가 불과 몇 미터밖에 되지 않을 때 용기를 내어 손을 놓았다.

나는 땅바닥에 격렬하게 충돌하면서 떨어졌고 몇 번이나 굴렀지만 아픈 것을 거의 느끼지 못했다. 아마 지금은 통증을 느낄 때가 아니었는지 모른다. 나는 재빨리 몸을 추스르고 일어나 위를 쳐다보았다. 내 머리 위로 불과 몇 미터 떨어진 공중에 흡혈괴조가 떠 있었다. 괴물은 날개를 퍼덕거리면서 내가 서 있는 위치를 파악하려고 소리를 질렀다. 보기에 괴물의 완두콩만 한 두뇌는 그냥 멀리 날아가버릴 건지 아니면 다시 나를 덮칠 건지 생각 중인 것 같았다.

괴물은 후자 쪽을 택했는지 밑으로 획 날더니 내게서 멀리 떨어지지 않은 돌바닥에 내려앉았다. 괴물은 흉측한 입을 벌리고 다시 그 이빨 달린 긴 혀를 쭈욱 내밀었다. 나는 몸을 굽히면서 뾰족한 돌을 하나 집어 괴물의 두개골을 향해 던지려고 했다. 하지만 그제 야 비로소 나는 이 모든 힘겨운 일을 겪고 난 뒤 내가 얼마나 쇠약 해져 있는지를 깨달았다. 돌을 움켜쥐는 데는 성공했지만 들어 올려 내던지는 일은 너무도 벅찼다. 돌은 내 손에서 빠져나가 쿵! 하고 떨어지고 말았다.

흡혈괴조가 날개를 활짝 편 채 발톱을 멀리 내밀면서 나를 둘러 싸는 동안 괴물의 혀가 허공에서 채찍처럼 휘둘러졌다. 나는 두 손으로 내 목을 잡았다. 나 자신을 방어하겠다는 생각해서 취한 행동이 고작 그게 전부였다. 공중에서 싸우느라 내 힘을 모두 소모하고 만 것이다.

그때 동굴 속을 가르는 소리가 있었다. 그것은 마치 폭풍우가 내리치는 밤에 벽난로 속을 통과하는 초월적인 한숨 소리 같았다. 흡혈괴조는 그 소리에 마치 채찍을 맞은 듯이 몸을 움츠렸다. 혀를 다시 주둥이 속으로 넣더니, 이전에도 이런 경험을 한 적이 있는 것처럼 발톱과 주둥이를 날개로 막았다.

그런 저자세로 괴물은 잠시 동안 머물러 있더니 날카로운 소리를 지르며 날개를 펼쳐 허공으로 날아오르며, 울음소리를 내면서 그냥 어둠 속으로 사라졌다. 그 어둠 속에서 두려움과 분노 그러면서도 안도하는 소리가 들려오는 것 같았다.

그러나 나도 역시 그 소름 끼치는 소음이 누구의 것인지 알게 되었다. 그 소리는 이미 들은 적이 있었다. 바로 사형수 호그노의 거처에서. 그것은 다름 아닌 그림자 제왕의 한숨 소리였다.

암흑의 족속

나는 그 한숨 소리가 들려온다고 생각되는 방향으로 걸어갔다. 그렇다고 실제로 무슨 좋은 생각이 떠올라서는 아니었다. 지금까지 지하에서 내가 내린 대부분의 결정들은 오히려 나를 더 어려운 상황으로 내몰았다. 그래서 이번에도 나는 곧장 내 파멸을 향해서 나아가고 있다고 예측하는 것이 더 그럴듯해 보였다.

나는 휘청거리면서 높고 어두운 바위 동굴 안으로 걸어갔다. 거기에는 곳곳에 고여 있는 물웅덩이들이 푸른 형광 빛을 발하면서 작은 빛의 궁륭을 이루고 있어서 내가 방향을 잡는 데 도움을 주었다. 여기저기 어둠 속에서 바스락거리는 소리가 났지만 어느새 나는 그런 것들에 상당히 무신경해졌다. 불과 얼마 전까지만 해도 그런 소리를 들으면 죽을까 봐 겁을 먹었던 내가 말이다. 그 소리는 아마 내가 내는 소리에 오히려 놀라 도망치는 지하묘지 안의 무해한 생물들의 움직임일 것이다.

그러면서도 내가 누군가에 의해 관찰되고 있다는 두려움을 떨칠 수는 없었다. 오, 내 충실한 친구들이여, 그대들은 늦은 저녁 막 촛불을 끄고 침대에 누워 안식을 취하려 하는데, 문득 어둠 속에 무언가가 있다고 생각되는 그런 느낌을 아는가? 그럴 개연성은 거의 없지만 그래도 방 안에 나 혼자가 아니라는 그런 느낌을? 문도 열리지 않았고 창문도 굳게 닫혀 있으며, 아무것도 보이지 않고 아무것도 들리지 않는데도 나를 위협하는 존재를 느낄 수 있다면. 불을 켜보면 물론 거기에는 아무도 없다. 불안했던 느낌은 사라지고 어린아이처럼 두려워했던 것을 부끄러워하면서 불을 끈다. 그러자 다시 거기에 뭔가 있다. 무언가 어둠 속에서 엿보고 있다는 섬뜩한 느낌이 든다. 이제는 심지어 숨소리도 들린다. 그것이 가까이 다가와 침대 주위를 슬그머니 돌아다닌다. 그러고는 그대들의 목덜미에다 얼음장처럼 차가운 숨결을 내뿜는다. 날카로운 소리를 지르며 그대들은 눈을 뜨고 공포에 떨며 벌떡 일어난다. 다시 거기에는 아무도 없다.

그렇지만 어둠과 더불어 실제로는 존재하지 않는 무언가가 들어오는 것이 아닌가 하는 당혹스런 의심은 남는다. 불빛이 꺼지면 빛을 두려워하는, 우리가 숨 쉬기 위해 공기가 필요하듯 어둠이 필요한 보이지 않는 족속의 마법의 영역이 만들어지는 것이다. 그래서 그대들은 남은 밤을 촛불을 켜놓은 채 몸에 안 좋은 반수면 상태로 보낸다, 안 그런가?

여기 지하에서 감각이 무뎌졌는데도 불구하고 그런 느낌과 예감은 매번 다시 나를 엄습했다. 내 주위를 둘러싼 암흑은 그 안에 위협적인 것이 하나도 없다고 보기에는 너무나 위압적이었다. 나는 긴 그림자들이 드리워진 종유석들 사이를 어슬렁거리며 돌아다니면서 가까이 다가오려다 허공에서 해체되고 마는 어둡고 키 큰 형상들을 보았다. 마치 바람 속의 포플러 나무처럼 흔들리는 바위들도 보였다. 종이들이 바스락거리고 누군가 힘겹게 숨 쉬는 소리도 들렸다. 발걸음 소리가 메아리쳐 들려오고 알아들을 수 없는 중얼거림도 들렸다. 킥킥거리는 소리도 났다. 내 발소린가? 나 자신과 얘기하면서 나도 모르는 사이에 미쳐서 혼자 킥킥대고 있는 건 아닐까? 아니면 실제로 뭔가 내 주위를 에워싸고 있는 걸까? 그림자 제왕일까? 그렇다면 왜 그는 번거롭게 나를 염탐할 뿐 그냥 모습을 드러내 나를 간단히 해치우지 않는 걸까? 흡혈괴조와 책 사냥꾼들이 두려워할 정도의 생물이라면 글을 쓰는 공룡 하나쯤은 간단히 해치울 수 있을 텐데.

나는 어느 웅덩이 근처에서 잠시 걸음을 멈추고 쉬었다. 형광빛이 나는 그 물을 마시고 싶은 충동을 억누르면서 적어도 내 손이 그 물속에 비친 것을 보니 기뻤다. 그리고 그때 내 손이 여전히 그 원고를 움켜쥐고 있는 것을 보고 놀랐다. 무의식중에 그것을 품에서 끄집어내 두 손으로 움켜쥔 채 가슴으로 끌어안고 있었다. 마치 그렇게 해서 나를 보호하려는 것처럼. 처음에는 그런 어리석은 행동에 스스로 놀랐다가 나중에는 안도의 숨을 쉬었다. 물론 종이가 바스락거리는 소리, 숨 쉬는 소리, 걷는 소리, 킥킥거리는 소리를 낸 것은 바로 나였다. 나 혼자서 그 모든 소리를 내고는 스스로 불안과 공포에 사로잡힌 것이다. 여기는 나 외에는 아무도 없었다.

나는 계속 나아갔다. 점점 밝아졌고 푸른빛을 내는 발광해파리들이 이제 동굴의 바위들 위로 스쳐갔다. 나는 보름날 밤길을 걸어가고 있는 듯한 느낌으로 이 차가운 빛과 따스함이 기이하게 뒤섞인 장소를 배회했다. 그러다가 종잇조각을 발견했다. 그것은 작은 물웅덩이 위에 떠 있었다. 나는 몸을 굽혀 그것을 주워 올렸다. 그러고는 오랫동안 쳐다보았다. 어지러웠다. 그래서 몸의 균형을 잃지 않으려고 바위에 등을 기댔다.

그것은 내가 사형수 호그노의 해골 근처에서 발견했던 그 종잇조각들 가운데 하나였다. 그때 나를 부흐링 족에게 인도했던 그 종이 흔적처럼 이 종이도 역시 가장자리가 피에 묻어 있고 위에는 읽을 수 없는 문자가 쓰여 있었다. 나는 바짝 긴장해 어둠 속을 탐지하면서 바로 가까운 다른 물웅덩이 속에 떨어져 있는 또 다른 종잇조각을 바라보았다. 주춤거리면서 그쪽으로 다가가 역시 그것도 주워 들었다. 멀리 뒤쪽에 또 다른 물웅덩이가 보였고 그 위에도 종잇조각이 한 개 떠 있었다. 그림자 제왕이 남긴 자취였다.

그러나 그는 대체 어떻게 그 기이한 책 궤도를 거쳐오는 내내 뒤를 줄곧 따라왔단 말인가? 그것은 불가능한 일이었다. 그것이 설혹 환영이더라도 말이다. 나는 이마에서 식은땀을 훔쳐내고는 원고를 품속으로 다시 넣고 겉옷을 바짝 여몄다. 그러고는 한 번 깊이 숨을 들이쉰 다음 다시 그 피 묻은 흔적을 따라갔다.

ᠺᠺ
기호들

내가 그 다음 동굴 안으로 들어가 땅바닥 위에 몇 걸음씩 흩어져 있는 종잇조각들의 뒤를 따라가는 동안, 유황과 인 냄새를 풍기는 증기들이 내 주위를 둘러쌌다. 이 불쾌한 냄새들은 화산이 터진 지점에서 나오는 냄새로 여기저기에 용암과 뜨거운 물이 부글거리고 있었다. 그것은 부흐링 족이 악마의 부엌이라고 불렀던 작은 용암천들과는 좀 달랐다. 끓는 소리, 쉭쉭거리는 소리, 부글부글하는 소리가 도처에서 들렸다. 그래서 나는 어디로 발을 디디든 참을 수 없을 만큼 뜨거울 웅덩이들을 조심해야 했다.

주위의 온도와 습도는 현저하게 상승했다. 그런 열기는 용광로 근처에서나 느낄 수 있는 것이었다. 주위가 눈에 띄게 밝아졌고, 끓는 용암에서 나오는 황금빛이 동굴 안의 높은 궁륭 천장까지 닿았다. 주위의 화산과 용암 상태로 봐서 나는 지하묘지 내로 더 깊이 내려와 있는 것 같았지만 내 보잘것없는 지질학 지식으로 볼 때 확실하지는 않았다.

동굴 안으로 점점 더 들어갈수록 주위는 점점 더 부자연스러워 보였다. 벽들과 바닥들은 인위적으로 매끄럽게 닦여져 있었고, 오직 손으로만 만들었을 장식들과 기호들이 그 안에 있었다. 누군가가 망치로 때리거나 문지르거나 깎아서 돌에다 일부러 새긴 것이었다. 어디를 봐도 내게는 익숙하지 않은 추상적인 기호들뿐이었다. 그리고 그런 기호들조차도 일반적인 기하학 형태를 띠고 있지 않았다. 정사각형이나 원, 삼각형 따위의 형태는 전혀 없었다.

동굴 안은 이런 기호들이 더 이상 들어설 자리가 없을 정도로 꽉 차 있었다. 기호들은 땅바닥, 벽, 천장, 종유석, 바위 덩어리 어디에나 새겨져 있었다. 어떤 것들은 정성스럽게 붉은색, 노란색, 파란색으로 그려져 있어 멀리서 바라봤을 때 이상야릇한 느낌을 주었다. 내가 채색된 무늬들을 좀 오랫동안 쳐다보고 있자 그것들이 움직이며 빙빙 돌면서 서로 엇갈려 춤추는 것처럼 느껴졌고, 벽들도 마치 잠들어 있는 거대한 짐승의 흉부처럼 함께 들먹거리는 것 같았다.

혹시 내 머릿속에 존재하는 벽들로, 내가 이미 미치광이가 되어 그 사이를 걸어 다니고 있는 건 아닐까? 그리고 기호들은 나의 미친 착상들로, 나조차도 해독할 수 없는 그런 것이 아닐까?

나는 매번 눈을 비비지 않을 수 없었다. 어느 멀리 떨어진 천체에서 낯선 문명의 잔재를 발견한다면 분명 이런 것이리라. 나는, 이 동굴 안에 한때 살았을 거주자들은 벽이나 천장을 마음대로 기어 다닐 수 있었고, 몸에서 산을 방출하면서 몸에 붙은 도구들을 이용해 그런 기호들을 돌에 새겨 넣은 지능이 높은 거대한 개미 종족이었을 거라고 상상했다. 그게 아니라면 손이 미치기 힘든 높은 궁륭 같은 곳에 어떻게 기호들을 새겨 넣을 수 있었는지 설명이 되지 않았다.

동굴들은 점점 더 넓어지고 높아져서 걸음을 옮길 때마다 나는 점점 더 작아지고 하찮게 보였다. 만약 이것이 자연의 산물이었다면 전혀 내 주목을 끌지 못했을 것이다. 높은 산도 드넓은 황야도 내게서 억지로 존경을 자아낼 수는 없었다. 나를 겸허하게 만든 것은 이런 거대한 크기의 동굴이 인위적으로 조성되었다는 사실이다. 이곳은 태곳적에 쓰인 문학의 흔적이 남아 있는 곳일까? 종이도 없고 인쇄도 없었던 시대에 쓰인 문학의 흔적일까? 이것들은 과연 장식이 아니라 문자들일까? 그렇다면 나는 아마 아주 초기 형태의 책 속을 돌아다니고 있는 것이리라. 걸어가면서 읽을 수 있는 예술 형식이자 거대한 동굴 책 속을. 각각의 굴속에는 어쩌면 거대한 책의 각 장면들이 써 있을지도 몰랐다.

나는 인공적으로 파서 만든 돌계단을 올라갔다. 그 계단들도 기호들로 덮여 있었고, 높고 풍요롭게 장식된 문으로 이어지고 있었다. 갑자기 이 모든 기호들은 단지 내게 다른 더 위대한 예술작품을 보여주기 위한 준비단계일지도 모른다는 억지스러운 상상이 나를 엄습했다. 이 기호들은 저 문 뒤에서 나를 기다리고 있는 것이 무엇인지 알리려고 돌에 새겨진 강력한 암시 혹은 심지어 경고일지도 몰랐다. 나는 너무 긴장하다 못해 몸이 갈가리 찢겨져 나가는 듯했다. 계속 가는 것이 과연 현명한 일일까? 내 무릎에서 힘이 빠져나가고 땀이 비처럼 흘러내렸다. 기호들은 마치 폭설처럼 내 주위에서 춤을 췄는데, 즉시 되돌아가라고 소리를 지르는 것 같았다. 하지만 나는 그 언어를 이해하지 못했다.

그리고 이어서 두 걸음, 세 걸음을 내딛자 기호들은 내 시야에서 사라졌다. 나는 이제 그 문 너머로 발을 내디뎌 그 뒤로 이어진 동굴로, 즉 다른 세계로 들어갔다. 이곳이 내가 지금까지 보아온 동굴들 중에서 가장 크다고는 할 수 없었다. 녹슨 난쟁이들의 궤도역은 그보다 몇 배는 더 컸다. 하지만 이 동굴 안에는 지하묘지 내에서 가장 놀라운 건축물이 들어서 있었다. 나는 그것을 설명해줄 수 있는 말을 머릿속에서 찾아보려고 했다. 그때 레겐샤인이 쓴 시구가 떠올랐다.

책 위에 책들이 쌓여 있고
버려지고 저주받은 채
죽은 창문들로 장식되고
오직 유령들만이 사는 곳
가죽과 종이로 된
짐승들한테 습격당하고
광기와 음향이 난무하는 곳
그곳은 그림자의 성이라 불리는 곳

길고 구불구불한 계단이 동굴 아래로 조금 뻗어 내려가고 있었다. 그러더니 다시 여러 번 돌아 위로 이어졌다. 살펴보니 건너편의 바위가 벽으로부터 거대한 배의 뱃머리처럼 튀어나와 있는 이쪽 건물까지 이어져 있었다. 그것은 아주 옛날에 아니면 미래에 어느 거인들이 만들어 타고 심해를 항해하다 차모니아 대양의 밑바닥으로 가라앉은 배 같았다.

죽은 창문들로 장식된 곳이라고 했지. 그림자의 성은 크기가 다른 수많은 문들과 창문들로 이루어져 있는데, 중앙에 있는 거대한 문 하나만 빼고는 모두 닫혀 있었고 그 문 쪽으로 계단이 뻗쳐 있었다. 성의 발치에 있는 계단 좌우의 수백 개가 넘는 작은 분화구들에서 황금빛 용암이 끓어 흘러나오면서 그 건축물을 비추고 있었다. 눈에 따가운 가스가 뜨거운 공기 중으로 뿜어져 나와 나는 거의 숨을 쉴 수가 없었다. 이따금 그것은 세차게 부글거리다가 둔탁하게 탁탁거리는 소리를 냈다. 그럴 때면 용암에서 나오는 가느다란 빛이 그림자의 성 앞에서 마치 불꽃 로켓처럼 높이 솟아올랐다가 결국 번쩍이는 빛이 되어 비처럼 아래로 쏟아져 내렸다.

그리고 또 하나 특이한 것이 있었다. 아마도 나한테는 가장 특이했을 것이다. 계단의 네 번째 아니면 다섯 번째 층계마다 종잇조각이 하나씩 떨어져 있었다. 나를 위해 거기 놓였을 그 흔적은 나를 곧장 그림자의 성 안으로 끌어들이려고 유혹하고 있었다.

오, 여기서 이 글을 읽는 내 가장 다정하고 충실한 친구들이여, 물론 나는 저기 위에 실제로 그림자의 성이 있는지, 또 그 안에서 나를 기다고 있는 것이 대체 무엇인지 조금도 예측할 수 없었다. 내가 아는 것은 다만 한 가지였다. 만약 이것이 함정이라면 부흐하임의 지하묘지 안에서 내가 마주친 가장 크고 가장 인상적인 함정이라는 것이었다. 그런 식으로 유혹당하고 있는 것을 느끼면서 나는 성으로 향하는 계단을 올라가기 시작했다.

88
그림자의 성

나는 그림자의 성으로 접근하다가 그것이 문학으로 구성되어 있는 것을 보고 너무 당황하고 말았다. 왜냐하면 멀리서는 벽돌들처럼 보였던 것이 실제로는 다름 아닌 겹겹이 쌓고 그 사이에 쐐기들을 박아 고정시킨 책들이었기 때문이다. 계단 끝에 이르러 성의 입구에 도착하자 마침내 아주 가까이에서 그것들을 볼 수 있었다.

책 위에 책들이 쌓여 있고. 이제야 나는 레겐샤인의 시에 나오는 그 구절을 이해했다. 그렇다. 책들은 모르타르를 쓰지 않은 채 쌓아 서로 이어졌는데 이미 화석이 되어 있었다. 처음부터 그것들을 벽돌로 쓴 것인지, 아니면 먼저 쌓아올려진 후에 화석화된 것인지는 설명하기 어려웠다. 나는 스마이크 집의 모르타르를 쓰지 않은 정교한 건축양식을 생각하지 않을 수 없었다. 그리고 다시 거대한 거미들에 대한 생각도 떠올랐다. 그것들이 주위에 널려 있는 미로에서 이 책들을 끌어와 이런 기괴한 구조물을 쌓은 다음 몸에서 나오는 분비물로 끈끈하게 발라놓았을 거라는 상상을 해보았다. 아마 어느 머나먼 천체로부터 날아와 이제 저 안에서 나를 기다렸다가 나와 교미를 통해 공룡과 거대한 개미 사이에 슈퍼 종족을 태어나게 하려는 한 기괴한 여왕개미의 명령을 받아서 그렇게 했을 거라는 상상도…….

환상은 내 머릿속에서 계속되었다. 극도로 긴장했다는 신호였다. 나는 성의 문턱에 다다랐으며, 이제 그 안으로 들어설 건지 아니면 도망갈 건지 결정해야 했다. 내게는 돌아설 시간이 있었다.

나는 다시 한 번 문으로 시선을 던졌다. 저것이 정말로 바위를 깊게 파서 만든 성채란 말인가? 아니면 그냥 올가미거나 거대한 반부조 조각에 불과한 건 아닐까? 나는 그것이 거부감을 일으키는지 아니면 안으로 끌어들이는 인상을 주는지 결정할 수 없었다. 어쨌거나 그것은 매혹적이었다.

죽은 창문들로 장식되고 오직 유령들만이 사는 곳. 그것은 내 생각에 그다지 유혹적으로 느껴지지 않는 시구였다. 가죽과 종이로 된 짐승들한테 습격당하고. 그것이 무슨 의미든 간에 아무튼 품격 높은 어느 숙소에서 기분 좋게 체류할 수 있다는 뜻처럼 들리지는 않았다.

차모니아의 공포문학 가운데는 주인공이 비슷한 상황에 빠지는 작품들이 몇 편 있다. 그 책을 읽는 독자가 주인공한테 오히려 "가지 마라! 제발 들어가지 마, 바보 같으니! 그것은 함정이야!"라고 외치고 싶은 상황이었다.

그러다가 그 책을 떨어뜨리고 몸을 뒤로 젖히고는 이렇게 생각한다.

"헤, 왜 들어가면 안 되는 거지? 오히려 들어가야 한다! 그 안에는 분명히 다리가 백 개나 달린 거대한 거미가 도사리고 있다가 그를 거미줄로 휘어감아 알주머니로 만들려고 할 것이다. 그거야말로 정말 재미있잖아. 그는 결국 차모니아 공포문학의 주인공이니까 그것을 참아낼 수 있어야 해."

그래서 그는 물론 안으로 들어간다. 어떤 합리적인 것도 무시하고. 그러다가 순식간에 발이 백 개나 달린 거대한 거미에게 붙잡혀 휘감기고 말 것이다.

하지만 나한테는 그게 안 통한다! 나는 안으로 들어가지 않을 것이다. 나는 고통스런 경험을 충분히 했고 시험을 당했으니, 이제는 저 저속한 여흥의 욕구를 만족시키려고 내 생명을 모험에 거는 어수룩한 주인공이 되지는 않을 것이다! 아니, 나는 정말 들어가지 않을 거다. 나는…… 그냥 조금만 들어가보겠다. 그 정도는 불합리한 일이 아닐 것이다. 몇 걸음만 내딛어 잠깐 주위를 둘러보고 문에서 눈을 떼지 않을 테니까. 나는 그냥 주위 경치만 살펴보다가 뭔가 수상쩍으면 즉각 다시 돌아설 것이다.

솔직히 그림자의 성 안에 단 한 번도 눈길을 주지 않고 그냥 사라진다니, 내 다정한 친구들이여, 나는 그렇게 끝낼 수는 없었다. 호기심은 우주에서 가장 강력한 추진력이다. 그것은 우주 안에 있는 두 개의 가장 큰 제동력인 이성과 불안을 극복할 수 있게 해준다. 호기심은 바로 아이들에게 손을 불 속에 넣어보게 하고, 용병들을 전쟁에 나가도록 부추기거나 혹은 탐구가들을 운비스칸트의 생각하는 유사(流砂) 속으로 들어가도록 유인하는 힘이다. 호기심 때문에 결국 차모니아 공포소설들 속에 나오는 모든 주인공들이 어딘가로 '들어가게' 되는 것이다.

그래서 나도 안으로 들어갔다. 그러나 약간만 들어갔다. 그것은 사소하지만 나와 차모니아 공포소설들의 주인공들을 구별해주는 중요한 차이점이었다. 그러고는 멈춰 섰다. 주위를 돌아보았다. 나는 안심이 되면서 동시에 실망했다.

다리가 백 개 달린 거대한 거미 따위는 없었다. 그림자 제왕도 없었다. 유령도 없고, 가죽이나 종이로 된 생물도 없었다. 단지 비교적 소박한 홀과 낮은 궁륭 천장의 둥근 방이 문을 통해 흘러들어오는 용암의 빛에 은은히 빛나고 있었다. 벽들은 화석화된 책들로 쌓여 있는 외벽 같았다. 거기에서 열두 개의 통로가 갈라져 나가고 있었다. 그게 전부였다. 무슨 가구 따위도 없었다.

내가 이런 것 때문에 그토록 흥분했단 말인가? 이 볼거리 많은 지하묘지 내에서도 가장 별 볼일 없는 이런 방을 보기 위해서? 정말이지 이건 말도 안 된다.

좀 더 안으로 들어가면 안 될 게 뭔가? 옆으로 갈라져 나간 통로들 가운데 하나로 가보면 어떨까? 내가 계속 용암에서 나오는 빛을 감지하고 있는 동안은 위험할 게 전혀 없었다. 거기에서 나오는 약한 빛도 나한테는 곧장 출구로 되돌아가는 지침이 되어줄 테니까. 그러니까 빛이 계속 보이는 데까지만 안으로 들어가보리라.

그래서 나는 열두 개의 통로 중 하나로 발을 들여놓았다. 그것은 길고 어두웠으며 역시 아무런 가구도 없었다. 그 다음 갈라져 나간 길은 약 이십 미터쯤 이어졌다. 그 정도 들어가도 희미하기는 하지만 용암의 빛을 볼 수 있었다. 그러니 왜 그 안을 좀 더 들여다볼 이유가 없겠는가? 잠깐 본 다음에 되돌아오면 된다. 아마도 이 건물 안에는 대단한 광경이라고는 전혀 없을 것이다.

내가 통로가 갈라진 곳에 이르렀을 때 그 다음 통로에 한 개의 촛불이 아주 희미하게 빛나고 있는 것을 보았다. 그 초는 쇠 촛대에 꽂혀 있었다. 그리고 그 촛대는 땅바닥에 있는 한 권의 책 위에 놓여 있었다. 그 밖에 통로 안에는 아무것도 없었다. 에는 아무것도 없다고? 어쨌든 초 한 개와 책 한 권은 있었다! 학문과 예술의 승리이며 문화의 표지였다! 저 위에 틀림없이 누군가가 방금 전에 붙여놓았을 저 타고 있는 촛불!

심장이 뛰었다. 그래, 여기 누군가가 있는 게 틀림없다. 여기에 뭔가 살아 있는 것이 거처하고 있다. 하지만 그것이 좋은 건지 나쁜 건지는 여전히 의문이었다. 나는 마치 실에 꿰어 끌려가고 있는 것처럼 내 자신의 호기심에 끌려 그림자 성의 더 깊은 곳으로 유혹되기에 가장 좋은 길을 가고 있었다. 그렇지만 우주의 가장 큰 제동력인 이성과 불안은 여전히 내가 과연 이 길을 계속해서 가야 할지 말지를 곰곰 생각하게 할 만큼 충분히 강했다.

여기 누군가가 살고 있다. 처음에는 그런 추측으로 충분했다. 나는 다시 밖으로 나가서 뭔가 전략을 세우고 싶었다. 어쩌면 내 자취를 땅에 남겨야 할지도 몰랐다. 입구에다 끈을 묶어놓은 다음 그것을 내 겉옷에 매어 잡아당기며 가야 할 것 같았다. 먼저 생각을 하자! 너무 급히 덤벼들지 말자!

그래서 나는 되돌아갔다. 그러나 내가 입구 쪽으로 이어지는 곳에 이르렀을 때 거기에는 더 이상 문이 없었다! 벽뿐이었다. 나는 충격을 받아 멈춰 섰다. 여기가 내가 지나온 바로 그 장소인가? 어떻게 내가 그처럼 짧은 거리를 잘못 갔을 수 있단 말인가? 나는 다시 양초가 타고 있는 곳으로 되돌아가 그것의 도움으로 출구를 찾으려고 했다. 그리고 또 그 책을 잠깐 들여다보려고 했다. 어쩌면 그 안에 어떤 암시가 들어 있을지도 모른다. 하지만 뒤로 돌아갈 그 샛길도 더 이상 보이지 않았다. 양초가 타고 있던 복도 전체가 사라진 것이다! 불가능한 일이었다. 그때 나는 절망적인 생각이 떠올랐다. 아마 여기서 누군가가 내 뒤에서 번개처럼 빠르게 벽들을 세운 모양이라고. 그것을 어떻게 세웠든지 말이다. 그래서 나는 입구로 통하는 문이 서 있던 그 장소로 다시 되돌아갔다. 만약 거기에 막 세워진 벽이 있다면 어쩌면 그 안으로 들어갈 수도 있을 것이다.

그런데 이번에는 당혹스럽게도 그 문이 다시 그곳에 있었다. 그리고 용암의 빛도! 아주 마음이 홀가분해진 나는 방 안으로 발을 들여놓았다. 그러나 곧 그것이 아까 내가 들어온 입구가 아니라 그보다 훨씬 더 크고 두 배는 더 많은 문들이 있는 장소임을 확인하자 경악하고 말았다. 그리고 그곳을 밝히고 있는 것도 용암의 빛이 아니었다. 그 안에서는 벽에서 마치 나뭇가지들처럼 솟아나와 있는 가닥 진 녹슨 받침대들 속에 꽂힌 횃불들이 타오르고 있었다.

한동안 나는 텅 빈 거대한 방 안을 이리저리 비틀거리며 돌아다녔다. 혼란에 빠져 어찌할 바를 몰랐다. 어떻게 방 전체가 사라지고 다른 방이 들어설 수 있단 말인가? 내가 방향을 잘못 잡은 것일까?

그렇지만 내가 한 것은 단 한 가지, 되돌아갔을 뿐이었는데. 내리막인 통로들 가운데 하나로 들어가려다가 불안한 공포에 사로잡혔다. 그 길이 나를 잘못된 길로 더 깊이 인도하지 않을까? 그러나 결국 나는 용기를 내서 어느 긴 복도로 들어섰다. 그곳에는 여기저기 땅바닥 위에 세워진 촛불들이 빛을 발하고 있었다. 나는 그 통로를 따라서 걸어가다가 갑자기 곁눈으로 뭔가 불안한 것이 있는 것을 알아챘다. 벽들이 나를 향해서 움직이고 있는 것일까? 소스라치게 놀라서 나는 멈춰 섰다. 아니, 그것은 착각일 뿐이었다. 그런데도 나는 그 통로가 어딘지 좀 더 좁아진 인상을 받았다. 나는 계속해서 걸어갔다. 그때 다시 벽들이 나를 향해 다가오고 있다는 당혹스런 느낌이 나를 엄습했다. 내가 멈춰 서면 그런 인상은 사라졌다. 내가 계속 걸어가면 벽들은 가까이 다가오는 것처럼 보였다. 그러나 한 가지만은 확실했다. 통로는 점점 더 좁아졌다. 벽들 사이의 간격은 처음에는 훨씬 더 벌어져 있었다. 걸음을 내딛을 때마다 가슴 조이는 불안은 더 커갔다. 그러다가 마침내 나는 이 수수께끼를 풀게 되었다. 즉, 복도 끝에서 양쪽 벽의 끝이 서로 만나고 있었다. 그 벽들은 점점 가까워지다가 서로 만나도록 그렇게 건축되었던 것이다. 빨리 움직이면 그 벽들이 서로 접근하는 것 같은 착각이 일어나게 되어 있었다. 이것이야말로 내가 발을 들여놓았던 막다른 길 가운데서도 가장 기분 나쁜 것이었다.

그림자의 성은 다시 말해서 미로였다. 미로 속의 미로였다. 나는 신중하게 행동했음에도 불구하고 좀 더 나빠진 상황에 처하고 만 것이다. 이제는 심지어 벽들까지도 공모해서 내게 맞서고 있었다. 이제 한 가지 사실만 빠져 있었다. 내 머리 위로 천장이 떨어지는 것 말이다. 하지만 그 일은 일어나지 않았다. 대신 바닥이 밑으로 가라앉았다.

처음에는 천장이 위로 올라가나 보다 생각했지만 그것도 시각적
인 착각이었다. 내 발들이 가볍게 떨리는 것을 봐서 바닥이 아래쪽
으로 움직이는 것을 느낄 수 있었다. 게다가 내가 살펴보니 통로 전
체가 밑으로 내려가고 있었다. 그러다가 흔들림이 멈추면서 천장은
내 머리 위로 십여 미터의 거리로 떨어져 나갔다. 벽의 좌우에는 십
여 개나 되는 시꺼먼 입구들이 입을 벌리고 있었다.

나는 현기증이 나서 땅바닥에 주저앉았다. 그림자의 성은 그냥 미
로가 아니었다. 움직일 수 있고, 아무것도 없는 데서 벽들이 불쑥 나
타나고 바닥이 가라앉는 미로였다. 그것을 세운 자들은 이미 오래전
에 죽고 없겠지만, 그 벽들은 아직도 살아서 활발하게 움직이고 있
었다.

86
머리카락이 쭈뼛해지는 도서실

나는 공포를 가라앉힌 다음에 다시 몸을 일으켰다. 마치 곤봉에
무수히 얻어맞은 전사처럼 현기증이 나고 신음 소리가 터져 나왔다.
떨리는 걸음으로 나는 끝없이 이어진 듯한 통로를 따라 걸어갔다.
수많은 모퉁이들이 이어졌고, 시꺼먼 문들이 수없이 갈라져 있었다.
군데군데 촛불이 하나씩 타오르고 있었다.

불안스럽게 건축된 측벽에다 소음까지 가세했다. 나는 멀리서 문
돌쩌귀들이 삐걱거리고 바람이 스쳐가면서 내는 형체 없는 노랫소
리 같은 것을 들었다. 용암 동굴 안에 있을 때는 거의 열대지방 같

은 뜨거운 열기가 뿜어 나왔는데, 성의 내부는 쾌적하게 서늘했다. 어쨌든 괜찮은 점도 있었다. 게다가 물이 뚝뚝 떨어지는 소리도 들리는 것 같아서 나는 여기 어딘가에 마실 것이 있으리라는 희망도 가질 수 있었다.

그러나 참 이상했다. 나는 본능적인 두려움 때문에 감히 어두운 문들 안으로는 들어가지 못했다. 저 뒤에는 어둠 속에 뭔가 위험한 것이 도사리고 있어서 한 걸음만 그 안으로 들어가도 곧바로 심연으로 빠질 것 같았다. 그래서 나는 약한 조명이라도 있는 길을 계속 가기로 했다.

돌연 다시 땅바닥에 떨어져 있는 종잇조각을 하나 발견했다. 나처럼 덩치 크고 힘센 공룡이 저런 작은 종잇조각 하나를 보고 마치 흰 쥐를 보고 소스라치게 놀란 코끼리처럼 놀라다니, 우스워 보일 게 틀림없었다. 하지만 너무도 놀라운 사건임은 분명했다. 나는 그 쪽지를 주워 들 필요도 없이, 나를 이 성 안으로 끌어들인 그 종잇조각이라는 것을 확신했다. 통로 안에는 그런 조각들이 일렬로 여러 개 놓여 있었고 그 자취는 마침내 문 입구에 이르는 곳에서 멈추곤 했다.

나는 오랫동안 내 앞을 가로막고 있는 암흑 속을 들여다보았다. 너무 오랫동안이어서 그 어둠은 마치 내 귓속에서 크게 윙윙거리는 듯 가깝고 생생하게 느껴졌다. 결국 나는 두려움을 극복하고 그 어둡고 음침한 입구로 들어갔다. 그러나 들어가보니 텅 빈 곳도 아니었고, 심연으로 추락하지도 않았다. 나는 그저 갑자기 어느 어두운 실내에 들어와 있었다. 그러자 내가 이미 경험한 적이 있는 일이 일어났다. 그런데 순서가 바뀌었다. 사형수 호그노의 거처에서는 무언가 들어와서 촛불을 껐는데 이번에는 마치 뭔가가 그 실내를 떠나면서 반대로 촛불을 켜는 것 같았다. 성냥개비로 켠 듯이 심지에 갑자기

불이 확 붙었고 그 불빛이 한동안 내 눈을 부시게 했으므로 나는 눈을 깜박이다가 종이가 바스락거리는 소리를 감지했다. 그리고 순간 무엇을 본 것 같았다. 그림자. 번개처럼 빠르게 문밖으로 휙 빠져나간 거대한 그림자였다!

그 모습에 나는 뼛속까지 소스라치게 놀랐다. 그러나 나는 곧 안정을 찾을 수 있었다. 거기에는 책들이 있었다. 여덟 개의 벽 앞에 책들로 꽉 찬 서가들이 세워져 있었다. 거기에는 화석화된 책이나 상처 난 책은 한 권도 없었다. 제대로 된 도서실이었다. 그것도 내가 그 사이 익숙해진 거창한 도서실이 아니라, 기껏해야 몇백 권의 작품들만이 꽂혀 있는 작고 수수한 개인 도서실이었다. 실내 한가운데에는 가죽을 입힌 나무 등의자가 하나 놓여 있고, 작은 탁자 위에는 물이 가득 담긴 유리 항아리 하나가 놓여 있었다. 그리고 컵과 말린 좀벌레들이 담긴 접시도 놓여 있었다. 물과 음식이라니! 나는 등의자에 털썩 주저앉아 물 한 컵을 따라 단숨에 죽 들이켠 다음 좀벌레를 한 움큼 쥐어 목으로 넘겼다. 맛있었다. 심지어 소금 간이 되어 있었다! 나는 씹으면서 주위를 둘러보았다. 이보다 더 좋을 수는 없었다. 한 모금의 물과 훈제 곤충 한 움큼이 아무런 희망도 없던 좌초 상태를 기분 좋은 낙관주의로 변하게 하다니. 우리의 의식을 결정하는 것은 두뇌가 아니라 위(胃)인 것이다.

나는 일어나 책들이 있는 곳으로 가서 한 권을 꺼내 펼쳐보았다. 거기에 쓰인 문자는 고대 차모니아어였고, 책 제목은 『관으로 만든 하프』로 바무엘 구르켄담프가 쓴 것이었다. 나는 침을 꿀꺽 삼켰다.

내가 그 문자를 읽을 수 있다는 사실만으로도 격렬한 정서의 동요가 일어나기에 충분했다. 나와 문명 사이에 단절되었던 끈이 다시 이어진 것이다. 나는 그 문자를 해독할 수 있을 뿐만 아니라 심지어 그 책 내용도 알고 있었다! 청년 시절에 그것을 읽고 끔찍한 악몽을 꾸었다. 그것은 소위 '머리카락이 쭈뼛해지는 책', 바로 차모니아 공포소설의 한 분야였다.

나는 서가에서 또 다른 작품을 꺼냈다. 『차가운 손님』으로, 공포 작가 넥토르 네무가 쓴 것이었다. 그것도 역시 머리카락이 쭈뼛해지는 책이었다. 네무는 이 분야의 탁월한 작가였다. 나는 머리를 갸웃거리면서 책들의 제목을 훑어보았다.

할루제니아 할프리트가 지은 『갈대 속의 해골』.
고리암 그로고의 『한밤중의 나무에 매달린 열두 명』.
프리그나르 폰 네벨하임의 『얼어붙은 유령』.
아구 프로스트의 『지하실의 웃음소리』.
그로텐클람 자매가 지은 『이글거리는 눈들의 지하감옥에서』.
오미르 벰 쇼케르의 『미라가 노래하는 곳』.

등등……. 거기 적힌 필명들만 보아도 그것들 모두가 머리카락이 쭈뼛해지는 책들이라는 것은 의심할 여지가 없었다. 이 서가에서 저 서가로 옮겨가면서 나는 제목을 하나씩 차례로 읽어가다 마침내 확신이 들었다. 그렇다, 이것은 분명히 머리카락이 쭈뼛해지는 책들을 모아놓은 도서실이었다. 내가 본 것 중 가장 광범하고 값진 장서들이었다.

나는 갑자기 터져 나오는 웃음을 막을 수 없었다.

이제, 충실한 친구들이여, 그대들 중에는 내 웃음이 차모니아 공포문학의 머리카락이 쭈뼛해지는 책들과 무슨 밀접한 관계가 있는지 궁금해하는 이들도 있을 것이다. 그러므로 잠깐 그것에 대해 좀 설명을 덧붙이도록 허락해주기 바란다. 그건 정말 얼마 안 걸릴 것이고 내가 왜 웃는지 이해하는 데 도움이 될 것이다.

차모니아의 공포문학이 한계에 도달했다고 믿어지던 시기가 있었다. 온갖 소름이 끼치고 악몽을 불러일으키던 인물들과 주제들을 동원했고, 머리 없는 유령에서부터 지하실 계단 밑에서 거처하며 발을 낚아채 잡아먹는 악령들에 이르기까지 안 나온 것이 없었다. 그러나 작가들은 거기서 늘 똑같은 사이비 미라들, 유령과 흡혈귀들을 등장시켜 돌아다니게 했기 때문에 결국에 가서는 초등학교 애들도 무서워하지 않게 되었다. 책의 판매부수는 현저하게 줄어들었다. 차모니아의 공포문학 출판업자들은 절망하던 끝에, 이 분야의 모든 작가들은 물론 몇 명의 유명한 책 연금술사들까지 불러 모아 그 위기를 어떻게 극복할 것인가 하는 주제로 큰 회의를 열었다.

회의는 악령들의 계곡에 있는 도깨비불 성의 두께가 수 미터나 되는 성벽 안에서 일반에게 알리지 않은 채 개최되었다. 그래서 거기서 어떤 것이 논의되었고 결국 실행되었는지는 오랫동안 비밀로 지켜졌다. 그 후 단 육 개월도 지나지 않아 최초의 머리카락이 쭈뼛해지는 책들이 출판시장에 나왔고 그것으로 사실 차모니아 공포문학의 위기는 끝났다.

이 책들은 너무나 효과가 컸고, 너무 큰 공포와 두려움을 불어넣었으므로 독자들은 이따금 읽는 도중에 소리를 지르며 책을 구석에 내던지고는 가구 뒤로 몸을 숨기곤 했는데, 그 까닭은 달리 어쩔 수가 없었기 때문이다. 머리카락이 쭈뼛해지는 책들의 많은 독자는 진정한 공포를 지나치게 만끽하다가 미쳐서 정신병원에 감금되었다. 그들은 누가 멀리서 그들에게 책 한 권만 보여줘도, 그것이 요리책일지라도 히스테릭한 발작을 일으키곤 했다는 것이다.

명망 있는 비평가들과 문학 학자들조차도 머리카락이 쭈뼛해지는 책들의 수상쩍은 효과는 정교한 작가적 테크닉에 근거한 거라고 믿었다. 즉, 차모니아 공포문학의 뛰어난 대가들은 도깨비불 성에 모여 회의를 여는 동안에 자신들의 비밀스러운 기법들을 서로에게 알려줬다고 한다. 그때 그들이 모든 작가적인 트릭을 정교하게 융합시켜 새롭고, 강력하고 현저하게 효력이 큰 공포문학을 탄생시켰다는 것이다. 그것은 책을 읽는 독자들을 사로잡아 아무리 강심장을 가진 독자라도 훌쩍거리고 신음을 토하지 않을 수 없게 만드는 초자연적 현상들까지도 절묘하게 묘사해낸 문학이었다. 이것이 바로 머리카락이 쭈뼛해지는 책들뿐만이 아니라 홀라제프덴더 슈루티가 지은 공포음악이 최고의 전성기를 구가했던 공포시대의 시작이었다.

머리카락이 쭈뼛해지는 책들은 어둠 속에서 중얼거리고 훌쩍거린다는 소문도 있었다. 그런 책들은 마치 오래전에 잊혀져 말로 표현할 수 없는 것들이 숨어 있는 지하감옥의 녹슨 문들이 열릴 때처럼 끼익거리면서 열린다고 했다. 한 번만 펼쳐도 유령의 외침이나 소름 끼치는 웃음소리가 그 안에서 들려오는 일이 흔했다고 한다. 이런 책에서는 차가운 입김이 흘러나오기도 했다. 또 죽어서도 오랫동안 안주하지 못하고 고통받는 영혼들이 출현한다는 저주받은 성 안의 빛바랜 커튼 사이로 스치는 바람소리도 들려온다고 했다.

이런 책들은 읽는 도중 돌연 공중으로 사라졌다가 방 안의 다른 장소에서 킥킥거리며 다시 나타나기도 했다. 그리고 그 책장들 안에서는 털이 수북하고 열 개의 손가락이 달린 잘린 손이 툭 튀어나와 거미처럼 독자의 팔 위를 기어다니다 결국 벽난로의 불 속으로 떨어져 비명을 지르며 타버리는 수도 있었다.

머리카락이 쭈뼛해지는 책들은 거의 모두가 가장 불쾌한 느낌만 주는 단어들로 짜 맞춰져 있었다. '경직된', '해골의', '다리가 여러 개인', '음침한', '오싹하는', '소름 끼치는', '무덤에서 나는 소리', '유령이 나오는 시간', '구더기들이 파먹은' 따위의 단어들이었다. 머리카락이 쭈뼛해지는 문학은 또 이런 단어들의 효과를 더욱 높이도록 서로 조합해서 새로운 단어들을 창조해 유행시켰다. 예를 들면 '굳어진 뼈의', '음침하게 오싹거리는', 또는 '매우 소름 끼치는' 따위의 단어들로 그런 것들 가운데 하나만 읽어도 독자들의 머리카락이 곤두서고 말았다. 새로운 문학 분야가 그 이름을 얻게 된 것은 이런 능력 덕택이었다.

　머리카락이 쭈뼛해지는 책을 한 권 읽는다는 것, 그것은 자정의 종이 울리고 난 후 어느 숨겨진 문 뒤에서 발견한 지하실을 지나가는 것과 같았다. 안주할 줄 모르는 집단학살자들의 유령들이 출몰

하는 어느 방치된 정신병원 안을 걸어다니는 것과 같았다. 또 덜덜 떨리는 손안에 깜박거리는 촛불을 쥐고 돌아다니다 찾아낸 지하실도 있었다. 그 안은 거미줄이 가득하고 곰팡내가 나며, 어둠 속에서 붉은 눈의 쥐들이 찍찍거리고 얼음장 같은 촉수들이 걸어가는 자의 발목을 붙잡곤 했다.

머리카락이 쭈뼛해지는 책은 매 페이지마다, 매 문장마다 피를 굳어버리게 할 정도로 섬뜩한 것들이 도사리고 있었다. 마치 신경이 물레 위에서 팽팽 돌아가는 것 같아 책을 읽는 도중에도 몇 번이나 깜짝 놀라게 만들었다. 저기 봐! 유리창에 붙어 있는 것이 손 아닌가? 어쩌면 양심이라곤 티끌만치도 없는 시체 도둑이 파묻당한 자들을 묻은 가까운 공동묘지에서 훔쳐내 저장해둔 시체들 가운데서 빠져나온 손이 아닐까? 그자는 그런 저장품들을 가까운 실험실—밤이면 늘 소름 끼치는 외침들이 들려오는—에서 작업하는 미치광이 슈렉스 족 연금술사들에게 공급해주고 있을지도 모른다. 아니, 그것은 그저 바람을 타고 와 유리창에 부딪힌 손바닥 모양의 나뭇잎인지도 모른다. 그러나 그 나뭇잎은 정신쇠약증에 걸려 보름날 밤만 되면 잘린 머리를 수집하는 취미 때문에 새로운 소장품을 찾으려고 배회하다 불 켜진 거실 안을 엿보는 어느 시골 멍청이의 넓적하고 흉한 손과 너무도 닮은 모습이리라. 햐! 아니면 그것은 막 자신의 목을 조이려 들던 그자의 흉측한 손이 아닐까? 아니, 그것은 독서실 안으로 스며들어온 가을의 차가운 한기가 둘렀던 목도리였다. 둘렀다고? 누가 그것을 둘렀단 말이지?

신경쇠약증 독자들은 그 책을 떨어뜨리고 손톱을 입으로 마구 물어뜯었다. 그런 책은 차라리 그냥 치워버리는 게 낫지 않을까? 묻어버릴까? 태워버릴까? 벽 속에 끼워놓을까? 하지만 얼마나 흥미진

진한 책인가! 저기! 아주 먼 곳에서 종소리가 들린다. 마치 검은 복면을 한 죽음의 신이 울리는 장례식 종소리 같다. 그자가 온 이유는…… 아니다, 그것은 팔꿈치에 부딪혀 떨어진 포도주 잔일 뿐이었다. 얼음처럼 차가운 땀이 흘러내리고 몸의 털들이 모두 곤두서고 심장은 목 위까지 뛰었다. 그러자 무릎 위에 놓인 머리카락이 쭈뼛해지는 책의 책장이 바스락 소리를 내면서 한 장 저절로 넘어갔다. 전혀 예상치 못해 너무도 놀랍고 너무도 충격적이어서 심장은 거의 마비될 지경이 된다.

나는 순전히 저자의 표현력이 그러한 효과를 일으킨 거라고 기꺼이 믿고 싶었다, 사랑하는 친구들이여. 그러나 물론 실제는 그렇지 않았다. 진실은 놀랍게도 수십 년이 지나 도깨비불 성의 긴급회의에 참석했던 한 작가가 임종의 자리에서 양심 고백을 한 뒤에야 비로소 밝혀졌다.

알고 보니 머리카락이 쭈뼛해지는 책들의 효력은 그 책의 작가들이 아니라 책 연금술사들이 만든 것이었다. 그 당시에 그들은 서로 긴밀하게 비밀을, 특히 최면향기 물질을 생산하는 분야에 대한 비밀을 주고받았다. 그리하여 그들은 종이에다 향수처럼 뿌릴 수 있는 묘약을 만들어냈는데, 그것들은 소름을 끼치게 하는 것에서부터 심장을 멈추게 하는, 지금까지 묘사한 온갖 불안의 징조들을 야기하는 묘약이었다. 그 책들 속에 쓰인 괴기스런 이야기들은 그 작가들이 예전에 집필했던 것보다 조금 더 낫거나 더 효과적이지도 않았다. 반대로 그것들은 오히려 더 조악했다. 작가들은 가능하면 '경직된', '해골의', '다리가 여러 개인', '음침한', '오싹하는', '소름 끼치는', '무덤에서 나오는 소리', '유령이 나오는 시간', '구더기들이 파먹은' 같은 단어들이나 '굳어진 해골의', '음침하게 오싹거리는', '매우 소름 끼치는' 같은 단어들이 그들의 책 속에 자주 등장하도록 하는 데만 신경 쓰면 되었다. 그 정도만으로도 비평가들에게 그 책들이 언어의 마술을 펼치고 있다고 확신시키는 데 충분했다.

그러나 그것은 평범한 데다 불법적인 연금술에 지나지 않았다. 그리하여 머리카락이 쭈뼛해지는 책들은 결국 금지되었다. 그럼에도 불구하고 그것들은 소장가들에게 대단히 애호되었으며 특히 청소년들은 여전히 잠자기 전 이불 밑에서 그런 책들을 읽곤 했다. 나도 그 당시에 바무엘 구르켄담프가 쓴 『관으로 만든 하프』를 분명 스무 번은 읽었으며 그때마다 불안을 일으키는 향기를 매번 기분 좋게 맡으면서 전율하곤 했다.

그렇다고 해도 그런 것들 모두가 지금 내가 웃는 이유는 아니었다. 그렇지 않겠는가, 충실한 친구들이여? 또 나를 초대한 이 성의 비밀스런 주인이 하필 차모니아의 보건 당국이 위험한 책들로 분류한, 여전히 최면 향기를 풍기는 책들로 가득 찬 이 방으로 나를 유혹한 것도 내가 지금 기분 좋아야 할 이유가 아니었다.

게다가 머리카락이 쭈뼛해질 그 책들에서 나는 위험한 향기가 이미 나한테도 그 효력을 발휘했으니 더욱이 웃을 일이 아니었다. 나는 관들이 천천히 삐걱거리며 열리는 소리와 복면을 한 자의 미친 듯한 웃음소리, 산채로 벽 속에 갇힌 자의 흐느끼는 소리를 들었다. 장서실 천장 위로는 잘린 손들이 기어 다녔고 뿔 달린 그림자들이 책등 위로 춤추며 지나갔다. 절대로, 그런 것들은 우습지 않았다.

우스운 것은, 그 모든 것들이 오히려 나를 깊이 안정시키고 있다는 것이었다.

우스운 것은, 머리카락이 쭈뼛해지는 책들로 가득 찬 이 도서실 안에서도 나는 더 이상 오싹해지지 않는다는 것이었다. 더구나 나는 현실이 되어버린 악몽의 한가운데, 출구가 없는 지하의 성 안에 간혀 있으면서도 읽을 만한 책들을 발견하자마자 곧 그것들에게 친근감을 느꼈다. 그래서 나는 웃지 않을 수 없었다, 오, 충실한 친구들이여. 그것도 쉼 없이 큰 소리를 내면서 말이다.

그러다 나는 다시 긴장하면서 정신을 집중했다. 왜냐하면 혼자서 고독하게 웃을 때는 뭔가 절망적인 것이 거기에 깃들어 있기 때문이다. 나는 머리카락이 쭈뼛해지는 책들 몇 권을 뽑은 다음에 등의자에 가서 앉았다. 남은 물을 마시고 벌레를 씹어 먹으면서 부담 없이 읽어갔다. 그러자 부흐링 족이 내던 윙윙 소리가 나를 잠들게 했듯이, 지금은 완전히 죽지 못한 자들의 비탄에 젖은 소리, 마녀들의 킥킥 소리, 사이렌 유령들이 날카롭게 내지르는 소리들이 나를 부드럽게 잠 속으로 이끌었다. 털북숭이 손이 땅바닥 위로 기어 다녔고, 살속이 훤히 보이는 투명박쥐들이 내 주위를 펄럭거리며 날고 있었다. 그런데도 나는 정말 아무렇지 않았다. 이 정신 착란 비슷한 환상들 한가운데서 나는 깊은 잠에 빠져들었다. 그리고 내 머릿속을 마지막으로 스쳐 간 것은 레겐샤인이 쓴 시의 두 구절로 이제 나는 그것을 좀 더 잘 이해할 수 있었다.

광기와 음향이 난무하는 곳
그곳은 그림자의 성이라 불리는 곳

슬픈 영혼

그 사이에 나는 내가 걸어가거나 멈춰 서는 곳에서 벽들이 움직이고 바닥이 가라앉거나 혹은 솟아오른다는 것을 그다지 많이 느끼지 못했다. 그림자의 성 전체는 끊임없이 움직이는 거대한 메커니즘 같아 보였지만, 이 모든 것 뒤에 어떤 의미가 숨어 있는지 나는 발견해내지 못했다. 그러나 나는 가죽 동굴 내의 녹슨 난쟁이들이 사용하던 책 기계장치의 비밀도 금방 밝혀내지는 못했다. 어쩌면 이 성도 그들이 세운 거대한 과대망상적인 구조물들 가운데 하나인지 몰랐다.

나는 머리카락이 쭈뼛해지는 도서실 안에서 깨어났을 때, 기분이 상쾌하고 충분한 휴식을 취한 느낌이 들었다. 어떤 소름 끼치는 악몽 속을 헤매었든 상관없이 나는 몇 시간 동안 깊이 잠을 잔 것이 틀림없었다. 다시 끝없이 이어진 복도를 따라 걸어가기 시작했을 때, 내 머리 위로는 여전히 투명한 유령박쥐들이 날개를 퍼덕이며 맴돌았고, 잘린 손들이 내 옷을 더듬거렸으며, 가느다란 목소리들이 귀에다 대고 내가 성의 연못에 빠져 익사할 거라고 속삭여댔다. 그러나 시간이 흐르면서 책 연금술사들이 만든 향수의 환각 효과는 사라지고 내 정신은 다시 맑아졌다.

내가 그림자의 성에 초대받은 손님이라는 것 정도는 확실했다. 누군가 내게 먹을 것과 숙소를 제공해주었다. 비록 빈약한 음식이고 이상한 숙소였지만 어쨌거나 누군가가 있어 내가 여기 머무는 것을 눈감아주거나, 그래 어쩌면 심지어 그것을 배려해주고 있는지도 몰랐다. 그가 내게 하필이면 머리카락이 쭈뼛해지는 책들을 잠자리 독서로 정해준 것은 아마 그의 괴팍한 취향이거나 아니면 특이한 유머 감각일 수도 있었다. 그렇지만 반드시 악의에서 그런 것 같지는 않았다. 그런데 나는 손님인가 포로인가? 여기에 얼마 동안이나 머물게 될까? 어떤 목적에서 이 성의 비밀스러운 주인은 나를 여기에 묵게 한 것일까? 최근에 벌어진 사건들을 볼 때 지금 내 상황이 조금 나아진 것만은 확실했다. 흡혈괴조들이나 스핑크스, 책 사냥꾼들한테 쫓기는 것보다는 환각 속에 머무는 것이 더 나았다.

복도를 통해서 바람의 음악 소리가 들려왔다. 자세히 들으면 들을수록 그것이 우연한 바람의 스침에서 나는 소리가 아님이 분명했다. 그림자 성의 동굴들 안에서 기호들을 발견했을 때처럼, 나는 그 소리에서도 어떤 기준과 규칙을 발견했지만 그것이 선율이나 화음이라고 단정하기에는 너무 낯선 소리였다. 아마도 선율적인 불협화음이라는 모순된 개념이 가장 적합할 것 같았다. 이따금 목소리나 친숙한 악기처럼 들린다고 믿어지기도 했으나, 내가 아는 한 어떤 족속도 저승에서 들려오는 듯한 유령 같은 노래를 할 줄 몰랐다. 어떤 바이올린도 이처럼 가늘고 유리 같은 맑은 음을 낼 수 없고, 지상의 어떤 관악기도 그런 낮은 음을 낼 수 없을 것이다. 만약에 그림자의 성이 하나의 거대한 장치라면, 그것이 거대한 악기가 아니라는 법도 없었다. 혹시 끊임없이 움직이는 벽들과 솟아올랐다 가라앉았다 하는 바닥들은 트럼나팔의 복잡한 공기 흐름 시스템 같은 역할을 하는 것이 아닐까? 저 바깥에서 보았던 기호들이 내게는 어느 초지상적인 종족의 문자처럼 보였듯이, 그림자 성 안에 울리는 음악은 어느 낯선 천체에서 작곡한 음악처럼 들렸다. 그러나 어쩌면 이 모든 소리는 사실 미쳐버린 녹슨 난쟁이들이 부는 거대한 플루트에서 나는 것일 수도 있었다.

성 안의 희미하게 불이 밝혀진 곳곳에는 그림자들이 도사리고 있었고, 그 근처에서 이따금 바스락거리는 소리가 들렸다. 어떤 때는 바닥에서 나고 어떤 때는 천장에서 났다. 그리고 때로는 심지어 뭔가 고양이 크기만 한 그림자가 휙 지나가는 것을 본 것처럼 믿어지기도 했다. 그런데 윤곽이 동물의 그림자는 전혀 아니고 그렇다고 무슨 곤충 같은 것도 아니어서 내 신경에 거슬렸다. 희미한 불빛 때문에 내가 잘못 본 것이 아니라면 직사각형의 윤곽이 분명했다. 때때로 나는 내 가까이에서 그런 윤곽들 여러 개가 함께 움직이고 있는 듯한 인상을 받았다. 그것들은 어둠 곳곳에서 동시에 바스락거리며 움직였으므로 나는 그것들한테 둘러싸여 있다는 불안한 느낌이 들었다. 그 후 내가 성 안의 좀 더 밝은 영역으로 들어가자 여러 개의 다리가 총총걸음으로 걸어가는 소리가 들렸고, 여기서도 각진 그림자들이 벽들 틈새로 사라지는 것이 보였다. 심지어 한 번은 더 짙은 어둠 속에서 백 개의 날개가 달린 박쥐 같은 것이 아주 강하게 내 머리 위로 휘익 스치며 날아가는 것을 느꼈다.

나는 거대한 벽난로가 있는 천장이 높은 방들로 들어가 살폈고, 긴 탁자들과 돌 의자들이 있는 거대한 방들도 살펴보았다. 긴 의자들과 작은 탁자들 그리고 거대한 의자가 있었는데, 이것들은 모두 화석화된 책들로만 만들어져 바닥에 단단히 붙어 있었다. 모든 것들이 원래 만들어진 그 자리에 단단히 머물러 있어 거대한 밀물이 그 건물을 휩쓸 때에도 꼼짝 하지 말아야 한다는 것이 그림자 성을 건축할 때의 최우선 원칙이 아니었을까 하는 인상이 들었다.

나는 작은 정사각형 모양의 방 안으로 들어갔다. 그러자 내가 안으로 들어선 것이 무슨 기계장치를 작동시키기라도 한 것처럼 좌우로 벽들이 움직이더니 바닥 속으로 가라앉았다. 그러자 더 멀리 있는 벽들 쪽으로 내 시선이 넓어졌다. 거기에 서 있는 벽들도 마찬가지로 가라앉으면서 다시 그 뒤에 있는 벽들로 시야가 넓어졌다. 그런 식으로 계속되더니 마침내 작은 정사각형 방은 긴 복도로 바뀌었고 그 양쪽 끝은 어둠 속으로 사라졌다.

정반대의 일도 일어났다. 어느 긴 복도로 들어서자 갑자기 사방에서 벽들이 첩첩이 생겨나더니 결국에는 하나의 작은 방으로 변했다. 그리고 그 방바닥이 돌연 가라앉더니 나를 그림자 성의 더 깊은 계단으로 인도했다. 그 건물은 그야말로 변덕스러워서 내가 어느 장소로 들어가면 그 즉시 불만을 품고 나를 끊임없이 다른 장소로 이동시키고 있는 것처럼 느껴졌다. 그러나 어떤 때는 몇 시간 동안이나 아무것도 움직이지 않기도 했다. 그럴 때면 나는 아무 방해도 받지 않고 거대한 회색의 방들을 지나갔다.

아마도 나는 온종일 배회했던 것 같다. 그러다가 돌연 다시 종잇조각을 발견했다. 그것들은 복도의 바닥 위에 놓여 있어 나를 돌로 된 탁자들과 벤치들이 있는 어느 커다란 식당으로 인도했다. 그 탁자들의 앞쪽에는 책들을 쌓아 만든 커다란 의자가 하나 놓여 있었다. 그리고 그 탁자 위에 물이 담긴 단지와 식물뿌리들이 담긴 접시가 나를 기다리고 있었다.

식사 시간이었다! 나는 비밀스런 성주의 초대를 받아들여, 그 방 안에 아무도 없는데도 품위 있게 몸을 숙여 인사를 한 뒤 커다란 의자에 가서 앉았다. 물은 신선하고 얼음처럼 차가웠으며 식물뿌리는 그냥 식물뿌리 맛이 났지만 그래도 엄청난 배고픔을 잠재워주었다. 식사를 하는 동안 옛날에 누가 이 식탁에 앉아서 식사를 했을까 상상해보려고 애썼다. 그러자 전에 보았던 거대한 개미들의 환상이 다시 나를 엄습했다. 내 영혼의 눈에 식탁 옆에 겹눈을 가진 그 곤충들에 에워싸여 있는 모습이 보였고, 그것들은 집게다리를 이용해 다족류 동물을 잡아 으깨어 홀짝홀짝 빨아먹으면서 바스락거리는 곤충 언어로 서로 담화하고 있었다. 나는 이 불쾌한 상상을 억누르며 검소한 식사를 끝냈다.

기분이 상쾌하고 힘이 생겨서 나는 자리에서 일어났다. 그래서 바로 그 후에 발생한 일이, 내가 쇠약하고 기분이 우울했던 순간에 일어나지 않은 것이 나중에 생각해도 다행이었다. 나같이 감수성이 강한 시인의 심장으로는 아마 그것을 견뎌내지 못했을 것이다.

누군가가 걸어오는 소리가 들렸다. 그렇다. 나는 누군가가 식당 가까이 다가오는 소리를 분명히 들을 수 있었다. 비록 발걸음 소리는 들리지 않았지만 문 쪽으로 다가오는 어떤 생물이 무겁게 헐떡거리며 규칙적으로 숨을 내쉬는 소리가 들렸다. 마침내 나를 초대한 이 성의 주인이자 유령인 그가 오는 것인가? 그림자 제왕이 오고 있는 것일까? 나는 못 박힌 듯이 그 자리에 멈춰 선 채 근육 하나도 움직일 수가 없었다. 그러는 사이 마치 천식에 걸린 듯이 헐떡거리는 그 소리는 점점 가까워졌다.

무언가가 커다란 방 안으로 들어섰다. 내가 '무언가'라고 말하는 건, 달리 이 현상을 표현할 수 없었기 때문이다. 그것은, 충실한 친구들이여, 이 지하세계를 내가 지금껏 돌아다니면서 느꼈던 그 어느 공포보다도 더 소름이 끼치는 것이었다. 그것은 그림자, 투명한 윤곽이었다. 얼굴도 없고 공간의 깊이도 없고 뚜렷한 형태도 없이 그저 하나의 회색 윤곽일 뿐이었다. 나의 상상 속에서는 큰 방을 천천히 지나 내게로 미끄러져 오는 이 헐떡거리는 그림자가 바로 유령이었다. 내게는 줄곧 형태가 변하는 회색 안개 같은 것만이 보였다. 그것은 바람에 밀리는 연기구름처럼 나를 향해 부풀며 다가왔다. 그 그림자 안에는 마치 수백 개의 목소리들이 들어 있어 속삭이는 것 같 았고, 동시에 그 무겁고 베는 듯한 호흡 소리는 아주 이상하게 나를 감동시키면서 죽을 것처럼 슬프게 만들었다.

그러더니 그림자는 내 몸을 머리에서 발끝까지 휘감았다. 그리고 나는 그가 내 몸속으로 뚫고 들어오는 것을 느꼈다. 아주 순식간에 우리의 내면은 서로 뒤섞였다. 이상한 생각들, 영상들, 풍경들과 생 물들이 돌연 해일처럼 내 머릿속으로 밀려들어와 부서졌다. 그러고 는 다시 모든 것이 지나갔다. 그림자는 내 몸으로 들어와 마치 채를 통과하듯이 내 몸을 통해서 다시 흘러나간 것이었다. 나는 오싹함을 느끼면서 몸을 돌려 그자의 뒷모습을 바라보았다. 그는 마치 내 존 재를 전혀 알아채지도 못한 것처럼 그냥 홀을 통해서 나갔다. 나는 그가 흔적을 뒤에 남겨놓은 것을 보았다. 그것은 달팽이들이 기어가 면서 남겨놓은 것처럼 가늘고 축축했다. 나는 그것이 다시 희미해지 기 전에 만져보려고 몸을 굽혔다. 바로 그 순간 내가 한 것은 모두가 무의식적이고 본능적으로 내 뇌에서 아무런 생각도 없이 일어났다. 왜냐하면 만약 절반이라도 정상적인 조건에서였다면 나는 결코 그렇 게 행동하지 않았을 테니까. 결코! 그러나 나는 그 축축한 흔적을 만 지면서 심지어 그것을 손가락으로 훑어 입술로 가져가 맛을 보았다.

그것은 눈물이었다.

이제야 비로소 나는 그림자가 숨을 헐떡인 것이 아니라 울었음을 알았다. 그는 큰 방을 지나 복도 끝 어둠과 섞이고 말았다.

8Ϙ
살아 있는 책들

여전히 나는 같은 지점, 그림자가 내 몸을 뚫고 지나간 바로 그 자리에 서 있었다. 마치 심한 악몽을 꾸다가 갑자기 깨어난 듯이 내 생각과 느낌을 추스르려고 애썼다.

정말로 그림자 제왕이었을까? 그런데 그에 대해 퍼져 있는 소문과는 전혀 비슷한 데가 없었다. 그는 사형수 호그노의 머리를 잘라 버리거나 흡혈괴조를 공포에 떨게 하기는 고사하고 어느 누구에게도 해를 끼칠 것 같지 않았다. 아니면 아까 본 것은 그가 취할 수 있는 수많은 형상들 중 하나에 불과했을까? 그가 내 의식 속에 빨려 들게 했다가 다시 빼내간 것은 참으로 이상한 영상들이고 낯선 언어로 된 생각들이었다. 그러나 아무것도 기억나지 않았다.

나는 급히 그의 뒤를 따라가면서 그가 이미 그림자 성의 미로 속으로 사라지지 않았기를 간절히 바랐다. 하지만 다행히도 그가 남기고 간 눈물의 흔적이 있었다. 그것은 복도 끝까지 이어지다가 커다랗고 텅 빈 방을 통과하더니, 다음에는 좁고 횃불을 밝힌 통로로 들어가 마침내 계단으로 올라갔다. 그것은 내가 그림자의 성 안에서 발견한 첫 번째 계단이었다. 지금 이 구역은 어쨌거나 내가 한 번도 와 본 적이 없는 곳이었다.

계단은 어느 천장이 높은 복도에서 끝났다. 그곳의 통로 한쪽 벽에 촛대가 꽂혀 있고 그 위에 촛불이 타고 있었다. 다른 쪽 벽에는 높고 좁은 창문들이 나 있었지만 창밖은 컴컴해서 아무것도 보이지 않았다. 게다가 그림자 성의 섬뜩한 음악이 살랑거리며 줄기차게 들려왔다. 나는 계속해서 축축한 자취를 따라 서둘러 나아갔다. 그것은 흔들리는 빛으로 가득 찬 커다란 돌 아치를 지나서 계속 이어졌다. 다시 억눌린 호흡 소리, 흐느끼는 소리, 속삭이는 소리를 들을 수 있었지만 이번에는 여럿이 내는 소리처럼 들렸다. 나는 아치를 지나가 횃불이 있는 거대한 방 안을 들여다보았다. 마치 원형극장처럼 배열된 그림자의 성 안에서 가장 큰 방이었다. 가장 높은 층계 위로 올라가 서서 계단 모양으로 배열된 아래층과 중앙에 있는 커다란 무대를 내려다보았다. 그런데 거기에서는, 사랑하는 친구들이여, 실제로 눈물을 자아낼 만한 연극이 펼쳐지고 있었다.

거기에는 수백 개가 넘는 그림자들이 불안하게 서로 뒤섞여 움직이면서 속삭이거나 훌쩍거리고 있었다. 그것들은 상대방 그림자 속으로 미끄러져 들어가 용해되었다가 다시 떨어졌다. 그리고 주위에 있는 수많은 입구들을 통해 다른 그림자들이 방 안으로 들어와 층계를 내려와서는 무대 위의 수많은 그림자들과 뒤섞이는 것이 보였다. 이 방 안에서는 그림자 성의 음악이 몹시 큰 소리로 확대되어 들려오면서 한숨을 내쉬며 흐느끼는 그림자들의 합창과 뒤섞여 마치 불협화음을 내는 장례곡 같았다.

내 눈에서 눈물이 솟았다. 말로 표현할 수 없이 슬프고 비현실적인 이 연극에 이상하게도 압도되어 울기 시작한 것이다. 그러다 갑자기 어떤 영상과 생각의 물결이 내 속으로 다시 흘러들어왔다. 앞서 식당에서 일어났을 때와 똑같이 놀랍고 이상했다. 그림자들 중 하나가 내 뒤를 이어 방 안으로 들어오더니 그냥 내 몸을 통과해갔다. 그러고는 층계를 내려가 그의 동료들한테 갔다. 나는 더 이상 참을 수 없어 몸을 돌려 복도로 다시 도망쳐 나왔다.

나는 계속 울었다. 얼마나 오랫동안 왜 울었는지는 모르겠다. 하지만 눈물은 구원과 안정 효과를 주었다. 마침내 눈물이 멈추자 나는 다시 그 방 안으로 되돌아갈 힘이 충분히 생겼다. 심지어 어쩌면 춤추는 그림자들에게로 가서 이 그림자의 성의 새로운 비밀을 낱낱이 캐어볼 수 있을 것 같기도 했다.

그러나 내가 몸을 돌려보니 아치형의 입구는 사라지고 없었다. 내 등 뒤에서 소리 없이 화석화된 책들의 벽에 닫히고 만 것이다. 음악도 역시 벽 속에 파묻혀 사라지고 말았다. 나는 귀를 기울였다. 그러나 더 이상 아무것도 들을 수 없었다. 아무 소리도. 마치 아무 일도 일어나지 않은 것 같았다. 사랑하는 친구들이여, 솔직히 말해 그랬더라면 오히려 더 좋았을 것이다. 왜냐하면 내 머릿속에서는 고통스럽게도 의문에 의문이 쌓여갔기 때문이다.

갑자기 등 뒤의 복도에서 바스락거리는 소리가 나서 나는 몸을 돌렸다. 이번에는 보였다. 사각형의 검은 형체가 통로의 먼 끝을 향해 도망치고 있었다. 이제야말로 나는 이 저주받은 성 안에서 그 마지막 비밀을 벗겨내고 싶은 기분이 들었다. 그래서 나는 용감하게 그 뒤를 쫓아 달려갔다.

드문드문 꽂혀 있는 촛불이 통로를 비추고 있었으므로 나는 내 앞의 어둠 속에서 갈지자 형으로 달려가는 그 작은 존재를 제대로 볼 수 없었다.

추적은 여러 모퉁이를 지나 좌우로, 계단을 오르내리며 이어졌지만 나는 지칠 줄 모르고 그 작은 형체의 뒤를 바짝 따라갔다. 우리는 어느 나선형 층계를 달려 올라갔는데 그것은 돌연 녹슨 쇠창살 앞에서 뚝 끊어지고 말았다. 그런데도 그 작은 그림자는 힘들이지 않고 그 창살을 통해 미끄러져 들어갔다. 나는 욕을 퍼부으면서 그 자리에 멈춰 서야만 했다.

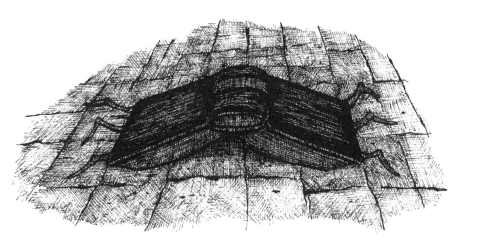

내가 막 돌아서려 할 때 쇠창살이 끼이익 소리를 내면서 들어 올려
졌다. 그래서 나는 그 사이를 통과해 계속해서 나선형 계단을 몇 개
더 올라갔다. 그러자 갑자기 어느 커다란 방 안으로 들어서게 되었다.

그 방은 머리카락이 쭈뼛해지는 도서실을 연상시키는 팔각형의
구조에, 각 벽마다 서가가 서 있고, 방 한가운데에는 등의자와 책상
이 있었다. 그 위에서는 촛불이 타고 있었다. 잠시 동안 나는 다시
방금 전의 도서실로 들어온 거라고 착각했다.

그렇지만 뭔가 달랐다. 어쩌면 환각을 일으키는 향수 냄새가 안
나거나 책들이 다르게 진열되어 있어서인지도 몰랐다. 하지만 분명
그 도서실은 아니었다. 그리고 그 작은 형체는 어디서도 찾아볼 수
없었다.

어쨌든 거기에 꽂혀 있는 책들은 제대로 된 책들이어서 그 내용
들이 혹시 어떤 식으로든 나를 도와줄 수 있을지도 몰랐다. 나는 서
가로 가서 가죽으로 싼 아주 오래된 책을 한 권 꺼내 펼쳤다.

책이 나를 노려보았다.

책 한가운데에 살아 있는 눈 하나가 번뜩이고 있었다. 그 눈은 골

고가 내게 보여주었던 살아 있는 책들과 똑같이 놀란 눈으로 나를 뚫어지게 바라보고 있었다. 나는 그때처럼 소스라치게 놀라면서 그 책을 떨어뜨렸다.

그것은 털썩! 바닥으로 떨어지더니 큰 소리로 바스락거렸다. 네 개, 여섯 개, 여덟 개의 작은 다리가 그 책 주위로 뻗어 나왔다. 그러더니 곧바로 도망쳐 건너편에 있는 책들이 벽처럼 쌓여 있는 곳으로 기어갔다. 거기서 서가를 따라 위로 기어올라가더니 두꺼운 갈색 가죽 책들이 있는 틈새로 사라졌다.

나는 그 자리에 선 채 몸을 돌렸다. 주위에서 바스락바스락 소리를 내면서 책들이 거의 눈에 안 띄게 움직였다. 그것들의 행동은 머리카락을 쭈뼛하게 할 정도였지만 어쨌든 머리카락이 쭈뼛해지는 책들은 아니었다. 그곳은 살아 있는 책들로 가득 찬 도서실이었다! 사각형의 작은 그림자는 물론 살아 있는 책이었다!

가죽과 종이로 된

짐승들한테 습격당하고

살아 있는 책들이라는 것이 그림자의 성 안에 사는 이런 해충들이었단 말인가? 그것들은 책 연금술사들의 실험실에서 나와 운하임의 쓰레기더미를 지나 여기까지 왔단 말인가? 그리고 그 수는 점점 증가하는 것일까? 그야말로 환상적인 일이었다. 스스로 번식할 줄 알고 떼를 지어 독자적인 하나의 도서실을 만들어내다니. 나는 이 작은 짐승들이 이처럼 황량한 벽 안에서 어떻게 먹이를 구할까 궁금했다. 그러나 이것도 사실 내가 그림자의 성에 대해서 알아낸 겨우 한 부분일지도 몰랐다.

　다시 한 번 주위를 둘러보았다. 만약 거기에 진짜 살아 있는 책들
이 꽂혀 있다면 여기에는 막대한 재산이 쌓여 있는 셈이었다. 나는
서가에서 또 다른 책을 끄집어내 펼쳐보았다. 그 안은 마치 날카로
운 이빨들이 많이 박혀 있는 목구멍처럼 보였다. 나는 당황해서 뚫
어져라 응시했고 그 책은 위협하듯 공격적인 소리를 내더니 내 손을
물었다. 나는 소리를 질렀다. 아야! 손이 아팠다! 그러나 이 빌어먹
을 짐승은 수그러들기는커녕 계속 푸우 소리를 내면서 피를 흘리고
있는 내 손을 더 꽉 물었다. 나는 또 한 번 소리를 질렀다. 이번에는
너무 화가 나 소리를 지르면서 주먹으로 책표지를 세게 때렸다. 그
러자 마침내 그것은 수그러들면서 물었던 것을 놓고 바닥으로 떨어
졌다. 그 책에서도 역시 여덟 개의 다리가 뻗어 나오더니 구석으로
달려가 거기서 나를 향해 고약한 소리를 냈다.
　주위에서 움직이는 소리들이 다가왔다. 바스락거리는 소리, 가죽
들이 서로 눌리고 스치는 소리 등, 여기저기에서 가냘픈 소리와 총
총걸음으로 걸어오는 소리가 났다. 책들이 동료 책이 내는 공격 소
리에 놀라서 혹은 내 피 냄새를 맡고서 잠에서 깨어나는 소리였다.

나는, 사랑하는 친구들이여, 그 동물에게 세게 물린 후에 분명 이것들이 단지 살아 있는 책들일 뿐만 아니라 위험한 책들이기도 하다는 생각이 들었다. 가죽 동굴 내에 살고 있는 같은 책 족속들 중 거칠고 피에 굶주린 변종이었다. 그래서 이제 나는 그것들이 무엇을 먹고 사는지도 추측할 수 있었다. 여기서 나가야 한다!

나는 들어왔던 입구 쪽으로 다시 재빨리 한 걸음, 두 걸음 뛰었다. 하지만 거기에는 입구 대신 벽이 있었다.

나는 주위를 둘러보면서 내가 도망칠 수 있는 기회를 탐색해보려고 했다. 여기 있는 책들은 몇 권이나 될까? 수백 권? 그럼 좋다. 그것들은 스핑크스도 아니고 흡혈괴조도 아니다. 그것들은 기어 다니는 쥐들에 지나지 않는다. 쥐들은 겁이 많다. 만약 내가 그것들 몇 마리만 때려눕히면 나머지들은 움츠리고 있다가 도망치고 말 것이다. 어쨌거나 나는 공룡, 디노사우루스다. 내게는 발톱과 이빨이 있다. 나는 운하임의 쓰레기더미에서도 살아남았다. 녹슨 난쟁이들의 위험한 책 궤도에서도 살아남았다. 그런 나인만큼 이 변종 책들로 가득 차 있는 서가 몇 개쯤은 처치하고 말겠다.

그때 내 발밑이 수축되더니 바닥이 진동하기 시작하면서 아래로 가라앉았고, 나는 그것과 함께 깊은 곳으로 휩쓸려 내려갔다. 이거야말로 내게는 잘된 일이었다. 어쩌면 이 기대하지 않았던 움직임이 나를 살아 있는 책들로부터 구해줄지 모른다.

그러나 결과는 벽들이 더 커진 것뿐이었다. 바닥이 깊이 가라앉을 수록 잠에서 막 깨어난 더 많은 책들이 다가왔으며, 움직이던 바닥이 마침내 멈추자 서가들은 아까보다 적어도 네 배는 더 높아져 있었다. 이제 나는 몇백 마리가 아니라 몇천 마리의 쥐들과 싸워야 했다.

이윽고 그중 몇 마리가 나를 향해 덤벼들었다. 헌데 그것들이 하필이면 맨 위의 서가에서 떨어져 내리는 바람에 나는 놀라고 말았다. 그 책들이 떨어지면서 표지가 펼쳐지고 책장들이 쭉 펴지면서 날개처럼 퍼덕거리기 시작했을 때 나는 그것들의 정체를 알았다. 그것들은 박쥐처럼 날 수 있는 변종이었다. 그것들은 나를 향해 펄럭이며 내려오더니 꽥꽥 소리를 지르면서 내 머리 위를 빙빙 돌았다. 책머리 끝부분에 있는 작은 이빨들이 난 주둥이로 탐욕스럽게 나를 물려고 덤비고 있었다.

다른 것들은 마치 뱀 같은 자세를 취하고 있었다. 그것들은 아주 천천히 서가에서 기어 나왔다. 가죽 몸뚱이들은 유연하고 리듬 있게 몸을 밀었다 늘였다 기면서 마치 미 드가르드의 코브라처럼 쉭쉭거렸다.

여덟 개의 다리로 기어다니는 책들이 가장 기분 나빴다. 그것들은 뱀처럼 움직이는 책들보다 더 민첩하고 공격적이며, 내 생각에 가장 비열했다. 어디가 위고 어디가 아래인지 제대로 구분할 수 없을 정도로 번개처럼 빨리 몸을 이리저리 돌리고, 가죽 책등을 아니면 바스락거리는 책장들을 내 쪽으로 돌리면서 끊임없이 움직이고 있었다. 그것들이 무엇으로 나를 물거나 찌를지 도무지 예측할 수 없었다. 하지만 그 정체도 곧 드러날 것이다.

살아 있는 책들은 그처럼 책 표지며 책장이며 할 것 없이 온몸을 동원해서 나를 에워싸고 공격했다. 서가들에서는 점점 더 많은 책들이 기어 나와 꿈틀거리거나 날개를 파닥이며 떨어져 내렸고 내 주위를 점점 더 좁히며 에워쌌다. 만약 내 몸을 엄습하고 있는 마비가 곧 풀리지 않으면 나는 그것들 밑에 깔려 작은 조각들로 찢겨 먹혀 버리고 말 것이다.

나는 조금 고통스러웠다, 오, 사랑하는 친구들이여. 그런데 그때, 창피하게도 하필이면 잔인한 롱콩 코마가 쓴 『책 사냥꾼의 길』이 갑자기 내 머리에 떠올랐다. 그것도 제3장의 지하묘지에 관한 대목이었다.

살아 있는 것은 죽일 수 있다.

그렇다, 책이 살아서 움직인다면 그것은 죽일 수도 있는 것이다. 그 말은 논리적으로 맞다, 안 그런가? 나는 이 무자비한 지하세계에서 하나의 교훈을 배운 것이며, 이제 마침내 그것을 실행에 옮길 시간이 온 것이다.

나는 손톱을 힘차게 뻗어 날아다니는 책들 가운데 한 권을 공중에서 휙 낚아챘다. 책장들이 곧 다발처럼 뜯겨져 그 부근으로 날더니 나머지는 땅바닥으로 철썩 떨어졌다. 나는 그것들을 발로 꽉 밟아 으깨었다. 그 책장 안에서 삐익 소리가 나더니 잉크처럼 시꺼먼 피가 튕겨 나왔다. 나는 모두가 당황해하고 있는 기회를 이용해 곧 다시 가까이에서 기고 있는 뱀 같은 책 두 권을 발로 밟아 짓이겼다. 그것들은 놀라서 쉬이익 소리를 내더니 이내 더 이상 움직이지 않았다.

다시 내 손톱을 두 번 허공을 향해서 내질러 펄럭거리며 날아다니는 책들을 맞추자 그것들은 구름처럼 흩어져 떨어져 나가고 말았다. 나머지 책들은 나를 피해 재빨리 위로 날아올랐다.

그 사이에 나는 다시 바닥에 있는 책들한테로 몸을 돌려 뱀 같은 책을 발로 밟아 으깨었고, 그것을 밟고 지나가 서가 쪽으로 다가간 다음 그것을 밀어 엎어버렸다. 무거운 서가가 앞으로 넘어지자 수십 권도 넘는 거미 같은 책들이 그 밑에 깔려버렸다. 그리고 서가는 조각조각 나 부서졌다. 나는 먼지 사이를 뚫고 그 나무 조각들 중에서 가장 길고 뾰족한 것을 하나 집었다. 그것을 들고 살아 있는 책들을 향해 공격에 나섰다. 책들은 이제 사방팔방으로 도망치려고 했다. 바닥에 있던 것들은 서가와 벽들을 따라 기어올라갔고 날아다니는 책들은 가능하면 천장 가까이로 도망쳐 올라갔다. 기어 다니는 책들은 도망쳐봤자 소용이 없었다. 너무 느렸다. 나는 그것들을 하나씩

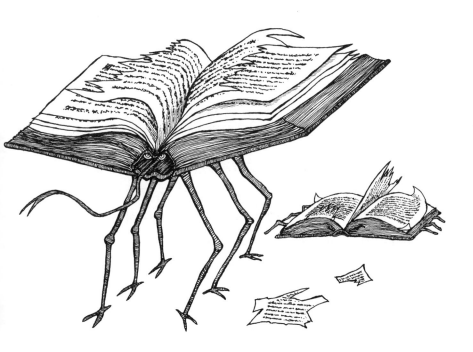

나무창으로 찔러 꿰뚫어버렸다. 족히 십여 마리를 찔러 죽인 후에야 나는 승리를 외치면서 나무 막대기를 높이 들었다. 그리고 머리를 뒤로 젖히면서 녹슨 난쟁이들의 궤도역에서 그랬듯이 짐승처럼 울부짖었다. 모든 서가들과 살아 있는 책들이 덜덜 떨었다.

그러더니 모든 것이 조용해졌다.

화를 피한 살아 있는 책들은 도서실 맨 위쪽의 구역으로 도망가서는 쥐 죽은 듯 가만히 웅크리고 있었다. 나는 아직도 발버둥치는 책들이 꿰어 있는 막대기를 먼지더미 속에 내던지고는 가쁘게 숨을 몰아쉬면서 한바탕 전투가 벌어진 곳을 쳐다보았다. 책들은 낱장으로 해체되어 공중에서 날아다니고 있었고, 곳곳에 끈끈하게 흐르던 검은 피들이 엉겨 붙어 있었다. 나는 지하묘지의 야만적인 행동에 적응된 것이다.

나는 책 사냥꾼이 되어 있었다.

85
호문콜로스

살아 있는 책들은 한동안 도서실의 가장 높은 구역에 웅크린 채 서로 속삭이면서 의논을 하고 있는 것 같았다. 그러다가 그것들의 숫자가 점점 줄어드는 것을 나는 알아챘다. 그것들이 서가들 뒤에서 바스락거리면서 종종걸음으로 이동해가는 소리가 들렸다. 그래서 나는 그것들을 하나씩 낚아채 던져버리기 시작하다가, 마침내 벽에 난 술통만 한 크기의 구멍을 발견했다. 그 책들이 도서실 안으로 드나드는 비밀 통로였다. 나는 그 안으로 몸을 쑤셔 넣고 통로를 따라 내려갔다. 다행히 가는 도중에 나는 살아 있는 책과는 마주치지 않았다. 몇 시간 동안이나 이 성 안에서 아직 내가 모르고 있던 영역들을 이리저리 헤매면서 돌아다니다 마침내 피로에 지쳐 그냥 바닥에 몸을 눕히고는 깊은 잠으로 빠져들었다.

나는 아주 아름답고 멋진 꿈을 꾸었다. 꿈속에서 나는 날아다닐 수 있었다. 내 몸에 아무런 힘을 가하지 않았는데도 성의 차가운 땅바닥에서 들어 올려지더니, 마치 바람에 날리는 솜털처럼 가볍게 끝없이 이어진 복도들을 따라서 붕 떠다녔다. 나는 긴 층계 위를 위아래로 떠다니다가, 안에서 목재가 타면서 불길이 훨훨 일고 있는 천장이 높은 방들을 지나 다시 수백 개의 촛불들이 밝혀져 있는 다른 큰 방들을 지나갔다.

마침내 나는 잠에서 깨어났다. 그러고 보니 실제로 나는 성의 다른 영역에 와 있었다. 몽유병인가? 그림자 성의 비밀스러운 메커니즘이 나를 여기로 옮겨놓은 걸까? 아니면 의식불명 상태 같은 잠에 빠져 있던 나를 누군가가 여기로 들어다놓은 것일까?

그때 나는 그을음 냄새를 맡았다. 불을 때고 있는 것인가? 화재인가? 깜짝 놀란 나는 일어서서 탄내가 나는 방향으로 걸어갔다. 얼마 안 가 불꽃이 타닥거리는 소리와 나무가 탁탁 튀면서 타는 소리를 들었다. 높고 좁은 문이 하나 보였고 그 안에서 불안하게 흔들리는 빛이 새어 나왔다. 나는 조심스럽게 살금살금 다가갔다. 잠시 동안 망설이다 그 안을 들여다보았다.

그러자 바로 거기에 그가 있었다, 그림자 제왕이었다! 내 말을 믿어주기 바란다, 오, 내 가장 충실한 친구들이여. 나는 지금까지 그림자 제왕보다 더 아름답고 더 거칠고 더 불안스럽고 더 슬픈 것은 보지 못했다. 그는 그 불길들 사이에서 춤을 추고 있었다. 그는 혼자 있지 않으려고 춤을 추고 있었던 것이다. 곳곳에서 이글거리는 높은 불꽃들이 그의 그림자를 몇 배의 크기로 늘려 여기저기로 반사해주었기 때문에 마치 그림자 제왕 자신이 그의 측근 무리들에게 둘러싸여 춤추는 것처럼 보였다.

그러자 순간 나는 두려워졌다. 그는 크기가 거대했다. 거의 내 몸집의 두 배는 되었다. 그는 거칠고 강했으며 힘차게 불꽃 위를 뛰어넘곤 했다. 나는 그의 시꺼먼 윤곽밖에 볼 수 없었지만, 거기에서 아름다움을, 야수적인 아름다움을 느낄 수 있었다. 그는 부흐하임의 지하묘지 안에서 가장 경이로운 존재임이 틀림없었다.

그러자 그가 웃었다. 그는 등을 내 쪽으로 향하고 멈춰 서더니 팔을 늘어뜨리고 가슴이 터져라 웃어댔다. 이제야 비로소 나는 정말로 불안해졌다. 그의 웃음은 마치 어디 다른 곳으로부터, 어두운 죽음의 세계로부터 들려오는 듯 바스락거리는 소리이면서 동시에 목을 끄르륵거리는 소리처럼 들렸기 때문이다. 그러더니……

"따라오게!" 그가 말했다.

나는 그의 말을 듣자 마치 채찍으로 한 대 얻어맞은 듯이 몸을 움츠렸다. 그의 한숨 소리를 듣고 흡혈괴조가 깜짝 놀라 몸을 움츠렸던 것처럼 말이다. 그는 내 존재를 오래전부터 알고 있었던 것이다. 그제야 비로소 나는 그의 그림자가 이상하게도 각이 져 있는 것을 보았다. 마치 기괴한 갑옷을 걸치고 머리에는 뾰족장식이 많이 달린 왕관을 쓰고 있는 것 같은 모습이었다. 그는 불 사이를 지나가더니 어두운 출구 하나로 사라졌다. 나는 순순히 그의 뒤를 따라갔다.

그 다음에 나타난 방은 옥좌가 있는 접견실이었다. 세상에서 가장 고독한 왕을 위한 접견실이었다. 그 안에 가구라고는 오직 한 개밖에 없었다. 그것은 화석화된 책들을 쌓아서 만든 어마어마한 옥좌였다. 내가 방 안으로 들어가자 그는 이미 거기에 앉아 있었다.

아직도 나는 그를 제대로 알아볼 수 없었다. 그 거대한 방은 군데군데에서 타고 있는 몇 개의 촛불로 겨우 밝혀져 있었고, 그림자 제왕은 그의 옥좌에 깊이 웅크리고 있었다.

바닥에는 여기저기 책들이 널려 있다가 내가 머뭇거리면서 가까이 다가가자, 어떤 것들은 안짱다리로 일어서더니 그 자리에서 도망치거나, 아니면 기면서 내가 가는 길에서 비켜났다. 내 명성이 이미 널리 알려진 모양이었다.

"책 사냥꾼이냐?" 그림자 제왕이 물었다.

마치 저승에서 들려오는 듯 끄르륵거리는 그의 목소리는 너무나도 사무치게 느껴져 나는 다가가다가 문득 멈춰 섰다.

"아닙니다." 내가 말했다. "나는 그저 내 몸을 방어했을 뿐입니다. 책에 대한 저의 관심사는 다릅니다. 저는 작가입니다."

"그래?" 그림자 제왕이 물었다. "어떤 책을 썼느냐?"

땀이 흘러내렸다.

"아직 아무것도 안 썼습니다." 내가 대답했다. "제 말씀은, 아직 한 권도 출판하지 않았다는 뜻입니다."

"책을 만들어내는 일을 아직 할 수 없단 말이군." 그림자 제왕이 말했다. "그런데도 죽이는 일은 벌써 할 수 있다니. 네가 비평가가 되는 게 더 낫다고 생각하느냐?"

그 말에 나는 재치 있게 답변할 말이 떠오르지 않았다. 그래서 입을 다물었다.

"이름이 무엇이냐?"

"힐데군스트 폰 미텐메츠입니다."

오랫동안 침묵이 흘렀다.

"린트부름 요새 출신이냐?"

"예. 유감스럽게도 그것은 감출 수 없군요."

"이 지하에서 뭐라도 잃어버렸느냐?"

"저는 제 의사와 상관없이 여기로 끌려왔습니다." 내가 대답했다. "피스토메펠 스마이크라는 문자 전문가이자 고서점상이 저를 독 묻은 책으로 기절시킨 후에 지하묘지로 끌고 내려온 겁니다. 그 후 저는 여기서 헤매고 있습니다."

좀 더 긴 침묵이 흘렀다.

"그런데 당신은 누구입니까?" 나는 긴장을 조금 누그러뜨리려고 대담하게 물었다. "이런 질문을 해도 된다면 말씀입니다."

훨씬 더 길고 더 고통스러운 침묵이 다시 지속되었다.

"나는 많은 이름을 갖고 있다." 마침내 그가 중얼거렸다. "메피아스. 소테르. 우벨. 엑시스티엔. 에로하레스. 테트라그람마톤 ……. 저 위의 동굴에 사는 난쟁이들은 나를 케론 켄켄이라고 부른다. 지하미로 속에 사는 어두운 족속들한테 나는 니얀 스파르 두 등 므고 규이 토르 츄그스 칸이라는 이름으로 통한다. 이 이름은 나도 기억하기 힘들다."

"당신은, 그림자 제왕입니까?" 내가 물었다.

"그것은 그 많은 이름 중에서 가장 어리석은 이름이다." 그가 말했다. "지상에서는 나를 그렇게들 부르지, 맞는가? 그래, 네가 그렇게 부르기를 원한다면 나는 그림자 제왕이기도 하다. 그러나 가장 내 마음에 드는 이름은 예전에 내 친구가 붙여준 이름이다. 그는 나를 호문콜로스라고 불렀다. 그것이 사실 가장 잘 어울리는 이름이다."

"사형수 호그노를 죽인 자가 바로 당신입니까?"

"아니다. 호그노는 스스로 심판한 것이다. 자신의 도끼로. 나는 그 때 그저 그의 손을 건드렸을 뿐이다."

나는 고개를 끄덕였다.

"그렇다면 흔적은 당신이 남겼지요?"

"내가 그랬다."

"그렇다면 왜요? 왜 당신은 나를 죽이지 않습니까? 왜 도와주는 겁니까?"

호문콜로스는 한숨을 쉬더니 옥좌의 그늘 속으로 더 깊이 몸을 파묻었다.

"너에게 얘기를 하나 해주겠다." 그가 말했다. "듣고 싶으냐?"

"나는 얘기를 좋아합니다." 내가 대답했다.

"하지만 상당히 무시무시한 얘기다."

나는 자리를 잡고 앉아서, 다시 내게 다가오려고 하는 살아 있는 책들 몇 권을 위협해서 쫓아버렸다.

"그런 얘기야말로 최고입니다." 내가 말했다.

8Ψ
그림자 제왕의 이야기

나는 그림자 제왕이 마침내 나한테 자기의 진짜 얼굴, 자기의 참된 겉모습을 보여주기를 바랐지만 그는 어둠 속 옥좌에 앉아 있기를 더 선호하는 것 같았다.

"내가 전에 알고 있던 어떤 자에 관한 얘기다." 그는 말을 시작했다. "이따금 즐겨 기억하곤 하는 오랜 친구다. 때로는 기억하기가 전혀 즐겁지 않다. 기억은 나를 슬프게 만드니까. 좋은 때의 기억이 나쁜 때의 기억보다 눈에서 더 많은 눈물을 자아낸다는 것이 이상하지 않느냐?"

그는 이 질문에 대한 대답을 기다리지 않는 듯했다. 그는 곧 말을 이었다.

"그 친구는 인간이었다. 차모니아에서 감히 살려고 했던 몇 안 되는 인간들 중 하나였으며, 아직 다른 대륙으로는 이주한 적이 없었다. 그는 자기 부모와 함께 미드가르드의 골짜기에 있는 작은 인간들의 집단 거주지에 살고 있었다. 지금도 거기에는 인간들 몇 명이 은둔하고 있다.

그 친구는 세상에 태어날 때부터 이미 시인이었다. 내 말은 그가 곧바로 글을 쓸 줄 알았다는 뜻이 아니다. 그도 다른 인간들처럼 나중에 가서야 그걸 배웠다. 그러나 그는 세상의 빛을 처음 본 순간부터 이미 머릿속에 수많은 착상들과 이야기들이 떠오르게 되었다. 그의 조그마한 두개골은 그런 것들로 터질 듯이 꽉 차 있었으며 그를 불안하게 만들었다. 특히 어두운 밤이 되면 더욱 그랬다. 그는 이런 머릿속의 이야기들을 떨쳐버리고 싶었으나 어디에다 버려야 할지 몰랐다. 왜냐하면 얘기를 많이 하는 성격도 아니었고 또 아직 글도 쓸 줄 몰랐기 때문이다. 그런데도 늘 새로운 착상들은 어디에서나 그의 머릿속으로 들어왔으므로 그의 작은 머리는 꽉 차 몹시 무거웠다. 그래서 그는 유년 시절 내내 머리를 숙인 채 돌아다녀야만 했다."

내 곁에서 촛불이 하나 꺼지고 한 줄기 바람이 내 얼굴을 스쳐 지나갔다. 그리고 마치 명령을 받은 듯이 이상한 음악이 그림자의 성에서 다시 울려나오기 시작했다.

"마침내 글쓰기를 배웠다." 그림자 제왕이 말을 이었다. "그리고 그는 이 무거운 짐을 모두 밖으로 쏟아낼 수 있게 되자 잉크를 적셔 종이 위에 물 흐르듯 글을 써서 일 평방킬로미터나 되는 사각형을 채웠다. 그는 글쓰기를 멈출 수 없었고 또 그러고 싶지도 않았다. 종이 위에 글을 써나갈 때만 최고의 희열을 느낄 수 있었기 때문이다."

그림자 제왕은 잠깐 말을 멈추었다.

"너에게 흥미를 줄 수 있는 얘기인 것 같으냐?" 그가 물었다. "아니면 너를 지루하게 하느냐?"

알고 보니 그것은 어느 시인의 이야기였다. 나쁘지는 않았지만, 내 친구들이여, 나는 좀 더 자극적인 것을 기대했다. 그가 무시무시한 이야기를 약속했으므로 나는 무슨 스핑크스나 흡혈괴조, 책 사냥꾼 등과 관련되어 많은 피를 흘리는 이야기일 거라고 상상했다. 아무튼 시인의 이야기일 거라는 상상은 안 했다. 사실 작가들에 대한 이야기를 듣는 것은 내게는 부흐링 족의 경이로운 방에 있던 먼지 쌓인 서가들을 들여다보던 때만큼이나 별로 흥미가 없었다. 그런데도 나는 고개를 저었다.

"그렇다면 네가 좀 더 지루하도록 애를 써야겠군." 이렇게 말하면서 그림자 제왕은 웃었다. "내 친구가 쓴 첫 번째 얘기들은 뒤죽박죽이었다. 그는 사실 인생 경험이 거의 없었다. 하지만 그 대신에 이상하게도 어둡고 근원적인 지식을 갖고 있었고 오직 낯설고 먼 세계나 다른 차원의 장소들에서만 생길 수 있는 일들을 알고 있었다. 그는 별들 사이의 빈 공간에 존재하는 생물들에 대해서 썼으며, 그들의 기이한 생각과 꿈과 소망을 알고 있었다. 그는 가스로 이루어진 어느 대양의 해저에 독을 지닌 생물들이 살고 있어 서로 싸우고 사랑하며 죽이는 것에 대해서 묘사했다. 이런 기이한 지식이 어디에서 오는지 아는 사람은 아무도 없었다. 그래서 그가 완전히 제정신은 아니라고 믿는 사람들도 있었다."

그림자 제왕은 바스락 소리를 내면서 숨을 쉬었다. 마치 종이봉투가 천천히 부풀려졌다가 다시 접힐 때 나는 소리 같았다.

"그는 쫓기듯 빠르게 흘러가는 구름을 보면 그 속에서 어느 구름족에 대한 서사시가 눈앞에 떠올랐고, 쏜살같이 흘러가는 물을 보면 그 속에서 투명한 동화 속의 형상들이 떠오르곤 했다. 초원을 바라보면 또 이내 거기에서 풀줄기족의 설화가 그려질 정도였다. 곤충들이 그를 에워싸고 자기들의 작은 운명에 대해서 얘기해주는 것이었다. 거미족들이 전쟁을 할 때면 그들의 수많은 희생을 낳은 전투에 대한 연대기 작가가 될 수 있었다.

그의 부모와 친구들은 그의 글 쓰는 일을 비웃었으므로 그는 자기가 이해받지 못하고 있다는 느낌이 들었다. 그래서 그는 자신의 글 속에서 유령들을 관객으로 삼았다. 이 유령들을 위해서 그는 하나의 세계를 재단하고 형성하고 이룩하고 꿈꿨다. 그런 세계 속에서야말로 모든 단어, 모든 감정, 모든 생물, 모든 사건, 모든 글자, 그리고 모든 우연이 제자리를 찾을 수 있었다. 그리고 그 세계가 일단 구축되고, 그 세계에 대한 집필이 완성되어 글자의 오류를 고치고 문체를 다듬고 나면, 그때는 그의 관객들이 와서 그와 함께 그 세계 속에 거주하게 되는 것이었다. 그것은 그의 영혼에 의해서 구축되고 다른 많은 영혼들이 함께 거주하는 유령의 세계가 될 것이었다.

그래서 그는 그 세계를 그려나갔다. 낱말을 하나하나, 장면들을 하나하나 이어가며 썼다. 조심스럽게 음절들을 층층이 쌓아갔으며, 낱말들을 합쳐서 쌓아올렸고, 문장 뒤에 문장을 이어서 쌓아갔다. 그가 거기에 세운 구조물들은 기이한 것으로, 어떤 것들은 꿈의 실을 이어 쌓았는가 하면 어떤 것들은 예감과 불안을 가지고 구획을 만들었다.

그는 얼어붙은 것들을 위해서 눈과 얼음으로만 이루어진 하나의 궁전을 세웠다. 그리고 그 안에서 눈의 결정들이 들어와 얼어붙은 복도들을 통해 떠다니면서 달가닥거리는 노래를 부르며 살게 해줬다.

그는 습지를 조성해서 물속에 빠져 죽은 아이들이 평화롭게 수련 이파리를 타고 그곳으로 와 개구리들과 수련의 친구가 되어 놀게 했다.

또 불에 타 죽은 자들을 위하여, 마치 숲의 화재처럼 어마어마하고 폭풍이 채찍질하는 바다처럼 울부짖는 불을 피웠다. 그리하여 그 영혼들을 그 불 속으로 불러와 실룩거리는 불꽃이 되어 영원히 춤추며 도취하게 해줌으로써 그들의 잔혹한 고통을 잊도록 했다.

그는 자살을 한 자들을 위한 집도 지었다. 영원한 빗물로 벽을 쌓은 눈물의 여관이었다.

마지막으로 그는 정신 착란으로 죽은 이들을 위한 피난처를 지었다. 그것은 어떤 건물보다도 크고 화려했으며, 현실 어디에서도 찾아볼 수 없는 현란한 색들로 칠해졌고 고유한 자연법칙을 지니고 있었으니, 거기서는 천장을 따라 걸으면서 산책할 수 있었고 시간은 뒤로 흘러갔다.

어느 날 내 친구는 거울 속의 자기 모습을 바라봤다. 거울 속 형상이 자신의 찡그린 얼굴과 일그러진 모습을 얼마나 완벽하게 그대로 비춰주고 있는지, 얼마나 완벽하게 현실을 모방하고 있는지를 깨달았다. 그래서 그는 '나는 이 거울 속의 존재처럼 되어야겠다'고 생각했다. '나는 이것과 똑같이 삶을 잘 모방할 수 있어야 한다. 나는 이것처럼 고독해져야 한다'라고."

그림자 제왕은 얼마 동안 말을 하지 않았다.

"당신 친구는 이성을 잃어버리기 바로 직전까지 간 것처럼 들리는군요." 내 입에서 이 말이 튀어나왔다. "정신과 의사와 상의해봤어야 할 것처럼요."

그림자 제왕은 소름이 끼치도록 웃었다.

"그래, 그도 그런 생각을 했다. 그러나 그의 병은 폐쇄된 정신병원에 갇힐 일이 수월해질 정도로 진행되지는 않았다. 완전히 미치지는 않은 것이다. 그저 시인이 될 정도로만 미쳐 있었다."

이번에는 나도 웃지 않을 수 없었다. 그림자 제왕은 비록 음울해 보였지만 또 한편으로 어딘가 유머감각도 있는 것 같았다.

"내 친구는 실제로, 자신이 계속 그렇게 나가다가는 결국 정신병자에게 입히는 가죽조끼를 입은 채 감금되는 것으로 끝나리라는 것을 깨달았다. 그는 자신이 현실적인 일에 더 관심을 돌려야 한다고 생각했다. 그래서 그는 자신이 쌓은 광기의 집을 떠나 그 집을 아름다운 폐허로 변하게 한 다음, 그 자신은 이따금 그곳을 찾아가는 것으로 만족했다. 그러고는 이제 그를 둘러싸고 있는 것들에게 마음을 집중했다."

그림자 제왕은 다시 말을 중단하더니, 말을 많이 해서 좀 힘이 들었는지 무겁게 숨을 쉬었다. 나는 그 기회를 이용해 지금 막 나를 둘러싸고 있는 현실이 어떤 것인지 관찰하려고 잠깐 주위를 둘러보았다. 분명 신비에 싸인 시인이 지었다는 광기의 건물 속을 지배했을 것 같은 상황과 별로 달라 보이지 않았다! 유령 같은 음악이 가늘고 나직하게 큰 방을 통해 울려나오고 있었고, 살아 있는 책들은 그림자 제왕을 공경하는 듯이 거리를 두고 에워싼 채 그가 하는 이야기를 주의 깊게 듣고 있는 것 같았다. 어쩌면 그들은 제왕의 목소리에서 특이한 변조음만 엿듣고 있는지도 몰랐다.

"그는 이제 그가 가장 손쉽게 찾아낼 수 있는 것들만으로 이야기를 썼다." 그가 말을 이었다. "그러고는 사실 그것이야말로 가장 어렵다는 것을 확인했다. 눈과 얼음으로 궁전을 세우는 일은 쉬웠지만, 머리카락 한 올을 가지고 똑같은 것을 세우는 것은 말할 수 없이 어려웠다. 수저 하나, 못 한 개, 이빨 하나, 소금 한 알, 나무조각 한 개, 촛불 하나 그리고 하나의 물방울로 그런 세계를 세우는 것은 쉽지 않았다. 그는 진부한 일상적 사건들을 기록하는 연대기 작가가 되어 그의 주변에서 일어나는 아주 사소한 대화들까지도 정기적으로 아주 세심하게 기록했기 때문에 결국 걸어 다니는 메모장이 되었다. 그리고 기록한 것은 자동적으로 문학으로 바뀌었다. 그런데 이번에도 역시 그것이 그를 궁지로 몰아넣고 있다는 것을 적시에 알아차렸다."

"안 그랬더라면 그는 결국 역사가가 되었거나 나티프토프 족 토지 등기소의 속기사로 끝났겠지요." 나는 감히 한마디했다.

"맞다." 그림자 제왕이 말했다. "내 친구는 절망했다. 많이 쓰면 쓸수록 그의 글은 할 말이 더욱 적어지는 것 같았다. 그래서 마침내 그는 더 이상 아무것도 쓸 수 없게 되었다. 며칠, 몇 주, 몇 달을 텅 빈 종이 앞에 앉아서 한 문장도 쓰지 못했다. 그러자 눈물의 여관으로 가서 꿈의 실에다 목을 매달 생각까지 했다. 바로 그때, 전혀 뜻밖에도 그는 그의 생애에서 아마 가장 결정적이면서도 가장 행복한 체험을 하게 되었다."

"출판업자를 찾았겠지요?" 내가 반문했다.

그림자 제왕이 상당히 오랫동안 침묵하자, 나는 내가 어리석은 말을 한 데 대해 창피함을 느꼈다.

"그의 몸속에 오름이 관통했다." 마침내 그가 말을 이었다. "너무나 갑작스레 집중적으로. 그래서 그는 처음에 자신이 죽는 거라고 믿었다."

아니, 그림자 제왕이 오름을 믿고 있단 말인가? 보니까 이 대륙안에서는, 아무리 지하 깊은 곳까지 헤집고 돌아다녀도 아무도 이런 신화를 더 이상 믿지 않는 장소를 찾기가 힘든 것 같았다. 그러나 나는 또다시 시건방진 언급을 하지 않으려고 조심했다.

"아주 갑작스럽게 그를 관통했다. 오름은 그의 정신을 자유롭게 해주었고 그를 우주의 아주 먼 곳으로, 모든 예술적 착상들이 서로 만나 결합되는 장소로 높이 인도해갔다. 그곳은 물체도 생명도 없고 단 한 개의 원자도 없었지만, 너무도 간결한 상상력들로 가득 차 있는 천체여서 별들이 춤추면서 그 가까이로 다가올 수 있도록 유도했다. 거기서 대부분의 사람들은 평생 가도 불가능한 순수한 상상과 힘 속으로 젖어들 수 있었다. 그 힘의 영역에 단 한순간만 머물러 있어도 한 편의 소설을 탄생시키기에 충분했다. 그곳에서는 모든 자연의 법칙들이 효력을 잃은 듯이 보였으며, 일, 이, 삼차원들은 정리 안 된 원고들처럼 서로 마구 겹쳐졌다. 죽음이라는 것도 그냥 시시한 농담처럼 보였고, 영원조차도 마치 눈 깜박할 사이처럼 여겨지는 터무니없는 장소였다. 그가 그 장소로부터 다시 현실로 돌아왔을 때 그의 머릿속은 낱말들, 문장들, 착상들로 가득 차서 터질 지경이었다. 그것들은 이미 모두 갈고닦아 정제되었기 때문에 그는 그냥 글로 써내려가기만 하면 되었다. 그래서 그는 자신의 펜에서 흘러나오는 것들이 얼마나 훌륭한지를 느끼면서 행복했지만, 동시에 자신이 실제로 그 훌륭함에 기여한 것이 얼마나 적은지 깨닫고는 당황했다."

'그렇게 많은 것을 성취하고 싶어 하는 예술가들이 오름에 대한 환상을 갖는 것도 이상할 게 없지'라고 나는 생각했다. 그냥 펜대를 잡고 마치 저절로 써가듯이 글을 쓰는 것, 그런 것이야말로 게으른 시인의 꿈이었다. 아무렴 그랬다.

"내 친구는 오름의 영향을 받아 글을 쓴 다음 여러 번 반복해서 읽고 또 읽어본 후에 비로소 그제야 자신이 진정한 시인이 되었다고 느꼈다. 그래서 그는 마침내 그 원고를 한 통의 편지와 함께 린트부름 요새에 보낼 용기를 냈다."

"뭐라고요?"

나는 당황해서 물었다. 갑자기 내 고향 이름이 언급되자 나는 마치 방망이로 얻어맞은 듯 멍했다.

"그래, 젊은 차모니아의 작가들은 뭔가 보여줄 만한 일을 해냈다고 믿으면 그렇게 한다. 그들은 그것을 린트부름 요새에 있는 그들의 우상인 작가에게 보낸단 말이다."

그건 맞는 말이었다. 린트부름 요새는 그런 젊은 작가들이 보내온 원고들로 넘쳐났다.

"내 친구의 경우 그의 우상은 단첼로트 폰 질벤드레히슬러였다." 그림자 제왕이 말했다.

빡! 또 한 방 맞은 것 같았다. 내가 아직 그 자리에 앉아 있을 수

533

있는 것만도 다행이었다. 아니면 분명 땅바닥에 주저앉고 말았을 것이다.

"단첼로트 폰 질벤드레히슬러라고요?" 나는 멍하니 물어보았다.

"그렇다. 그를 아느냐?"

"그분은…… 내 대부시인이었습니다."

"그런 말은 네가 하지 않았지. 우연의 일치로구나." 그림자 제왕은 헛기침을 했다.

"잠깐만요! 당신 친구가 단첼로트 대부에게 편지를 써 보냈다고요? 그분한테 원고를 보냈다고요? 그리고 그분한테 조언과 판단을 해달라는 부탁을 했다고요?"

"그렇다. 네가 원한다면 그 얘기를 직접 해봐도 좋다. 결국 너도 작가니까."

"미안합니다!" 내가 말했다.

"좋다. 얘기를 간단히 정리하지. 단첼로트는 내 친구가 쓴 이야기에 감동해서 그에게 즉시 부흐하임으로 가서 출판업자를 찾아보라는 선의의 충고를 해줬다. 그는 그 충고에 따라 부흐하임으로 떠났다가 거기서 처음 며칠 동안 길을 잃고 헤맸다. 마침내 어느 날 길에서 재능 있는 작가들을 찾아다니는 문학 에이전트가 그에게 말을 걸어 왔다. 내 친구는 그에게 자기 작품을 몇 편 보여줬다. 그는 클라우디오 하르펜슈톡이라는 자였다."

"하르펜슈톡요?" 나는 그 이름을 거의 외치다시피 했다.

"그자를 아느냐?"

"예." 나는 약한 소리로 말했다.

"그것 또한 우연이구나, 흠?" 그림자 제왕이 말했다. "삶이란 놀라움 투성이다. 그렇지 않느냐? 이제, 어쨌거나 하르펜슈톡은 내 친구의 글을 갖고는 할 수 있는 것이 별로 없었다. 그는 그에게 꿀벌빵을 대접한 후에 어느 문자 전문가의 주소를 가르쳐줬다. 그자의 이름은……"

"피스토메펠 스마이크요!"

"피스토메펠 스마이크, 바로 그렇다. 그대의 친구이자 그대를 지하묘지로 데려다놓은 그 자선사업가 말이다. 내 친구는 스마이크를 찾아내 그에게 작품을 보여줬다. 시, 단편소설, 그리고 그가 린트부름 요새에 보낸 이야기의 복사본도 말이다. 스마이크는 그것을 분석하는 데 하루의 시간을 달라고 했고 다음 날 내 친구는 그를 다시 찾아갔다. 스마이크는 어쩔 줄 모르고 기뻐하면서 내 친구의 작품에 완전히 열광했다. 그는 그에게 황금빛 미래를 예언했고 그를 자신이 발견한 가장 위대한 작가라고 추켜세웠다. 스마이크는 내 친구가 작가로서의 경력을 쌓을 수 있는 교묘한 전략을 세우고 복잡한 계약을 맺었으며, 심지어 그의 작품에 가장 잘 맞는다는 인쇄술도 찾아냈다. 그런데 이 모든 것들이 실행에 옮겨지기 직전에 그는 내 친구에게 한 가지 중요한 것을 보여주려고 했다. 어떤 책의 한 대목 말이다."

"안 돼요!"

나는 마치 이미 일어난 그 사건들을 멈출 수 있을 것처럼 외쳤다.

"안 되다니?" 그림자 제왕은 짜증을 내며 물었다. "얘기를 하지 말라는 거냐?"

나는 머리를 흔들며 말했다.

"미안합니다."

"스마이크는 삼원이 장식된 책을 가져왔다. 그러자 내 친구는 그의 요구대로 그 책을 펼쳐보다가 333페이지에 이르렀다. 그리고 의식을 잃었다. 왜냐하면 그것은 독이 발라져 있어 만지기만 해도 몸이 마비되는 위험한 책이었기 때문이다."

그림자 제왕은 다시 오랫동안 말을 중단했다.

"그리고 여기서부터." 그가 말했다. "사실 여기서부터 내 얘기는 비로소 시작된다."

이거야말로 너무 심했다. 나는 그의 말을 중단시키려고 손을 머리 위로 휙 들어올렸다. 나는 머릿속이 뒤숭숭해지기 전에 의심 가는 것을 털어놓지 않을 수 없었다.

"제발!" 내가 외쳤다. "제 물음에 하나만 대답해주십시오. 당신이…… 당신이 혹시 단첼로트 대부에게 원고를 보냈던 바로 그 시인입니까? 혹시 지금까지 얘기한 바로 그 친구입니까? 그것을 저한테 말해줘야 합니다!"

그림자 제왕은 웃었다. 이번의 웃음은 아까보다 더 소름 끼치고 더 음산했다.

"어째서 그렇게 생각하느냐?" 그가 물었다. "내가 인간처럼 보이느냐?"

아니, 사실 그렇지는 않았다. 나는 그것을 시인해야 했다. 적어도 지금까지 내가 보아온 그런 인간의 모습은 아니었다. 내가 알고 있는 인간이라는 존재와 비교하면 그의 몸집은 보통 인간보다 두 배는 더 컸다. 나는 그의 마음을 상하게 하고 싶지 않았지만 어떤 대답도 떠오르지 않았다.

"말해라, 내가 인간처럼 보이느냐?" 그의 목소리는 이제 차갑고 명령조로 들렸다.

"아닙니다." 나는 소심하게 대답했다.

"좋다." 그림자 제왕이 말했다. "그럼 이제 얘기를 끝까지 해도 되겠군. 나는 더 이상 중단하지 않고 계속하겠다. 내가 이야기 연출상

536

휴식이 필요하다고 생각하는 경우를 제외하고. 합의를 하겠느냐?"

"물론입니다." 나는 나직하게 말했다.

그림자 제왕은 진정하려고 몇 번이나 가쁘게 숨을 쉬었다.

"내 친구가 다시 정신이 들었을 때." 그는 아주 조용히 말을 이어 갔다. "그는 자기가 물속에 있다고 생각했다. 그러나 그를 에워싸고 있는 액체는 보통 물이 가지고 있지 않은 이상한 특성을 지니고 있었다. 따뜻하고 끈적끈적했다. 그런데 그는 자신이 들어가 있는 수족관 유리를 통해서 연금술 도구를 만지작거리며 일하고 있는 스마이크를 볼 수 있었다. 게다가 그 액체를 통해 숨도 쉴 수 있었다! 그것은 그의 주위에만 있는 것이 아니라 그의 목구멍 속, 호흡기, 귓구멍 속, 허파 속에도 있었다. 그는 여전히 몸이 마비되어 있어서 손가락 하나 움직일 수 없었다. 더구나 그의 몸은 수직으로 선 채 액체 속에서 부유하고 있었다. 가라앉지도 위로 떠오르지도 않았다.

스마이크는 수족관으로 다가오더니 입을 비죽대며 웃고는, 여러 개의 손으로 유리를 두드리면서 내 친구에게 말을 걸었다. 그는 마치 산 채로 매장된 자가 관 위에서 슬퍼하는 자들의 목소리를 듣는 것처럼 스마이크의 목소리를 들을 수 있었다.

'깨어났구나.' 스마이크가 말했다. '너는 아주 잘 잤어. 아주 깊이 아주 오래. 내가 위대한 변화를 실험하기 위한 모든 준비가 잘되도록 충분히 잤어. 그래, 나는 네 모습을 변하게 할 것이다, 이 인간 친구야. 한번 변하면 다시는 인간이 되지 못할 거다. 오, 아니야! 대신 더 고차원적인 존재가 될 거야. 너는 내 말을 이해하느냐?'

그러면서 그는 다시 유리를 두드렸다.

'네가 새로운 몸을 갖도록 도와주마. 너의 작가적 두뇌에 훨씬 더 잘 어울릴 거야. 그뿐이 아니다. 나는 네가 새로운 존재가 되도록 도

와주겠다. 그 때문에 내게 고마워하지 않아도 돼. 이건 내가 기꺼이 하는 일이니까.'

내 친구는 공포에 사로잡혔다. 액체는 점점 더워지더니 나중에는 뜨거워졌다. 참을 수 없을 정도로 뜨거웠다. 굵은 공기방울이 집요하게 천천히 그의 앞에서 위로 솟구치더니 마침내 액체가 끓기 시작했다. 그 안에서 그는 산 채로 삶아졌다.

스마이크는 다시 한 번 수족관 유리를 두드렸다.

'이제 알겠지. 가재를 요리할 때 그것이 어떤 느낌을 갖는지를.' 그는 소리쳤다. '요리사들은 가재들이 전혀 아무것도 느끼지 못한다고 주장하지. 하지만 나는 그것이 거짓말이라고 생각한다. 나는 네가 겪는 이 유일무이한 체험이 부럽지 않다고 말하지 않을 수 없군.'

다행히도 내 친구는 혼절했다. 그는 부흐하임을 휩쓰는 거대한 화재의 꿈을 꿨다. 그러자 자신이 바로 그 불의 원인이라는 것을 깨달았다. 그가 활활 타는 몸으로 도시 안을 걸어 다니면서 집집마다 불을 붙이고 있었던 것이다. 그는 꿈속에서 이 도시에 화재를 불러왔다는 부흐하임의 검은 인간이 되어 있었다.

그러다가 그는 다시 깨어났다. 그가 볼 수 있는 것은 아주 가까이에 있는 스마이크의 얼굴뿐이었다. 그는 그의 바로 앞에 서 있는 듯이 보였다. 이번에도 역시 그 친구는 근육 하나 움직일 수 없었다. 그는 스마이크가 손 두 개를 내 친구의 뺨에 대고 있는 것을 알아채고 너무 놀랐다. 마치 쓰다듬는 것처럼 말이다. 액체가 사라지고 몸이 다시 수족관 밖으로 나와 있는 것을 알자 내 친구는 안도감을 느꼈다.

'오, 우리한테 불리한 시간에 깨어났군.' 스마이크는 유감스럽다는 듯이 말했다. '내가 지금 너한테 일부러 이런 말을 한다고 믿지는 마

라. 이건 정말 기분 나쁜 우연이다. 그러나 너의 뇌 속에 주입된 마취약은 저절로 작동하고 있다. 이제 그래, 이왕 이렇게 됐으니, 나는 네가 기상천외한 광경을 볼 수 있도록 도와주마. 이런 것은 아무한테도 보여주지 않는다.'

스마이크는 내 친구의 머리를 다른 방향으로 돌려 실험실 안쪽을 볼 수 있도록 해줬다. 거기에는 은 대야 안에 우유 같은 액체가 담겨 있고 그 속에 인간의 팔 하나가 떠 있었다.

'그래, 맞아.' 스마이크가 말했다. '너의 팔이다. 글 쓰던 팔이다!'

그러더니 그는 내 친구의 머리를 또 다른 방향으로 돌렸다. 내 친구는 투명 액체가 담겨 있는 길고 가는 유리그릇 하나가 받침대 위에 놓여 있고 그 안에 깨끗하게 잘린 사람 다리가 떠 있는 것을 볼 수 있었다.

'네 다리다.' 스마이크가 말했다. '왼쪽 다리일 거라고 생각한다.'

스마이크는 웃었다.

그는 다시 다른 방향으로 머리를 돌렸다. 해부용 책상 위에 팔과 다리와 몸통을 잘라낸 하나의 흉상이 놓여 있었다. 몸에 난 상처들은 가제로 잘 싸매어 있었다.

'너의 몸통이다. 막 잘린 자리들을 연금술 방식으로 소독하고 있는 중이다. 그래, 너는 정말 좋지 않은 시간에 깨어났다, 젊은이. 우리는 막 너를 분해하고 있었는데 말이야. 신중하게 분석하려면 신체 부위 하나하나가 꼭 필요하지. 두려워하지 마라. 나중에 다시 제대로 봉합해놓을 테니. 나는 바느질 솜씨가 제법 능숙하단 말이다.'

어떤 형상 하나가 옆에서 나오더니 흉상 뒤로 갔다. 그는 문학 에이전트인 하르펜슈톡이었다. 그는 위에서 아래까지 피가 묻은 흰 앞치마를 걸치고 있었다. 그는 다정하게 미소를 짓더니 역시 피가 뚝뚝 떨어지는 톱을 하나 들고 눈짓을 했다.

그제야 내 친구는 마침내 이해했다. 그것은 악몽이 아니었다. 그는 실제로 스마이크의 실험실 안에 서 있었다. 그런데 자신이 생각했던 것처럼 그 상어구더기 앞에 서 있는 것이 아니었다. 왜냐하면 친구의 몸은 이미 완전히 여러 개로 따로 분리되어 실험실 안에 흩어져 있었기 때문이다. 스마이크가 그의 잘린 머리를 높이 쳐들고 이리저리 돌리고 있는 것이었다.

그러더니 스마이크는 그의 머리를 마치 공처럼 위로 던져 올렸다. 그 소름 끼치는 순간 동안 내 친구는 실험실 전체를 훑어볼 수 있었다. 그 안에 들어 있는 온갖 화학실험 기구들, 신비스러운 장치들, 유리그릇들과 강력한 연금술용 건전지들이 보였다. 그는 다시 한 번 자신의 분리된 신체 부위들을 봤다. 그리고 상어구더기와 하르펜슈톡이 재미있다는 듯이 그를 올려다보는 모습도 봤다. 그의 머리는 밑으로 떨어져 스마이크의 손에 잡혔다.

'다음번에 네가 깨어날 때면 너는 다른 존재가 되어 있을 거야.' 스마이크가 말했다.

내 친구는 다시 깊은 혼수상태에 빠졌다.

그가 다음번에 깨어났을 때 그는 실제로 똑바로 서 있었다. 그건 그가 자신의 몸 전체가 머리통 아래쪽에 있는 것을 느꼈기 때문이다. 그러나 그의 몸 안에서 느껴지는 온갖 극심한 고통들은 너무나도 분명했다. 그는 자신의 몸을 내려다보다가 그것이 어느 나무판자에 족쇄로 꽉 묶여 있는 것을 확인했다. 그의 몸은 오래된 낯선 기호들이 가득 쓰인 종이로 감겨져 있었다. 몸을 빼내려고 애썼지만 손, 발, 목, 그리고 허벅다리를 조이고 있는 쇠족쇄가 그를 그 자리에 꽉 묶어두고 있었다. 여전히 실험실 안이었다. 스마이크와 하르펜슈톡이 그의 시야에 들어왔다.

'오, 그가 다시 깨어났어!' 스마이크가 기쁜 듯이 말했다. '봐, 클라우디오!'

'족쇄를 잘 죄어놓았나요?' 하르펜슈톡이 불안한 듯이 물었다.

'봐, 그가 이제 얼마나 큰지를.' 스마이크가 말했다. '거인이야!'

그들은 그에게 아주 가까이 다가왔다. 그러자 내 친구는 왜 자신이 그들을 내려다봐야 하는지 의문이 갔다. 그는 밤새 키가 커진 듯이 보였다.

'너는 분명 네 몸에 감긴 많은 종이들이 궁금하겠지. 그리고 그것이 우리가 책 연금술에서 쓰다 남아 버려버릴 무슨 허섭스레기라고 추측하겠지. 하지만 그런 것이 아니다. 아니지, 아니고말고.'

스마이크가 의기양양하게 말했지."

그림자 제왕의 목소리에 섞인 무엇인가가 내게 경고를 보내왔다. 충실한 친구들이여, 나는 그때까지 내내 그의 생생하고도 공포에 사로잡히게 하는 이야기에 매료되어 있었지만 이제 그의 이야기 흐름이 끊겼다. 무엇인가가 그의 내면에서 격렬하게 동요를 일으키는 것 같았다. 그리고 그의 목소리에 소름끼치는 어조가 강해졌다.

"아니다, 그런 것이 아냐!" 그림자 제왕은 스마이크의 역할을 하면서 소리쳤다. "거기 네 몸을 덮고 있는 것은 책 연금술사들이 쓰는 포장지 같은 것이다. 그것이 네 몸의 새 피부다! 나는 너한테 약속했지. 그러니 약속을 지킨다. 나는 너를 새로운 생물로 변하게 했다."

나는 갑자기 벌떡 일어섰다. 왜냐하면 그림자 제왕이 돌연 그의 옥좌에서 일어났기 때문이다! 그는 천천히 상체를 일으키면서 옥좌의 등받이에 몸을 기댔다. 그의 목소리는 마치 상처받은 사자의 울음소리처럼 너무나도 우렁차고 섬뜩했다.

"그러자 스마이크는 내 친구에게 이렇게 말했다.

'예전에 너는 인간이었으나 이제는 괴물이다! 예전에 너는 작았지만 이제는 거인이다. 나는 너의 창조주다. 그리고 너는 나의 피조물이다. 나는 너를 호문콜로스라고 부르겠다!'"

그 이름을 말하면서 그림자 제왕은 촛불 아래로 걸어왔다. 오, 내 친구들이여, 그때 처음으로 그의 형상을 보았다. 입에서 날카로운 비명 소리가 튀어나오면서 나는 뒤로 몇 걸음 물러났다. 그 방 안에 있던 살아 있는 책들도 역시 그의 무시무시한 모습을 보자 뒤로 피했다.

거기에는 머리에서 발끝까지 종이로 된 형체가 서 있었다. 그가 한때는 인간이었음을 상기시키는 유일한 표지는 그의 몸의 형태였다. 팔과 다리들, 몸통, 머리, 심지어 얼굴까지 모든 게 다 있었다. 그렇지만 그것들은 아주 오래된 색 바랜 종이들을 무수히 첩첩 쌓아서 조합해놓은 형체였다. 내가 미로를 헤맬 때 여기까지 오도록 자취를 남겼던 종잇조각들과 똑같이 이상한 룬문자들로 쓰여 있는 수천 개도 넘는 종잇조각들이었다. 그리고 희미한 불빛 아래서 왕관 윗부분의 뾰족장식이라고 여겼던 것은 알고 보니 형태를 만들다 찢겨진 종잇조각들의 가장자리였다. 만약 돌이나 청동으로 만든 조각상이 갑자기 생명을 얻어 깨어났다고 해도, 지금 나를 향해 천천히 다가오는 이 종이로 만든 거대한 인조 인간처럼 나를 경악하게 하지는 않았을 것이다.

"아니다."

그림자 제왕이 말했다. 그러자 그의 음성은 한마디 한마디가 점점 더 위협적으로 변해갔다.

"나는 더 이상 인간이 아니다. 나는 네가 지금까지 찾고 있던 그 시인이 더 이상 아니다. 한때는 그랬지만 그것은 아주 오래전 일이다.

이제 나는 뭔가 새로운 것, 다른 무엇이다. 훨씬 위대한 것이다. 나는 괴물이다. 살인자다. 그림자 성의 제왕이다. 나는 호문콜로스다!"

어둠 속으로의 추방

나는 꼼짝도 하지 않고 선 채 죽음을 기다렸다. 그런 괴물한테서 도망친다는 것은 소용없는 일이었다. 그랬다가는 오히려 불필요하게 고통만 더 연장시킬 것이다. 호문콜로스는 나한테 복수를 하려고 나를 그의 음침한 왕국으로 끌어들인 것이다. 나는 그에게 부당한 짓을 가한 모든 자들을 대표해서 죽어줘야만 했다. 자기 앞에서 도망쳐봤자 아무 소용없다는 것을 정확히 알고 있는 거대한 맹수의 여유를 갖고서 그는 내게로 다가왔다. 그의 얼굴은 비록 괴물의 가면을 쓰고 있지만 아주 기괴한 아름다움 같은 것을 지니고 있었다. 그의 코, 입술, 귀는 인위적으로 종잇조각들을 층층이 붙여 쌓아 만들어져 있었다. 나는 스마이크가 그의 수많은 작은 손들로 이런 모양을 만드느라고 얼마나 혼신의 힘을 다해 일했을지 상상이 갔다. 호문콜로스의 이빨들조차도 뾰족뾰족한 양피지로 만들어져 있었는데, 아마 거기에 송진을 발라 단단하게 했는지 촛불 아래서 금빛으로 번쩍거리고 있었다. 그러나 두 눈은 무시무시했다. 예전에 눈동자가 들어 있었을 자리에는 검은 구멍만 있었다.

이제 보니 그의 온몸이 전적으로 종이로만 되어 있지는 않았다. 그의 어깨뼈와 팔꿈치, 무릎, 엉덩이, 그리고 목은 가죽처럼 보이는

갈색의 탄력 있는 물질로 되어 있었다. 물론 그것들은 책장들을 붙여주고 있는 가죽이었다. 당연히 그것은 이 괴물의 몸에 붙어서도 똑같은 역할을 하고 있었다. 분명 품질을 따지는 스마이크는 값어치가 높은 고서적의 책 가죽을 사용했을 것이다.

호문콜로스는 팔을 뻗으면 닿을 만한 거리까지 다가오자 몸을 굽히더니 오래된 책 냄새 같은 이상하고 기분 좋은 냄새를 풍기는 숨을 가쁘게 쉬면서 내 얼굴에 대고 물었다.

"어떠냐? 내 얘기를 끝까지 듣고 싶은 거냐?"

나는 그 물음을 그가 종이 손톱으로 내 목을 잡아 절단 내기 전에 마지막으로 던지는 음침한 농담으로 간주했다. 그러면서도 고개를 끄덕였다.

그러자 호문콜로스는 이렇게 말할 뿐이었다.

"좋아. 너는 분명 대체 종이가 웬 거냐고 궁금할 것이다. 그리고 나는 거대하고도 힘센 존재여서 아무도 두려워하지 않아도 되는데 왜 여기 밑에 갇혀 있는지, 왜 그냥 위로 올라가서 스마이크의 살찐 몸뚱이에서 심장을 도려내지 않는지, 그리고 대체 왜 스마이크는 내 작가적 능력을 대단하게 여기면서도 나를 지하묘지로 추방했는지 궁금할 거다."

나는 그가 던지는 말 하나하나에 대고 고개를 끄덕였다. 아마 나는 이 순간 할 말을 잃어버린 듯했다. 만약 내가 무슨 말을 하려고 했다면 분명 내 입에서는 그냥 칵칵거리는 소리만 나왔을 것이다.

그림자 제왕은 다시 자기 옥좌로 돌아가 앉았다. 그러자 살아 있는 책들은 자기들의 왕이자 지배자인 그가 다시 진정된 것을 알았는지 좀 더 가까이 다가왔다.

"스마이크는 내가 실험실 안에 묶여 있을 때 모든 것을 다 얘기해 줬다." 호문콜로스가 말했다. "첫 번째는 종이에 대한 얘기였다. 그는 내게 아주 가까이 다가오더니 그의 여러 손으로 나를 뒤덮고 있는 색 바랜 종잇조각들을 쓰다듬었다.

'이게 어떤 종류의 종이인지 알고 있냐?' 스마이크가 내게 물었다. '그건 아주 오래된 책 연금술사들의 비밀 종이다. 수백 년 전에 부호 하임의 지하에 거주하면서 작업하던 책 연금술사들은 그들의 비밀 지식과 귀중한 기록들을 지상 세계의 학자들이 훔쳐 가 오용할지 모른다며 늘 공포와 불안에 싸여 있었다. 그래서 그들은 정교한 비밀 문자를 개발하는 데 얼마나 머리를 짰던지 그 문자는 오늘날까지도 해독되지 못하고 있다. 나도 역시 그것을 해독해보려고 이를 악물었다. 그러나 책 연금술사들은 불안이 지나쳐 그것만으로는 충분하지 않았다. 오, 아니다! 그들은 빛에 아주 민감한 종이 종류를 만들어 냈다. 그래서 만약 한 줄기 태양빛, 아니 태양빛이 달에 반사되어 나오는 한 줄기 희미한 빛만 그 종이 위에 닿아도 그것은 곧 불이 붙고 말았다. 그것은 오로지 지하묘지의 어둠 속에서만 존재할 수 있는 종이였다.'

스마이크는 내게서 자기 손들을 빼더니 입을 비죽거리며 웃었다.

'이 비밀 종이와 더불어 그 위에 쓰인 비밀 문자는 이제 너의 새 피부가 되었다. 우리는 그 종이에 정령들과 책 연금술사들이 사용하는 여러 가지 기름과 향유를 적신 다음에 네 살에다 붙여 발랐다. 어떤 용해제도 떼어낼 수 없는 아주 독특한 아교를 사용해서 말이다. 만약 네가 새 피부를 떼어내려고 했다가는 몸 전체가 조각조각 찢겨지고 말 것이다.'

스마이크는 무수한 손가락들을 위협적으로 움직였다.

'모든 종이 가운데서도 가장 희귀한 이 종이들을 구하는 것은 쉽지 않았다.' 그는 계속해서 말했다. '그러나 나는 다방면으로 관계를 맺고 있던 덕택에 마침내 성공했다. 네 값어치가 얼마나 높은지 너는 전혀 이해하지 못할 것이다. 우리는 엄청나게 많은 종이를 너를 위해 사용했고, 수백 권도 넘는 책 연금술사들의 메모지를 잘게 찢어서 네 몸의 팔다리에 조심스럽게 붙인 다음에 다시 네 몸을 조합한 것이다. 종이를 층층이, 겹겹이 쌓고 둘렀기 때문에 너는 그런 거인이 되었다. 이제 네 몸의 삼분의 일은 종이다. 이 재료는 빨리 불에 타는 것을 제외하면 매우 저항력 있고 질기다. 책 연금술사들이 그것을 만들어낸 것은 그렇게 함으로써 그들의 기록이 수천 년 넘게 지속되도록 하기 위해서였다. 그러나 이미 말했듯이 단 한 번 햇빛이나 달빛을 쪼이기만 해도 네 몸은 머리에서 발끝까지 화염에 휩싸이고 말 것이다. 지하 깊은 곳, 어두운 지하묘지 속으로 추방되어야만 너는 오래오래 삶을 영위할 수 있다. 만약 부흐하임의 지상으로 나오면 너는 순식간에 불에 타고 말 것이다.'

'그러니 지하에 머물도록 해, 이 친구야!' 하르펜슈톡이 뒤에서 간단히 한마디했다.

'나는 또 외람되지만.' 스마이크가 말을 이었다. '네 몸속에 새 장기도 몇 개 만들어 넣었다. 너는 분명 책 연금술사들이 살아 있는 책들에게 했던 실험에 대해서 들어봤을 것이다. 그때 인조 장기들을 만들어내는 분야에 엄청난 진보가 있었다. 그런 응용은 차모니아에서는 유감스럽게도 불법이었다. 나는 너한테 연금술 건전지로 작동하는 새로운 심장을 이식했다. 우리는 너한테 다섯 마리의 수소에게서 떼어낸 간을 조합해 수백 년은 지탱할 간을 만들어 이식했다. 이제 너의 뇌에는 예전에 야생고릴라의 뇌에서 떼어낸 부위가 그대로 옮겨져 있다. 그것은 너의 울분을 조절할 것이다. 우리는 특히 힘이 센 어느 책 사냥꾼을 설득해 그의 근육 가운데 몇 개를 희사받았다. 대가로 그에게 우리의 위험한 책들 중 한 권을 읽으라고 줬다. 그리고 또 잊어서는 안 될 네 몸속의 기관이 하나 더 있다. 대개는 그것이 기관이라는 것조차 전혀 모르지만. 바로 네 몸속의 피 말이다.'

스마이크는 실험실 안에 있는 장롱으로 가더니 안이 비어 있는 커다란 유리병을 하나 들고 왔다.

'우리는 외람되게도 네 피를 조금 맑게 했다. 귀한 약을 하나 써서 말이다. 가장 귀한 것이었다. 혜성포도주 한 병을 다 사용한 것이다. 차모니아에서 가장 비싼 술이지. 너도 느꼈지? 우리는 비용을 조금도 아끼지 않았다.'

스마이크가 그 빈 병을 아무렇게나 뒤로 내던지자 그 병이 쨍하고 깨져버렸다.

'혜성포도주를 피에 섞으면 불멸의 힘이 생긴다고 한다. 그러니까 지금 네 몸속을 흐르는 것은 일종의 젊음의 샘물이라고 할까. 그러나 내가 혜성포도주에 대해 훨씬 흥미를 느끼는 것은 그것이 저주받았다는 것이다. 그래서 너는 이제 영원히 네 몸속에 네가 받은 저주를 품고 다니게 될 것이다. 그것이 말하자면 너를 궁극적으로 비극적인 인물로 만드는 것이다. 낭만적이지 않은가?' 스마이크는 일부러 안타깝다는 표정으로 나를 쳐다봤다. '좋아, 그래, 우리는 또 이것저것을 네 몸속에 바꿔 넣었다. 어떤 것은 기관을, 어떤 것은 구조를. 이제 나는 일일이 설명하느라 너를 지루하게 만들지 않겠다. 네가 제대로 회복이 되면 너의 에너지와 새로운 능력에서 그것을 알아차리게 될 것이다. 건강한 방식으로 산다면 너는 지하묘지 속에서 수백 년은 버틸 것이다.'

스마이크는 실험용 책상으로 가더니 거기서 노란 액체를 커다란 주사기에다 뽑아내기 시작했다.

'그럼 이제 너는 또 다른 것을 물어보고 싶겠지!' 그가 말했다. '도대체 무엇 때문에 우리가 너를 그냥 간단히 죽이지 않고 그렇게 애를 쓴 거냐고? 하지만 거기에도 아주 간단하고 적절한 이유가 있다. 사실은 이렇다. 부흐하임의 지상에서 나는 모든 것을 손에 쥐고 있다. 그러나 지하묘지에 관해서라면, 그건 전혀 얘기가 다르다. 나한테는 저 지하에 끼어들어 규제할 수 있는 어떤 가능성도 배제되어 있다. 근래에 와서 책 사냥꾼들이 지하미로 속을 난잡하게 마구 휘저으며 돌아다니고 있다. 그들의 숫자가 너무 많아졌어. 너무들 탐욕스럽다. 너무들 멍청하고. 그리고 그들 가운데 상당수, 특히 미치광이 학살자 롱콩 코마는 내게는 너무나 강력하고 오만한 존재가 되었다. 간단히 말해서 나는 네가 저 지하로 내려가 질서를 좀 잡아줬으면 좋겠다. 그래서 나는 너를 그렇게 강하게 만든 거다. 그렇게 크고 그토록 위험하게 말이다. 네가 책 사냥꾼들 속으로 들어가 소탕작업을 좀 해줬으면 한다. 내 말은, 그자들을 처치하란 말이다. 너는 나를 위해서 그렇게 해주겠지?'

스마이크는 히죽거리며 웃었다.

'네가 지금 무슨 생각을 하는지 안다! 너는 이렇게 생각하겠지. 빌어먹을, 결코 스마이크의 앞잡이 노릇은 하지 않겠다라고. 하지만 그것도 나는 배려해뒀다. 나는 책 사냥꾼들 사이에다 네 목에 두툼한 상금을 걸어놓았다. 그리고 롱콩 코마의 머리에는 가장 큰 상금을 걸어놨지. 만약 네가 책 사냥꾼들한테 안 가면, 그들이 너한테 올 거다. 그들 가운데 네가 얼마나 강한지 아는 자는 아무도 없다. 그 소문이 퍼지기도 전에 네가 그들 중 절반은 조용히 해치우게 될 거다. 너는 이 일에 맞서 아무것도 할 수 없다. 네가 지하에 모습을 나타내는 즉시 그들은 네 뒤를 바짝 쫓을 것이다. 그리고 내 말을 믿어라. 나는 네가 거기에 나타날 때를 팀파니 연주를 울려 알릴 것이다.'

스마이크는 주사기 안에 있는 액체를 관찰했다.

'그러므로 너는 이제 걸어다니는 책이다. 가장 희귀하고 가장 값비싸고 가장 위험하며, 그래서 지하묘지 안에서 가장 훌륭한 사냥 대상이 되는 책 말이다. 너는 전설이 될 만한 소재다. 따라서 너는 우리한테 마지막으로 아마 가장 절실하게 궁금한 의문이 생기겠지. 도대체 너는 나한테 아무것도 한 일이 없는데 왜 내가 너한테 그런 혜택을 주는가! 너는 나한테 한 묶음의 원고를 보여준 것이 전부다. 그러니 네가 무엇 때문에 나한테 위험한 존재가 되었을까?'

스마이크는 좀 더 긴장을 높이기 위해 그 물음을 던진 채 한참 동안 그대로 있었다."

그리고 호문콜로스도 역시 스마이크의 물음을 되풀이한 채 고통스러울 정도로 오랫동안 침묵을 지켰다. 나는 그 사이에 질문을 던지지 않으려고 억지로 힘들게 참았다. 살아 있는 책들조차 바스락거리면서 참지 못하고 가냘픈 소리를 냈다. 마침내 호문콜로스는 말을 이었다.

"'왜 내가 이런 일들을 했는지 그 실제 이유를 네게 말해주겠다.' 스마이크가 말했다. '네가 너무 글을 잘 쓰기 때문이다.'

스마이크는 잠긴 목소리로 웃더니 주사기를 들고 가까이 다가왔다. '여기 감수성이 없는 하르펜슈톡과는 달리.' 그가 말했다. '나는 말하자면 좋은 문학을 땅바닥에 난 하찮은 구멍과 잘 구별할 수 있다. 네가 쓴 것을 모두 읽었다. 너의 글쓰기 장애에 대한 이야기까지 포함해서. 그리고 나는 지금껏 그렇게 좋은 글을 손에 넣은 적이 없었다. 한 번도! 그것은 나를 웃게 하고 울게 하고 절망하게 하는가 하면 내 모든 근심들을 잊게 만들었다. 간단히 말해서, 그것은 정말로 좋은 문학이 갖춰야 할 모든 것을 지니고 있었다. 그리고 또 좀 더 갖춘 게 있었지. 그래 좋아, 훨씬 많이 있었다. 아주 많이! 네가 쓴 단 하나의 문장 속에도 수많은 책이 담고 있는 것보다 더 많은 것이 들어 있었다. 그리고 너의 글은 오름으로 관통되어 있었다. 다른 어떤 문학에서도 찾아볼 수 없을 만큼 집중적으로 관통되어 있었다. 나는 네가 쓴 시들을 내 책 연금술의 오름 측정기에다 연결시켜봤다. 그러자 연금술 건전지가 전부 타버리고 말았다! 너는 뜨거웠다. 친구여, 너무 뜨거웠어!'

스마이크는 주사기에서 마지막 공기방울을 눌러 뺐다.

'그냥 간단히 표현하지. 만약 네가 여기 부흐하임에서 책을 단 한 권만 출판해도 차모니아의 출판시장은 엉망이 되고 말 거다. 너의 집필 방식은 너무 완벽하고, 너무 순수하고, 두루두루 충만해서 네 글을 한번 알게 되면 다른 글은 더 이상 읽지 못하게 될 것이다. 그 글은 우리가 일상적으로 읽는 글이 창피하게도 얼마나 평범하기 짝이 없는지를 보여주고 있다. 만약 네가 쓴 책들을 읽을 수 있다면 무엇 때문에 그 쓰레기 같은 글들을 다시 읽으려고 매번 뒤적이겠는 가? 차모니아 문학을 지금과 같은 아주 규제된 평범한 수준으로 끌 어오는 데 얼마나 많은 노력과 시간이 걸렸는지 아느냐? 그리고 더 나쁜 것은, 너한테 추종자들이 생기리라는 점이다. 그런 것은 다른 작가들에게 더 나은 책을 출판하도록 영감을 줄 수 있을 것이다. 그 들은 오름에 관통되려고 노력하게 될 것이다. 조금 덜 쓰되 더 나은 글을 쓰려고 들 것이다.'

스마이크는 나를 이해한다는 듯이 쳐다봤다.

'문제는 돈을 벌기 위해서는—많은 돈 말이다!— 흠 없는 훌륭한 문학은 필요 없다. 우리에게 필요한 것은 평범한 것, 덤핑 책, 파본, 대량 서적들이란 말이다. 많이, 점점 더 많이 생산하는 것이다. 점점 더 두꺼우면서도 내용은 별것 없는 책들 말이다. 중요한 건 잘 팔리 는 종이지 그 위에 쓰여 있는 말들이 아니거든.'

스마이크는 내 허벅지 위의 한곳을 찾더니 종잇조각들 사이에 주 사기를 들이밀고 내 살 속으로 찔러 넣었다.

'요약해서 말하자면, 너는 태어나면서부터 이미 위협적인 종이었 어. 너 같은 종류는 처음이면서 동시에 마지막이다. 너는 차모니아의 가장 위대한 시인이다. 그리고 그 때문에 너는 너 자신의 가장 나쁜 적이 된 것이다. 나는 네가 지하묘지 속에서 새로운 삶을 살고 옛날 보다 더 많은 행복을 누리기를 바란다. 이전 삶은 여기서 끝이다.'

그러면서 그는 그 액체를 내 혈관 속에 눌러 주입했다. 그러자 나 는 정신을 잃었다.

다시 의식이 돌아왔을 때 나는 깊은 지하묘지 속에 있었다. 내 곁 에는 내가 부흐하임으로 올 때 가져왔던 원고들과 소지품들이 함께 있었다. 나는 지금까지의 내 삶과 더불어 여기로 추방된 것이다. 그러자 아주 오래된 책들이 쌓여 있는 주변의 통로들 사이에서는 이미 책 사냥꾼들의 날카로운 외침이 들려오고 있었다."

88
사냥꾼들의 사냥꾼

호문콜로스는 무덤덤하게 웃었다.

"내 말을 믿어라." 그가 말했다. "내가 책 사냥꾼들을 사냥하는 일에 재미를 붙이는 데는 그리 오래 걸리지 않았다. 첫 번째 사냥꾼을 해치울 때는 나를 방어하기 위해서였다. 그때까지 나는 스마이크가 주입한 독에 완전히 중독되어 있어서, 기이한 갑옷을 걸치고 온갖 무기를 든 그 책 사냥꾼이 나타났을 때만 해도 내가 누구이며 어디에 있는지 전혀 알 수가 없었다. 그자는 내가 반쯤 마비된 채 비틀거리며 오락가락하는 것을 보자 창과 양면 날이 달린 검으로 나를 가볍게 해치울 거라고 생각했다."

호문콜로스가 오른손을 들어 올렸다. 촛불에 비친 그 손의 그림자는 마치 토막 써는 칼 한 세트를 모아놓은 것처럼 보였다. 그는 생각에 잠긴 얼굴로 그 손을 바라보았다.

"종이를 가볍게 평가해서는 안 된다." 그는 음울하게 말했다. "너는 종이를 만지다가 가장자리에 베인 적이 있느냐?"

그렇다, 이미 여러 번 그런 적이 있었다. 원고들을 급하게 정리하거나 편지들을 열 때 말이다. 그때 몹시 아팠고 피도 많이 흘렸다.

"그렇다면 아마 조심스럽게 겹쳐 말끔하게 아교로 붙인 양피지의 날카로운 모서리가 어떤 상처를 줄지 상상할 수 있겠군. 무엇보다도 고릴라 같은 근육과 반사신경으로 무장된 나 같은 거인 몸을 둘러싸고 있는 종이에 한 방 얻어맞으면 어떨지. 내 말을 믿어라. 나한테 얻어맞은 그 책 사냥꾼이 온몸이 피투성이가 되어 주저앉자 그자보다 내가 더 놀라 당황했다. 그것으로 책 사냥꾼들이 나를 사냥하던 일은 끝났다. 그때부터는 내가 그들을 사냥할 차례였다.”

호문콜로스는 손을 내렸다.

“나는 처음부터 이 지하미로가 고향처럼 느껴졌다. 물론 혼란스러웠고 화가 치밀었으며 어찌할 바를 몰랐고 절망했다. 그러나 내 주위 세계가 내게는 한순간도 위협적이거나 낯설어 보이지는 않았다.

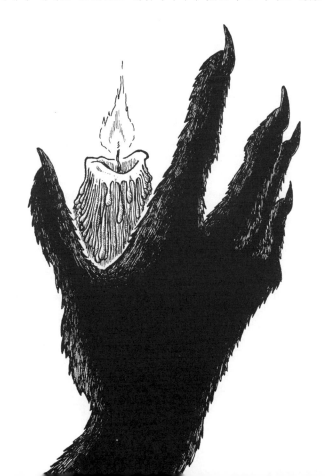

나는 꿈꾸는 책들의 냄새가 좋았고 어둠과 한기가 마음에 들었다. 고요함과 고독도. 나는 다시 태어나 스마이크가 나를 위해 막 재단해놓은 새로운 세계 속으로 들어온 것이다. 나는 현실 세계에 잘 적응하기 위해 다른 세계를 창조해낼 필요가 더 이상 없었다. 부흐하임의 지하묘지는 즉시 내 마음에 들었으며, 미로는 마치 궁전과 같아서 그 안에 있는 모든 방들은 내게 속하는 것 같았다. 그래서 처음에는 스마이크에게 화도 나지 않았다. 몸의 마비가 점차 사라진 후에 내 안에 엄청난 힘이 솟는 것을 느꼈다. 마치 순수한 오름 속에 잠겼던 것처럼 에너지가 몸속을 흐르고 있었다. 온갖 근심, 온갖 걱정들이 내게서 사라졌다. 마치 원시림의 맹수처럼 거칠고 자유로우며 어디에도 매이지 않은 상태였다.

매일매일 나의 새로운 몸은 뭔가 다른 것들을 보여주면서 나를 놀라게 했다. 힘이 더 세지거나 더 빨라지거나, 그야말로 끝없는 지구력이나 놀랄 만한 반사 운동, 새로운 피부가 보여주는 저항력, 또는 어둠 속에서도 볼 수 있는 대단한 시력 등이 그랬다. 박쥐들의 아주 작은 소리도 들을 수 있었고, 완전한 암흑 속에서 곤충들의 냄새도 맡을 수 있었다.

나는 미로 속에 있는 그림자들을 좋아했고 그림자들도 나를 좋아했다. 그들은 책 사냥꾼에 대비해서 나를 감춰줬고, 자기들과 하나가 되게 해줬다. 그래서 나는 그들 사이에 숨어 있다가 마치 유령처럼 불쑥 모습을 드러내 적들을 덮칠 수 있었다. 그들은 내 몸을 덮어주고 내가 잠잘 때 지켜줬다. 지하의 여러 영역에서 그들이 나를 그림자 제왕이라고 부르는 것도 이상할 게 없다. 그러나 다른 이름으로 부른다 해도 틀리지 않을 것이다. 어차피 미로 속의 그림자들을 지배하는 자는 아무도 없으니까."

호문콜로스는 짧게 웃더니 침묵했다.

"이 성 안에 유령처럼 돌아다니는 그림자들을 말하는 겁니까?"
내가 물었다.

그는 머리를 들었다.

"벌써 그들을 봤느냐? 그렇다. 그들이다. 그러나 늘 순서대로 나타
나지! 하나씩 차례로. 나는 아직 그림자의 성 이야기는 꺼내지도 않
았다. 거기까지는 아직도 한참 남았다."

나는 그가 다시 나를 날카롭게 책망하지 않을까 걱정했다. 하지
만 그는 그냥 이야기를 계속했다.

"책 사냥꾼들에게는 각각의 개성이 있다. 각각의 인식표와 갑옷,
특수 무기들 그리고 각각의 사냥방식과 죽이는 방법 말이다. 그것이
그들의 허영심과 사회적인 통념을 나타낸다. 그들은 함께 모여 군사
행동을 취할 수 있지만 그런 후에는 뿔뿔이 흩어지고 만다. 그들 대
부분은 철저한 독거주의자들이기 때문이다. 이런 사실은 처음부터
내게 아주 유리했다. 그리고 그들은 지금까지도 그들 모두가 힘을
합해야 나를 이길 수 있다는 것을 파악하지 못하고 있다. 하지만 그
렇게 되면 현상금을 나눠야 할 테고, 그때는 그들의 욕심을 또다시
포기하지 못할 것이다. 그래서 나는 그자들을 한 명씩 끌어내 톡톡
히 혼을 내줬다. 그들이 각자 독자적인 스타일로 싸우는 것이 나한
테는 특히 즐거움을 줬다. 예를 들면, 보구스 보구스는 자기 적수가
불안하다 못해 미쳐버릴 때까지 뒤쫓는 성격인데, 나는 일 년 동안
이나 어둠 속에서 내 모습을 보여주지 않은 채 그자에게 불쑥 다가
가 귓속말을 해서 결국 미치게 만들었다.

자기 적들을 항상 양쪽에서 협공하는 아고와 예트 오트프리트 형
제도 유인해서 저들끼리 서로 달려들어 목을 잘라버리도록 했다.

자기 적들을 책 속에 파묻어버리기를 좋아해서 매장자라고 불리는 유세프 이스베린은 내가 거꾸로 책들 속에다 파묻어버렸다.

그러나 적과 일대일로 싸우면서 내 자신의 몸을 무기로 사용할 때가 가장 재미있었다. 나는 날이 갈수록 힘이 세졌다. 종이를 충분히 단단하게 쌓아놓으면 그것은 나무가 된다. 내 팔들은 나무둥치처럼 묵직하고 손가락들은 창처럼 뾰족하며 이빨들은 면도날처럼 예리하다.

나는 내 지칠 줄 모르는 지구력을 이용해 여러 책 사냥꾼의 심장이나 신체 내의 모든 장기들이 기능을 멈추고 쓰러져 죽을 때까지 몰아붙였다. 그들을 유인해서 길을 헤매게 하고 심연에 빠뜨리거나 그들 스스로 설치한 함정에 빠지도록 했다. 나는 전혀 불가능해 보이는 장소에서도 그들을 노렸고 심지어 그들이 숨어 있는 거처까지도 습격했다. 그때 그들은 가장 공포를 느꼈는데 어디서도 그들이 안전하지 않다는 것을 느꼈기 때문이다. 나는 몇 명의 몸을 마비시켜 예전에 그들이 한 번도 감히 발을 들여놓지 못했던 지하묘지 내의 외딴 곳으로 끌고 갔다. 아마 그자들이 거기서 스핑크스들한테 잡아먹히지 않았다면 여전히 길을 잃고 돌아다니고 있을 것이다. 어쨌거나 그들의 절망적인 목소리를 갇힌 메아리의 동굴에서 영원히 들을 수 있을 것이다."

호문콜로스는 그의 옥좌에서 몸을 일으키더니 계속 말하면서 그 주위를 돌기 시작했다.

"사실이다, 내가 지하묘지를 비밀리에 지배하고 있다는 것은. 그러나 내 진짜 모습을 아는 자는 아무도 없었다. 왜냐하면 내 모습을 일단 본 자는 그 즉시 죽었기 때문이다. 그래서 전설이 시작되었고, 곧 내가 누구 혹은 무엇이냐에 대해서 수백 가지가 넘는 해석과 설명이 생겨났다. 어떤 자들에게 나는 짐승이었고 어떤 자들에게는 유령이거나 악령, 곤충 혹은 그 모든 것의 혼합체였다. 그 때문에 나는 우쭐했고 알지 못했던 권력의 힘을 느꼈으며 점차 그것에 도취됐다.

내가 한 번 한숨을 내쉬고 소리만 질러도 지하묘지의 모든 영역에 살고 있는 것들을 해치우거나 영원히 추방하기에 충분했다. 단 한 명의 책 사냥꾼을 해치우기만 해도 거기에서 십여 개나 되는 전설이 생겨났고, 그 두 배나 되는 책 사냥꾼들은 그들의 직업을 포기했다. 어떤 이들은 내가 미로 속을 돌아다니면서 희생자들을 산 채로 잡아먹는 그림자들의 군대라느니, 어둠의 군대라느니, 패배하지 않는 유령군대라느니 했다."

호문콜로스는 멈춰 서서 그의 시꺼먼 눈을 내게로 향했다.

"너는 그게 어떤 느낌일 거라고 생각하느냐? 자신의 손에 그 많은 피를 묻히는 것이? 자기와 마주치는 모든 것들, 심지어 가장 비열하고 위험한 지하묘지의 생물들까지도 두려워 떨며 몸을 굽힐 때의 느낌이? 그때 죄책감이 들까? 후회는? 너는 어찌 생각하느냐?"

호문콜로스는 웃었다.

"아니! 그 반대다! 나는 내가 대단하다고 느꼈다! 그것은 절대적 자유였다. 마침내 모든 도덕적 제약으로부터, 죄책감으로부터, 책임, 연민, 그리고 그와 비슷한 무의미하고 쓸모없는 것들에서 벗어난 느낌이었다. 그 어떤 것보다도 큰 자유였다. 그에 비하면 예술가의 자유라는 것은 웃음거리일 뿐이다."

호문콜로스는 다시 옥좌로 돌아갔다. 그의 음성은 크고 위협적으로 변해서 마치 스스로의 목소리에 도취된 듯했다. 이제 그 목소리는 다시 속삭이듯이 낮아졌다.

"예전에 내가 글을 쓸 때 기울였던 모든 정신적인 에너지를 살육의 기술에다 투자했다. 끊임없이 어떻게 가장 기발한 방식으로 책 사냥꾼들을 저 세상으로 보낼 수 있을까 고심했다. 그러면 내 머릿속에 몇 가지 생각이 갑자기 떠오르곤 했다. 내가 미처 눈치채지 못하는 사이에 미로의 그림자들은 나를 떠났다. 내가 잠들려고 누우면 그들은 더 이상 다가와 내 몸을 덮어주지 않았다. 나는 그들이 그곳에 없는 것을 알고 있었지만 아쉬워하지는 않았다. 게다가 나는 그들이 더 이상 필요 없었다. 나 같은 사람에게 그들이 무슨 보호막이 되겠는가? 감히 누구도 가까이 오지 못하는 나 호문콜로스에게. 모두가 죽음보다도 더 무서워하는 나에게."

호문콜로스는 걸음을 멈추더니 잠시 뚫어지게 응시했다. 촛불은 룬문자들로 가득 찬 그의 몸 위에서 불안하게 흔들렸다. 그러자 나는 만약 이런 광경을 책 사냥꾼들이 아무 대비도 하지 않았다가 불쑥 목격한다면 얼마나 경악할까 상상해보려고 애썼다.

"어느 날 나는 쉴 새 없이 지하세계를 배회하며 돌아다니다 미로의 상층 영역에 있는 어느 동굴 속으로 들어갔다. 그것은 어느 잊혀진 시대에 살았던 과대망상증 책 영주가 그의 비밀 궁전으로 건축해놓은 것이었다. 거기서 나는 아마 수백 년 동안 그냥 방치해두었을 게 분명한 어느 거대한 거울의 방으로 들어갔다. 그 안에는 사방에 거미줄이 마치 침대보처럼 짙게 쳐져 있었고 거울들마다 먼지가 우윳빛처럼 가득 차 있었다. 내가 그 안으로 들어가자 아마 거기에 있던 무슨 비밀장치를 건드렸는지 방 전체가 천천히 돌아가기 시작했다. 어느 기계식 피아노에서 연주되는 가락이 맞지 않는 슬픈 선율이 나직하게 흘러나오자 그에 맞춰서 먼지와 거미줄들이 춤을 추기 시작했다. 그 큰 방 안의 빙글빙글 도는 벽에는 거울이 거의 백 개나 붙어 있는 것 같았다. 그것들은 하나하나 금으로 테를 둘렀고 나 같은 거대한 형상도 전신을 다 비쳐볼 수 있을 만큼 컸다. 어떤 것들은 부서져 있고, 어떤 것들은 먼지가 너무 많이 끼어서 들여다 볼 수가 없었다. 그러나 몇 개는 내 모습을 비쳐볼 수 있을 만큼 충분히 광택이 났다. 내 모습을 거울 속에 비쳐본 지가 너무나 오래되었다. 나의 새 모습, 즉 호문콜로스의 형태, 적의 방패나 물웅덩이에 찌푸린 모습으로 비쳤을 때 이따금 본 적은 있지만 그때마다 재빨리 되돌아서곤 했다. 그러나 이번에는 자세히 들여다봤다. 흡족함과 역겨움이 이상하게 뒤섞인 묘한 느낌으로. 나는 처음으로 내 강력한 몸에서 발산되는 힘과 위엄을 보았으며 거기에 깃들어 있는 끔찍한 모습도 봤다. 행복과 전율스런 공포가 동시에 나를 엄습했다. 그리고 어렸을 때 몹시 놀랐던 거울 속의 내 모습을 떠올렸다. 더불어 거울 속의 모습과 똑같이 되고 싶었던 그때의 소망도. 그와 똑같이 고독해지고 싶었던 소망 말이다.

나는 울었다. 그러나 눈물은 한 방울도 쏟아내지 않았다. 스마이크가 내 눈을 빼내버린 후로는 더 이상 눈물을 흘릴 수 없게 됐으니까. 그러나 느낌은 어린아이가 모두에게서 버림받았다고 느낄 때와 똑같았다. 내가 어떻게 변했는지 깨달았기 때문이다. 나는 스마이크의 하수인이 된 것이다. 예전에 자신이 어떤 모습이었는지를 그냥 기억하고 싶지 않아서 무의미하게 살육을 자행한 다음 적이 흘린 피를 마시는 사형수가 된 것이다. 나는 괴물로 변한 내 모습을 봤다. 그것은 스마이크가 만들어낸 형상이 아니었다. 바로 종잇조각들로 발라진 껍질 속에 깊이 숨어 있는 존재였다. 내가 그런 존재로 변한 데는 내 책임도 있었다. 나는 거울을 부숴버렸다. 미칠 것 같은 분노에 휩싸여 모두 산산조각 냈다."

호문콜로스는 그의 손 안에 얼굴을 감췄다. 그러자 살아 있는 책들 몇 권이 이제 그에게 아주 가까이 다가가더니 위로하려는 것처럼 가느다랗게 휘파람 소리를 냈다. 그는 다시 몸을 일으켰다.

"오래전부터 특히 끈질기게 나를 추적하던 책 사냥꾼이 한 명 있었다." 그는 확고한 목소리로 이야기를 계속했다. "그는 보통의 책 사냥꾼이라면 감히 들어오지 못할 영역으로 들어왔다. 그리하여 그의 계략과 지구력, 그리고 지성은 나를 매번 놀라게 했다. 그는 물론 나를 결코 보지 못했지만 내 호기심을 매우 자극해서 나는 그를 연구하기 시작했다."

"콜로포니우스 레겐샤인이지요." 나는 호문콜로스의 말을 나직하게 중단시켰다.

"맞다. 나는 죽어가는 어느 책 사냥꾼에게서 그의 이름을 들었다. 그는 내게 레겐샤인은 다른 책 사냥꾼과는 다르다고 말해줬다. 그는 다르게 사냥한다는 것이다. 그는 다른 책들을 찾고 있었다. 그는 다른 자들을 염탐하는 것이 아니라 오히려 그들에게서 벗어나려고 애쓰고 있었다. 그리고 가장 인상 깊은 것은 모두가 그를 죽이려 한다는 것이었다. 하지만 그는 늘 용케 그들에게서 벗어나거나 따돌렸다. 한번은 롱콩 코마가 서가를 넘어뜨려 그를 산 채로 매장하려 할 때 그를 도와 살려주기도 했다."

"그는 당신을 찾아서 친구가 되고 싶어 했습니다." 나는 용기를 내어 낮게 말했다.

"사실이냐?" 호문콜로스가 물었다.

나는 레겐샤인의 죽음에 대해 그한테 얘기해줘야 할지 곰곰이 생각했다. 그러나 지금은 적당한 때가 아닌 것 같았다.

"그 당시 나는 나 자신에 대해 생각해보기 시작했다." 호문콜로스가 말했다. "그 책 사냥꾼은 지하묘지 안에는 쫓고 쫓기는 것, 죽이고 잡아먹고 죽는 것 말고도 또 다른 것이 있을 수 있음을 내게 보여줬다. 그는 맞부딪치기보다는 피해가려고 애썼다. 이곳 지하는 헤아릴 수 없이 많은 지식들이 들어 차 있는 거대한 영역이다. 그러나 그것을 무분별하게 해치고 언젠가는 아무도 살 수 없도록 완전히 파괴해버릴지도 모를 살인자, 강도, 야수, 쥐, 곤충들의 손아귀에 놓여 있었다. 레겐샤인은 뭔가 다른 것을 찾으려고 노력하는 것 같았다. 나는 그가 무엇을 메모할 때면 그를 염탐했고 잠을 잘 때 몰래 그것을 읽었다. 그는 지하묘지 속에 있는 엄청난 보물을 캐내려고 했는데, 그것을 소유하기 위해서가 아니라 보존하고 일반에게 공개하기 위해서였다. 그런 그의 생각은 내게 존경심을 불어넣었다. 그래서 나는 그를 더 자세히 관찰하면서 그의 뒤를 바짝 추적했다. 그러다가 그가 지하묘지를 다시 떠날 때 나도 따라서 점점 더 위의 영역으로, 지금까지 내가 피했던 도시 근처까지 올라가게 되었다. 내가 잊으려고 했던 그 세계의 근처로 말이다. 그러자 내가 두려워한 바로 그 일이 벌어졌다. 현실의 삶과 자유에 대한 호기심에 못 이겨 나는 보도의 틈새와 구멍을 통해서 부흐하임 주민들을 관찰하기 시작했다. 그렇게 그들 가까이로 나는 다시 돌아온 것이다! 하지만 그것은 내가 넘어서는 안 되는 마법의 경계였다. 엄청난 연극이 바로 내 머리 위 손 닿을 만한 곳에서 공연되고 있었으며, 끝없는 희비극이 벌어질 수 있는 거대한 무대가 바로 내 머리 위에 펼쳐져 있었다. 내가 언제나 공경과 부러움으로 바라보곤 했던 연극 말이다. 그것은 스마이크가 내게서 빼앗아간 삶, 우리의 지구를 비춰주는 햇빛과 달빛 아래에서 펼쳐지는 진짜 삶이었다. 바로 어둠 속에서 내가 살고 있는 쥐 같은 생활과는 정반대의 삶이었다. 나는 시인들이 낭송하는 숲속의 시간을 찾아가 마치 지하실 계단 밑에 숨어 있는 오래된 유

령처럼 웅크리고 앉아서, 술 취한 즉흥시인들이 읊는 조잡한 시들을
마치 천상의 음악인 양 들었다.

나는 시인들이 그들의 초라한 지하실 방에서 글 쓰는 모습을 지
켜봤다. 내 말을 믿어라. 작가가 글을 쓰는 모습을 지켜보는 일만큼
지루한 것은 없다. 그런데도 나는 그처럼 창백하고 여윈 초보 작가
가 값싼 종위 위에 펜으로 끼적거리는 모습을 아무리 쳐다봐도 싫
증나지 않았다. 그래서 마치 나는 인생에서 최고로 행복한 상태에
있는 것처럼, 생애에서 가장 아름다운 시간을 만끽하고 있는 것처럼
느꼈다.

그러자 스마이크에 대한 증오가 점차 커져가면서 내 생각을 온통
지배했다. 나는 스마이크의 도서실 안으로 잠입해서 그를 염탐할 계
획을 세웠다. 언젠가 그는 그리로 올 것이고 그때 그를 죽이면 된다
고 생각했다.

그러나 나는 스마이크의 도서실로 올라가려고 시도할 때마다 매
번 정교한 미궁에 빠지곤 해서 목적지에 도달하는 일이 불가능했다.
스마이크 집안이 수백 년 전부터 그들의 도서실을 보호하려고 그런
장치를 만들고 점점 더 보완해나간 게 틀림없었다. 왜냐하면 그것은
정말로 뚫을 수 없는, 지하묘지에서 가장 정교한 미로이기 때문이다.
나는 거기에서 다시 나오는 데 몇 날, 때로는 몇 주가 걸렸다. 그리고
언젠가는 하마터면 그 안에서 목이 말라 죽을 뻔했다. 결국 스마이
크는 내가 미칠 수 없는 자라는 것을 인정해야만 했다."

호문콜로스는 등을 돌려 옥좌를 바라보더니 한숨을 내쉬었다.

"그 순간, 나는 가능하면 미로 깊은 곳으로 내려가 다시는 나타나
지 않겠다고 결심했다. 책 사냥꾼들의 사냥꾼이었던 내 삶을 포기하
고 부흐하임의 지하묘지 밑으로 점점 더 깊이 들어갔다.

부흐하임의 쓰레기더미조차도, 그리고 그 주위에 퍼져 있는 공동 묘지들조차도, 녹슨 난쟁이들의 궤도역조차도 내게는 외따로이 버려진 장소가 아니었으므로 점점 더 깊이, 깊이 내려갔다. 그러다가 결국 그림자의 성을 발견했다. 그것은 내 어린 시절의 환상 속에서 봤던 건물을 상기시켰다. 마치 이미 오래전에 내가 환상 속에서 지어 놓은 건물 같았다. 나는 그림자의 성을 내 집으로 삼았다. 여기에서 살다가 언젠가는 죽으려고 했다. 여기에서 나는 내 광란을 피해 도 망쳤던 사랑하는 그림자들을 다시 만났다. 그림자의 성에서 우리는 마침내 평화를 맺었다."

나는 내 머릿속에서 지끈거리며 떠오르는 질문을 그에게 감히 던졌다.

"그 흐느끼는 그림자들이 누구 또는 뭔지 아십니까?"

"솔직히 나도 정확히는 모른다." 호문콜로스가 말했다. "오래 생각해본 끝에 아주 오래전에 묻혀 잊힌 책들의 영혼이 안주하지 못하고 떠돌고 있는 거라는 결론을 내렸다. 그래서 지금까지 그들은 자신들의 슬픈 운명을 한탄하고 있는 것이다. 흐느끼는 그림자들에 대해서 나는 다만 한 가지, 그들이 절대 나쁜 짓을 저지르지 않는다는 것은 확신할 수 있었다. 만약 네가 잠잘 때, 그것들 중 하나가 네 몸을 덮어주려고 하면 두려워하지 말고 그냥 그렇게 하도록 내버려둬라. 그 대가로 너는 멋진 꿈을 꾸게 될 테니까."

호문콜로스는 옥좌에서 일어났다.

"나는 얘기를 많이 했다." 그가 말했다. "이렇게 많이 얘기해본 지도 오래됐다. 이제 피곤하구나."

그러더니 그는 옥좌에서 떠나려고 했다.

"고맙습니다." 나는 그의 등에 대고 외쳤다. "당신의 신뢰와 친절한 대접에 감사드립니다. 죄송하지만 한 가지 물음에 더 대답해주십시오."

호문콜로스는 걸음을 멈췄다.

"나는 당신의 손님이자 포로입니까?" 내가 물었다.

"그림자의 성을 떠나는 것은 언제라도 자유다." 호문콜로스가 말했다. "만약 네 힘으로 그게 가능하다면."

그러더니 그는 밖으로 나갔다. 그의 뒤를 살아 있는 책들이 떼 지어 따라갔다.

88
계획

그 후 삼일 동안 호문콜로스는 모습을 나타내지 않았다. 나는 불규칙적인 시간 간격을 두고 나를 위해 준비된 게 분명한 먹을 것과 물을 발견했다. 그리고 그림자 성의 악몽 같은 건축물 안으로 무의미하게 배회하는 동안 이따금 어둠 속에서 바스락거리는 소리를 들었다. 그것이 내가 그가 그 근처에 있다고 결론지을 수 있는 전부였다.

나는 살아 있는 책들과 한 가지 무언의 합의를 했다. 서로를 가만히 놓아두는 것이다. 그들은 내가 어느 방으로 들어가도 더 이상 놀라서 마구 달아나지 않았으며, 내가 그들 사이를 지나갈 때면 나를 존중하며 길을 비켜주었다. 내가 식사할 때 이따금 그들에게 말린 좀벌레를 몇 개 떨어뜨려주면 처음에 망설이긴 했지만 물리치지는 않았다.

흐느끼는 그림자들에 관해서 말하면, 처음에는 그들이 내가 있는 것을 도대체 알고는 있는지 아닌지 전혀 확실하지 않았다. 그들은 늘 그 자리에 머물러 있는 것일까, 아니면 원래 다른 세계에 살고 있는데 우연히 그림자의 성과 그들의 세계가 일부 겹치는 것은 아닐까라는 생각도 들었다. 때때로 나는 그들 중 하나가 희미한 빛 속을 흐느끼면서 미끄러져 가는 것을 보았다. 그럴 때면 나도 마음이 무거웠고 그가 사라지면 기뻤다.

한번은 어스름한 빛 속에서 잠을 자려고 했다. 그때 그림자 하나가 방 안으로 들어오더니 한숨을 쉬면서 나를 덮어주었다. 처음에 나는 무서워서 몸이 마비될 것 같았지만 이내 더 피곤해지더니 잠이 들었다. 나는 독특한 건물들이 세워져 있는 어느 도시의 꿈을 꾸었다. 그 건물들은 보통 건축 재료와는 달리 구름이나 불, 얼음 또는 비 같은 것들로 지어져 있어서 그림자 제왕이 어린 시절에 꿈꾸었다는 환상의 건물이라는 생각이 떠올랐다. 그리고 나는 꿈에서 깨어났고 그림자는 사라지고 없었다.

내가 손님이든 포로든 상관없었다. 어쨌거나 나는 그림자의 성을 '내 힘으로' 벗어나는 데는 전혀 관심이 없었다. 저 위쪽으로 올라간다 하더라도 내가 갈 곳이 어디란 말인가? 다시 흡혈괴조와 책 사냥꾼들의 세계로 돌아간단 말인가? 아니면 지하묘지 속의 더 깊은 곳으로 내려가는 일이라도 가능하단 말인가?

만약 언젠가 부흐하임으로 되돌아가는 길을 가르쳐줄 수 있는 자가 있다면 그는 다름 아닌 호문콜로스였다. 그래서 나는 그 성 안을 끊임없이 배회하면서 어떡하면 그를 설득해서 다시 내 삶을 돌려받을 저 지상으로 데려다달라고 할 수 있을까만 골몰했다. 고백하지만 나의 협상 조건은 매우 불리했다. 나는 그에게 고맙다는 말 외에는 제공할 것이 아무것도 없었다. 그에게 부탁했다가 그의 아픈 옛 상처를 다시 들춰내고 스마이크에 대한 그의 증오를 다시 부추기는 것 말고 뭐가 있겠는가. 내가 자유 속으로 돌아가는 것을 바라보면서 그는 다시 어둠 속으로 돌아가야 한다. 좋은 거래는 결코 아니었다.

나는 그가 내게서 뭘 원하고 있는지가 매번 궁금했다. 왜 그는 하필이면 나를 흐느끼는 그림자들과 살아 있는 책들의 궁전 안에서 유일하게 말하는 생물로 남아 있도록 내버려두는 걸까? 그리고 왜 그는 내게 자신의 이야기를 들려준 걸까?

그의 도움 없이는 이 창문도 없는 그림자 성의 유형지를 빠져나갈 수 없다는 것이 분명해졌다.

창문도 없는 유형지.

그 말은 내게 무엇을 상기시켜주지? 그래, 레겐샤인이 쓴 책 속의 한 구절이다. 그러자 돌연 나는 호문콜로스를 부흐하임의 지상으로 나가도록 도와줄 수 있는 아주 현실적인 가능성이 하나 떠올랐다. 레겐샤인은 이미 오래전에 그 해답을 생각해둔 것이다. 그렇다. 그것이 호문콜로스를 설득할 수 있는 미끼가 될 것이다. 그렇지만 그가 먼저 모습을 드러내야만 그에게 내 계획을 설명할 수 있을 것이다.

86
죽은 자와의 대화

네 번째 날이 거의 끝나갈 무렵에(지하묘지 내에서 밤낮이라는 것을 말할 수 있다면 말이다. 나는 그냥 내가 잠에서 깨어났을 때를 낮으로, 잠 잘 때를 밤으로 보면서 그 간격을 계산했다.) 나는 호문콜로스가 늘 내 보잘것없는 식사가 놓여 있던 식당 안에 앉아 있는 것을 발견했다. 그 거대한 방 안에는 성주의 취향대로 몇 개의 촛불만 밝혀져 있었다. 그는 식탁 앞에 앉아 있었고 그의 앞에는 접시 하나, 단지 하나, 그리고 유리잔이 놓여 있었다. 그의 발치에는 살아 있는 책들 몇 권이 꿈틀거리며 돌아다니고 있었다.

"좋은 저녁입니다." 나는 인사를 했다.

호문콜로스는 나를 바라보면서 오랫동안 침묵을 지켰다.

"미안하다." 잠시 후 그가 말했다. "좋은 저녁입니다라니! 그런 인사를 받아본 지가 너무나 오래됐다. 사실 지금이 아침인지, 정오인지, 저녁인지 아니면 밤인지 전혀 알 수 없다. 시간은 여기서 아무 역할도 못 하니까. 실제로 아무 역할도. 여기 네 식사가 있다. 앉아라!"

그는 내게 채소가 담긴 접시를 내밀었다. 그리고 물이 담긴 단지와 유리잔도.

"며칠이." 내가 앉자 그는 물었다. "우리가 지난번에 만난 이후로 지나갔다고 생각하느냐?"

"약 나흘이오." 내가 말했다.

"나흘?" 그는 당황해서 말했다. "정말이냐? 나는 하루라고 생각했다! 정말이지 시간감각을 완전히 잃고 말았구나."

호문콜로스는 탁자 밑으로 손을 뻗치더니 병을 하나 꺼냈다.

"포도주 한잔 하겠느냐?" 그가 물었다. "포도주요?"

내가 되받아 물었다. 그러고는 내 목소리가 기쁘다 못해 흥분한 것 같아 좀 창피했다.

"좋습니다. 포도주 몇 잔 마시고 싶었습니다."

나는 가능하면 조용하고 해맑은 목소리로 대답하려고 애썼다.

그는 내게 붉은 포도주를 따라주었다. 나는 그것을 단숨에 마셔버리고 싶은 충동을 억누르며 홀짝거렸다. 이제껏 내가 맛본 그 어떤 포도주보다도 맛있었다.

"훌륭합니다!"

나는 입맛을 다시며 말했다. 그러고는 다시 한 모금을 목 깊이 넘겼다.

"함께 마셔주지 못해서 미안하다." 호문콜로스가 말했다. "나는 술을 거의 마시지 않는다. 혜성포도주가 내 혈관 속으로 흐른 후부터는 사실 나는 늘 약간 취한 상태다. 두 잔, 석 잔만 마셔도 나는 책 사냥꾼들이나 겨우 견뎌낼 수 있는 그런 광란의 상태로 빠져들 수 있다."

"피가 취한 거로군요?"

나는 조금 마신 술에 벌써 기분이 들떠서 멍청한 농담을 던졌다.

"그럴 수도 있다. 건배!"

"고맙습니다!"

나는 한 모금 더 들이켜고는 조금 더 긴장을 풀었다.

"여기 지하에서 어떻게 포도주를 구합니까?" 내가 물었다.

"사실 지하묘지 내에서는 모든 것을 구할 수 있다. 그 방법만 안다면. 이것은 롱콩 코마가 소장했던 포도주다."

나는 하마터면 사레에 걸릴 뻔했다.

"책 사냥꾼요? 그가 숨어 있는 곳을 아십니까?"

"물론이다. 이따금 그가 숨어 있는 동굴을 찾아가 뒤죽박죽으로 만들곤 한다. 책 몇 권과 포도주를 훔치고, 그의 화살을 휘어버리고, 마실 물을 쏟아버린다. 그럴 때마다 그자는 미친 듯이 날뛰지."

"왜 룽콩 코마의 목숨을 살려준 겁니까?"

"나도 모른다. 어쩌면, 스마이크가 그를 죽이라고 나를 너무 재촉해서 그랬겠지. 만약 스마이크가 그를 두려워한다면, 오히려 나한테는 도움이 될지 모른다는 생각이 들었다. 언젠가는."

"룽콩 코마는 레겐샤인의 목을 잘라버렸습니다." 내가 말했다.

호문콜로스가 돌연 벌떡 일어섰다. 그래서 나는 그의 갑작스런 움직임에 놀라 몸을 움츠렸다.

"룽콩 코마가 레겐샤인을 죽였다고?"

그의 목소리가 식당 안에 울려 퍼지자 살아 있는 책들이 다른 식탁 밑으로 숨었다.

"아니오. 그자는 레겐샤인이 죽은 후에 그의 머리를 잘랐습니다. 레겐샤인은 자살을 했습니다. 그는 그냥 살기를 포기한 겁니다."

"정말이냐?"

호문콜로스가 물었다. 그는 다시 자리에 앉았다.

"그래요. 그건 제가 본 것 중 가장 놀라운 일이었습니다."

호문콜로스는 한동안 곰곰이 생각에 잠겼다.

"무슨 일이 일어났느냐? 어떻게 롱콩 코마가 가죽 동굴 안으로 들어갔단 말이냐?"

"모릅니다. 그는 많은 책 사냥꾼들과 함께 동굴을 습격했습니다. 부흐링 족 몇 명을 죽이고 나머지는 모두 내쫓았습니다. 가죽 동굴이 그들의 손아귀에 들어가지 않았을까 두렵습니다." 나는 걱정스럽게 말했다.

"상황이 안 좋다." 그가 말했다. "가죽 동굴은 지하묘지 내에서 마지막 남은 이성의 보루였다. 부흐링 족은 그것을 모범적으로 관리했다."

"저도 압니다. 당신이 저를 그들에게로 데려다주셨지요. 왜 그랬습니까?"

"나는 이미 오래전부터 부흐링 족을 관찰해왔다. 그들은 지하묘지에서 책을 다루는 일에 종사하는 유일한 족속이다. 그들 곁에 있는 한 너는 안전하기 때문이었다. 책 사냥꾼들이 어떻게 그 가죽 동굴을 찾아냈는지가 의문이다. 그러나 언젠가는 그렇게 될 수밖에 없었지."

"도대체 어떻게 해서 당신은 저를 주목하게 되었습니까?" 내가 물었다.

호문콜로스는 웃었다.

"그걸 질문이라고 하는 거냐? 너는 지하묘지 안으로 들어온 이후로 마치 도자기 가게 안에서 소란스럽게 날뛰는 코끼리처럼 행동했다. 나는 네가 굴덴바르트가 장치한 서투른 함정에 빠져 헤매면서 미로의 층 절반을 망가뜨려놓고 있을 때 그 부근을 순찰하고 있었다. 아마 그 소리는 저 위 부흐하임에서도 들렸을 것이다."

나는 머리를 숙였다.

"게다가 너는 운하임의 쓰레기장으로 기어들어가 그곳에 살고 있는 것들을 몽땅 깨워놓았다. 거대한 구더기까지 포함해서 말이다. 네가 그 쓰레기장에서 기어 나온 후부터 나는 너를 관찰했다. 스핑크스들이 너를 습격했을 때 나는 네가 끝장일 거라고 생각했다. 하지만 그때 호그노가 너를 구했다."

"당신이 아니라 호그노란 말입니까?"

"그렇다. 그때까지만 해도 너는 나의 흥미를 끄는 대상이 아니었다."

"그럼 호그노가 나를 죽이려 할 때 왜 구해줬습니까?"

"그때 나는 너희들의 대화를 엿들었다. 그 후에 네 값어치가 갑자기 높아진 거다."

"왜죠?"

"지금 뭐 하는 거냐? 나를 심문하는 거냐?"

"미안합니다."

"나는 그림자의 성 근처를 돌아다니고 있을 때 네 소리를 다시 들었다. 네가 녹슨 난쟁이들의 궤도역에서 마치 지옥에라도 떨어진 듯이 소리를 질렀을 때 말이다. 그 소리는 아마 지하묘지에 거주하는 누구라도 들었을 것이다. 그때 나는 네가 다시 곤란에 빠졌다는 것을 알았다."

나는 몹시 부끄러웠다. 그의 관점에서 볼 때 나는 부흐하임의 지하묘지 안으로 발을 들여놓은 이후로 그야말로 완전히 바보멍청이처럼 멋대로 행동한 것이다.

"뭘 좀 물어봐도 되느냐?" 호문콜로스가 말했다.

나는 고개를 끄덕였다.

"왜 부흐하임으로 온 것이냐?"

나는 내 호주머니 속에서 원고를 끄집어내 탁자 위에 놓았다. 나는 사실 그것을 어떤 극적인 순간이 올 때까지 간직하려고 했다.

"이것 때문이에요." 내가 말했다.

"그럴 거라고 생각했다." 호문콜로스가 말했다.

"내가 이것을 몸에 지니고 있다는 걸 알았군요?"

"나는 네 몸을 샅샅이 뒤졌다. 네가 부흐링 족과 만나기 직전 잠들었을 때 말이다."

"생각납니다. 그때 당신 꿈을 꿨습니다."

"놀라운 일이 아니다." 호문콜로스는 비죽 웃었다. "내가 너한테 그리 가까이 간 적이 없었으니까. 너는 분명 내 몸의 냄새도 맡았을 것이다."

"이거, 정말 당신이 썼습니까?" 내가 물었다. "그렇다면 당신은 모든 시대를 망라한 가장 위대한 작가입니다."

"아니다." 호문콜로스가 대답했다. "그것을 쓴 사람은 이미 오래전부터 더 이상 내가 아니다."

"나는 이것을 쓴 바로 그분을 만나기 위해서 린트부름 요새를 떠났습니다."

"정말 슬픈 일이구나, 친구여." 호문콜로스가 말했다. "네가 오랫동안 그토록 위험한 길을 택해왔는데, 네가 찾는 그자가 이미 오래전에 죽었다는 것을 알게 되었으니."

이 말을 남기고 그는 일어서더니 방을 떠났다. 살아 있는 책들이 내 발치로 모여들더니 찍찍 소리를 냈다. 나는 한숨을 쉬면서 그들에게 내 접시에 남은 채소들을 던져주고는 포도주를 다 마셔버렸다. 나는 호문콜로스에게 내 대단한 계획에 대해 설명할 기회를 놓치고 말았다. 그냥 그럴 용기가 나지 않았다.

술 취한 원숭이

이튿날 나는 강한 숙취를 느끼면서 깨어났다. 바람의 음악 소리와 위 아래로 움직이는 벽, 그리고 여기저기서 떼 지어 밀려드는 살아 있는 책들이 점점 내 신경에 거슬렸다. 나는 그냥 이 저주받은 벽 속에서 나가고 싶었고, 예전의 삶과 더불어 분별력마저 잃어버린 이 미치광이 괴물에게서도 벗어나고 싶었다. 그렇지만 나 역시 그림자의 성에 발을 들여놓으면서 내 뇌를 떼어 어디 옷장에다 처박아둔 모양이었다! 나는 종이로 만들어진 그 괴물에 대해서, 수차례 살육을 저지르고 모두가 저주하는 그 유령에 대해서 공감을 느끼고 있었다. 나는 움직이는 벽들, 흐느끼는 그림자들과 살아 있는 책들에 익숙해지기 시작했다! 여기서 사라져야 할 시간이 온 것이다.

이번에는 그냥 아무 계획 없이 크고 작은 방들을 배회하기보다는 출구를 찾는 것을 목표로 삼으면서 돌아다녔다. 방마다의 특징을 눈여겨보고, 탁자와 의자들의 수를 세어보고, 벽난로의 위치, 천장의 형태, 문들의 높이를 가늠해두려고 애썼다. 그러면서 하루 종일 돌아다녔지만 아무 성과도 없었고, 저녁이 되자 지쳐 다시 식당으로 비틀거리며 돌아왔다. 거기서 호문콜로스가 저녁 식사를 하면서 나를 기다리고 있었다.

늘 보던 그릇과 단지 외에도 이번에는 식탁 위에 책들이 쌓여 있고 그 위에 초가 한 자루 타고 있었다. 촛불에 그의 종이 마스크가 보통 때보다 더 밝게 비쳤다. 이번에는 포도주가 없었다. 이 집의 주인이 그것을 이미 마셔버렸기 때문이다. 그의 발치에 빈 포도주 병이 두 개나 있었다.

"늦었구나."

그는 무거운 혀로 말했다. 그는 술에 취해 있고 기분도 더 음울해 보였다. 심지어 더 위험해 보이기까지 했다.

"뭔가를 찾고 있었습니다." 내가 대답했다.

"나도 안다. 그러나 너는 찾지 못했지." 그는 불쾌하게 말했다.

"그래요, 재미있었겠군요."

나는 이렇게 말하고는 식탁으로 달려들어 지하세계의 채소를 게걸스럽게 먹어 치웠다.

오랫동안 침묵이 흘렀고, 그 사이에 살아 있는 책들이 우리 발치에서 바스락거리면서 총총걸음으로 움직이는 소리만 들렸다. 마침내 호문콜로스가 물었다.

"너는 영원한 문학이 있다고 믿느냐?"

나는 오래 곰곰이 생각할 필요도 느끼지 못했다.

"예, 물론입니다." 음식을 씹으면서 내가 대답했다. "예, 물론입니다!"

호문콜로스는 내 말을 흉내 냈다. 그는 어두운 시선으로 나를 쳐다보았다.

"나는 믿지 않는다." 그는 말하더니 식탁 위에 있는 책을 한 권 집었다. "이것이 영원한 것처럼 보이느냐?"

그는 그 책을 허공으로 던졌다. 책이 공중으로 높이 올라가기도 전에 책장들이 뜯겨 떨어지더니 종잇조각들로 찢겨지고, 마침내 가는 먼지로 해체되어 천천히 바닥으로 떨어지고 말았다. 양쪽 책 표지만 온전하게 바닥에 떨어졌지만 그것도 여러 조각으로 찢겨 나갔다. 그 망가진 책 속에서 구더기 몇 마리가 꾸르륵거리며 기어 나오자 사방에서 살아 있는 책들이 와락 달려들었다.

"저것은 고전작품이었다." 그림자 제왕이 웃었다. "폰테베크의 『현자의 돌』이지."

지금껏 그가 이렇게 이상한 행동을 한 적이 없었다. 그의 움직임, 의자에 앉아서 불안하게 흔들어대는 모습은 어떤 동물을 상기시켰다. 다만 그게 어떤 동물인지는 생각나지 않았다.

"아니다. 문학은 영원한 것이 아니야!" 호문콜로스가 외쳤다. "순간적인 것이다. 아무리 쇠로 책을 만들고 다이아몬드로 글자를 새긴

다 해도 언젠가는 이 지구와 함께 태양에 부딪히면 녹아버리고 말 것이다. 영원한 것이란 없는 법이다. 예술에는 전혀 없다. 한 작가가 죽은 후에 얼마나 오랫동안 그의 작품이 희미한 램프처럼 서서히 꺼져가느냐 하는 것은 중요하지 않다. 중요한 것은 그가 살아 있는 동안 얼마나 활활 타오르는가다."

"그건 성공적인 작가의 좌우명이겠지요." 내가 반박했다. "살아 있는 동안 돈을 얼마나 많이 버는가를 중요하게 여기는 작가 말입니다."

"나는 그것을 성공이라고 생각하지 않는다." 호문콜로스가 말했다. "어떤 책이 얼마나 잘 팔리고 팔리지 않느냐, 얼마나 많은 사람들 혹은 얼마나 적은 사람들이 한 작가를 인지하는가 안 하는가는 전혀 상관없다. 그런 것이 규범이 되기에는 너무 많은 우연과 부당함에 좌우되기 때문이다. 내 말은, 네가 글을 쓰고 있는 동안에 네 안

에서 얼마나 환하게 오름이 타오르고 있느냐 하는 것이다."

"당신은 오름을 믿습니까?" 나는 조심스럽게 물어보았다.

"나는 아무것도 믿지 않는다." 그는 음울하게 말했다. "다만 오름이 존재한다는 것을 알고 있다. 그게 전부다."

나는 내 옷 속을 뒤적거리면서 원고를 찾았다.

"당신은 이것을 쓸 때 가슴속에서 그것이 엄청 밝게 타올랐던가 보군요." 말하면서 나는 원고를 꺼내 높이 쳐들었다. "이 원고는 내가 지금까지 본 것 중에서 가장 완벽합니다. 이것이 바로 영원한 겁니다."

그림자 제왕이 내 쪽으로 몸을 굽혔기 때문에 나는 그의 몸에서 나는 종이 곰팡이 냄새를 맡을 수 있었다. 그는 무섭도록 서글프게 나를 바라보더니 손을 위험하게 촛불 가까이 갖다댔다. 그의 집게손가락 끝이 바스락거리더니 흔들거리기 시작했다.

"너는 아무것도 모른다. 어떤 것이 얼마나 빨리 사라지고 마는가를." 그가 속삭였다.

작은 불꽃들이 그의 손가락 끝에 떨어져 흔들리기 시작하더니 가느다란 연기 고리가 허공으로 솟아올랐다.

나는 유리잔을 들어 그의 손 위에다 물을 쏟았다. 그러자 치익! 하고 불꽃이 꺼졌다.

그림자 제왕은 나한테 덤벼들 것처럼 몸을 벌떡 일으켰다. 그러나 그는 그냥 위협적으로 나를 내려다보더니 웃기 시작했다. 지금껏 그런 적이 없을 만큼 큰 소리로 끔찍하게 웃어댔다. 마침내 그는 너무 놀랍게도 마치 원숭이가 그러하듯 두 팔과 다리로 기면서 방을 나갔다. 그런데 그 속도가 어찌나 빠른지 다른 어떤 원숭이가 봐도 털이 머리끝까지 곤두설 정도였다.

69

갈증

그 정도면 이제 분명했다. 나는 부흐하임 지하묘지 내에서도 가장 위험한 미치광이의 손아귀에 들어와 있었다. 호문콜로스, 그림자 제왕, 엑시스티안, 케론 켄켄 혹은 뭐라 부르든 그자는 모습이 변할 때, 혹은 지하로 추방되어 있는 동안에 이성을 잃어버린 것이다. 이제 그는 나를 지하에 영원히 잡아둔 채 그를 진짜 괴롭힌 자들을 대신해 나를 괴롭히면서 함께 있을 생각을 하고 있는 것이 확실했다.

절망에 휩싸여 나는 복도들 사이를 헤매고 돌아다녔다. 그는 이미 여러 날 동안 모습을 보이지 않았으므로 나는 언제부턴가 날짜 세는 것마저 잊어버렸다. 그래서 나는 마지막으로 그림자 제왕을 봤을 때처럼 그가 옆에 없어도 잘 지낼 수 있었다. 그러나 그런 상황에서 그가 내게 먹을 것과 물을 주기를 중단한 것은 나를 불안하게 만들었다. 음식을 못 먹는 것은 그런대로 얼마 동안 참을 수 있었다. 그러나 곧 마실 것을 얻지 못하면 갈증으로 죽을 것만 같았다.

나를 시험하는 것일까? 벌일까? 아니면 그는 지하묘지 속으로 탐험을 떠났다가 어디서 책 사냥꾼들의 함정에 빠진 걸까? 여러 가지가 가능했다. 어쩌면 그는 정신이 돌아서 나를 그냥 이대로 죽게 하려고 벼르고 있는지도 몰랐다. 적절한 때에 그에게 내 계획을 말할 용기를 내지 못했던 나 자신을 저주했다.

나는 식당을 떠날 엄두가 나지 않았다. 그가 되돌아오는 순간을 놓치지 않기 위해서였다. 만약 그가 언젠가 돌아온다면 말이다. 나는 점점 생각하는 것이 힘들어졌다. 만약 누군가 오랫동안 마시지도 먹지도 못하면 뇌의 활동이 위축되어 마침내는 먹을 것이 가득 찬 식탁과 마실 것이 가득 찬 항아리의 환상만 떠오르게 된다.

나는 견디다 못해 나와 살아 있는 책들 사이에 성립됐던 휴전 상태를 무너뜨릴 생각까지 하게 됐다. 늘 그렇듯이 그 작은 생물들은 내 발치에서 꿈틀거리며 오가고 있었다. 그것들은 나와 점점 더 친숙해졌고, 나와는 정반대로 그 사이 먹을 것과 마실 것을 충분히 공급받고 있는 것처럼 활기차고 건강한 인상을 주었다. 아니면 그것들은 스스로를 돌볼 줄 알고 있는 걸까? 나는 처음에는 그것들이 부럽다가 나중에는 점점 화가 나더니 마지막에는 몹시 증오했다. 살아 있는 책들은 아무 쓸모가 없는데도 잔뜩 배를 채운 채 성 안 어디서나 꿈틀거리며 기어 다녔고, 거의 모든 방들은 그것들이 바스락거리면서 찌익찌익 우는 소리로 가득 찼다.

가죽과 종이로 된
짐승들한테 습격당하고

레겐샤인의 시에 나오는 그 구절이 다시 내 머리에 떠올랐다. 그는 실제로 그림자의 성 안으로 들어왔던 것일까? 안 그랬다면 그는 어떻게 살아 있는 책들에 대해 알게 되었을까? 만약 그가 이 안에 들어왔던 것이 사실이라면, 그는 그 후 이 미로에서 빠져나갔다는 뜻이다. 어쩌면 그게 가능했을지도 모른다.

나는 무의미하게 그림자 제왕을 기다리다 갈증으로 죽지 않으려면 행동에 나서야 했다. 그러나 식당을 나서서 출구를 찾아가기에는 너무나 쇠약해져 있었다. 그래서 나는 살아 있는 책들 중 하나를 사냥해서 죽인 다음 잡아먹고 그 시커먼 피를 마시기로 결심했다.

책들 사이에서는 무슨 일이 벌어질지 본능적으로 느낀 것처럼 불안이 확산되었다. 찍찍 소리를 내고 바스락거리면서 그것들은 혼란스럽게 돌아다녔다.

나는 두꺼운 책을 응시하다가 무릎을 펴면서 그것을 향해 크게 한 걸음을 내디뎠다.

"살아 있는 책에다 트롤베르크산 포도주 한 잔을 곁들여 마시고 싶으냐?" 귀에 익은 목소리가 물었다. "아니면 얼음처럼 차가운 샘물을 마시고 싶으냐?"

나는 올려다봤다. 그림자 제왕은 그가 늘 앉는 의자 앞에 서면서 웃었다. 그의 앞 식탁 위에는 코르크 마개를 뺀 포도주 병, 물이 든 단지 하나, 유리잔들, 그리고 훈제 햄이 담긴 접시가 놓여 있었다.

한참 동안 나는 기분 나쁘게 그를 응시했다. 그러다가 일어났다.

"어디 갔었습니까?"내가 물었다.

"가죽 동굴에 갔었다." 그가 말했다. "상황을 알아보기 위해서였다."

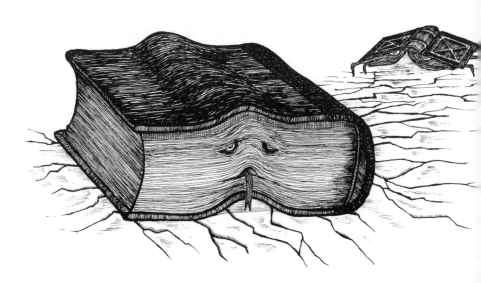

그는 내게 물을 따라주었다. 나는 비틀거리면서 그 잔을 낚아채 황급히 마셨다.

"침략당한 그 동굴의 광경은 끔찍했다." 호문콜로스가 서글프게 말했다. "책 사냥꾼들은 심지어 벽에 발랐던 가죽 벽지까지도 다 뜯어놓았다."

나는 자리에 앉아서 커다란 나이프가 꽂혀 있는 햄을 탐욕스럽게 바라보았다.

"먹어라!" 호문콜로스가 말했다. "이 햄은 내가 책 사냥꾼들한테서 훔쳐 온 거다."

나는 햄 한 조각을 굵게 잘라내서 먹기 시작했다.

"무슨 조치라도 취하고 오신 겁니까?" 나는 씹으면서 물어보았다.

"아니다, 한 번에 그렇게 하기에는 무리였다. 그러나 얼마 안 있으면 그들이 동굴을 떠날 거라는 인상을 받았다. 약탈할 만한 것이 거의 없어졌기 때문이다."

"부흐링 족을 봤습니까?"

"한 명도 못 봤다. 그들은 지하묘지 깊은 곳으로 도망가 숨은 것 같다. 그들이 다시는 모습을 나타내지 않더라도 놀라운 일은 아니다. 그들은 감수성이 강한 친구들이거든. 그리고 그들은 숨는 데도 아주 능하다."

서서히 나는 다시 제정신이 들었다. 호문콜로스는 조용하고 의연한 인상을 주었다. 이번에는 좋은 기회를 그냥 지나치지 않고 그에게 내 계획을 펼쳐 보이고 싶었다.

"들어보십시오." 내가 말했다. "내겐 우리 둘이 지하묘지에서 나갈 수 있는 좋은 방법이 있습니다."

"갈증 때문에 머리가 바싹 말라버렸나 보구나." 호문콜로스가 말했다. "네 몸속에 마실 걸 충분히 채운 후에 다시 생각해라."

"나는 지금처럼 머릿속이 맑았던 때가 없었습니다. 그 방법은 제가 생각해낸 게 아닙니다."

"아니면?"

"레겐샤인의 생각입니다."

"레겐샤인은 죽었다. 이봐, 너 정말로 헛소리를 하는구나."

"좋은 책을 쓴 자는 그 누구라도 정말로 죽은 것이 아닙니다. 그 방법은 『부흐하임의 지하묘지』에서 나온 겁니다."

"레겐샤인이 지하묘지에 관한 책을 썼단 말이냐?"

"그것도 아주 좋은 책을요. 그는 거기서 무엇보다도 저 위, 부흐하임에 있는 자기의 소유의 큰 토지 내에 일종의, 에, 그러니까 구역을 하나 조성해놨다고 묘사하고 있습니다."

"어떤 구역 말이냐?"

"그림자 제왕을 위한 구역 말입니다."

"뭐라고? 나를 위해서?"

"예. 그곳이 저 지상에서 당신의 새 보금자리가 될 거라고요. 그가 당신을 붙잡을 경우에 말입니다. 그렇다고 감옥은 아닙니다. 오해하지 마세요! 그건 지하묘지의 상태를 본떠 만든 겁니다. 고서적들도 많이 있고요. 창문은 없습니다. 당신은 거기에서도 여기와 똑같이 지낼 수 있을 겁니다."

호문콜로스는 오랫동안 나를 쳐다보았다.

"그가 정말 그런 곳을 만들어놓았단 말이냐?"

"그의 책에 그렇게 쓰여 있습니다."

좀 더 긴 침묵이 흘렀다. 나는 햄을 좀 더 잘라냈다.

호문콜로스는 헛기침을 했다.

"그리고 너는 하루에 한 번씩 나한테 먹이를 주러 오겠지. 지금 내가 너한테 하듯이."

"그건, 예. 그와 비슷할 거라고 상상합니다."

"그렇게 상상한다고? 그래, 그래. 대체 방이 몇 개나 되느냐, 너의 그 구역이라는 데는?"

"내 구역이 아닙니다. 나는 거기에 방이 몇 개 있는지 전혀 모릅니다. 분명 여러 개이겠지요."

"오, 여러 개일 거라고! 그리고 거기에 있으면 나는 대중에게 공개도 되겠지? 입장료를 받고서? 절반씩 나누면 되겠군."

"그런 생각을 한 건 아닙니다. 당신은……."

"오, 그래, 그거야말로 환상적이고 멋진 아이디어군! 나도 임대료는 벌어야 될 테니까! 나는 잊혀진 시인들의 공동묘지에 있는 가난한 돼지들처럼 관객들의 요청이 있으면 시 몇 편을 지어줄 수도 있다. 혹은 어린애들을 위해서 무섭게 찡그린 표정을 지을 수도 있겠지. 우리는 밖에다 이런 간판을 걸도록 하자. '무시무시한 호문콜로스가 먹이 먹는 것을 구경하세요! 종이로 만든 괴물입니다!'라고. 나는 내 몸에 불을 조금 붙이고 너는 그걸 끄는 거다. 그리고 물론 스마이크에게도 재정적인 도움을 줘야지. 결국은 그가 나를 창조했으니까."

대화는 나한테 유쾌하지 않은 방향으로 흘렀다. 호문콜로스는 포도주 병을 그의 종이로 된 입술에 갖다 대더니 단숨에 마셔 비워버렸다. 그가 자리에서 일어서자 살아 있는 책들은 마치 이제 무슨 일이 일어날지 본능적으로 예감한 듯이 사방으로 쏜살같이 달아났다.

"구역이라고!"

호문콜로스가 천둥 같은 소리를 내지르면서 주먹으로 식탁을 세게 치자 그 돌에 균열이 갔다.

그가 포도주 병을 방 안의 어둠 속으로 던져버리자 산산조각이 났다.
"나는 그림자 성의 주인이다!" 그가 부르짖었다. "나는 이 지하세
계를 지배한다! 부흐하임의 지하묘지를! 나는 내 거대한 왕국 안에
서 원하면 어디에나 갈 수 있다. 나는 자유다! 자유롭게 살고 마음
대로 죽일 수 있다! 나는 모든 생물 중에서 가장 자유롭다!"

호문콜로스는 식탁에 몸을 기대더니 힘차게 뛰어넘어 나를 향해
덤벼들었다. 나는 죽을까 봐 놀라 일어나 도망치려 했지만 그는 이
미 내게 바짝 달라붙어 있었고 내 옷을 붙잡아 자기 쪽으로 잡아당
겼다. 다시 그의 몸에서 조잡한 책의 호흡 냄새가 났고 그의 퀭한 시

꺼먼 눈두덩이 속에서 불꽃 같은 것이 튀었다. 나는 그가 이토록 화를 내는 것을 본 적이 없었다.

"나는 왕이다!" 그는 나를 질책했다. "나의 성을 갖고 있단 말이다! 그런데 너는 나를 동물원으로 보내려고 한단 말이냐?"

"그냥 제안이었을 뿐입니다."

나는 중얼거렸다.

"당신을 돕고 싶었습니다."

호문콜로스는 무겁게 숨을 쉬었다.

"들어라. 우리 둘 사이에 꼭 해명하고 넘어가야 할 것이 있다."

그의 목소리는 이제 좀 더 낮아졌지만 그렇다고 덜 위험하게 들린 건 아니었다.

"우리는 현안을 풀어야 한다. 일을 해결하자는 거다. 그것은 너도 알고 나도 안다."

도대체 내가 뭘 안다는 거지? 그는 무엇을 말하는 걸까? 그의 미치광이처럼 취한 머릿속에서 무슨 일이 벌어지고 있는 걸까? 나는 그가 무슨 말을 하는지 도통 알 수 없었다. 내가 아는 것은 기껏 내 경솔한 입을 저주할 수밖에 없다는 것이었다. 한마디만 잘못 내뱉었다가는 그를 예기치 못한 야수로 돌변시키기에 충분했다.

호문콜로스는 내 옷으로 팔을 뻗쳤다. 나는 그가 내 심장을 잡아 뜯어내려는 게 분명하다고 생각했다. 그러나 그는 원고를 끄집어내더니 그것을 코앞에 갖다댔다.

"이런 것을 어떻게 쓰는지 알고 싶다고 했지." 그가 가쁘게 숨을 쉬며 말했다. "맞냐?"

나는 머리를 끄덕였다.

"너는 어떻게 하면 오름에 도달할 수 있는지 알고 싶은 거지."

나는 비록 오름이라는 것을 여전히 믿지 않았지만 또다시 머리를 끄덕였다.

"그리고 너는 무엇보다도, 어떻게 해야 차모니아에서 가장 위대한 작가가 될 수 있는지 알고 싶겠지."

나는 아주 세차게 머리를 끄덕였다.

"그렇다면 말해라! 주문을 외워라!"

나는 뭐라고 할 말을 찾으려고 애썼다.

"이 자리에서 바로 말해!" 호문콜로스는 우렁찬 소리로 외쳤다. "안 그랬다가는 너를 내 몸에 붙어 있는 종잇조각보다 더 작은 조각으로 갈기갈기 찢어놓고 말테다."

"나한테 가르쳐주세요." 나는 속삭이는 소리로 말했다.

"뭐라고? 더 크게 말하라! 들리지 않는다!"

"나—한테—가르쳐—줘요!" 나는 온몸의 힘을 다해 소리쳤다. "제발요! 간절히 빕니다! 당신이 쓸 수 있는 것처럼 나도 쓸 수 있도록 가르쳐주세요."

호문콜로스는 나를 놓아주었다.

"그래, 마침내." 그는 말하더니 처음으로 미소를 지어 보였다. "나는 네가 결코 물어보지 않을 거라고 생각했다."

65
별들의 알파벳

그것이 바로 비밀의 전부였다, 내 충실한 친구들이여. 바로 괴물 같은 호문콜로스가 갖고 있는 자부심이 그 비밀이었다. 그가 나를 이 성으로 유혹해 끌어들인 이유가 바로 그것이었다. 그는 자기의 글 쓰는 기술을 나한테 전수해주려고 했다. 그는 나와 사형수 호그노 사이에 오간 대화를 엿듣고 내가 단첼로트 대부의 피후견인이라는 것을 알아낸 순간부터 그 계획을 꾸몄던 것이다. 다만 그의 기이한 허영심이 처음부터 나한테 솔직하게 말하는 것을 막았다. 나는 시험을 거쳐야 했고 힘든 과정을 겪어야 했다. 나는 그의 제자가 되고 싶다고 간청하고 빌어야 했던 것이다.

"너의 손을 보여줘라!" 호문콜로스가 명령했다.

그는 나를 가죽 동굴의 도서실로 데리고 가 의자에 앉히더니 내 앞에 딱 버티고 섰다. 살아 있는 책들은 마치 상당히 무너져 기울어진 극장 안에서 『그림자 제왕 호문콜로스에게서 힐데군스트 폰 미텐메츠가 받은 첫 작가수업』이라는 연극이 공연되는 것을 보기 위해 들어온 관객들처럼 그 동굴 안의 서가들에 들어가 자리를 잡았다. 아마도 그 성 안에 거주하는 누구도 그 광경을 놓치지 않으려는 것 같았다. 그들은 흥분해 계속 서로 자리를 바꾸는가 하면, 서로의 몸 위로 기어올라가기도 하고 가냘픈 소리를 내거나 찍찍거리기도 했다. 어떤 책들은 공중으로 뛰어오르면서 파닥거렸다.

나는 호문콜로스에게 순종하는 자세로 내 손을 내밀었다. 그는 내 손을 잡더니 손바닥을 뚫어져라 쳐다봤다. 마치 그 안에서 내 미래를 읽을 수 있기라도 한 것처럼.

"어느 쪽 손으로 글을 쓰느냐?" 그가 물었다.

"오른손으로요."

"그런데도 너는 여태껏 출판할 만한 것을 쓰지 못했다는 말이냐?"

"예, 그렇습니다."

"그렇다면 왼손으로 쓰도록 해라."

"뭐라고요?"

"뇌 속에서 시의 흐름이 잘못 유도된 것이다. 너의 오른손은 글을 쓰는 손이 아니다. 왼손으로 써야 한다."

"하지만 저는 그렇게 할 줄 모릅니다. 오른손으로만 쓰는 법을 배웠습니다."

"그렇다면 새로 배워라."

"꼭 그래야만 합니까?"

"만약 적합한 손으로 글을 쓰지 않으면 절대로 아무것도 완성할 수 없을 것이다. 그건 마치 발로 쓰는 것과 같을 테니까."

나는 신음 소리를 냈다. 이것 참 시작이 좋군. 글을 쓰기 위해서 먼저 글 쓰는 법을 배워야 한다니.

호문콜로스는 내 손을 놓더니 책상 주위를 빙빙 돌기 시작했다.

"누구나 글을 쓸 수 있다." 그가 말했다. "다른 이들보다 조금 더 글을 잘 쓸 수 있는 자들이 있다. 그들을 작가라고 부르지. 그리고 작가들보다 좀 더 글을 잘 쓸 수 있는 자들이 있다. 그들을 시인이라고 부른다. 그 다음에 다른 시인들보다 좀 더 글을 잘 쓰는 시인들이 있다. 그들을 부를 수 있는 이름은 아직 찾지 못했다. 그들은 오름에 도달할 수 있는 자들이다."

오, 이런, 또다시 오름이라니! 내가 아직도 오름에 도달하지 못했다는 사실이 빌어먹게도 고집스럽게 내 발치에 붙어 따라다니며 나를 괴롭히고 있었다. 그것은 외딴 구석까지도 나를 쫓아다녔고 지하수 킬로미터 아래 살아 있는 책들의 도서실까지 쫓아와 나를 찾아낸 것이다.

"오름이 지니고 있는 창조적인 힘은 이루 헤아릴 수 없다. 그것은 결코 사라지지 않는 영감의 원천이다. 어떻게 거기에 도달할 수 있는지 그 방법만 안다면 말이다."

그림자 제왕은 오름이 마치 그가 정기적으로 자주 방문하는 장소라도 되는 것처럼 얘기했다.

"그러나 비록 언젠가 오름에 이르는 길이 너에게 주어지더라도, 만약 별들의 알파벳을 마음대로 다룰 수 없다면 그곳에서 너는 이방인과 같을 것이다."

"별들의 알파벳이라니요? 문자인가요?"

"그렇기도 하고 아니기도 하다. 그것은 알파벳이지만 리듬이기도 하다. 음악이고 감정이다."

"혹시 좀 더 불분명한 것은 아닌가요?" 나는 신음하면서 물었다. "혹시 무슨 케이크나 풀무는 아닌가요?"

호문콜로스는 내 말을 무시했다.

"오름에 도달하는 시인들이 몇 명 있기는 하다. 그것만 해도 벌써 큰 이점이다. 그러나 그들 가운데 별들의 알파벳을 마음대로 다룰 수 있는 이들은 아주 적다. 그들은 선택된 자들이다. 만약 네가 별들의 알파벳을 마음대로 다룬다면 오름에 도달했을 때 거기서 우주의 모든 예술적인 힘들과 의사소통을 할 수 있다. 꿈속에서조차 있을 거라고 믿기 어려운 일들을 배우게 되는 것이다."

"당신은 물론 그 별들의 알파벳을 마음대로 다루시겠지요?"

"물론이다."

호문콜로스는 마치 어떤 멍청이를 바라보듯이 나를 바라보았다. 어찌 내가 단 한순간이라도 그것을 의심할 수 있단 말인가!

"저한테 그것을 가르쳐주시겠습니까?" 나는 주제넘게 물었다.

"안 된다."

"왜 안 됩니까?"

"그것은 전수할 수 없기 때문이다. 나는 너에게 오름에 도달하는 법도 가르쳐줄 수 없다. 어느 날 너 자신이 그 일을 해내든가 하지 못하든가 둘 중 하나일 뿐이다. 어떤 이들은 한 번 거기에 도달하고는 다시 도달하지 못하고, 어떤 이들은 거기에 매번 도달하면서도 별들의 알파벳을 마음대로 다루지는 못한다. 어떤 이들은 언제나 힘들이지 않고 오름에 도달해 거기서 알파벳을 통해 오름과 의사소통을 한다. 아주 소수만이 그렇게 할 수 있다."

"그들이 누구인지 아십니까?"

호문콜로스는 생각에 잠겼다.

"흠…… 오얀 골고 폰 폰테베크가 오름에 도달했다. 그것도 상당히 자주. 그러나 그는 별들의 알파벳을 마음대로 다루지 못했다. 만약 그게 가능했더라면 그가 말년에 관리가 되지는 않았을 것이다."

호문콜로스가 웃었다.

나도 입을 비죽이며 웃지 않을 수 없었다. 그것은 사실 폰테베크의 작가 경력 가운데서 유일하게 이해되지 않는 부분이었다.

"알리 아리아 에크미르너도 있다. 그는 정기적으로 오름에 도달했던 작가다. 그리고 「혜성포도주」 같은 시는 별들의 알파벳을 내면화했을 때만 쓸 수 있는 것이다."

호문콜로스는 이마에 손을 올려놓았다.

"페를라 라 가데온도 물론 도달했다. 그는 매일같이 오름 속에 몸을 담갔으며 별들의 알파벳은 이미 그가 태어나면서부터 핏속에 지니고 있었다. 그는 그 혜택을 얼마나 받았던지 그 때문에 죽었다."

"그럼 당신은요? 어떻게 그 알파벳을 배웠습니까?" 내가 물어보았다.

호문콜로스는 도서실의 천장을 올려다보았다.

"내가 아주 어려서 아직 차모니아의 알파벳조차 모르던 시절에는……." 그가 낮은 소리로 말했다. "글을 읽고 쓰기는커녕 아직 말도 할 줄 몰랐다. 어느 날 밤 나는 요람 속에 누워서 맑은 하늘을 경이로운 눈으로 바라보고 있었다. 그러다 갑자기 별들 사이로 새어나오는 가느다란 빛 가닥들이 서로 얽혀 너무나도 아름다운 기호들을 만드는 것을 봤다. 그것들은 하나씩 차례로 나타나더니 마침내온 하늘이 그 기호들로 가득했다. 나는 아주 어린 아기였고 그 기호들이 경이롭게 빛을 발하면서 아주 멋진 음악을 만들어냈으므로 그냥 웃다가 딸꾹질을 했다. 내가 별들의 알파벳을 본 것은 그것이 처음이자 마지막이었지만 그 광경을 결코 잊지 못한다."

호문콜로스는 진지했다. 너무나도 진지해서 내 의심이 조금 흔들렸다. 중간에 그에게 몇 가지 질문을 던졌다가는 사태가 위험해질 것 같았다.

"당신은 그러니까 다른 천체들에도—그 천체들의 이름이 뭐죠?—예술적인 힘들이 존재한다고 믿으시는 거군요? 당신은 지상 바깥의 시인들에 대해 말하는 겁니까?"

"나는 믿는 것이 아니라 알고 있는 것이다."

"그래요, 물론 그렇겠죠. 당신은 정말 늘 모든 걸 다 알고 있지요."

"수십억 개나 되는 천체들에는 시인들이 존재한다. 나는 우리의 태양계에서 그리 멀리 떨어져 있지 않은 어느 천체에 사는 한 시인을 알고 있다. 그는 현미경으로나 볼 수 있는 작은 물고기로, 어느 해저에 있는 화산 분화구 근처에서 살고 있다. 그 화산은 용암을 바닷물 속으로 분출하고 있다. 그 물고기는 숨 막힐 정도로 아름다운 용암의 시를 지어내고 있다."

"그러면 그는 그런 시를 어떻게 짓습니까?"

호문콜로스는 연민이 서린 눈으로 나를 바라보았다.

"너는 믿을 수 없을 거다. 그러나 이 우주에는 종이 위에 펜으로 적는 것 말고도 생각을 보관하는 몇 가지 방법이 더 있다."

"당신이 말해주지 않은 것들이죠?"

"나는 화성에서 살고 있는 모래폭풍을 알고 있다. 그는 그 천체의 표면 위를 세차게 스쳐 가는 동안에 자신의 생각을 돌 위에 새겨놓는다. 화성 전체가 모래폭풍의 문학으로 뒤덮여 있다."

나는 씨익 웃었다. 그러자 호문콜로스도 같은 웃음으로 대꾸했다.

"네가 내 말을 하나도 믿지 않는다는 것을 안다. 그러니 어느 날엔가 오름이 너에게 더 나은 것을 가르쳐주기를 바랄 뿐이다. 안 그랬다가는 너는 아쉽게도 네 제한된 상상력의 굴레 속에 머문 채 어쩌면 부흐하임의 어느 인쇄소에서 연하장에 들어갈 시나 짓다가 삶을 마칠지도 모르니까."

살아 있는 책들이 책장들을 펄럭이면서 바스락거렸다. 마치 갈채 소리처럼 들렸다. 그저 내 상상일까? 아니면 그들이 내는 가냘픈 소리에서 실제로 어떤 심술궂은 저음을 들은 것일까? 하지만 바라건대 그건 불가능했다.

"이론은 이걸로 충분하다." 호문콜로스가 말했다. "우리는 실습으로 들어간다. 너는 이 방 안에서 밤을 보내게 될 것이다."

"여기서요? 살아 있는 책들 옆에서 말입니까? 왜요?"

"벌이다. 네가 그것들을 잡아먹으려고 했으니까."

"그렇지만 저는 하마터면 목이 말라 죽을 뻔했습니다! 당신이 나를 혼자 내버려둔 바람에요."

"그것이 내 신하들을 잡아먹을 이유는 되지 못한다. 생각하는 것조차 안 돼! 너는 평화롭게 그들과 더불어 사는 법을 배우게 될 것이다. 너는 여기 머물고, 나는 네게 종이와 필기도구를 가져다주겠다. 그러면 너는 왼손으로 글쓰기 연습을 시작하는 거다."

나는 신음 소리를 냈다.

"그럼 뭘 써야 합니까?"

"그거야 아무래도 상관없다!" 호문콜로스가 말했다. "그건 어쨌거나 읽을 수 없을 테니까."

무용시간

나는 정말이지, 사랑하는 친구들이여, 이날 밤 한숨도 잠을 못 잤다고 아무리 강조해도 충분하지 않을 것이다. 우선 나는 몇 시간 동안이나 왼손으로 글 쓰는 연습을 했다. 그건 칠십 년 동안이나 오른손으로 쓰는 데 습관이 된 자로서는 정말 불가능해 보이는 일이었다.

그 다음에 나는 거대한 방 안의 딱딱한 바닥 위를 이리저리 뒹굴면서 잠이 들려고 애써보았다. 그러나 앞서의 공부시간이 내 머릿속에서 사라지지 않았다. 도대체 나는 어디에 뛰어든 것일까? 마치 초등학교 일학년처럼 글쓰기를 다시 배워야 하는 데다가 오름, 별들의 알파벳, 그리고 먼 천체들에 산다는 물고기와 모래폭풍에 관한 쓸데 없는 얘기들을 귀담아들어야만 했다. 그렇게 해서 모든 시대를 망라한 최고의 시인이 될 수 있다는 말인가? 차모니아의 어느 정신병원에 들어갔어도 아마 이보다는 더 진지한 교양을 쌓을 수 있었을 것이다.

그런 다음에는 살아 있는 책들이었다. 그 사이 내가 식당에서 가졌던 좋지 않은 생각을 읽은 그것들은 그림자 제왕에게서 특별허락을 얻어 나한테 복수하려고 벼르고 있다는 확신이 들었다. 방 안의 촛불이 꺼진 후에도 몇 시간 동안이나 그것들은 속삭이고 귓속말을 해댔다. 내가 막 잠 속으로 빠져들려고 할 때마다 내가 덮고 있는 겉옷을 무엇인가가 획 잡아당기거나 아니면 날아다니는 책들이 내는 바스락 소리가 들려오곤 했다. 더 나쁜 것은 거미 책이 내 얼굴 위를 기어 다니는 것이었다.

완전히 녹초가 된 채 나는 다음 날 성 안을 비틀거리고 돌아다니면서, 과연 어느 괴상한 장소에서 어떤 형태로 수업이 계속될 건지 의문이 갔다. 그때 흐느끼는 그림자들의 훌쩍거리는 소리가 들려왔다.

어두운 복도에서 나와 마주친 것은 여러 개의, 아마 대여섯 개의 그림자들이었다. 나는 그들의 우울한 모습을 보지 않으려고 그 자리에서 몸을 돌렸다. 그러나 복도의 다른 쪽 끝에서 더 많은 수의 그림자들이 나를 향해 다가오고 있었다. 그래서 나는 복도의 샛길로 피했다. 하지만 그곳도 여전히 훌쩍거리며 우는 그림자들로 가득 차 있었다. 다시 나는 몸을 돌려 피하다가 큰 복도로 되돌아가게 되었다. 이제 복도의 양쪽에서 너무 많은 그림자들이 몰려와 그들 사이에 더 이상 남은 자리가 없었다. 나는 그들 사이를 뚫고 나가야 할 것 같았지만 너무나 두려웠다.

그때 바닥이 내려앉으면서 나와 그림자들을 함께 밑으로 끌어내렸다. 아래로 점점 깊이 내려가자 마침내 좌우로 공간이 확대되었다. 우리가 내려간 곳은 거대한 무도회용 방으로, 내가 흐느끼는 그림자들이 춤추는 것을 보았던 그 원형극장이었다. 우리는 거대한 무도장에 들어서자 멈췄다.

그곳은 더 많은, 수백 개도 넘는 그림자들로 가득 채워져 있었다. 그림자들은 이제 흐느끼면서 나를 향해 되돌아섰다. 그림자 성의 슬픈 음악이 울려 퍼지자 잿빛 그림자들은 천천히 나를 에워싸기 시작했다.

원형극장의 위쪽 층계 위에는 아주 기이한 이 광경을 움직이지 않고 쳐다보고 있는 호문콜로스의 모습이 보였다. 그래서 나는 이것이 우연한 사건이 아니라 수업의 연장이라는 것을 깨달았다. 나는 무슨 이유에서인지는 몰라도 그림자들과 함께 춤을 추어야 했다.

그러자 이제 그것들은 하나씩 번갈아 가면서 나를 통과해 지나가기 시작했다. 그림들, 단어들, 목소리들, 풍경들, 그리고 느낌들이 내 머릿속으로 마구 밀려들어왔다. 나는 전율하면서 느껴진 것들을 붙잡으려고 애썼지만 그것들은 이미 내 몸속을 뚫고 미끄러져 지나간 후였다. 그림자들은 계속해서 내 몸속을 통과하면서 몇 초 동안 연속된 영상들과 합창 목소리로 나를 가득 채워주었다가는 곧 다시 사라지고 말았다. 마치 영상들과 목소리들로 가득 찬 얼음 물속에 번갈아 담겨지는 것만 같았다. 춤은 점점 격렬해져 나는 돌고 또 돌았다. 그리고 점점 더 많은 그림자들이 동시에 내 몸속을 뚫고 지나갔다. 몸이 점점 더 차가워졌으며 무수히 많은 낯선 생각들이 나를 거의 제정신이 아니게 만들었다. 그러더니 갑자기 모든 것이 지나가고 그림자들은 사라졌다. 나는 무너져 내리면서 바닥에 부딪혔지만 몸이 수천 개의 얼음 조각으로 부서지지 않는 것이 이상했다.

얼마 동안인지 그 자리에 헐떡거리고 몸을 떨면서 누워 있었다. 그러다가 호문콜로스가 내게로 몸을 굽히고 있는 것을 보았다.

"그게 대체 뭐였습니까?" 나는 완전히 힘이 빠진 상태로 물었다. "당신은 차라리 나를 죽이려고 작정한 겁니까?"

"너는 방금 흐느끼는 그림자들의 장서 전체를 다 읽었다." 그가 말했다. "아주 특별한 무용시간이었다."

"그게 무슨 뜻인가요?" 나는 신음하며 몸을 일으켰다. "하마터면 미쳐버릴 뻔했습니다. 이해되는 건 아무것도 없는 데다가 지금은 다 잊어버렸다구요."

"요구가 까다로운 책들의 경우에는 늘 그렇다."

호문콜로스는 내가 발을 딛고 일어서도록 도우면서 말했다.

어휘의 방

내 기억은 마치 거미줄처럼 작동했다. 거미의 분별력은 중요하지 않은 것들—이를테면 바람 같은 것—은 그냥 뚫고 지나가도록 두지만, 붙잡힌 파리들은 잡아먹을 필요가 있을 때까지 그냥 거미줄에 매달려 있도록 둔다.

나는 평생 동안 이미 많은 책을 읽었고 다시 잊은 지도 오래됐지만 그중 중요한 것들은 망 속에 걸러져서 어느 날엔가 아마도 수년 또는 수십 년 후에 다시 발견되곤 했다. 그러나 형체 없는 책인 흐느끼는 그림자들은 달랐다. 그것들은 내 몸이 마치 채라도 되는 것처럼 통과해 빠져나갔고 나도 다음 순간 이미 그것들을 잊었다. 그러나 다음 날 나는 그중 몇 가지가 내 머릿속에 걸러져 남았다는 것을 깨달았다.

내가 전에 전혀 들어보거나 읽어본 적이 없는 단어들을 갑자기 알 것 같았다. 예를 들면 나는 돌연 '보송보송한'이라는 말이 '깃털 달린'의 옛 표현이라는 것을 알았다. 이런 지식은 처음에는 아무 쓸모가 없는 것처럼 보일 수도 있지만, 그러나 예를 들어 어린 병아리를 상상할 때면 아무런 뜻도 없어 보이는 '깃털 달린'보다는 '보송보송한'이 훨씬 더 적합한 말 같아 보였다. 귀엽고 털이 보송보송한 한 떼의 병아리들이 갑자기 내 의식 속에서 오갔다.

무슨 일이 일어난 거지? 어떻게 해서 나는 갑자기 '쏜다'가 무슨 뜻인지를 알게 된 것일까? 마늘을 먹은 후에 나오는 아주 독한 입 냄새는 누구나 알고 있다. 하지만 '말한다'와 '냄새 난다'라는 말이 합쳐져서 '쏜다'라는 말이 생겨났다는 것을 아는 자는 거의 없다.

'아, 이 양의 갈비는 맛이 아주 좋군요!'라고 그가 쏘았다라고 말하면, 마늘이라는 단어를 전혀 입 밖에 내지 않고도 이 인물이 소설의 절반가량에 걸쳐서 그 냄새를 풍기는 여운을 남기리라는 영상을 머릿속에 그릴 수 있었다.

'짝찹한'이라든가 '대찔' 같은 이상한 어휘들을 새로 아는 것은 내게 우월감을 주었다. 그러나 이것은 아쉽게도 우월감과 진지함, 그리고 요구가 뒤섞인 상태를 대신 묘사하는 오래된 인조어였다. 이제 나는 '메조모르프', '렙토그람', '엑토길', '요구드람', '스페랄리탄드' 그리고 '인디그아불란트' 같은 이상한 단어들도 알았다. 이런 순수한 형용사를 사용해서 만족이 정당화될 때까지(이 말 역시 아쉽게도 유행에서 벗어난 것이지만) 누군가를 실컷 모욕 줄 수 있었다.

서서히 내 머릿속에는 흐느끼는 그림자들이 이미 오래전에 잊혀진 시대—언어상 오늘날과는 본질적으로 달랐던 시대—에 대한 지식을 풍부하게 지니고 있다는 생각이 어렴풋이 떠올랐다. 우리는 누군가에 대해 묘사하려 할 때면 '예쁘다', '밉다' 따위의 애매한 개념들을 쓰는 것으로 만족한다. 그러나 나는 그림자들과 함께 춤을 춘 이후로는, 예를 들어 '나조감'이라는 단어는 콧구멍의 크기가 서로 눈에 띄게 다른 자를 가리키는 말이고, '헥톨리트'는 술통 비슷한 체형을 가진 자를 가리키며, '플루스크밤페르펙트'는 비범하게 외모가 잘생긴 자를 가리키는 말이었다. 그러나 뜻은 더 미묘했다.

단어들에 차이를 두려는 흐느끼는 그림자 책들의 의지는 모든 분야를 다 고려하고 있었다. 소음들도 그들에게는 '쾅', '좌좌' 혹은 '덜커덩' 같은 단어들로 한데 모을 수 있는 것이 아니라 그 개별적인 특성에 따라서 울리는 적절한 명칭들을 갖고 있었다. '브풋'이라는 소리는 솜털 같은 깃털이 땅바닥에 닿을 때 내는 것이었다. 뭔가를 마시다가 액체가 콧속으로 들어가는 바람에 갑자기 웃지 않을 수 없을 때 나오는 소리는 '프름풋'이고, 봉 초콜릿을 자를 때 생기는 입맛을 자극하는 소리는 '홈서'였다. '끄라이슈'는 칠판 위에 분필이 스쳐 갈 때 나는 끔찍한 소리이고, '크락타우'는 폭발하는 화산에서 나는 공포스런 소리였다.

그림자의 성 안을 배회하고 다니는 대신에 나는 이날 나 자신의 뇌 속에 있는 미로를 바쁘게 돌아다니면서 흐느끼는 그림자들이 거기에 남겨놓은 모든 단어들을 주워 모으려고 했다.

'라빌리에'란 제대로 결정을 내릴 수 없는 일을 가리켰다.

'훅'은 뭔가를 들어 올리려다가 그것이 너무 무거운 것임을 알아채는 순간을 뜻했다.

비누 조각을 밟아 미끄러질 때의 느낌은 '호아'라고 했다.

껍질을 벗기지 않은 오렌지를 이리저리 눌러보다 너무 물러서 맛볼 수 없다는 느낌은 '프룩토디스무스'라는 단어로 표현했다.

모든 것을 억지로 알파벳 순서로 정리하는 자는 '아베체뤀란트'라고 했으나, 모든 것을 알파벳 반대 순서로 정리하는 자는 '제티프질롱크스'라고 불렀다.

'후모돈트', '그나도필', '몹토불리스무스', '크립토코기슈', '블륀트', '인테료달', '프네르켄하프트', '운추브질', '브나프', '호피산트', '콘테레센', '비빌루기슈', '옴니고름'처럼 수백 개, 수천 개의 잊힌 단어들을 주워 모아서 내 어휘를 보관하는 뇌의 방 속에 넣어두었다. 그날이 지나자 이 어휘들은 거의 두 배로 늘어났다.

오랫동안 나는 내 어휘의 방 안에 앉아서 이 모든 단어들을 받아들이면서, 마치 포획한 보물에서 금조각과 다이아몬드를 하나하나 감정하는 해적처럼 고마움과 자랑스러움, 그리고 애정을 갖고 그 단어들을 관찰했다.

68
테리오와 실습

내 왼손 글쓰기 실력은 아주 빠른 속도로 진전을 보였다. 실제로 글 쓰는 솜씨는 내게 타고난 것이었고, 다만 수십 년 동안 억눌려 있었던 것이었다. 이제 내 머릿속에 들어 있는 단어들은 전처럼 머뭇거리는 일이 없이 곧바로 종이 위로 쏟아져 나왔다. 나는 시인의 글 쓰는 팔이 마치 검투사의 싸우는 팔이나 권투선수의 때리는 팔과 비슷한 그 무엇임을 깨달았다. 실제로 나는 왼손으로 글을 더 잘 쓸 수 있었고, 생각의 리듬은 이제 그것들을 종이 위에 쓰는 데 필요한 신체의 움직임들과 조화를 이루었다. 글을 쓸 때는 사물들의 흐름 속으로 빠져들어가 그 속에 머물러 있어야 하는 순간들이 있으며, 그것은 올바른 팔을 움직여 글을 쓸 때만 가능하다.

그림자 제왕이 가르치는 수업은 일반적인 예술가 수업에서 배우는 보통 내용—그런 것을 나는 사실 단첼로트 대부한테서 배우기도 했지만—과는 별로 상관이 없는 데다 수업 재료도 오히려 지나치게 비인습적이어서—사실, '진지하지 않아서'라고까지 말하고 싶다— 그저 혼자 익히거나 전수할 수 있는 것이었다.

"나는 오늘 너에게 가스의 서정시에 대해서 이야기하고자 한다."

호문콜로스가 말하더니, 몇 시간 동안이나 어느 멀리 떨어진 천체에 살고 있다는 발광가스로 이루어진 시인들에 대해 이야기했다. 그리고 아주 짧은 순간만 존재하는 가스로 시를 쓴다는 그들의 복잡한 화학방식에 대한 이야기도 늘어놓았다. 호문콜로스의 진술에 따르면 그는 지금까지 우주의 구석구석에 살았던 모든 시인들과 오름을 통해 끊임없이 접촉하고 있으며 또 그들과 방법 및 주제들도 서로 교환한다는 것이었다.

물론 그건 어리석은 이야기였다. 그러나 그가 너무나도 현란하고 그럴듯하게 이야기하는 바람에 나는 그의 끊이지 않는 창의력에 그저 감탄할 뿐이었다. 그는 겸손함과 과대망상이 이상야릇하게 뒤섞인 비정통적인 교수법으로 자기가 다른 데서 그것들을 모두 봤다고 그냥 주장함으로써 그의 기이한 지식과 능력을 내게 전달해주었다.

물론 그 모든 것은 사실 그 자신이 창조해낸 것이었다. 그는 날이 가고 수업이 진행될수록 내 상상력을 불태우는 기이한 것들을 그칠 줄 모르고 새로 꾸며내 이야기해주었다.

눈에 띨 만한 체계나 진지한 기초도 갖추지 않은 이런 수업 재료는 단 한 가지 내 사고와 글쓰기를 진행시키는 데만 적합했다. 그것은 평범하게 글을 읽던 내 유년 시절을 상기시켜주는 방식이었다. 즉, 책을 읽고 난 다음 덮어도 생각이 간단히 중단되지 않았다. 그런데 흐느끼는 그림자들은 이런 제멋대로이고 터무니없는 문학 형태에 맞는 단어를 하나 갖고 있었다. 그것은 훨씬 유쾌하고 비학문적이며 거의 술 마실 때의 건배 소리처럼 들리는 '테리오'였다.

내 왼손이 글쓰기에 점점 더 유연해지고 내 어휘도 더 풍부해지고 호문콜로스가 내 창의성을 훈련시키는 방법도 독특했음에도 불구하고, 지금까지 나는 이렇다 할 만하게 중요한 글을 쓴 게 없었다. 부단히 정서법이나 문체에서 아무런 흠이 없는 글을 쓰기는 했지만 내용이 너무나 보잘것없어서 벽난로의 불 속에 던져버리곤 했다. 이 모든 것이 다 헛수고가 아닐까? 나는 혹시 별 재능이 없는 작가들에 속하는 것이 아닐까? 어느 날 나는 너무 피로하고 희망이 없어져서 이런 우울한 생각을 호문콜로스에게 알렸다.

그는 잠시 동안 생각에 잠겼다. 그리고 그가 왔다 갔다 하면서 내 생각에 동의해야 할지 반대해야 할지 쉽게 결정하지 못하는 것을 보았다.

"네가 받은 작가 수업을 실천에 옮길 시간이 되었다." 그가 결심한 듯이 말했다. "오름을 강요할 수는 없다. 그러나 글을 쓰려고 하는 자라면 역시 뭔가 체험을 해야 한다. 그러기에 그림자의 성은 차모니아 전체에서 다른 어떤 건물도 제공할 수 없는 몇 가지 가능성을 가지고 있다."

"그건 이미 경험했습니다." 내가 말했다.

"너는 아무것도 모른다. 전혀 몰라!"

"제 말은 사실 그동안 저는 이 성 안에 있는 대부분의 방이나 공간들을 알게 되었다는 뜻입니다."

"하!" 호문콜로스가 웃었다. "너는 그림자의 성이 실제로 무엇인지 한 번이라도 생각해본 적이 있느냐?"

"물론입니다. 그 생각은 줄곧 해왔습니다."

"그래서 어떤 결론에 이르렀느냐?"

나는 어깨를 움찔했다.

"건물인가?" 호문콜로스가 물었다. "함정인가? 무슨 기계인가? 생물인가? 너는 나와 함께 그것을 밝혀내고 싶을 만큼 흥미를 느끼느냐?"

"물론입니다."

"위험하지 않은 것은 아니다. 그러나 한 가지 너에게 보장하건대, 그 일을 겪고 나면 너는 새롭게 글을 쓸 수 있는 손을 갖게 될 것이며, 또 네가 익힌 새로운 어휘로 최초의 위대한 이야기를 쓰게 될 것이다."

"그렇다면 시작합시다!"

"다시 한 번 말한다. 그것은 위험한 일이다. 매우 위험할 수 있어."

"무슨 일이야 일어나겠습니까? 그림자 제왕이 경호원으로 제 옆에 계신데요."

"지하묘지에는 그림자 제왕보다 더 위험한 생물들이 있다."

"그림자의 성 안에도요?"

"우리가 가는 성의 구역 내에도 물론 있다."

"후우, 이제야말로 당신은 제게 정말 호기심을 일으키는군요. 우리는 도대체 어디로 갑니까?"

"지하실로 간다."

"그림자의 성에 지하실이 있습니까?"

"물론이다." 호문콜로스가 말했다. "무시무시한 성에는 어디든 지하실이 있다."

68
지하실에서

그림자 성의 지하실에 이르는 계단을 걸어 내려가는 데 얼마나 오래 걸렸는지는 말하기 어렵다. 하지만 서너 시간 걸린 것은 분명했다. '계단'이라는 개념에 대해서도 나는 좀 간단하게 말하겠다. 흐느끼는 그림자들의 잊혀진 어휘에는 우리가 지나서 나아가는 이런 종류의 거리에 대해 '어두운 갱도하강'이라는 표현이 있었다. 그것은 대충 '밑으로 깊이 이어지는 모든 것'이라는 의미였다.

우리는 먼저 바위를 파서 인공적으로 만든 돌계단을 따라서 아래로 내려가다가 그 다음에는 소용돌이무늬로 장식이 되어 있고 번뜩이는 녹으로 덮인(그래서 녹슨 난쟁이들이 만든 것으로 추측되는) 쇠사다리를 타고 내려갔다. 심지어 이따금 밧줄을 타고 내려가거나 혹은 굴뚝을 통해 미끄러져 내려가야 할 때도 있었다. 마침내 우리는 어느 종유석 동굴 안에 도달했는데 나는 그곳이 정말로 그림자의 성의 일부라는 것이 믿기지 않았다.

"이 동굴들은 성의 밑에 있다. 그래서 지하실이다."

호문콜로스는 고집스럽게 반박했다. 그가 들고 있는 해파리횃불만이 거대한 동굴 안을 겨우 밝히고 있었다. 그곳은 춥고 눅눅했으며 곰팡이와 죽은 물고기들 냄새가 났다. 그래서 나는 벌써부터 미치광이 소굴이기는 하지만 온도가 적당한 그림자의 성이 그리워지기 시작했다.

호문콜로스는 횃불을 높이 쳐든 채 앞서 걸어갔다. 도처에 버섯처럼 땅바닥에서 솟아 자라난 호박색 수정들이 해파리에서 나오는 빛을 반사했다. 나는 어떤 문명의 흔적도 발견해낼 수 없었고, 어떤 가공된 광물이나 화석화된 책들, 돌에 새겨진 기호 같은 것도 발견할 수 없었다. 생각하는 존재들이 아주 드물게 잘못 들어와 헤맸을 것으로 보이는 어느 지하묘지 구역에 우리는 다시 들어와 있었다.

"너는 분명 진귀한 거대한 책들에 대해 들어본 적이 있을 것이다." 줄곧 앞서 나아가던 호문콜로스가 말했다. "크기가 헛간 문만 하고 열 명의 책 사냥꾼들이 함께 들어도 운반하지 못할 만큼 무거운 책들 말이다."

"그래요. 레겐샤인이 쓴 책 속에 그런 내용이 있습니다. 책 사냥꾼들이 자기네 업적을 미화시키려는 허황된 이야기라고요. 그리고 다른 이들한테 두려움을 불어넣어 자기들을 따라 지하묘지 내로 들어오지 못하게 하려는 거라고 저는 추측합니다. 왜냐하면 거대한 책들이 있는 곳에는 물론 거인들로 있어야 할 테니까요."

"책 사냥꾼들이 전혀 없었던 시절에도 지하묘지에 거인들이 산다는 전설이 있었다. 그들은 '아주 큰 이들', '훈족 남자들' 또는 '소고트인들'이라고 불렸다. 그들이 이 지하세계에 최초로 거주했던 자들이었을 것으로 추측된다. 이미 오래전에 소멸되어버린 종족이다. 이 좁은 세계에 비해 너무 몸집이 컸기 때문이지."

"사형수 호그노가 살았던 거대한 해골은 아마 어느 거인의 해골이었을지도 모릅니다."

"그것은 동물의 해골이었다. 거대한 짐승의 해골이지, 거인의 해골
은 아니다."

호문콜로스는 갱도를 기어 내려갔고 나도 하는 수 없이 그의 뒤
를 따라갔다. 그는 어느 크고 어두운 동굴 안으로 들어갔는데, 해파
리횃불은 그 동굴 안 바닥의 일부만을 비추고 있었다. 그 바닥은 마
치 누가 인공적으로 만든 것처럼 매끄럽고 평평하게 닦여 있었다.
나는 고서적들에서 나는 향수 냄새를 맡았는데 냄새가 어찌나 지독
한지 거의 악취에 가까웠다.

"우리는 어디에 와 있습니까?" 내가 물었다. "여기 어디에 책들이
있습니까?"

"조심해라!" 호문콜로스가 말했다. "이제 내가 하는 것은 부흐링
족을 몰래 관찰했을 때 그들한테서 배운 것이다."

"부흐링 족도 몰래 관찰했다는 말입니까? 당신은 누구한테든 그
런 일을 합니까, 그래요? 혹시 프라이버시 영역이라는 말을 들어본
적 있습니까?"

호문콜로스는 씨익 웃었다.

"나는 단첼로트가 보낸 편지를 가죽 동굴 입구에다 놓아두었다.
그리하여 그들은 나를 그들의 경이로운 방으로 인도했다. 나는 다른
누구도 모르는 돌 사이에 난 길들을 알고 있다. 또 부흐링 족이 어디
에다 지하묘지의 별을 감춰두는지도 안다."

"당신이 단첼로트 대부의 편지를 부흐링 족에게 줬다는 말입니까?"

"아니면 누구겠느냐?" 호문콜로스는 스스로 정당한 듯이 물었다.
"그리고 너는 아마도 그 편지를 읽었겠지?"

나는 고개를 끄덕였다.

"너는 아마도 네 손안에 들어오는 낯선 이들의 어떤 편지라도 다 읽어보는 모양이군. 혹시 프라이버시 영역이라는 말을 들어봤느냐?"

나는 부끄러워 머리를 떨구었다가 호문콜로스가 해파리횃불을 허공에서 마구 휘젓는 것을 보고 곧 다시 쳐들었다.

"부흐링 족은 이것을 보고 불꽃던지기라고 부른다." 그가 말했다.

"나도 압니다."

이리저리 원을 그리며 흔들리는 횃불의 파란 불빛 속에서 나는 그 동굴이 어마어마하게 높은 것을 보았다. 최소한 삼십 미터는 되어 보였다. 그리고 그 안에는 서가들이 천장 높이까지 꽉 들어차 있었다. 이것만으로는 특별할 게 없었다. 나는 지하묘지 내에서 이미 그보다 더 높은 서가들도 보았기 때문이다. 당혹스러운 것은 여기 이 서가들 속에 꽂혀 있는 책들은 헛간 문처럼 거대한 책들이라는 사실이었다.

호문콜로스는 떨어지는 횃불을 능숙하게 낚아채더니 나를 보고 히죽 웃으면서 그것을 다시 한 번 위로 던져 올렸다.

서가에 등을 보이며 줄지어 꽂혀 있는 이 거대한 크기의 책들을 보자 나는 존경스럽다는 말만으로는 충분하지 못하다는 느낌에 사로잡혔다. 흐느끼는 그림자들에게는 그에 맞는 표현인 '겁난다'라는 단어가 있었는데, 이것은 불안에 가까울 정도의 존경을 뜻했다. 그야말로 자신의 몸을 먼지 속에 내던진 채 은총을 애걸하고 싶은 충동을 억제하기 힘든 그런 상태였다.

호문콜로스는 다시 떨어지는 횃불을 낚아챘다.

"여기에는 집채만 한 크기의 책들도 있다." 그가 말했다.

"한때 그 책들을 소유했던 자들은 분명 이미 아주 오래전에 죽었겠지요, 안 그런가요?" 나는 가쁜 숨을 내쉬며 말했다.

"그렇다. 그들은 죽은 지 오래다." 호문콜로스가 말했다.

나는 안도의 숨을 쉬었다. 그것은 이미 멸종된 거인족속이 만들어 놓은 유물이었던 것이다.

"단 한 명만 빼고는."

나는 소스라치게 놀랐다.

"여기 아래에 뭔가 살아 있는 것이 있습니까?"

"그렇다. 유감스럽게도."

"그게 뭐지요?"

"말하기 어렵다. 뭔가 아주 큰 것이다. 괴물이다."

"이 지하실에 괴물이 산다는 말인가요?"

"어떤 지하실에든 괴물이 살고 있다."

"그러니까 그것은 거인이면서 괴물입니까?"

나는 서서히 의심스러워졌다.

"그렇다. 달리 뭐라고 정의해야 할지 모르겠다." 호문콜로스가 말했다. "그것은 엄청나게 커서 무시무시할 뿐 아니라 더 나쁜 것은, 나는 이 생물이 식인종이 아닌가 의심스럽다."

괴물에다 거인이고 또 식인종이라니. 이야말로 점점 더 점입가경이었다. 나는 호문콜로스가 또다시 그의 머릿속에 들어 있는 허황된 환상들로 내 시적인 상상력을 부채질하려고 그러는 것이기를 바랄 뿐이었다.

"그리고 또 한 가지가 있다. 너는 분명 내 말을 믿지 않을 것이다." 호문콜로스가 말했다. "그 거인은 학자다. 또는 무슨 연금술사라고 할 수 있겠지. 그는 책을 읽는다. 여기 보이는 이 모든 책들을 읽는다. 실험도 한다. 여기서 멀지 않은 커다란 실험실에서. 그는 자기 선조들의 시신을 거대한 얼음 동굴 속에 차곡차곡 쌓아놓았다. 내가 믿기로 그자가 그토록 오래 살아남아 있는 이유도 그 시체들을 하나씩 먹기 때문이다. 그 시체들의 죽은 피가 그의 생명을 유지시켜주고 있는 것이다."

그래, 그렇지, 그거야말로 유년 시절에 놀이동무들과 함께 지하실에 들어가서 그들에게 해주곤 했던 그런 종류의 이야기였다. 아마 그림자 제왕은 나를 공포문학을 쓰는 작가로 길들이려는 것 같았다.

"그리고 또 내가 믿고 있는 것이 뭔지 아느냐?" 호문콜로스가 물었다.

"저는 그런 일을 경험할 거라고는 거의 기대하지 않습니다."

호문콜로스는 주문을 외우듯이 몸을 내게로 굽히더니 잠긴 목소리로 속삭였다.

"그 거인은 제정신이 아니다. 머리가 돌았단 말이다." 그는 그에 걸맞은 제스처를 지어 보였다. "비록 그자는 머리를 안 갖고 있지만."

"머리가 없다고요?"

"그렇다. 어쨌든 우리가 머리라고 정의하는 그런 것은 안 갖고 있다. 입도 없다. 그런데도 나는 그가 시체를 뜯어 먹는 것을 한 번 본 적이 있다. 그리고 내 말을 믿어라. 그것은 내가 본 것 중 가장 밥맛 떨어지는 광경……"

"이제 그만 좀 해요!" 내가 소리쳤다. "당신 얘긴 내게 두려움을 주지 않아요. 대체 우리가 이 아래서 뭘 찾고 있는 건지 말해주세요."

"그건 이미 말했다. 우리는 그림자 성의 비밀을 찾고 있다. 지하묘지 내의 마지막 미스터리 말이다."

"여기에 괴물은 없어요. 당신은 나를 시험해보려는 겁니다."

"그래, 만약 두렵지 않다면 네가 앞장서라."

"그렇게 하지요."

"그럼 해봐라."

나는 그림자 제왕 옆을 지나쳐 몇 걸음 머뭇거리면서 어둠 속으로 발을 내딛었다.

"왜 꼭 필요하지도 않은데 터무니없이 위험한 괴물의 영역에 발을 들여놓으려고 합니까?" 내가 물었다.

"내가 그러는 것이 전혀 아니다." 호문콜로스가 대꾸했다. "그렇게 하고 있는 것은 너다."

"그게 무슨 뜻입니까?"

나는 말하면서 그의 쪽으로 몸을 돌렸다. 그런데, 그는 더 이상 그 자리에 없었다. 그가 들고 있던 해파리횃불만이 동굴 바닥 위에 놓여 있었다.

66
디노사우르스의 땅

나는 어린 시절에 했던 놀이가 다시 기억에 떠올랐다. 린트부름 요새에서 우리는 우리보다 어린 동무들을 데리고 어둡고 무시무시한 동굴 속으로 들어간 다음에 우리만 살짝 사라지곤 했다. 우리는 몸을 숨긴 채 그애들이 울면서 어쩔 줄 모르고 헤매는 모습을 보면서 낄낄거리며 무지무지하게 재미있어했다. 하지만 그 당시 내 나이가 서른 네 살이었으니까 그저 어린애였다! 그림자 제왕이 하는 농담도 역시 그와 비슷한 어린애 수준이었다.

"호문콜로스!" 내가 외쳤다. "빌어먹을, 이게 뭐예요?"

아무 대답이 없었다.

나는 횃불이 놓여 있는 곳으로 가서 그것을 집어 들었다.

"호문콜로스!" 나는 다시 한 번 외쳤다.

"콜로스…… 로스……오스……오스……."

그렇게 메아리가 대답했다.

물론 그는 어둠 속 어딘가에 숨어서 나를 엿보고 있었다. 시시한 익살꾼 같으니라고. 그렇지만 나는 지금 무슨 두려움이나 나약한 기미를 보이면서 그에게 즐거움을 주지는 않을 것이다. 그래서 나는 횃불을 높이 들고 그냥 이 거대한 도서실 안으로 철벅철벅 걸어 들어갔다. 그가 어둠 속에 숨어서 내 뒤를 몰래 따라오려면 오라지. 그렇게 하는 게 무척 재미있다면 말이다.

횃불의 푸르스름한 빛 아래에 드러난 거대한 책들의 광경은 대단했다. 마치 사악한 거인에 관한 무슨 동화에 나오는 배경 같았다. 그 책들에서 풍겨 나오는 냄새로 보아 수천 년도 더 된 것 같았는데 아직도 다 썩어서 없어지지 않은 것이 놀라웠다. 아마 그 책들을 만들어낸 거인족은 종이를 특별히 오래 보존하는 방법을 알고 있었던 모양이다. 만약 책장들이 금속이나 어느 원시 동물의 가죽이 아닌 종이로 되어 있다면 말이다. 책들은 두껍고 이따금 작은 돌기무늬 장식이 비늘처럼 붙어 있는 책등만이 보였다. 그런 무늬들도 아마 일종의 문자일지 몰랐다. 만약 그렇다면 책들 속에는 어떤 이야기들이 쓰여 있을까? 혹시 미치광이 거인들의 연금술에 대해 잔뜩 쓰여 있는 학술서적들일까? 책을 한 권 끌어내 살펴보려면 나 혼자서는 안 되고 십여 명의 힘센 장정들의 도움이 필요할 것 같았다.

서가 밑에 컴퍼스를 연상시키는 금속기구 하나가 놓여 있었다. 그것은 뾰족한 끝이 세 개이고 내 키의 두 배는 되었다. 은으로 만든 것으로 거의 검게 산화되어 있었는데, 이은 자리와 나사들이 붙어 있고 끝부분은 황동으로 되어 있었다. 알 수 없는 기호들이 금속에 새겨져 있었다. 혹시 무슨 도량 단위인가? 거인들은 어떤 기준에 따라 계산을 했을까? 만약 내가 이런 고고학적 가치가 있는 유물을 갖고 간다면 부흐하임에서 커다란 반향을 일으킬 수 있겠지만, 이것을 옮기려면 짐마차가 필요할 것 같았다.

이곳은 그러니까 실제로 옛날에 어느 거인족의 왕국 내에 있었던 도서실이었다. 호문콜로스가 계획하고 있는 것에 대해 나는 점차 좋지 않은 예감이 들었다. 그는 나를 여기로 데려와 이 매혹적인 광경을 보게 함으로써 내 상상력에 불이 붙도록 혼자 놔두었다. 만약 우리가 그림자의 성으로 되돌아간다면 어쩌면 나한테 거인에 관한 이야기를 하나 쓰라고 할지도 몰랐다. 위대한 것들에 대해 쓰려면 위대한 감동을 받아야 한다. 그러면 그것은 어떤 소재인가! 내가 이런 유물을 보고 탐구할 수 있는 것은 전설도, 동화도, 허황된 생각도 아닌 거인들의 소멸된 문명에 관한 역사였다. 어쩌면 나는 이 서가에 꽂혀 있는 거대한 책들 가운데 한 권을 지레로 꺼내서 펼쳐보는 데 성공할 수 있을지도 모른다.

사실 이제 나는 더 이상 아무런 두려움도 느끼지 않았고 오히려 호기심이 타올랐다. 좀 더 상세한 것들을 발견하고 싶어서 될 수 있으면 서가에 가까이 붙어 지나갔다. 거기에는 창처럼 길게 만든 금바늘 하나가 놓여 있었다. 크기로 보아 원래 코끼리가죽이었을 것으로 보이는 가죽으로 싸여 있었는데 읽을 수 없는 문자들로 가득 차 있었다. 그 글자들 하나하나가 문짝만큼 컸다. 어린 아이 크기만 한 수정도 한 개 있었는데 보아 하니 책을 누르는 서진 같았다.

거인들의 시각에서 바라보는 대상들은 과연 어떤 모습일까? 만약

611

이 옛날 거인들 중 한 명이 나와 만난다면 아마 내 존재를 알아채지도 못하고 나를 마치 곤충처럼 짓밟아버릴지도 모른다.

나를 여기까지 끌어들인 것은 탁월한 착상이었다. 이런 경험을 하게 해준 호문콜로스가 고마웠다. 만약 나의 이런 모습이 그의 우울한 삶에 약간의 기분전환을 가져다준다면 그는 어둠 속에 조용히 숨어서 어린 학생처럼 나를 엿보면서 킥킥거려도 괜찮았다.

마침내 자신감이 든 나는 호문콜로스에게 나의 겁 없는 모습을 보여주려는 욕심이 생겼다. 그래서 어느 거대한 서가로 기어올라가 책을 끄집어내려고 했다. 좀 얇은 책은 성공할 것 같았다.

그래서 나는 어느 서가의 첫 단계 위로 기어올라갔다. 마치 장수가 부하장교들을 사열하듯이 책들을 차례차례 살피고 지나가면서 특히 얇은 책을 찾아내려고 했다. 나는 내 몸보다 두껍지 않고 내 키보다 겨우 머리 하나 클 만한 책을 한 권 찾아냈다. 그 책은 다른 책들에 비하면 얇고 왜소했다. 그것은 해볼 만했다. 나는 횃불을 내려놓고 그 책을 넘어 서가의 뒤편으로 기어가 책을 밀기 시작했다.

갑자기 좀 석연찮은 기분이 들었다. 그곳이 너무 어두운 데다 곰팡이 냄새가 심하게 났다. 여기에는 큰 거미나 거대한 집게벌레가 서식할 만했다! 이런 상상이 내 힘을 배가시켰다. 그래서 나는 거의 힘을 들이지 않고 그 책을 앞으로 밀었다. 그런 다음에 그것을 서가의 모서리로 밀어 아래로 떨어뜨렸다. 쿵! 소리와 함께 책이 바닥에 떨어졌고 메아리가 어두운 도서실 안에 오래도록 울려 퍼졌다.

해냈다! 나는 겉옷에서 먼지를 털어내고 주위를 둘러보았다. 그러나 고집불통 호문콜로스는 여전히 모습을 드러내지 않았다. 그는 어둠 속 어딘가에 웅크린 채 내 담력을 보고 놀라고 있을 거라고 추측했다.

나는 떨어진 책을 살펴보려고 서가에서 기어 내려왔다.

호기심에 차서 책 표지를 열었다. 그러자 그것은 마치 오래된 관처럼 '삐거덕'하면서 열렸다. 한 장 한 장마다 굵기가 엄지손가락만 했고 종이와는 별로, 아니 전혀 관련이 없는 회색 가죽재료로 만들어져 있었다. 각 장들도 역시 이곳 도서실 안에 있는 거의 모든 책들의 책등을 장식하고 있는 것과 똑같은 작은 피라미드형 돌기무늬들로 덮여 있었다. 아마도 거인들의 알파벳 같았다. 아무리 봐도 이 책 안에 무슨 내용이 쓰여 있는지 전혀 감을 잡을 수 없었다.

그래도 나는 나 자신이 자랑스러웠다. 분명 나는 거인들의 책을 펼쳐본 이들 중 한 명이었다. 거인 연구의 선구자였다.

무슨 소리를 들은 것 같아서 나는 귀를 기울였다. 호기심 때문에 내 몸이 떨린 것일까, 아니면 땅바닥이 흔들린 것일까? 실제로 땅바닥이 진동했고 책도 그에 따라 함께 흔들렸다. 이제 그 진동이 더 심해졌다. 다시 더 심해졌다.

나는 조금 불안해졌다. 그래서 두려운 눈으로 호문콜로스를 찾으려고 주위를 둘러봤다. 어쩌면 그래, 지진일지도 몰랐다. 아니면 지하의 화산이 폭발했는지도 모른다. 아니면 혹시 엄청난 진흙더미가 파도처럼 지하묘지를 통과해 곧바로 내게로 밀려오고 있는지도 모른다.

덜컹덜컹 흔들리는 소리는 점점 더 불길하게 들리더니 이제 서가들 위에 쌓인 먼지들이 굵은 눈송이들처럼 춤추며 날기 시작했다. 터널의 어둠 속으로부터 점점 더 가까이 다가오는 소리. 마치 십여 개의 백파이프와 파이프 오르간에서 한꺼번에 울려나오는 듯한 소리가 들려왔다. 아주 낮게 지속적으로 윙윙거리다가 흥분해 지저귀는 듯한 높은 소리로 바뀌었다.

그러더니 어둠 속으로부터 내가 들고 있는 횃불의 푸른빛 아래로 발을 내딛는 것이 있었다. 바로 거인이었다. 첫눈에도 그자는 엄청난 파도 같았다. 회색에 위쪽으로 갈수록 뾰족한 형상, 몸집은 나보다 적어도 이삼십 배는 컸다. 살로 만들어진 벽 같은 형체가 나를 향해 저벅저벅 다가오면서 고약한 악취를 풍기는 것이 느껴졌다. 그 거인의 원추형 형상은 이상하게도 내 고향 린트부름 요새를 떠올리게 해주었다.

그 몸 전체에는 코처럼 긴 돌기들로 겹겹이 뒤덮여 있었다. 그것들 중에는 밑으로 축 처져 있는 것들도 있고 신경질적으로 후려치듯 허공에 나부끼는 것들도 있었다. 이 긴 코 모양의 돌기들 사이로는 십여 개는 되어 보이는 창문만 한 피막들이 나 있는데 흐늘흐늘한 회색 살이었다. 구멍이 뚫려 있는 그 피막들은 호흡을 하는 것처럼 늘어났다 줄어들었다 했다. 그 형상에서 눈은 한 개도 발견할 수 없고 팔과 다리도 역시 없었다. 이 거대한 덩어리 같은 생명체는 꼭 기면서 앞으로 움직이는 것처럼 보였다.

그는 움직임을 멈추었다. 그의 몸에 붙은 긴 돌기들이 사방에 대고 쿵쿵거렸다. 그리고 몸의 피막들은 조용하고 규칙적으로 수축과 이완작용을 하고 있었다. 그가 왜 즉각 나를 향해 다가오지 않는지 의아했다. 나와 그 실내에 있는 유일한 광원인 횃불을 향해서 말이다. 그는 분명히 나를 봤을 텐데!

그러다가 문득 깨달았다. 거인은 장님이었다! 그는 지하묘지 내의 수많은 생물들처럼 눈이 없이 촉각과 청각, 후각을 통해 방향을 찾아가고 있었다. 그래서 몸에 그렇게 많은 긴 돌기와 피막들이 붙어 있는 것이다! 코는 수백 개나 됐지만 눈은 단 한 개도 없었다. 서가에서 밑으로 떨어진 책에서 난 소음이 그에게 경고음이 된 것이지만 지금 이 순간 그에게 나라는 존재는 전혀 없는 거나 마찬가지였다.

나는 아무 소리도 내지 않았으니까.

그렇다면 이 책들은 다 뭐란 말인가. 장님이 책을 가지고 뭘 하는 것일까? 혹시 이 이상한 피막들이나 긴 돌기 속에 눈이 숨겨져 있는 것일까? 나는 그냥 반대 방향으로 달아나야 할까? 그러나 만약 그가 실제로 장님이라면 그건 좋은 생각이 아니었다. 만약 그랬다가는 그 거인이 내 발걸음 소리를 듣거나 바람에 스치는 옷자락, 헐떡거리는 숨소리를 들을지도 몰랐다.

그럼 그냥 서 있는 것이 더 나을까? 그가 지나갈 때까지 숨을 죽이고 기다릴까? 처음에는 그것이 가장 현명한 방법처럼 보였다. 그는 잠깐 멈춰 섰다 곧 다시 되돌아가지는 않을까? 그래, 가만히 서서 움직이지 않는 것이 가장 좋다. 거대하고 위험한 생물들을 만날 때마다 그러지 않았던가?

그러다 갑자기 진땀을 흘리기 시작했다. 이상하게도 나는 긴장할 때면 이따금 거의 피부호흡을 하지 않다가 긴장이 풀리면 땀이 비오듯 쏟아져 내리곤 했다. 지금도 그랬다. 불과 수초 사이에 나는 디노사우루스의 땀으로 흠뻑 젖었다.

그리고 내 말을 믿어다오, 오, 친구들이여. 그 땀은 아주 특이한 향수다. 그 냄새는 다른 어떤 족속의 냄새보다 훨씬 더 진하다. 왜냐하면 그것은 원래 그 냄새를 풍기는 존재가 거기 '있다'는 것을 암시하려는 것이기 때문이다. 이런 디노사우루스 땀의 특성은 우리가 가장 위험하고 가장 두려운 생물이던 원시시대에 우리의 땀 냄새로 우리가 잡은 희생물들을 공포에 질려 마비상태로 몰아넣기 위해 생겨난 것이었다. 다른 생물들이 위장하려고 몸을 변신하거나 무서운 모습으로 변하곤 했다면 우리 공룡들은 마치 한여름의 퇴비더미에서 나는 악취 비슷한 냄새를 풍기기 시작했다. 그것은 거인의 관심을 내게로 끌기 위해 화재경보종이나 징을 울리는 거나 마찬가지였다.

그 거인은 만족스러운 듯 피리 같은 소리를 토하더니 몸에 난 움직이는 돌기들을 일제히 내 쪽으로 곤두세웠다. 나를 발견한 것이다! 그의 피막들이 격렬하게 수축했다 늘어났다 하더니 소름끼치게 홀짝홀짝 핥는 소리를 냈다. 그러더니 그 거대한 산 같은 몸집이 움직이기 시작했다. 곧바로 나를 향해서.

나는 봄에 홍수가 밀려든다면 취했을 바로 그런 행동을 취했다. 말하자면 아무 행동도 취하지 않았다. 그런 거대한 자연의 괴력 앞에서 도망친다는 것은 무의미했다. 어쨌거나 내 다리들을 움직일 수 없는 경우를 제외하고는. 괴물은 두세 번 강하게 딸꾹거리는 움직임을 보이더니 무수한 돌기들을 동시에 나부끼면서 내 앞으로 아주 가까이 와 멈춰 섰다. 나는 길이가 수 미터나 되는 여러 개의 돌기에 붙잡혀 높이 들어 올려진 다음 긴 돌기들의 이쪽저쪽으로 점점 더 높이 옮겨지더니 거의 거인 몸의 맨 꼭대기까지 도달했다. 거기서 늘어났다 줄었다 하는 피막이 보였다. 나는 여전히 몸이 마비된 것같이 경련하듯 횃불을 움켜쥔 채 거인의 몸 위를 유령 같은 푸른 횃불로 비추었다. 긴 돌기 두 개가 내 팔 밑을 붙들더니 피막들 앞으로 바짝 갖다 붙이자 이제 그것이 부풀어올랐다. 그 수많은 구멍들에서 따뜻한 공기가 흘러나와 나를 감싸자 그 악취가 어찌나 심했던지, 오, 충실한 친구들이여, 나는 정신을 잃을 수밖에 없었다.

℘℘℘
거인의 동물원

다시 정신이 들었을 때 나는 어느 유리병 속에 누워 있었다. 그 병은 굴뚝까지 갖춘 집채만큼 컸다. 미끄러운 유리벽을 타고 내 머리 위에 있는 병 입구까지 도달하기는 불가능했다. 유리를 통해서 보니 그 병은 어느 사각형 방 안의 서가 위 아주 높은 곳에 놓여 있었다. 그 방의 벽들은 또 다른 서가들로 채워져 있었다. 거기에는 거대한 책들과 적어도 수백 개는 되는 병들이 놓여 있었다. 또 어디에 쓰이는지 알 수 없는 몇 개의 기이한 금속 기구도 보였다.

내 해파리횃불은 맞은편 서가 위에 놓여 있어 그 방 안에 희미한 푸른빛을 비추고 있었다. 보니까 거인은 횃불을 내게서 빼앗아 연구해보려고 거기에 놓아둔 모양이었다.

내 상황에서 볼 때 내가 붙잡혀 있는 사실뿐 아니라 다른 병들 안에 들어 있는 것들도 불안했다. 그것들은 말하자면 아주 역겨운 종류의 생물들이었다. 순전히 지하묘지 안의 생물들로, 어떤 것들은 그 모습에 대해 묘사한 것을 내가 읽어서, 또 어떤 것들은 직접 봐서 아는 것들이었다. 어느 병에는 스핑크스가 한 마리 들어 있었고, 다른 병에는 묵직한 집게다리들이 달린 거대한 황금빛 생물이 들어 있었다. 바로 내 곁에 있는 병 속에서는 흰털 달린 말만 한 거미 한 마리가 몸뚱이를 무겁게 이리저리 움직이고 있었다. 그 건너편 서가에는 붙잡힌 흡혈괴조 한 마리가 발톱으로 유리를 긁어대고 있었다. 나는 녹색 비늘이 덮인 엄청나게 긴 뱀 같은 괴물과 깃털 달린 지하묘지 괴물 한 마리, 그리고 시꺼먼 눈과 검처럼 긴 이빨을 가진 붉은 털 쥐도 한 마리 보았다. 펼친 날개의 길이가 적어도 이 미터는 되어 보이는 박쥐늑대와 수정전갈도 있었다.

간단히 설명하면 이랬다. 이 실내에는 추측하건대 지하묘지의 모든 위험한 생물들의 표본이 각각 하나씩 보관되어 있었는데, 단 하나 안심되는 것은 그것들도 역시 나처럼 갇혀 있다는 사실이었다. 어떤 생물이 갇혀 있는 유리 용기를 빠져나오려고 미끄러운 유리벽을 타고 오르려다 실패할 때마다 찰카닥, 탁탁 소리가 났다. 열려 있는 유리병들도 많았지만 어떤 병들은 창살이 있었다. 그 안에 갇힌 생물들은 빨판이나 날개를 갖고 있어서 그것들을 이용해 빠져나갈 수도 있었기 때문이다. 이곳이야말로 아주 특이한 동물원이었다. 이제야 나는 거인이 학자라고 말했던 호문콜로스의 말뜻을 이해했다.

또다시 멀리서 쿵쿵 소리와 피리 소리가 나는 것이 들렸다. 이 소음은 유리병 안에 갇혀 있는 생물들을 너무나 불안하게 했으므로 나는 최악의 상황이 벌어질지도 몰라 두려웠다. 그 학자라는 거인은 우리를 실험하려고 서둘러 다가왔다.

공기가 밀려오는 소음이 빠르게 가까워지더니 거인의 형태에 맞게 피라미드형으로 만든 문 안으로 벌써 그가 들어와 서 있었다. 나는 병 안에 들어 있었는데도 그의 피막에서 흘러나오는 고약한 냄새에 속이 메스꺼웠다. 그는 실내로 들어오더니 마치 인사하듯이 깊고 튜바 음 같은 저음을 토해냈다. 그러고는 실내의 한가운데로 굴러 들어오더니 다시 제자리에서 여러 번 몸을 돌렸다. 그러자 그의 몸에 붙은 긴 관들이 일제히 위로 솟구치더니 쿵쿵거리며 냄새를 맡았다. 그것은 눈먼 생물이 주위를 살피는 방식의 하나였다. 마침내 괴물은 만족한 듯 다시 한 번 요란한 소리를 지르더니 어느 서가로 가서 거대한 곤충이 들어 있는 유리병을 하나 꺼냈다.

나는 곤충학에 대해서는 특별히 아는 게 없었는데 그 이유는 이런 동물들은 대개 나한테 역겨움을 불러일으키는 데다가 다리가 많은 곤충일수록 역겨움도 커졌기 때문이다. 그래서 나는 그 생물의 정확한 학술명을 말할 수는 없지만 그냥 비행벌레라고 부르기로 했다.

그것은 전갈의 머리를 하고 있었지만 크기는 송아지만 했고, 여섯 개의 다리와 여섯 개의 팔을 갖고 있는데 그 끝은 금속처럼 반짝이는 집게 모양으로 되어 있었다. 게다가 길고 가늘며 역시 금속처럼 반짝이는 꼬리도 갖고 있어서 거대한 바늘처럼 보였다. 그리고 그 벌레는 자르고 꿰맬 뿐 아니라 커다란 잠자리 모양의 날개를 갖고 있어 윙윙거리며 날 수도 있었다.

거인이 긴 관 하나를 병의 창살 안으로 쑤셔 넣자 비행벌레는 움츠러들더니 기절하고 말았다. 거인은 병을 열고 벌레를 꺼낸 다음 병을 다시 서가 위에 올려놓고는 기쁜 듯이 소리를 내지르면서 곧장 나를 향해 철벅철벅 다가왔다.

나는 뒤로 물러서면서 등을 유리벽에 꽉 붙였다. 그러나 그는 내가 아니라 내 옆의 병 속에 들어 있는 흰털 거미를 겨냥한 것이다. 그는 코르크 마개를 열더니 기절한 곤충을 그 안으로 떨어뜨렸다. 병 속에 있던 흰털 거미는 이 불청객에게 즉각 반응하면서 길고 끈끈한 실을 내뿜어 그의 몸을 감기 시작했다. 하지만 그때 비행벌레가 깨어났다.

나는 오, 친구들이여, 그 다음에 옆의 병 안에서 무슨 일이 일어났는지 자세한 설명은 지나치고 중요한 것만 설명하기로 하겠다. 흰털 거미보다 크기가 집채만큼은 더 큰 비행벌레는 마침내 그 날카로운 바늘로 거미를 찌르더니 그의 면도날처럼 예리한 집게발로 거미를 아주 철저하게 갈기갈기 찢어버렸다.

그런데 그보다도 더 역겨운 것은 거인 학자의 반응이었다. 괴물은 병 안에서 새어 나오는 끔찍한 소음을 듣는 데 도취되어 마치 무슨 협주곡처럼 갖가지 이상한 음을 토해냈다. 그는 마치 곤충들의 싸움에 맞춰 즉흥음악이라도 연주하는 듯이 몹시 큰 소리를 갖은 기교를 다해서 내질렀다.

흰털 거미가 마침내 완전히 토막 나서 비행벌레의 가는 바늘들에 한 조각씩 끼워지자 그제야 끔찍한 거인은 흥미를 잃고 그 사건 장소로부터 몸을 돌렸다. 그는 회색 바위 같은 거대한 몸을 굴려 다른 서가로 가더니 거기서 거대한 책을 한 권 꺼냈다. 그리고 책장을 넘기더니 여러 개의 긴 관을 이용해 책 페이지들을 체계적으로 넘겨가면서 피리 소리를 내기 시작했다.

나는 그 사건들에 너무 충격을 받아서 한참이 지난 후에야 거인이 책을 읽는 모습이 눈에 잡혔다. 이미 앞서 그것을 생각했어야 했다. 책에 쓰여 있는 피라미드 형태의 돌기들은 바로 그가 더듬어가면서 읽어가게 되어 있는 점자들이었던 것이다. 거인 학자는 이어서 어떤 곤충들을 서로 싸움 붙일지 결정하려고 무슨 기이한 조종장치를 들여다보고 있는 것 같았다.

그러다가 그가 다시 우렁찬 저음을 토해내자 실내에 있던 모든 유리병들이 마구 흔들렸다. 그는 그 책을 다시 끼워 넣더니 서가들 사이의 벽에 붙어 있는 수수께끼 같은 장치 쪽으로 다가갔다. 거기에는 수많은 밸브와 회전자가 붙어 있는 금색 관들이 기이하게 뒤엉켜 있었다.

거인이 몸에 붙은 여러 긴 관을 이용해 동시에 그 장치의 금색 꼭지와 회전자들을 작동시키자 마침내 그 장치에 붙은 관들이 격렬하게 덜거덕거리고 떨리더니, 돌연 너무 놀랍게도 다름 아닌 그림자 성의 그 유령 같은 음악이 흘러나오는 것이었다.

그제야 나는 서가들 바로 위쪽 벽들에 보이지 않는 삼각형 입구들이 나 있는 것을 보았다. 거기에서는 음악뿐만이 아니라 공기가 흘러들어오는 소리도 들려왔다. 그 흘러들어오는 공기가 거인에게서 나는 악취를 곧 흩날리자 마침내 숨쉬기가 좀 더 수월해졌다.

신선한 공기라니, 바로 그것이 그림자 성의 비밀이었다! 그 건물은 거인 학자들이던 어느 고대의 종족이 지하묘지 속의 공기를 더 아래쪽 영역으로 흘러나가도록 설치한 환기시설이었던 것이다. 유령 같은 음악은 어쩌면 규칙적인 공기의 흐름에서 나오는 부수효과에 불과했다. 하지만 거인은 그 소리가 마음에 들었는지 높은 피리 소리로 화음을 하면서 박자에 맞춰 기괴한 몸을 이리저리 흔들었다.

그는 이제 다른 서가로 가더니 거기에서 마구 발버둥치는 곤충이 들어 있는 유리병을 하나 꺼냈다. 그러고는 내 쪽으로 몸을 굴려 다가와 그 유리병을 내 유리병 바로 곁에 놓았다. 그는 우리가 갇혀 있는 병들 속으로—처음에는 그 곤충이 들어 있는 병 속으로, 그리고 이어 내가 들어 있는 병 속으로— 그의 몸에 붙은 긴 관을 하나 집어넣더니 킁킁 냄새를 맡았다. 이어서 그는 나팔소리 같은 음을 토해냈다. 아마 내 몸에서 나는 디노사우루스의 땀 냄새가 그를 아주 기분 좋게 자극하는 것 같았다. 그가 무엇을 하려는지 알아내기는 어렵지 않았다. 다음번에는 나와 옆의 병 속에 들어 있는 생물을 싸움 붙이려고 하는 것이다.

그 생물은, 오, 사랑하는 친구들이여, 아마 모든 지하세계 가운데서도 가장 깊은 곳에서 나온 괴물로, 분명 내가 여태까지 보아온 것들 가운데 가장 혐오스럽고 역겨웠다. 껍질을 막 벗겨내 온통 힘줄투성이 맨살이 드러난, 다 자란 돼지를 한번 상상해보라. 그 생물의 몸뚱이를 우유처럼 희고 관절이 없으며 끝에 빨판이 붙어 있는 다섯 개의 튜브 같은 것이 떠받치고 있었다. 십여 개가 넘는 시꺼먼 겹눈이 몸 전체에 퍼져 있었고, 먹이를 잡아먹는 데 쓰는 주둥이 비슷한 것들도 그만큼 많이 달려 있었다. 그야말로 믿기지 않는 것은 그 생물이 빨판을 이용해 마치 파리처럼 유리벽 위로 산책하듯 기어다닐 수 있다는 것이었다. 도대체 그 괴물은 나를 어떻게 하려는 것일까? 그에 비하면 아까 흰털 거미의 운명은 그래도 나은 편이었다.

그때 돌연 거인마저도 몸을 움츠리게 만드는 소리가 들렸다! 그것은 어디 멀리 밖에서 들려오는 것 같았다. 그리고 아마 그 소리에 소스라치게 놀라기는커녕 오히려 희망에 부푼 생물은 그 방 안에서 나 혼자뿐이었을 것이다. 그것은 그림자 제왕의 한숨 소리였다.

거인은 몸을 돌리더니 온몸을 한껏 쭉 뻗쳐 일으키면서 화가 난 듯 소리를 내질렀다. 그러더니 제정신이 드는 듯 마침내 즐거운 피리 소리를 내기 시작하면서 환기장치를 움직여 공기의 흐름과 음악 소리를 멈추게 했다. 드디어 그는 철벅철벅 소리를 내면서 황급히 실험실에서 나갔다. 아마도 나와 곤충을 결투시키기 전에 그림자 제왕을 붙잡아 자신의 소장품으로 만들 생각인 것 같았다.

실내의 병들에서 기이한 소리들이 흘러나왔다. 어쩌면 모두가 내지르는 안도의 소리일지도 몰랐다. 사악한 거인이 자리를 떠나 어쨌든 결투가 잠시 미뤄지자 나는 도망갈 궁리를 해볼 수 있었다.

하지만 그 궁리는 곧 끝나고 말았다. 오, 충실한 친구들이여, 나는 내 힘으로는 미끄러운 병의 유리벽을 빠져나갈 가능성이 없음을 알았다. 옆의 병 안에 들어 있는 혐오스런 생물은 그의 수많은 눈으로 탐욕스럽게 나를 응시하더니 빨판을 이용해 유리벽을 기어다니면서 쩝쩝 입맛 다시는 소리를 냈다. 그의 유리병에 창살이 붙어 있어 다행이었다. 안 그랬다면 내가 있는 병으로 넘어와 나한테 끔찍한 짓을 저질렀을 것이다.

"어이!" 내 머리 위에서 어떤 목소리가 외쳤다. "여기 위다."

나는 위를 쳐다보았다. 내 머리 위쪽의 서가 위에서 호문콜로스가 밧줄을 내가 들어 있는 병 속으로 내려뜨리고 있었다. 그는 그곳 입구에 발을 쫙 벌리고 선 채 내가 있는 병 속을 들여다보았다.

"여기 있었군." 그는 나무라는 투로 말했다. "벌써 또 곤경에 빠졌느냐, 흠?"

내가 미처 반박하는 말을 쏟아내기도 전에 그가 내린 밧줄이 내가 있는 데까지 왔다.

"그것을 네 몸에 감아라." 그는 쇳소리를 내며 말했다. "나머지는 내게 맡겨라!"

나는 그가 명령한 대로 했다. 호문콜로스는 힘차게 마치 내가 무슨 깃털을 담은 자루인 양 별로 힘도 들이지 않고 나를 위로 끌어올렸다. 그러더니 병의 바깥벽에서 밧줄을 풀었다. 그는 밧줄을 타고 미끄러져 내려오더니 훌쩍 뛰어 두 발로 안전하게 바닥에 내려섰다.

"그럼." 그가 말했다. "이제 지하실을 청소하자."

그는 소름 끼치는 곤충이 들어 있는 병으로 다가가더니 거기에 몸을 갖다 붙이고 놀랍도록 가볍게 그것을 서가의 가장자리까지 밀어냈다. 병이 땅바닥으로 떨어서 큰 소리를 내면서 산산조각 났다. 나는 서가의 가장자리로 달려가 아래를 내려다보았다. 거기서 그 추악한 동물은 조금도 다치지 않은 채 흩어져 있는 유리조각들 사이로 빠져나오고 있었다.

"미쳤어요?" 나는 소리쳤다. "이 동물들이 얼마나 위험한지 몰라요?"

"물론 안다."

호문콜로스는 말하고는 서가에서 다음 병을 밀어내기 시작했다. 그것은 마치 하늘에 있는 유리공장 전체가 떨어지기라도 하듯 굉음을 내면서 부서지더니 시꺼멓고 굵은 거대한 뱀 한 마리가 그 폐허 속에서 기어 나왔다.

"당신은 거인한테 경고음을 보내고 있는 거라고요!" 내가 소리쳤다.

"내가 바라는 바다."

호문콜로스는 다시 병을 아래로 내던졌다. 또다시 쨍! 하는 굉음이 났고 이번에는 수정전갈이 기어 나와 돌아다녔다. 멀리서 벌써 거인 학자의 흥분한 피리 소리가 들려왔다.

호문콜로스는 이제 황금바늘을 하나 집더니 그것을 지렛대로 이용해 다음 병을 쓰러뜨렸다. 마치 도미노처럼 그것은 다음 병을 쓰러뜨렸다. 두 개의 병은 서가에서 굴러 떨어져 바닥에서 산산이 깨져버렸다. 나는 처음에는 그동안 불행했던 생물들이 그 때문에 자유를 얻었다는 것을 전혀 알지 못했다.

"무슨 짓을 하는 거예요?" 나는 호문콜로스를 나무랐다. "어떻게 여기서 빠져나가려고요?"

호문콜로스는 나에게 눈길 한 번 주지 않고 건너편에 있는 서가를 살폈다. 거기에서 벌어진 일은 아주 그의 취향대로 된 것 같았다. 그의 폭력행위에 자극을 받았는지 병들 속에 갇힌 동물들이 마구 날뛰면서 이리저리 날개를 퍼덕거리거나 달려가거나 날면서 유리벽에 부딪치곤 했다. 호문콜로스가 보여준 방식대로 자신들이 들어 있는 유리병을 쓰러뜨리려는 것이었다. 그 결과 여기저기 서너 개의 병이 바닥 위로 떨어져 역시 깨지고 말았다.

실내는 이제 독을 품고 쉭쉭거리는 소리, 위험하게 덜거덕거리는 소리, 붕붕 날갯짓 하는 소리들로 가득 찼다. 메뚜기와 비슷한 모양의 거대한 붉은 곤충 한 마리가 이리저리 날아다니면서 공격적으로 붕붕 소리를 냈다.

화가 치민 거인이 문 안에 모습을 나타내더니 온몸에 붙은 긴 관들을 다 동원해 격렬하게 쿵쿵 냄새를 맡았다. 그러고는 그의 몸의 피막들이 격하게 펌프질을 시작하면서 질식할 것 같은 냄새를 뿜어내기 시작했다.

"이제 다 끝장입니다!" 내가 외쳤다. "우리는 정신을 잃고 말 거예요."

"기다려라." 호문콜로스가 말했다. "어디 두고 보자."

거인이 히스테릭하게 피리 소리와 우렁찬 소리를 함께 내면서 실내 한가운데로 철벅철벅 걸어오자, 병에서 자유로워진 동물들이 마치 비밀 명령이라도 받은 듯 한꺼번에 그에게 달려들었다. 무시무시한 곤충은 그의 빨판이 달린 다리들을 들어 올려 그의 몸에 찰싹 갖다 붙이더니 주둥이로 그에게 대들었다. 비행벌레는 긴 침으로 그를 공격했다. 수정전갈은 긴 집게로 그 거인의 회색 몸뚱이를 꽉 깨물었다.

거인은 있는 힘을 다해 방어하면서 계속해서 저음을 귀청이 떨어져나가도록 크게 질러댔다. 그의 피막들도 격렬하게 수축했다 늘어났다 하면서 가스를 뿜어대 정신이 혼미해질 지경이었다. 그러나 갇혔다 풀려난 동물들은 그런 것에도 아랑곳 않고 사방에서 온갖 수단을 다해 그를 계속 공격했다. 검은 뱀은 거인 몸에 붙은 긴 관을 하나 붙잡아 조여댔고, 거대한 쥐는 뾰족한 이빨로 다른 긴 관을 물어뜯었다. 거인은 어느 서가에 부딪혀 휘청거리면서 그것을 붙잡으려다가 더 많은 병들을 바닥으로 밀어 떨어뜨리고 말았다. 병들이 깨지자 그 부서진 잔해들 사이에서 소름 끼치는 생김새에 현란한 날개, 푸른 독기 서린 침들을 가진 새로운 비행곤충들이 나타났다.

거인은 이제 어찌할 바를 모르며 거의 동정심을 불러일으킬 정도로 가는 피리 소리를 내면서 점점 무너져 내렸다.

그의 몸에서 정신을 잃게 할 정도의 고약한 냄새가 우리 쪽으로 풍겨오자 나는 기절하지 않으려고 안간힘을 썼다.

၇ⓒ၇
좋은 이야기

"그럼." 호문콜로스가 말했다. "이제 너는 경험을 했으니까 그것을 글로 써라."

우리는 지하실로부터 아주 힘들게 올라온 후에 다시 그림자 성의 식당으로 되돌아와 있었다.

"뭐라고요?" 내가 물었다.

"지금이 아니라." 호문콜로스가 말했다. "내일 말이다. 내일 앉아서 그 이야기를 글로 써라. 만약 그것이 좋은 이야기가 아니라면!"

"그렇게 하겠습니다." 나는 약속했다. "당신은 그림자의 성이 원래 환기시설이라는 것을 알고 있었습니까?"

호문콜로스는 오랫동안 나를 쳐다보았다.

"많은 것을 배웠군." 그가 말했다.

"아뇨, 아닙니다. 내가 꾸며낸 것이 아닙니다. 그림자의 성은 거인들이 사용하던 아주 오래된 시설입니다. 그들은 그것으로 지하영역의 공기를 환기시켰어요. 그것이 비밀의 전부입니다."

"물론이다." 호문콜로스는 미소 지었다. "너와 같은 상상력을 나도 갖고 싶구나. 내일 꼭 너의 이야기 속에 써넣도록 해라. 정말 멋있군."

다음 날 나는 충분히 잠을 잔 후에 온몸에 심한 근육통을 느끼면서 깨어나자마자 곧 체험한 것을 쓰기 위해 자리에 앉았다.

나는 펜과 잉크, 종이를 책상 위에 놓고 어떻게 시작할지 곰곰 생각했다.

이것 참, 어디서부터 시작하지? 그림자 제왕이 사라진 대목부터? 하지만 그러려면 먼저 그라는 인물을 묘사해야 했다. 게다가 그것은 아주 복잡해서 오래 걸릴지도 몰랐다. 우선 내가 어떻게 그런 상황에 빠지게 되었는지부터 서술하는 게 더 낫지 않을까? 하지만 그러려면 나는 사실 단첼로트 대부의 죽음으로까지 거슬러 올라가야 했다. 그러다 보면 작은 이야기가 아니라 책 한 권 분량이 될 것이다.

흠, 그렇다면 차라리 경쾌하게 한 가지 인상을, 한 가지 공포의 장면을 독창적으로 쓰면 어떨까? 내가 병 속에서 깨어나는 순간부터 시작한다면? 즉 '나는 병 속의 바닥 위에서 깨어났다'라고 말이다. 그거야말로 시작하는 문장으로는 최고다. 그런 대목에서는 누구든지 계속 읽으려고 한다!

좋아. 그렇다면 거대한 곤충에 대하여 세밀하게 묘사하자. 그거야말로 진짜 공포다. 그럼 시작하자!

내가 연필을 막 세우려고 할 때 격렬하게 심장이 뛰더니 손이 떨리기 시작했다. 나는 죽기 직전에 얼마나 가까스로 살아났는가! 그 끔찍스러운 체험은 얼마나 가까이 느껴지며, 그 영상들은 얼마나 선동적인가! 아직도 내 옷에는 거인의 악취가 묻어 있었고, 아직도 그 괴상한 음악이 내 귓속에서 울리고 있었다. 그것에 대해 그냥 생각만 해도 나는 진땀이 흘러내렸다.

내가 체험한 공포를 묘사하는 데는 어떤 단어도 적합한 것 같지 않았다. 그와 같은 거대한 괴물에게서 뿜어 나왔던 그 끔찍한 것들을 어떻게 다 이해해야 한단 말인가? 거인이 거대한 곤충들의 공격에 무너져 내리던 무시무시한 광경을 내가 어떻게 말로 그려낼 수 있단 말인가? 그 모든 것을 한 번 더 체험하려는 것인가? 아니다! 내 손안에서 연필이 부러져버렸다.

"잘 안 되지, 안 그러냐?" 호문콜로스가 물었다.

나는 주위를 둘러보았다. 그는 바로 내 뒤에 서 있었다.

"얼마나 오랫동안 거기 서 있었습니까?" 내가 물었다.

"얼마 안 되었다. 그렇게 작은 종이 위에 쓰기에는 너무 많은 체험을 했지, 흠?"

"지금 그 이야기를 쓰려고 하니까 어제 병 속에 들어 있었던 때보다 더 두렵습니다. 왜 그런지 이해가 안 갑니다. 나는 무언가를 쓰려면 그것을 먼저 체험해야 합니다. 그래서 지금은 좀……."

"작가란 무언가를 쓰기 위해서 있는 거지, 체험하기 위해 있는 게 아니다. 만약 네가 무엇을 체험하려면 해적이나 책 사냥꾼이 되어야 할 것이다. 네가 글을 쓰고 싶다면 그냥 써야 한다. 만약 네가 그것을 너 자신으로부터 창조해낼 수 없다면 다른 어디서도 찾아낼 수 없다."

"아, 그래요? 당신은 그것을 지금에서야 알려줍니까? 그럼 왜 어제는 말해주지 않았습니까? 그랬더라면 지하실로 내려가는 수고를 덜 수 있었을 텐데요!"

"너의 도움이 필요했기 때문이다. 나는 이미 오래전부터 지하묘지의 지하실을 청소하고 싶었다. 네 지원이 없었더라면 그것을 해내지 못했을 거다."

"지원이라니요? 당신은 나를 그저 미끼처럼 이용했을 뿐이라고요. 나한테 미리 무슨 말이라도 해줄 수 있었을 텐데도 말입니다."

"사실 나는 말했다. 너한테 거기에 괴물이 있다고 말해줬다. 거인이, 식인종이, 학자가 있다고. 그러나 너는 내 말을 믿지 않았다."

"지금부터는 당신이 하는 말을 모두 믿을 겁니다."

"난 너의 그 말을 믿지 않는다. 예를 들어 만약 내가 너에게 '이제 너한테 오름을 보여주겠다'라고 말하면 너는 그 말을 믿겠느냐?"

"아니오."

"그것 봐라. 그렇지만 나는 그렇게 할 거다. 따라오너라!"

"당신이 지난번에 '따라와라!' 하고 말했을 때, 바로 그 직후에 나는 수백 개의 코를 가진 거인 학자의 유리병 속에 갇혀 있었습니다. 그런데 이번에도 당신을 따라가야 한단 말입니까?"

호문콜로스는 입을 비죽거리며 웃었다.

"그런 식의 수업은 아닐 것이다. 어제는 실습이었고 오늘은 그것에 대한 이론이다."

"테리오 말입니까?"

"그래, 테리오다!"

오름의 도서실

지하실에 들어갔다 나온 이후로는 그림자의 성이 나한테 얼마나 고향집처럼 아늑하게 느껴지는지 놀라울 정도였다. 흐느끼는 그림자들은 나한테 더 이상 무시무시해 보이지 않았고, 살아 있는 책들도 더 이상 해충처럼 느껴지지 않았다. 우리는 여기서 모두 좋은 친구들이었다! 유령 같은 음악도 그 비밀을 알고 난 후에는 더 이상 유령처럼 느껴지지 않았다. 기분이 좋아져서 나는 호문콜로스의 뒤를 따라가 내가 지금까지 발을 들여놓은 적이 없는 어느 도서실 안으로 들어갔다. 그곳은 내가 지금까지 그림자의 성 안에서 보았던 다른 두 개의 도서실보다 좀 더 컸지만 그곳들과 마찬가지로 수수했다.

"이건." 나는 쾌활한 기분으로 말했다. "도대체 무슨 도서실입니까? 여기 있는 책들도 만지면 먼지가 되어 공중으로 날아갑니까, 아니면 우리를 어디 다른 차원으로 유혹해 데려갑니까? 흠, 이 책들은 노래를 하거나 춤을 추거나 뭐 그런 것을 할 줄 압니까? 우유나 꿀을 내주나요? 이제 어떤 것도 더 이상 나를 놀라게는 못합니다."

"그건 잘 모르겠다." 그림자 제왕은 안을 엿보면서 말했다.

"나는 피리 소리를 내던 거인의 도서실에서도 살아나왔습니다." 내가 말했다. "더 이상 아무것도 나를 거꾸러뜨리지 못합니다. 그러니까 이제 말해주세요. 여기 수집되어 있는 장서들은 뭡니까?"

"이곳은 내 개인 도서실이다." 호문콜로스가 말했다.

"오, 그렇습니까? 재미있군요. 어떤 평가 기준에 따라 여기 있는 책들을 골랐습니까? 「황금 목록」에 따라서요? 저것들은 값어치가 있는 책들입니까? 아니면 위험한 책들입니까?"

"위험한 책들이라고 할 수 있다." 호문콜로스는 씩 웃었다. "그러나 네가 말하는 식의 위험은 아니다. 값어치가 있느냐고? 물론, 그렇다. 그러나 역시 네가 생각하는 종류의 값어치는 아니다."

"우후!" 나는 외쳤다. "비밀로 가득 차 있군요. 비밀로 가득 차 있어요! 그림자 제왕은 또다시 다의적인 풍자놀이에 빠져드는군요! 자신은 신비로운 존재로 머물러 있고 말입니다!"

"내가 말하려는 것은 저것들이 소장가들을 위한 책들이 아니라는 거다. 오히려 시인들을 위한 책들이다. 그리고 저것들은 비록 너를 죽이거나 상처를 주지는 않더라도 정말로 네게 위험할 수 있다는 말이다."

"그것 참 갈수록 더욱 신비스러워지는데요!" 내가 말했다. "그렇지만 당신은 나를 더 이상 놀라게 만들 수 없습니다, 호문콜로스. 책들은 나한테 아무 해도 끼칠 수 없다고요."

"여기 있는 책들은 할 수 있다. 이곳은 오름의 도서실이다."

조심해야 한다! 오름이라니! 그것은 민감한 주제였다. 따라서 이제 신중하지 않은 언급이나 농담은 금물이었다.

"오름의 도서실이라니요? 그게 무슨 뜻입니까?"

"그건, 내가 여기 있는 책들을 그 작가들이 쓰는 동안에 몸속으로 오름이 얼마나 강하게 관통했느냐의 기준에 따라서 수집했다는 뜻이다."

"아하."

"나는 네가 그 책들을 몇 권 읽기 바란다. 고르는 건 네 맘이다. 나는 네게 아무것도 억지로 추천하지 않겠다. 방향을 제시하기 위해 다만 한 가지만 말해주마. 저기 위의 서가들에는 오름이 가장 강력하게 흐르고 있다. 아래로 내려갈수록……."

"오름이 점점 약해지고요!" 나는 입을 비죽이며 웃었다. "알겠습니다."

"너는 여기서 원하는 만큼 오래 머물러도 된다. 너에게 먹을 것을 가져다주겠다."

"대단하군요. 그게 전부입니까? 나는 그에 앞서 용 따위와 싸워야 하거나 그런 것은 아닌가요?"

"나는 이것이 이론의 한 부분이라고 이미 말했다."

"좋아요."

"그럼 너를 더 이상 방해하지 않겠다. 재미 많이 봐라! 나중에 보자!"

그림자 제왕이 말했다. 그러고는 소리 없이 사라졌다.

나는 머리를 비스듬히 숙인 채 서가들을 따라 걸어가면서 살펴보았다.

나는 바로노 마렐리의 『구름 대패』라는 제목을 읽었다. 아루 알라브리아가 쓴 『모래에 대한 회상』도 있었다. 우리안 스페히트의 『오이절임통 안의 딱따구리』도 보였다. 책 제목들은 물론 그 작가들도 전혀 들어본 적이 없었다. 이것들이 보배들이란 말인가?

아타콤 코마타라는 작가의 『작은 적들』, 에리 앙커의 『향수병에 붙이는 고약』도 있었다. 또 임 크바켄부쉬의 『개구리 목에 난 사마귀』며, 밍켈 메두저의 『바보멍텅구리의 코털』도 있었다.

게다가 그것들은 서가의 윗줄에 꽂혀 있는 책들이었다! 내가 아는 책은 한 권도 없었다. 그것들은 내가 서점에 가면 보통 그냥 잠깐 눈을 스쳐 지나간 다음에 영원히 잊고 말 그런 종류의 책들이었다. 그림자 제왕은 뭔가 이상하고, 평범하거나, 아니면 아주 조잡한 취향을 가지고 있는 것이 아닐까? 그가 글을 잘 쓴다고 해서 실수를 하지 말라는 법은 물론 없었다.

라프카디오 게르네클라인이 쓴 『부드러운 이빨』이라니. 그리고 『정원의 즐거움에 대해서』…… 아니? 나는 깜짝 놀라 주춤하면서 그 책을 손에 쥐었다.

그것은 단첼로트 대부의 걸작이었다. 그런데 이런 값어치 없는 책들과 나란히 꽂혀 있다니! 나는 한동안 그 책을 내 손에 쥔 채 살펴보았다. 그러자 갑자기 내 머리에서 피가 솟구쳤다.

그렇다. 나는 부끄러웠다, 사랑하는 친구들이여, 왜냐하면 나도 역시 단첼로트 대부의 책을 업신여겼던 다른 우둔한 자들과 똑같이 행동했기 때문이다.

사실 내가 바로노 마렐리의 『구름 대패』라는 책이 아무 재미가 없다는 것을 어떻게 안단 말인가? 혹은 에리 앙커의 『향수병에 붙이는 고약』에 대해서는? 나는 이런 책들에게 단 한 번이라도 읽힐 기회를 준 적이 있던가? 어쩌면 나는 나 자신도 모르는 이유들 때문에 이런 책들을 수백 번도 더 무시했을지도 모른다.

창피했다! 나는 참회해야 했다. 나는 『향수병에 붙이는 고약』을 서가에서 꺼내 자리에 앉아 읽기 시작했다.

ꐠ

중독

"안 돼요!" 나는 소리를 질렀다. "싫어요! 나는 오름의 도서실을 떠나지 않을 겁니다! 여기 있겠어요! 제발!"

그림자 제왕은 내가 손발을 저어가면서 반항하는데도 나를 매섭게 낚아채더니 그림자 성의 커다란 방들을 지나서 끌고 나갔다.

"나는 이 책들이 위험하다고 너에게 경고했다." 그가 말했다. "너는 이미 충분히 읽었다."

"아니에요!" 나는 날카롭게 소리를 질렀다. "이제 겨우 몇 권 읽었을 뿐입니다. 그런 책들이 존재한다는 것을 나는 전혀 몰랐어요. 나는 그것들을 모두 읽어야 합니다. 모두요!"

"너는 지금 얼마 동안이나 그 도서실에 있었는지 아느냐?" 호문콜로스는 나를 계속 끌고 가면서 물었다. "도대체 짐작이라도 가느냐?"

나는 기억해내려고 애썼다. 일주일? 오 주 정도? 칠 주? 전혀 알 수가 없었다.

"나도 역시 확실히는 모른다." 호문콜로스가 말했다. "하지만 분명 두 달은 족히 될 거다."

"그래서요? 두 달이든 이 년이든, 그건 나한테 상관없습니다! 나는 책을 읽어야만 합니다!"

"나는 너에게 강제로라도 음식을 먹여야 한다!" 호문콜로스가 말했다. "너는 잠도 자지 않고 있다. 씻지도 않고 있어. 네게서 돼지처럼 악취가 난다."

"그런 건 상관없어요." 나는 저항하며 말했다. "시간이 없단 말입니다. 나는 읽어야 해요."

"너는 네 몸을 혹사하면서 책을 읽고 있다!" 호문콜로스가 부르짖었다. "그래서 너를 데리고 나와야 했다."

"그렇지만 나는 아직 『광기와 파도』를 안 읽었습니다!" 내가 항의했다. "『노란 외투의 꿈』도요! 『나무 거미』도요! 지금까지 겨우 서가의 맨 아래 책들만 봤습니다. 나는 그것들을 모두 읽어야 해요! 그래야 합니다!"

내 눈은 불처럼 활활 타올랐다. 눈은 깜박거릴 때마다 아팠고 손가락 끝은 책장을 하도 많이 넘겼기 때문에 상처가 나 있었다. 머릿속은 그야말로 번뜩거리는 착상들과 대단한 대화들 그리고 매혹적인 형상들로 넘쳐 터질 것만 같았다.

"서가 위쪽에 있는 책들이 다른 책들보다 더 낫다는 게 확실합니까?" 나는 헛소리를 했다. "내가 보기에는 모두가 똑같이 아주 훌륭한데요."

"섬세한 차이들이 있다." 호문콜로스가 중얼거렸다.

"나를 그냥 놔둬요!" 나는 애절하게 말했다. "제발요! 나는 그 책들 없이 살아간다는 것을 더 이상 상상할 수 없습니다!"

호문콜로스는 멈춰 섰다.

"충분히 멀리 왔다." 그가 말했다. "여기서부터는 도서실로 되돌아가는 길을 너 혼자서는 찾지 못한다."

나는 주저앉아 울기 시작했다.

"왜 나한테 이런 짓을 합니까?" 나는 훌쩍거렸다. "왜 당신은 나한테 천국을 보여주고는 다시 지옥으로 끌어내리는 겁니까?"

"너는 오름이 어떤 효력을 보여주는지 알고 싶어 했다. 이제 너는 그것을 알았다. 그 이상을 알게 되면 너는 죽고 말 것이다."

"저주받을 오름!" 나는 소리쳤다. "그게 뭡니까? 나는 이해 못 하겠어요!"

호문콜로스는 내가 발을 딛고 일어서도록 도와주더니 나를 꽉 붙잡았다.

"너는 그것을 느끼는 순간마다 이해하게 될 것이다. 그래, 그것은 느낄 수 있다. 바로 그런 불과 몇 초 사이에 소설 전체를 위한 착상이 너의 머릿속에 쏟아져 내리게 된다. 너무나도 찬란해서, 천년이 지난 후에도 배우들이 무대 위에서 그 글의 단어 하나하나를 그대로 따라 읊을 그런 대화를 쓴다면 그것을 느낄 수 있다. 오, 그렇다. 느낄 수 있다, 오름을! 그것은 등 뒤에서 한 걸음 너를 놓칠 수도 있고, 번개 치듯 네 몸속으로 파고들거나 혹은 네 뱃속을 뒤틀리게 할 수도 있다. 너의 머릿속에서 뇌를 잡아 뜯어냈다가 다시 집어넣는 것처럼 느껴질 수도 있다! 한밤중에 네 가슴속에 들어와 앉아 네게 끔찍한 악몽을 꾸게 한 다음 거기에서 다시 네 소설이 구상되어 나오게 할 수도 있다. 나는 그것을 느꼈다. 오름을. 오, 그렇다! 그래서 나는 그것을 꼭 한 번만 더 체험할 수 있기를 바랐다."

그렇게 말하더니 그는 나를 마치 젖은 행주처럼 한쪽으로 휘둘러 내팽개치고는 어둠 속으로 사라졌다.

"하지만 나는 그 책들을 더 많이 읽고 싶습니다!" 나는 그의 뒤에 대고 소리쳤다.

"그렇다면 네가 직접 그것을 써야 한다."

그는 아주 멀리서 대답했다.

협약

다음 며칠 동안 나는 쉬지도 못하고 성 안 여기저기를 헤매면서 돌아다녔다. 이번에는 출구를 찾아서가 아니라 오름의 도서실을 찾기 위해서였다. 그때 살아 있는 책들이 떼를 지어 나와 함께 돌아다녔다. 왜냐하면 나는 먹는 것에 더 이상 흥미를 못 느껴 먹을 음식 전부를 그들에게 나눠주는 습관이 생겼기 때문이다. 끊임없이 그것들은 내 주위에 모여들어 보급품이 밑으로 떨어지기를 고대하고 있었다.

내 관심을 끄는 것은 오로지 도서실이었다. 나는 『향수병에 붙이는 고약』을 손에 쥔 이후로는 완전히 그것에 빠져서 이제는 그림자 제왕이 위험하다고 한 말이 무슨 뜻인지 이해했다. 호문콜로스의 개인 도서실 안에 있는 책들은 교과계획표에 올라 있는 고철더미 같은 고전들보다 오히려 수 광년은 더 멀리 떨어진 위치에 있을 작품들이었다.

먼저 그 책들을 읽는 일은 내게 재미를 주었다. 그러더니 점차 나를 감동하게 했고 마침내 나를 사로잡았다. 나는 종래 읽었던 책들에는 없는 힘을 그 책들에서 느꼈으며 독서할 때 전해지는 에너지를 느꼈다. 그 책을 끝까지 다 읽었을 때 나는 충만하면서도 동시에 텅 빈 느낌이 들었다. 나는 반드시 그 에너지를 더 많이 느껴야만 했다, 그것도 가능하면 빨리. 그래서 나는 곧 다른 책을 손에 붙들었다.

그렇게 시작되었다. 나는 한 작품을 얼마나 오랫동안 읽었는지 모르지만 마침내 처음으로 잠시 피로를 느끼면서 잠에 빠져들었다. 하지만 그런 식으로 족히 열 권을 읽은 것이 분명했다.

그림자 제왕이 이따금 나타나 내게 음식을 억지로 먹게 했고 나는 마지못해 그것을 받아먹으면서 계속 책을 읽어가던 기억이 희미하게밖에는 기억나지 않았다. 나는 그런 식으로 독서를 하면서 전보다 훨씬 더 집중적인 삶을 살았다. 나는 울고, 웃고, 사랑하고, 미워했다. 나는 참을 수 없는 긴장을 참고 겪었으며 머리카락을 쭈뼛하게 하는 공포, 사랑의 슬픔, 이별의 고통 그리고 죽음의 두려움도 겪었다. 절대적인 행복과 승리에 찬 기쁨의 순간들도 있었고, 낭만적인 희열과 히스테릭한 감격의 순간들도 있었다. 지금까지 내가 무엇을 읽고 나서 그러한 반응을 보인 적은 딱 한 번 있었다. 바로 호문콜로스의 원고를 읽었을 때였다. 그런데 여기서는 도서실 전체가 그런 소재들로 가득 차 있었다. 별들의 알파벳으로 쓰인 책들로 말이다. 그것은 호문콜로스의 뛰어난 독창성과는 여전히 거리가 멀었지만, 그래도 역시 내가 여태까지 읽었던 모든 것들보다 훨씬 뛰어났다.

만약 이 책들을 그렇게 독특하게 만든 것이 정말로 오름이라면 나는 다름 아닌 그 물질에 중독되어 있었고, 그것에 의해 충만된 글들에 중독되어 있었다. 먹는 일? 그런 것은 부차적인 일이었다. 몸을 씻는 일? 그런 것은 시간낭비였다. 오로지 독서, 독서, 독서만이 중요했다.

나는 서서도 읽고 앉아서도 읽고 누워서도 읽었다. 서가에서 한 권 한 권 책을 꺼내 정신없이 읽어 해치운 다음, 그것을 내 등 뒤로 아무렇게나 던져버리고는 그 다음 책을 꺼내들었다. 나는 그림자 제왕이 내 뒤를 따라다니면서 내가 내던진 책들을 치워 다시 서가 속에 가지런히 꽂아 놓는다는 것을 거의 눈치채지 못했다. 그러면서 나를 초대한 주인을 하인으로 격하시키고 있는 것이 조금도 미안하지 않았다. 나는 한순간도 그런 것에 생각이 미치지 않았다.

그렇게 해서 내 손안에 들어왔다가 내 머릿속으로 주입된 것들은 온갖 책들이었다. 거기에는 장편소설도 있고, 시집, 아동도서, 학술서적, 모험도서, 전기, 단편소설, 서간집들, 우화 그리고 동화들도 있었다. 심지어 그중에는 요리책도 한 권 있었던 기억이 난다. 그것들에 한 가지 통일된 것은 그것들을 관통한 그 신비로운 힘이었으며, 나는 그 힘을 받으면 받을수록 그것에 중독되어갔다.

마침내 그림자 제왕이 나를 도서실에서 끌어내 데려갔을 때 나는 그지없이 황홀한 도취 상태에서 깨어난 것만 같았다. 며칠 동안이나 나는 그 아름다운 꿈들을 되찾으려고 비틀거리며 돌아다녔지만, 전에 출구를 찾지 못했던 것과 마찬가지로 오름의 도서실도 다시는 찾지 못했다.

내가 도서실을 찾아 절망적으로 헤매고 다니던 도중에 시간을 때우기 위해서 성 안 여기저기에 놓여 있는 보통 책들 가운데 어떤 것을 집어 들어 책장을 펼치고 안을 읽다 보면, 그런 식의 독서는 내게 너무나 시시하고 내용도 없어 보여 몇 문장 읽다 말고 곧 벽에 팽개쳐버리곤 했다. 나는 어떤 다른 형태의 문학도 생각할 수 없었으며, 내가 겪은 영혼의 고통들은 모두 극심한 금단현상과 함께 나타나는 치유할 수 없는 사랑의 슬픔과 비교할 수 있었다.

어느 날 나는 성 안을 잘못 배회하던 도중에 그림자 제왕과 마주쳤다. 그는 어느 복도의 반쯤 어두운 그늘 속에 서 있었다. 그가 갑자기 나타나는 바람에 나는 혼이 나갈 만큼 소스라치게 놀랐다.

"들어봐라." 그가 말했다. "이런 식으로는 안 된다."

"그러면 나를 도서실로 다시 데려다줘요!" 나는 애원했다.

"그것은 해결책이 아니다." 그가 말했다. "나는 너를 어디 다른 곳으로 데려다주겠다."

"도대체 어디로요?" 나는 불안하게 물었다.

"위로. 부흐하임으로 되돌려 보내주겠다."

나는 혼란스러웠다.

"그렇게 해주겠습니까?"

"지난 며칠 동안 나는 많은 생각을 했다. 너의 제안에 대해서도."

나는 곰곰 생각해야 했다. 무슨 제안? 그러자 그것이 다시 내 머리에 떠올랐다.

"당신 말은, 나와 함께 되돌아가서 레겐샤인의 거처에서 살겠다는 뜻인가요?"

"나는 더 이상 저 위에 살고 있는 이들의 세계에는 속하지 않지만 그렇다고 여기 지하의 죽은 자들 세계에 속하지도 않는다. 어쩌면 내가 존재할 수 있는 곳은 그 중간 지대일지도 모른다. 시도해볼 만한 가치는 있겠지."

"정말 대단할 겁니다!"

내가 외쳤다. 한번 일깨워지자 나는 저 지상세계, 신선한 공기와 햇빛에 대한 그리움이 벌써 다시 솟아오르면서 오름의 도서실에 대한 그리움을 밀어내기 시작했다.

"그렇지만 문제가 하나 있다." 호문콜로스가 말했다. "그리고 이 문제에는 이름이 하나 있다."

"피스토메펠 스마이크요." 나는 우울하게 말했다.

"우리는 그를 사전에 제거하지 않고는 저 지상으로 올라가더라도 아무것도 할 수 없다. 그것이 나의 조건이다. 너는 스마이크를 없애는 일에 나를 도와줘야 한다. 네가 그것을 약속한다면 너를 위로 데려다주겠다."

이건 오래 생각할 필요가 없었다. 내 머리는 감격에 의해 서서히 맑아졌다.

"동의합니다. 하지만 당신은 그 일을 어떻게 해낼 겁니까?"

"우리는 함께 부흐하임의 지하세계에 사는 생물들을 제거했다. 그렇다면 우리가 함께 지상세계에서 가장 위험한 생물들도 끝장낼 수 있을 것이다."

"그거야말로 진정한 정신입니다!" 나는 외쳤다. "갑시다!"

"한 가지 먼저 역시 끝내야 할 일이 있다."

호문콜로스가 말했다.

"대체 뭔데요?"

아마 걸리는 것이 있겠지, 물론.

"가죽 동굴을 습격한 해충들로부터 그 동굴을 구해내야 한다. 내 왕국을 떠나려면 이곳을 깨끗이 해놓고 가야 되니까. 그 일을 하는 데도 너는 나를 도울 수 있다."

오, 사랑하는 친구들이여, 내가 호문콜로스와 함께 가죽 동굴 안에 버티고 있는 가장 위험하고 난폭하기 그지없는 책 사냥꾼들과 대항해야 한다니. 그 생각을 하자 지상으로 떠나고 싶은 마음이 싹 가시고 말았다고 나는 고백하지 않을 수 없다. 벌써 나는 다시 오름의 도서실로 돌아가 독서에 빠지고 싶은 생각이 간절했다. 그러나 이제 다시는 되돌아갈 수 없었다.

ᎧᎬᏕ
그림자 성과의 작별

내가 호문콜로스와 함께 그림자의 성을 떠나려고 했을 때 처음에는 몇 권의 살아 있는 책들만이 우리를 따랐다. 그림자 제왕은 목표 의식을 갖고 앞서 나아갔으며 단 한순간도 망설이며 샛길로 빠지는 법이 없었다.

"당신은 어떻게 매번 이 성으로부터 벗어날 수 있었습니까?" 내가 물었다. "어떤 방법이 있었나요?"

"스마이크가 내 눈을 어떻게 만들어놓았는지 나도 모른다." 호문콜로스가 말했다. "하지만 그때 이후로 나는 전에는 감지할 수 없었던 것을 볼 수 있다. 현미경으로만 볼 수 있는 미세한 것들까지도 말이다. 여기 있는 벽들이 나한테는 네게 보이는 식으로 보이지 않는다. 나는 아주 세세한 차이들까지도 다 볼 수 있다. 내가 감지하는 이 벽들에 각각 아주 다른 벽지들이 발라져 있다고 간단히 상상해봐라. 그것은 쉽게 방향을 잡을 수 있게 해준다. 물론 이따금 움직여서 간혹 가다 나를 헤매게 만들기는 하지만 그래도 벽들은 언젠가는 원래 있던 자리로 되돌아온다. 어떤 때는 그게 좀 더 오래 걸리기도 하지만. 그러나 나는 매번 갔던 길을 다시 찾아내곤 했다."

나는 우리 뒤를 따라오고 있는 살아 있는 책들의 수가 아주 짧은 시간에 적어도 두 배로 늘어난 것을 알아챘다. 게다가 이제는 몇 개의 흐느끼는 그림자들도 훌쩍거리면서 우리가 가는 길에 합세했다. 점점 더 많은 숫자가 다가와서 그림자의 성을 떠나는 우리들의 모습은 마치 무슨 행렬 같았다. 복도 어디에서나 새로운 그림자들이 다가와 합세했으며 어두운 구석 곳곳에서 살아 있는 책들이 달려오거나 기어오거나 또는 책장을 퍼덕거리면서 다가와 붙었으므로 우리 일행의 숫자는 마침내 천여 명에 이르렀다.

그리고 슬프다는 뜻의 소음을 내는 것은 단지 그림자들뿐만이 아니었다. 책들도 역시 그림자 제왕이 그들을 영원히 떠난다는 것을 아는지 킹킹거리며 울거나 숨을 가쁘게 쉬어댔다. 내 기분도 어두워졌다. 그림자의 성과 그곳에 사는 이상한 것들 모두가 얼마나 내 마음에 소중한 존재가 되었던가! 그곳은 나한테 린트부름 요새 다음으로 새로운 고향이 되어 있었다. 이곳에서 나는 너무도 많을 것을 체험하고 배웠으니 그곳을 기억할 때마다 슬퍼할 것이다. 우리의 모험이 어떻게 끝나든 간에 내가 다시 여기로 되돌아올 가능성은 없었기 때문이다.

그림자 제왕도 역시 마음이 흔들리는 것 같았다. 그의 걸음은 점점 빨라졌지만 이따금 그의 내면의 동요를 나타내는 소리를 토해내곤 했다. 그래서 우리가 마침내 확 트인 곳으로 나왔을 때는 불안하면서도 동시에 자유로움을 느끼는 순간이었다. 나는 이처럼 오랫동안 고대했던 발걸음을 그처럼 뒤섞인 감정들을 간직한 채 내딛게 되리라고는 생각하지 못했다.

바깥 세계는 축축한 열기와 붉은 불빛으로 우리를 맞이했다. 그러자 성에서 우리를 따라왔던 살아 있는 책들은 그곳의 벽을 타고 올라가더니 거기서 또 오랫동안 우리의 뒤를 바라보았다. 흐느끼는 그림자들은 입구에 멈춰 서서 주체할 수 없이 울어댔기 때문에 우리가 커다란 층계를 타고 올라가 다음 동굴로 통하는 문 안으로 들어간 뒤에도 여전히 그 울음소리가 들려왔다.

가죽 동굴로의 귀환

내가 가죽 동굴 안으로 들어섰을 때는 나 혼자였다. 그곳의 광경은 당혹스러웠다. 거의 모든 책들이 서가들에서 치워져 있었고 가구들은 모두 타서 잿더미로 변해 있었다. 가죽 벽지들은 조각조각 찢겨진 채 벽에 붙어 있었다. 책 기계장치는 작동이 정지된 채 파괴되어 있었는데 보기에 책 사냥꾼들의 무기 저장창고로 사용되고 있는 것 같았다. 모든 계단과 사다리들도 조립이 해체되어 있었고 난간들과 서가들은 부서져 있었다. 타버린 종이 냄새가 아직도 허공에 남아 있었다.

세어보니 전신에, 심지어 이빨까지도 단단히 무장을 한 책 사냥꾼의 수는 열네 명이었다. 그들은 서넛씩 무리를 지어 땅바닥에 앉아서 술병을 돌리고 있었다. 어떤 자는 책 기계장치 위에 앉아서 난간을 부수려고 기를 쓰고 있었다. 롱콩 코마는 거기에 없었다.

"너희들에게 부탁하는데 즉각 가죽 동굴을 떠나라!"

내가 소리쳤다. 그것은 호문콜로스가 나한테 지시해준 말이었다. 나는 또 한 번 미끼 역할을 맡았다.

술에 취한 정도가 각각 달라 보이는 책 사냥꾼들은 이제야 비로소 내 존재를 인식했다. 그들은 벌떡 일어나더니 당황해서 소리를 질러댔다. 그러더니 그들 중 몇 명이 웃기 시작했다.

"저건 기계장치 속으로 사라졌던 뚱보 공룡이잖아." 한 명이 말했다. "그런데 저 녀석 이제 뚱보가 아닌데. 살이 빠졌어."

"너는 오랫동안 어디 갔었냐?" 책 사냥꾼들 중에서 찢어진 가죽

644

벽지 조각들을 짜 맞춰 만든 끔찍스런 가면을 쓴 자가 물었다. "우린 널 보고 싶어 했다."

"그거야말로 굉장한 마술이었어." 한 명이 소리쳤다. "기계장치 속으로 사라졌다가 몇 달이 지나서 저기 문을 통해 다시 들어오다니. 다시 그렇게 등장하게 되어 있었군. 등장하는 데 시간이 좀 오래 걸리기는 했지만."

그들은 이제 사방에서 내게로 다가왔다. 다만 책 기계장치 위에 서 있는 책 사냥꾼만 자기 위치에 남아 있었다.

"나는 너희들한테 다시 한 번 요구한다. 가죽 동굴을 즉각 떠나라!" 나는 외쳤다. "이건 그림자 제왕의 명령이다."

이번에 내 목소리는 좀 더 불분명하게 울렸다. 호문콜로스는 어디 있는 거지? 최소한 그는 나를 이 상황에서 어떻게 구해줄 건지 알려줄 수 있었을 텐데.

"그림자 제왕이라고, 흠?" 어느 책 사냥꾼이 외쳤다. "왜 그자가 직접 와서 우리한테 얘기하지 않는 거냐? 네 머리에 붙은 현상금이 올라갔다, 공룡아. 네가 그렇게 오랫동안 사라져 있어줘서 우리한테는 잘된 일이지. 네 가치가 엄청나게 상승했으니까."

나는 할 말이 바닥나고 말았다.

"나는 너희에게 가죽 동굴을 즉시 떠날 것을 요구한다!"

더 나은 말이 떠오르지 않아서 나는 다시 한 번 그렇게 외쳤다.

"너는 그 말만 되풀이하는구나." 책 사냥꾼 한 명이 무거운 혀를 놀려대며 대꾸했다. "린트부름 요새 출신이라면 말을 좀 더 잘 구사할 수 있어야 할 텐데 말이야."

다른 녀석들은 음흉스럽게 웃었다. 나는 폐허가 된 책 기계장치 위에 머물러 있는 녀석이 아주 강력한 쇠뇌를 장전하고 있는 것을 알아차렸다. 그자는 보니까 먼 데서 안전하게 나를 쏘아 맞힌 다음에 현상금을 타려는 것 같았다.

"나는 너희에게 가죽 동굴을 즉시 떠날 것을 요구한다!"

나는 또 한 번 가쁘게 숨을 쉬며 말했다. 빌어먹을, 그림자 제왕은 어디 있는 거야? 조금만 있으면 나는 죽은 목숨이 될 텐데!

책 사냥꾼은 쇠뇌를 장전하더니 나를 향해 겨냥했다. 그때, 기계 장치의 그림자 속에서 호문콜로스가 나타났다. 그는 그 안에서 소리 없이 모습을 드러내 기어오르더니 책 사냥꾼의 뒤로 다가가서 그의 양팔을 힘차게 낚아챘다. 그자가 무슨 말을 하기도 전에 호문콜로스는 그자의 무기를 다른 책 사냥꾼 쪽으로 향하더니 활을 놓았다. 화살은 등에서 갑옷을 착용하지 않은 부위로 휘익 날아가 박혔다. 그는 놀란 동료들 사이로 쓰러져버렸다. 호문콜로스는 쇠뇌를 놓고는 단숨에 다시 기계 속으로 사라졌다.

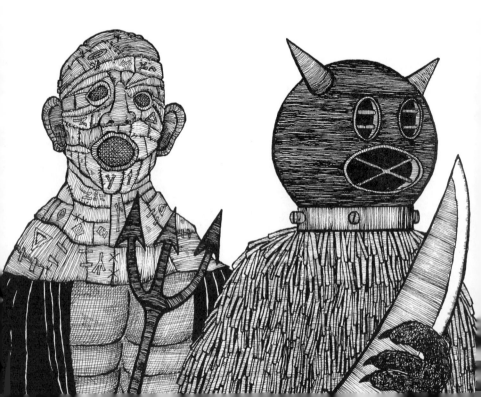

기계 위에 있던 책 사냥꾼은 어쩔 바를 모르며 화살이 날아가버린 쇠뇌를 집어 들었다.

"들어봐들, 나는……."

그가 미처 말을 다하기 전에 곧 여섯 발의 화살이 그의 몸으로 날아갔다. 그중 다섯 발은 튕겨 나갔고, 다른 한 발은 그의 갑옷 사이의 틈새를 뚫고 박혔다. 책 사냥꾼은 기계의 난간 너머로 고꾸라지더니 쿵! 소리를 내면서 동굴 바닥으로 떨어져 더 이상 움직이지 않았다.

다른 녀석들은 너무나 당황해서 관심을 내 쪽으로 돌려야 할지,

아니면, 그들이 방금 반사적으로 활을 쏘았던 책 사냥꾼의 시체 쪽으로 돌려야 할지 망설였다.

그때 내게 익숙한 소리가 가죽 동굴을 통해서 들려왔다. 그 소리에 책 사냥꾼들은 급한 동작으로 이리저리 움직이더니 그들의 무기를 더 꽉 쥐었다. 나는 그 자리에서 돌아서서 이 참극의 장소를 떠났다.

그 소리는 그림자 제왕의 한숨 소리였다.

୨◎ଋ
경고의 표지

그것은 약속했던 신호였다. 호문콜로스는 그의 한숨 소리가 울려 퍼지는 순간에 나보고 그 자리에서 도망쳐 동굴 바깥으로 나가 숨어 있으라고 지시했던 것이다.

그거야말로 최선책이었다! 나는 밖으로 뛰쳐나가 어느 큰 바위 뒤로 몸을 숨겼다. 나는 그림자 제왕으로부터 겁쟁이처럼 행동하라는 지시를 이미 받은 만큼 그것을 피하고 싶은 생각은 없었다.

나는 긴장한 채 귀를 기울였다.

처음에는 조용했다. 그러더니 갑자기 당황해하는 소리가 짧게 들려왔다. 누군가가 "조심해!"라고 소리를 질렀다. 무기들이 서로 철거덕거리면서 부딪치고 격렬한 명령어들이 오가고, 야수가 내지르는 것 같은 고통 소리가 들렸다. 그러더니 혼란이 일어났다. 싸우는 소리, 온갖 종류의 외침, 욕설, 그림자 제왕이 바스락거리며 헤집고 다니는 소리가 들렸다. 분노에 휩싸여 날뛰는 거친 원숭이의 부르짖음 같은 것이 들려왔다. 무거운 갑옷이 그것을 걸치고 있는 자와 함께 벽에 내동댕이쳐지기라도 하는지 육중하게 털커덕 쾅하는 소리, 끔찍스럽게 목에서 꾸르륵거리는 소리, 쉬익쉬익 화살들이 날아가는 소리. 숨이 끊어지면서 내는 소리, 그리고 또 있었다. 누군가가 우는 소리가 났다. 그러나 오래는 아니었다. 다시 원숭이가 날카롭게 내지르는 절규 소리가 들렸다.

그러더니 조용해졌다.

또다시 드르르 떨리는 소리가 났다. 그것은 갑옷에서 나는 소음이었다. 그러더니 책 사냥꾼 한 명이 비틀거리면서 동굴에서 튀어나왔다. 그는 온몸이 피투성이였는데 호문콜로스가 그의 뒤를 바짝 따라 나왔다.

나는 숨어 있던 곳에서 나왔다. 그러자 그들 둘은 멈춰 섰다.

"왜 나를 죽이지 않느냐?" 책 사냥꾼이 물었다.

"너는 알아야 하니까." 호문콜로스가 대답했다. "항상 누군가 살아남아서 얘기를 전해줘야 한다는 것을 말이다. 만약 그렇지 않으면 책으로 나올 만한 얘기가 없어지겠지. 그러면 책 때문에 살아가는 너 같은 자들은 일자리가 없어질 거다. 그러니 가서 가죽 동굴에서 벌어졌던 전투에 대한 얘기를 전해라. 그리고 무엇보다도 이제부터 그림자 제왕이 이 동굴 안에 거주하며, 앞으로 만약 그의 안식을 방해하는 자가 있으면 누구든지 내가 너의 동료들한테 한 것과 똑같은 맛을 보여주리라는 것도. 이제 꺼져라!"

책 사냥꾼은 비틀거리면서 그 자리에서 사라졌다. 그가 지나간 자리에는 붉은 핏자국이 선명했다.

호문콜로스는 몸을 돌리더니 다시 동굴 안으로 되돌아갔다.

"너는 여기 있어라." 그가 말했다.

"뭘 하려고요?" 내가 물었다.

"경고의 표지를 세워놓아야 한다." 그가 말했다.

그래서 나는 멈춰 서서 무슨 일이 일어날지 기다렸다.

곧 그는 다시 돌아왔는데 팔 밑에 두 개의 머리를 끼고 있었다. 그 머리들에 아직도 전투용 헬멧이 씌워 있는 것을 보자 나는 몹시 기뻤다. 그자들의 죽은 얼굴을 안 봐도 되었기 때문이다.

호문콜로스는 그 죽은 머리들을 내려놓더니 동굴 안으로 되돌아갔다. 그는 그 일을 몇 번이고 되풀이했다. 그러더니 마침내 경고의 표지를 세워놓았다. 다름 아닌 그 무시무시한 헬멧을 뒤집어쓴 열세 명의 책 사냥꾼들의 머리를 잘라 그것들로 끔찍한 조각상을 세워놓은 것이다.

"이자들의 숫자가 적어서 유감이다." 그가 말했다. "이 경고의 표지는 죽은 부흐링들을 위한 것이다. 그러나 사실은 살아 있는 그들을 위한 것이다. 그들 외에는 누구도 다시는 가죽 동굴 안으로 감히 발을 들여놓지 못할 것이다. 그리고 나는 그들이 돌아와 다시 이곳에 거주하기를 바란다."

나는 이 가죽 동굴을 탈환하는 전투에 하찮은 기여밖에 하지 못해서 부끄러웠다.

"가자." 호문콜로스가 말했다. "위로 올라가자. 우리는 거인 한 명을 더 죽여야 한다."

모든 위험 중 가장 큰 위험

위로 올라가자고? 그토록 힘든 일에 비해서 너무나도 간단하고 쉽고 천진난만한 말이었다. 나는 이런 방향이 도대체 있다는 것조차 정말이지 믿을 수 없었다! 지금까지 내내 나는 얼마나 자주 위로 올라가고 싶어 했던가. 그렇지만 위로 올라가려고 하면 할수록 점점 더 깊은 지하로 내려갔다.

호문콜로스는 끝도 없어 보이는 바위 통로들로 나를 이끌었다. 그 통로들이 내게 무엇보다도 끝나지 않는 것처럼 보인 이유는, 그것들 가운데 위로 통하는 것은 하나도 없이 똑바로 이어져 있거나 심지어 어떤 것은 아래로 깊이 내려갔기 때문이다. 그러나 대략 하루 정도 걸어가자 우리는 정말로 곧장 위로 통하는 어느 갱도에 도달했다. 우리가 막 통과해 지나간 것은 어느 좁은 굴뚝으로, 장애물과 모서리들이 많아서 우리는 그것들을 딛고 위로 기어오를 수가 있었다.

"당신은 이 갱도가 어디에선가 너무 좁아지거나 위로 통하다가 도중에 중단해버리지 않을 거라는 확신이 있습니까?" 내가 물었다.

"그렇다." 호문콜로스가 대답했다. "나는 이곳을 종종 이용했다."

"레겐샤인이 이런 갱도에 대해 얘기한 적이 있습니다." 내가 말했다. "큰 위험이 일어나기에는 너무 좁은 통로라고요."

"레겐샤인이 이 갱도를 알았단 말이냐?" 호문콜로스가 물었다. "그래, 그는 분명 알았을 거다. 이런 갱도는 하나밖에 없으니까. 그는 나를 매번 놀라게 하는구나. 죽은 뒤에도 말이다. 그러나 한 가지 틀린 것이 있다."

"그게 뭔데요?"

"여기에 별로 큰 위험이 없다는 것 말이다. 이 갱도에서는 가장 큰 위험이 닥칠 수 있다."

"그게 무슨 말입니까?"

"때가 되면 알게 될 거다."

그림자 제왕과 비밀스러운 암시들! 나는 그런 암시들이 없는 삶을 이제는 도대체 상상할 수가 없었다!

우리는 기어올라가기 시작했다. 그건 계단을 올라가는 것보다 더 어려운 일은 아니었다. 갱도의 도처에는 발을 디디거나 꽉 붙들 수 있는 곳들이 있었다. 호문콜로스는 몸에 해파리횃불을 하나 부착시킨 채 거침없이 앞서 올라갔다. 그리고 나도 스스로 놀라울 만큼 잘 견디며 뒤따라 올라갔다.

그러나 몇 시간이 지나자 내 팔다리가 약간 피곤하고 무거워졌다. 위로 올라가는 일이 얼마나 더 걸릴지 알 수가 없었다. 이미 우리가 헤쳐 올라온 길을 생각하면 그리 많이 남지는 않았을 것이다. 나는 지금까지는 겁쟁이로 보이지 않으려고 그 길이 얼마나 먼지 묻지 않았다. 그러나 이제는 물어보기에 적합한 때인 것 같았다.

"사흘 남았다." 호문콜로스가 대답했다.

나는 멈추었다. 내 다리는 버터처럼 힘없이 늘어져 흐늘거렸고, 처음으로 내 발밑에 얼마나 깊은 갱도가 도사리고 있는지를 실감했다. 발밑으로 수 킬로미터나 이어지고 있었다.

"사흘요?" 나는 멍하니 물었다. "어떻게 우리가 그걸 해내죠?"

"모른다." 호문콜로스는 말했다. "나도 그것이 너한테 얼마나 힘든 일인지 이제야 겨우 생각났다. 내가 가진 이런 힘을 다른 누군가는 지니고 있지 않을 거 같은데, 네 생각은 어떠냐?"

"내 생각이 어떠냐고요?" 나는 날카롭게 소리 질렀다. "당신이 미쳤다고 생각합니다!"

"소리를 질러봤자 지금은 도움이 안 된다." 호문콜로스가 말했다. "차라리 네 힘을 아껴라! 그게 필요할 거다."

"나는 밑으로 다시 내려갈 겁니다." 나는 고집을 부리며 말했다.

"그건 너에게 권하고 싶지 않구나. 나도 밑으로 내려갈 때는 다른 길을 택한다. 왜 위로 올라가는 것이 아래로 내려가는 것보다 훨씬 쉬운지 아느냐? 그건 우리 눈이 앞에 달려 있기 때문이다. 발을 디디는 그 밑을 보지 않으니까."

나는 움직일 수가 없었다. 어느 방향으로든 마찬가지였다.

"아니 뭐야? 벌써 온 것인가?" 호문콜로스가 말했다.

"거기 뭐가 있나요?"

"모든 위험 가운데 가장 큰 위험이 있다."

"모든 위험 가운데 가장 큰 위험이라니요? 여기요? 어디에요? 그게 어디 있습니까?"

나는 공포에 사로잡혀 혹시 굵직한 뱀이나 독을 품은 터널 거미가 있나 하고 주위를 둘러보았다. 그러나 거기에는 아무것도 없었다.

"그것은 네 안에 숨어 있다." 호문콜로스가 말했다. "공포 말이다."

그랬다. 나는 무시무시한 두려움에 사로잡혀 있었다. 그래서 감히 앞으로 나아가지도 뒤로 물러서지도 못하고 있었다. 마치 몸이 마비된 듯했다.

"이제 그것을 극복해야 한다." 호문콜로스가 말했다. "안 그러면 너는 끝장나고 말 테니까."

"그러면 제발, 내가 어떻게 해야 합니까?"

"그냥 계속 기어올라가는 거다. 마치 소설을 쓸 때처럼. 처음에 아주 비약적으로 한 장면을 쓰는 일은 매우 쉽다. 그러다가 언젠가 네가 피곤해져서 뒤를 돌아보면 아직 겨우 절반밖에는 쓰지 못한 것을 알게 된다. 앞을 바라보면 아직도 절반이 남아 있는 것이 보인다. 그때 만약 용기를 잃으면 너는 실패하고 만다. 무슨 일을 시작하기는 쉽다. 그러나 그 일을 끝내기는 어렵다."

그건 정말이지 대단했다, 사랑하는 친구들이여! 그림자 제왕은 나를 생명의 위험 속으로 끌어들인 것만으로는 충분하지 않은 모양이었다. 하다못해 그는 이제 달력에나 실릴 법한 격언을 나한테 구사하기 시작한 것이다.

"만약 레겐샤인이 이 갱도를 알았다면 그는 이곳을 마음대로 제압한 것이 틀림없다." 호문콜로스가 말했다. "그러니 이곳은 제압될 수 있다. 우리는 이미 멀리 왔다. 지금까지 너는 잘 견뎌왔다."

처음으로 나는 내가 맨 처음 지하묘지 안으로 끌려 들어왔을 때만큼 뚱뚱하지 않다는 것을 의식하게 되었다. 나는 지난 몇 달 동안 아주 많이 움직였고 먹은 것도 별로 없었다. 나는 흡혈괴조들과 싸웠다. 책 사냥꾼도 내 몸이 줄어든 것을 알아채지 않았던가? 어쨌거나 지금까지 나는 그림자 제왕이 기어올라가는 속도에 맞춰 함께 움직였다. 나는 내 평생에서 지금이 가장 컨디션이 좋았다.

"그럼 좋습니다." 내가 말했다. "계속 올라갑시다."

몇 시간 동안이나 우리는 한 번도 쉬지 않고 위로 계속해서 올라갔다. 마침내 호문콜로스가 먼저 걸음을 멈추더니 우리가 이제 겨우 갱의 삼분의 일을 지나왔다고 알려주었다. 우리는 좀 더 긴 휴식을 취하면서 그냥 아무 말 없이 앉아 있다가 다시 위로 올라갔다.

두 번째 삼분의 일을 통과하는 일은 좀 더 힘들었다. 앞서 한 번 쉰 것이 잘못이었다는 느낌이 들었다. 왜냐하면 이제는 내 팔다리가 전보다 더 무겁고 움직이기도 힘들었기 때문이다. 게다가 오는 동안에 바위 모퉁이들에 부딪히고 찢긴 팔의 상처들이 아파왔다. 곧 나는 마치 납으로 된 무거운 갑옷을 걸치고 있는 느낌이 들었다. 다리는 마비되어서 내가 도대체 어디로 발을 내딛고 있는지 전혀 느낌이 오지 않았다. 이런 느낌은 점차 내 몸의 위쪽으로 퍼져 올라오더니 마침내 전신을 휘감았다. 결국 나는 또 한 번 그에게 쉬자고 부탁해야 할까 말아야 할까를 생각해야 했다. 이런 생각에 잠겨 기어오르던 도중에 잠이 들고 말았다. 나는 깊은 곳으로 추락했고 이미 꿈의 나라에 와 있었다.

♀♀♀
클라인코른하임의 화마

나는 몸을 움직이려고 애써보았다. 그러나 불가능했다. 뼈마디 하나하나 근육 하나하나가 어찌나 아프고 쑤신지 마치 내 몸속에서 그것들이 부서지거나 뜯겨 나가는 느낌이었다. 그러자 기억이 났다. 나는 밑으로 추락해서 지금 굴뚝 맨 밑바닥에 누운 채 숨을 거둬가고 있었다.

나는 머리를 들려고 애썼다. 최소한 그것은 할 수 있었다. 호문콜로스는 내 곁에 앉아서 어떤 책을 넘기고 있었다. 그의 뒤로는 서가들로 가득 찬 어느 터널 벽이 보였다.

"너는 장편소설보다는 시를 써야 할 것 같다." 그가 말했다. "그것이 너의 몸 상태로 보아 더 가능성이 클 것 같다."

"무슨 일이 일어났습니까?" 내가 물어보았다.

"너는 잠이 들었다. 기어오르다가. 나는 간신히 너를 붙잡았다."

나는 내 몸을 내려다보았다. 산산조각 나지는 않은 모양이었다. 그저 지금까지의 그 어떤 근육통보다도 극심한 근육통에 짓눌리고 있었다.

"당신이 나를 운반한 겁니까? 이틀 동안?"

호문콜로스가 책을 옆으로 던졌다.

"들리냐?" 그가 물었다.

"대체 뭔가요?"

나는 귀를 기울였다. 무슨 소리가 났다. 여러 가지 소음이었다. 꿀꺽거리는 소리, 쿵쿵 밟는 소리, 덜컹덜컹 흔들리는 소리, 바스락거리는 소리. 덜그럭거리는 소리, 그리고 톱질하는 소리가 들려왔다.

"저기가 도시다." 호문콜로스가 말했다. "저건 부흐하임에서 나는 소음들이다."

순간 나는 정신이 번쩍 들어 몸을 벌떡 일으켰다.

"우리가 부흐하임으로 왔단 말입니까?"

"완전히 온 것은 아니다. 그러나 지상에서 아주 가까운 곳에 와 있다. 여기서부터는 고서점들을 통해 쉽게 위로 올라갈 수 있다."

그는 이해하기 힘든 표정으로 나를 바라보았다.

"그러나 나는 스마이크의 도서실로 들어가야 한다."

"나도요."

"너는 그럴 필요가 없다. 네가 좀 더 쉬운 길을 가도 나는 실망하지 않을 거다. 그 길을 너한테 알려줄 수 있다."

"더 쉬운 길로 간다 해도, 스마이크가 저 위에 있는 한 나는 당신보다 더 멀리 가지 못할 겁니다. 내 머리에 현상금이 걸려 있으니까요."

"그럼, 가자."

호문콜로스는 횃불을 뒤에 남겨놓았다. 이 구역에는 해파리불빛이 있었다. 도처에 내가 오랫동안 보지 못했던 램프들이 타면서 불을 밝히고 있었다. 그리고 곳곳에 책들이 있었다. 아주 오래전에 해독 불가능한 룬문자들로 쓰인 냄새 고약한 값어치 없는 책들이 아니라 보통의 고서적들이었다. 우리가 계속 걸어 나가는 동안 나는 서가에서 책 한 권을 끄집어내 책장을 넘겨보았다.

그것은 『클라인코른하임의 화마』라는 제목의 책으로, 클라인코른하임 내의 방화가 자주 일어났던 구역에서 벌어진 사건들을 다룬 엉터리 소설이었다. 게다가 과시적이고 허풍스런 제목이 밝히고 있듯이 매장마다 적어도 하나의 거대한 화재사건을 묘사하고 있었다. 이런 악의적이고 조잡하며 변태적인 소설묘사 방식을 문학이라고 찬미하는 일 따위는 이제 전혀 내 관심을 끌지 못했다. 그보다는 오히려 그것이 얼마나 오래된 책일까 하는 것이 더 내 관심을 끌었다. 그것은 방화광에 관해서 쓴 흥분을 자극하는 소설로 차모니아 통속문학에서도 특히 불량 해적판이었다. 그런 책은 모든 것을 소멸시키는 엄청난 화재에 대한 묘사를 읽으면서 일종의 만족감마저 느끼는 고객층을 겨냥하고 있었다. 이런 문학 장르는 불과 백 년 전에 생겨났다. 나는 그 책을 뒤에 놓고 다른 책을 꺼내서 처음 몇 장을 넘기다가 낭독했다.

"삶이란, 만약 당신이 내게 묻는다면, 모서리가 뾰족한 낡은 봉지 안에 성가신 발톱들이 가득 차 있는 것과 같다고 할 것이다. 그러나 나한테 그것을 묻는 자는 아무도 없다."

"그것이 너의 철학이냐?" 호문콜로스가 물었다.

"아니오. 최고의 비관론자인 후므리 쉬그잘이 쓴 겁니다." 내가 대답했다. "이 책은 차모니아의 현대식 서점에 가도 있습니다. 그러니 우리는 고서점들이 있는 곳 아주 가까이에 와 있는 게 분명합니다."

"그건 내가 이미 말했다." 그림자 제왕이 대꾸했다.

"어떻게 스마이크의 도서실로 들어갈 겁니까? 무슨 계획이라도 있습니까?" 내가 물었다.

"사실은, 없다. 나는 그저 그 도서실을 둘러싸고 있는 미로가 어디서 시작되는지 알 뿐이다."

"어떤 것을 보고 그걸 알 수 있죠?"

"오, 그건 그냥 지나칠 수 없지. 표지가 하나 있다. 저기에 시체가 하나 앉아 있다."

"시체요?"

"미라다. 그자의 모습은 좀……. 어쨌든 네가 직접 보게 될 거다."

"비밀스러운 암시를 쓰는 것이 원래 합법적인 문학 방법입니까?" 나는 주위를 탐색하면서 물었다.

"아니다." 호문콜로스가 말했다. "그저 이류 작가들만이 독자들의 관심을 끌기 위해서 비밀스러운 암시를 사용한다. 그런데 그런 걸 왜 묻느냐?"

♀♀♪
스마이크 가문의 흰 양

지하 깊은 어느 미로 속을 돌아다니는 것보다 부흐하임의 지상에서 아주 가까이 돌아다니는 것이 더 숨 막히듯 불안했다. 이제 나는 호문콜로스가 왜 그렇게 가능하면 멀리 떨어져서 자신의 몸을 숨겼는지 이해되었다. 그 도시에 있는 모든 삶의 소리들이 다 들릴뿐더러 느낄 수도 있었기 때문이다. 덜컹덜컹 흔들리는 소리, 두드리는 소리들이 점점 더 많이 들려왔고 서가들에 꽂혀 있는 책들이 흔들렸다. 어린아이들이 내는 소리까지도 감지되는 것 같았다. 이런 소리들을 들으면서 동시에 지하 밑에 갇혀 있어야 한다는 것은 멀리 떨어진 그림자 성에 추방되어 있는 것보다 훨씬 더 견디기 힘들었다.

이렇게 도시 가까이에 와 있으면서도 아마 나 혼자의 힘으로는 나가는 길을 찾지 못했을 것이다. 지하묘지는 이곳이 특히 너무 비좁아서 사실 저 아래보다 훨씬 더 혼란스러웠다. 통로들은 비좁고 낮았으며 옆으로 새어 나가는 길, 사방으로 갈라지는 길, 작은 동굴들 그리고 계단들이 수도 없이 많았다. 그리고 어디에나 책들이 꽉 들어차 있었다. 책들이! 그러나 지금 책들은 더 이상 내 관심을 끌지 못했다. 나는 꿈꾸는 책들에서부터 위험한 책을 거쳐 살아 있는 책들에 이르기까지 온갖 형태의 책들을 가까이 접했다. 만약 여기서 벗어날 수만 있다면 나는 곧장 어디 사막 같은 문명화되지 않은 곳으로, 아무도 책을 읽고 쓸 수 없는 곳으로 가서 살고 싶었다.

"놀라지 마라!"

가야 할 목표를 이미 정해놓고 내내 앞장서서 걸어가던 호문콜로스가 갑자기 말했다.

"시체는 다음 모퉁이에 앉아 있다. 그것은 첫눈에 보기에 살아 있는 것처럼 보인다. 그 시체 근처에 해골들이 놓여 있는데, 그것들은 그 시체를 보고 심장마비를 일으켜 죽은 자들의 해골인 것 같다."

이렇게 미리 경고를 받은 나는 조심스럽게 모퉁이를 돌면서 주위를 살폈다. 그러다가 놀라서 뒤로 물러났다. 거기에는 바로 내가 아는 자가 앉아 있었다!

"스마이크입니다!" 나는 숨을 헐떡이며 말했다.

"그렇다. 저자는 스마이크와 좀 비슷해 보인다, 그렇지?" 나를 작은 동굴 안으로 먼저 들어가게 하려고 앞서 가다가 되돌아온 호문콜로스가 내 뒤에서 속삭였다.

"아니요, 피스토메펠 스마이크 같아 보이지는 않습니다." 내가 말했다. "그보다는 하고프 살달디안 스마이크인 것 같습니다."

우리는 함께 동굴 안으로 들어가서 그 미라를 살펴봤다. 사실이었다. 그는 하고프 살달디안 스마이크였다. 피스토메펠 스마이크에게 유산을 상속했던 그의 삼촌으로, 내가 초상화에서 봤던 것과 똑같은 모습이었다. 그랬다. 그는 그 초상화와 거의 비슷해 보였다. 그의 미라는 완전히 말라 있었다. 그는 살아 있었을 때도 이미 시체처럼 보였기 때문에 지금의 모습과 별 차이가 없었던 것이다.

그는 책이 가득 채워져 있는 서가에 등을 댄 채 앉아 있었다. 죽은 눈은 아무 데도 향하고 있지 않았다. 실내에는 책들 외에도 두 구의 해골이 놓여 있고 그 뼈들은 사방으로 흩어져 있었다. 그리고 천장에는 반쯤 죽은 해파리램프에서 희미하고 불규칙하게 깜박거리는 오렌지색 불빛이 흘러나오고 있었다. 그 모든 광경에서 가장 기이한 것은 미라가 열네 개 팔 중에서 두 개를 들어올리고 있고 그중 손 하나가 다른 손을 가리키고 있는 모습이었다. 하고프가 어떻게 해서 그런 자세로 죽었는지 나한테는 미스터리였다.

"그를 아느냐?" 호문콜로스가 물었다.

"개인적으로는 모릅니다. 그러나 그가 누구인지는 압니다. 스마이크 가문의 일원입니다."

"그러기에는 상당히 야위어 보이는군."

"그래요. 그는 그의 가문에서도 약간 변종이었습니다. 그는 피스토 메펠 스마이크에게 유산을 상속한 삼촌입니다. 그는 그에게 모든 것을 양도한 후에 사라졌습니다. 그가 돌았다는 소문이 있었습니다."

"어쨌거나 그랬을 것 같군. 이자는 여기서 뭘 하고 있는 거지?"

"아마도 여기서 길을 잃었나 봅니다. 굶어 죽었어요. 기갈로 죽었지요. 말라 죽은 겁니다. 미라가 됐어요."

"이자의 손은 왜 이렇지? 왜 이렇게 우스꽝스런 동작을 취하고 있

는 거지?"

"무언가를 가리키고 있습니다." 내가 말했다.

"그렇다. 그는 자신의 손가락을 가리키고 있다."

"그는 정말로 제정신이 아니었나 봅니다."

"아니다, 잠깐만." 호문콜로스가 말했다. "그는 손가락을 가리키고 있는 것이 아니라, 손가락 안에 있는 뭔가를 가리키고 있다."

"그가 손가락 사이에 뭔가 들고 있나요? 하지만 안 보이는데요."

"그렇다. 거기에 머리카락 한 올이 있다."

나는 더 가까이 들여다보았다.

"정말입니다. 눈썹입니다."

바로 그 순간 내 머릿속에는 피스토메펠 스마이크와 그에게 유산을 남긴 삼촌에 관해서 나눴던 대화가 다시 떠올랐다.

"하고프 살달디안 스마이크입니다." 피스토메펠은 말했다. "그분은 예술가였습니다. 조각을 하셨지요. 저희 집은 그분의 조각들로 가득 차 있습니다."

"하지만 저는 집 안에서 단 한 점의 조각도 보지 못했는데요."

나는 그 당시에 이렇게 반문을 했고, "놀라운 일이 아닙니다"라고 스마이크는 대답했다.

"그것들은 그냥 육안으로는 알아볼 수가 없지요. 하고프 선조께 서는 미세 조각품들을 만들었으니까요."

"미세 조각품이라고요?"

"예, 처음에는 버찌 씨앗과 쌀알로 만들었습니다. 그러다가 사용하는 재료의 크기가 점점 더 작아졌습니다. 마지막에 가서는 털끝으로 조각품을 만드셨지요. 우리가 되돌아가면 그런 작품 몇 개를 현미경으로 보여드리겠습니다. 그분은 누르넨 숲의 전투 전체를 눈썹 하나에다가 조각해놓았습니다."

"미세 조각품입니다." 나는 호문콜로스에게 말했다.

"네 말은 이 눈썹이 어떤 식으로 가공되었다는 거냐?"

"그럴 수 있습니다. 그는 아주 작은 물건들에다가도 조각을 할 수 있었다고 합니다. 하지만 그것도 지금 우리한테는 도움이 안 됩니다. 그것이 뭔지 보려면 현미경이 있어야 할 테니까요."

"나는 아니다." 호문콜로스가 말했다. "나는 볼 수 있다."

"볼 수 있다고요?"

"너한테 이미 말한 적이 있다. 스마이크가 내 눈에 뭘 이식시켰는 지는 모른다. 그러나 나는 핀스터베르크에 사는 독수리가 망원경을 통해 보는 것처럼 잘 볼 수 있다. 경우에 따라서는 현미경을 통해 보 는 것처럼 자세히 볼 수도 있다."

"사실입니까? 그럼 한번 살펴보세요! 어쩌면 이 눈썹에 어떤 암시 가 있을지도 모르잖아요."

호문콜로스는 뾰족한 손가락으로 하고프 살달디안 스마이크가 움켜쥐고 있는 눈썹을 집어냈다. 그러더니 그것을 한참동안 그의 시 꺼먼 눈구멍에 바짝 갖다 대고 살폈다. 나는 나직한 찰칵 소리와 윙 윙거리는 소리가 들은 것 같았다.

"너는 이것을 믿을 수 없을 거다!" 호문콜로스가 말했다.

"뭘 믿을 수 없다는 거죠?" 나는 참지 못하고 소리쳤다. "나는 당 신의 모든 것을 믿어요!"

호문콜로스가 나를 쳐다보았다.

"아하? 갑자기 그렇게 됐단 말이지?"

"뭐가 보이는지 말해줘요!"

"넌 믿지 않을 거다."

"제발요!"

호문콜로스는 다시 그 눈썹에 정신을 집중했다.

"이것은 유언장이다!" 그가 말했다. "이 머리카락에 새겨져 있다."

"그럴 리가요!"

"봐라. 내 말을 안 믿지 않느냐!"

"나를 미치게 만들지 마세요! 읽어봐요! 읽어―봐―요!"

"유언장." 호문콜로스가 말했다.

"그래요, 나도 압니다!" 나는 가쁘게 숨을 쉬었다. "유언장이라고요. 당신이 이미 말했잖아요."

"아니, 여기에 이렇게 쓰여 있다. 유언장이라고. 이것이 제목이다. 이제 읽을까 말까?"

"제발요!"

만약 굴욕적으로 들리는 어떤 말이 있다면 그것은 바로 이 "제발요!"였다.

호문콜로스는 헛기침을 했다

"유언장."

그가 읽기 시작했다.

나는 이 글을 최초로 읽는 자의 이름이 피스토메펠 스마이크가 아니기를 바란다. 그런데 만약 그런 일이 벌어진다면, 그자에게 이렇게 말하겠다.

"너 피스토메펠 스마이크, 더러운 녀석아, 너를 저주한다! 나는 너를 영원히 저주하며, 이 지구가 태양 속으로 떨어져 없어질 때까지 내가 유령이 되어서라도 네 무덤 위에 오줌을 비처럼 갈길 것이다."

그러나 만약 그대가 피스토메펠 스마이크가 아니라면, 친애하는 독자여, 그렇다면 이 슬픈 이야기를 들어보라.
유감스럽게도 역시 타락한 우리 가문 출신인 내 행실 나쁜 조카 피스토메펠 스마이크가 어느 날 내 방문을 두드렸을 때만 해도—아마도 어떤 채권자나 경찰을 피해서 도주 중이었을 것이다— 그 녀석의 내면에 입을 벌리고 있는 음흉한 심연을 나는 조금도 눈치채지 못했다. 나는—다른 많은 이들이 그랬듯이— 그의 타고난 매력에 끌리고 말았다. 나는 그에게 문을 열어주고 친절하게 대해주었다. 그리고 얼마 안 가서 그를 내 친아들처럼 대하게 되었다. 나는 그와 모든 것을 함께 나눴다. 집도, 음식도. 다만 한 가지만은 예외였다. 그것은 스마이크 가문의 도서실에 대한 비밀이었다. 그것은 수백 년 동안 수 세대를 거쳐 이룩되었다. 나는 그 일을 이어가면서 우리 가문의 일원 중 처음으로 이 엄청난 소장도서들을 내 세력 확대를 위해 이용하기보다는 오히려 완전히 무시하기로 결정했다.
왜냐하면 나는, 내 초상을 본 이들은 알겠지만, 뚱뚱한 우리 가문에서는 약간 변종이기 때문이다. 스마이크 가문의 모든 일원들 속에는 선과 악이 함께 숨어 있다. 그러나 유감스럽게도 가문의 역사를 볼 때 우리 혈족들은 좋지 않은 성품이 더 많았다고 말하지 않을 수 없다.

대부분의 우리 스마이크 혈족과는 반대로 나는 금욕적인 성향이었으며, 예술가적인 기질이 있고 어떤 형태의 권력도 혐오한다. 그래서 사실 나는 스마이크 가문의 유전이 내게 이르러서 다른 길로 빠졌다고 말하지 않을 수 없다. 나는 유산을 상속받으면서, 적어도 내 평생 동안은 그 도서실을 누구에게도 사악한 목적으로 오용하지 않겠다고, 그래, 어떤 목적으로도 이용하지 않겠다고 결심했다. 심지어 나는 언제가 그것을 불태워버릴까 잠시 생각한 적도 있었다. 그러나 감히 그럴 용기는 없었다. 그냥 이따금 나는 책을 읽기 위해서 그곳을 찾아갔다.

내 생애 동안 누구의 눈에도 보이지 않는 예술작품을 만들어내는 일에 전념하며 보내겠다는 내 집념이 미친 것처럼 보일지도 모른다. 그러나 내 도덕적 법칙에 따르면 다른 이들의 운명을 자신의 의지에 종속시키는 것이야말로 미친 짓이다. 어느 생각이 옳은지는 다른 심급에서 결정하기 바란다.

어느 날 피스토메펠은 내 계획을 알아차린 것 같았다. 오늘 생각해보면 그가 내 일거수일투족을 관찰했고 그래서 마침내 도서실의 비밀을 캐낸 것이 확실하다. 그것이 내게는 사형선고였다. 나는 피스토메펠이 어떤 책에 바른 독에 중독되어 몸이 마비된 후에 지하묘지로 끌려왔다. 내가 그자의 악마적인 권력욕에 방해가 되어 불행을 당한 이들 가운데 최초가 아닌가 우려된다.
내 기력은 쇠진해가고 있다. 매번 나는 도서실로 통하는 길을 막고 있는 미로 속의 악의적인 장치 때문에 실패하곤 했으며, 다른 출구 역시 찾아내지 못했다. 지금 내가 할 수 있는 일은 피스토메펠 스마이크에게 상속한 유산을 인정하지 않고 그를 나의 살인자로 폭로하는 것이다. 스마이크 가문의 도서실은 이 유언장을 발견하고 이를 일반에 공개하는 자의 소유가 될 것이다. 그러니 나는 오직 그가 순수한 마음을 가진 자이기를 바랄 뿐이다.

하고프 살달디안 스마이크, 스마이크 가문의 흰 양.

"정말 환상적이군요!" 호문콜로스가 유언장 낭독을 마치자 나는 소리쳤다. "이걸로 우리는 스마이크를 제거할 수 있습니다! 그것도 아주 합법적으로요! 만약 우리가 이것을 공개하면 그는 끝장입니다! 살인자에다 사기꾼입니다. 유산 횡령자이고요. 여기 이것은 누구도 의심하지 못할 기록입니다. 아무도 이것을 위조할 수는 없을 테니까요. 하고프는 이 미세 조각을 할 수 있는 유일한 인물이었습니다."

호문콜로스는 여전히 그 눈썹을 뚫어지게 쳐다보았다.

"당신이 그 유산을 상속받을 수 있어요. 당신이 그것을 처음 읽은 인물이니까요!" 나는 외쳤다. "내가 증인이에요! 그들은 스마이크의 관직과 지위를 모두 박탈할 겁니다. 모두가 그에게 등을 돌릴 거예요. 만약 그들이 그를 악령들의 계곡에 있는 수정 광산으로 추방하거나 아이젠슈타트의 공장 감옥으로 보낸다 해도 그가 운이 좋은 거라고 할 수 있을 겁니다."

"너는 그것이 그가 한 짓에 대한 충분한 벌이라고 생각하느냐?" 호문콜로스가 물었다. "그리고 그가 계획하고 있는 짓에 대해서도?"

"공정한 벌은 없습니다." 내가 말했다. "하지만 우선은 그 정도로 충분할 겁니다."

"그러면 너는 누구한테 이 유언장을 보여주겠느냐? 너는 누구를 신뢰할 수 있느냐? 네가 아는 자들 가운데 스마이크가 지급하는 월급 목록에 이름이 안 올라가 있는 자가 있느냐?"

호문콜로스의 이 주장에 내 흥분은 무너지고 말았다. 우리는 한 참동안 서로를 쳐다보았다.

"그것을, 우리와 함께 해보지 않겠습니까?" 가늘고 떨리는 목소리가 들려왔다. "비록 지금까지는 우리와 썩 좋은 경험을 하지 않았지만요."

우리는 급한 동작으로 이리저리 움직이다가 동굴 입구를 쳐다보았다.

거기에는 아이데트 족의 키비처와 슈렉스 족의 이나제아가 서 있었다. 그들은 부흐하임의 고서점 상인들로, 나한테 그들의 서점 출입을 금지한 자들이었다.

그들은 상당한 거리를 두고 서서 마치 막 뛰어 달아나려는 노루들처럼 사지를 떨고 있었다. 그들은 호문콜로스를 보고 겁을 먹은 것이다.

"자네는 실패했어, 키비처." 슈렉스가 낙담한 목소리로 말했다.

"그래, 맞아." 키비처가 대답했다. 그 목소리는 슈렉스보다 더 힘없이 들렸다. "나는 슈렉스 족의 예언이 이렇게 정확한 줄 몰랐어."

그러더니 둘은 서로를 꽉 껴안으면서 정신을 잃었다.

♀♀Ψ
배신자들

나는 그들 둘이 정신이 들었다가 다시 기절하지 않도록 하려고 호문콜로스에게 하고프의 미라가 있는 동굴 안에 머물러 있으라고 부탁했다. 내가 그들의 등을 세워 벽에다 기대고 손으로 부채질을 하면서 공기를 불어넣자 곧 다시 정신이 들었다.

"이런, 맙소사." 키비처가 목을 끄르륵거렸다.

"나도." 이나제아가 가쁜 숨을 내쉬며 말했다. "그렇게 무시무시한 괴물을 난생처음 봤습니다."

나는 이 슈렉스가 거울 속의 자기 모습을 마지막으로 본 것이 언제였을까 속으로 생각해보았다.

"사실 그의 이상한 모습에 익숙해지고 나면 그리 무서워 보이지 않아요." 나는 호문콜로스가 그의 대단한 청력으로 우리가 하는 말을 엿듣고 있다는 걸 알면서도 낮은 소리로 말했다. "그에게는 심지어 독특한 아름다움도 있어요. 그것을 보고 알아줄 혜안이 있다면요."

"우리는 그의 마음을 상하게 할 생각이 아니었습니다." 키비처가 말했다.

"그럼요." 슈렉스가 말을 이었다. "절대로 그럴 생각은 없었습니다. 당신들과 할 일이 있어서 여기에 와 있었던 겁니다."

"당신들이 여기서 하려던 것이 뭔데요?" 내가 물었다.

"그걸 말하려면 좀 자세히 설명할 시간이 필요합니다." 키비처가 대답했다. "그래도 괜찮다면요."

"우리는 확신했습니다." 슈렉스가 말했다. "당신에게 몇 가지 설명할 수 있을 거라고요. 비록 지금 당장 당신을 납득시킬 수는 없겠지만……"

"흥미로울 것 같군요." 내가 대답했다.

"지금 우리가 처해 있는 괴롭고 불쾌한 상황을 당신한테 이해시키려면……" 키비처가 말했다. "당신이 부흐하임에 없던 시기로 되돌아가야 합니다."

"그건 오래 걸리느냐?" 그림자 제왕이 탁한 소리로 물었다.

"그럴 것 같습니다."

나는 소리쳐 대꾸했다. 그러자 호문콜로스는 고통스러운 한숨을 토했다.

"가능하면 빨리 이야기하겠습니다." 키비치가 말했다. "피스토메펠 스마이크가 부흐하임에서 어느 정도 대중적인 인기를 얻으면서 이 모든 것이 시작됐습니다. 그 전까지만 해도 이 도시는 일종의, 제 말은, 창조적인 혼란이 지배하고 있었습니다. 제대로 작동하는 것은 아무것도 없었지만 그럼에도 불구하고 모든 것이 어떤 식으로든지 작동하고 있었습니다. 그리고 그런 상태에 대해 특별히 불만을 가진 자는 아무도 없었습니다. 부흐하임으로 이주해오는 자들은 누가 통치하는 것 따위―그렇게 표현하자면요―는 원치 않으니까요. 약간의 무정부주의가 그들에게는 깨끗하게 청소된 보도보다 더 나았습니다. 그러던 것이 지난 몇 년 동안 놀랍게도 변했습니다……

스마이크가 부흐하임에 나타났을 때, 그는 우리 모두에게 아주 호감 가는 인상을 줬습니다. '우리 모두'라고 제가 말하는 것은 문학 동호회, 내면적인 모임, 중요한 고서점상들, 출판업자들, 서점상들 그리고 이 도시의 중심을 형성하던 예술가들을 말합니다. 우리의 여러 업종 종사자들이 모인 이러한 관람석 앞의 무대에 등장한 스마이크는 그의 엄청나게 뚱뚱한 몸집에도 불구하고 처음부터 좋은 인상을 풍겼습니다. 그가 어느 실내로 들어왔다 치면―예를 들어 시인들의 살롱에 들어오면― 십 분 후에는 그 안에 있는 모든 이들이 그를 중심으로 빙 둘러 모여들었습니다. 그는 풍부한 정신과 유머를 지닌 재능 있는 문자 연구가이자, 아주 특수하고 진귀한 서적을 다루는 고서점 상인이었습니다. 기념물처럼 시의 보호를 받고 있는 아주 작은 집에 살면서 그것을 알뜰하게 관리했으며, 자기 집의 양봉장에서 채취한 꿀을 도시의 주요 인사들에게 나눠줬습니다. 우리의 모임에 나타나는 것 말고 그는 어떤 야망도 없었지요. 간단히 말해, 그는 은둔 생활자였지만 부흐하임에서 체면을 중시하는 사람들은 오히려 그를 자기의 동호회로 끌어들이고 싶어 했습니다."

"누구나 말입니다!" 슈렉스가 쉰 목소리로 말했다. "심지어 동호회도 없는 슈렉스 고서점 상인들마저요."

"게다가 그는 후원자였습니다." 키비처가 말했다. "어떤 일에서든요. 그는 그의 소장품 가운데서 값어치가 높은 책을 일반적인 목적, 그러니까 시립도서관을 개조하거나 검은 사나이의 골목에 있는 아주 오래된 집들을 깨끗이 수리하는 목적 등을 위해 기증하는 일이 점점 늘어났습니다. 그런 책 한 권만 갖고도 도시의 한 구획이 쇠락하는 것을 구해낼 수 있었을 겁니다. 그러나 그는 특히 예술을 후원했습니다."

슈렉스가 음흉하게 웃었다.

"어느 날이었지요." 키비처는 계속해서 말했다. "그는 네벨하임 트럼나팔 음악 동호회라는 것을 조직했습니다. 그리고 제 생각으로는, 바로 그때가 부흐하임의 상황이 서서히 변하기 시작한 시점이었습니다. 처음에는 아무도 눈치채지 못했지만요. 트럼나팔 콘서트는 부흐하임의 정신적이고 고풍스런 엘리트들을 위한 행사로 되어갔습니다. 누구나 거기에 참석하고 싶어 했지만 그 도시의 주요 인사들만 선택받을 수 있었습니다."

"당신도 역시 그 콘서트를 체험한 적이 있지요." 슈렉스가 내 기억을 상기시켰다. "그런 음악이 어떤 결과를 야기할 수 있는지 당신은 알 겁니다. 우리를 비판하기 전에 먼저 저희 얘기를 듣고 생각해보십시오!"

나는 머리를 끄덕였다. 나는 트럼나팔 음악 소리가 지금도 귀에 생생했다.

"우리는 무슨 일이 일어나고 있는지 전혀 알지 못했습니다." 키비처가 말했다. "제 경우에는 뇌가 세 개라서 그게 좀 더 오래 걸렸으니까요. 하지만 어느 날에 가서는 그것들도 역시 유연해져버렸습니다. 콘서트를 들을 때마다 나는 점차 스마이크의 정신적인 지배하에 빠져들었습니다. 그 음악이 가진 최면적인 힘은 시간이 가면서 줄어들었지만, 며칠 동안은 마치 스마이크에 의해 원격조종을 당하는 것처럼 이리저리 헤매고 돌아다니면서 그가 음악 속에 혼합해놓은 최면 후의 명령에 따르곤 했습니다. 우리는 멍청한 일들을 벌이면서도 그런 것을 의심하지도 않았습니다! 우리가 슈렉스 족의 공동묘지를 훼손했을 때도 나는 거기에 있었습니다."

"나도 역시 그 자리에 있었어요." 슈렉스는 말하고는 부끄러운 듯이 머리를 떨구었다.

"그리고 당시의 부흐하임 시장도 있었습니다!" 키비처가 말했다. "하지만 스마이크가 저지른 그런 일들은 단지 가벼운 시작에 불과했습니다. 그는 얼마 안 가서 정말로 중요한 일을 우리가 하도록 시켰습니다. 성공한 고서점상들이 그들의 가게를 그에게 헐값에 팔았습니다. 어떤 이들은 심지어 그에게 그들의 소장품들을 모두 유언으로 넘긴 다음에 자살하고 말았습니다. 어떤 이들은 우리처럼 삼원서점연합의 회원이 되어 자기들 수입의 절반을 스마이크에게 바쳤습니다. 정치가들은 전적으로 스마이크에게만 유리한 어처구니없는 법들을 통과시켰습니다."

"그는 콘서트를 여는 간격을 점점 좁혀갔습니다." 슈렉스가 말을 넘겨받았다. "음악을 듣는 이들이 더 이상 제정신으로 돌아오지 못할 때까지요. 그는 마치 오케스트라를 지휘하는 지휘자처럼 부흐하임의 운명을 마음대로 조종했습니다. 그러자…… 그 친구가 이 도시로 왔습니다."

이나제아의 시선이 호문콜로스가 앉아 있는 동굴 쪽으로 향했다. 그 안에서 고통스러운 한숨 소리가 새어 나오자 슈렉스와 아이데트 난쟁이는 머리를 움츠렸다.

"우리는 그가 이미 스마이크의 마수에 빠졌을 때야 비로소 그에 대한 소식을 들었습니다." 슈렉스가 말을 계속했다. "그는 우리와 다른 몇 명에게 이 젊은 천재가 쓴 원고를 보여줬지요. 그러더니 우리를 그의 파렴치한 계획에 끌어들였습니다. 그 천재를 괴물로 만들어 지하묘지 속으로 추방한 다음에 책 사냥꾼들을 소탕하게 하자는 것이었습니다."

"당신들이 그 일을 알고 있었단 말입니까?" 나는 소스라치게 놀라서 물었다.

"알고 있었던 것뿐만이 아닙니다." 키비처는 낮은 소리로 대답했다. "우리는 그 일에 결정적으로 협력했습니다. 잘 들으세요. 이제야말로 정말 우리 이야기에서 가장 수치스러운 부분이 나오니까요. 그리고 우리가 여기 온 것은 참회하기 위해서입니다. 다시 말해서 스마이크는 만약 우리의 구체적인 도움이 없었더라면 그의 계획을 실현시키지 못했을 테니까요."

"너는 우리가 그것도 기꺼이 협조했다는 것도 언급해야 돼!" 슈렉스가 말을 받았다. "대단히 열광을 하면서 말이지요. 우리의 머리는 그자의 병적인 착상을 흠 없는 완벽한 것으로 간주할 만큼 세뇌당해 뒤틀려 있었습니다. 우리는 그가 요구하는 대로 무엇이든 지원했어요. 예를 들면, 당신은 아십니까? 당신의 친구 몸에다 종잇조각들을 붙이는 일을 누가 했는지를?"

"아니오." 내가 말했다. "내가 어떻게 그걸 압니까?"

"바로 나였습니다!" 슈렉스가 헐떡거리며 말했다. "그 종이들은 저희 고서점에만 있던 아주 오래된 슈렉스들의 책 연금술 책들에서 찢어낸 것입니다."

그림자 제왕이 숨어 있는 동굴 안에서 나직하게 바스락거리는 소리가 들려왔다. 그러자 슈렉스의 눈꺼풀이 파르르 떨렸다. 그는 더 이상 감히 말을 잇지 못했다. 그러자 키비처가 말을 넘겨받았다.

"나는 그의 눈 속에다 기계장치를 설치했습니다." 그가 말했다. "나흐티갈 광학렌즈에 관해서 압둘 나흐티갈러 박사가 쓴 책을 보고 따라 한 겁니다. 그의 눈은 내가 직접 연마한 다이아몬드 렌즈를 끼고 있습니다. 게다가 나는 또 그의 몸에다 몇 가지 다른 장치도 달았습니다. 그의 간은 천년 동안 유지될 겁니다."

"그의 몸을 꿰매 합성하는 데 당신들이 도왔다고요?" 나는 역겨워지는 느낌으로 물었다.

"직접은 아닙니다." 슈렉스가 말했다. "우리는 부품들만 조달했습니다. 우리는 스마이크의 비밀실험실에 한 번도 들어간 적이 없어요. 그리고 우리는 완성된 그림자 제왕을 본 적도 없습니다. 바로 전까지는요."

동굴에서 몹시 화가 나 그르렁거리며 소리를 내지르는 것이 들려왔다. 그러자 둘은 불안한 듯이 서로 시선을 교환했다.

"금방 끝납니다." 키비처가 미안한 듯이 말했다. "서두르겠습니다. 얼마 지나지 않아 우리는 그 일을 잊고 말았습니다. 그림자 제왕은 전설이 되었지요. 그리고 스마이크의 위세는 점점 막강해졌습니다."

"그때 당신이 부흐하임에 왔습니다. 그리고 당신은 우리 둘을 최면상태에서 깨어놓았습니다." 슈렉스는 마치 저주의 말처럼 토해냈다. "우리는 우리가 괴물로 만들어놓은 그자의 필적을 알아봤습니다. 그건 마치 악몽에서 깨어나는 것과 같았어요. 처음에 우리는 충격을 받았고 한참이 지나서야 당신을 도와야겠다고 마음을 고쳐먹게 된 것입니다. 그러나 이미 때는 늦은 후였습니다."

"당신이 사라지고 없었으니까요." 슈렉스가 말했다. "스마이크는 당신에게 한 짓을 비밀로 하지 않았어요. 그는 가까운 지인들에게 자기가 미로로 추방해버린 공룡에 대해 즐겨 얘기하곤 했습니다. 린트부름 요새에 대해 그는 특히 증오심을 갖고 있었습니다. 그가 부흐하임 영역을 넘어 자신의 세력을 과시할 때를 대비해 만든 목록의 맨 앞에 린트부름 요새가 있을 정도니까요."

"우리는 트럼나팔 연주회에 갈 때면 우리의 귀를 왁스로 막기 시작했습니다." 키비처가 말했다. "우리는 여전히 삼원조합에 속해 있습니다. 그러나 이제 스마이크는 더 이상 우리를 지배하지 못합니다. 우리는 배신자가 되었으니까요. 스파이 말입니다."

"전에 우리는 스마이크의 앞잡이였습니다. 이제는 배신자가 되었습니다." 슈렉스가 말했다.

이 모든 이야기를 나는 먼저 머릿속에서 소화시켜야만 했다. 그러나 한 가지 여전히 내가 이해할 수 없는 것이 있었다.

"당신들은 이 시각에 우리가 여기에 나타나리라는 것을 어떻게 알았습니까?"

슈렉스는 음산한 소리를 내면서 헛기침을 했다.

"우리가 처음 만났을 때 이미 당신의 미래를 예언한 적이 있지요." 그는 말했다. "기억합니까?"

"내가 기억하는 것은 단지 몇 마디 헛소리뿐입니다. 그건 뭐든지 의미할 수 있는 말들이었지요."

나는 사실대로 말했다.

"그는 심연으로 내려갈 것이다."

그때 슈렉스는 나에게 욕을 퍼부었다.

"그는 살아 있는 책들 속으로 추방될 것이다! 그리고 누구나 알면서도 진짜 정체는 아무도 모르는 존재와 함께 떠돌 것이다!"

그래, 만약에 그것이 당시 그가 실제로 한 말이라면 그거야말로 사뭇 당혹스러운 예언이었다는 생각이 들었다. 그러나 그것은 여전히 내 물음에 대한 대답은 아니었다.

"그것은 천부적인 재주가 아니라." 슈렉스가 말했다. "저주입니다. 이런 예언은 슈렉스가 지니는 전형적인 반사작용이지 특별한 것이 아닙니다. 전혀 정확하지도 않고요. 그러니까 나는 내가 꾼 악몽을 직접 분석해본 겁니다. 그것은 예언을 미리 판단하는 가장 끔찍한 방법이지요. 유감스럽게도 아주 고통스러운 과정이어서 그것을 하다 보면 피를 흘리고 광란에 빠질 수도 있습니다. 그 일을 할 때 키비처는 내게 최면을 걸어 못 박은 판자에 묶어놓고 하룻밤 동안 소의 쓸개즙을 뿌려놔야 했습니다."

"끔찍했습니다." 키비처는 기억을 되살리면서 몸을 떨었다.

"그러나 이처럼 악몽을 꾸고 고문당하면서 고백하는 혼합 방식이 바로 슈렉스가 미래를 예언할 때 사용하는 가장 정확하고 솔직한 방법입니다. 나는 당신의 운명을 아주 정확하게 예언했습니다. 지금 이 순간까지 말입니다. 키비처도 처음에는 내 말을 안 믿었습니다.

그러나 내가 뭐라고 했습니까. 우리는 여기에 와 있습니다. 정확한 때에 정확한 장소에요. 그리고 지금 그는 나흐티갈러가 조개로 잠수함을 만드는 법을 써서 그의 사인을 넣어 내게 보낸 초판본을 잃어버렸습니다."

"큰 재산 가치가 있는 건데 말입니다!" 키비처는 한숨을 내쉬었다. "너희들 언젠가는 끝장을 봐야 할 거다!"

호문콜로스는 그가 숨어 있는 동굴 속에서 부르짖었다. 그의 인내심이 한계에 다다른 것처럼.

"그래서" 키비처가 속삭이듯이 말했다. "우리는 여기에 와 있습니다. 우리 죄를 고백했습니다. 그림자 제왕이 우리가 저지른 수치스런 행위 때문에 우리를 죽인다 해도 할 수 없습니다. 하지만 혹시 우리가 그를 위해 무슨 일인가를 함으로써 우리의 죄를 탕감할 수도 있을 겁니다."

"흠." 내가 말했다. "그 말은 몹시 고약하게 들리는군요. 당신들이 제안하는 것이 대체 뭡니까?"

"스마이크의 도서실로 가는 길을 알려드린다면 어떻겠습니까?" 키비처가 물었다.

"미로를 통해서 그리로 가는 길을 당신이 안단 말인가요?"

"비록 직접 미로를 설치하지는 않았지만." 키비처가 말했다. "삼년 전에 그것을 내가 완전히 개조했습니다."

나흐티갈식의 불가능 열쇠

"너는 저자들을 믿을 수 있느냐?"

호문콜로스가 얼마나 큰 소리로 묻던지 우리보다 앞서 걸어가던 슈렉스와 키비처까지도 뚜렷이 들을 수 있을 정도였다.

"여기 지하에서 누구를 신뢰할 수 있겠습니까?" 내가 대꾸했다.

"나를 신뢰할 수 있다." 호문콜로스가 말했다. "예를 들어, 나를 속이려는 자가 있다면 그게 누구든 그자의 뇌를 뽑아버리겠다고 내가 장담할 때면 말이다. 그자의 머리가 세 개라도 상관없다."

키비처가 고통스러운 신음 소리를 토해냈다.

"우리가 많은 죄를 지었다는 것을 압니다." 그가 말했다. "하지만 정말 우리는 그것을 다시 만회하기 위해서 어떤 일이라도 하겠습니다. 최소한 우리한테 그럴 기회를 주십시오."

"이것 말고 다른 방법이 있습니까?" 내가 말했다. "당신한테 더 좋은 생각이 있나요?"

그림자 제왕은 아무 대답도 하지 않았다.

"여깁니다."

키비처가 말하더니 걸음을 멈췄다.

우리는 서로를 쳐다보았다. 책들로 꽉 차 있는 이 좁은 통로에는 별로 특별한 것이 없었다.

키비처는 서가에서 별로 눈에 띄지 않는 책 한 권을 절반쯤 빼내더니 한 걸음 뒤로 물러섰다. 그 책이 펼쳐지더니 그 안에서 유리 기계장치가 드러났다.

"이것이 미로로 통하는 열쇠장치입니다." 키비처가 말했다. "그리고 나는 여기에 맞는 열쇠를 갖고 있습니다."

"미로로 통하는 열쇠가 있단 말이냐?" 호문콜로스가 물었다.

"어떤 미로라도 열쇠가 필요합니다." 키비처가 대답했다. "이따금 그 열쇠는 미로를 고안한 자의 머릿속에 존재하기도 하지요. 여기 있는 이것은 나흐티갈식의 불가능 열쇠라는 것입니다."

그는 호주머니를 뒤지더니 아주 작은 물건을 하나 꺼냈다. 우리는 그것을 보기 위해 몸을 가까이 굽혀야 했다. 그러나 나는 아무리 자세히 들여다봐도 그 물건이 유리나 수정으로 된 것 같아 보이기는 한데 기이하게도 제대로 관찰할 수가 없었다. 나는 달리 뭐라고 표현할 수가 없었다. 이것은 실제로 관찰이 전혀 불가능한 열쇠였다.

"매혹적이지 않습니까?" 키비처가 꿈꾸는 듯한 목소리로 물었다. "나는 이 열쇠를 나흐티갈의 책에 적힌 대로 단 하나의 다이아몬드를 연마해 만들었습니다."

키비처는 아주 작은 열쇠를 유리로 된 책 자물통에 찔러 넣었다.

"이 기계식 미로를 내가 개조한 후에 작동시켰듯이 다시 작동을 멈추게 할 수도 있습니다. 조심해요!"

그가 열쇠를 돌렸다. 열쇠는 유리 기계장치 안에서 끼익! 하더니 탁

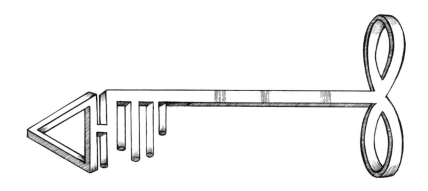

탁 운율적인 소리를 냈다. 그러자 통로가 움직이기 시작했다. 책이 꽂힌 서가들은 앞과 옆으로 밀려나더니 180도로 움직이거나 자리를 바꾸었다. 불과 몇 초 사이에 터널 안은 완전히 다른 모습으로 보였다. 전에 혹시 이 자리에서 머릿속에 몇 가지 상세한 것들을 새겨두었다 하더라도 지금은 그 어떤 것도 원래 위치에서 찾아볼 수 없었다.

"모든 것이 트릭입니다." 키비처가 말했다. "어떤 통로든 누가 한번 그 안에 발을 들여놓고 나면 즉시 자동적으로 움직여서 모양이 달라집니다. 이 기계장치는 이제 작동을 멈췄습니다."

"이건 그림자의 성보다 더 교묘하군." 호문콜로스는 인정한다는 듯이 말했다.

"그림자의 성이라고요?" 키비처는 전기충격이라도 받은 듯 놀라 물었다. "그곳이 정말로 존재합니까?"

"그곳은 환기시설입니다." 내가 말했다.

키비처와 슈렉스는 나를 쳐다보았다.

"예, 그래요. 그곳은 백 개의 코를 가진 어느 거인이 사용했던 환기시설입니다." 나는 애써 설명하려고 했다. "거기에는 흐느끼는 그림자들과 살아 있는 책들이 살고 있어요. 그들은, 에, 아, 좋아요, 그냥 잊읍시다!"

키비처와 슈렉스는 안심이 되는 듯이 머리를 끄덕였다.

"그러니까." 키비처 난쟁이가 말했다. "이 미로는 이제 미로의 기능이 없어졌습니다. 이제는 그냥 앞만 보며 똑바로 나아가기만 하면 됩니다. 그러면 언젠가는 스마이크의 도서실 안으로 들어가게 되지요. 우리의 임무는 이것으로 끝났습니다."

"좋다."

호문콜로스가 말했다. 그는 나흐티갈식의 불가능 열쇠를 자물통에서 끄집어내더니 그것을 바닥에 던져 발로 짓이겼다.

"그냥 안전을 위해서다." 그가 말했다. "이것으로 우리의 계산은 끝났다. 잘 가라!"

그는 가려고 몸을 돌렸다.

"잠깐만요!" 슈렉스가 외쳤다. "당신들, 정말로 이 길을 가시겠습니까?"

"다른 대안이 있나요?" 내가 물었다.

"아니오." 슈렉스가 대답했다. "내가 이렇게 말하는 것은 여러분을 지체시키기 위해서가 아닙니다. 운명은 지체시킬 수 없으니까요. 그러나 나는 당신들의 미래를 봤습니다. 별로 좋지 않았습니다, 내 말을 믿으십시오."

"나도 내 미래가 어떤 모습인지 알고 있다." 호문콜로스는 주저하지 않고 결정했다. "가자."

나는 고개를 끄덕였다.

"당신들 원하는 대로 하십시오." 슈렉스는 깊은 한숨을 내쉬었다. "그럼 서두르세, 키비처. 우리는 되돌아가서 즉시 부흐하임을 떠나야 하네."

"왜 그래야 하지?" 키비처가 물었다.

"그게 우리의 운명이니까."

슈렉스는 키비처의 팔을 붙잡더니 그를 데리고 황급히 그 자리를 떠났다.

시작과 끝

그동안 그토록 기능을 잘 발휘했던 미로 속에서 오랜 시간을 보낸 후에, 사랑하는 친구들이여, 이제 미로의 기능을 상실한 그 안을 걸어가는 것은 기분 좋은 일이었다. 혼란스러운 샛길도 없었고 막다른 길도 없었으며, 어느 방향으로 접어들어야 할지 머리 아프게 궁리할 필요도 없었다. 오직 하나, 언젠가는 목적지에 다다르게 될 구부러진 통로 하나만 있었다.

"그 유언장을 잘 보관했습니까?" 나는 호문콜로스에게 물어보았다.

"잘 보관했다." 그가 대꾸했다.

나는 그가 몸에 옷도 걸치지 않고 호주머니도 없으면서 눈썹 같은 아주 작은 물건을 어떻게 '잘' 보관했는지 감히 물어보지 않았다.

"스마이크를 만나면 어떻게 할 겁니까?" 내가 또 물었다.

"그자를 죽일 거다." 그림자 제왕이 말했다.

"난 모르겠습니다." 내가 대꾸했다. "그게 과연 그 자를 벌하는 옳은 방법인지요. 당신은 그게 적합하다고 생각합니까? 그자는 당신을 훨씬 교묘하게 괴롭혔어요. 당신을 지하감옥에 처넣은 다음에 열쇠를 버렸습니다. 당신은 그자에게 똑같은 방식으로 앙갚음할 수 있을 겁니다."

"나는 내가 어떤 식으로 할 건지 알고 있다." 호문콜로스가 말했다. "그러니 잔소리는 그만해라. 내 결심은 확고하다."

그는 머리를 쳐들었다.

"이 냄새를 맡을 수 있느냐?"

우리는 걸음을 멈추었다. 나는 코를 킁킁거리며 냄새를 맡았다.

"오래된 책들이군요." 내가 말했다. "그런데요?"

"오래된 책들이 아주 많이 있다." 호문콜로스가 말했다.

"굉장히 많군요. 아주, 아주 오래된 책들이." 내가 말했다.

우리는 더 빨리 걸어갔다. 다음 모퉁이를 돌아섰을 때, 우리 앞에는 종유석들이 자라나 있는 어마어마한 동굴이 나타났다. 거기에는 책들이 엄청나게 많고 수많은 촛불들이 불을 밝히고 있었다. 그것은 틀림없이 스마이크 도서실의 여러 지류 가운데 하나였다.

"중심 굴이 있는 데로 가야 한다." 호문콜로스가 말했다.

우리는 여러 개의 동굴을 지나갔다. 그것들은 점차 더 커지고 더 밝아졌다.

타고 있는 초에서 나오는 빛은 여기가 문명의 전초기지라는 안정된 느낌을 전해주었다. 하지만 나는 이곳이 스마이크의 세력권 내에 있는 중심 도서실과 연결되어 있음을 알고 있었다.

그 다음에 우리는 마침내 중심 동굴 안으로 들어섰다. 그곳을 보자 나는 하마터면 눈물이 쏟아질 뻔했다. 스마이크의 도서실이었다! 여기서 바로 재앙이 시작되었다. 여기서 이제 모든 것이 끝날 것이다. 내 사랑하는 친구들이여, 혹시 모든 것은 아닐지라도 아마 최소한 스마이크의 끔찍한 지배는 끝날 것이다. 그곳은 내가 독이 묻은 책을 만지고 정신을 잃었던 그 당시와 똑같은 모습이었다. 동굴 벽을 파서 만든 무수히 많은 서가들이 보였고 나무와 쇠로 만들어져 마치 종탑들처럼 높이 치솟아 있는 다른 서가들도 보였다. 도처에 믿기지 않을 정도로 긴 사다리들도 있었다. 그리고 항아리 안과 상자 안에 엄청나게 쌓여 있는 책들도 보였다. 그리고 저기, 저기에 바로 그 독 묻은 책이 놓여 있었다! 그 당시 내가 쓰러졌던 바로 그 자리에 떨어진 채 펼쳐져 있었다. 스마이크는 그 책을 치우는 수고조차 하지 않았던 것이다.

"이 무슨 낭비인가." 호문콜로스는 경멸적으로 말했다. "이 모든 정신적 자산이 한 명의 범죄자 손아귀에 들어가 있다니."

"이것들은 당신 소유가 될 수도 있을 겁니다." 내가 속삭였다. "만약 당신이 합법적으로 대처한다면요."

우리는 이 지하세계에 거대한 산처럼 쌓여 있는 책들로 시선을 던지면서 그 엄청난 양에 여전히 압도되었다. 그러다가 나는 주춤했다. 무질서하게 산더미처럼 쌓여 있는 책들 사이로 뭔가 움직이는 것이 있는 것 같았다. 나는 살아 있는 책들이 어찌어찌 여기까지 흘러들어와 있다가 우리가 나타나는 바람에 잠에서 깨어난 것이라고 생각했다. 그러나 그것들은 서가에서 미끄러져 땅바닥에 떨어져 있던 보통 책들이었다. 더 불안한 것은, 그런 책들의 움직임이 멈추지 않는 것이었다.

"호문콜로스!" 내가 낮은 소리로 말했다.

그는 이미 알아채고는 책더미들에게서 눈을 떼지 않았다. 책들이 연이어 바닥으로 떨어졌다. 그러더니 책더미의 맨 꼭대기에서 갑옷 무장을 한 책 사냥꾼 한 명이 불쑥 나타났다. 그는 완전히 검은 가죽옷을 걸치고 은으로 만든 해골마스크를 쓰고 있었으며 무거운 쇠뇌를 우리 쪽으로 겨냥하고 있었다. 나는 그를 알아보았다. 그는 부흐하임의 암시장에서 내 손을 잘라버리겠다고 위협했던 바로 그 녀석이었다.

그 녀석에게서 멀지 않은 곳의 또 다른 책더미 안에서 책 사냥꾼이 모습을 드러냈다. 그의 갑옷은 전부 황동으로 만들어져 있었다. 게다가 그는 거대한 활로 무장을 하고 있었는데 거기에다 막 화살을 장전하고 있었다.

그러더니 연달아 일이 터졌다. 책들이 가득 담겨 있던 어른 키만 한 통이 흔들리더니 뒤집히면서 그 안에서 또 다른 책 사냥꾼이 몸을 굴리며 뛰어나왔다. 그 역시 쇠뇌로 무장하고 있었다. 바위를 파서 만든 서가에서 책들이 쏟아져 내렸다. 위에서 아래로 층층이 어느 구석에나 책 사냥꾼이 한 명씩 숨어 있었다. 어느 바위벽에서는 어른 키만 한 서가 일곱 개가 차례로 무너져 내리더니 그 뒤에서 각각 두 명씩의 무장한 녀석들이 튀어나왔다. 커다란 나무 책상 위에 아무렇게나 쌓여 있던 책장이 마구 찢어져 너덜너덜한 하찮은 책더미에서 마치 금방 관에서 나온 시체처럼 무장한 전사가 튀어나왔다.

그 숫자는 가죽 동굴에서 보았을 때보다 훨씬 더 많았다. 수십 명, 아니 백 명이 넘는 게 분명했다. 그렇다. 지하묘지 안에 남아 있던 책 사냥꾼들 모두가 모인 것이다.

마침내, 거대한 종유석 주위에 높이 쌓여 있던 누렇게 변색한 양피지더미가 무너져 내렸다. 엄청난 먼지구름이 일어났다. 그리고 그 먼지가 가시자 거기에는 모든 책 사냥꾼들 가운데 가장 공포의 대상인 롱콩 코마가 나타났다. 그는 붉은색으로 래커 칠을 한 부품들로 짜 맞춘 아주 화려한 갑옷을 입고 있었고, 늘 그렇듯이 투구를 쓰지 않은 채 소름 끼치는 찌푸린 얼굴에 득의양양한 미소를 띠고 있었다.

"안녕하신가?" 그는 나를 보며 소리쳤다. "정말 오랜만이군! 넌 얼굴이 좋아 보이는데! 살이 빠졌어!"

롱콩 코마는 무기의 손잡이 쪽으로 손을 가져갔다. 그것은 도끼와 검을 섞은 무기로 그가 차고 있는 널찍한 혁대에 꽂혀 있었다. 그는 도서실 안의 전망이 잘 보이는 어느 나무 흉벽 쪽으로 걸어갔다.

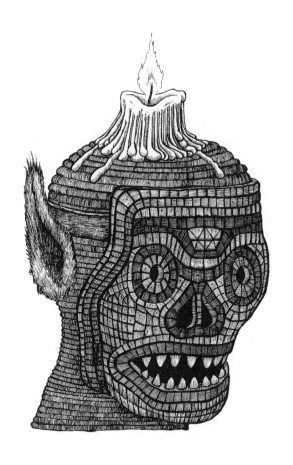

롱콩 코마는 호문콜로스를 가리켰다.

"그리고 네 곁에 있는 저 녀석, 저 끔찍한 괴물 말이다. 그자는 그림자 제왕이 틀림없겠군. 드디어 너를 이렇게 대면하게 되니 좋군. 지금까지는 어둠 속에서만 만났는데 말야. 그 무슨 흉악한 몰골이냐!"

"기회 있었을 때 저놈을 죽였어야 하는 건데." 호문콜로스가 중얼거렸다.

"너희들이 비겁하게 가죽 동굴을 습격했을 때 내 부하들은 방비가 안 돼 있었다!" 롱콩 코마가 소리쳤다. "그러나 지금은 우리가 훨씬 더 유리하다. 우리의 숫자가 수십 배는 되니까!"

나는 책 사냥꾼들 몇 명이 그들의 화살촉을 촛불 속에 대고 있는 것을 보았다. 그것은 금방 타기 시작했다. 아마 그 화살촉에는 기름이 묻어 있는 모양이었다.

롱콩 코마는 여전히 그림자 제왕을 가리켰다.

"너는 아마 네 간교한 습격으로 두려움을 불어넣으면 우리가 모두 이 직업을 포기할 거라고 생각했겠지. 고백하지만 사실 책 사냥꾼들의 전투 용기가 흔들려서 내가 그들을 다시 동원하는 데 상당히 힘들었던 것은 사실이다. 그러나 결국 네가 얻은 것은 그 정반대다. 왜냐하면 마침내 지하묘지 내의 모든 책 사냥꾼들이—내 지휘하에—너를 끝장내기 위해 뭉쳤기 때문이다. 그림자 제왕아! 이들이 지금처럼 강한 적은 일찍이 없었다. 이렇게 막강한 적이 없었단 말이다!"

책 사냥꾼들은 환호성을 지르면서 그들의 무기를 부딪쳐 시끄러운 소리를 냈다.

"기회가 있었을 때 저 녀석들을 모두 죽였어야 했는데." 호문콜로스는 작은 목소리로 속삭였다.

"네가 가죽 동굴을 습격한 후로 그래, 네가 여기에 나타나는 것은 시간문제였다." 롱콩 코마는 말을 계속했다. "스마이크는 우리가 그에게 보고하자 곧 이날을 예상했다. 그리고 이것도 너는 알아둬야 할 거다, 그림자 제왕, 네가 죽기 전에 말이다. 너는 우리 모두를, 책 사냥꾼들 한 명 한 명을 헤아릴 수도 없이 부유하게 만들 것이다. 너를 해치우고 난 후에는 우리들 누구든 이 도서실 안에서 들고 갈 수 있을 만큼 많은 책을 마음껏 꺼내가도 되니까 말이다."

책 사냥꾼들은 다시 환호성을 질렀다.

"키비처와 슈렉스가 받는 몫은 무엇이냐?" 호문콜로스가 물었다.

롱콩 코마는 주춤하더니 대답했다.

"그렇게 말하면 부흐하임 내에 있는 너의 유일한 친구들을 부당하게 대하는 거지. 그들은 너를 정말로 도와주려고 했다. 키비처와 슈렉스가 의심스러운 행동을 보인 후부터 스마이크는 오랜 시간을 두고 그들을 관찰하게 했다. 우리는 그들 둘이 하는 대로 내버려뒀다. 누군가는 너희들에게 그래, 도서실로 통하는 문을 열어줘야 할 테니까."

"그건 믿을 수 없다!" 내가 소리쳤다. "슈렉스는 모든 것을 예언할 수 있었다. 그런 그들이 만약 우리 편이라면 왜 우리를 이런 함정에 빠뜨렸겠느냐?"

롱콩 코마는 오랫동안 생각에 잠겼다.

"헤, 그거야말로 정말 좋은 질문이구나! 슈렉스가 정말 너희가 이런 곤란한 상황에서 빠져나올 수 있다는 예언을 했다고 믿는 거냐? 너희들한테 희망이 남아 있다고 말이야?"

책 사냥꾼들이 웃었다.

롱콩 코마는 손을 들어 진정시켰다.

"다른 가능성이 하나 있다면 슈렉스들에 대한 일반적인 소문이 어쩌면 사실일 수도 있다는 것이다. 즉, 그자들은 더 이상 제정신이 아니라는 말이다."

롱콩 코마는 그의 부하들이 그르렁거리며 보내는 환호 속에 흠뻑 빠졌다.

"다른 탈출구가 있을까요?" 나는 그림자 제왕에게 속삭였다. "혹시 나도 모르는 무슨 비밀스런 위력 같은 것을 갖고 있나요?"

"그런 것 없다." 호문콜로스가 말했다. "유감스럽게도 나한테 그런 위력은 없다. 나는 강하지만 늘 이기는 것은 아니다. 단 한 발의 불화살만 맞아도 화염에 휩싸이고 말 것이다."

"그러면 우리는 정말로 끝장입니까?"

"아마 그런 것 같다."

"그림자 제왕을 죽여라!" 롱콩 코마는 돌연 명령을 내려 부하들의 소요를 그치게 했다. "저자를 불태워라! 화살을 수백 발 쏴서 저자를 태워버려라! 그리고 그의 탄 재를 미로 속에 뿌려라! 그러나 저 공룡은 살려둬라. 활을 쏴서 병신만 되게 하라. 나는 스마이크가 그의 목에 건 특별 포상금을 타겠다. 그건 내 거다!"

"당신은 행운아군요." 나는 호문콜로스에게 말했다. "나는 활에 맞은 다음에 살해당하겠지만, 당신은 그냥 불타버리면 되니까요."

"너를 죽이지는 않을 것이다." 호문콜로스가 말했다.

"아니면요?"

"스마이크는 더 대단한 것을 계획하고 있다. 너는 새로운 그림자 제왕이 될 것이다."

이 생각은 내게 죽음보다도 더 큰 공포를 불어넣었다.

"이제 작별할 시간이다." 호문콜로스가 말했다. "너를 알게 되어서 나는 영광스럽고 즐거웠다."

"저도 당신한테서 배울 수 있어서 영광이었습니다. 비록 이제는 더 이상 의미가 없지만요." 내가 대꾸했다.

책 사냥꾼들은 그들의 무기를 쳐들었다. 더 많은 화살에 불이 붙여졌다. 검은 연기가 가느다란 가닥을 이루면서 위로 치솟았다. 그때 모두가 합세해 장엄하게 흥얼거리는 것 같은 음이 들려왔다.

"누가 노래를 부르느냐?" 호문콜로스가 물었다. "책 사냥꾼들인가?"

"아니오." 내가 대답했다. "다른 자들입니다."

도서실 안의 책들 사이에서 이상한 빛들이 마치 유령처럼 나타났다. 그것들은 종이더미와 상자들 뒤에서, 서가와 종유석 뒤에서 나타났다. 수백 개나 되는 빛들이 마치 작고 노란 달처럼 천천히 두둥실 떠올랐다. 그것은 외눈박이 괴물들의 눈이었다. 그리고 그 안에서 나오는 빛은 그들의 등장과 함께 흘러나오는 흥얼거림 소리의 리듬에 맞춰 함께 떨렸다.

"저것은 부흐링들의 노래입니다."

내가 말했다.

♀♀8
숨 가쁜 일

나는 골고와 고피드, 그리고 단첼로트 2를 알아보았다. 거기에는 될러리히 히른피들러와 보스키 예스토트도 있었다. 그리고 보노그 A. 차르바니와 우고르 보히티, 발로노 데 차헤르, 페를라 라 가데온, 알리 아리아 에크미르너와 다른 많은, 수많은 부흐링들도 보였다. 내가 바랐던 것보다 훨씬 더 많은 부흐링들이 살아남아 있었다.

책 사냥꾼들은 당황해서 어쩔 줄 몰라 했다. 그들은 무기를 내리고는 혼란스러운 듯이 주위를 돌아보았다.

롱콩 코마가 주술을 외우듯이 손을 쳐들었다.

그가 소리쳤다.

"저자들은 가죽 동굴에서 온 별 볼 일 없는 난쟁이들일 뿐이다. 그들은 무장도 하지 않았다."

"저자들은 마법을 할 줄 안다고 합니다." 맨 뒤에서 누군가가 소리쳤다.

그러나 부흐링들은 그들이 매복해 있다 나타난 자리에 그대로 멈춰 선 채 점점 더 큰 소리로 더 급박하게 윙윙 소리를 냈다. 나는 몸이 아주 더워지면서 잠이 왔다. 그리고 내 옆에 있는 그림자 제왕마저 천천히 눈이 감기는 모습을 볼 수 있었다.

"믐믐믐믐믐믐믐믐……."

부흐링들은 중얼거렸다.

책 사냥꾼들 중 한 명이 불붙은 화살을 장전한 그의 쇠뇌를 들어 올렸다. 그는 그의 가까이에 서 있는 골고를 겨냥했다.

"믐믐믐믐믐믐믐믐……."

부흐링들은 중얼거렸다.

거대한 검을 소지한 책 사냥꾼이 그의 무기를 치켜 올리더니 자기 앞에 서 있는 책 사냥꾼—그는 은으로 만든 해골 마스크를 쓰고 있는 자였다—을 힘차게 내리쳐 목을 잘라버렸다.

롱콩 코마는 그가 버티고 있던 흉벽에서 마치 벼락 맞은 듯이 서 있었다. 그는 아무 소리도 지르지 못했다.

"지금 무슨 일이 일어나고 있는 거냐?" 호문콜로스가 졸린 듯이 물었다.

"이건 부흐링들의 특수한 능력입니다." 내가 말했다. "그냥 긴장을 푸세요."

"긴장은 이미 풀렸다." 호문콜로스가 말했다.

"믐믐믐믐믐믐믐믐……."

부흐링들은 중얼거렸다.

그러자 두 명의 책 사냥꾼이 도끼를 들고 서로에게 달려들었다. 다른 두 명은 검을 들고 서로를 공격했다. 다시 또 다른 두 명은 아주 가까이에서 서로에게 쇠뇌를 겨누었다. 거리가 너무 가까웠기 때문에 그들이 쏜 화살은 서로의 갑옷을 꿰뚫고 말아 둘 다 숨이 끊긴 채 서로의 품 안으로 쓰러졌다.

"뮴뮴뮴뮴뮴뮴뮴뮴……."

부흐링들은 계속 중얼거렸다.

그러자 지금껏 지하묘지 내에서 겪어보지 못한 전투가 벌어졌다. 책 사냥꾼들은 다른 책 사냥꾼들을 추격하면서 모두가 서로에게 인정사정 볼 것 없이 공격을 퍼부었다. 자기 자신들조차 돌보지 않았다. 그들은 죽음도 상관하지 않은 채, 마치 죽음이라는 게 대체 뭔지조차 모르는 것처럼 서로가 서로를 찌르고 때리고 쓰러뜨렸다. 화살들이 날아가고 검들이 서로 부딪치고 팔다리들이 잘려 나갔으며, 도끼들이 머리와 헬멧을 쳐서 동강내버렸다. 그런데도 곳곳에서 부흐링들은 움직이지 않은 채 여전히 담담하게 중얼거리고 있었다.

"이건 내가 지금까지 본 것 중에서 가장 미친 짓이다." 호문콜로스가 말했다.

"저건 외눈박이들의 노래입니다." 나는 무거운 혀로 말했다. "당신이 오리개구리라고 착각하지 않는 것을 다행으로 여기세요."

"뮴뮴뮴뮴뮴뮴뮴뮴……."

부흐링들은 중얼거렸다.

거인 리프킨이 다른 책 사냥꾼 이고리오크 디마를 못이 박힌 검은 곤봉으로 머리를 내려쳐서 박살내버렸다. 피의 호수라는 별명을 가진 라그닐트가 심장을 뜯어먹는 자인 불바의 목을 창으로 뚫어버렸다. 차카리 티보르의 헬멧은 그의 머리카락에 불이 붙는 바람에 화염에 휩싸이고 말았다. 잔인한 우르흐가르트는 지그라이프 쌍둥이 형제한테 얼음 깨는 송곳에 찔려 살해당하고 말았다.

나는 그 책 사냥꾼들의 이름이 정말 그렇게 불리는지는 알지 못했다. 그들이 최면에 걸려 서로를 살육하는 광경을 보면서 그냥 그런 이름들을 생각해낸 것이다. 그들의 실제 이름이 어떻든 간에 얼마 안 가서 아무도 더 이상 그들을 기억하지 못할 것이다.

"뮴뮴뮴뮴뮴뮴뮴뮴……."

부흐링들은 계속 중얼거렸다.

그러자 어느덧 싸움 소리는 죽어가는 자들의 신음 소리와 절규의 소리에 밀려났다. 어느 책 사냥꾼이 다리를 세워 일어나려고 버둥거리다가 곧 다시 주저앉거나 마치 베인 나무들처럼 쓰러지고 말았다.

단 한 명 롱콩 코마만이 여전히 그의 흉벽 안에 우뚝 버티고 서 있었다. 그는 싸움이 벌어지는 내내 그 자리에서 꼼짝도 하지 않았다.

"뮴뮴뮴뮴뮴뮴뮴뮴……."

부흐링들은 중얼거렸고 그 소리는 점점 더 커져갔다.

롱콩 코마는 그의 거대한 도끼검을 칼집에서 뺐다.

"뮴뮴뮴뮴뮴뮴뮴뮴……."

부흐링들은 중얼거렸다.

그는 그 검을 공중으로 높이 던졌다. 그러자 그것은 촛불 아래서 번뜩이면서 빙빙 돌았다.

"뮴뮴뮴뮴뮴뮴뮴뮴……."

부흐링들은 계속 중얼거렸다.

롱콩 코마는 앞으로 몸을 굽히더니 머리를 낮췄다.

"뮴뮴뮴뮴뮴뮴뮴뮴……."

부흐링들은 중얼거렸다.

검의 날이 밑으로 휙 떨어지면서 롱콩 코마의 머리를 단숨에 몸통으로부터 베어내버렸다. 그의 머리는 흉벽으로부터 책들로 가득 찬 어느 바구니 안으로 떨어졌다. 그러자 그의 몸뚱이는 몇 걸음 뒤로 물러나더니 쿵! 하고 어느 무거운 나무 의자에 풀썩 떨어져 앉더니 움직이지 않았다.

전투는 끝이 났다.

"믐믐믐믐믐믐믐믐믐……."

부흐링들은 중얼거렸다. 그 소리는 점차 줄어들었다.

나는 최면 상태에서 깨어났다. 그러자 내 옆에 있던 호문콜로스도 몽롱한 듯이 머리를 흔들었다. 부흐링들은 우리를 에워쌌다. 그러나 그들은 고통스럽고 힘이 다 빠진 듯한 인상을 주었다.

골고와 고피드, 단첼로트가 내 쪽으로 밀치며 다가왔다.

"하아아아……." 골고가 신음을 토했다. 그의 숨소리는 무겁고 천식에 걸린 것처럼 들렸다. "당신은 그러니까…… 하아아…… 해냈습니다."

"어떻게 여기에 온 겁니까?" 내가 물었다. "그렇게 먼 데서 여기 위까지요. 지하묘지 위쪽에 있는 산소 공기는 당신들에게 맞지 않는다고 했잖아요?"

"우리는 책 사냥꾼들이…… 가죽 동굴을 습격한 후로 그들의 뒤를 추적했습니다." 골고가 헐떡거리면서 말했다.

"각각 몇 명씩 그룹을 지어…… 부흐링들은…… 책 사냥꾼 한 명씩 맡아 뒤를…… 바짝 추적했습니다." 고피드가 말을 받았다. 그도 역시 힘들게 숨을 쉬고 있었다. "우리는…… 기다리려고 했습니다. 그들이 언젠가 모두 다시 모여 작당을 할 때까지요. 그때 가서…… 한꺼번에 그들을 소탕하려고요."

"그 후에 여기…… 도서실에 들어와." 단첼로트 2가 말을 이었다. "그들은…… 숨었습니다. 하지만 우리가…… 한 수 더 위였지요."

"우리는…… 이제…… 숨쉬기가 힘들…….' 골고가 말했다. "우리는 급히 아래로 되돌아가야 합니다."

주위에 둘러 서 있던 부흐링들은 마치 요양소에 모인 폐병환자들이 내는 것 같은 소리를 냈다. 그들의 눈빛이 걱정스러울 정도로 흐릿해졌다.

"가죽 동굴은 깨끗이 청소되었습니다." 내가 말했다. "당신들은 다시 그리로 돌아갈 수 있어요. 이분이 그 일을 했습니다."

나는 그림자 제왕을 가리켰다.

"알고 있습니다." 골고가 말했다. "책 사냥꾼들이 하는 얘기를 들었지요. 우리는 그 일에…… 감사드리고 싶습니다."

"감사는 당신들이 충분히 했소."

호문콜로스가 대꾸했다. 그는 난쟁이들 앞에서 허리를 숙였다.

"이제 당신들은……무엇을 할 계획입니까?" 단첼로트 2가 물었다.

"우리는 위로 올라갑니다." 호문콜로스가 대답했다.

"거인을 한 명 더 죽여야 합니다." 내가 보충해서 말했다.

"조심하십시오." 골고가 경고했다. "제가 들은 바에 의하면…… 당신들이 싸우려는 그자는…… 정말로 사악한 거인이라고 합니다."

"당신들은 이제 가는 게 좋겠습니다." 내가 말했다. "여기서 모두 질식해 죽기 전에요."

"우리는 당신에게 또…… 누군가를 소개시키려 합니다."

단첼로트 2는 말하더니 뒤쪽의 부흐링들을 향해 눈짓을 했다.

난쟁이들이 움직이자 아주 작은 부흐링 하나가 앞으로 밀려 나왔다. 그는 연녹색 피부였는데 당황한 듯이 한 발걸음씩 앞으로 발을 내딛었다.

"이자는 대체 누굽니까?" 내가 물어보았다.

"힐데군스트 폰 미텐메츠입니다." 골고가 헐떡이면서 말했다. "우리들 가운데 가장 나이가 어리지요."

이건, 정말 심했다. 내 눈에서 눈물이 쏟아졌다.

"우리는 너를…… 믿는다." 골고가 말했다. "너의 최초의 작품을 큰 기대를 갖고 기다리겠다."

그는 어린 부흐링의 손을 붙잡았다.

나는 몸을 돌려 아무 말 없이 그림자 제왕과 함께 그 자리를 떠났다. 처절한 이별의 장면을 나는 더 이상 참고 볼 수 없을 것 같았다.

"그리고 언제나 이걸 기억해요." 단첼로트 2는 내 등 뒤에 대고 외쳤다.

우리는 별에서 와서 별로 간다.
삶이란 낯선 곳으로의 여행일 뿐이다.

그림자 제왕의 웃음

단첼로트 2의 입에서 나온 단첼로트 1의 말은 내게는 결정적인 타격이었다. 나는 주체할 수 없이 울었기 때문에 호문콜로스는 우리가 도서실을 떠나 스마이크의 거처로 가는 한참 동안 나를 부축해 주어야 했다.

마법의 자물쇠가 장치된 문은 책 사냥꾼들이 미리 승리를 확신해서였던지 열어둔 채로 있었다. 우리는 스마이크 선조들의 초상화가 있는 곳을 지나갔다. 그러자 하고프 살달디안 스마이크가 그의 유화 속에서 마치 우리를 자극하면서 동시에 저주하려는 듯한 혼란스런 눈빛으로 내려다보고 있었다.

우리가 습기 찬 작은 지하실로 들어섰을 때 이미 스마이크의 목소리를 들을 수 있었다. 비록 그가 아주 낮게 속삭이고 있었지만. 우리는 이미 그토록 그의 가까이에 있었다!

"다음 차례는 롱콩 코마다." 그자가 속삭였다. "그 녀석이 다 해치우고 나면 그를 죽여서 잉크를 만들 거다. 그런 다음에 그 잉크로 내가 직접 저 『피비린내 나는 책』을 계속 쓸 것이다. 그것은 「황금 목록」 위에 실릴 특종감이 될 거야."

누군가가 바보처럼 웃었다.

697

"좋은 생각입니다!" 그자가 말했다. "그럼 십오 퍼센트는 제 몫입니다."

그것은 야생돼지 하르펜슈톡의 목소리였다.

문자 실험실로 들어가는 입구는 열려 있었다. 우리는 경사면을 기어올라가기만 하면 되었다. 내가 전에 내려올 때만 해도 그것은 내 몸무게 때문에 삐걱거렸다. 지금은 아무 소리도 나지 않았다.

여기도 모든 것이 그 당시와 똑같았다. 벽이 육면으로 되어 있고 천장은 위로 갈수록 뾰족한 커다란 방, 인쇄된 차모니아 문자 무늬의 붉은 벨벳 커튼으로 가려져 어두운 커다란 창문. 나는 바깥이 지금 낮인지 밤인지 구분할 수 없었다. 실험관들로 가득 차 있는 서가들, 병들, 종이들, 필기도구들, 갖가지 색의 잉크들, 봉랍막대기, 곳곳에 깜박거리며 타고 있는 촛불들, 천장에 매달려 있는 매듭문자들. 대리석 바닥 위에 쓰여 있는 룬문자들. 괴상한 책 연금술용 기구들. 소설을 쓰는 기계.

스마이크와 하르펜슈톡은 오래된 인쇄기 앞에 서서 오래된 방식으로 팸플릿을 인쇄하고 있었다. 그리고 인쇄되고 있는 것은 바로 트럼나팔 콘서트 초대장이라는 것을 나는 장담할 수 있었다. 너무 자기 일에 열중해 있었기 때문에 스마이크는 우리가 이미 실험실 한 가운데로 들어섰을 때야 놀라 급한 동작으로 움직였다.

하르펜슈톡은 날카로운 소리를 질렀다. 그것은 칼에 찔려 죽는 돼지 멱따는 소리처럼 들렸다. 그러나 스마이크는 한순간도 침착함을 잃지 않았다. 그는 열네 개의 팔을 모두 펼치더니 소리쳤다.

"내 아들아! 마침내 집으로 돌아왔구나!"

그 조그만 방 안에서 호문콜로스의 엄청난 몸 크기는 그야말로 제대로 그 가치가 드러났다. 심지어 나까지도 다시 무서워질 정도였다. 나는 호문콜로스가 만약 스마이크와 하르펜슈톡 중 누구라도 창문 커튼을 열어젖히려고 시도하면 그것을 힘 안들이고 막을 수 있도록 방 한가운데 딱 버티고 선 것을 알 수 있었다.

"그래요. 마침내 돌아왔습니다." 호문콜로스는 나직하게 말했다. "그리고 당신한테 되돌아오기 위해서 얼마나 많은 장애를 극복해야 했는지 감동적이었습니다, 아버지."

스마이크는 당혹스러운 표정을 짓더니 손들을 모두 벌렸다.

"너희들 혹시나 책 사냥꾼들과 싸우지는 않았겠지?" 그가 물었다. "그 흉악한 녀석들은 그동안 어떤 것으로도 막을 수 없었다. 심지어 내 도서실에까지 쳐들어왔어! 나는 더 이상 지하로 내려갈 용기도 없다. 너희들, 아무 일도 없었지?"

"오, 그 문제는 해결되었지요." 내가 말했다. "모두 죽었습니다."

스마이크의 당황하는 빛이 확연했다.

"모두?" 그가 물었다. "정말이냐? 너희들 그게……?"

"아니오." 호문콜로스가 말했다. "자기들끼리 아주 철저하게 해치웠습니다."

"푸우우." 스마이크가 소리쳤다. "그렇다면 걱정 하나 덜었구나! 그것들은 정말 이 나라의 큰 재앙이었는데. 이제 우리는 마침내 숨을 쉴 수 있게 되었어. 당신도 들었지 클라우디오. 책 사냥꾼들이 죽었다는군!"

"얼마나 기쁜 일입니까."

하르펜슈톡은 힘들게 목쉰 소리로 말했다. 나는 그가 아주 천천히 여섯 개의 초가 타고 있는 촛대를 향해서 움직이는 것을 보았다.

"들어봐요, 아버지!" 호문콜로스가 우렁차게 소리 지르자 실험관들이 덜거덕거렸다. "나는 당신하고 이런 하찮은 연극이나 하려고 여기 온 게 아니오. 당신한테 주려고 가지고 온 것이 있소. 지하묘지의 기념품이오."

호문콜로스는 오른손의 집게손가락과 엄지손가락을 마주 쥐고는 그것을 치켜 올렸다. 잠시 동안 어색한 분위기가 감돌았다. 나 역시 당황했다. 그러자 내 머릿속에 떠오르는 것이 있었다. 눈썹이었다.

"나는, 에, 아무것도 안 보인다."

스마이크는 미소 지으며 말했다. 그의 눈꺼풀이 떨렸다.

"이것은 세상에서 가장 작은 유언장이오. 현미경에다 대고 보면 이것을 읽을 수 있을 것이오."

"그거 농담이지, 그렇지?" 스마이크가 물었다. "나한테 어디까지

가 농담인지 제대로 말해주렴. 그럼 나도 제때에 웃을 테니까."

하르펜슈톡은 다시 한 걸음 촛불 쪽으로 뒷걸음질쳤다.

"아니, 이건 농담이 아니오." 호문콜로스가 말했다. "하고프 살달디안 스마이크가 남긴 유언장을 당신이 우스꽝스럽다고 생각한다면 몰라도 말이오."

스마이크는 거의 눈에 안 띄게 몸을 움츠렸다.

"하고프 삼촌의 유언장이라……." 그가 말했다. "그래, 그래."

"그래요." 내가 말했다.

"지하실에는 당신의 예상보다 더 많은 시체가 있을지도 모르지요." 호문콜로스는 스마이크의 눈앞에 눈썹을 갖다댔다. "당신은 유산을 상속해준 당신 삼촌의 예술적 재능을 잘 알고 있겠지. 그는 내게 이 유언장과 더불어 그의 모든 재산을 위임했소. 그러니까 사실 당신 재산 말이오. 그것이 이 털 하나 속에 새겨져 있소이다."

"내가 증인입니다." 내가 의기양양하게 나섰다. "나는 호문콜로스가 이 유언장을 읽은 첫 번째 사람이라는 것을 맹세합니다. 그 때문에 그는 스마이크 가문의 모든 재산에 대한 합법적인 상속자입니다."

이제 스마이크는 눈에 띄게 몸을 움찔거렸다.

"그것뿐이 아니오." 호문콜로스는 말을 보충했다. "이건 그냥 한 개의 눈썹이오. 하지만 이 위에 무엇이 있을지, 무엇이 적혀 있을지 상상해보시오. 스마이크! 당신한테 유산을 상속해준 삼촌을 당신이 살해했다는 내용도 적혀 있소."

"그건 말도 안 되는 일이다." 스마이크가 말했다. 그의 이마에 땀방울이 맺혔다.

"당신은 현미경을 사용해 보기만 하면 됩니다." 내가 나섰다.

스마이크는 진땀을 흘리기 시작했다.

"너희들, 단도직입적으로 말해라, 원하는 것이 뭐지, 흠?"

일부러 친절함을 보이던 그의 태도가 점차 달라지기 시작했다.

"좋소." 호문콜로스가 말했다. "다행히도 우리는 온갖 가능성이 있는 문명세계에서 살고 있소. 그러니 내가 다른 대안들을 한번 열거해보지."

하르펜슈톡은 촛대에서 불과 일 미터 떨어져 있었다.

"가장 간단한 것은, 당신이 깨끗하게 사라져주는 것이오." 그림자 제왕은 계속해서 말했다. "저기 당신의 동료인 뚱보 돼지하고 함께 말이오. 당장 이 도시를 떠나는 거요. 다시는 돌아오지 않을 사악한 유령처럼. 그것이 가장 간단한 대안일 거요. 고통도 없이, 깨끗하고 간단하지."

"그것도 하나의 가능성이겠지." 스마이크는 미소 지으며 말했다.

"그러나 그것은 첫 번째 가능성이오! 두 번째 가능성은 우리가 이 것을 알리는 것이오." 호문콜로스는 보이지 않는 유언장이 든 손을 치켜 올렸다. "세상에 말이오. 그때 가서 당신은 아마도 이 도시에서 추방당해 당신의 공범들과 함께 어디 납광산으로 숨어들어가 지내야 할 것이오. 당신의 재산도 나한테 주어질 테니. 그거야말로 차모니아의 법에 가장 합당한 방법일 거요."

"그럴지도 모르지." 스마이크가 말했다. 그의 표정은 굳어져 있었다.

"마지막 대안은" 호문콜로스가 말했다. "이 유언장을 사라지게 만드는 것이겠지."

"오, 그거야말로 가장 내 마음에 드는군!" 스마이크는 어색하게 웃었다.

"그건 나도 알고 있소. 그래서 나는 당신에게 지금 이 방법을 권하는 거요. 왜냐하면 나는 당신의 충직한 아들이니까."

그는 자기 손바닥을 입으로 훅 불면서 손가락들을 펼쳤다. 나는 그가 정말로 눈썹을 그의 손에 들고 있었는지 확실하지 않았지만 그 광경을 보자 몸을 움츠렸다. 그러나 물론 그는 스마이크에게 그저 장난을 친 것뿐이었다.

"그거 재미있군." 스마이크가 말했다. "하지만 우리는 이 시시한 연극을 끝내야겠지, 안 그러냐? 나는 비록 아무것도 보지는 않았지만 거기에 눈썹 같은 건 없었다는 것을 안다. 그런 유언장이 머리카락 같은 데 쓰여 있다는 게 가능하더라도 말이다. 너는 나를 좀 괴롭히고 싶은 거지, 안 그러냐? 내가 너한테 그동안 한 짓들 때문이겠지. 그럼 내가 그것을 어떻게 생각하는지 말해줄까? 네게 말해주마. 나는 당연히 그럴 권리가 있었다."

"아하." 호문콜로스가 말했다. "살아가다 보면 모든 것이 자기가 원하는 것보다 늘 조금 더 복잡하지. 먼저, 유언장은 존재하오. 당신이 지금 믿건 말건. 그리고 내가 그것을 불어 날려버렸든 아니든 전혀 상관없소. 왜냐하면 아버지, 당신이 한량없는 선의에서 내게 부여해준 새 눈으로 이 땅바닥 위에 있는 수백 만 개의 자잘한 종이들과 실들 사이에서도 그 눈썹을 다시 찾아내는 것은 식은 죽 먹기일 테니까."

"본론으로 들어가지 그러냐?"

스마이크는 이제 이상하리만큼 딱딱하게 말했다. 그의 인내심이 눈에 띄게 줄어든 것 같았다. 그는 땀으로 흠뻑 젖어 있었다.

"사실은 이렇소." 호문콜로스가 말했다. "내가 유언장을 한동안 갖고 있었던 건 사실이오. 그러나 여기 오기 전에 그것을 저 아래 지하 묘지 어딘가에 내버렸소. 나라 해도 그것을 다시 찾지는 못할 것이오. 내가 원하더라도 말이오."

"그건 사실이 아닙니다!" 내가 소리쳤다.

"아니다." 호문콜로스는 말했다. "그건 사실이다!"

"정말로 네가 그렇게 했단 말이냐?" 스마이크가 물었다. 그는 이제 다시 미소를 지었다. "왜 그랬느냐?"

"왜냐하면 나는 당신한테 유산을 상속한 당신의 삼촌과 같은 생각을 갖고 있기 때문이오." 호문콜로스가 대답했다. "나는 이 도서실이 누구의 소유도 되지 않아야 한다고 생각하오. 이곳은 차모니아에서 제거되어야 한다고 생각한단 말이오. 당신과 함께. 왜냐하면 나는 당신을 죽일 테니까,"

스마이크가 하르펜슈톡에게 신호를 보냈다. 나는 그것을 어떻게 알아챘는지는 모르겠다. 그의 수많은 손가락들 중 하나가 그냥 간단히 움츠러든 것일 뿐이었는데 말이다. 그러나 나는 위험을 알리려고 잔뜩 대비한 채 서 있었다.

나는 그림자 제왕에게 경고하려 했지만 그가 나보다 한발 더 빨랐다. 그도 역시 눈치챈 것이다. 하르펜슈톡은 그의 뚱뚱한 몸에 비해 놀랍게도 빠르게 촛대를 붙잡더니 그것으로 덤빌 자세를 취했다. 그러나 그것을 호문콜로스를 향해서 휘두르기도 전에 호문콜로스가 야수처럼 푸우! 소리를 내지르면서 그를 덮쳤다. 모든 것이 마치 예기치 않게 바람이 불어 문이 휙 열렸다 휙 닫힌 것처럼 너무나도 순식간에 일어났다. 호문콜로스는 그 야생돼지의 뒤로 걸어가더니 마치 면도하는 이발사처럼 몸에 붙인 종이의 예리한 끝부분으로 그의 목을 단숨에 그어버렸다. 하르펜슈톡은 몇 초 동안 그 자리에 그냥 서 있더니 끄르륵거리며 피를 토하고는 쓰러져버렸다. 촛대가 그의 손에서 굴러 떨어지면서 촛불이 꺼져버렸다. 그러나 그림자 제왕은 이미 아까의 자기 자리로 되돌아가 그의 손가락 끝에 하르펜슈톡의 몸에서 묻은 피가 뚝뚝 떨어지고 있는 것을 생각에 잠겨 바라보고 있었다.

"잘했다, 내 아들아!" 스마이크는 소리치면서 그의 수많은 손바닥들로 박수를 쳤다. "보았느냐? 저자가 너를 불태워버리려고 했다! 그는 제정신이 아니었던 게 분명해! 너의 반사작용은 정말 놀라웠다. 내가 너를 얼마나 강하게 만들었는지 알았겠지?"

호문콜로스는 그를 무시한 채 나를 쳐다보았다.

"우리 둘에 관해서인데, 친구." 그는 내게 말했다. "나는 너한테 한 번도 무슨 속임수를 쓴 적이 없다. 내가 의도하는 것과 관련해서 너를 한 번도 기만한 적이 없다. 나는 그 감옥에서 또 다른 감옥으로 옮겨갈지도 모른다는 가능성을 생각했을 때만 네게 그릇된 희망을 하나 줬을 뿐이다. 그렇게 한 것은 너를 그림자의 성에서 나오도록 하기 위해서였다."

그는 거의 눈에 안 띄게 머리를 흔들었다.

"그러나 나는 어둠 속으로 되돌아가지는 않을 것이다." 그가 말했다. "결코 다시는, 어떤 조건하에서든."

호문콜로스는 몸을 돌려 붉은 커튼을 뚫어지게 응시했다.

"네가 오름에 대해서 또 한 가지 알아야 할 것이 있다. 만약 네가 그 힘을 체험하려고 한다면 분명히 하늘을, 태양과 달을 볼 수 있을 것이다. 저 아래에 있을 때 나는 그 힘이 더 이상 내 몸 안으로 흐르지 못해서 죽어 있었다. 그리고 그 힘을 한번 느낀 자는 그것이 없이는 더 이상 살지 못한다."

"무슨 얘기를 하는 거냐?" 스마이크가 물었다. "오름 이야기냐? 오름이 우리 일하고 무슨 상관이냐?"

"그러지 말아요." 나는 애원했다. 내 눈은 눈물로 가득했다.

"그보고 뭘 하지 말라는 거냐?" 스마이크는 어쩔 줄 몰라 하면서 물었다. "우리는 얘기를 해야 한다, 이것들 봐! 우리는 모든 것에 대해서 얘기할 수 있다. 너희들의 의도가 뭐든 간에. 나를 너희 도당에 세 번째로 끼워다오! 상상해보아라! 호문콜로스는 그만의 재능을 갖고 있다. 힐데군스트는 젊음의 힘을 갖고 있다. 그리고 나한테는 인맥이 있다. 우리가 함께라면 차모니아의 문학사를 새로 쓸 수 있다!"

"나는 너한테 말한 적이 있다." 호문콜로스는 내게 말했다. "네가 얼마나 밝게 타오르는가 하는 것, 그것이 중요하다고 말이다. 기억하느냐? 지금까지 나 호문콜로스는 그저 아무 의미 없이 걸어 다니던 종이에 불과했다. 그러나 이제 나는 이 종이에다 부흐하임이 그리는 빨리 잊지 못할 사명을 기록할 것이다. 내 정신은 유례없이 환하게 작열할 것이다. 그러면서 그것은 지금껏 어떤 정신도, 어떤 시인도, 어떤 책도 발휘한 적이 없는 영향력을 펼칠 것이다."

그는 창문 쪽으로 걸어갔다.

나는 그를 거기에서 제지할 길이 없음을 알았다. 나는 그냥 그 자리에 선 채 흘러내리는 눈물 사이로 그를 지켜볼 수밖에 없었다.

"저자가 뭘 하려는 거냐?" 스마이크가 소리쳤다. "너는 뭘 하려는 거냐, 내 아들아?"

"나는 다시 한 번 태양을 느껴보고 싶다." 호문콜로스는 나직하게 말했다. "한 번만 더."

그는 이제 커튼 앞에 다가가서 섰다.

"하지 말아요!" 내가 외쳤다.

스마이크는 이미 알고 있었다. 그의 얼굴이 음흉하게 일그러지며 변했다.

"아니다!" 스마이크는 쉿소리를 내며 말했다. "하거라! 해!"

그림자 제왕은 커튼을 확 잡아 젖혔다. 그러자 강렬한 햇살이 쏟아져 들어왔다. 그것은 마치 파도처럼 그의 몸을 덮치더니 방안 전체로 흘러 들어오면서 내 눈을 따갑게 하는 바람에 나는 소리를 질렀다.

"안 돼요!" 나는 부르짖었다.

그러나 그림자 제왕은 머리를 꼿꼿이 세우고 팔을 활짝 벌린 채 정오의 태양빛을 맞아들였다.

"이거다!" 그가 말했다.

"그래, 그거야!" 스마이크는 속삭이면서 만족한 듯이 그의 수많은 손들의 절반을 서로 맞대고 비벼댔다. "나는 네가 이렇게 끝을 내리라고는 생각 못 했다. 이거야말로 진정한 용기다! 이거야말로 진짜 위대한 것이다!"

나는 눈이 부신 데다 눈물이 가득 차 있어서 현란하게 쏟아져 내리는 햇빛 앞에 서 있는 호문콜로스의 어두운 그림자 윤곽만 알아볼 수 있었다. 내가 그림자의 성 안에서 혼자 외롭게 불 가에서 춤을 추는 그의 모습을 처음 봤을 때와 같았다. 회색 연기의 가는 줄기가 그의 앞에서 위로 치솟아 오르고 있었다. 그것이 탁탁, 쉭쉭 하며 소리 내는 것이 들리자 따가운 연기가 갑자기 공중으로 치솟았다. 호문콜로스는 몸을 돌렸다. 그의 얼굴 곳곳과 가슴과 팔이 이글거리더니 불이 붙었고, 오래된 종이 틈새들에서 불꽃이 튀겼다. 그러더니 그의 몸에서 마치 자연법칙에 어긋나게 잉크가 거꾸로 흘러 올라가는 것처럼 연기가 위로 높이 솟구쳐 올랐다. 그러더니 그의 몸은 천천히 스마이크를 향해 다가갔다.

스마이크의 득의양양하게 일그러졌던 얼굴이 변했다. 그는 아마 그림자 제왕의 몸에 불이 확 붙으면 창가에 선 채 타서 숯덩이가 될 거라고 상상했던 모양이다. 그래서 그에게 아직 움직일 힘이 남아 있는 것을 보자 경악했다.

그림자 제왕이 움직이자 연금술용 종잇조각들에 불이 붙었다. 불길은 이미 수없이 번져가면서 서로 다른 색깔을 냈다. 활활 타오르는 불길에서 위험스런 불꽃들이 튀어나오더니 주위의 나무와 종이들에 옮겨 붙었다. 그곳에 있는 모든 것들이 화염에 휩싸였다. 아주 작은 불똥들이 서가와 벽으로 튀자 벽지들에도 모두 불이 붙었다.

그러나 그림자 제왕은 앞을 향해서, 스마이크를 향해서 걸어갔다. 스마이크는 그제야 간신히 뒤로 물러섰다.

"나한테서 뭘 원하는 거냐?" 그는 가느다란 소리로 외쳤다.

그러나 호문콜로스의 몸에서는 점점 더 빛이 강하게 뿜어져 나오면서 불똥이 물처럼 뚝뚝 떨어졌다. 그러더니 그는 웃기 시작했다. 내가 오랫동안 듣지 못했던 그림자 제왕의 그 바스락거리는 웃음소리였다. 그러자 갑자기 내 눈에서 눈물이 멎었다. 왜냐하면 그가 아주 행복해 보였기 때문이다. 그는 행복하고 자유로워 보였다.

그는 내 곁을 지나가다가 한 번 더 멈춰 섰다. 그는 이별의 표시로 하얀 불똥들이 타닥타닥 튕겨 마치 횃불처럼 보이는 손을 들어 보였다. 이제 그의 몸 전체가 완전히 화염 덩어리가 되어 한순간 잊을 수 없는 아름다운 모습으로 변했다. 그리고 아주 잠깐 동안, 눈썹 하나 움직일 동안에 비록 그것이 착각일지는 몰라도 나는 마지막으로 그의 눈을 보았다고 믿었다. 그 눈 속에는 마치 어린아이 같은 천진한 기쁨이 빛나고 있었다.

나도 이별을 하려고 손을 들어 올렸다. 그러자 호문콜로스는 다시 스마이크 쪽으로 움직였다. 스마이크는 이제 공포에 사로잡혀 나무 경사면을 뛰어넘더니 지하실로 도망쳤다.

"뭘 하려는 거냐?" 스마이크는 날카롭게 소리쳤다. "나한테서 뭘 원하는 거냐?"

그러나 그림자 제왕은 대답 없이 그의 뒤를 쫓아갔다. 그가 움직일 때마다 화염이 소용돌이치면서 주위에 있는 모든 것들을 집어삼켰다. 그는 지하로 내려가면서 웃었다. 그는 온몸으로 웃고 있었다. 나는 그가 지하실로 사라지고 난 한참 후에도 여전히 들려오는 그의 소리에 귀를 기울였다.

유리병 하나가 폭발했다. 나는 마치 꿈에서 깨어난 것처럼 주위를 돌아봤다. 이제야 나는 위험을 감지했다. 실험실 전체가 불길에 휩싸여 있었다. 책상이고 의자고 나무 경사면이고 벽에 붙어 있는 대들보고 할 것 없이 전부 불에 타고 있었다. 서가들과 책들, 카펫과 벽지들, 심지어 천장에 매달려 있는 매듭문자들에도 불이 붙어 있었다. 실험관들 안에 들어 있는 액체가 부글부글 끓어오르더니 산이 튀면서 역겨운 가스가 새어 나오고 따가운 연기가 솟구쳐 올랐다.

실내의 열기 때문에 괴상한 연금술 기계장치들 가운데 몇 개가 작동하기 시작했다. 톱니바퀴들이 돌아가고 바퀴들이 저절로 굴렀으며, 덮개들이 열리더니 마치 살아 있는 것들이 그 지옥으로부터 탈출하려는 듯이 튕겨 나갔다.

내 옷에마저 막 불이 붙기 직전, 나는 헤아릴 수 없이 값진 책들이 담겨 있는 상자 쪽으로 한 번 더 눈길을 돌렸다. 그것은 이성에 의한 행동이 아니라 그저 최소한 그 책들 중 한 권이라도 소실되는 것을 막으려는 반사 행동이었다. 나는 상자 맨 위에 있는 책을 낚아챈 다음 밖으로 도망쳤다.

୨ᠥ◉
오름

골목길은 텅 비어 있고 조용했다. 공기는 상쾌하고 시원했다. 부흐하임의 아주 평범한 어느 일요일이었다. 그토록 오랫동안 나는 이 순간을 꿈꿨는데도 이제 그것은 내게 아무래도 상관없었다.

나는 스마이크의 집 앞에 선 채 지붕을 이은 널빤지들 사이에서 가느다란 연기가 솟아오르기를 기다렸다. 그러면서 그곳을 왔다 갔다 했지만 더 이상 서 있어야 할 이유가 없다는 걸 깨닫고 서둘러 걸어가기 시작했다. 불안한 소음들—종소리, 흥분한 목소리들의 뒤섞임, 짐마차들의 바퀴가 굴러가는 소리들—이 비로소 점차 들려오기 시작하더니 얼마 안 있어 연기 냄새가 줄기차게 내 뒤를 따라왔다. 마치 화염에 휩싸인 부흐하임의 검은 사나이가 내 뒤를 따라오는 것처럼.

화재의 경종이 날카롭게 울리듯이……
완고하게 울리듯이!
어떤 슈렉스의 전설이 이제 그 소란을 널리 알리는가!
밤의 놀란 귓속으로
얼마나 끔찍한 일을 전했는가!
더 이상 그것은 말할 수 없다, 아니,
오직 홀로 여전히 비명만 지를 수 있다, 비명만을!

페를라 라 가데온의 시 구절이 걸어가는 내내 줄곧 내 머리에 떠올랐다. 나는 집들을 지나고 거리들을 걸어가 도시의 구역들을 지난 다음에, 꿈꾸는 책들의 도시 전체를 뒤로하고 나아가고 있었다. 마침내 나는 부흐하임과 다른 모든 것들이 처음에 그토록 조용하게 시작됐던 그 도시의 경계에 이르렀다. 그러나 나는 그곳에서 멈추지 않고 그냥 지나쳐 꼿꼿이 앞만 바라보면서 아무런 인기척도 없는 지역으로 점점 더 멀리 나아갔다.

그러다가 마침내 오, 내 친구들이여, 나는 용기를 내어 걸음을 멈추고 뒤를 돌아보았다. 그 사이에 해는 지고 청명한 별들이 깔린 하늘이 나타났으며, 불타는 도시 위에 둥근 달이 떠 있었다.

꿈꾸는 책들이 잠에서 깨어난 것이었다. 수 킬로미터 높이로 검은 연기 기둥들이 솟구쳐 올랐고 무게를 잃어버린 종이들, 불타버린 생각들도 함께 피어올랐다. 그 안에는 무수히 많은 불똥들도 함께 튀어 오르고 있었다. 그것들 하나하나가 작열하는 단어들로 하늘의 별들과 함께 춤추려고 높이, 더 높이 솟구쳐 오르고 있었다.

그리고 그 위 하늘에는 별들의 알파벳이 밝고 분명하게, 마치 태양들 사이에 걸쳐진 은빛 거미줄처럼 반짝거리는 것이 보였다.

그 아래에서는 아무 의미 없는 종소리들이 울렸다. 잠에서 깨어난 무수히 많은 책들이 후드득거리며 타는 소리는 고통스럽게도 내 친구이자 가장 위대한 시인이었던 그림자 제왕의 바스락거리는 웃음소리를 상기시켜주었다. 그러자 이제야 비로소 나는 그에게 한 번도 진짜 이름을 물어본 적이 없다는 것이 생각났다. 그도 역시 부흐하임에 일어났던 가장 엄청나고 끔찍한 화재 속에서 타면서 불꽃을 발하고 공중으로 솟구쳐 올랐다. 방화자이자 점화불꽃이었던 그는 위로 날아올랐다. 저 하늘에 별이 되어 그의 너무나도 위대한 정신을 받아들이기에는 너무 비좁았던 도시 위를 영원토록 비추기 위해서……

바로 그 순간 나는 처음으로 오름의 힘을 느꼈다. 그것은 마치 뜨거운 바람처럼 내 몸을 뚫고 지나갔다. 하지만 부흐하임의 불길에서 나오는 것이 아니라 우주의 깊은 곳에서 나오는 것이었다. 그것은 내 머릿속으로 불어오더니 단어들의 소용돌이로 꽉 채웠다. 그러자 그 단어들은 잠시 흥분한 심장이 고동치는 사이에 문장이 되고, 페이지가 되고, 장(章)이 되더니 마침내 방금 그대들이 읽은 이 이야기가 되었다. 오, 내 충실한 친구들이여!

그러고 나서 나는 그림자 제왕의 웃음소리 속으로 빨려들어갔다. 그 웃음소리는 이제 불타는 부흐하임의 불꽃과 우주의 별들로부터 빠져나와 도처에 메아리치는 듯했다. 나는 이 걷잡을 수 없는 행복감이 내 안에 더 이상 남아 있지 않을 때까지 웃고 울었다.

가죽 동굴 안에서 골고가 내게 들려주었던 마지막 구절이 이제 마침내 그 의미를 드러내면서 내 머리에 떠올랐다. 그것은 그 부흐링의 몸 안에서 계속 살았던 시인이 그 당시, 내가 오름을 맞이하게 될 이 순간까지의 내 미래를 미리 예언한 구절처럼 보였다.

도망가라! 가라! 드넓은 땅으로!
그 비밀스러운 글은
누구의 손으로 쓰였는지는 몰라도
그대에게 충분한 동반자가 아닌가?
만약 별들의 운행을 인식하고
자연이 그대를 가르친다면
오름의 힘이 그대에게 나타나리니
한 영혼이 다른 영혼에게 말하듯이 해주리라!

이제야 비로소 나는 스마이크의 화염에 싸인 실험실에서 낚아채 갖고 나온 책을 쳐다보았다. 그리고 그것이 하필 『피비린내 나는 책』인 것을 알고는 소스라치게 놀랐다. 나는 불타는 도시의 광경으로부터 몸을 돌려 걸어가기 시작한 뒤 다시는 뒤를 돌아보지 않았다.

이제, 오, 내 사랑하는 독자들이여, 지금까지 두려워하지 않고 나와 동행했던, 모든 친구들 가운데 가장 용감한 그대들이여, 이제야 비로소 그대들은 내가 어떻게 해서 『피비린내 나는 책』을 손에 넣게 되었으며 어떻게 오름을 얻게 되었는지 알게 되었을 것이다.

그리고 이제는 더 이상 설명할 것이 없다.

왜냐하면 여기에서 이야기는 끝나기 때문이다.

발터 뫼르스가 독자에게 붙이는 말

필자가 차모니아의 소설가 힐데군스트 폰 미텐메츠의 작품들 가운데 처음으로 『엔젤과 크레테』를 독일어로 번역한 후에, 그의 작품들 가운데 어떤 것을 다음번에 번역하겠느냐는 질문을 되풀이해 받았다. 나는 오랫동안 망설였다. 미텐메츠의 대단한 작품들을 고려하면 놀라운 일도 아니었다. 마침내 나는 연대순으로 번역하기로 결심했다. 차모니아에서 출간된 미텐메츠의 첫 작품은 『어느 감상적인 디노사우루스의 여행기』였다. 그러나 그 초판본은 무려 1만 페이지가 넘어 책 25권의 분량이었다. 그러다 보니 만약 그것을 원래의 길이대로 번역해서 출판하려면 내 평생을 다 바쳐야 할 것 같았다. 그래서 나는 이 책의 처음 두 장(章)을 취해서 『꿈꾸는 책들의 도시』라는 제목으로 요약하기로 결정했다. 내가 이렇게 마음대로 편집한 것을 이해해주기 바란다. 그러나 이 단편이 독립적인 단행본이 될 모든 전제조건을 갖추고 있다고 나는 확신한다.

그러면 이제 앞으로는 어떻게 할 것인가라고 나는 자문해본다. 다음으로 미텐메츠의 어떤 책을 번역해야 할까? 연대순으로 골라야 할까? 그 방식을 따른다면 다음 순서는 미텐메츠가 그의 『여행기』 가운데서 공동묘지의 도시 둘스가르트를 묘사한 그 다음 장(章)이 될 것이다.

또 다른 가능성이 있다면 그것은 『꿈꾸는 책들의 도시』에 이어서

714

계속 번역하는 것이다. 왜냐하면 실제로 그것의 정식 후속편이 있기 때문이다. 미텐메츠는 훗날 차모니아에서 가장 성공적인 작가가 되었을 때, 다시 한 번 부흐하임으로 돌아가 그 책 도시의 지하묘지 속으로 내려갔다. 그 결과 나온 것이 부흐링들의 감춰진 삶에 대해서 쓴 작품이다. 그 안에서 그는 그의 약속대로『꿈꾸는 책들의 도시』에서 다 묘사할 수 없었던, 책을 먹어 치우는 외눈박이들에 대한 이야기와 그들에 대한 이해를 뒤이어 전해주었다. 그는 전설과 예전에 자신이 관찰했던 것들, 그리고 최근에 겪은 체험들을 종합해서 이 책을 학술적 실용도서이자 모험소설로 집필했다. 이런 방식은 비단 차모니아의 문학에서만 독보적인 것이 아니다.

그러므로 여기서 문제는 둘스가르트냐, 아니면 부흐하임이냐이다. 결정하기 어려운 이런 상황에서 혹시 필자에게 도움을 줄 수 있는 독자가 있다면 mythenmetz@piper.de로 이메일을 보내주기 바란다. 그 이유는 간단하다. 내가 싫어하는 것이 있다면 그것은 뭔가를 결정하는 일이기 때문이다.

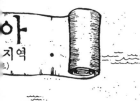

아
지역
)

말름스트롬(바다의 구멍)
(차모니아 대양에 있는 거대한 차원구멍)

프리스텔그룬트

글루트신키아

북부 나티프토프

헤라클레스의 기둥

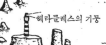

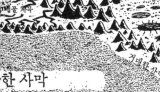

한 사막

거대한 산맥

거대한 벽면

아틀란티스

항구

미드가르드

동부 나티프토프

스칸트

불퍼팅

호수

차모니아 만

룬첸 산맥(도깨비불이 사는 산)

윤 방향
↓

미텐메츠가 독자들에게

그대들은 작가에게 있어 이야기의 흐름을 균형 있게 이어가는 일이 얼마나 힘든지 아는가? 이제 여러분은 방 안에 앉아 뜨거운 찻잔을 앞에 두고 위대한 작가의 손에서 빚어진 말과 문장들의 흐름 속으로 빠져들어가면서 이 책을 한 장 한 장 넘길 것이다. 그러면서 이따금 캐릭터들, 사건의 전개, 대화의 흐름, 그리고 서술의 의무가 작가의 신경을 얼마나 날카롭게 만드는지 최소한 한 번쯤 상상해보려고 할 것이다.

위대한 작가는 그의 가장 신성한 곳, 즉 겹겹이 잠가두었던 방문을 열어보이면서 독자를 그 안으로 들어오도록 허락한다. 그 방 안에는 누르넨 숲에서 가져온 아주 진기한 나무로 만든 넓이가 한 평 반이나 되는 책상이 있다. 그 위에는 잉크 자국들이 묻어 있고 생각날 때마다 끼적거린 시구들이 널려 있다. 방 안에서 밖을 내다보면 풍성한 정원이 보인다. 그곳에는 차모니아에서 자라는 식물들이 치열한 생존게임을 벌이면서, 작가의 상상력을 키우는 데 적잖은 도움이 되어주고 있다. 지금은 달빛이 없는 밤이다. 타오르는 촛불이 가볍게 흔들리면서 서재 안에 따스한 빛을 던져주고 있다.

나는 벼룩시장에서 미드가르드 출신의 난쟁이에게 산 은촛대 위에 초를 꽂아두고 거기에서 나오는 은은한 빛을 즐긴다. 그 촛대의 벌어진 일곱 가지 속으로 시인의 일곱 가지 기본 도덕이 고대 차모니아어로 바뀌어 흘러들어가고 있다.

718

두려움

우주에서 중력 다음으로 가장 강력한 힘이다. 중력은 죽은 대상들을 움직이게 하고, 두려움은 살아 있는 존재들을 움직이게 한다. 오직 두려움을 아는 자만이 위대함에 이르는 능력을 가질 수 있으며, 그렇지 않은 자는 아무런 충동도 느끼지 못하고 하릴없이 사라져간다.

용기

언뜻 첫 번째 도덕과 반대되는 것 같지만, 그러나 두려움을 극복하려면 용기가 필요하다. 작가가 되려면 글을 쓸 때의 저항, 무심한 원고 심사 담당자, 원고료를 제대로 지불하지 않는 출판사, 악의적인 비평가, 낮은 판매부수, 나한테 돌아오지 않는 문학상에 대한 불쾌감들을 극복할 용기가 필요하다.

상상력

이 능력이 없는 작가들은 차모니아에 엄청나게 많다. 그들이 주로 주변의 이야기나 시사적인 사건들만 다루는 것을 보면 알 수 있다. 이런 작가들은 자신의 일상을 기록하는 진부한 속기사들일 뿐이다.

오름

정확히 말하면 이것은 도덕이 아니라, 훌륭한 작가들 주위를 감도는 아우라처럼 신비스런 힘이다. 아무도 그것을 볼 수 없지만, 그러나 시인은 느낄 수 있다. 오름은 작가로 하여금 밤새 열병에 걸린 듯이 계속 써나가게 하는가 하면, 온종일 단 한 줄의 문장에 매달리게 하기도 하고, 작가의 주위에서 춤을 추면서 글 쓰는 작업에 매료시키는 보이지 않는 악령이다. 그것은 도취이며 활활 타오르는 것이다.

절망

문학의 퇴비가 되는 것이다. 동료들에 대한 절망, 자신의 정신에 대한 절망, 세계와 글쓰기에 대한 절망, 모든 것에 대한 절망 말이다. 나는 하루에 적어도 5분간은 뭔가에 절망하기로 정해놓았다. 심지어 가정부의 음식 솜씨에 절망하기도 한다. 그때 나오는 한탄, 하늘을 향한 삿대질, 피가 솟구쳐 오를 듯한 분노는 글 쓰는 일에 매달리다 보면 만성적으로 부족한 신체 운동을 촉진시킨다.

거짓말

그래, 우리 실상을 자세히 들여다보자. 좋은 문학은 모두가 거짓말을 하고 있다. 좋은 문학은 거짓말을 잘하고, 나쁜 문학은 거짓말을 잘 못한다. 그러나 둘 다 진실이 아니다. 진실을 언어로 포착하려 하는 것이 거짓이다.

법의 무시

물론이다. 작가는 그 어떤 법칙에도 종속되지 않는다. 심지어 자연법칙에도. 작가는 문학이 마음껏 날개를 펴도록 모든 속박에서 벗어나야 한다. 사회적 법조차도 작가에게는 조롱거리일 뿐이다.